유토피아 문학

고전적 유토피아에서 포스트아포칼립스 유토피아까지

유토피아 문학

Utopian Literature

이명호 · 박정원 · 김영임 외 11인 지음

대안공동체
인문학총서 3

경희대 비교문화연구소

알렙

저 멀리, 아직은 아닌 세계를 향해:
흩어진 꿈의 군도들

유토피아가 없는 세계 지도는 잠깐이라도 들여다볼 가치가 없다. 인류가 끊임없이 가 닿는 그 한 나라가 빠져 있기 때문이다. 그곳에 발을 디딘 인류는 다시 밖을 내다보고 더 나은 나라를 찾아 항해를 떠난다. 진보란 유토피아를 실현해 가는 것이다.

—오스카 와일드

유토피아는 지평선 위에 있다. 내가 두 발자국 다가서면 유토피아는 두 발자국 물러난다. 내가 열 발자국 다가서면 열 발자국 멀리 달아난다. 아무리 다가간다 하더라도 우리는 결코 유토피아에 이르지 못할 것이다. 그렇다면 유토피아는 왜 존재하는가? 우리를 앞으로 나아가게 하기 때문이다.

—에두아르도 갈레아노

나는 유토피아니즘이라고 불리는 것이 매혹적인, 실상 지나치게 매혹적인 이론이라고 생각한다. 내 생각에 유토피아니즘은 위험하고 유해하다. 나는 유토피아니즘이 자멸적이며 폭력을 부른다고 생각한다.

——칼 포퍼

이 책은 '유토피아 그 자체'가 아니라 '유토피아를 말하는 허구적 이야기'에 대한 것이다. 이야기를 넓은 의미의 문학으로 이해한다면, 우리는 유토피아에 대한 이야기를 '유토피아 문학(utopian literature)' 혹은 '문학 유토피아(literary utopia)'라고 부를 수 있을 것이다. 고유한 서사 장르로서 유토피아 문학은 유토피아를 구성하는 여러 요소들 중 하나이다.

유토피아: 말과 개념

유토피아(utopia)라는 말은 1516년 토머스 모어가 만든 신조어이다. 이후 이 말은 오백 년이 넘는 세월에 걸쳐 진화해 오는 동안 다양한 층위의 의미를 획득했다. 애초에 모어는 이 말에 '없는 곳(u-topia)'과 '좋은 곳(eutopia)'이라는 두 가지 의미를 부여했다. 탄생 시점에 이미 내장되어 있는 이 두 의미 사이의 긴장과 모순은 이후 유토피아 담론과 실천의 역사에서 다양한 형태로 변주되어 왔다. 또한 유토피아라는 말은 그것과 연관되는 일련의 신조어들, 이를테면 '에우토피아', '디스토피아(dystopia)', '안티-유토피아(anti-utopia)', '헤테로토피아(heterotopia)', '에코토피아(ecotopia)', '하이퍼유토피아(hyperutopia)' 등등의 생성에 의미론적 뿌리로 작용해 왔다. 유토피아라는 말은 그것에서 시작하여 여러 갈래로 뻗어 나간 인접어들과 독특한 관계를 맺으면서 하나의 고유한

'개념(concept)'으로 자리 잡는다.

논자에 따라 조금씩 다르긴 하지만, 하나의 개념으로서 유토피아에는 1) 유토피아 문학(유토피아 상상력이 표현되는 문학 형식), 2) 유토피아 실천(현실 속에서 유토피아를 실현하기 위한 공동체 실험), 3) 유토피아 사회 이론과 철학(더 좋은 사회의 구체적 내용에 대한 사유), 4) 유토피아의 기능(유토피아가 사람들에게 미치는 영향과 효과), 5) 유토피아 욕망(현존 사회에 대한 비판에서 비롯된 더 좋은 사회를 향한 갈망) 등이 포함된다. 라이먼 타워 사전트(Lyman Tower Sargent)는 이 중에서 유토피아 '문학', '실천', '사회 이론'을 유토피아주의의 세 얼굴이라 칭한다.[1] 반면, 비에이라 파티마(Vieira Fátima)는 유토피아 문학, 사회 이론, 기능, 욕망을 유토피아 개념을 구성하는 네 요소로 거론하면서 그중 가장 중요한 것으로 유토피아 욕망을 꼽는다.[2] 더 좋은 사회를 향한 인간의 욕망이 없다면, 나머지는 아예 존재할 수 없기 때문이라는 것이다. 현존 질서에 대한 불만에서 기인하는, 더 나은 삶과 존재양식을 향한 욕망은 현실을 '비판'하고 '대안'을 추구하게 만드는 심적 동력이다. 유토피아 상상은 현실의 경계 바깥에서 현실을 교란하고 대안을 찾는 정신 활동이다. 사전트가 구별해 낸 유토피아주의의 세 얼굴에 욕망이라는 주체적 차원을 덧붙여야 할 이유가 여기에 있다.

....

1) Lyman Tower Sargent, "Three Faces of Utopianism Revisited," *Utopian Studies* 5.1, 1994, pp. 1-37.

2) Vieira Fátima, "The Concept of Utopia," *The Cambridge Companion to Utopian Literature*, ed. Gregory Claeys(Cambridge: Cambridge UP, 2010) 참조.

유토피아 vs. 안티유토피아

유토피아를 향한 욕망은 에른스트 블로흐가 유토피아의 근원적 에너지라고 부른 희망과 맞닿아 있고, 이 희망이 만들어 낸 다양한 텍스트들을 포용해 들일 수 있을 만큼 넓고 유연하다. 유토피아 텍스트에는 사변적 형태를 띠는 철학과 사회 이론뿐 아니라, 종교, 예술, 문학, 대중문화 등 다양한 언어적·비언어적 재현 형태들이 들어갈 수 있다. 더 좋은 사회의 구체적 '내용'은 보수주의에서 공산주의와 무정부주의까지, 페미니즘과 생태주의, 성과 육체의 해방에서 금욕과 절제에 이르기까지 다양하다. 현대의 일부 논자들은 유토피아 사회를 이루는 각양각색의 내용들을 구분하기 위해 '질서의 유토피아'와 '자유의 유토피아'로 대별하기도 한다.[3] 유토피아 사유와 실천의 '기능'을 바라보는 시각도 유토피아주의가 사회의 진보를 앞당긴다는 것부터 끔찍한 폭력과 억압을 유발한다는 것까지 다양한 스펙트럼에 걸쳐 존재한다. 19세기 영국 작가 오스카 와일드에게 "유토피아 없는 세계 지도는 잠깐이라도 들여다볼 가치가 없다." 그에게 "진보란 유토피아를 실현해 가는" 과정에 다름 아니기 때문이다. 20세기 우루과이 지식인 에두아르도 길레아노에게 유토피아는 우리가 영원히 도달할 수 없는 곳이지만 우리를 전진시키는 힘을 보유하고 있다. 그런 만큼 유토피아를 포기하는 것은 현실을 변화시키는 힘을 잃는 것과 같다. 반면, 합리주의 철학자 칼 포퍼에게 유토피아주의는 우리를 폭력과 자멸로 이끄는 위험천만한 생

---

3) Chris Ferns, *Narrating Utopia: Ideology, Gender, Form in Utopian Literature*(Liverpool: Liverpool UP, 1999) pp. 14-15.

각이다. 고로 이 위험하고 유해한 망상이 세상을 어지럽히지 못하도록 막는 것이 그의 철학적 과제가 된다. 포퍼가 전개하는 반유토피아주의(anti-utopianism)는 유토피아 사회를 조롱하는 풍자적 유토피아(satirical utopia)와 지금보다 '더 나쁜 사회'를 의미하는 디스토피아와 함께 유토피아주의에 맞서는 강력한 흐름으로 존재해 왔다. '더 좋은 사회'를 '완벽한 사회'와 등치시키면서 유토피아를 어떤 수정이나 변화도 필요 없는 정태적 사회로 상정하고, 그곳에 도달하기 위해 불완전한 인간에게 불가능한 요구를 한다는 비판은 반유토피아주의가 유토피아주의에 가하는 전형적인 문제 제기이다. 인간의 불완전성과 취약성을 외면하고 총체적 사회변화를 요구하는 급진적 태도는 그 선한 의도와 아름다운 외양에도 결국 폭력적 참사로 귀결된다는 것이다.

유토피아 담론의 역사적 전개와 현대적 재구성

16세기 르네상스 시대에 출현한 유토피아 담론은 18세기에 들어 인간 이성에 의한 합리적 사회 건설이라는 계몽주의적 기획과 만난다. 19세기에 접어들면서 유토피아니즘은 한편에서는 공상적 사회주의라 불리는 대안적 공동체 운동으로 나타나고, 다른 쪽에서는 마르크스주의와 만나면서 물질적 결핍과 계급적 억압에서 벗어나 인간의 가능성이 최대치로 발현되는 자유롭고 평등한 공산사회라는 구체적인 형상으로 나타난다. 미래라는 시간적 차원과 유토피아를 실현할 주체적 동력으로서 인간의 집합적 행동은 유토피아주의를 불가능성의 영역에서 가능성의 영역으로 옮겨 놓는다. 거대한 역사적 변혁기에 등장하는 유토피아주의는 서구에서는 중세에서 근대로 넘어오는 이행기에 출현하여

19세기에 화려하게 꽃피웠다가 20세기에 접어들면서 반유토피아주의와 디스토피아주의에 자리를 내준다. 사회주의 유토피아를 주장했던 소비에트 체제가 스탈린이라는 정치적 괴물을 낳은 전체주의 국가로 변모하는 과정을 지켜보면서, 20세기 서구 지식인들은 유토피아주의를 "열린 사회의 적"으로 기소한다. 한동안 역사의 수면 아래에 가라앉아 있던 유토피아주의는 68혁명 이후 페미니즘, 생태주의, 탈식민주의, 무정부주의, 신좌파 등 현존 질서를 넘어 대안 가치를 지향하는 다양한 사회운동들과 연계하여 부활한다. "불가능한 것을 요구하라"는 68혁명의 슬로건은 그 근저에 유토피아 지향을 담고 있었다. 기존 사회 질서에 '자리가 없는' 공간을 창출하려는 변혁의 자세는 거대한 문화혁명으로 이어졌다. 서구 사회에서 1970년대는 다채로운 유토피아 문학과 실천들이 새로운 활력을 띠고 재탄생했던 시기이다. 그러나 이 짧은 부흥기는 1989년 동구권 사회주의의 몰락에 이어 1991년 소비에트 체제가 붕괴하고 신자유주의적 자본주의의 세계화가 진행되면서 다시 긴 잠복기로 접어든다. 잠복이 아니라 아예 소멸을 주장하는 목소리들도 적지 않다. 2000년대 들어 문명의 종말과 지구 행성의 절멸 가능성 앞에서 유토피아의 죽음을 선언하는 목소리는 더욱 높아지고 있는 형국이다. 유토피아의 죽음 위에 미래를 지워버리고 미래 이후를 말하는 종말론적 담론들이 우후죽순 생겨나고 있다.

이데올로기의 종언, 역사의 종언, 문명의 종언 등 수많은 종언 담론들이 창궐하는 시대에 유토피아 담론은 또 한 번의 변신을 요구받고 있다. 그 변신은 완벽한 사회를 위한 정치 프로그램을 제시하는 것에서 "더 나은 존재양식과 삶의 방식을 향한 욕망의 표현"[4]으로 유토피아의

---

4) Ruth Levitas, *The Concept of Utopia*(Bren: Peter Lang, 2011), p. 8.

역할과 위상을 재조정하는 것에서 시작할 수 있을 것이다. 유토피아 개념의 재조정은 '대안적 사회조직의 체계적 건설'에서 '대안적 가치의 열린 추구'로, '청사진 유토피아'에서 일상적 삶의 축조에 기여하는 '지속가능한 유토피아'로 방향전환을 시도하는 것과 함께 진행될 것이다. 그러나 마이너리티 유토피아(minority utopia), 헤테로토피아(heterotopia), 엔클레이브 유토피아(enclave utopia), 실험적 유토피아(experimental utopia) 등으로 불리는 다양한 미시 유토피아들이 현실에 만족하지 못하는 시대 부적응자들의 도피처가 아니라 현실을 재사유하고 재배치하는 변화의 동력으로 작용하기 위해서는 이 공간들이 새로운 삶과 사회를 끌어당기는 상상의 거점이 되어야 할 것이다.

문학 유토피아

이 책이 다루는 유토피아 문학은 유토피아의 여러 구성요소 중에서 가장 활발하고 역동적인 모습을 보여 온 영역이다.[5] 블로흐의 지적처럼 아직 오지 않은 세계를 향한 무의식적 소망은 문화의 거의 모든 영역에 산포되어 있지만, 종교와 함께 문학에서 가장 강력하고 생생한 표현을 얻어왔다. 근대 서구 역사에서 문학은 여행기, 일기, SF(공상과학소설), 판타지 같은 장르와 결합하여 유토피아 담론을 이끌어왔다. 토머

----

5) 다코 수빈의 정의에 따르면, 하나의 문학장르로서 유토피아는 "사회·정치적 제도, 규범, 개인들 간의 관계가 저자가 살고 있는 공동체보다 더 완벽한 원리에 의해 조직되어 있는 유사·인간공동체에 대한 언어적 구성물로서, 대안적인 역사적 가정에서 비롯된 낯설게 하기의 효과에 기반하고 있다." Darko Suvin, "Defining the Literary Genre of Utopia," *Metamorphoses of Science Fiction*(New Haven, Yale UP, 1979), p. 49.

유토피아 문학

스 모어는 유토피아라는 신조어를 고안했을 뿐 아니라 이후 유토피아 서사의 특징으로 자리 잡는 새로운 형식을 선보였다. 아직 소설 장르가 등장하기 이전 시대에 모어가 『유토피아』에서 시도한 새로운 형식, 여행기와 풍자, 철학적 대화와 사변적 논설이 결합된 하이브리드 형식은 상당 기간 동안 유토피아 문학의 주요 형식으로 자리 잡았다. 여행기는 현실과 다른 낯선 공간을 탐색하고 이질적 타자성을 현실로 가져오는 서사 형식을 제공하며, 풍자는 이상사회로 묘사되는 낯선 사회를 해학과 농담의 대상으로 만드는 수사 장치로 기능한다. 철학적 대화와 사변적 논설은 유토피아 서사의 특징인 지적 활동을 드러내기 좋은 형식이다. 사변적 논설이 독백적 형식이라면 철학적 대화는 이 독백 담론에 다른 목소리를 불어넣는 기능을 수행한다. 모어가 선보인 이런 독특한 형식은 18세기 말 이후 유토피아가 '미지의 세계'에서 '미래 세계'로 옮겨가면서 다른 형식에 자리를 내준다. 이제 유토피아 서사의 주도적 형식은 여행기에서 SF로 옮겨간다.[6] 새로이 등장하던 소설이나 판타지를 차용하는 경우도 적지 않지만, SF와의 접목이 두드러진다. 『모던 유

6) SF는 유토피아 문학이라는 역사적 뿌리에서 자라난 가지라는 주장과 유토피아 문학은 SF라는 더 큰 장르의 사회·경제적 하위 장르라는 주장은 지금도 여전히 다투고 있다. 이 논쟁에서 어느 한편의 손을 들어주는가와는 별도로, 유토피아 서사와 SF가 '인식적 낯설게 하기(cognitive estrangement)'를 미학적 원리로 공유한다는 점을 기억하는 것은 중요하다. '낯설게 하기'가 현존 질서와 다른 차이를 드러내는 것이라면, 인지성은 지적 능력을 가리킨다. SF와 유토피아 서사는 공통적으로 인간의 정신 활동 중에서 특히 지적 능력과 인식적 능력에 기대고 있다. 두 서사의 역할을 교육적 기능에서 찾는 논의들이 많은 것도 이런 장르적 특성에서 기인한다. 교육적 기능이 지나칠 때 유토피아 서사는 정치 프로그램을 주입하는 팸플릿이 된다. 과도한 정치성과 교육성을 누그러뜨리고 문학적 깊이와 즐거움을 줄 수 있는 장치를 개발하는 것이 현대 유토피아 작가들의 고민이다.

토피아』(1905)를 쓴 H. G. 웰스는 이 작품을 쓰기 10년 전 『타임 머신』(1895)을 쓴 SF 작가이기도 하다. 유토피아 논의가 화려하게 꽃피웠던 19세기 후반과 20세기 초 서구 사회에 등장한 유토피아 문학들은 대개 여행기와 SF 가운데 하나를 차용하거나 양자를 적절히 혼용했다. 에드워드 벨러미의 『뒤돌아보며: 2000년에 1887년을』(1888)와 윌리엄 모리스의 『유토피아에서 온 소식』(1891), 허버트 웰스의 『모던 유토피아』, 샬럿 퍼킨스 길먼의 『허랜드』(1915) 등은 서로 다른 시각에서 대안사회와 인간을 상상한 유토피아 문학의 대표작들이다. 국가 사회주의, 실용적 사회주의, 자유주의적 개인주의에 기초한 공산제, 분리주의적 페미니즘 등은 각각 이 유토피아 고전들을 안내하는 정치 이념이다.

앞서 언급했듯이, 서구 사회에서 한동안 사라진 듯 보였던 유토피아 문학은 1968년 이후 새롭게 부활한다. 마지 피어시의 『시간의 경계에 선 여자』(1976), 어슐러 르 귄의 『어둠의 왼손』(1969)과 『빼앗긴 자들』(1974), 조애나 러스의 『여자 남성』(1975), 사무엘 R. 딜레이니의 『트리톤』(1976), 어니스트 칼렌바흐의 『에코토피아』(1975) 등 이제는 SF의 전설적 위치에 오른 대가들의 작품이 1970년대에 집중적으로 출판된다. 그런데, 20세기 중후반에 출현한 이 새로운 유토피아 문학들은 19세기 말 20세기 초의 선조들과는 아주 다른 특성을 보여 준다. 유토피아 서사를 따라다녔던 완벽한 사회에 대한 강박과 정태적 묘사를 벗어나기 위해 이 작품들은 미래 사회를 어떤 갈등이나 모순도 없는 완전한 사회가 아니라 그 자체 한계와 결함을 지닌, 따라서 변화와 수정에 열린 불완전한 사회로 그린다. 디스토피아와 유토피아의 경계도 느슨해진다. 이 소설들은 디스토피아 안에 유토피아적 요소를, 유토피아 안에 디스토피아적 요소를 포함하는 장르 혼종적 경향을 보이면서 각각의 형식으로부터 비판적 거리를 유지한다. 비평가 톰 모이란은 이런 새로운 유토피아 문학을 '비판적 유토피아(critical utopia)'라 부르며, 그 다원성, 개방성, 혼종성을 긍정한다.[7] 이제 유토피아 텍스트는 여러 서사양식들이 교차하는 다성적 형태를 띠며, 유토피아 서사는 그중 하나가 된다.

고전적 유토피아 서사에서 형식적으로 가장 곤혹스러운 문제는 인물이 살아나기 어렵다는 점이다. 여행자-화자는 자신이 방문한 낯선 나라를 이야기해 주는 것이 주 임무이기 때문에 입체성을 지닌 개성 있는 캐릭터가 되기 힘들다. 그는 자신이 전달하는 사회와 갈등을 일으키기 어렵고, 성격 변화를 보이기도 여의치 않다. 이는 여행자-화자에게 유토피아 사회를 소개하는 안내자의 경우도 마찬가지이다. 다소 문제가 있을 수는 있지만 안내자가 살고 있는 사회는 많은 모순들이 해결된 좋은 사회이다. 그가 자신의 사회와 갈등관계를 가질 여지는 거의 없다. 갈등이 빠진 이야기에 흥미진진한 플롯과 인물을 기대하기는 어렵다. 지루한 설명과 규범적 훈계가 서사적 긴장과 생생한 인물묘사를 대신한다. 동일한 장르적 규약을 따르지만 디스토피아 서사가 더 흥미로운 것은 해당 사회에 살고 있는 인물이나 그의 이야기를 전해 듣는 화자가 그 사회와 갈등적 관계에 놓여 있기 때문이다. 그는 억압적 사회에 맞서 싸우는 개인—영웅적이든 아니든—이 될 수 있다. 인물이 사라지거나 약화된 이야기가 독자들의 흥미를 끌기는 쉽지 않다. 하지만 불완전한 사회나 디스토피아적 사회가 그 일부로 포함된 비판적 유토피아 문학의 경우 모순과 갈등, 대립과 대결이 가능해진다. 이 모순과 갈등

----

7) Tom Moylan, *Demand the Impossible: Science Fiction and the Utopian Imagination*(London: Methuen, 1986), 참조.

과 대립과 대결 속에서 유토피아는 순간적으로 체험되거나 부분적으로 실현된다. 비판적 유토피아가 많은 경우 실험적 유토피아나 헤테로토피아의 형태를 띠는 이유가 여기에 있다. 유토피아 상상력을 원천 봉쇄하는 것처럼 보이는 (포스트)아포칼립스 서사에서도 이런 국지적, 순간적 유토피아의 계기는 존재한다. 유토피아적 계기는 종말 이후 부서지고 깨어진 역사의 잔해 속에 묻혀 있다. 이 책에 수록된 글들이 주로 분석하고 있는 현대 유토피아 문학은 대개 이런 형태를 취한다. 이는 유토피아의 가능성을 바라보는 관점의 변화에서 기인하는 측면이 크지만, 유토피아 소설의 문학성과 대중성을 확보하기 위한 노력의 산물이기도 하다.

이 책은 유토피아 문학의 유형과 계보를 종합적으로 조망해 보기 위한 목적으로 기획되었다. 역사적으로는 16세기 토머스 모어에서 시작된 고전적 유토피아 문학에서 현대의 포스트아포칼립스 유토피아 문학까지 다루고 있으며, 현대 유토피아 문학의 중요한 흐름을 이루고 있는 비서구·탈식민 유토피아 문학과 페미니스트 유토피아 문학을 포괄한다. 유토피아 문학을 견인해 온 것은 근대 서구문학이고, 그 문학의 생산 주체는 압도적으로 남성이었다. 그러나 1970년대 이후 유토피아 문학의 세계 지도 속으로 비서구 탈식민 문학과 페미니스트 문학이 진입해 들어온다. 이런 새로운 주체와 새로운 목소리의 진입은 세계 유토피아 문학의 지형도를 바꾸어 놓았다. 리얼리즘 문학 전통이 지배적이었던 현대 한국문학에서 유토피아 문학은 큰 목소리를 내기 힘들었다. 그러나 B급 문학으로 치부되었던 SF에서 다른 상상력과 대안적 시선을 발견하려는 젊은 작가들의 노력이 이어지면서, 한국문학에서도 유토피아 문학의 가능성이 점점 커지고 있다. 반가운 일이다. 소수자의 위치에 놓여 있는 사람들은 주어진 현실을 당연한 것으로 받아들일 수 없다. 그 현실 역시 역사적으로 구성된 것이라는 사실을 그들은 알고 있다. 현실에 굴복당하지 않고 현실을 바꾸고자 하는 사람들에게 유토피아 문학은 풍부한 가능성의 땅이다. 대안은 지속 가능한 유토피아를 겸손하게 표현하는 우리 시대의 어법이다. '완전한 사회'에서 '더 나은 사회'로, '이상적 가치'에서 '더 바람직한 가치'로 눈높이를 낮추면서 다른 세계를 향해 시선을 열어 놓는 것이 대안을 추구하는 사람들의 자세라면, 지금 우리는 모두 대안을 찾는 사람들이 되어야 한다. 대안을 찾는 사람들에게 유토피아 문학은 마르지 않는 영감의 원천이다. 지금은 유토피아 문학을 읽어야 할 때이다.

어려운 시기에 글을 써준 필자 분들과 함께 기획 작업에 참여한 박정원, 김영임 두 편자 선생님들께도 감사드린다. 좌초될 뻔했던 기획이 최종적으로 결실을 보게 된 것은 마감의 위대한 힘 덕분이다. 여러 필자들의 글을 묶는 편집 작업의 실무를 꼼꼼히 챙겨 번듯한 책으로 만들어준 알렙출판사에도 고마운 마음을 전한다. 유토피아 문학 비평집으로는 국내에서 처음으로 기획되는 이 책이 더 나은 인간, 더 나은 삶, 더 나은 세계를 꿈꾸는 사람들에게 유익한 길잡이가 되기를 소망한다.

2021년 4월
이명호

3부 페미니스트 유토피아

4부 포스트아포칼립스 유토피아

1부

고전적
유토피아

유토피아 문학의 형성과 발전:
토머스 모어에서 19세기까지

현재 이곳의 삶보다 더 나은 삶을 영위할 수 있는 이상적인 사회에 대한 꿈은 동서양을 막론하고 신화시대부터 다양한 형태로 존재해 왔다. 그러나 이상향에 대한 이야기를 풀어 내는 특정한 허구적 서사 형식인 유토피아 문학은 토머스 모어의 『유토피아』에서 시작되었다. 작품 제목이자 모어가 상상한 이상적인 공동체가 있는 섬의 이름인 '유토피아'라는 용어 자체가 그가 창안한 신조어였다. 흥미롭게도 모어는 처음에 그 섬을 '아무 데도 없는 곳'이란 의미를 지닌 'Nusquama'라는 라틴어로 명명했다가 나중에 'Utopia'로 그 이름을 바꾸었다. 그리스어를 활용하여 만들어진 이 용어는 부정의 의미를 나타내는 'u-'와 장소란 뜻의 'topos', 장소임을 표시해 주는 접미사 '-ia'가 결합된 형태를 띤다. 따라서 어원상으로 따지면 유토피아는 비장소(no-place)인 장소를 뜻하므로 부정과 긍정의 요소를 동시에 담고 있다. 또한 의미심장하게도 『유토피아』의 초판본 부록에 실린 여섯 행짜리 짧은 시에는 유토피아는 에우토피아(eutopia)로 불려야 한다는 구절이 나온다. 영어에서 'utopia'의 발음과 '좋은 곳' 또는 '행복한 곳'이란 의미를 지닌 'eutopia'의 발음은 서로 동일하다. 이런 점들은 모어가 비장소인 장소라는 역설적 의미와 함께 행복한 삶이 가능한 좋은 곳이란 의미를 동시에 전달하기 위해서 섬의 이름을 누스쿠아마에서 유토피아로 바꾸었음을 짐작하게 한다. 그리고 모어가 의도한 이런 의미들이 이후 모든 것이 완벽한 상상의 장소라는 유토피아의 기본 정의를 구성하게 된다.

유토피아의 정의 자체에 깃들어 있는 긍정과 부정의 역설은 인간이 상상할 수 있는 가장 이상적인 사회가 가능하다는 긍정과 그런 사회를 실제로 구현하는 것은 불가능하다는 부정 사이에서 발생하는 해소할 수 없는 긴장으로 유토피아 문학에 면면히 흐르게 된다. 그렇지만 가능성과 실현 불가능성 사이의 긴장이 나타나는 양상은 르네상스기와 근대를 거치며 유토피아 문학이 형성되고 발전되는 과정에서 변모한다. 이런 변모는 무엇보다 유토피아 문학에서 나타나는 시간 개념의 변화와 더불어 일어난다. 모어에서부터 고전적 유토피아가 형성되기 시작한 시기는 대항해시대에 속한다. 대항해시대에 유럽인들이 지리적 대탐험에 나서면서 기존에는 알려지지 않았던 땅들과 사람들이 유럽인들의 시야에 들어오게 된다. 지리적 팽창과 타자의 등장은 유럽인들과는 다른 사람들이 기존의 유럽과는 질적으로 다른 사회를 구성하여 살아가고 있는 장소에 대한 상상을 가능하게 한다. 이런 상상에 기대어 고전적 유토피아는 어떤 이가 미지의 영역을 여행하다가 우연히 발견하게 되는 지리상의 새로운 장소로 형상화된다. 이런 점에서 유토피아는 공간적 측면에서 여기 이곳과 지리적으로 단절되어 있다. 그러나 시간

유토피아 문학

적 측면에서 보면 여기 이곳과 동시대에 속한다. 더구나 이상적인 상태에 있는 유토피아에서 사람들은 그런 상태가 영속되리라 여기며 살기 때문에 유토피아에서 시간은 현재에 고정되어 있다고 말할 수 있다. 과거에서 현재를 거쳐 미래로 연속적으로 흐르면서 변하는 시간의 개념은 고전적 유토피아에서 찾아보기 힘들다.

유토피아적 상상력에 진보와 성장의 시간 개념이 나타나기 시작한 것은 18세기 후반이다. 이 변화는 르네상스기에 생겨난 인간 이성의 능력에 대한 믿음이 계몽주의 시대에 이르면 과학 발전과 진보 이론들에 의해 강화되면서 인간이 완전해질 수 있다는 믿음으로 확장되는 과정에서 일어난다. 이제 역사는 무한한 진보의 과정으로 인식되고, 미래에 인간은 완전해질 수 있으며 스스로 이상적인 사회를 구현할 수 있다는 낙관적인 견해가 팽배해진다. 계몽주의의 진보와 성장의 시간관이 유토피아적 상상력에 통합되면서 유토피아는 이곳에서 멀리 떨어져 있는 미지의 장소보다는 미래의 어느 시점으로 투사된다. 따라서 유토피아는 지리적으로 고립된 곳에 있는 정적인 사회가 아니라 연속적인 진보의 상승 과정에 포함되는 역동적인 사회로 그려지게 된다. 진보는 유토피아들이 실현되는 과정이 되고, 진보의 관점에서 유토피아적 상상력은 실제 역사 발전의 일부로 인식되기까지 한다. 이렇게 상상의 장소를 만들어 내는 공간적 차원에 진보의 시간적 차원이 더해지면서 유토피아는 '미래에 구현될 좋은 곳'으로 형상화된다. 유토피아는 여기 이곳의 사회를 비판하는 대척점의 역할을 할 뿐 아니라 지금의 현실 사회가 향해 나아가야 할 지향점의 역할까지 하게 된다. 그리고 현재의 시점에서 미래를 바라보기보다는 미래의 시점에서 현재를 보게 해줌으로써 유토피아에 대한 소망을 유토피아를 실제로 구현할 수 있다는 희망으로 변모시킨다. 이런 요소들은 당대의 개혁 이론들과 특히 사회주의와 공산주의 이론들과 결합하면서 19세기의 유토피아 문학에서 아주 두드러지게 나타난다.

르네상스기에 출현하여 계몽주의를 거치면서 강력해지고 19세기에 전성기를 구가한 유토피아적 상상력은 20세기로 접어들면서 디스토피아적 상상력에 가려 힘을 잃기 시작한다. 디스토피아적 상상력이 20세기 초에 갑자기 등장한 것은 전혀 아니다. 앞에서 살펴본 것처럼 유토피아라는 용어가 가진 역설적 의미들은 유토피아에 대한 의심이 유토피아 문학의 형성 과정에 처음부터 이미 배태되어 있었음을 짐작하게 한다. 유토피아적 상상력에 대한 일종의 반작용이라고 할 수 있는 디스토피아적 상상력은 특히 18세기 영국에서 풍자적 유토피아(satirical utopia)와 반-유토피아(anti-utopia)라는 하위 장르를 형성할 정도로 세력을 얻는다. 유토피아 작품들이 이상향이 존재할 가능성과 그런 사회에 대한 묘사의 신빙성을 확보하고자 한다면, 풍자적 유토피아는 이상적 사회가 존재할 가능성을 비꼰다. 반-유토피아는 한발 더 나아가 유토피아적 상상력 자체를 조롱한다. 유토피아가 미래에 대한 낙관적 희망을 전하고자 한다면, 풍자적 유토피아는 그런 희망에 대한 의혹을, 반-유토피아는 완전한 불신을 보여 준다. 이런 풍자적 유토피아와 반-유토피아의 흐름을 거치면서 세력을 형성한 디스토피아적 상상력은 지금 이곳의 현실보다 더 나쁜 사회를 그림으로써 미래에 대한 비관적 전망을 제시하며 유토피아적 상상력에 대척한다. 그러나 디스토피아적 상상력 역시 근본적으로는 현실을 비판함으로써 사회의 모순과 문제들에 대한 각성을 촉구하고 미래의 디스토피아를 피하기 위해서는 지금 이곳에서 더 나은 사회를 건설해야 함을 각인시키고자 한다는 점에서 유토피아적 상상력의 부산물로 볼 수 있다. 유토피아적 상상력과 디스토피아적 상상력 모두 모어에서 시작하여 르네상스기와 근대를 거치면서 정반대 되는 사유 실험의 양태들을 만들어 낸 것이다.

오봉희

몫 없는 자들을 위한 공유사회의 꿈
─ 토머스 모어의 『유토피아』

이명호

1 토머스 모어의 『유토피아』와 '점령 운동'

토머스 모어(Thomas More, 1478-1535)는 새로운 어휘와 장르의 창시자이다. 그는 대안 사회를 그린 자신의 책 제목을 '유토피아(utopia)'로 붙임으로써 근대 담론 공간에 이 말을 최초로 도입했을 뿐 아니라 '유토피아 서사'라는 새로운 장르를 창조했다. 새로운 언어와 장르의 기원을 특정 개인에게 귀속할 수 있는 경우는 드물다. 언어는 수많은 사람들의 사용을 통해 변화하며, 장르 역시 마찬가지다. 그런 까닭에 새로운 말과 장르의 출현을 역사상 실존하는 어느 한 개인에게 소급하기란 쉽지 않다. 그러나 토머스 모어는 창시자의 위치에 올라섰고, 그가 쓴 『유토피아』는 새로운 장르의 기원 텍스트로서 위상을 지니게 되었다. 이는 문학사에서 희귀한 사례에 속한다. 우리가 유토피아 문학을 논의하면서 토머스 모어의 이름을 생략할 수 없고, 그가 1516년 라틴어로 쓴 이 자그마한 책자로 거듭 돌아갈 수밖에 없는 이유가 여기에 있다.

그러나 기원이라는 위상이 『유토피아』를 읽어야 할 이유의 전부라면 문학사적 의미 이상을 갖기는 힘들 것이다. 이 작품이 살아 있는 고전의 위상을 지니려면 시간의 간극을 뛰어넘어 오늘날의 독자에게도 여전히 사유를 촉발하는 문제적 텍스트로 남아 있어야 한다. 문제적 텍스트란 어떤 이념적 왜곡이나 모순도 없는 완벽한 작품을 뜻하지 않으며, 자신이 속한 순간의 전망에서 벗어나 초월적 보편성을 지닌다는 뜻도 아니다. 무릇 고전이란 당대의 맥락에 묶여 있는 역사적 산물이지만, "시대의 제약으로부터 달아나고 그에 맞서는 대칭적 충동을 통해 현재를 비추는 잠재성"[1]을 지닌 작품이다. 에드워드 사이드(Edward Said)가 '대위법적 읽기(contrapuntal reading)'라 부르는 것은 과거의 작품 속에 들어 있는 이 잠재성이 시간적·문화적·이데올로기적 경계를 가로질러 현재에 말을 걸도록 만드는 독법을 말한다. 그렇다면 모어의 『유토피아』에는 현재를 조망하는 해석의 잠재성이 있는가? 500년 전에 출판된 이 오래된 책자가 우리 시대에도 유의미한 참조틀을 줄 수 있는가?

이 물음들에 긍정적 대답을 내놓을 수 있는 사례 하나를 소개하자면, 5년 전 미국의 '점령 운동(occupy movement)'에서 시도된 '북 블록(book bloc)' 활동을 들 수 있다. 주지하다시피 점령 운동은 월스트리트로 대변되는 글로벌 자본의 사유화(私有化) 경향에 맞서 이른바 '몫 없는 자들'이 '공유지(commons)'를 지키려는 싸움이었다. 이제 그 불꽃은 사그라들었지만 선진 자본주의 국가 한복판에서 터져 나온 이 격렬한 싸움

---

1) 에드워드 W. 사이드, 주은우 옮김, 『프로이트와 비유럽인』(창비, 2005), 10쪽.

은 대안 세계를 창조하려는 풀뿌리 운동 단체들과 일반 시민들이 자본에 맞서 일으킨 저항 운동이었다. 최근 미국에서 발표된 한 논문에 따르면 시위 현장에서 일부 가담자들은 물리적 점령만이 아니라 '정신의 점령'을 시도했다고 한다.[2] 2011년 11월 2일 미국 오클랜드 시의 점령 운동 세력은 북 블록을 만듦으로써 경찰과 대치 전선을 형성했다. 시위 참가자들은 프란츠 파농의 『대지의 저주받은 자들』, 데이비드 하비의 『자본에 제약을』, 수잰 콜린스의 『헝거 게임』, 어슐러 르귄의 『빼앗긴 자들』 같은 책의 표지를 붙인 피켓을 들고 경찰과 맞섰다. 시위대가 만든 '불온서적의 방패'는 국가 폭력으로부터 시민들을 지키는 물리적 보호막이자 사상의 전선이었다. 이후 발생한 사태는 놀랄 만한 것이었다. 경찰은 북 블록의 무장해제를 명령했고 이에 불복한 시위대가 경찰과 맞서다 80여 명이 체포되기에 이른다. 사태가 이렇게 전개되자 오클랜드 시의회는 북 블록을 폭력의 도구로 규정하여 금지하려는 움직임을 보이는데, 곧바로 반대에 부딪힌다. 오클랜드 시의 시위 현장에서 북 블록을 둘러싸고 벌어진 일련의 사태는 죽은 글자들이 빽빽이 늘어선 책이라는 물건이 더 나은 세계를 꿈꾸는 대안 운동에서 살아 있는 무기가 될 수 있음을 보여 주었다.

토머스 모어의 『유토피아』는 오클랜드 시의 북 블록에 포함되지는 않았지만, 점령 운동을 둘러싸고 벌어진 당시 이데올로기 싸움에서 가장 많이 소환된 텍스트 중 하나이다. 하지만 이 텍스트가 해석되는 방식은 극히 상반되었다. 점령 운동을 비판하는 논자들의 관심은 '유토피

---

2) Sarah Hogan, "What More Means Now: Utopia, Occupy, and the Commons", *Upstart: A Journal of English Renaissance Studies* 2013. 9.2., pp. 1-20.

아'에 내포된 두 가지 의미 중 하나, 즉 '좋은 곳(eu-topia)'이 아니라 '없는 곳(ou-topia)'에 집중되었다. 이를테면 마크 휘팅턴(Mark Whittington)은 점령 운동의 실패를 이렇게 진단한다. "월스트리트 점령 운동은, 엔클레이브[3] 유토피아는 언제나 실패한다는 수많은 역사적 증거들에 덧붙여진 또 한 사례에 불과하다."[4] 그 실패의 끝은 전체주의 국가이다. 휘팅턴에게 이들은 위장된 전체주의자일 뿐 아니라, 무엇보다 '없는 곳'에 집착하는 냉소적 비현실주의자들이다.

점령 운동가들이 현실을 회피하고 있다는 이런 비판은 다소 온건한 형태이긴 하지만 론 다트(Ron Dart)에게서도 발견된다. 다트는 점령 운동가들에게 나타나는 이상주의와 냉소주의의 부정적 결합 양상을 모어의 『유토피아』에 등장하는 히슬로다에우스(Hythlodaeus)와 연결하고, 그 극복 가능성을 또 다른 작중인물 '모어'에게서 찾는다.[5] 다트의 해석에 의하면 히슬로다에우스가 2부에서 묘사한 유토피아 섬은 사유재산이 없는 무계급사회이긴 하지만 자유롭고 평등한 사회와는 거리가 멀다. 모어의 『유토피아』가 뛰어난 것은 히슬로다에우스의 이상주의를 비판하는 또 다른 목소리, 작중인물 '모어'로 대변되는 현실주의자의 목소리를 포함하고 있기 때문이다. 이런 점에서 모어의 『유토피아』는 유토피아주의를 표방하고 있지만 은밀하게 그것을 비판하고 있다. 다트는

....

3) '엔클레이브(enclave)'는 조차지(租借地)라는 뜻으로 프레드릭 제임슨이 현실 공간 안에 존재하는 미시적 유토피아 공간을 가리키기 위해 고안한 용어이다.

4) Mark Whittington, "Occupy Wall Street Shows Why Utopias Always Fail", *Yahoo News*, 22 Oct. 2011. Web. 4 Feb. 2012.

5) Ron Dart, "Occupy Wall Street/Vancouver and Thomas More/Erasmus", *Clarion: Journal of Spirituality and Justice*, 31 Oct. 2011. Web. 7 Feb 2012.

바로 이 점을 히슬로다에우스의 후손이라 할 수 있는 점령 운동가들이 배워야 할 교훈으로 제시한다.

　이런 보수적 해석과 달리 점령 운동 옹호론자들은 모어의 『유토피아』에서 신자유주의 비판의 이념적 근거를 끌어낸다. 이들은 16세기 영국 사회에 대한 히슬로다에우스의 비판과 신자유주의에 대한 그들 자신의 비판 사이에서 공통점을 발견하고, 히슬로다에우스의 목소리에서 더 공정하고 지속 가능한 대안 사회에 대한 열망을 읽어 낸다. 이를테면 점령 운동에 동조한 초창기 논자 가운데 한 사람인 캐럴린 세일(Carolyn Sale)은 16세기 영국 자본주의와 21세기 글로벌 자본주의의 공통성을 지적하며, 점령 운동이 글로벌 자본에 의해 진행되고 있는 새로운 형태의 인클로저에 맞서는 운동이라고 말한다.

> 내 생각에 점령 운동은 다수의 희생 위에 **소수의, 아주 소수의** 사람들만 혜택을 누리고 이들이 나머지 사람들에게서 훔친 부(富)로 멋진 삶을 사는 반면 수많은 사람들은 고통에 빠지는 토지와 자원의 인클로저에 맞서 싸우는 투쟁을 계속하는 일이다. 이 체제하에서 많은 사람들은 집도, 제대로 된 음식도, 적절한 교육도, 억압에 맞서기 위해 필요한 수단도 갖고 있지 않다.[6](강조는 원문)

　흥미로운 사실은 세일을 비롯한 점령 운동 옹호론자들이 복원하는 히슬로다에우스가 유토피아 사회의 청사진을 제시하는 '이상주의자'가

---

6) Carolyn Sage, "Organizing Thought 11: Join Us, the Bottom-lining Idealists!!", *Labonneviveuse, Wordpress*, 28 Nov. 2011. Web. 7 2012.

아니라 헨리 8세 치하의 영국 사회를 신랄하게 비판하는 '사회비평가'라는 점이다. 이들에게 중요한 것은 자본의 '이윤 추구'를 '절도 행위'로 읽어 내는 히슬로다에우스의 반자본주의적 시각이지 그가 제시하는 이상 사회의 구체적 모습이 아니다. 이들은 당대 영국 사회에 대한 비판이 주를 이루는 『유토피아』의 1부에 주목한다. 이상 사회의 구체적 면모가 그려진 2부는 이들의 관심 대상이 아니다. 이들은 히슬로다에우스가 "부자들의 음모"라고 부른 것과 월스트리트 자본가들의 '탐욕'은 동일한 것이며, 자본주의적 착취의 긴 역사에서 거리로 내몰린 99% 사람들의 이익을 대변하는 것이 히슬로다에우스와 자신들이 공유하는 부분이라고 생각한다.

히슬로다에우스가 지상에 '없는 곳'이라는 허구적 상상을 통해 제시한 유토피아 전망은 그의 21세기 후예들의 마음을 사로잡지 못한다. 점령 운동의 슬로건 중 하나인 "나는 일자리를 잃었다. 하지만 점령을 찾았다(I lost my job, but found an occupation)"는 '사유지'를 '공유지'로 바꿔내는 '점령'에서 다른 사회를 향한 유토피아적 갈망을 드러내지만, 그 갈망은 대안 사회에 대한 전망으로 나타나지 않는다. 21세기 히슬로다에우스는 유토피아 전통에 대해 착잡한 태도를 갖고 있다. 소비에트 공산주의의 등장과 그 역사적 몰락을 목격한 이들에게 공산 사회는 아무 유보 없이 수용할 수 있는 미래의 청사진이 될 수 없다. '유토피아주의=전체주의'의 등식이 신좌파와 다양한 포스트주의자들의 상상을 지배하는 시대에 근대 계몽 이성에 입각한 사회 개조 프로젝트는 극복의 대상이지 계승해야 할 전통은 아니라는 것이 서구 지식계의 묵시적 합의이기 때문이다. 그러나 동시에 현존 질서를 넘어설 다른 사회에 대한 지향을 포기할 수도 없다. 유토피아 지향을 포기할 때 자본주의 외의 다른 대안은 없다는 현실추수주의에 굴복한 채 자본주의에 적응하는 일만 남기 때문이다. 현실 적응과 청사진 유토피아주의(blueprint utopianism)라는 두 함정을 피하면서 유토피아 사유의 긍정적 가능성을 살리기 위해서는 새로운 접근법이 필요하다. 프레드릭 제임슨과 러셀 저코비는 근자에 서구 지식계에서 이런 시도를 한 대표적 이론가들이다. 반유토피아주의라는 시대적 대세에 맞서 이들은 각각 "반반(反反)유토피아주의(anti-anti utopianism)"[7]와 "우상파괴적 유토피아주의(iconoclastic utopianism)"[8]를 대안으로 제시한다. 논의의 편차는 있지만 이들이 공유하는 문제의식은 유토피아주의에 내재하는 전체주의의 위험을 피하면서도 자본주의의 급진적 안티테제로서 유토피아 사유의 가치를 복원하는 것이다. 그러나 이들에게 유토피아는 반유토피아주의에 반대하는 '이중부정(반반유토피아주의)'이나 완전한 사회라는 환상을 허물어뜨리고 불완전한 미래를 받아들이는 '우상 파괴'의 형태로 표현될 뿐 사회 변화를 이끄는 적극적 가능성으로 제시되지 않는다.

서구 진보 진영이 유토피아에 대해 보이는 이런 모호한 태도는 점령운동 활동가들이 부딪힌 현실적 딜레마와도 무관하지 않다. 이 운동이 추구한 "대표자 없는 운동", "요구 없는 운동", "목표 없는 운동"은 다양한 사회 세력들의 자율과 연대의 장을 구성하는 데는 필요하지만 운동의 지속적 동력을 확보하는 데는 장애가 되었다. "불가능한 것을 요구하라"는 슬로건은 운동의 급진성을 압축하는 수사로는 더없이 매력적

----

7) Fredric Jameson, *Archaeologies of Future*(New York & London: Verso, 2016), xvi.

8) Russel Jacoby, *Picture Imperfect: Utopian Thought for an Anti-Utopian Age*(New York: Columbia UP, 2005), p. 85.

유토피아 문학

이다. 하지만 변혁의 목표를 설정하고 실현 가능한 요구 조건을 제시하기에는 너무 추상적이다. 당시 운동의 와중에서 마르코 데세리스(Marco Deseriis)와 조디 딘(Jodi Dean)이 적절히 지적했듯이 '불만의 공동체'를 '목표의 공동체'로, '비판의 공동체'를 '비전의 공동체'로 바꾸지 않는 한 운동의 불꽃은 오래 타오르지 않는다.[9] 점령 운동은 그 성격상 공유지에 대한 대안적 비전을 포함하고 있었다. 그러나 자본주의 체제를 넘어서는 전망과 목표를 제시하는 데에는 지나치게 소극적이거나 비판적이었다. 점령 운동에 깊숙이 관여한 활동가이자 이론가인 데세리스와 딘이 이 운동이 소강 국면에 접어들 무렵 뒤늦게 공유 경제에 대한 비전과 목표를 제시해야 한다는 주장을 펼치지 않을 수 없었던 것도 운동의 지속적 동력과 대중 동원력을 확보하기 위해서는 대안의 필요성을 절감했기 때문일 것이다. 대안 없는 비판, 목표 없는 저항은 격렬한 수사과 아름다운 도덕에도 불구하고 성공하기 어렵다. 2011년 전 세계를 달군 점령 운동의 뜨거운 열기는 가라앉았다. 그러나 그 불꽃이 완전히 꺼졌다고 말하는 것도 성급하다. 공유 경제를 향한 시도는 다양한 채널을 통해 사회 곳곳에서 계속되고 있기 때문이다. 지금 점령 운동의 부활을 준비하고자 하는 사람들은 당시 활동가들이 애써 피한 『유토피아』의 2부를 새롭게 읽어야 하고, 유토피아 전통과 대면하기를 두려워하지 말아야 한다.

---

9) Marco Deseriis and Jodi Dean, "A Movement without Demands?", *Possible Futures: A Project of the Social Science Research Council*, January 3, 2012. Web. 7 Feb 2012. 참조.

2 현실 비판과 대안 상상

토머스 모어는 1515년 영국 국왕 헨리 8세에게서 외교 임무를 부여받아 플랑드르의 안트베르펜에 파견된 짧은 기간 동안 『유토피아』를 썼다. 원래 그의 구상은 그와 지적 교분이 있던 에라스무스의 『우신예찬』에 대응하는 "지혜에 관한 논설"을 쓰는 것이었지만, 애초의 계획을 바꾸어 당시 유행하던 여행기 형식의 픽션을 썼다. 이렇게 해서 만들어진 것이 이상 사회를 그린 2부이다. 이 2부에 1부를 추가하여 현재 모양으로 만든 것이 『유토피아』이다. 1부는 플라톤식 대화에 풍자 요소가 가미된 극적 구성 형식이고, 2부는 먼 곳을 여행하고 돌아온 사람이 그곳을 소개하는 여행기 형식이다. 1부는 토머스 모어, 페터 힐레스, 라파엘 히슬로다에우스 세 사람의 대화로 구성되는데, 대화를 주도하는 이는 히슬로다에우스이다. 2부는 "정치공동체의 최선의 상태에 대한 라파엘 히슬로다에우스의 논설"이라는 제목이 붙어 있다. '논설(discourse)' 형식인 만큼 대화 대신 화자 히슬로다에우스가 가상의 섬나라 '유토피아'에 대해 설명하는 독백 형식을 취하고 있다. 다만 히슬로다에우스의 긴 이야기가 끝난 후 '작중인물' 모어의 짧은 논평이 추가되어 있다.

모어의 『유토피아』는 형식적으로는 철학적 대화와 여행기의 조합으로, 내용적으로는 당대 현실에 대한 풍자적 비판과 대안 사회에 대한 급진적 상상으로 구성되어 있다. '대화'와 '독백', '역사성'과 '허구성', '현실주의적 비판'과 '급진주의적 상상'이 맞물려 돌아가면서 팽팽한 긴장 관계를 유지하는 것이 『유토피아』의 형식적·내용적 특징이다. 그런데 바로 이런 이중적 측면이 엇갈린 해석을 낳는 요인이 된다. 앞서 점령 운동의 찬반론자들이 이 작품에 대해 내놓은 상반되는 해석에서

유토피아 문학

알 수 있듯이, 모어의 『유토피아』는 유토피아 문학의 기원이면서 동시에 반유토피아 문학의 원형으로, 또 대안 사회에 대한 이상주의적 열정을 표현하면서 그 열정에 아이러니한 거리를 유지하는 텍스트로 해석된다. 전자가 현실을 뛰어넘는 유토피아 상상의 의의를 옹호하는 급진주의적 해석이라면, 후자는 유토피아 상상의 위험을 경고하고 그 한계를 비판하는 현실주의적 해석이라고 할 수 있다. 후자의 해석을 따를 경우 유토피아 상상이란 실현 가능하지도 바람직하지도 않은 헛된 몽상에 지나지 않는다. 여기서 유토피아란 화자 히슬로다에우스(라틴어로 'Hythlodaeus'는 그리스어의 'huthlos(난센스)'와 'daien(나누어 주다)'의 합성어로서 '터무니없는 이야기를 퍼뜨리는 사람'이란 뜻이다)의 이름이 가리키듯 풍자의 대상이다. 히슬로다에우스가 설파하는 유토피아는 그 이름처럼 세상 어디에도 존재하지 않는 몽상에 불과하다. 거칠게 말해 이 두 대립하는 해석이 『유토피아』 비평사를 관통해 왔다고 볼 수 있는데, 이는 텍스트 자체가 분열하여 있기 때문이다. 『유토피아』는 작중인물의 층위에서는 이상주의적인 히슬로다에우스와 현실주의적 모어가, 서사의 수위에서는 급진적 상상과 현실 풍자가, 이념의 측면에서는 화폐와 사유재산이 철폐된 공산 사회에 대한 지향과 그것이 지닌 전체주의적 위험성에 대한 경고가 동거한다. 이 불안한 동거가 『유토피아』를 분열적 텍스트로 만들어 주는 요인이면서 이후 비평적 논란을 일으키는 원인이다.

그렇다면 모어는 왜 두 이질적 서사를 병치하였는가? 그 효과는 무엇인가? 『유토피아』의 2부에 활용된 여행기는 낯선 세계를 방문한 자의 시선으로 익숙한 질서와 그 가치 체계를 교란하는 데 적합한 형식이다. 유토피아 장르의 본질이 '인식적 낯설게 하기(cognitive estrangement)'에 있다는 다코 수빈(Darko Suvin)의 주장은 새로운 세계를 창조하는 '기

원 서사'로서 이 장르가 지닌 교란적 특성을 말해 준다.[10] 낯설게 하기
가 의도하는 것은 익숙한 현실에 충격을 가함으로써 그 이데올로기적
폐쇄성을 드러내는 것이다. 이 교란이 현실 비판에 국한되지 않고 다른
세계의 상상으로 이어지는 것이 유토피아 장르의 특징이다. 이런 점에
서 보면 다른 세계를 향한 유토피아 상상——프레드릭 제임슨이 '인식적
지도 그리기(cognitive mapping)'라 부른 대안 상상——이 여행자의 입을
빌려 서술되는 『유토피아』의 2부가 이 텍스트의 중심이라는 점을 인정
하지 않을 수 없다. 2부는 1부를 탈구(脫臼)시킨다. 허구적 상상이 현실
을 뒤흔들어 우리가 주어진 것이라고 생각하는 현실이 결코 주어진 것
이 아니라 역사적으로 만들어진 것이라는 점, 따라서 얼마든지 변화 가
능한 불완전한 것이라는 점을 드러낸다.

　토머스 모어는 현실에서 물러나 학문에만 전념한 인물이 아니다. 그
는 헨리 7세(1457-1509) 때는 법률가, 런던시 사정 장관보, 하원 의원을
역임했고, 헨리 8세(1491-1547) 때는 대법관직을 맡았으며, 『유토피아』
를 쓸 무렵에는 잉글랜드와 카스티야 사이에 벌어진 양모 수입세 분쟁
을 해결하기 위해 헨리 8세의 명을 받아 플랑드르에 대사로 파견되었
다. 그러나 모어는 이처럼 당대 최고위직을 두루 섭렵했으면서도 결국
헨리 8세의 이혼과 수도원 폐쇄령에 반대하다가 처형당하는 비극적 말
로를 맞이했다. 그는 가톨릭의 종교적 이상을 세속에서 실현하기 위해
이상 국가를 설계했고, 그 이상이 국가권력에 의해 훼손될 때 순교를

....

10) Darko Suvin, "Defining the Literary Genre of Utopia: Some Historical Semantics,
　　Some Genealogy, a Proposal and a Plea", *Studies in the Literary Imagination* 6. 2., Fall
　　1973, p. 132.

마다하지 않았다. 지식인이 사회 변화를 이끄는 새로운 개혁 집단으로 올라서서 후일 안토니오 그람시가 '유기적 지식인'이라 부른 역할을 수행하던 시기에 지식인들의 대화와 토론은 단순한 지적 유희나 소일거리가 아니었다. 그것은 현실에 영향을 끼치고 현실을 변화시키는 사회적 실천이었다. 실제로 모어는 국경을 넘어 홀란드의 인문주의자 에라스무스와 지적 대화를 나누어 왔다.

유토피아 사회에 대한 급진적 상상을 담고 있는 2부는 역사적 위기를 사유하고 변화를 가져오기 위해 고안된 형식이다. 그것은 현존 질서의 부분적 개선이나 개량이 아니라 총체적 재구성을 시도하는 형식으로서 그 자체 진지한 사회 정치적 기획을 담고 있다. 『유토피아』의 1부는 히슬로다에우스가 당시 유럽 사회의 모순을 극복한 가상의 세 나라를 소개하는 것으로 끝난다. 그가 묘사하는 아코리아, 마카리아, 폴릴레리트는 각기 군주의 군사적 정복욕을 제한하고, 재정적 탐욕을 통제하며, 도둑을 사형하지 않고 자비롭게 대하는 나라들이다. 하지만 이런 부분적 개혁이 사회문제를 푸는 근본 해결책이 될 수는 없다. 이를테면 군주의 정복욕이나 재정적 탐욕을 억제하기 위해 신하들이 군주를 설득하거나 과도한 조세 징수를 막는 법을 통과시킬 수는 있지만, 이것으로 문제가 해결되지는 않는다. 군주의 탐욕을 억제하려면 왕권을 제한할 수 있는 정치제도를 만들어야 하는데, 이는 왕정 질서를 넘어서는 정치체제가 필요하다. 또 사형 제도의 문제점을 해결하기 위해 절도범에게 사형 대신 공공사업이나 노동 봉사를 시킬 수는 있지만, 민중을 도둑질로 내모는 요인이 존속하는 한 미봉책에 불과하다. 카를 카우츠키를 위시한 유수의 마르크스주의자들이 공산주의의 원조로 읽어 낸 히슬로다에우스의 발언은 절도와 사형 제도라는 사회문제 하나를 풀기 위해서도 사회의 총체적 변화가 필요하다고 설파한다. 영국에 왜 도둑질이 창궐하게 되었느냐는 추기경의 질문에 히슬로다에우스는 이렇게 대답한다.

당신들 나라의 양입니다. 양들은 언제나 온순하고 아주 적게 먹는 동물이었습니다. 그런데 이제는 양들이 너무나도 욕심이 많고 난폭해져서 사람들까지 잡아먹는다고 들었습니다. 양들은 논과 집, 마을까지 황폐화시킵니다. 아주 부드럽고 비싼 양모를 얻을 수 있는 곳이라면 어디에서든지, 대귀족과 하급 귀족, 심지어는 성무를 맡아야 하는 성직자들까지 옛날에 조상들이 받던 지대에 만족하지 않게 되었습니다. 그들은 이 사회에 아무런 좋은 일도 하지 않고 나태와 사치 속에서 사는 것만으로도 부족하다는 듯이 이제는 더 적극적인 악행을 저지릅니다. 모든 땅을 자유롭게 경작하도록 내버려두지 않고 목축을 위해 울타리를 쳐서 막습니다. 이들은 집과 마을을 파괴해 버리고 다만 양 우리로 쓰기 위해 교회만 남겨 놓습니다. 이미 많은 땅을 방목지와 사냥용 짐승 보호지로 만들어 버린 것도 모자라서 이 높은 분들은 주거지와 경작지마저 황폐하게 만드는 중입니다. 이렇게 만족을 모르고 탐욕을 부리는 한 사람이 수천 에이커를 울타리로 둘러막고 있습니다. 이런 사람들은 정말로 이 나라에 역병 같은 존재입니다. 소작농들은 쫓겨나든지 속임수, 강짜 내지는 끊임없는 괴롭힘을 견디다 못해 자기 땅을 팔 수밖에 없습니다. …… 여기저기 떠돌이 생활을 하다가 그 얼마 안 되는 돈마저 다 날리면 결국 도둑질 끝에 당신 말대로 교수대에 매달리든지 아니면 유랑하며 구걸할 수밖에 없습니다.[11]

---

11) Thomas More, *Utopia*, Tr. & Ed. Robert M. Adams(New York&London: W. W.

'인클로저(enclosure)'라 불리는 새로운 자본주의적 경제 운용 방식이 농민들을 농토에서 쫓아내고 가난을 견디지 못한 이들이 유랑 생활 끝에 도둑질을 할 수밖에 없게 만드는 근본 원인이라면, 그 원인을 제거하지 않은 채 절도범을 엄벌하는 것으로 범죄를 없앨 수는 없다. 절도범을 사형하여 사회정의를 세우겠다는 것은 "피상적으로는 정의로워 보이지만 실제로는 정의롭지도 않고 효과도 없습니다."(30쪽) 이는 공안 통치를 통한 공포정치일 뿐이다. 1부의 후반부에 히슬로다에우스가 작중인물 모어에게 밝히고 있듯이 "사유재산이 존재하는 한, 그리고 돈이 모든 것의 척도로 남아 있는 한, 어떤 나라든 정의롭게 또 행복하게 통치할 수는 없습니다. 우리 삶에서 가장 좋은 것들이 최악의 시민들 수중에 있는 한 정의는 불가능합니다. 재산이 소수의 사람들에게 한정되어 있는 한 누구도 행복할 수 없습니다. 왜냐하면 그 소수는 불안해하고 다수는 완전히 비참하게 살기 때문입니다."(55쪽) 사회정의와 국민의 행복을 가져올 근원적 해결책은 사유재산의 철폐이다. 히슬로다에우스는 플라톤이 『국가』에서 이상적으로 생각한 재화의 균등 분배도 사유재산의 철폐가 선행되어야 가능하다고 주장한다. 그런데 사유재산의 철폐를 이룩한 이상 사회의 모습은 2부의 내용을 구성하는 중핵이다. 유토피아 섬의 가장 큰 특징은 화폐와 사유재산이 없는 것이다. 이는 현존 질서 안에서는 결코 이루어질 수 없는 성질의 상상이다. 『유토피아』의 1부는 2부의 급진적 상상이 함축하는 전복성에 현실적 맥락을

Norton Company, 1992), p. 12. 번역은 주경철 번역본을 따랐다. 토머스 모어, 주경철 옮김, 『유토피아』(을유문화사, 2007), 27-28쪽. 이하 이 책에서의 인용은 본문에 쪽수만 표기하기로 한다.

부여하면서 부분적 유토피아의 한계를 드러낸다. 1부는 히슬로다에우스가 2부에서 그리는 이상 사회에 대한 비판적 거리두기를 위한 것이라기보다는 부분적 유토피아의 불충분함을 드러냄으로써 세계를 완전히 새롭게 구성하는 2부의 필요성을 설득하기 위해 덧붙여진 것으로 보인다. 당대 사회의 주요 모순이자 쟁점인 사형 제도와 경제적 착취, 절대 군주의 비대한 권력에 대해 복수의 의견들이 경합을 벌이는 1부가 추가됨으로써 2부의 논의는 '허황된 몽상(pipe dream)'이 아니라 현실에 대한 진지한 대응을 담은 '사회적 상상(social dreaming)'이 된다.

3 몫 없는 자들을 위한 공유 공간: 유토피아 형상

1부 마지막에 작중인물 '모어'는 히슬로다에우스에게 유토피아 섬을 설명해 달라고 요청한다. 2부는 '모어'의 요청에 따라 히슬로다에우스가 유토피아 섬의 지형과 도시 설계, 정치조직, 사회구조, 경제체제, 가족 구성, 종교와 철학 등 한 사회가 성립하기 위해 필요한 제반 요소들을 설명하는 것이다. 그것은 새로운 사회의 밑그림을 그리는 지적 설계이자 한 나라의 근간을 정초하는 행위에 해당한다. 모어의 유토피아 상상이 '근대적' 기획으로 이해되는 것은 인간의 노력으로 사회를 설계할 수 있다고 믿고 있기 때문이다. 현존하는 사회질서가 신의 뜻에 따라 정해졌다는 중세적 세계관을 따르는 한 이런 종류의 설계는 일어날 수 없다. 그것은 세상의 질서가 인간에 의해 형성되고 인간에 의해 바뀔 수 있다는 근대 휴머니즘의 세례를 받은 다음에만 출현할 수 있다.

히슬로다에우스가 그리는 유토피아의 모습은 1부에서 드러난 당대

유토피아 문학

현실의 모순과 병폐가 급진적으로 해소된 사회이다. 흥미로운 것은 그 해소 방식의 독특성에 있다. 이는 유토피아 섬의 유래와 지리적 위치, 명명 방식에서 특징적으로 드러난다. 히슬로다에우스의 설명에 따르면 유토피아는 원래 대륙에 붙은 '곳'이었는데, 이곳에 처음 도착한 우토푸스(Utopus) 왕이 해협을 파 본토에서 떼어내 '섬'으로 만들었다. 섬은 육지에서 지리적으로 단절되어 있을 뿐 아니라 사회 문화적으로도 본토의 영향에서 벗어나 있다. 이 고립성이 유토피아 섬을 현존 사회의 모순에서 벗어난 예외적 공간, 사회의 총체적 변화가 시도되는 혁명의 공간으로 만든다. 또 유토피아 섬은 아시아와 유럽 사이, 실론 섬과 아메리카 대륙 사이에 있는 것으로 묘사된다. 이는 지리상의 발견과 식민지 개척으로 특징지어지는 당시 서양의 지정학적 세계 인식을 반영하는 것처럼 보이지만, 유토피아 섬은 이런 현실 공간 '너머' 혹은 그 '바깥'에 있다. 유토피아 섬이 있는 '사이'란 양극의 '중간(middle)'이라기보다는 양극 어디에도 속하지 않는 '비장소(non-place)'이다. 유토피아는 신대륙도 구대륙도 아니며, 동양도 서양도 아니다. 유토피아는 어디에도 속하지 않는, 말 그대로 '노웨어(nowhere)'이다.

『유토피아』 해석사에서 획기적 전기를 마련한 것으로 평가받는 프랑스 이론가 루이 마랭(Louis Marin)에 따르면, '이중부정(double negation)'에서 비롯하는 '중성화(neutralization)'가 유토피아를 구성하는 원리이다.[12] 긍정과 부정이 아닌 삼 항으로서 '중성'은 양성의 대립이 이른바

---

12) Louis Marin, *Utopics: Spatial Play*, trans. Robert A. Vollrath(Atlantic Highlands: Humanities, 1984), pp. 7-8. 마랭에게 유토피아적 실천(utopic practice)은 현실에 존재하지 않는 공간을 담론 속에 기입해 넣는 담론 실천이지만, 그 공간이 특정 공간으로 환원될 수 있는 것은 아니다. 그에게 유토피아는 재현 불가능한 절대적 지평으로, 그

변증법적 종합을 통해 '해결'된 것이 아니라 이분법적 대립 자체가 '중성화'된 상태를 말한다. '중성화'와 '해결(resolution)'은 같지 않다. 해결이 변증법적 종합을 통한 모순의 '지양'이라면, 중성화는 '부정의 부정'을 통한 모순의 '해소(cancellation)'이다. 마랭에 따르면 신화(myth)가 모순의 해결을 지향하는 담론 양식이라면 유토피아 서사는 상호 충돌하는 모순들이 중성의 공간을 개방하는 담론 양식이다. 부정의 부정이 외화하는 방식이 현존 공간에 불일치를 초래하는 '공백'과 '부재'이다. 따라서 현실 사회의 모순이 해소된 유토피아는 아무 갈등도 모순도 없는, 따라서 어떤 변화도 필요 없는 완벽한 사회에 대한 정태적 그림이 아니라 기존의 모순은 해소하였지만 또 다른 모순과 간극을 안고 있는 공간, 담론의 정상적 전제가 중단된 미결정성의 공간이다. 마랭에 의하면 유토피아는 지도에 그려 넣을 수도, 역사에 기록할 수도 없는 '비장소(non-place)'로서 텍스트의 '공백(gap)'과 부재(absence)를 통해 드러난다. 이 공백과 부재가 유토피아 서사로 하여금 이데올로기에 내재적 비판을 가할 수 있게 해주면서, 현실에 없는 미지의 공간을 출현시킨다.

'부재'와 '공백'은 유토피아의 공간 구성과 정치조직, 경제 운용 방식, 사회관계에서 공히 발견된다.[13] 유토피아는 똑같이 생긴 54개 도시로 구성되어 있다. 각 도시는 구(block), 거리(street), 구역(district)으로 나뉘어 있다. 사각형 모양의 '구'는 생산 단위로서 중앙에 구민들이 공동 관

리고 유토피아적 담론 실천은 이 재현 불가능성을 텍스트 안에 부재와 틈새, 간극과 한계의 형태로 드러내는 수행적 행위(performative act)이다.

13) 유토피아 섬의 공간 구성을 '없음'과 연결하여 읽어 낸 마랭의 해석은 *Utopics* 6장 "The City: Space of Text and Space in Text"를 참조할 것. 이 부분의 해석은 마랭의 분석을 필자의 관점으로 정리한 것이다.

유토피아 문학

리하는 농원이 있다. 도시에 거주하는 구민들은 2년에 한 번씩 농촌으로 내려가 농사를 짓고, 2년 기한이 끝나면 도시로 돌아온다. 도시와 농촌은 주기적으로 교류하게 되어 있다. '거리'는 소비 단위이자 정치 단위로서 서른 가구가 양쪽으로 도열해 있다. 이 서른 가구의 주민들은 마을 회관에 함께 모여 식사를 하고 필라르쿠스(과거엔 시포그란투스라 불렸음)라 불리는 대표자를 선출한다. 이렇게 뽑힌 200여 명 필라르쿠스들이 민회를 구성한다. 주민들은 가구별로 똑같이 생긴 3층짜리 건물에 거주하고 식사는 거리 중앙에 있는 마을 회관에서 공동으로 해결한다. 집은 개인 소유물이 아니라 10년에 한 번씩 추첨으로 결정한다. 25개 '구'로 구성된 '구역'은 경제 단위로 그 중앙에 시장이 있다. 한 도시는 이런 구역이 4개 모여 구성된다. 각 '구'의 농원에서 경작한 농산물과 화훼는 '구역'의 시장에 모여 '거리'에서 소비된다. 서로 연결되어 있지만 조금씩 어긋나 있는 이런 공간 구성은 유토피아 사회가 생산재를 소비재로 바꾸고, 생산자가 노동의 산물을 직접 소비하지 않는다는 점을 보여 준다. 생산 단위(구)는 경제 단위(구역)를 통해 소비와 정치 단위(거리)와 연결되어 있지만, 소비와 정치 단위가 생산과 경제 단위와 완전히 합치하는 것은 아니다.

마랭은 유토피아의 공간 구성에서 도시가 수행하는 핵심 기능과 관련하여 흥미로운 사실을 찾아낸다. 놀랍게도 히슬로다에우스가 그리는 도시의 지도에서 왕의 자리와 돈의 자리는 없다. 히슬로다에우스는 유토피아에 왕과 시장이 존재한다고 말하지만, 그가 묘사하는 유토피아의 실제 공간 구성을 자세히 들여다보면 왕이 거주하는 공간과 시장이 존재하는 공간을 찾을 수 없다. 국가를 구성하는 양대 축이라 할 수 있는 정치와 경제에서 가장 중요한 것이 공간 구성에서는 빠져 있다. 묘사와 실제 공간 지도 사이에 일어나는 이 불일치가 텍스트의 표면에 드러나지 않는 어떤 '증상(symptom)'을 발생시킨다. 해석의 과제는 이 증상을 읽어 넘으로써 텍스트의 지하에 묻혀 있는 정치적 무의식을 복원하는 것이다.

원래 유토피아는 우토푸스 왕이 아브락사 불리는 지역을 정복하여 그곳 원주민들(이들은 난파당한 그리스인 후손들로 그려진다)과 이주민들을 융합하여 건설한 나라이다. 그러나 식민주의적 침략의 흔적을 지울 수 없는 이 정복 국가의 공간 구성에서 왕이 거주하는 공간은 발견되지 않는다. 유토피아에서는 필라르쿠스들이 '원수(princeps)'를 선출하는 것으로 되어 있다. 원수는 폭군이 되려는 의혹이 제기되지 않는 한 직책을 종신 유지한다. 공무에 관한 중대 사항은 필라르쿠스들이 모여 만든 민회에서 토의되고 원로원에서 원수와 협의하에 결정된다. 민회, 원로원, 선출 왕정 제도가 결합된 느슨한 형태가 유토피아의 정치 제도로 제시되어 있는 셈인데, 이는 당시 유럽에 부상하던 절대왕정 체제와는 다른 근대 의회제도의 맹아를 담지하는 것으로 보인다. 흥미롭게도 유토피아에서 왕(원수)이라는 주권 권력은 존재하는 것으로 묘사되지만 그가 거주하는 실제 공간은 보이지 않는다. 히슬로다에우스가 묘사하는 유토피아의 지리적 배치나 수도 아마우로툼의 지도에서 왕의 공간을 찾을 수 없다. 마랭의 용어를 빌리자면 왕은 그 공간이 '없는' '유토픽 대상(u-topic object)'이다. 이런 점에서 보면 우토푸스 왕은 새로운 국가를 건설한 절대 권력이며 그의 뒤를 이은 원수들은 왕의 위상을 유지하지만, 이들은 후일 근대 정치 질서의 출현을 예견하는 '사라지는 매개자(vanishing mediator)'라 할 수 있다. 실제로 『유토피아』가 출간되고 125년 뒤 영국은 찰스 1세를 폐위함으로써 왕의 자리를 없애는 데 성공한다. 모어의『유토피아』는 왕에게 공간을 부여하지 않는 '부정'의 방식으로 왕의 '사라짐'을 선취한다.

유토피아의 지형도에서 장소가 없기는 시장의 경우도 마찬가지다. 히슬로다에우스의 묘사에 따르면 시장은 각 구역의 중앙에 있는 것으로 그려진다. 그러나 25개 구가 모여 이루어지는 구역의 공간 지도상 그 중앙에 시장이 존재할 공간은 없다.[14] 구역 자체가 장방형(square) 모양으로 되어 있기 때문에 25개 구로 구성된 중앙에 빈 공간이 생길 여지는 없다. 담론은 그 존재를 묘사하지만 실제 공간 지도에서 시장이 들어설 자리는 없다. 마랭이 지적하듯이 '담론(discourse)'과 '지도(map)', '묘사(description)'와 '지형(topography)' 사이에 존재하는 모순이 텍스트의 간극과 불일치를 만든다

이 불일치는 작가의 부주의가 빚어낸 단순 실수가 아니다. 그것은 텍스트의 심층에 잠복한 모순이 드러나는 증상이다. 화폐의 사용을 전제하는 시장과 화폐경제에 기초를 둔 자본주의 체제를 거부하는 공산주의 이념 사이에는 화해할 수 없는 모순이 존재한다. 텍스트상의 불일치는 이 모순이 드러난 것이다. 이 모순을 해소하는 길이 시장에서 화폐의 사용을 없애는 것이다. 유토피아에서 시장은 생산자들이 만든 물건을 소비자들이 가져가는 교류의 공간이지 화폐를 통한 상업적 거래가 일어나는 장소가 아니다. 말하자면 시장은 각 구에서 생산한 물품을 반입하여 상품별로 정해진 자리에 보관하고 필요한 사람들이 가져가는 공간이다.

유토피아에는 원칙상 돈이 없다. 화폐는 상품들 사이의 추상적 · 보

---

14) Louis Marin, *Ibid.*, pp. 127-128.

편적 교환의 등가물(equivalent)이다. 그러나 교환가치와 사용가치가 분리되지 않은 유토피아에서 화폐는 귀중품을 표상하는 '금(gold)'의 '은유적 형상(metaphoric figure)'일 뿐 상품들 사이의 교환가치를 매개하는 추상적 기호(abstract sign)로 기능을 하지 않는다. 금과 은도 요강의 재료나 노예의 수갑처럼 저급한 물건에 쓰임으로써 조롱의 대상이 된다. 말하자면 금과 은, 그것의 은유적 표상인 돈은 유토피아에서 사회 바깥으로 버려지는 '폐기물(refuse)'과 비슷하다. 유토피아의 내부 질서는 '선물의 경제(the economy of gift)'에 기초를 둔다. 유토피아에서는 돈이 없어도 물자의 원활한 교류와 재화의 공평한 분배가 이루어진다.

시장에서 돈을 사용하지 않는다는 것은 유토피아 사회에서 사람들의 기본 욕구의 충족과 분배의 문제가 해결되었음을 의미한다. 유토피아에는 굶주리거나 구걸하는 사람이 없다. 모든 이가 노동을 해야 하지만 누구도 궁핍에 내몰리지 않는다. 공동 생산과 공동 분배가 유토피아의 기본 경제 시스템이다. 일부 성직자나 학자를 제외한 모든 사람들은 남녀노소 가릴 것 없이 1일 6시간의 노동에 종사한다. 시민들은 노예처럼 일만 하도록 강요받지 않는다. 시민들은 평등하게 노동을 나누는 대신 인간으로서 기본적 욕구와 쾌락을 보장받고, 남은 시간은 자유롭게 덕을 쌓는 데 쓴다. 이곳에서 가장 큰 즐거움은 정신적 쾌락이다. 천박한 오락과 육체적 방종, 사치는 금기시된다. 음악과 책은 즐기지만 술집과 매음굴, 노름과 도박은 없다. 유토피아인들은 일부일처제로 구성된 가부장적 대가족제도하에서 살며 간통과 이혼은 원칙적으로 금지된다. 간통이나 견디기 힘든 일이 일어났을 때는 합의이혼을 할 수 있으며, 각자 재혼도 가능하다. 시민들은 자연 그대로의 색깔을 간직한 검소한 옷을 입고, 똑같은 구조의 소박한 집에서 산다. 기독교가 기본 종교로 되어 있지만 종교 권력과 세속 권력은 분리되어 있으며 (무신론이 아니라면) 종교적 자유를 보장한다.

히슬로다에우스가 묘사하는 유토피아 사회의 구체적 모습은 결혼과 이혼 등 가족제도를 제외하면 중세 수도원을 연상시킨다. 공동 생산과 공동 분배가 이루어지고, 개인의 자유로운 선택보다는 구성원들 사이의 평등한 관계와 공정성이 우선시되며, 검약과 도덕적 삶이 장려되는 공동체는 다른 어느 곳보다 수도원을 닮았다. 프레드릭 제임슨에 따르면 모어에게 유토피아 형상(figure)은 무에서 창조된 것이 아니라 16세기 유럽 지식인들을 사로잡은 네 가지 이념소의 조합으로 만들어졌다고 한다. 그리스 휴머니즘(그리스의 폴리스), 프로테스탄티즘(교회 권력을 부인하고 개인의 믿음에 기초를 둔 신자들의 공동체), 중세 기독교 공동체(수도원), 잉카 담론(잉카제국의 국가 공산제)은 모어가 창조한 유토피아 형상을 구성하는 원재료이다.[15] 공동 생산과 공동 분배를 경제적 토대로 삼고 있는 중세 수도원은 당시 유럽 지식인들에게 전해진 잉카제국의 토지 공유 제도(ejido)와 결합하여 유토피아의 경제적 하부구조를 구성한다. 이 구조는 사적 소유를 금지하고 시민의 노동권을 보장한다는 점에서 당시 부상하던 자본주의 경제체제를 넘어 미래의 공산주의를 선취하고 있다. 그리스 휴머니즘에서 발견되는 민주적 정치체제와 종교개혁을 사회 변화의 도구로 삼는 프로테스탄티즘은 지식인(철학자와 목회자)을 공공 영역의 전위로 삼는 상부구조를 형성한다. 가톨릭 휴머니스트였던 모어는 프로테스탄티즘의 교리와 충돌하는 입장을 취하고 있었지만, 교회 권력을 비판하고 원시 기독교 정신의 부활을 꿈

----

15) Fredric Jameson, *Ibid.*, pp. 23-33.

꾸고 있었다는 면에서는 동시대 신교도들과 같은 공기를 호흡하고 있었다.

물론 이 네 이념소가 깔끔하게 맞아떨어지는 것은 아니다. 집단적 규율과 질서를 중시하는 수도원과 개인의 내면성을 강조하는 프로테스탄티즘은 상호모순되는 측면이 있고, 잉카의 전제 군주국가와 근대적 형태의 민회 사이에는 조화되기 어려운 점이 존재한다. 모어가 그린 유토피아 형상은 이 네 이념소를 조합한 것인데, 각각의 이념들은 서로 조금씩 어긋나면서 하나의 전체적 형상을 이룬다. 제임슨의 평가를 빌리자면 유토피아의 2권은 "과거와 미래에서 가장 미미한 긍정적 신호를 찾아내어 결합한 다음 '재현의 그림'이라 부를 만한 것을 생산한 것"[16]이다. 히슬로다에우스가 그린 유토피아 형상 속에서 낡은 제도들은 현존 질서의 모순을 해소하면서 아직 도래하지 않은 미지의 세계를 만들어 내는 질료로 쓰인다.

모어가 상상한 유토피아 형상에서 가장 급진적인 것은 당시 역사의 전면에 부상하던 자본주의 질서를 넘어선 공유 경제체제이다. 그러나 이 체제를 구성하는 세부 사항은 작품이 뿌리내린 당대의 역사적 한계에 갇혀 있다. 이를테면 모어가 그린 유토피아 사회는 가부장적이고, 서구적이며, 기독교 중심적이다. 또 만인의 평등, 공정한 분배, 공공복리(common wealth)에 기초를 둔 공화국(commonwealth)을 지향하면서도 노예의 존재를 인정한다.[17] 유토피아는 평등한 시민들의 도덕 공동체가

....

16) Fredric Jameson, *Ibid.*, p. 29.

17) 유토피아에서는 노예가 되는 세 가지 경로가 있다. 어느 경우든 노예 신분이 세습되지
    는 않는다. 첫 번째는 유토피아의 시민 중에 범죄를 저지른 경우로 대부분이 여기에

유토피아 문학

되기 위해 도축 같은 더러운 일이나 외국과의 전쟁 같은 위험한 일은 노예나 용병을 씀으로써 국가의 유지에 필요하지만 처치 곤란한 문제는 내외부의 타자들에게 전가한다. 앞서 언급했듯이 유토피아는 국내에서는 폐기한 화폐와 금전적 거래를 국외 관계에서는 유지한다. 애초 우토푸스 왕의 정복 자체가 식민주의적 침략의 성격이 짙다. 더욱이 이 침략 전쟁은 한 번으로 끝나는 것이 아니라 버려진 토지를 사용한다는 명분으로 언제든 재개될 수 있다. 우리가 유토피아의 대외 정책에서 이후 전개될 식민주의와 제국주의적 침탈의 징조를 읽어 내기란 어렵지 않다.

내부와 외부를 구분하고 위험하고 불결한 일은 외부로 추방하는 것은 한 사회가 내적 안정을 유지하기 위해 가동하는 전형적 통치 방식이다. 유토피아도 예외가 아니다. 필립 E. 웨그너(Phillip E. Wegner)가 주장하듯이 모어의 유토피아는 그가 책을 쓸 당시 역사의 전면에 등장하지 않았지만 머지않아 부상할 근대 국민국가(nation state)를 예견하거나 그와 일정 정도 공모한다.[18] 민족이라는 '상상된 공동체(imagined community)'는 동질적 정체성을 유지하기 위해 이질적 요소들을 경계 너머로 추방한다. 노예와 용병은 각기 유토피아의 안과 밖에 존재하는

해당한다. 두 번째는 다른 나라 출신으로서 자기 나라에서 사형선고를 받은 경우이다. 이들은 아주 저렴한 가격에 구매하거나 무상으로 넘겨받는다. 세 번째는 다른 나라의 빈민 출신으로 본인의 자발적 의사로 유토피아에 노예로 온 경우이다. 이 세 유형 중에서 가장 가혹한 대우를 받는 것이 첫 번째이다. 마지막 형태의 노예는 가외의 일을 조금 더 한다는 점을 제외하면 일반 시민과 거의 비슷한 대접을 받는다. 『유토피아』 111-112쪽 참조.

18) Philip E. Wegner, *Imaginary Communities: Utopia, the Nation and the Spatial Histories of Modernity*(Berkeley: University of California Press, 2002.), 2장을 참조할 것.

타자들이다. 이후 역사에서 이들은 그 계급적·인종적 얼굴을 더 구체적으로 드러낸다. 프롤레타리아 계급과 피식민지인들은 이들이 이후 역사에 모습을 드러내는 계급적·인종적 형상이다. 이들은 서구 민족 공동체 시민의 행복을 위해 희생되어야 할 비시민(non-citizen)이다. 모어 자신은 민족의 경계를 초월하는 보편적 신자 공동체를 지향했고, 또 영어가 아닌 보편 언어인 라틴어로 『유토피아』를 썼지만, 그가 그린 상상의 공동체(유토피아)와 상상된 공동체(국민국가) 사이에 상당한 친연성이 존재한다는 사실을 부정할 수는 없다. 특히 상상의 공동체를 이루는 구체적 세부 사항들은 근대 민족주의 이데올로기의 자장 안에 있다.

그러나 모어가 상상한 유토피아는 세부 사항에 있어서는 당대의 이념적 지평을 벗어나지 못하지만, 사유재산과 돈의 철폐라는 급진적 해결책을 제시함으로써 당대 질서를 넘어선다. 사유재산과 돈의 철폐는 중세 봉건 질서뿐 아니라 당시 부상하던 자본주의 체제를 넘어서는 급진적 상상력이 발현된 것이다. 모어의 상상 속에서 돈의 지배는 가치의 종말을 의미한다. 그러므로 돈의 지배를 종식하는 것은 돈과 연관된 타락에서 벗어나는 것이다. 화폐와 사유재산을 없앤 공산 사회의 소망은 평등과 사회정의의 실현일 뿐 아니라 인간이 도달해야 할 도덕적 이상이다. 유토피아 사회를 소개하는 긴 독백 담론을 마무리하면서 히슬로다에우스는 이렇게 말한다. "유토피아인들은 돈을 없앴을 뿐 아니라 그와 함께 탐욕까지 없앤 것입니다. 그 한 가지만으로 도대체 얼마나 큰 고통이 사라진 것입니까! 얼마나 많은 죄의 뿌리를 잘라낸 것입니까!" (152-153쪽) 돈의 지배와 사회적 불평등을 없애지 않는 한 탐욕에서 벗어날 길은 없다. 화폐의 철폐와 사회적 평등은 도덕적 타락에서 벗어나기 위한 필요조건이다. 유토피아에서 경제체제(화폐의 철폐), 사회질서

(위계와 불평등의 해소), 개인의 도덕(탐욕과 오만의 극복)은 서로 연결되어 있으면서 각각의 영역에서 '없음'을 실현한다. 이 '없음'이 현실에 '존재하지 않는 곳'을 개방한다.

4 열린 결말과 유토피아의 재발명

히슬로다에우스가 유토피아에 관한 긴 이야기를 마쳤을 때 작중인물 '모어'가 다시 등장한다. 모어는 그가 소개한 "유토피아의 관습과 법 가운데 적지 않은 것들이 아주 부조리하게 보였다"고 비판하면서 무엇보다 "전체 체제의 기본이라 할 수 있는 공동체 생활과 화폐 없는 경제"에 가장 큰 반감을 느꼈다고 말한다. 2부 마지막에 덧붙여진 이 짧은 논평은 1부에 제시된 모어의 발언과 함께 이 작품을 반유토피아 문학으로 되돌려놓는 결정적 대목으로 해석되어 왔다. 1부 마지막에 작중인물 모어는 이미 히슬로다에우스가 간략하게 언급한 유토피아 사회의 모습, 특히 사유재산이 폐지된 그곳의 경제체제에 대해 비판적 입장을 내놓은 바 있다.

"하지만 저는 의견이 다릅니다" 하고 내가 말했다. "내 생각에는 모든 것을 공유하는 곳에서는 사람들이 잘살 수 없습니다. 모든 사람들이 일을 안 하려고 할 텐데 어떻게 물자가 풍부하겠습니까? 이익을 얻을 희망이 없으면 자극을 받지 못합니다. 그래서 모두 다른 사람들에게 의지하려 하고 게을러질 것입니다. 어떤 사람이 자신에게 부족한 것을 생산하기 위해 열심히 노력하더라도 자기가 얻은 것을 합법적으로 보장받지 못한다면, 그리고 특히 통치자들에 대한 존경과 그들의 권위가 모두 사라진다면 유혈과 혼란밖에 더 일어나겠습니까? 모든 면에서 사람들이 서로 평등하다면 그들 사이에 어떻게 권위를 세울 수 있을지 나는 모르겠습니다."(58쪽)

이 구절은 2011년 점령 시위 당시 이 운동의 비현실성을 비판하는 논객들이 자주 인용한 대목이다. 히슬로다에우스의 유토피아 상상을 '부조리한 것'으로 치부하는 모어의 목소리는 그의 21세기 후예들의 급진적 도전을 비판하는 논거로 활용되었다. 그러나 1부에서 지적했듯이 2부 히슬로다에우스의 유토피아 상상에 대한 현실주의적 비판은 점령 운동 반대론자들뿐 아니라 찬성론자들도 공유하는 점이기도 하다.

그렇다면 '작중인물' 모어의 시각은 '저자' 모어의 입장을 대변하는가? 여기서 말하는 저자란 역사적 실존 인물인 '실제 작가'로 환원되지 않는 작품 속에 구현된 내포 저자를 의미한다. 내포 저자란 작품 속 특정 인물의 목소리—설령 그 인물이 저자의 실명을 공유하는 존재라 할지라도—로 대변되는 것이 아니라 다양한 시각을 가진 여러 인물들과 그들 사이의 복잡한 관계를 아우르면서 작품 전체를 통해 암시적으로 드러나는 저자를 가리킨다. 『유토피아』에서 추출할 수 있는 내포 저자의 목소리는 작중인물 히슬로다에우스와 모어 어느 한쪽이 아니라 양쪽의 가능성과 한계를 종합적으로 조망하는 목소리일 것이다. 작가는 이 두 목소리를 대화적 관계 속에 놓음으로써 어느 하나로 환원되지 않는 어떤 위태로운 균형과 열린 가능성을 제시한다. 특히 작품 마지막 대목에 첨가된 작중인물 모어의 목소리는 히슬로다에우스의 이상주의적 상상을 무효화하는 것이라기보다는 유토피아에 관한 토론이 종결되지 않았음을 드러내는 장치로 기능을 한다고 보는 것이 옳다. 히슬로다에우스가 상상한 유토피아는 당대 영국적 삶에 대한 대안으로 제시되었지만 정태적 사회로 그려졌다는 비판에서 자유롭지 못했다. 앞서 우리가 마랭의 분석을 통해 다시 읽어 내려 한 것은 완벽한 사회의 정태적 그림처럼 보이는 것 속에 존재하는 모순과 불일치의 함의이다. 텍스트의 불일치는 현존 질서의 모순이 급진적으로 해소된 공간, 이른바 현실에 '없는' '유토픽 공간(utopic space)'을 순간적으로 출현시키는 계기이다. 하지만 순간적 계기를 통해 드러나는 유토픽 공간을 넘어 완전한 사회에 대한 정태적 묘사(description)가 모어의 유토피아 서사를 지배한다는 비판은 지속적으로 제기되어 왔다. 이는 점령 운동 찬반론자들이 공유한 해석이다. 그러나 미완의 결말은 작품에 시간적 차원을 불어넣는다. 토론 형식은 시간 속에 전개되는 역동성을 만들어 낸다. 세라 호건이 적절히 지적하듯이 바로 이 미래로 열린 역동성이 "궁극적으로 유토피아를 텍스트 바깥에, 언제나 연기되는 미래에 놓는다."[19] 결국 우리가 유토피아에 접근하려면 현실과 급진적으로 다른 세계를 상상하고 그것과 비판적으로 대결하는 과정을 거쳐야 한다.

반유토피아주의와 반공산주의가 일종의 지적 유행이 되어버린 우리 시대에 모어의 『유토피아』를 다시 읽는 것은 역사의 지층에 묻힌 이 꿈을 불러내 비판적 대화를 재개하는 일이다. 2011년 점령 운동 활동가들 사이에 일어난 『유토피아』 다시 읽기 현상은 유토피아적 꿈의 소환과 그 해석 과정이 소멸하지 않았음을 보여 준다. 이제 잠복기에 접어

....

19) Sarah Hogan, "What More Means Now: Utopia, Occupy, and the Commons", *Upstart: A Journal of English Renaissance Studies* 2013. 9.2., p. 8.

든 점령 운동의 부활을 준비하려면 과거 유토피아 전통을 새롭게 읽어내고 이를 우리 시대의 맥락 속에서 재발명하려는 시도를 멈추지 말아야 한다. 히슬로다에우스의 이야기에서 실마리를 끌어내 이를 지속 가능한 대안 사회의 비전으로 재구축하는 일, 이것이 21세기 독자에게 남겨진 과제일 것이다.

노동과 예술, 휴식이 어우러진 삶
—— 윌리엄 모리스의 『유토피아에서 온 소식』

오봉희

1 유토피아 상상하기

어원상 유토피아는 지구상의 그 어디에도 없는 좋은 곳으로 물리적인 장소가 아니다. 그러나 지리적 지시 대상이 없다고 해서 유토피아라는 장소 자체가 없는 것은 아니다. 토머스 모어(Thomas More)의 『유토피아(*Utopia*)』를 비롯하여 그동안 생산되어 온 유토피아 이야기들이 예증하듯이 유토피아는 존재한다. 다만 상상 속에 있는 허구의 장소로서 존재한다. 유토피아는 그 어디에도 없는 것이 아니라 그 어디에도 없는 곳, 즉 '노웨어(nowhere)'에 있다. 허구적 장소로서의 유토피아는 흔히 지금 여기에 있는 세상을 구성하는 기지의 지평 너머에 있는 미지의 섬으로 그려져 왔다. 유토피아는 "세상 속에 있는 섬이 아니라 세상과의 관계에서 섬"이라는 장뤼크 낭시(Jean-Luc Nancy)의 말에 잘 포착되어 있듯이, 섬의 이미지는 유토피아가 실제 사회로부터 단절되어 있음을 잘 형상화한다.[1] 하지만 유토피아를 꿈꾸게 하는 것은 바로 불행한 현실임을 고려하면 유토피아가 지금 이곳의 세상과 완전히 단절되지는 않았다고 말할 수 있다. 유토피아를 상상하기 위해서는 무엇보다 현실을 꿰뚫어 보고 대안 사회를 제시할 수 있는 통찰력이 필요하기 때문이다.

「유토피아적 몸」에서 미셸 푸코(Michel Foucault)는 "돌이킬 수 없이 여기에 존재"하는 내 몸은 "유토피아의 정반대"이며, 나는 "모든 장소 바깥에 있는 장소"인 유토피아에서 물리적인 시공간의 법칙에 얽매이지 않는 몸을 갖게 된다고 말한다.[2] 물리적으로는 몸을 벗어날 수 없기 때문에 내 몸을 보기 위해서는 거울처럼 가상의 장소를 열고 그 안에 나를 비춰주는 매체가 있어야 한다. 거울은 보는 주체인 나와 보이는 대상인 나를 분리하고 나를 실재하는 장소인 이곳에 있으면서 동시에 가상의 장소인 그곳에 있게 해준다. 이런 거울을 경유해야만 나의 몸은 내 시야에 들어올 수 있고, 나는 내 몸을 온전히 볼 수 있다. 그런데 거울 앞에서 내가 보는 나는 가상의 장소에 있는 나이기에 나는 거기에 없으면서 있다. 「다른 공간들」에서 푸코는 실제의 나, 매개체의 역할을 하는 거울, 거울에 비친 나로 구성된 이런 배치를 '거울의 유토피아'라고 칭한다. 거울의 유토피아에서 내가 거울 너머의 장소에 없으면서도 있을 수 있는 것은 거울이 "장소 없는 장소"이고 유토피아가 "실제 장소

1) Jean-Luc Nancy, "In Place of Utopia", *Existential Utopia: New Perspective on Utopian Thought*(Continuum, 2012), p. 5.

2) 미셸 푸코, 「유토피아적 몸」, 『헤테로토피아』(문학과지성사, 2014), 28-29쪽.

유토피아 문학

를 갖지 않는 배치"이기 때문이다.³ 이 점에서 보면 거울의 유토피아에서 핵심은 비장소성으로, 이 특성은 실제의 장소에 존재하는 나를 파악하는 데 결정적인 역할을 한다.

유토피아에 대한 상상에서 비장소성은 현실 사회와 유토피아 사이에 형성되는 관계에서 중요한 역할을 한다. 현실 사회를 물리적으로 벗어날 수 없는 우리는 삶의 틀을 규정하는 현실의 구조와 질서를 그만큼 제대로 응시하기가 어렵다. 비장소에 자리하는 유토피아는 현재의 문맥에서 일시적으로 우리를 떼어냄으로써 우리가 몸담고 있는 현실 사회로부터 거리를 둘 수 있게 해준다. 이런 거리 덕분에 우리는 이곳에 있으면서 동시에 허구적으로 상상된 그곳에 있을 수 있고 그곳의 관점에서 이곳의 현실을 조망할 수 있게 된다. 이렇게 비장소를 경유하여 현실을 되돌아보게 한다는 의미에서 현실 사회와 유토피아의 관계는 실제의 나와 거울에 비친 내 이미지의 관계처럼 작동한다고 할 수 있다. 그런데 거울의 유토피아가 비장소성을 유독 강조하는 반면에 유토피아에 대한 상상에서는 '좋다'는 가치가 비장소성만큼 본질적이다. 유토피아에 대한 상상에서 비장소에 담기는 것은 현실의 갈등과 문제들이 해소된 이상적인 사회이거나 적어도 지금 여기의 삶보다 더 나은 삶이 가능한 사회이다. 따라서 현실 사회와 유토피아의 대면은 현실 사회의 해체 또는 전복을 암시하거나 유도한다. 지금 이곳에서는 불가능하지만 아직 도래하지 않은 미래에서는 실현될 수도 있는 유토피아는 현실 사회가 지향해야 할 방향을 제시해 줄 수 있다. 이 문맥에서 보면 유토피아에 대한 상상은 현실 사회의 모습을 완전히 뒤집어 거꾸로 반영

----

3) 미셸 푸코, 「다른 공간들」, 같은 책, 47쪽.

하는 재현이라 할 수 있다.

기존 사회의 문제들과 모순들을 통렬하게 비판할 뿐 아니라 그 구조와 질서 자체에 의문을 던지며 대안을 제시한다는 점에서 유토피아 작품들은 무엇보다 정치적 담론으로 여겨져 왔다. 그러나 허구적 비장소성과 거꾸로 재현하기의 측면에서 보면 유토피아에 대한 상상은 문학적 담론이기도 하다. 그런데 흥미롭게도 유토피아에 대한 상상에서 문학은 쓸모없거나 심지어 추방되어야 하는 것으로 여겨지기도 한다. 플라톤의 시인 추방론이 대표적이다. 플라톤은 모든 존재물의 본질이자 근원이 되는 초월적이며 불변하는 실재를 이데아라 칭하고 현상세계는 이데아의 그림자에 불과하다고 본다. 이 논리에 따르면 이데아의 현상인 현실을 모방하는 문학은 이데아에서 두 단계 떨어져 있으며 이데아의 그림자를 모방하여 허상의 허상을 만들어 낼 뿐이다. 또한 문학은 진리가 아니라 거짓을 말하고 이성이 아니라 감성을 자극함으로써 사람들을 현혹한다. 이런 요소들 때문에 플라톤은 문학을 이상국가에서 추방해야 하는 것으로 본다. 19세기 영국에서 정치 활동가이자 저술가, 디자이너, 시인이자 소설가 등으로 활약한 윌리엄 모리스(William Morris)도 『유토피아에서 온 소식(News from Nowhere)』에서 유토피아에서 문학, 특히 소설의 효용성에 의문을 제기한다. 그는 플라톤처럼 문학의 추방을 말하지는 않지만 소설을 불행한 시대에 속하는 것으로 보고 일상 속에서 행복이 구현된 유토피아에서는 무용하다는 견해를 피력한다.

국내에서는 1980년대부터 모리스에 관한 글들이 조금씩 발표되었는데, 대체로 예술론을 중심으로 공예, 직물, 건축, 책 등의 분야에서 디자이너로서 그가 남긴 업적에 초점을 두는 경향을 보였다. 21세기에 들어와서는 예술론뿐 아니라 사회주의 사상과 유토피아론, 생태주의적 측면 등을 파고드는 글들이 나오면서 모리스에 대한 관심이 어느 정도 다양해졌다. 많지는 않지만 모리스의 저서도 몇 편 번역되어 있다. 특히 박홍규는 이 글에서 다루는 모리스의 작품을 『에코토피아 뉴스』라는 제목으로 번역하고 『윌리엄 모리스 평전』을 직접 쓰는 등 국내에 모리스를 알리는 데 힘써왔다.[4] 모리스의 일부만 소개하는 것에 문제를 제기하고 "모리스에 대해 전체적이고 균형 잡힌 시각을 제공"하려는 박홍규의 노력은 높이 평가받아 마땅하다.[5] 무엇보다도 그는 우리 시대의 곤경을 헤쳐나갈 수 있는 길을 모리스의 사회주의 사상과 생태주의적 유토피아론에서 찾고 있으며, 모리스를 "이미 19세기에 인간이 자연과 조화를 이루며 진정으로 인간답게 살려는 유토피아의 변증법적 발전 과정에서 궁극적인 종합을 형성한 사람"이라고 평가한다.[6]

이 글은 모리스의 사상 체계 전체를 봐야 한다는 박홍규의 입장에 동의하면서도 편의상 『유토피아에서 온 소식』에 국한해서 모리스의 유토피아적 상상력을 고찰하고자 한다. 먼저 모리스의 유토피아관을 살펴보고, 그다음에는 『유토피아에서 온 소식』에 나타나는 로맨스적 요소와 소설적 요소를 살펴보겠다. 특히 이 작품에 등장하는 인물들의 견해를 통해서 모리스의 소설 비판을 그의 예술관과 대조하며 고찰하겠다. 그리고 주인공이자 서술자인 윌리엄 게스트(William Guest)가 독자에게 전하는 전언의 함의를 들여다보겠다. 모리스가 현실 정치에 적극적으

....

4) 『에코토피아 뉴스』의 역자 머리말에서 박홍규는 "생태의 문제를 다룬 이 책의 특징을 강조"하기 위해서 'Nowhere'를 '에코토피아'로 옮기고, "새롭다는 점을 강조한다는 의미에서" 'News'를 '뉴스'로 옮겼다고 밝힌다.

5) 박홍규, 『윌리엄 모리스 평전』(개마고원, 2007), 25쪽.

6) 박홍규, 같은 책, 23쪽.

로 참여한 사회주의자였다는 점을 고려하면 자본주의의 중추인 중간계급과 거의 동시에 출현하면서 근대 개인의 형성에 결정적인 영향을 끼친 소설 장르에 비판적이라는 점은 이해할 만하다. 그러나 유토피아에 대한 상상과 문학적 담론의 연관성, 『유토피아에서 온 소식』이란 작품 자체가 로맨스의 형식을 취하면서 소설적 요소들을 차용하고 있다는 점에서 모리스의 소설 장르 비판은 고찰해 볼 만한 가치가 있다.

2 모리스의 유토피아관과 로맨스 형식 차용

『유토피아에서 온 소식』은 미국의 소설가이자 사회주의자인 에드워드 벨러미(Edward Bellamy)가 『뒤돌아보며: 2000년에 1887년을(*Looking Backward: 2000-1887*)』에서 제시하는 유토피아를 비판하는 성격이 짙은 작품이다. 1888년에 처음 출판된 벨러미의 작품은 유토피아를 실제로 구현하려는 노력들을 추동할 정도로 당시 사람들에게 큰 영감을 주었다. 그러나 모리스는 사회주의연맹(Socialist League)이란 정치조직의 기관지에 해당하는 『코먼윌(*Commonweal*)』에 발표한 「뒤돌아보기(Looking Backward)」에서 모든 것을 국유화하고 중앙 집중화한 벨러미의 국가사회주의식 유토피아에 동조하지 않는다. 이 논평에서 모리스는 "유토피아 작품을 읽는 유일하게 안전한 방법은 그것을 저자의 기질을 표현하는 것으로 간주하는 것"이라고 말하면서 벨러미의 기질은 "순전히 근대적인 것으로 비역사적이며 비예술적"이라고 비판한다. 벨러미가 상상하는 이상적인 삶은 19세기 중간계급의 삶에서 부정적인 요소들만 제거한 것이기 때문이다. 벨러미는 자본주의사회의 사적 독점이 필연적으로 국가 독점으로 바뀌는 과정에서 근대 문명과 근대의 지배적 계급인 중간계급의 삶과의 근본적인 단절 없이도 자본주의에서 사회주의로 이행이 가능하다고 보았다. 벨러미의 유토피아에서는 기계 발전을 통한 노동 시간 단축 덕분에 노동은 그런 대로 견딜 만한 것이 되고 누구나 원하는 직업을 고를 수 있으며, 노동의 결과물은 국가에 의해 모든 국민에게 균등하게 분배된다. 하지만 모리스는 기계의 증대는 기계의 증대일 뿐이며, 모든 것을 독점하는 국가를 중심으로 조직되는 삶은 "기계의 삶"에 불과할 것이라고 비판한다. 모리스가 보기에 문제의 핵심은 노동을 최소화하는 것이 아니라 "노동에서 고통을 최소화하는 것"이고 노동에서 겪는 고통의 최소화는 "사람들이 생활 조건에서 진정으로 평등할 때" 가능하다. 이런 시대가 되면 노동은 유용하고 행복한 창조 행위가 될 것이고 노동 자체가 주는 즐거움이 노동의 동기가 될 것이라고 모리스는 본다.[7]

모리스에 따르면 벨러미의 유토피아는 문명의 중심인 대도시에 국한된 것으로 도시와 시골 사이의 경제적 평등은 고려되지 않는다. 이 지적은 모든 산업의 중앙 집중화에 대한 비판과 결을 같이하며, 풀뿌리 참여민주주의와 유사한 공동체 운영에 대한 제안으로 이어진다. 모리스가 보기에 중앙 집중화 방식으로 삶과 노동을 조직하게 되면 그 누구도 책임을 느끼지 않기 때문에, 국가 운영과 통치의 단위는 시민 각자가 책임감을 가질 정도로 작아야 한다. 시민들은 용건들을 국가에 맡기지 말고 개인 단위에서 서로 협력하여 직접 처리해야 한다. 이런 방식

---

7) William Morris, "Looking Backward", *The William Morris Internet Archive: Works*. https://www.marxists.org/archive/morris/works/1889/commonweal/06-bellamy.htm

으로 보장할 수 있는 삶의 다양성은 조건의 평등과 함께 모리스가 꿈꾸는 공산주의의 진정한 목적이다. 삶의 다양성과 조건의 평등이 결합할 때만이 개인은 참된 자유를 누릴 수 있고, 참된 자유의 성취와 함께 자본가와 중간계급의 이익을 위해서 상업 전쟁을 수행하는 근대국가는 사라질 것이기 때문이다. 이 점에서 보면 모리스의 공산주의는 자유와 평등을 기반으로 개인의 자유와 협력에 의한 공공의 선이 이상적인 조화를 이룬 유토피아라 할 수 있다. 벨러미의 작품에 대한 이런 비판들과 이상적 사회에 대한 모리스의 구상은 『유토피아에서 온 소식』에 고스란히 투영되어 있다.

『유토피아에서 온 소식』에는 '안식의 시대'라는 부제와 함께 "유토피아적 로맨스에서 뽑은 몇 개의 장"이란 구절이 딸려 있다.[8] 부제와 딸린 구절은 이 작품의 몇 가지 특성을 요약해서 보여 준다. 우선 부제에서 짐작할 수 있듯이 모리스가 상상하는 유토피아는 안식의 시대에 구현된 사회 모델이다. 여기에서 안식이란 노동을 하고 난 다음에 취하는 무노동의 상태가 아니다. 모리스의 유토피아에서 안식은 타고난 능력에 따라서 각자가 원하는 일을 하기 때문에 노동 자체가 즐겁고 노동과 안식이 하나인 상태를 말한다. 즉, 안식의 시대란 자본주의체제하에서 강요되고 착취당하는 노동과는 근본적으로 다른 즐겁고 유익한 노동 덕분에 삶이 행복한 시대를 의미한다. "몇 개의 장"이란 구절은 모리스의 유토피아에 대한 상상이 완결된 청사진이 아니라 미완의 것임을 말해준다. 그리고 모리스는 이 작품을 구성하는 몇 개의 장의 출처를 "유

---

8) 이 작품의 전체 제목은 *News from Nowhere, or an Epoch of Rest, Being Some Chapters from a Utopian Romance*이다.

토피아적 로맨스"라고 명시함으로써 유토피아를 상상할 때 문학, 특히 로맨스 형식에 기대고 있음을 분명히 한다.

모리스의 로맨스 형식 차용은 중세에 대한 그의 동경에 가까운 평가와 연결된다. 그는 「14세기의 예술과 산업(Art and Industry in the Fourteenth Century)」에서 노동의 산물을 팔아 이윤을 얻기 위해서 다른 사람의 노동을 구매하는 자본주의를 비판하면서 중세 사회를 자본주의 사회와 대척되는 지점에 놓는다. 모리스에 따르면 중세에 사람들은 직접 사용하기 위해서 생산을 했고 사용하고 남는 잉여 물품들만 교환했다. 그는 특히 중세의 길드를 높이 평가한다. 길드 안에서 장인들은 자유롭고 창의적인 정신을 발휘하여 일상 용품들을 유용하면서도 아름다운 예술품으로 만들어 냈기 때문이다. 게다가 모리스는 길드에서 사회주의적 연합공동체의 모습으로 발전할 수 있는 잠재적 요소들을 본다. 『유토피아에서 온 소식』에서 그가 제시하는 미래의 유토피아가 길드와 유사한 수평적 연합공동체의 조직망으로 이루어진 수공업 중심의 사회인 것도 이런 맥락에서 이해할 수 있다. 그리고 중세의 대표적인 문학 장르가 바로 로맨스인데, 『유토피아에서 온 소식』에서 게스트가 지난한 혁명의 과정과 혁명 직후의 유토피아를 알아가는 여정은 중세 기사의 모험담을 닮았다.

유토피아 작품은 저자의 기질을 표현한다는 모리스 자신의 말을 적용해 보면, 『유토피아에서 온 소식』을 로맨스라고 명시한 것은 그의 낭만적 기질을 천명한 것과 다를 바가 없다. 이 작품에서 모리스의 낭만적 기질을 보여 주는 핵심적 요소는 작품 전체가 혁명 직후의 세상을 보고자 하는 게스트의 갈망이 투영된 꿈으로 되어 있다는 점일 것이다. 꿈이란 장치는 19세기 말 영국의 현실에서는 불가능한 유토피아를 미리 엿보게 해주는 역할을 한다. 민주주의와 유토피아 사상의 결합을 시도한 프랑스 철학자 미겔 아방수르(Miguel Abensour)는 모리스의 작품에서 경이로운 것들의 출현을 가능하게 하는 꿈의 역할에 주목한다. 그에 따르면 이 작품은 유토피아를 실험하고 있으며 이런 "유토피아의 자기 실험"은 모리스로 하여금 "중세 '로맨스'의 탐색 여행을 미래 사회에 대한 그의 비전으로 옮겨놓게" 했다.[9] 또한 아방수르는 이 작품이 "유토피아적 경이로움을 풀어" 내고 있으며 모리스가 풀어 내는 "유토피아의 모체는 로맨스"라고 말한다.[10]

아방수르가 『유토피아에서 온 소식』의 로맨스적 요소를 강조한다면, 모리스를 낭만적 혁명가로 평가하는 톰슨(E. P. Thompson)은 이 작품을 "과학적 유토피아"로 읽으면서 로맨스적 요소와 함께 사실주의적 요소를 부각한다. 톰슨은 과학과 유토피아 사이의 모순을 이 작품의 "이야기 전체에 깔려 있는 생산적 긴장의 원천"으로 본다.[11] 톰슨이 말하는 생산적 긴장은 무엇보다 꿈이란 기제가 만들어 내는 로맨스적 요소와 19세기 영국의 실상에 관한 사실주의적 요소 사이에서 발생하는 긴장이다. 그 긴장은 단순히 현실에서 시작하여 꿈속의 유토피아를 경유하여 다시 현실로 돌아오는 순환적 서사 구조에서 생겨나는 것이 아니다. 그 긴장은 유토피아에서 게스트가 갖는 이방인성과 미래의 유토피아와 19세기 영국 사회의 대조적인 모습들에서 기인한다.

---

9) Miguel Abensour, "William Morris: The Politics of Romance", *Revolutionary Romanticism*(City Lights Books, 1999), p. 127.

10) Miguel Abensour, *Ibid.*, pp. 132-133.

11) 에드워드 톰슨, 『윌리엄 모리스 2: 낭만주의자에서 혁명가로』(한길사, 2012), 578쪽.

유토피아 문학

유토피아는 흔히 이곳에 있는 사회에서 단절된 장소로 상상되어 왔다. 그런데 『유토피아에서 온 소식』에서 게스트가 현실 사회에서 유토피아로 갈 때 장소상의 이동은 발생하지 않는다. 대신 시간상의 이동이 발생한다. 19세기 영국에서 잠들었다가 22세기 미래 사회에서 눈을 떴을 때 게스트는 계절이 겨울에서 여름으로 바뀌어 있음에 몹시 놀라지만 템스강이 그대로 흐르고 있어 하룻밤 사이에 일어난 근본적인 변화를 처음에는 감지하지 못한다. 그 전날까지만 하더라도 템스강 위에 보기 흉하게 걸려 있던 다리가 우아한 아치형의 돌다리로 바뀌어 있고 강가에 아름다운 집들이 늘어서 있는 것을 보고서야 어떤 변화가 일어났음을 인지한다. 그는 여전히 영국인이고 영국을 떠난 적이 없지만 그가 보는 미래의 영국은 그가 살고 있는 19세기의 영국이 아니라는 점에서 그는 이방인이 아니면서 동시에 이방인이라 할 수 있다.

게스트의 이방인성을 가장 잘 보여 주는 것은 그가 19세기 영국에서 미래의 유토피아로 올 때 그대로 입고 온 옷이다. 유토피아 사람들은 기이하여 시선을 끄는 옷 때문에 그를 바다 건너 먼 곳에서 온 여행객으로 본다. 게스트도 자신의 보기 흉한 옷이 유토피아 사람들의 아름다운 옷과 뚜렷한 대조를 이루고 있음을 의식하고 시선을 덜 끌기 위해서 그들이 입는 옷을 구해 입으려고 한다. 그러나 유토피아에서 게스트의 안내자 역할을 자청하는 동시에 게스트가 궁금한 것들을 물어볼 수 있도록 그를 증조부인 해먼드(Hammond)에게 데려가는 딕(Dick)은 그에게 옷을 갈아입지 말라고 부탁한다. 딕은 증조부에게 이방인의 모습 그대로 게스트를 보여 주고자 하는데, 게스트가 옷을 갈아입을 경우에는 그의 이방인성이 희석되기 때문이다. 해먼드도 게스트를 보자마자 그가 이방인임을 알아보며, 게스트와 대화를 나눌 때 그를 "삶의 바로 그

토대가 우리의 것과는 다른 어떤 곳에서 온" 질문자로 여긴다.[12]

게스트의 옷이 유토피아 사람들의 시선을 끄는 것은 단순히 옷 자체의 아름다움과 세련됨의 결핍 때문만은 아니다. 유토피아 사람들에게 옷은 삶을 영위하는 데 필요한 생활용품에 그치는 것이 아니라 옷을 입고 있는 사람의 삶의 질과 그런 삶의 여건을 제공하는 사회의 질을 가늠하게 해주는 척도의 역할을 한다. 그들의 아름답고 세련된 옷은 삶의 기쁨과 자연에 대한 사랑을 시대정신으로 삼아 예술과 노동이 결합된 사회에서 그들이 행복하게 살고 있음을 보여 주는 것이다. 따라서 우중충한 색깔의 조야한 직물로 만들어졌고 아름다움과 세련미를 찾아볼 수 없는 게스트의 옷을 볼 때, 그들은 그가 떠나온 사회의 삶이 그 옷처럼 우중충하고 조야하며 불행함을 알아본다고 할 수 있다. 처음에 게스트는 유토피아에서 만나는 사람들이 모두 양질의 옷감으로 만들어진 아름답고 세련된 옷을 입고 있는 것에 비판적인 시선을 보낸다. 해먼드에게서 유토피아가 실현되기까지의 역사적 과정과 유토피아의 작동 방식과 생활상에 대해 배운 후 딕과 그의 아내인 클라라(Clara)와 함께 해머스미스(Hammersmith) 숙소로 돌아갈 때 게스트는 클라라에게 유토피아 사람들이 입고 있는 옷이 너무 화려하고 아름답다고 비난한다. 그는 모든 이가 아름다운 옷을 입을 수 있는 여유가 있음을 이해하지 못한다. 게스트가 보기에 아름답고 화려하고 세련된 옷은 부유한 특권층의 전유물로 보통 사람들이 그런 옷을 입는 것은 사치이자 낭비다. 유토피아 사람들이 그런 옷을 입기 위해 굶기라도 하는 것처럼 보이느냐는 클라라의 반문은 게스트의 19세기식 생각을 정확히 꼬집는 말이다.

....

12) William Morris, *News from Nowhere*(Oxford UP, 2003), p. 47.

유토피아 문학

첫째 날에 딕의 안내로 런던을 둘러보고 해먼드와 대화하며 유토피아에 대해 알게 되면서 게스트는 다음 날 아침에 19세기 영국에서 깨어나게 될까 두려워할 정도로 그곳의 삶에 매료된다. 둘째 날 아침에 그는 일어나자마자 방을 둘러보고는 자신이 여전히 미래의 유토피아에 있음을 알고 기뻐하며, 딕이 미리 준비해 놓은 옷을 입으면서 즐거워한다. 이런 변화는 옷에서 드러나던 그의 이방인성이 비가시적으로 되고 유토피아에 대한 "그의 비판적 거리가 사라지고" 있음을 시사한다.[13] 그러나 게스트의 비판적 시선은 사라지지 않고 오히려 더 강렬해진다. 다만 그 시선이 향하는 대상이 19세기 영국 사회로 바뀔 뿐이다. 미래의 유토피아는 19세기 영국 사회에서 게스트를 일시적으로 떼어내어 그로 하여금 "상상의 미래에서 현재를 일별함으로써 현재의 파편들을 한 총체로 파악"하게 해준다.[14] 꿈속에서 미리 가 보는 상상의 미래가 제공해 주는 이런 관점은 현재 사회를 미래의 유토피아와 대비함으로써 현재의 모순과 문제를 명확히 해준다. 따라서 게스트는 유토피아를 알면 알수록 19세기 영국 사회를 더욱 비판적으로 보지 않을 수 없게 된다.

19세기 영국과 유토피아 사이의 근본적 차이는 전자에는 있지만 후자에는 없는 것들에 대해 게스트와 해먼드가 나누는 대화에서 가장 잘 드러난다. 우선 유토피아에는 사적 소유권과 사유재산이 없고, 화폐를 매개로 하는 교환과 상업적 도덕이 없다. 또한 자본가로 대변되는 특

---

13) Miguel Abensour, *Ibid.*, p. 154.

14) Matthew Beaumont, "*News from Nowhere* and the Here and Now: Reification and the Representation of the Present in Utopian Fiction", *Victorian Studies* 19.1, 1975, p. 35.

권층의 이익을 대변하고 노동계급을 착취하는 근대 기구인 중앙집권적 국가와 정부가 없다. 사유제의 폐지 덕분에 폭력적 범죄를 초래하는 원인들이 소멸했고, 따라서 법과 감옥도 없다. 젠더 불평등도 없으며 빈부의 격차가 없을 뿐 아니라 빈곤을 뜻하는 단어 자체가 없다. 한마디로 말해서 19세기 영국 사회의 근본적인 문제들과 갈등들이 다 사라지고 없는 사회가 유토피아인 것이다. 이런 면면을 보면서 게스트는 19세기 영국 사회와 그에게는 아직 도래하지 않은 미래에 있는 유토피아를 계속 대조하게 된다. 그리고 이 과정에서 19세기 영국 사회의 현실이 유토피아의 로맨스 속에 불쑥불쑥 끼어든다. 이렇게 끼어드는 19세기 영국 사회의 모습들은 보기 흉한 옛 건물들이 유토피아에서 새로 지어지는 아름다운 건물들을 돋보이게 하듯이 유토피아의 이상적인 모습들을 돋보이게 한다. 즉, 대조적인 두 사회가 게스트의 내면에서 조우하면서 만들어 내는 긴장 속에서 19세기 영국 사회의 모순들이 극명하게 드러나는 동시에 그런 모순들이 제거된 유토피아에 대한 희망이 꿈틀거린다.

3 모리스의 예술관과 소설 장르 비판

흥미롭게도 게스트의 유토피아 여행기가 로맨스의 형태를 취하는 반면에 19세기 영국 사회의 실상은 소설 장르와 결부된다. 소설에 대한 언급은 게스트에게 출신지와 나이 등을 꼬치꼬치 캐묻는 밥(Bob)을 저지하는 딕에게서 처음 나온다. 딕은 밥에게 "너는 내게 실용적 지식을 추구하기 위해서 모든 예의를 무시할 준비가 되어 있는 …… 어리석은 옛 소설에 나오는 …… 구두 수선공을 떠올리게 해"라며 핀잔을 준다.[15] 또한 딕은 게스트가 유토피아 사람들의 생활 방식에 대해 전혀 모르는 곳에서 왔다고 여겨 질문을 하려는 또 다른 친구인 보핀(Boffin)에 대해서는 "반동적인 소설들을 쓰는 데 시간을 허비하는" 약점이 있다고 말하며, 게스트에 대한 보핀의 관심을 "사람들이 불행한 곳"에 대해 "이야기꾼"이 갖는 관심으로 여긴다.[16] 딕의 이런 언급들은 유토피아 사람들에게 소설은 어리석음과 반동, 무엇보다도 불행과 결부되어 있음을 말해준다.

과거의 이야기와 소설이 유토피아에서 향유되지 않는 것은 아니다. 게스트는 해먼드와 딕, 클라라와 함께 저녁 식사를 하러 공동 식당에 들어갔을 때 옛 신화와 그림 형제의 동화에 나오는 장면들이 벽에 그려져 있는 것을 보고 놀란다. 딕은 그런 이야기들도 아름답다고 생각한다고 말한다. 그러나 그런 이야기들 속에서 유토피아의 현재는 거의 다뤄지지 않으며, 설령 다뤄진다고 하더라도 실제 삶과는 다르게 그려진다는 클라라의 말에서 알 수 있듯이, 이야기 같은 재현 예술은 당대의 삶과 무관한 것으로 치부된다. 해먼드는 클라라의 견해에 동의하며 19세기를 예로 든다. 해먼드에 따르면 "예술과 상상의 문학은 동시대의 삶을 다루어야 한다"는 이론이 19세기에 있었지만 당시 작가들은 동시대의 삶을 "위장하거나 과장하거나 이상화하고, 이런저런 점에서 그것을 기묘하게 만들어" 버렸다.[17] 해먼드의 이런 지적은 개연성의 원칙에 따

---

15) William Morris, *Ibid.*, p. 15.

16) William Morris, *Ibid.*, p. 19.

17) William Morris, *Ibid.*, p. 88.

라 진실하게 현실을 담아내는 것으로 간주되는 사실주의 소설이 실제로는 현실을 왜곡한다는 모리스의 소설 비판으로 읽을 수 있다. 게다가 소설 장르에서 현실과 허구의 관계를 설정하는 핵심 고리인 재현의 개념 자체가 문제가 된다. 왜냐하면 현실을 아무리 비슷하게 재현한다고 하더라도 허구적 재현이 곧 현실일 수는 없는 반면에, 모리스가 상상하는 유토피아는 실제로 "삶의 물질적인 일부를 구성하는" 예술을 추구하기 때문이다.[18]

유토피아 사람들이 추구하는 예술을 가장 잘 표현하는 용어는 "노동-즐거움"으로, 이 용어는 유토피아의 노동과 예술이 이전 시대의 것들과는 질적으로 다름을 시사한다.[19] 노동과 예술의 질적인 변화는 유토피아가 실현되는 과정에서 이윤 창출을 위한 노동 착취를 기반으로 하는 상업주의가 파괴되고 다수를 가난으로 내몰고 소수가 부를 독점하게 만드는 사적 소유가 폐지됨으로써 가능했다. 사람에게는 일하지 않으려는 욕망이 있다는 통념이 암시하듯이 이전 시대에 노동은 어쩔 수 없이 해야만 하는 고역이었고, 안식은 소수의 지배계층만이 향유하는 특권이었다. 반면에 미래의 유토피아에서는 사람들이 노동을 기피하고 게으름을 피우는 것을 질병으로 여길 뿐 아니라 노동의 즐거움을 잃을까 염려할 정도로 노동은 행복한 삶의 핵심이다. 혁명의 목적은 바로 행복인데 일상 노동이 행복하지 않으면 행복은 불가능하다는 유토피아 사람들의 견해는 이런 노동의 질적인 변화를 단적으로 말해 준다.

....

18) John Plotz, "Nowhere and Everywhere: The End of Portability in William Morris's Romances"(*ELH* 74, 2007), p. 932.

19) William Morris, *Ibid.*, p. 115.

유토피아 사회에서의 예술은 모리스가 「사회주의자의 이상: 예술(The Socialist Ideal: Art)」에서 피력하는 예술관과 일치한다. 모리스는 이 글에서 19세기의 예술은 "시대정신에 완전히 상반되는 정신을 가지고 작업하는 소규모의 예술가 집단에 의해" 유지되는 것으로 대부분의 사람들에게는 향유의 대상이 아니라 진기한 것으로 여겨질 뿐이라고 비판한다. 특히 모리스는 예술가들 사이의 "협력의 부재"를 당대 예술의 본질적인 결함으로 꼽는다. 또한 전통과 단절되어 있을 뿐 아니라 당대의 삶과도 분리되어 있기 때문에 "파벌의 예술이지 인민의 예술이 아니라고" 지적한다. 모리스는 전 인민이 공유할 수 있는 예술을 대안으로 제시하는데, 이 대안은 예술이 명확한 형태와 내구성을 지닌 "모든 제작품의 일부를 구성하는 불가결한 요소라는 것"을 사람들이 인식할 때에만 실현 가능하다. 모리스에 따르면 이런 인식은 사람들로 하여금 가장 적합한 일을 찾아서 즐겁게 에너지를 쓸 수 있게 하며, "에너지의 즐거운 활용은 모든 예술의 근원인 동시에 모든 행복의 근거다." 한마디로 말해서 모리스가 추구하는 예술은 특권층의 사치품이 아니라 누구나 행복하게 살기 위해서는 반드시 필요한 일종의 생활필수품이다.[20]

모리스는 생활필수품으로서 예술이 수행해야 하는 중요한 기능들로 집짓기와 정원 설계, 책 장식, 옷 만들기 등을 드는데, 이것은 실용적이면서도 아름다운 거주 공간과 생활용품을 만드는 건축과 공예, 디자인 같은 분야가 모리스가 추구하는 예술임을 말해 준다. 모리스는 생활과 직결되는 이런 실용적 분야를 전통적 의미의 예술과 구분하여 '소예술

20) William Morris, "The Socialist Ideal: Art", *The William Morris Internet Archive: Works*. https://www.marxists.org/archive/morris/works/1891/ideal.htm

(the lesser arts)'이라 칭한다. 게스트를 거듭 놀라게 하는 유토피아의 아름다운 집들과 정원들, 우아한 옷들, 세련된 생활용품들은 실용성과 예술미가 결합된 소예술이 생활 곳곳에 스며들어 있음을 예증한다. 유토피아 사람들에게는 일상 용품을 제작하는 노동이 바로 예술품을 만드는 창조 활동이며, 예술과 결합된 일상 노동은 일종의 표현 수단이 된다. 따라서 노동은 즐겁고 할 만한 가치가 있을 수밖에 없다. 유토피아에서 "노동은 '매력적인 노동'이 되어 있고, 모두가 예술가"이기에 "경험 자체가 주된 예술이다."[21] 따라서 경험을 재현하는 허구적인 서사 장르인 소설은 유토피아에서 모범적인 예술형식일 수가 없다.

『유토피아에서 온 소식』에서 소설에 대해 가장 비판적인 발언을 하는 인물은 엘런(Ellen)이다. 게스트는 딕과 클라라와 함께 건초 작업에 참여하기 위해 템스강을 거슬러 오르는 여정에서 우연히 엘런의 할아버지를[22] 만나 러니미드(Runnymede)에 있는 그의 집에서 하룻밤을 보낸다. 엘런의 할아버지는 유토피아에 만족하지 못하고 과거를 이상화하는 인물로 유토피아의 책들보다 과거의 책들을 더 좋아한다. 그가 보기에 과거의 책들에는 모험심과 악에서 선을 끌어내는 요소들이 있는데 유토피아의 문학에는 이런 요소들이 없다. 그는 경쟁의 유무가 이런 차이를 만들어 내며 경쟁 사회가 경쟁이 없는 유토피아보다 더 활기차리라 생각한다. 그러나 엘런은 유토피아가 구현되기 전에 살았더라면 할

....

21) Patrick Brantlinger, "*News from Nowhere*: Morris's Socialist Anti-Novel", *Victorian Studies* 19.1, 1975, p. 44.

22) 처음 등장할 때는 엘런의 할아버지로 나오지만 나중에는 엘런의 아버지로 언급되는데, 작가 모리스의 실수로 받아들여진다.

아버지 같은 사람은 굶어 죽거나 강제로 다른 사람들의 것을 빼앗아야 했을 것이라고 지적한다. 엘런이 보기에 현재 살고 있는 세상을 사랑하고 이 세상에 관심을 기울여야 하는데 할아버지는 과거에 대한 왜곡된 환상에 사로잡혀 있다.

엘런도 할아버지도 '소설'이란 단어를 직접 사용하지는 않는다. 그러나 "나는 새커리의 『허영의 시장』처럼 많은 재미가 있는 옛 책을 읽기를 좋아한다"는 할아버지의 말은 그들이 말하는 책들이 19세기 영국 소설임을 짐작하게 한다.[23] 엘런은 할아버지가 좋아하는 소설은 사람들이 상상 속에서 그들의 불행을 달래야 하는 시대를 위한 것이었다고 말함으로써 소설을 좋아하는 것은 시대착오적임을 지적한다. 무엇보다 엘런은 소설 작품들의 "영리함과 활력, 이야기 짜기 능력에도 불구하고 그것들에는 어떤 역겨운 것이 있다"고 단호하게 말한다. 빈곤층에 대한 연민을 보여 주는 작품들이 일부 있지만, 소설은 결국 "다른 사람들의 불행 덕분에 지복의 섬에서 행복하게 사는 남녀 주인공"에 대한 이야기를 들려줄 뿐이기 때문이다. 행복한 결말에 도달하기까지 남녀 주인공이 겪는 고난들은 "그들이 자초한 겉보기에만 불운"인 것들로 이런 가짜 불운들은 주인공들이 자신들의 감정과 열망에 대해 행하는 "우울한 자기 관찰적 난센스에 의해 예시된다"고 엘런은 비판한다.[24]

소설에 대한 엘런의 비판은 앞에서 간략하게 살펴본 모리스의 소예술론의 연장선상에 있다. 우선 주인공들의 행복이 다른 사람들의 불행을 근거로 한다는 점은 소설이 모리스가 추구하는 모든 이를 위한 예술

23) William Morris, *Ibid.*, p. 136.

24) William Morris, *Ibid.*, p. 130.

이 아니라 특정 계급을 위한 것임을 시사한다. 주인공들이 자신들의 내면 관찰에 몰두한다는 지적은 모리스가 주창하는 소예술과 달리 소설은 생활의 본질적인 일부이자 행복에 필수불가결한 요소인 일상 노동과 직접 결부되지 않는다는 것을 암시한다. 또한 주인공들이 고난을 거쳐 도달하는 최종적인 상태를 '섬'으로 표현한다는 점은 소설이 공동체 전체의 행복보다는 개인의 행복에 더 큰 관심을 두고 있음을 지적하는 것으로 볼 수 있다. 모리스는 소설이 "개성을 예찬하고 더 큰 역사의 흐름과 더 큰 사회의 이해관계에는 굉장히 무관심한 중간계급의 개인주의에 토대를 두고" 있다고 보는 것이다.[25] 이런 견해에 따르면 소설은 완전한 자유와 평등의 공산주의를 이룬 사회에서는 불필요하다.

엘런의 할아버지가 경쟁이 사회의 근본 법칙이던 과거를 이상화하고 그 시대를 재현하는 소설에 매료된 이유는 지극히 개인적이다. 그는 과거였다면 아름다운 엘런은 숙녀였을 것이고 좋은 옷을 입고 대저택에서 살며 일할 필요도 없었을 것이라고 한탄한다. 엘런을 사랑하는 마음에서 비롯한 것이기는 하지만 이런 바람은 다음 두 사항을 고려하지 않기 때문에 가능하다. 첫째, 유토피아에서 모두가 그렇듯이 엘런은 입고 싶은 옷을 입고 살고 싶은 곳에서 살며 일하고 싶어서 일한다. 즉, 그녀를 강제하는 어떤 권력도 어떤 사람도 없다. 둘째, 만일 과거였다면 엘런은 숙녀가 아니라 빈민층의 일원이었을지도 모른다. 엘런은 이것을 정확히 알고 있다. 엘런은 대저택에 사는 사람들이 풍요를 누릴 때 그녀와 할아버지는 누추한 오두막에 살면서 할아버지는 "늙은 후에도 힘들게 일을 해야 했을 것이고" 그녀는 젊은 나이에 "중년에 접어들기 시

---

25) Patrick Brantlinger, *Ibid.*, p. 41.

작했을 것이며 몇 년 후에는 근심거리들과 불행에 시달려 시들고 비쩍 말라 초췌해졌을 것"이라 응수한다.[26] 결국 특권층의 일원이었을 것을 전제로 할아버지가 과거와 그때의 소설을 좋아하는 것은 소설이 공동체 전체보다는 노동하지 않아도 되는 특정 계급과 그 계급에 속하는 개인의 이익에 복무한다는 것을 예증할 뿐이다.

엘런이 과거에 살았을 경우를 가정하며 그려 보이는 시들고 초췌한 여자의 모습은 19세기의 비참한 삶을 단적으로 보여 주는 이미지로 게스트에게는 동시대인들의 실상이다. 이와 같은 이미지는 템스강을 거슬러 오르는 여정을 막 시작할 때 게스트가 떠올리는 19세기의 건초밭 풍경에서 처음 등장한다. 그 풍경은 "야위고 납작한 가슴을 가진 보기 흉한" 여자들이 형편없는 옷을 입고 일하는 모습으로 그려진다.[27] 이런 풍경은 아름다운 사람들이 축제 분위기에서 즐겁게 일하는 유토피아의 건초밭 풍경과 대조된다. 유토피아 사람의 외양과 19세기 사람의 외양 사이의 대비는 게스트가 꿈에서 깨어나기 직전에 더 극명하게 이루어진다. 목적지에 도착하여 딕의 친구들이 여는 만찬에 참석하기 위해 간 교회에서 게스트는 딕과 클라라, 엘런이 그를 알아보지 못하자 몹시 슬퍼하며 밖으로 나온다. 그때 게스트는 교회 안에 있는 "즐겁고 아름다운 사람들과 기묘하게 대조되는 사람"과 마주치는데, 이 사람의 얼굴은 "주름져 있고 더럽다기보다는 누추했고, 그의 눈은 멍하고 흐릿했고, 그의 몸은 구부정했으며, 종아리는 마르고 허약했다." 그가 입고 있는 넝마 같은 옷은 게스트에게 "너무나 친숙한" 19세기의 옷이다. 그 사

26) William Morris, *Ibid.*, p. 136.

27) William Morris, *Ibid.*, p. 124.

람은 게스트를 보고 인사를 하는데, 이것은 게스트가 미래의 유토피아에서 19세기 영국으로 되돌아왔음을 뜻한다. 게스트는 이렇게 갑작스러운 귀향에 "형언할 수 없을 정도로 충격을 받는다."[28] 이 충격은 비참하고 불행한 19세기 영국 사회의 현실에 대한 그의 자각이 그만큼 강렬함을 암시한다.

　모리스가 그리는 자유와 평등의 유토피아가 로맨스의 세계라면 유토피아가 구현되기 전의 영국은 소설의 세계라 할 수 있다. 이 점에서 19세기 영국에서 미래의 유토피아로 갔다가 다시 19세기 영국으로 돌아오는 게스트의 여정은 소설의 세계에서 로맨스의 세계로 갔다가 다시 소설의 세계로 돌아오는 여정으로 볼 수 있다. 게스트는 유토피아에서 환대를 받고 '이웃'이나 '친구'라 불리지만 유토피아의 일원이 아니며, 게스트 자신이 그것을 잘 알고 있다. 이 점은 19세기 영국으로의 귀향에 대한 두려움과 함께 게스트의 낭만적인 유토피아 여행에 어두운 그림자를 던지며, 19세기의 현실을 다루는 소설의 세계가 유토피아의 로맨스 속으로 비집고 들어오게 한다. 게스트는 유토피아의 로맨스에 아무리 깊이 빠져들어도 소설이 그리는 억압적이고 불평등한 사회의 일원으로서 그 사회를 벗어날 수가 없다. 오히려 게스트는 끊임없이 유토피아와 19세기 영국을 대조하지 않을 수 없고, 유토피아와 그곳 사람들에게 빠져들수록 19세기의 암울한 현실을 더 절감하지 않을 수 없다. 과거에서 온 "게스트가 유토피아의 평온을 어지럽히는 유령"이라면, 그를 통해 끼어드는 소설의 세계는 로맨스의 세계에 균열을 일으키는 악몽

---

28) William Morris, *Ibid.*, pp. 180-181.

이라 할 수 있다.[29] 그런데 역으로 말하면 미래의 유토피아는 "절망"의 19세기 영국 사회에 몸담고 있는 게스트를 이끄는 "희망"이며, 행복한 로맨스의 세계는 악몽 같은 소설의 세계를 대체할 대안이라고 할 수 있다.[30] 소설의 세계를 동경하는 엘런의 할아버지가 퇴행적 인물이라면, 공동체 전체가 행복한 로맨스의 세계를 꿈꾸는 게스트는 미래지향적인 인물이다. 그 모든 것이 꿈이었음을 알고도 게스트가 절망하지 않는 이유가 여기에 있다.

4 게스트: 수동적 독자에서 능동적 행위자로

『유토피아에서 온 소식』은 사회변혁에 대한 게스트의 소망을 충족해 주는 한 편의 꿈이다. 의미심장하게도 이 꿈에서 게스트가 유토피아와 그곳 사람들에 대해서 느끼는 감정은 현실과는 너무도 다르게 아름답고 행복한 세상을 이야기하는 책에 매료된 독자의 것과 유사하다. 유토피아와 그곳 사람들을 책에 비유하는 첫 인물은 엘런이다. 앞에서 살펴본 것처럼 19세기 소설에 빠진 할아버지에게 반발하면서 엘런은 삶의 터전인 자연과 그 속에서 함께 살고 있는 사람들이 그들의 책이라고 말한다. 이 말을 들으며 게스트는 "만일 그녀가 책이라면, 그 책 속의 장면들은 가장 사랑스러울 것"이라 생각한다.[31] 다음 날 아침, 딕은 게스

----

29) Matthew Beaumont, *Ibid.*, p. 48.

30) William Morris, *Ibid.*, p. 175.

31) William Morris, *Ibid.*, p. 130.

트에게 엘런이 정원에 서서 손으로 햇빛을 가리고 건초밭을 바라보는 모습을 가리키면서 그녀를 요정에 비유한다. 요정이란 말은 딕이 먼저 사용하지만, 게스트는 처음부터 엘런을 아름답다고 생각하며, 엘런과 헤어진 직후에는 그녀를 "지난밤 우리가 머문 거처의 요정"이라 하고, 뒤따라온 그녀와 재회할 때는 "러니미드에 있는 풍요로운 정원에서 온 요정"이라 한다.[32] 게스트에게는 유토피아의 모든 것이 그가 사는 19세기의 현실에서는 불가능하기 때문에 더욱 더 그를 매료하는 아름다운 이야기 속의 풍경들이라 할 수 있다.

정원과 요정 같은 엘런은 게스트의 마음을 사로잡는 유토피아의 매력을 잘 형상화하는 이미지들이다. 해먼드는 영국을 "한때 개간지의 나라"였다가 그다음에는 "거대하고 악취 나는 작업장과 더 악취 나는 도박장의 나라"가 되었다가 지금은 "그 어떤 것도 허비되지 않고 그 어떤 것도 망쳐지지 않는 정원"인 곳으로 설명한다.[33] 즉, 정원은 모든 것이 잘 손질되어 있고 깔끔하며 균형 있고 아름다운 유토피아의 축소판이다. 이와 유사하게 정원의 요정인 엘런은 유토피아 사람들의 생소한 아름다움의 결정체다. 그리고 게스트가 엘런에게 느끼는 사랑의 감정은 "그녀가 속한 세계에 대한 그의 최초의 끌림에서 자연스럽게 생겨나온 것"이다.[34] 이런 게스트의 끌림은 현실이 불행하기 때문에 행복한 상상의 세계에 빠져드는 독자의 것과 유사하다.

독자가 책 속의 인물이 될 수 없듯이 게스트는 그가 꿈꾸는 유토피아

....

32) William Morris, *Ibid.*, p. 137, 155.

33) William Morris, *Ibid.*, p. 62.

34) John Plotz, *Ibid.*, p. 942.

의 일원이 될 수 없다. 시간 여행자라는 점에서도 게스트는 유토피아의 일상적 측면에서 존재하지 않는 인물이나 마찬가지다. 유토피아는 게스트의 현실이 아니며, 이방인이자 여행자인 한 그와 유토피아 사람들 사이의 본질적인 간극은 결코 메워질 수 없다. 이 점을 고려하면 같이 살자는 엘런의 제안은 최고의 환대일 뿐 아니라 그를 손님에서 공동체의 일원으로 받아들이는 상징적 행위다. 이 제안은 그가 꿈에서 깨어 19세기로 되돌아옴으로써 실현되지 못한다. 그러나 엘런의 제안은 미완으로 남기 때문에 오히려 더 의미심장하다. 만일 게스트가 그곳에 남아 엘런과 같이 살 경우 그는 이미 실현된 유토피아에 자리를 잡기만 하면 되지만, 19세기로 돌아온 게스트는 스스로 유토피아를 실현하기 위해 애써야 하기 때문이다. 즉, 그는 미래의 유토피아에서는 책을 읽는 독자와도 같은 수동적 위치에 있지만, 19세기 영국 사회에서는 그 현실을 직접 살고 있을 뿐 아니라 자신의 여행담을 토대로 다른 사람들도 유토피아를 상상할 수 있게 함으로써 유토피아가 비전이 되도록 만드는 능동적인 행위자의 역할을 할 수 있다. 게스트와 헤어지기 전에 "어쩌면 우리의 손님이 그가 온 곳의 사람들에게 돌아갈 수 있고, 그들을 위한, 결과적으로 우리를 위한 결실을 맺을지도 모를 전언을 가지고 갈 수도 있다"는 해먼드의 말은 게스트가 꿈에서 깨어난 후에 어떤 역할을 하게 될 것인지를 짐작해 볼 수 있게 한다.[35] 비유적으로 말해서 그는 유토피아의 로맨스를 읽는 독자에서 그 로맨스가 그리는 세상을 현실에서 직접 구현해 보고자 하는 등장인물로 변신할 가능성이 농후하다.

---

35) William Morris, *Ibid.*, p. 116.

5 『유토피아에서 온 소식』에 담긴 전언

소설은 당대의 일상을 배경으로 개인의 세속적 욕망과 목표에 초점을 두고 개인의 사적인 경험을 서사로 풀어 내는 대표적인 근대 장르로 등장했다. 이렇게 소설이 대표적인 근대 장르로 자리매김할 수 있었던 것은 사실주의적 재현 방식이 현실 모순을 상징적으로 해결하는 데 성공했기 때문이라고 보는 견해가 지배적이다. 그런데『유토피아에서 온 소식』에서 모리스는 소설이 상징적으로 해결하는 데 성공하는 모순은 특정 계급과 그 계급에 속하는 개인들의 모순이고, 따라서 소설이 제공하는 상징적 해결책은 아무리 일해도 평생 굶주림에 시달리는 빈민층의 불행을 먹고 사는 사람들의 이기적인 행복에 기여할 뿐임을 시사한다. 이런 입장에서 보면 재현 장르로서 소설이 유의미하기 위해서는 절망과 고통과 불행이 일상적인 당대의 현실을 그럴듯하게 재현함으로써 특정 계급에 국한된 모순들을 상징적으로 해결하는 데 그쳐서는 안 된다. 오히려 소설은 현실의 구조와 질서 자체를 전복시킬 수 있는 희망을 제시하는 방식으로 현실을 거꾸로 재현해야 한다. 그래서 독자가 작품 속에서 자신이 살고 있는 그대로 모순투성이 현실을 보기보다는 그 현실을 대체할 수 있는 더 나은 사회를 꿈꿀 수 있게 해야 한다.『유토피아에서 온 소식』처럼 말이다.

『유토피아에서 온 소식』이 단행본으로 출간되기 전에『코먼윌』에 먼저 연재되었다는 점은 이 글이 정치적 담론임을 말해 준다. 그러나 이 글은 또한 유토피아적 로맨스의 형식을 취하면서 동시에 소설처럼 주인공의 심리를 적극적으로 묘사하고 있으며 소설적 대화 형식을 곳곳에서 활용하고 있다는 점에서 문학적 담론이다. 이 작품에 담긴 소설 비판은 소설 장르 전체에 대한 비판이라기보다는 사적 소유와 경쟁의 법칙을 근간으로 하는 자본주의사회의 지배계급에 공헌하는 소설의 이데올로기적 기능에 대한 비판으로 보는 것이 더 적절하다. 오히려 모리스는 상상 속 미래의 유토피아와 19세기 영국 사회를 극명하게 대조하고 두 사회 사이의 생산적 긴장을 형성하는 데 로맨스적 요소와 소설적 요소를 적극적으로 활용하고 있다. 그리고 게스트를 유토피아적 로맨스의 세계에 빠져 현실을 망각하는 인물이 아니라 유토피아 여행 중에 끊임없이 19세기 영국 사회를 떠올리며 현실의 모순과 문제를 더 통렬하게 지각하는 인물로 형상화함으로써 유토피아에 대한 상상이 갖는 현실 비판적 측면을 부각한다. 상상 속 유토피아가 책이라면 게스트는 그 책이 펼쳐 보이는 허구적인 이상 사회에서 현실도피적인 위안을 찾는 대신 현실을 변혁할 수 있는 희망을 얻는 독자라고 할 수 있다. 모리스는 그의 작품을 읽는 독자들에게 유토피아적 로맨스를 향유하는 수동적인 독자가 아니라 게스트처럼 불가능해 보이는 이상을 현실을 변혁하는 지렛대로 활용하는 능동적 행위자가 될 것을 요청하고 있는지도 모른다. 이런 문맥에서 마지막 장의 제목이 "축제의 시작—끝"이라는 것은 함의하는 바가 크다.[36] 건초 만들기 축제가 시작되는 바로 그 시점에서 게스트의 유토피아 여행은 끝나지만, 이 여행의 끝은 게스트가 하게 될 현실 변혁의 시작이 될 것이고 이 여정은 유토피아가 실현될 때 종결될 것이기 때문이다. 그리고 모리스의 『유토피아에서 온 소식』을 읽는 것은 바로 그 여정에 함께하는 첫걸음이다.

---

36) William Morris, *Ibid.*, p. 177.

유토피아적 열망과 새로운 삶의 창출

— 알렉산드르 보그다노프의 『붉은 별』과 『엔지니어 메니』

정남영

1 유토피아적 열망과 유토피아 소설

이 글은 알렉산드르 보그다노프(Alexander Bogdanov)의 유토피아 소설 『붉은 별(*Red Star*)』(1908)과 『엔지니어 메니(*Engineer Menni*)』(1913)에 담긴 유토피아적 열망이 새로운 삶의 창출에 어떻게 기여할 수 있는지 살펴보는 것을 목적으로 한다. 여기서 유토피아적 열망이란 기존의 삶형태들 가운데 어느 하나를 이상적인 모델로 삼아 그것을 실현하고자 하는 열망이 아니라 아직 실현된 바 없는 미지의 삶형태를 창출하는 데로 향하는 열망이다. 이런 의미의 유토피아적 열망은 일반적으로 '유토피아 문학'이라고 불리는 유형의 작품들에서만 발현되는 것이 아니다. 많은 탁월한 리얼리즘 소설들이 새로운 삶에 대한 열망을 그 바탕에 깔고 있다. 오히려 '유토피아 문학' 작품들 가운데 다수가 이 열망이 현실화되는 과정―이는 어둠 속을 더듬는 과정과 같다―의 어느 단계에서나 필연적으로 동반되는 물음과 탐색을 생략하고, 작자가 확정한 삶형태를 이미 실현된 모습으로 제시함으로써 기존의 것은 아닐지라도 특정의 삶형태를 모델화하기는 마찬가지인 결과를 낳을 수 있다.

『붉은 별』과 『엔지니어 메니』도 사회주의혁명이 이미 실현된 특정의 삶형태를 제시한다는 점에서 이런 모델화의 위험을 안고 있다고 할 수 있다. 그러나 이 작품들에는 모델화를 넘어선 측면들이 있고 여기에 유토피아적 열망의 관점에서 이 작품들을 다루는 의의가 있다.

첫째, 화성에 이미 실현된 것으로 제시된 삶형태는 우리에게 '공식적으로' 알려진 바의 러시아혁명, 즉 레닌(Vladimir I. Lenin)에 의해 대표되는 러시아혁명이 실제로 가능하게 한 삶형태와 다르다. 이 차이가 현재의 우리에게 말해 주는 바가 많다. '정치의 우선성'과 국가권력의 장악을 핵심으로 삼는 레닌의 러시아혁명은 스탈린(Josif V. Stalin)을 거치면서 당 관료에 의한 지배로 귀착하였고, 이것이 이후에 '사회주의'의 전형적인 지배 유형으로 알려지게 되었다. 그러는 과정에서 혁명기 러시아에 충만하던 새로운 삶에 대한 열망은 거의 시야에서 사라졌다. 『붉은 별』과 『엔지니어 메니』는 이 열망을 복원하는 데 도움을 줄 수 있으며, 이로써 러시아혁명 혹은 볼셰비즘을 더 온전하게 이해하는 데 도움을 줄 수 있다.

둘째, 화성에 이미 실현된 것으로 제시된 삶형태는 사실 러시아만이 아니라 지구상의 어디에서도 실현된 바 없는 것이다. 그런 의미에서 현재의 시점에서도 이상향이 될 법한 이곳이 결코 파라다이스가 아니라 일종의 디스토피아로서 제시된다는 점이 의미심장하다. 이 디스토피아는 러시아혁명 당시에는 분명하지 않았던 위기, 그러나 현재 지구의 삶 전체에 닥쳐오고 있으며 '인류세(Anthropocene)'라는 말을 낳은 크나큰 위기와 동일한 성격의 것이다. 현재 인류는 이 위기를 극복하지 못하고서는 새로운 삶형태는커녕 아예 삶 자체의 존속이 불가능해질 수도 있는 상태에 있다. 지금 전 세계를 강타하고 있는 팬데믹은 앞으로 다가올 본격적인 기후위기에 비하면 작은 것인데도 이미 기존의 삶형태의 지속을 상당히 어렵게 할 만큼 큰 영향을 끼치고 있다. 따라서 보그다노프의 화성이 유토피아이면서 디스토피아라는 점이 함축하는 역설은 약 100년이라는 길다면 긴 시간을 가로질러 현재의 우리에게 우리의 문제로서 이월될 수 있다.

2 레닌의 길과 보그다노프의 길

아마도 많은 독자들에게 생소할 보그다노프는 1904년에 처음 레닌을 만나 볼셰비키에 합류했으며, 1905년 봉기에서는 상트페테르부르크 소비에트 지도자로서 주된 역할을 했다. 레닌은 자신보다 러시아에 더 뿌리를 잘 내린 혁명가인 보그다노프를 처음에는 반갑게 맞았으나 오래 가지 않아 설명하기 어려운 격렬한 경쟁심으로 대했다고 한다.[1] 볼셰비키 좌파를 이끌던 보그다노프는 레닌의 『유물론과 경험비판론(*Materialism and Empirio-criticism*)』(1909)에서 관념론자로 규정되었고 1909년 볼셰비키에서 축출되었다. 혁명 후에 그는 프롤레트쿨트(proletcult) 모스크바 지

----

1) 그 사례들에 대해서는 Zenovia A. Sochor, *Revolution and Culture: The Bogdanov-Lenin Controversy*(Cornell University Press, 1988), p. 13 참조.

부를 창립했고 이것이 1918년에 전국적 조직이 되었다. 1924년 레닌이 사망한 후 부하린(Nikolay I. Bukharin) 등이 보그다노프에게 볼셰비키에 다시 합류해서 같이 스탈린에 맞서기를 바라지만 그는 이를 사양했다. 1926년 러시아 수혈원을 창립하고, 1928년 환자와 교환수혈을 한 후 사망했다.

흔히 제시되는 레닌과 보그다노프의 차이는, 레닌은 국가권력의 획득을 위한 정치혁명을 우선시하고 보그다노프는 사회주의 문화의 구축을 우선시한다는 것이다. 이 두 길의 차이를 레닌 자신은 이렇게 제시한다.

우리의 반대자들은 우리가 문화적으로 불충분한 나라에 사회주의를 이식하는 일에 성급하게 착수했다고 거듭해서 말했다. 그러나 그들은 우리가 이론(온갖 종류의 현학자들의 이론)이 정해준 바의 반대쪽에서 출발했다는 점, 즉 우리나라에서는 정치·사회혁명이 문화혁명에 선행했다는 점 때문에 잘못 알고 있다. 이제 바로 그 문화혁명이 우리의 당면 과제인 것이다.[2]

여기서 레닌은 문화혁명의 필요를 받아들이면서도 보그다노프를 현실을 모르는 "현학자"로 몰고 국가권력의 장악을 목적으로 삼는 정치혁명이 선행한 것을 정당화한다. 그래서 마치 자신과 보그다노프의 차이가 정치·사회혁명과 문화혁명의 순서 문제인 것처럼 보이고, 정치·

---

2) Vladimir I. Lenin. "On Cooperation", *The Lenin Anthology*, (ed.) Robert C. Tucker (W.W. Norton & Company, 1975), pp. 712-713.

사회혁명을 먼저 이루는 것이 더 현실적이고 실천적인 듯이 보이게 한다. 그러나 레닌이 말하는 정치, 현실성, 실천성은 모두 근대적 '권력(Power)'의 틀 내에 있는 것이다. 보그다노프는 그의 시대가 20세기 초임을 감안하면 상대적으로 높은 정도로 '권력'의 틀에서 벗어나 있다. 『붉은 별』의 화성에는 근대적 권력의 제도를 구성하는 요소들인 정당, 국가, 지도자가 없다. (이론적인 글에서도 국가에 대한 보그다노프의 견해는 명확하다. "모든 국가 형식은 계급 지배의 조직화이며, 이는 계급이 없는 곳에서는 존재할 수 없다."[3]) 사실 보그다노프와 레닌 사이에는 보그다노프에 더 공감하는 사람들이 생각하는 것보다 더 근본적인 차이가 있다. 이 차이는 정치를 우선시하는 입장과 문화를 우선시하는 입장의 차이로는 설명되지 못한다. 두 사람의 정치관과 문화관이 애초에 다르다면, 둘 가운데 어느 하나를 우선시한다는 것이 무슨 의미가 있는가.

보그다노프가 말하는 문화는 '삶'의 관점에서만 온전히 파악될 수 있다. 보그다노프는 이론적인 글에서와 달리 위 두 소설에서는 '삶'을 중요한 용어로 꽤 많이 사용한다. 소설의 주요 대목들에서 보그다노프는 자신이 아직 파악하지 못한 어두운 곳을 이리저리 더듬는 탐색을 진행한다. 생각들 사이의 적실한 연관은 아직 부족한 느낌이지만 어떻든 전체적으로 가상의 화성 세계가 삶의 문제로서 그려지고 있는 것은 분명하다. 『붉은 별』의 서두에서 제시되는 볼셰비키의 두 유형은 보그다노프와 레닌의 차이를 삶의 관점에서 제시한 사례이다.

....

3) Aleksander Bogdanov, "Socially Organised Society: Socialist Society" in *A Short Course of Economic Science*, revised edition, (trans.) J. Fineberg(Communist Party of Great Britain, 1925), p. 388.

그녀는 의무와 희생이라는 깃발 아래 혁명에 참여한 반면에 나는 나 자신의 자유의지라는 깃발 아래 혁명에 참여했다. 그녀는 위대한 프롤레타리아 운동의 지고의 도덕성에 만족했기에 참여했지만, 나에게는 그러한 고려들이 모두 생소했다. 나는 그저 삶을 사랑했고 삶이 가능한 한 충만하게 번영하기를 바랐다. 그래서 나는 그러한 번영을 낳는 주된 역사적 경로를 대표하는 흐름에 끌렸던 것이다. 안나 니콜라예프나에게 프롤레타리아 윤리는 그 자체로 신성했지만, 나는 그것을 노동계급의 투쟁에 필요한 유용한 장치로, 그것을 발생시킨 투쟁과 체제처럼 일시적인 장치로 보았다. 안나 니콜라예프나에 따르면 사회주의 사회에서 프롤레타리아의 계급 윤리는 필연적으로 보편적인 도덕률이 될 것이었지만, 내 생각으로는 프롤레타리아가 이미 모든 도덕의 파괴를 향해 움직이고 있으며 모든 사람을 노동, 기쁨, 고통에서 하나로 단결시키는 동지애적 감정은 도덕성의 모든 물신적 껍데기를 벗어던지기 전에는 발전하지 않을 것이었다. 이러한 우리의 견해 차이가 종종 정치적·사회적 사실들에 관한 명백하게 화해 불가능한 해석을 낳았다.[4]

이렇게 볼 때 보그다노프와 레닌의 대립은 문화(혁명)와 정치(혁명)의 대립이 아니다. 그것은 근본적으로 다른 두 정치 사이의 대립인 동

---

4) Alexander Bogdanov, *Red Star: The First Bolshevik Utopia,* (ed.) Loren R. Graham and Richard Stites, (trans.) Charles Rougle(Indiana University, 1984), p. 5. 이 책에 소설 *Red Star* 및 *Engineer Menni*와 시 "A Martian Stranded on Earth"가 들어 있다. 앞으로 이 책의 인용은 본문에서든 각주에서든 면수만 표시하기로 한다. 한국어본이 있지만 그 번역을 참조하지는 않았으며, 인용문의 번역은 모두 필자의 것이다. 한국어본: 김수연 옮김, 『붉은 별—어떤 유토피아』(아고라, 2016).

시에 근본적으로 다른 두 문화 사이의 대립이다. 레닌의 정치는 권력을 중심으로 하는 정치, 계급들이 권력을 놓고 다투는 정치이다. 권력이 중심이 되면 아군('주체')의 힘보다는 적('객체')의 힘을 강조하는 경향이 나오기도 한다. 해리 클리버(Harry Cleaver)는 노동자들의 투쟁이 행하는 역할을 보지 않는 가장 두드러진 사례로 레닌을 지목한다. 자본주의 발전에 대한 레닌의 이론은 "자본가들의 내적 동학에 중심을 두기 때문에 그들이 불가피하다고 예측하는 국내와 국외의 노동자들의 반란은 단지 이 동학의 설명되지 않은 부산물로만 나타난다."[5] 레닌에게서는 객체〔적(敵)〕가 '신비하게도' 주체(아군)의 행동을 낳는다. 이에 반해 보그다노프의 정치에서는 '문화'를 통해 구성된 주체성이 사회적 실재의 가장 중요한 부분이다. 이런 의미에서 보그다노프의 정치는 일종의 '삶정치(biopolitics)'이다. 'biopolitics'라는 말 자체는 미셸 푸코(Michel Foucault)에게서 처음 나왔으나 안토니오 네그리(Antonio Negri)와 마이클 하트(Michael Hardt)가 그 의미를 변형하고 다듬어서 하나의 정치 이론으로 제시했다.[6] 푸코의 'biopolitics'는 '권력에 의해 포획된 삶'을 가리키지만, 네그리·하트의 '삶정치'는 '권력에 맞서는 삶'을 가리킨다. 네그리·하트에게 권력은 어떤 적극적인 실재가 아니라 삶에 부과된 한계이며, 삶은 이 한계를 넘어서 계속 새로운 형태로 변화해 나가려

....

5) Harry Cleaver, *Rupturing the Dialectic: The Struggle against Work, Money, and Financialization*(AK Press, 2017), p. 191.

6) 'la biopolitique(biopolitics)'는 푸코가 'Naissance de la biopolitique(birth of biopolitics)'를 주제로 한 1978-1979년 콜레주드프랑스 강의에서 처음 제시했다. 푸코의 'la biopolitique'는 그 의미가 네그리·하트가 말하는 바와 조금 다르기 때문에 한국어본 역자들은 이를 '삶정치'라고 옮기지 않고 '생명관리정치'라고 옮겼다.

유토피아 문학

고 한다. 따라서 삶정치론에서 사회적 삶의 과정의 핵심은 새로운 삶형태의 연속적인 창조이다. 보그다노프의 다음 대목은 '삶정치'의 강력한 표현으로 읽어도 무방하다.

> 프롤레타리아는 낡은 사회와 유례없는 투쟁을 하면서 삶의 모든 영역에서—일상의 노동에서, 사회적 활동에서, 가족 내에서, 과학 및 철학 지식에서, 예술에서—자신의 고유한 형식을 창조함으로써 점점 더 자신의 방식대로 살아갈 것이다.[7]

네그리와 하트의 삶정치론이 주체가 자신에게 변형을 가하는 능력을 객체, 즉 외부에 변형을 가하는 능력보다 중요하게 여기듯이 보그다노프도 대상의 파괴보다 자신의 삶의 창출을 중시한다. 그에게 사회주의의 진정한 목표는 "파괴가 아니라 삶의 새로운 조직화"이다.[8] 따라서 "프롤레타리아 문화는 기본적으로 투쟁이 아니라 노동에 의해서 규정된다."[9] 사회적 노동이 바로 삶을 창조하는 활동이며, 그 바탕을 이루는 것이 문화인 것이다.

....

7) Alexander Bogdanov, "Socialism in the Present Day"(1911): https://libcom.org/library/socialism-present-day-alexander-bogdanov. 영역자가 밝혀져 있지 않고 폴란드어본을 활용했다는 것만 밝혀져 있다. 이 글은 http://minamjah.tistory.com/189에 우리말로 옮겨져 있다.

8) Alexander Bogdanov, *O proletarskoi kul'ture: Sbornik statei 1904-1924*, izd.(Kniga, 1925), p. 173. Zenovia A. Sochor, *Ibid.*, p. 95에서 재인용.

9) Alexander Bogdanov, *Elementy proletarskoi kul'tury v razvitii rabochego klassa*, gos. izd., 1920, pp. 90-91. Zenovia A. Sochor, *Ibid.*, p. 186에서 재인용.

『붉은 별』과 『엔지니어 메니』의 화성 세계는 보그다노프의 길에 담긴 삶정치적 열망이 현실에서 실현 경로가 막히면서 문학의 가상세계에서 실현된 모습으로 제시된 것이라고 할 수 있다. 앞에서도 언급했지만 이미 실현된 형태로 제시되는 것은 물음과 탐색의 생략을 일정하게 함축한다. 그럼에도 불구하고 이 삶정치적 열망은 적어도 레닌의 길에서 이룬 승리나 성공보다는 더 소중하다. 국가권력의 장악을 선행조건으로서 보는 레닌의 길은 보그다노프가 말하는 문화의 관점에서는 막다른 길이다. 보그다노프가 말하는 사회주의 사회란 "모든 사회적 생산이 의식적으로 동지적인 원칙들에 기반을 두어 조직되는 사회"인데[10] 이런 민주적 사회의 바탕이 되는 문화의 양성을 권위주의적 관료제를 내장한 국가가 이끌기는 힘들기 때문이다. 국가는 사회에서 이미 진행되는 문화의 성장 과정을 방해하지 않거나 가능하면 옆에서 돕는 것이 최선이다.

이 점에 대한 이해를 돕기 위하여 20세기 후반부에 활약한 환경 이론가이며 시스템 이론가인 도넬라 메도스(Donella Meadows)의 견해를 잠시 참고해 보자. (우연치 않게도 보그다노프는 현대 시스템 이론의 주요한 선구자 가운데 한 사람이다.) 메도스는 어떤 시스템을 변화시키기 위해 개입할 지점들을 효과 순으로 12개 들었는데,[11] 여기서 국가가 개입할 수 있는 지점들은 상대적으로 효과가 낮은 것들이며, 일반적으로는 효과가 가장 낮은 지점인 '상수들, 매개변수들, 숫자들(지원금, 세금,

---

10) Alexander Bogdanov, "Socialism in the Present Day."

11) Donella Meadows, "Leverage Points: Places to Intervene in a System"(1999): http://donellameadows.org/archives/leverage-points-places-to-intervene-in-a-system/ 참조.

표준화)'에 국가의 노력이 집중된다. 국가가 잘못된 방향으로 개입할 경우에는 사회에 큰 피해를 입힐 수 있다. 신자유주의 국가들이 양성 피드백 고리인 '성공한 자에게 성공을 가져다주는' 고리('success to the successful' loop)를 제어하기(효과가 7위에 해당)보다 폭주하도록 방치하기를 택함으로써 사회의 극심한 양극화를 초래한 것이 그 사례이다(극심한 양극화는 시스템을 붕괴시키는 방향으로 작용한다). 상위의 네 개, 즉 '패러다임을 넘어서는 힘', '시스템(목표, 구조, 규칙, 지체, 매개변수 등)을 발생시킨 사고방식이나 패러다임', '시스템의 목표', '시스템 구조를 추가하거나 변화시키거나 진화시키거나 자기 조직화하는 힘'은 확연히 문화의 영역에 속한다. 요컨대 사람들이 일반적으로 생각하는 것과는 달리 문화의 영역, 즉 정신·의식·감성의 영역에 개입할 때 시스템의 근본적 변화를 가장 효과적으로 이루어낼 수 있다는 것이 메도스의 생각인 것이다. 물론 모든 시스템 이론가들이 메도스와 같지는 않다. 시스템 이론 가운데에는 기업과 국가에 의해 통제 이론으로 재편된 것들도 있다. 반면에 좌파에게 흔히 보이는, 시스템 이론 혹은 기능주의는 항상 정치적 보수주의를 낳는다는 생각을 모든 시스템 이론에 적용해서도 안 된다. 특히 보그다노프를 이어받는 시스템 이론이라면 더욱 그렇다. "인간의 삶의 목적은 성취에 있는 것이 아니라 창조성과 늘 앞으로 나아가는 움직임에 있는 것이다"라는 말[12]에서 알 수 있듯이 보그다노프에게 문화란 멈춤을 모른다. 즉, 그가 말하는 사회주의 문화는 고정된 체계와는 전혀 다른 것이다.

새로운 삶에 대한 열망과 관련하여 보그다노프의 길과 레닌의 길은

----

12) Alexander Bogdanov, "Socialism in the Present Day."

시간성의 차이를 보인다. 레닌의 길에서 새로운 삶을 향한 열망은 미래로, 국가권력의 획득 및 획득된 권력의 안정화 이후의 어떤 때로 지연된다. 이에 비해 보그다노프의 길에서 새로운 삶을 향한 열망은 언제나 현재이며 그러한 현재로서 새로운 미래의 시작점이다. 이 열망은 푸코식으로 말하자면 '주체의 자기돌봄'으로서, '주체가 스스로에게 변형을 가하려는 노력'으로서 발현되기 때문이다. 『붉은 별』 같은 작품은 그것이 문학작품으로서 대작은 아닐지라도 문학적 허구로서 늘 현재이며, 그러한 현재로서 계속적으로 영향력을 발휘한다. 이는 1917년에 '성공한' 권력 장악이 이제는 지나간 과거의 일이며 그저 기념의 대상이 되는 데 그치는 것과는 매우 대조적이다.

이제 레닌의 길과 보그다노프의 길의 대립의 본질은 정치(혁명)와 문화(혁명)의 대립이 아니라 권력과 삶의 대립에 있다는 점을 분명히 해두면서, 보그다노프가 자신의 길에서 얼마나 멀리 나아갔는지를 살펴보기로 하자.

3 『붉은 별』──유토피아와 디스토피아

『붉은 별』에서 사회주의혁명이 성공한 단계에 있는 화성인들은 지구로 하여금 화성의 뒤를 따르게 하기 위해서 지구인 대표를 화성에 초청하여 앞서간 화성의 문화와 기술을 익히게 하는 프로젝트를 실행한다. 초청할 지구인으로 러시아의 사회주의자인 레오니드(Leonid)가 선발된다. 레오니드는 화성에 가서 뜻밖의 사건으로 지구로 되돌려 보내질 때까지 화성의 삶을 보고 배운다.

『붉은 별』의 화성에는 자본가가 없고 화성인들은 모든 생산수단을 공동으로 소유한다. 이미 언급했듯 국가도 없고 정당도 없다. 남녀차별도 없고 집단들 사이의 갈등도 없다. 전쟁도 없다. 과학자, 전문가, 엔지니어, 노동자들이 하는 일에 차이는 있으나 모두 동지 의식을 가진 하나의 집단으로 통합되어 있다. 사회적 삶의 운영의 중심은 통계원(Institute of Statistics)이다. 화폐가 없이 자유로운 소비가 이루어지며 노동도 화폐나 문서 없이 이루어진다. 분업도 없고 사람들이 자발적으로 직업을 선택하고 또 바꾼다. 노동의 분야별 비율 맞추기는 통계원의 통계를 보고 개인들이 알아서 자발적으로 조정한다. 사람들은 품성이 공정하고 이타적이며, 정직하고 진실하게 서로를 대한다. 개인의 선택일 경우에는 자살이 허용될 정도로 개인의 자율성도 존중된다. 물론 살기를 권유하는 상담을 거친다. 자살은 노인들 사이에 흔한데, "삶의 활력이 약화되고 둔해질 때 많은 사람들이 자연사를 기다리지 않는 것을 선호한다."(83) 화성에는 '위인'이라는 개념도 없다. "모든 노동자는 창조자이며 창조를 하는 주체는 인류와 자연"(43)이다. 요컨대 화성인들의 삶은 그 주요한 측면에서 당대는 물론이고 현재 지구상의 어디에서도 볼 수 없는 그러한 것이다. 그런 의미에서 『붉은 별』의 화성은 보그다노프가 생각하는 사회주의("모든 사회적 생산이 의식적으로 동지적인 원칙들에 기반을 두어 조직되는 사회")가 실현된 곳이며, 보그다노프 당대는 물론이요 현재의 시점에서도 지구상 그 어디에도 없는 곳, 즉 '유토피아'다.

이곳이 유토피아라면 화성인들은 일반적으로 행복해야 할 것이다. 레오니드도 자신이 지구에서 화성으로 오는 사이에 들어서 알거나 화성에 와서 직접 본 바에 따라 화성인들은 행복할 것이라고 생각했다가,

사실은 그렇지 않다는 것을 알게 된다. 레오니드는 화성의 천문학자인 에노(Enno)와 대화 중 화성인들이 어떤 종류의 문학을 제일 좋아하는지 묻는다. 에노는 비극과 자연시라고 대답한다. 이렇게 행복하게 사는 곳에서 비극의 주제가 될 것이 어디 있냐고 레오니드가 다시 묻자 에노는 이렇게 대답한다.

"행복하다고요? 평화롭다고요? 어디서 그런 인상을 받으셨어요? 물론 사람들은 서로 평화롭게 지내지요. 그런데 자연력과의 관계에서 평화란 존재할 수 없어요. 그런 상대를 우리가 이기더라도 새로운 위협이 생길 수 있어요."(79)

이어서 에노는 최근에 자연과의 싸움에서 무슨 일이 일어났는지를 설명한다. 화성의 자원 이용이 10배 늘었고 욕구는 증가하는 인구보다 훨씬 더 빠르게 증가하고 있었다. 자연자원과 에너지를 고갈시킬 위험이 산업의 여러 분야에 닥쳤다. 70년 전에 석탄자원이 고갈하고 수력전기력으로 이행하기까지는 아직 시간이 많이 남았을 때 어쩔 수 없이 숲의 상당 부분을 파괴했다. 이것이 화성을 손상하였고 기후를 악화시켰다. 20년 전에는 철광이 거의 고갈하였으며, 합성단백질을 개발하지 못하는 한 식량이 부족할 것임이 드러났다. 많은 산업이 위험해서 지하로 옮겨갔으며 바다가 줄어들어서 관개가 필요하고, 분업이 없는 대신 사고가 많이 발생하며 신경병이 흔하다. 자원부족을 타개하기 위해 다른 행성으로 가자니 금성에는 진입이 어렵고 지구에는 생명체들이 살고 있다. 더군다나 행성 탐험에 필요한 방사능 자원은 화성에 얼마 안 된다. 요컨대 지구에서와 달리 사회적 갈등과 분열이 해소되고 전체의 통합이 이루어져 자연과의 싸움에 집중할 수 있음에도 불구하고, 또한 놀라울 정도로 과학기술의 진보를 이루었음에도 불구하고 자연과의 싸움은 더욱 어려워지고만 있는 것이었다.

"아니에요. 어디에나 상당한 어려움이 있어요. 그리고 화성인들이 자연을 정복하기 위해서 대오를 더 바짝 좁힐수록 자연력들도 인간의 승리에 복수하기 위해서 그들의 대오를 더 바짝 좁히지요."(79)

레오니드는 이 "전체의 비극"(80)을, 뜻밖의 디스토피아를 이해하게 되지만, 그 맹렬한 싸움이 수많은 사람들 사이에 고르게 분산될 것이므로 그런 어려움이 개인들의 평온한 행복을 방해할 것 같지는 않다고 한다. 에노는 그렇지 않다고 한다. 개인은 자신이 속해 있는 '전체의 삶'에 주어지는 충격을 민감하게 느낄 수밖에 없다는 것이다. 아울러 에노가 지적하는 것은, 지구에서 보는 것과 같은 "계급들, 집단들, 개인들 사이의 투쟁은 전체라는 생각과 이 생각이 함축하는 행복과 고통을 모두 미리 배제"한다는 점이다(79). 여기서 우리가 더 살펴볼 것은 이 '전체의 관점'이 가진 특징과 마치 뫼비우스의 띠처럼 유토피아와 이어져 있는 디스토피아의 특징이다.

첫째 특징에 대한 논의를 위해 푸코가 활용한 칸트(Immanuel Kant)의 계몽론을 참조해 보자.[13] 칸트에게 계몽은 타인의 지도에 의존하는 미성숙 상태에서 벗어나서 타인의 지도에 의존하지 않고 자율적으로 행

----

13) 이는 Michel Foucault, *Government of Self and Others*, (trans.) Graham Burchell(Palgrave Macmillan, 2010)의 첫 두 장(章)에 나와 있다.

동하는 성숙한 상태로 나아가는 것이다. 여기서 중요한 것이 이성의 사적(private) 사용과 공적(public) 사용 사이의 구분이다. 흥미롭게도 여기서 '사적'이란 우리가 일반적으로는 '공적(public)'이라고 부르는 것을 가리킨다. 어떤 공동선을 전제하고 개인이 전체에서 특정 역할을 담당하는 "기계의 부품"[14]으로 기능할 때, 이런 기능을 위해 이성을 사용할 때, 그것을 이성의 사적 사용이라고 부른다. 이와 달리 이성의 공적 사용은 우리가 '보편적 주체'로서 행동할 때, 즉 "이성적 존재로서 모든 다른 이성적 존재들에게 말을 걸 때" 이루어진다.[15] 화성인들은 이러한 '보편적 주체'에 도달해 있는 것으로 제시된다.

내 생각에 레닌은 개인과 전체 사이의 이러한 관계를 알면서 외면했다기보다는 생각하지 못했을 가능성이 크다. 「당조직과 당문헌」에 나오는 "톱니와 나사"에 대한 발언[16]이나 그가 완성했다는 '민주집중제 (democratic centralism)'를 보면 그의 시야가 근본적으로 이성의 사적 사용에 갇혀 있다고 생각할 수밖에 없다. 그는 '지도'의 권위를 당연시하는데 이는 노동자들의 미성숙 상태 역시 당연시함을 의미한다. 보편적 주체의 위치는 오직 전위(당)에게만 부여되는 것이다.

둘째 특징, 즉 화성의 디스토피아로서의 특징은 무엇보다 자원 자체의 절대적 부족과 연관된다. 『붉은 별』의 시점에서 화성은 인간 집단들 사이의 갈등이 해결된 상태이기 때문에 갈등으로 인한 자원 낭비는 없

---

14) Immanuel Kant, "An Answer to the Question: What is Enlightenment?", in *Kant's Political Writings,* (ed.) Hans Reiss(Cambridge University Press, 1970), p. 56.

15) Michel Foucault, *Government of Self and Others*, p. 36.

16) Vladimir I. Lenin. "The Party Organization and Party Literature", *The Lenin Anthology*, p. 149.

유토피아 문학

다. 다만 모든 이가 아무리 힘을 합쳐도 해결하기 어려운 자원의 절대적 부족이라는 문제가 있는 것이다. 이런 상황은 지구의 상황과 묘하게 비교되기도 한다. 화성의 역사 진행이 평온하고 단순한 데 비해 지구의 역사 진행은 집단들 사이의 갈등으로 점철되었는데 이는 "지구가 자연자원과 태양에서 오는 삶의 에너지를 훨씬 더 풍부하게 가지고 있"기 때문이라는 것이다(56). 지구자원의 풍부함 때문에 수학자 스테르니(Sterni)는 식민주의적 사고가 사라졌어야 마땅한 사회주의 화성에서 식민주의적 논리를 펴기도 한다. 스테르니는 행성 탐험을 위한 한 회의에서 더 상위의 삶형태를 가진 화성의 자원 부족을 해결하기 위해 지구인들을 다 죽이고 자원을 차지해야 한다고 주장한다. 그의 논리를 논박하는 네티(Netti, 레오니드의 애인)는 "지구의 삶의 엄청난 활력과 그 자연환경의 풍요로움과 다양함"이 "다양한 세계관들을 낳았고" "틀림없이 이로 인해 지구와 지구인들은 우리의 역사 시기에 상응하는 때가 되면 우리 세계보다 열등한 것이 아니라 오히려 우월할 것"이라고 주장한다(118). 네티의 견해가 받아들여짐으로써 지구가 아니라 금성으로 행성 탐험이 추진된다. 네티가 금성 탐험을 나간 사이에 스테르니의 지구인 말살 주장을 알게 된 레오니드가 그를 살해하며, 그 때문에 레오니드는 지구로 되돌려 보내지게 된다.

여기서 우리가 주목할 것은 『붉은 별』의 화성인들의 부러움을 살 정도로 자원이 풍부한 지구가 바로 우리 시대에 와서 『붉은 별』의 화성처럼 자원의 절대적 부족을 향하여 돌진하고 있다는 점이다. 이에 대해서는 5절에서 논의하기로 한다.

4 『엔지니어 메니』―프롤레타리아의 자율과 조직과학

작품 내에서는 에노의 화성어 '역사소설'을 레오니드가 지구어(물론 그 가운데 러시아어)로 번역한 것으로 설정되어 있으나 목차에는 '환상 소설(A Novel of Fantasy)'이라는 부제가 붙어 있는 『엔지니어 메니』는 『붉은 별』보다 나중에 나왔지만 『붉은 별』이 다루는 시기보다 약 250년 전, 즉 화성 자본주의의 마지막 단계(사회주의혁명이 일어나기 전 단계)를 다룬다. 해당 시기에 벌어진 '대운하건설사업(the Great Project)'의 하나로, 남해(Mare Australe, the Southern Sea, 화성의 가상의 바다)의 물을 운하를 통해 리비아 사막의 분지로 끌어와서 사막 내에 내륙 바다를 만드는 사업의 진행 과정과 그 과정에서 벌어지는 계급들 사이의 갈등이 이야기의 근간을 이룬다. 이 대사업을 처음 구상하고 그 일부를 이루어 낸 엔지니어 메니와 그의 계승자인 네티(Netti)―이름은 같으나 『붉은 별』의 메니, 네티와는 당연히 다른 인물들이다―가 두 주인공들이다.

『엔지니어 메니』가 나온 시점은 보그다노프가 1909년 볼셰비키에서 축출된 이후이다. 이 시점에서 보그다노프는 왜 『붉은 별』이 다루는 시기 이전으로 돌아갔을까? 지구의 역사 단계로 더 가까이 오기 위해서? 소설의 진행은 '보편적 조직과학(Universal Organizational Science)'의 창설로 수렴되는데, 조직과학은 프롤레타리아 문화의 바탕이고 따라서 사회주의혁명의 방법론을 이룰 과학이므로 『붉은 별』의 시점 이전에 창시되어 있어야 사태의 전개가 일관적이 된다. 그런데 단지 일관성을 위한 것만은 아닌 듯하다. 보그다노프는 실제 현실에서 조직과학의 필요를 절실하게 느꼈기에 그것을 일단 『엔지니어 메니』에서 마치 이미 완성된 듯이 제시하고, 거기에 그칠 수 없어서인지 실제 현실에서 직접

조직과학을 만들어 내기 시작하여 1922년에 3권으로 된 책 *Tektologiya: Vseobschaya Organizatsionnaya Nauka*(우리말로 『조직학—보편적 조직과학』으로 옮길 수 있을 것이다[17])를 출판한다. 이것을 한 권으로 압축한 영역본 *Essays in Tektology: The General Science of Organization*이 1980년에 출판된다. 이 저서에서 제시된 이론은 나중에 시스템 이론이나 복잡계 이론(complexity theory)의 선구가 된다. 선구적 작업은 그 뒤를 따르는 이론들보다 정교함에서 뒤질지 몰라도 그것에 잠재하는 영감의 면에서는 오히려 풍부할 수 있는데, 보그다노프의 조직학(tektology)도 그렇다. 그런데 여기서는 조직학의 내용 자체를 다룰 여유가 없으므로[18] 『엔지니어 메니』에서 네티가 조직학을 만들게 된 동기와 목적, 조직학의 기본적 성격과 의의만을 살펴볼 것이다.

『엔지니어 메니』에서 노동자들에게 조직학이 필요한 것은 푸코(칸트)적 의미의 (자기)계몽을 위해서, 즉 다른 사람의 지도 없이는 자신의 지성을 사용하지 못하는 무능력의 상태에서 벗어나기 위해서이다. 노동자들의 회의에서 한 젊은 노동자가, 남이 하는 말을 믿기만 해야 하고 자신들의 힘으로는 알지 못하는 상황이야말로 "가장 나쁜 형태의 노예 상태"(186)가 아니냐고, 이 노예 상태를 탈출하려면, 스스로 알 수 있으려면 어떻게 하는 것이 좋으냐고 네티를 비롯한 다른 노동자들에

----

17) '조직과학'은 영어 'organizational science', 'organization science' 또는 'science of organization'를 옮긴 것이며, '조직학'은 'tektology'를 옮긴 것이다. 모두 사실상 동일한 것이다.

18) 『조직학』의 내용을 간단하게 소개한 글로는 McKenzie Wark, *Molecular Red: Theory for the Anthropocene*(Verso, 2015), 1장 가운데 'Tektology as Metaphoric Machine' 절 참조. 이 절의 내용은 https://minamjah.tistory.com/130에 정리되어 있다.

게 묻는다. 이에 대한 답으로 네티가 제시하는 것이 바로 노동의 관점과 그에 따른 조직학의 필요성이다(이때에는 'tektology' 라는 말을 쓰지 않고 'General Organizational Science' 이나 'Universal Science' 라고 불렀다). 우리는 앞의 논의를 통해서 이것이 레닌의 전위주의(이성의 사적 사용)에 대한 보그다노프의 도전(이성의 공적 사용)임을 알 수 있다. 혁명 전야에 레닌은 아마도 보그다노프 같은 이를 염두에 두고 유토피아적 꿈꾸기를 비판하면서 "현재 그대로의 민중, 즉 종속, 통제, '십장들과 회계사들' 없이는 살 수 없는 민중으로 사회주의혁명을 하기를 원한다"고 주장한 바 있으며,[19] 이에 대해 보그다노프는 "만일 [프롤레타리아 문화가] 우리의 힘 너머에 있다면 노동계급은 하나의 노예 상태에서 다른 노예 상태로 이행하는 것 말고는, [다시 말해서] 자본가들의 멍에 아래에서 엔지니어와 교육받은 자들의 멍에 아래로 이행하는 것 말고는 방법이 없을 것이다"[20]라고 맞받아친 바 있다(실제로 러시아 노동계급은 소련 사회에서 당 관료의 멍에 아래로 이행했다). 보그다노프는 러시아혁명 전에 나온 『엔지니어 메니』에서 이미 이렇게 또 다른 노예 상태로 빠질 것이 분명한 혁명을 경계하고 푸코(칸트)적 의미의 자기계몽에 해당하는 노동의 관점과 조직학의 구축을 역설한 것이다.

메니의 중요성도 이와 연관된다. 엔지니어 메니는 원래 왕가(알도가)의 후손이지만 프롤레타리아인 네티의 눈을 통해서 부르주아 단계를 대표하는 인물로 제시된다. 메니가 소설에서 당시의 실제 부르주아 계

....

19) V. I. Lenin, "The State and Revolution," *The Lenin Anthology*, p. 344.

20) Alexander Bogdanov, "Ideal i put'," in Alexander Bogdanov, *Voprosy sotsializma* (Moscow, 1918), p. 104. Zenovia A. Sochor, *Ibid.*, pp. 185-186에서 재인용.

유토피아 문학

급과 직접적인 연계관계를 가지고 있다는 말이 아니다. 오히려 메니는 소설에서 당시의 부르주아 계급과 대립하고 결과적으로 아들인 네티가 속한 프롤레타리아 계급의 전진에 기여한다(선조, 아버지, 아들이 이렇게 각각 다른 계급성을 지녔다는 것은 흥미로운 설정이다). 메니가 부르주아 단계를 대표한다는 것은 부르주아 계급이 역사의 진행 과정에서 행하는 '역사적 사명'이 그에게서 달성되었다는 말이다. 이 사명이란 "봉건 시기의 군중과는 뚜렷하게 달리 자기확신으로 충일한 능동적 존재인 인간 개인을 창출하는" 것이다(196). 메니는 단순한 표준형이 아니라 특이한 인물로 설정되었기 때문에 모든 노동자들이 갑자기 메니처럼 되리라고 생각할 수는 없다. 그러나 적어도 『엔지니어 메니』에서 보그다노프를 대변할 수 있는 인물인 네티가 메니를 알아보고 그를 노동자들의 삶으로의 연속적 이행이라는 맥락에서 파악한다는 점에서 보그다노프는 대중의 능력을 낮게만 보는 레닌과는 확실히 다르다는 것을 알 수는 있다. 또한 보그다노프가 말하는 프롤레타리아 문화가 부르주아 문화의 성취를 배제하는 것이 아님을 곁들여 알려주기도 한다.

조직학은 프롤레타리아의 자기계몽에 기여할지는 몰라도 학문으로서 질이 떨어질 가능성이 높다는 문제제기가 가능할 것이다. 이와 관련해서는 조직학의 필요가 어디에서 나온 것인지를 더 생각해 볼 필요가 있다. 문제는 노동자들이 전문화된 과학에 접근하기 힘들다는 데만 있는 것이 아니다. 네티는 전문화된 과학들은 "서로 간의 살아 있는 연결관계"(187)를 상실했고 이것이 "모든 종류의 왜곡, 불모의 인공성, 혼란"(187)을 낳았다고 진단한다. 똑같은 현상이 서로 다른 분야에서 다른 이름으로 불리고 각 분야에서 마치 새로운 것처럼 연구된다. 각 분야의 전문언어는 전문가가 아닌 사람들을 배제한다. 요컨대 과학은 "삶과 노동에서 분리되어 그 기원을 잊고 그 목적을 시야에서 놓쳤"으며 "이 이유로 과학은 사이비 문제들로 바쁘며 종종 단순한 문제들에 빙빙 돌려 답"한다(187). 이는 근대의 제도들이 공동체의 삶에서 분리되어 그 삶에 반하는 자립적 전개의 양상을 띠게 되는 것과 뿌리가 같은 현상이다. 이런 과학은 어려울 뿐 아니라 부적절하기 때문에 노동자들에게 무용하다. 따라서 프롤레타리아는 현재의 과학을 다르게 바꾸어서 익혀야 한다. "과학은 노동자들의 손에서 더 단순해지고 더 조화롭고 더 활력적이어야 합니다. 그 파편화가 극복되고 일차적 원천인 노동에 더 근접해야 합니다."(187)

사실 이른바 정보혁명 이후의 자본주의에서는 과학이 그 자체로 생산력이 되면서 마르크스(Karl Marx)가 『그룬트리세』에서 말한 '일반지성(general intellect)'[21]의 형태로 노동 및 노동도구와 결합하게 된다. 역설적이게도 보그다노프가 프롤레타리아의 과제로 삼은 것을 자본이 비록 상품화라는 틀 내에서지만 수행한 것이다. 아쉽게도 『그룬트리세』는 1939년에 와서야 출판되었기 때문에 보그다노프도 레닌도 이 저작을 알지 못했다. 만일 더 일찍 출판되어 러시아 혁명가들이 모두 읽을 수 있었다면 많은 것이 달라졌을 것이다.

또한 전문적인 과학들 사이의 만남도 지금은 너무나도 당연하거나 바람직한 일이 되어버렸다. '통섭', '융합', '다학문간 연구(Multidisciplinary Research)', '학제간 연구(Interdisciplinary Research)', '초학제적 연구(Transdisciplinary Research)' 등 학문 분야들 사이의 협동과 통합

....

21) Karl Marx, *Grundrisse: Foundations of Critique of Political Economy*(Rough Draught), (trans.) Martin Nicolaus(Penguin Books, 1993), p. 706.

유토피아 문학

을 나타내는 여러 말들이 이를 보여 준다. 물론 말과 현실은 다르다. 말에는 거품이 존재하고 들뢰즈(Gilles Deleuze) · 과타리(Félix Guattari)가 '기표의 제국주의(the imperialism of the signifier)'라고 말한 것이 존재한다.[22] 그러나 돌아다니는 말들은 학문들의 협동에 반대하는 사람들보다 찬성하는 사람들이 점점 더 많아짐을, 마르크스가 『1844년 경제학-철학 수고』에서 말한 '하나의 과학'으로 향하는 움직임이 커지고 있음을 징후적으로 나타내주기도 한다. 특히 우리에게는 '인류세'의 문제 해결에 학문들의 협동이 점점 더 필수적인 것이 되고 있다는 점이 중요하다.

5 '인류세'의 문제와 유토피아적 열망

앞에서 언급했듯이 『붉은 별』의 화성인들은 내부의 갈등이 없음에도 불구하고 자원의 절대적 부족으로 인해 자연과의 싸움에서 전망이 암울하지만, 보그다노프가 말하는 "사회적 생산이 의식적으로 동지적인 원칙들에 기반을 두어 조직되는 사회"에 그 어느 곳에서도 도달하지 못한 채 자본주의적 발전만이 맹렬히 전개된 현실의 지구에서는 그 발전의 결과로 인류의 생존은 물론이요 지구의 삶 전체가 위협을 받기에 이르렀다. 앞으로 점점 더 크게 파괴적 영향을 끼칠 기후변화를 필두로 환경오염, 식량문제 등의 심대한 위기들이 지구인들의 미래에 무겁게

---

22) '기표의 제국주의'에 대해서는 Gilles Deleuze and Félix Guattari, *A Thousand Plateaus: Capitalism and Schizophrenia*, (trans.) Brian Massumi(University of Minnesota Press, 1987), p. 65 참조.

드리워 있는데, 현재 인류가 겪고 있는 코로나19 팬데믹도 사실상 전지구적 시장에 농산물을 공급하는 기업화된 농업이 저지른 생태 파괴가 원인이라는 점에서는 자본주의적 발전의 산물이며, 그 근본적인 해결의 전망이 다른 위기들과 마찬가지로 현재로서는 불투명하다.

이런 위기들의 핵심은 물질의 순환에 문제가 생겨서 사용 가능한 에너지가 감소하고 그 결과로 삶(인간만이 아니라 생명체 전체의 삶)의 가능성이 감소하게 된 데 있다. 네덜란드의 대기과학자 파울 크뤼천(Paul Jozef Crutzen)은 지구의 물질순환을 현재 상태에 이르게 한 원인이 인간의 존재 자체라는 생각에서 현재의 지질학적 시기를 '인류세'라고 부르자고 제안했으며, 이후 이 시기명이 공식적인 이름이 아니면서도 널리 사용되게 되었다. 인류세의 문제는 사실 인류 전체가 원인이 되어 발생한 것은 아니지만 지구상의 모든 사람에게 영향을 끼친다는 점에서는 인류 전체의 문제이다. 따라서 『붉은 별』의 화성인들처럼 지구인들 모두가 이 인류 전체의 문제에 대해 숙지할 필요가 있다. 특히 자본주의의 발전과 그에 동반된 식민주의 · 제국주의 · 유럽중심주의 · 인종주의 · 백인우월주의 · 남성우월주의 · 이성애중심주의 등등의 이데올로기로 인해 이리저리 분할되고 위계화된 집단들의 갈등—이는 『붉은 별』에서 지구인들의 특성으로 제시된다—은 '인류세'의 문제해결을 방해할 뿐 아니라 이 문제를 악화시키기도 한다는 점에서 보그다노프의 주장대로 인류 전체의 단합이 절실하게 필요하다. 이는 확연히 문화 양성의 문제이며, 메도스가 말하는 시스템의 근본적 변화에 가장 효과적인 영역들에 속하는 것이다.

인류의 단합에는 인간 집단들 사이의 협동만이 아니라 모든 전문화된 과학들의 협동도 속한다. 다시 말해서 보그다노프의 '조직학'이 필

유토피아 문학

요한 것이다. 실제로 현재 기후변화와 관련하여 가장 큰 수고를 하고 있는 사람들이 기후과학자들인데, 그 아이디어의 교류만이 아니라 기반시설의 구축 자체도 조직학적으로 진행되고 있다.[23] 현재 우리가 겪고 있는 팬데믹에 대한 성공적 대처에도 마찬가지로 관련된 과학들의 협동이 필요할 것이다.

우리에게 지워진 '인류세'의 문제를 해결하고 새로운 삶형태로 나아가는 데 보그다노프만으로 충분한 것은 물론 아니다. 보그다노프는 "저항하는 자연에 개입한 것이 의도치 않은 결과를 낳을 수 있다는 것을 직관하기는 했지만…… 이것이 아직은 그에게 개념으로서 다가오지는 않았다. 보그다노프는 그 자신의 활동에서는 권위주의적 경향을 완전히 극복하지는 못했다. 그는 레닌주의자는 아니었을지 모르지만, 여전히 볼셰비키처럼 생각했다. 그의 사유는 그의 시대의 조직화 수준의 한계에 의해 제한된다."[24]

보그다노프의 이러한 한계는 보그다노프의 노동의 관점이 마르크스의 '유적 존재(Gattungswesen)'의 관점으로 더 확대될 필요를 말해 준다. 마르크스가 『1844년 경제학–철학 수고(Ökonomisch-philosophische Manuskripte aus dem Jahre 1844)』에서 "인간은 유적 존재다"라고 말할 때[25] 이 '유적 존재'는 인류에 국한되지 않고 다른 생물("식물, 동물")은 물론이요 심지어 비생물 사물들("돌, 공기, 빛")과의 연결관계도 포함한다.

---

23) McKenzie Wark, *Molecular Red*, p. 42 참조.

24) McKenzie Wark, *Ibid.*, pp. 22-23.

25) Karl Marx, *Karl Marx Friedrich Engels Band 40*(Berlin: Dietz Verlag, 1985), p. 515.

인간의 보편성은 실제적으로 인간이 모든 자연을 그의 **비유기적** 몸으로 삼는 보편성 바로 거기서 나타난다. 자연이 그의 직접적 생존수단이고 그의 삶의 활동의 재료, 대상, 도구인 만큼 그렇다. 자연은, 인간의 신체 자체가 아닌 한에서 자연은 인간의 **비유기적 몸**이다.[26]

따라서 인간이 움직이면 인간의 비유기적 몸인 자연 전체가 움직인다. 『1844년 경제학-철학 수고』의 핵심 취지는 자본주의에서 인간이 유적 존재로부터 소외되었음을 설명하는 것이다. 이 점을 보면 이미 마르크스가 '인류세'의 출현을 암시한 것이나 다름없다는 생각도 든다. 자연 전체와 연결된 인간이 그 연결성을 망각한 채 잘못 움직이면 자연 전체가 망가질 것이기 때문이다. 사실 워크(McKenzie Wark)가 인류세의 문제점을 특징짓는 데 사용하는 '물질대사의 단절(metabolic rift)'이라는 말은 『자본론』 3권 47장 5절에서 마르크스가 생태적 위기를 짚어 내는 대목("삶 자체의 자연법칙이 정하는 사회적 물질대사의 상호의존적 과정에 일어난 회복할 수 없는 단절"[27])을 사회학자인 포스터(John Bellamy Forster)가 간략하게 줄인 것이다.

이제 소외의 극복은 '인류세' 문제의 해결에 필수적이다. 달리 말하자면 소외의 산물인 '인류', 자연과 사물의 지배자로서 상정된 '인류'를 넘어섬으로써만 '인류세'의 문제를 해결할 수 있다. 그런데 '인류세' 너머의 새로운 삶형태는 아직 이루어지지 않은 미지의 것이기에 재현의

....

26) Karl Marx, *Ibid.*, pp. 515-516.

27) 카를 마르크스, 김수행 옮김, 『자본론』 3(하)(비봉출판사, 2004), 987쪽. 몇 군데 단어를 바꾸었다.

대상이 될 수 없다. 재현할 수 있는 것은 오늘날 우리가 살고 있는 이 소외의 현실뿐이다. 그런데 소외의 현실을 아무리 잘 재현해도 그것이 우리를 새로운 삶 쪽으로 데려가지는 않는다. 오히려 재현된 것(소외의 현실)이 재현됨으로써 더 강해질 수 있다. 진정으로 새로운 삶형태는 오직 앞에서 정의된 바의 유토피아적 열망에서만 배태될 수 있다. 그리고 이 열망은 문화의 형태로 존재한다. 교양이나 인문학 분야의 지식과 정보들로 구성된 바의 문화가 아니라 삶을 조직하는 예술적 능력으로서의 문화이며 "새로운 삶을 추구하고 갈망하는" 정신에 기반을 둔 문화이다.[28] 이 문화는 오늘날 존재하는 바의 현재를 양적으로 증가한 형태로 미래에 투사하는 '미래주의'가 아니라 현재를 바꾸어 질적으로 달라지게 만드는 '유토피아주의'이다.[29]

이제 우리는 앞에서 『붉은 별』이 안고 있는 모델화의 위험이라고 말한 것을 다르게 이해해 볼 수 있다. 모델화의 위험은 어떤 현실의 상이 '미래주의'적 의미의 미래로서 제시될 때 생기기 쉽다. 그러나 『붉은 별』의 세계는 이런 식의 '미래주의'적 미래상과 거리가 멀며, 들뢰즈가 '이야기 만들기'라고 부른 것의 한 사례로서 더 잘 이해된다. 들뢰즈에 따르면 "이야기 만들기 없이 문학은 없다."[30] 그리고 "문학으로서, 글쓰

28) Friedrich Nietzsche, "David Strauss, the Confessor and the Writer", *Untimely Meditations*, (ed.) Daniel Breazeale, (trans.) R. J. Hollingdale(CUP, 1997), p. 9.

29) Murray Bookchin, "Utopia, not futurism: Why doing the impossible is the most rational thing we can do": http://unevenearth.org/2019/10/bookchin_doing_the_impossible/ 참조.

30) Gilles Deleuze, "Literature and Life", *Essays Critical and Clinical,* (trans.) Daniel W. Smith and Michael A. Greco(University of Minnesota Press, 1997), p. 3.

기로서 구현되는 건강은 지금은 없는 민중을 창출하는 데 있다. 민중을 발명하는 것이 이야기 만들기 기능의 과제이다."[31] 여기서 민중의 발명은 "삶의 가능성의 발명"과 동의어이다.[32] 『붉은 별』의 화성인들이 "지금은 없는" '발명된 민중'의 한 유형으로서 간주될 수 있지 않은가. 이 화성인들은 실제 존재하는 사람들로서 주장되는 것이 아니라, 이야기가 획득하는 저 "비전들"이나 "생성들과 활력들"로서 제시되는 것이 아닌가.[33] 요컨대 『붉은 별』의 화성은 현재의 지구인들에게 존재하는 유토피아적 열망의 형상화가 아닌가.

　『붉은 별』이나 『엔지니어 메니』가 이러한 형상화로서 지닌 힘이 다른 작품들에 비해 어느 정도인가를 평가하는 일이 남지만, 이것은 이 글의 범위를 벗어난다. 다만 그 활력의 정도는 조금씩 다르더라도 지금은 없는 민중을 발명하는 이야기들이 많으면 많을수록 우리의 삶이 '경제 성장' 같은 것과는 전혀 다른 의미에서 풍요로워지며, 바로 이 풍요로움을 기반으로 했을 때 난감하기만 한 인류세의 문제를 지혜롭게 해결하는 데 더 가까이 갈 수 있을 것이다.

....

31) Gilles Deleuze, *Ibid.*, p. 4.

32) Gilles Deleuze, *Ibid.*, p. 4.

33) Gilles Deleuze, *Ibid.*, p. 3.

2부 　비서구・탈식민
유토피아

서구 중심의 유토피아를 넘어

유토피아가 유럽에서 고안된 발명품이라는 점을 기억한다면, 유토피아 문학의 역사도 서구를 중심으로 전개되었다는 사실이 낯설게 느껴지지 않을 것이다. 19세기와 20세기에 등장한 유토피아 문학의 소위 고전 목록에는 주로 영국, 프랑스, 러시아, 미국 작품들이 올라 있다. 이런 이유로 1980년대에 이르러서도 지구상에 서구만큼 유토피아 문학의 전통이 존재하는 곳은 없다고 언급한 학자가 존재한 것은 어쩌면 당연한 결과라 할 수 있겠다. 그러나 21세기로 진입하면서 유토피아 연구는 그 관심이 '유토피아' 그 자체보다는, 유토피아에 관한 상상력과 의지에 더 주목하는 '유토피아주의'로 이동하였다. 루스 레비타스(Ruth Levitas)는 미래의 청사진과 설계도 대신에 대안적 형태의 사회와 더 나은 삶의 방식에 관한 '열망'으로 유토피아를 다시 설명하고 있다. 이러한 시대적 맥락에서 마르크스주의 전통과 SF소설 형식에 주로 기대고 있었던 유토피아 문학은 서구라는 기존의 틀에서 벗어나 지리적인 확장을 경험하게 된다.

유토피아 문학은 시야를 지구 전체로 넓혀 다른 지역의 문화와 전통에 존재하는 유토피아적 흐름에 주목하기 시작한다. 특히, 소위 동·서양이라는 이항구도 아래에서 관심권 밖이었던 동양에서의 유토피아적 전통에 관한 활발한 발굴 작업이 이루어졌다. 시간을 거슬러 올라가 중국의 유가 사상에서 통치의 최종 종착지로 상정하였던 대동사회(大同社會)를 비롯하여, 도가적 전통에서 이상향의 공간으로 명명된 무릉도원(武陵桃源)과 신화적 공간을 형상화한 산해경(山海經) 등이 서구의 '유토피아' 개념에 해당하는, 혹은 대체될 수 있는 장소 혹은 개념이라고 설명한다. 그리고 이와 함께 후대의 사상과 작품에 준 영향 및 관계를 연구하게 되었다. 이를 통해 이상향을 향한 사회적 상상을 재현하는 서사가 서구만의 독점적인 장르가 아니라 세계 각지에 존재하였다는, 그리고 계속되고 있다는 사실을 분명히 한다. 그 결과 비서구 지역에서 유토피아 문학에 대한 논의의 장이 열리게 되었다.

다른 한편에서는, 서구 중심적 유토피아 논의의 제국주의적 성격을 부각하면서 비서구 지역에서 유토피아의 새로운 가능성을 탐색하고 있다. 이러한 흐름은 과거 유럽 열강의 식민지였던 아시아, 아프리카, 라틴아메리카 등지에서 활발하게 나타나며 탈식민 유토피아라고 명명하게 되었다. 이를 구체화한 인물은 탈식민주의 이론가인 빌 애슈크래프트(Bill Ashcraft)이다. 그는 상당수 유럽의 유토피아 문학 작품이 이상향을 찾아 떠나는 '여행 서사'의 성격을 지니며 이는 식민지 개척이라는 결과와 연결되어 있음을 지적한다. 예를 들어, 토머스 모어의 『유토피아』에서도 완벽한 사회로 상정된 대서양 어딘가의 유토피아 섬에 백인인 유토푸스(Utopus) 왕이 아브락사(Abraxa)라는 이 섬의 원주민들을 다스리고 있다. 따라서 영국인들에게 이 섬은 평등과 정의라는 꿈을 실현할 공간이지만, 반대로 이 섬의 주민들에게는 자신들을 지배하는 제국주의적 침략의 장소가 되는 셈이다.

탈식민 유토피아는 이 역설에 기반하고 있다. 이런 점에서 본질적으로 서구의 유토피아 문학과는 결을 달리한다. 특히, 이상적인 장소를 탐색하기보다는 현실의 벽을 뛰어넘고자 하는 열망에 집중한다. 애슈크래프트는 탈식민 유토피아는 독립 이전과 이후로 나누어진다고 보았다. 독립 이전에는 압제와 구속에서 벗어나 자유를 획득하는 것이야말로 가장 중요하고 긴급한 이상이었다. 하지만 독립을 달성하는 것이 유토피아의 실현을 보증해 주지 않는다는 사실도 역사적 경험을 통해 확인할 수 있었다. 따라서 독립 이후의 유토피아적 사유는 독립을 통해 이뤄낸 새로운 나라가 실은 과거 식민지 유산이 남긴 민족-국가(nation-state)라는 서구의 형식을 그대로 사용하고 있었다는 점을 자각하게 된다. 그러나 여기에서 끝나는 것은 아니다. 서구 유럽의 유산과는 다른 새로운 방식의 대안적인 미래 사회의 모습을 그리며, 이를 향한 열망과 노력을 담아내고자 한다. 이런 점에서 탈식민 유토피아는 단지 정치적·경제적 독립을 넘어 문화적·인식론적 이상과 연결된다.

비서구·탈식민 유토피아에 대한 논의는 21세기에 이르러 본격적으로 진행되고 있다. 특히, 탈식민 유토피아의 경우 아직 대중적으로 인정받는 정전의 목록이 존재하지 않을 만큼 시작 단계에 있다고 해도 과언이 아니다. 하지만 기존 서구 중심의 유토피아 문학에 포함되지 못했던 시각과 다양한 목소리를 담아내고 있다는 점에서 앞으로 더 많은 관심이 필요하다. 이와 함께 유토피아 문학의 새로운 범주로서 태동하는 비서구·탈식민 유토피아를 연구하는 과정에서 다음의 사항은 흥미롭게 고려해야 할 지점이다.

첫째, 비서구 지역과 과거 식민의 경험을 가진 지역에서 나온 작품들을 유토피아라는 다분히 서구적 전통을 통해 이해하는 것이 온당한가에 대한 질문이다. 이들이 서구 중심의 유토피아 문학과 다른 점을 드러내고 그 특징과 가치를 강조한다고 해도, 이미 기존의 개념적 틀과 범주를 전제로 한 구별짓기와 차이가 진행되기 때문이다. 둘째, 이와 같은 위험에도 불구하고 이들을 서구를 중심으로 한 유토피아 문학의 범주에 포함했을 때의 효과와 장점에 대한 고려가 필요하다. 무엇보다도 미러링(mirroring) 효과를 들 수 있겠다. 비서구에서 나온 작품들을 통해 기존 유토피아 문학을 되비치고 성찰함으로써 서구 중심의 논의가 가져왔던 문제점과 한계를 돌아볼 뿐 아니라, 대안적 상상력의 내용과 형식을 확장할 가능성을 제공하게 된다. 마지막으로, 비서구·탈식민 유토피아적 상상력은 유토피아 문학에서 시간의 사유를 풍요롭게 한다. 특히, 탈식민 유토피아를 담는 작품들에는 흥미롭게도 기억을 통해 억압되고 잊혀졌던 역사적 과거가 새로이 발굴되고는 한다. 기존 서구적 관점에서 과거로 돌아가는 것은 퇴행적인 사고로 폄하된다. 그러나 이들이 미래로 되살려내는 과거는 과거 그 자체의 모습이 아니라 현재의 시점에서 기억의 행위를 통해 다시 창조된 과거이다. 탈식민 유토피아의 작품들은 모순적인 현실 속에서 과거의 기억을 통해 미래를 비추어 낸다. 이 과정에서 과거, 현재, 미래가 서로 뒤섞이게 되고, 직선적 시간관을 넘어서는 새로운 상상력을 제공한다. 이를 통해 서구의 유토피아와는 다른 상상의 세계가 형상화된다.

박정원

한국에서 정착된 '유토피아' 개념의 형성 과정

김종수

1 낙원, 이상향 그리고 유토피아

주지하다시피 토머스 모어(Thomas More)가 1516년에 발표한 책인 『유토피아(*Utopia*)』는 '이 세상에 없는 곳(Outopia)'과 '좋은 곳(Eutopia)'의 의미를 함께 가지고 있다. '실재하지 않는 이상적 공간'이라는 이중의 의미를 함축하는 유토피아는 지난 500년 동안 인류 역사를 추동한 핵심 개념이었다. 특히 유럽에서 유토피아는 새로운 세계에 대한 강렬한 의지를 담고 있다. 16세기에 토머스 모어가 상상 속에서 구현한 평등한 세상은 토마스 뮌처(Thomas Münzer)와 독일 농노 전쟁, 천년왕국 운동으로 이어지고 20세기 사회주의혁명으로 실현되었다.[1] 유토피아적 상

---

1) 문강형준, 『파국의 지형학』(자음과모음, 2011), 82-104쪽 참조.

상력은 유럽을 중심으로 한 인류의 역사를 주도하였다고 해도 지나친 말은 아닐 것이다.

그렇다면 한국에서 '유토피아'라는 말이 지니는 의미는 무엇일까? 한국에서는 전통적으로 '낙원'이나 '이상향'이라는 말이 널리 쓰였다. 낙원이나 이상향은 인간의 행복을 실현하는 이상적인 조건을 갖추고 있는 곳으로 이해되었다. 예를 들어『구운몽』과 같은 소설에 등장하는 선계(仙界)와 선경(仙境)은 착한 사람만이 살 수 있고 생로병사도 없는 완벽한 공간으로 제시된다. 또『홍길동전』에서 묘사되는 율도국은 지배계층의 부조리와 불합리한 요소를 제거하려는 활빈당의 의지로 건설되는 이상 세계이다. 도교의 신선 사상의 영향을 받은 무릉도원형 '낙원'이나 유교의 대동사상(大同思想)에 입각한 대동사회형 '이상향'은 한국 고전 작품에서 찾아볼 수 있는 대표적인 유토피아의 모습이다. 무릉도원형이 개인적이고 소극적인 차원의 유토피아 공간으로 이해할 수 있다면, 대동사회형은 집단적이고 적극적 의지를 실현하고자 하는 유토피아 공간으로 규정할 수 있다.[2]

그런데 한국에서 이해하던 '이상향'과 '낙원'의 의미가 유럽에서 전래된 '유토피아'라는 개념과 등치를 이룬다고 이해할 수 있는지는 의문이다. 이광수가 '문학'의 개념을 'literature'의 역어로 규정하며 조선의 신문학을 주창한 것처럼 이상향이나 낙원은 유토피아의 역어에 해당하는 개념이라고 말하기 어려운 점이 많기 때문이다. 이상향이나 낙원이 동아시아의 중세 문헌에서 구현한 의미 맥락과 '유토피아'라는 단어가 구

....

2) 이종은 외, 「한국문학에 나타난 유토피아 의식 연구」,《동아시아문화연구》28, 1996, 118-125쪽 참조.

축해 온 역사적인 맥락 사이에서 발생하는 의미상의 절연은 새로운 인식 틀인 근대 경험에서 발생한다. 한국에서 이상향이나 낙원이 탈역사적인 의미로 이해된다면 유토피아는 근대 형성기에 유입된 외래어의 근대 의식을 반영하는 개념으로 이해되기 때문이다. "영어 기반 외래어가 모더니티와 함께 보편어의 첨병으로 근대 의식과 개념의 선도적 역할을 수행"[3]하였음을 고려한다면 '유토피아'라는 언어가 수용된 역사적 조건을 고려할 필요가 있는 것이다.

사실 한국은 19세기 말 개항을 겪으며 단기간에 서구의 관념과 사유 방식을 빠르게 받아들이며 인식의 거대한 변화를 겪었다. 특히 개항 후 바로 이어진 일제 식민지의 폭력적인 강권과 근대화의 시대적 요청은 기존의 삶의 방식을 해체하고 사회제도와 인식틀을 전면적으로 재구성하도록 했다. 현재 한국 사회의 인식 지평을 형성하는 국가, 주권, 개인, 사회 등 주요 개념들도 대체로 서구 모델에 입각해 있다고 해도 과언은 아닐 것이다. 서구 모델이 일상화한 현재의 관점이 주도하는 한 한국의 근대 개념 형성 과정은 단순한 서양 개념의 도입사로 귀결하기 쉽다. 그러므로 현재 우리가 당연하다고 생각하는 것들을 낯설게 바라보고 근대 개념의 형성 과정을 새롭게 고찰하려면 근대 형성기를 당대적 의식과 사고 틀 안에서 다시 읽어 내는 시각이 필요하다.[4]

따라서 이 글에서는 '유토피아'라는 근대 개념을 근대 형성기 한국의

---

3) 이상혁, 「근대 한국(조선)의 서양 외래어 유입과 그 역사적 맥락」, 《언어와 정보사회》 23, 2014, 181쪽.

4) 김지영, 『매혹의 근대, 일상의 모험』(돌베개, 2016), 35-36쪽 참조.

사고 틀과 당대적 의식 속에서 규정하기 위해 개념사의 방법론[5]을 활용한다. 어떤 이가 어떤 상황에서 누구에게 어떤 어휘를 어떤 의도로 어떻게 사용하는가를 중시하는 개념사 연구에서는 특정한 정치·사회적 맥락 속에서 일어나는 개념의 이데올로기적 사용과 의미에 관심을 둔다.[6] 특히 서구와는 다르게 진행된 자국의 근대 경험을 주체적으로 해석하려는 비서구 세계에서 개념이 문제가 되는 것은 "서구어의 번역과 번역을 통한 무수한 신조어의 출현이라는 개념의 혁명, 그에 따른 지적 아노미 현상이 수반되었기 때문"[7]이다. 따라서 이 글에서는 모더니티를 지향하는 기표로서 '유토피아'가 형성하고 있는 개념을 재구성해 봄으로써 근대 형성기에 당시 한국인들이 '유토피아'라는 개념을 사용하면서 표현하고자 한 의미망과 그 속에 담긴 그들의 경험과 기대를 탐색하도록 한다.

---

5) 개념사는 언어와 역사가 어떻게 얽혀 있는지 탐구하는 역사의미론의 한 분야이다. 전통적 역사에서 언어는 단지 과거가 실제로 어떠했는지 파악하는 수단으로 여겨졌지만, 역사의미론에 의하면 오히려 언어가 역사적 실재를 구성한다. 언어와 텍스트에 의해 역사적 실재가 어떻게 구성되었는가를 연구하면서 언어 현상 중 특히 개념에 초점을 맞추는 것이 역사의미론으로서의 개념사이다. 라인하르트 코젤렉(Reinhart Koselleck)이 체계화한 개념사는 서구와 미국을 모델로 '좋은 근대', '발전'을 강조하는 근대화론을 비판하고 개념 연구를 통해 근대성의 숨겨진 이면을 역사적으로 성찰하려는 문제의식에서 출발하였다. 개념사에 관한 논의는 다음과 같은 글을 참고하였다. 나인호, 『개념사란 무엇인가』(역사비평사, 2011); 이경구 외, 『개념의 번역과 창조』(돌베개, 2012); 박근갑 외, 『개념사의 지평과 전망』(소화, 2015).

6) 나인호, 앞의 책, 34-40쪽 참조

7) 나인호, 같은 책, 21쪽.

2 번안 소설의 '신세계'에 담긴 근대에 대한 기대

일제 강점이 정점에 달한 1930년대 후반 대한민국 임시정부의 여당 역할을 한 김구의 한국국민당에서 발행한 《한청》에는 다음과 같은 내용이 실려 있다.

"타민족 또는 타국가의 建設圖를 그대로 삼천리에 실행하려는 것은 <u>유토피아</u>라고 말하는 것임을 인식하지 않으면 안 된다. (……) 더욱이 다른 민족이나 국가의 건설계획인 맑스주의나 아나키즘을 그대로 한국에 적용하려고 하는 것은 <u>유토피아</u>에 지나지 않는다는 것이다."[8](밑줄은 인용자)

일제에 주권을 빼앗겨 이국에서 독립운동을 전개하던 조선의 청년들을 독려하는 임시정부의 기관지는 외국에서 실현된 국가 건설의 계획이 우리나라에서는 적용될 수 없음을 강조하고 있다. 한국의 고유 문화를 중심으로 외세를 배격하고 새로운 국가를 창설하려고 계획하던 한국국민당의 강령은 서구에서 유입한 국가 비전, 예를 들어 사회주의와 같은 사상은 허황된 것이라고 주장하고 그러한 세계는 유토피아라고 단정한다. 이때 유토피아는 허황된 또는 실현 가능하지 않은 정치적 세계의 대명사이다. 비록 한반도가 아닌 해외에서였지만 1930년대 후반 일제강점기 한국인의 정치 공간에서 쓰인 유토피아의 의미는 현실 세계에서는 실현될 수 없는 허황된 세계라는 부정적인 것이다.

....
8) 작자 미상, 「우리 운동은 왜 진전되지 않는가」, 《한청》 제3호, 1935, 38쪽.

위의 예처럼 한국어로 유토피아가 문헌에서 직접 쓰이기 전인 1900년대에 과거에는 경험해 보지 못한 새로운 세계를 뜻하는 단어와 그 공간에 대한 묘사가 서구 번안 소설에서 발견된다. 서구 문물의 도입을 통해 부국강병을 실현하고자 한 당시 조선 지식인들이 서구 소설을 번안하며 그곳에서 등장하는 새로운 세계를 의미하던 말에는 '무하유향(無何有鄕)',[9] '이상국(理想國)'[10]이 있다.

> ① "네모 曰 此等 書册은 余가 塵世를 別ᄒ고 無何有鄕에 入ᄒᆯ 際에 携來훈 바ㅣ라."[11](밑줄은 인용자)
>
> ② "余ㅣ 佛國革命史를 接讀ᄒ니 一千七百八十九年에 其 國民이 自由平等 博愛의 義旗를 高擧ᄒ고 純正 圓滿ᄒ 理想國을 唱設ᄒ엿스되"[12](밑줄은 인용자)

위 인용문은 일본 유학생 박용희가 번역한 『해저여행기담(海底旅行奇譚)』의 일부분이다. ①은 바다를 여행하던 '네모' 선장이 많은 과학 서적을 가지고 속세를 떠나 누구나가 그리워하며 가보고 싶은 곳을 도달하였다는 것을 말하는 것이고, ②는 프랑스혁명을 통해 건설된 근

---

9) '어디에도 없는 곳'이라는 뜻을 지닌 '무하유향'은 『장자(莊子)』의 '소요유(逍遙遊)' 중 "무하유지향(無何有之鄕)"에서 나온 말로 20세기 초 조선의 번안 소설에서 자주 등장한다. 나쓰메 소세키의 『나는 고양이로소이다』(1907)에서도 등장하는데 20세기 초 일본에서도 "むかうきょう"이 빈번하게 쓰였다.

10) "이상국"은 중국어로 "Ixinggu"로 20세기 초 중국의 여러 문헌에서 찾아볼 수 있다.

11) 朴容熙, 「海底旅行奇譚」, 《태극학보》 14호, 1907, 55쪽.

12) 朴容熙, 「海底旅行奇譚」, 《태극학보》 21호, 1908, 50쪽.

대 국가 프랑스가 이상국임을 지칭하는 것이다. 『해저여행기담』이 프랑스 소설가 쥘 베른(Jules Verne)의 『해저 2만 리(*Vingt Mille Lieues Sous Les Mers*)』를 번안한 소설이라는 점을 감안하면 ①에 나타난 "무하유향"은 19세기 후반 미지의 해저 세계에 대한 서구인의 동경 의식을 반영한 것으로 이해된다. 또한 ②의 "이상향"은 역사적으로 민주주의를 실현한 프랑스 출신 작가의 국가적 자부심을 드러내고 있다.

《태극학보》가 1906년 8월 동경에서 창간된 재일 유학생 학술 잡지로서 국가와 민족 현실에 대한 정치철학을 기조로 삼으면서 신교육과 새로운 과학 지식의 보급에 힘쓴 잡지[13]였음을 고려할 때, 『해저여행기담』에는 부국강병을 실현한 서구를 바라보는 근대 초 조선 지식인의 시각[14]이 담겨 있다. 당시 쥘 베른에 대한 관심은 조선에서만 있는 일은 아니었다. 일본과 중국에서도 비슷한 시기에 쥘 베른의 작품들이 번역되었는데, 여기에는 쥘 베른의 소설에 깔려 있는 과학주의 정신을 널리 알리는 것이 근대 국가 건설에 도움이 될 것이라는 판단이 작용한 것으로 보인다.[15] 일본에 유학하고 있던 조선인 유학생들이 쥘 베른의 소설에 관심을 가지게 된 것도 이와 유사하여, 쥘 베른의 작품을 통해 자신들

....

13) 《태극학보》 영인본(아세아문화사, 1978) 제1권에 실린 백순재의 해제 참조.

14) 여기에는 서구에 대한 동경 의식이 담겨 있을 뿐 아니라 조선 사회의 정치의식을 고취하고자 하는 의도도 있다. 연재 2회분에서는 주인공 아로닉스 박사가 한국과 일본, 청나라의 역사를 논하는 장면이 나오는데, 이는 원작에는 없는 것이지만 번역자가 독자들에게 국가와 민족이 처한 현실을 깨닫게 하여 독자들의 정치의식을 고취하기 위해 추가한 것으로 볼 수 있기 때문이다. 김창식, 「서양 과학소설의 국내 수용 과정에 대하여」, 『과학소설이란 무엇인가』(국학자료원, 2000), 63-64쪽 참고.

15) 김종욱, 「쥘베른 소설의 한국 수용과정 연구」, 《한국문학논총》 49집, 2008, 59쪽 참고.

의 계몽적 목적을 달성하고 서세동점의 위태로운 국제 정세 속에서 국가 독립의 길을 모색해야 하는 시대적 요청이 조선 유학생들에게 있었던 것이다.

『해저여행기담』 같은 번안 소설에 등장하는 "무하유향"이나 "이상국"은 근대 전환기 조선 사회의 국가적 변화를 모색하는 과정에서 서구인들이 지향하던 새로운 세계에 대한 조선 지식인들의 호기심 어린 시선을 담고 있는 것으로, 과거 조선에서는 경험해 보지 못한 새로운 세계를 독자들이 접하는 기회를 제공했다. 이 새로운 세계는 '이 세상에는 없으나 좋은 곳'이라는 유토피아의 의미를 담은 것이다. 또한 근대 의식으로 실현된 좋은 국가로서 이상국을 설정하고 있는 것이다. 한편 『해저여행기담』과 같은 시기에 발표된 『철세계』에는 근대 서구인들이 가지고 있던 과학을 통한 신세계 건설의 의지가 구체적으로 담겨 있어 주목을 요한다.

1908년 11월에 회동서관에서 발행한 『철세계』는 쥘 베른의 『인도 왕비의 유산(Les cinq cents millions de la Bégum)』을 이해조가 번안한 것이다. 『철세계』는 갑작스럽게 유산으로 받게 된 많은 돈을 과학을 발전시키는 데 사용하게 한다는 작가의 과학주의 사상을 담고 있다는 점에서 과학을 통한 부국강병을 모색한 근대 초기 조선 지식인들의 이상에 부합한 소설이다. 그런데 이 소설은 프랑스 의학사 좌선과 독일 화학사 인비라는 대비적인 인물의 지향이 대조되면서 과학으로 실현할 수 있는 신세계의 모습이 매우 상반할 수 있음을 보여 준다. 프랑스 의학사 좌선은 물려받은 많은 유산을 인류의 수명을 연장하는 과학을 발전시키기 위해 장수촌을 건립하는 데 사용하는 반면에, 독일 화학사 인비는 장수촌을 파괴하는 연철촌을 건립하는 데 사용한다. 이 중에서 프랑스

의학사 좌선이 많은 유산을 물려받아 과학을 활용하여 건설하려는 장수촌은 생명 연장이라는 인간의 소망을 근대 과학을 통해 실현해 가는 현장으로 묘사된다.

수명을 연장할 수 있는 인간의 소망을 실현한 장수촌은 "위싱 뎨일 긴요ᄒ다"는 원칙을 따른 곳이다. 사람들이 거처하는 공간을 넓게 하여 공기를 잘 통하게 하고 일광을 가리지 않으며 "신발명ᄒ야 구은 벽돌로" 지은 집에서는 빗물이 잘 통하여 더러운 기운과 나쁜 냄새가 머물지 않도록 하였다. 또한 벌레와 곰팡이가 전염하는 독기를 없앤 집에서 거주하는 사람들은 매일 신체 운동과 휴식을 균일하게 하고 음식 위생을 각별히 하여 건강을 유지한다. 이처럼 새롭게 건설된 장수촌 사람들의 일상을 청결하고 위생적으로 통제·관리함으로써 생명을 연장한 신세계를 이룰 수 있는 것이다.

장슈촌의호구가,이상히늘어,초년에ᄂ,륙빅호가,삼년동안에,구쳔호가되고,지방은,십여만인구가되며촌즁젼토와,가옥의셰납은,극히헐ᄒ야,촌쥬가츠지ᄒ고,촌즁의범빅민ᄉ와형ᄉᄂ,위원회로,결쳐ᄒ고,촌민위싱총회ᄂ 좌션이,쥬쟝ᄒ되,독단ᄒ지안코각국의학ᄉ와루ᄎ왕복ᄒ야,십분심신ᄒ더라 신세계와,구세계와,동셔양에,평균죽ᄂ사람이,매년에빅의솀쯤되니,지극히젹은슈효라,쟝슈촌은,셜시흔이후로,다섯히에,평균ᄒ면,매년에불과빅의일분오리쯤되니,이ᄂ 오히려,초년에빅ᄉ가미비ᄒ고,질병이류힝홈으로,이슈효가되얏고,만일,작년의조사흠을보면,빅의일분이리오호가,되니,이일분이리오호ᄂ,죠상의류젼ᄒᄂ병으로,몰ᄆ암아그러ᄒ고,불시여역으로,죽은쟈ᄂ 도모지업스니,이럼으로,쟝슈촌사람들이,ᄌ랑ᄒ되,삼십년후에ᄂ 쟝슈촌에셔볍드려죽을,사람은업고,빅셰나이빅셰를살다가,졀로늙

어,솟나무물너죽듯혼다 ᄒ더라.[16]

　'위생'이라는 근대 과학의 힘으로 구축된 신세계는 인구가 급증할 뿐
아니라 모든 제도와 정책이 민주적 의사결정에 따라 이루어지는 곳이다.
그 결과 장수촌 사람들은 조상에게서 물려받은 유전병이 아니면 갑자기
죽는 사람이 없고, 100세나 200세를 살게 되는 '이 세상에는 없는 좋은'
세계를 건설하게 되었다. 이러한 장수촌의 삶은 독자들에게 과학적 위
생을 통해 실현된 꿈의 세계를 제시한다.[17] 장수촌은 근대 위생학적 실
천이 당대 근대 국가들이 추구하던 건강한 자국민의 인구 증가를 실현한
마을로 묘사됨으로써 조선 독자들은 근대 과학이 실현한 생명 연장의 신세
계를 체험하게 되었다. 이해조는 『철세계』를 통해 근대적 위생 관리가 인
구 증가와 부국강병을 이룰 수 있는 길임을 보여 주고자 한 것이다.[18]
　『해저여행기담』이나 『철세계』와 같은 근대 초기 번안 소설들에서 발
견할 수 있는 '이 세상에는 없지만 좋은' 세계는 서구 제국의 시선으로
묘사된 신비한 곳이거나 과학을 바탕으로 생명 연장을 실현하는 새로
운 공간으로, 조선 사람들이 과거에는 전혀 알지 못하던 세계이다. 신
기하고 새로운 신세계는 과학의 힘으로 구축되었다는 공통점이 있다.
근대의 신세계는 모두 과학을 이용해 찾아낼 수 있는 곳, 과학으로 실
현할 수 있는 이상적인 곳이다. 과학이야말로 부국강병의 원동력이라

---

16) 이해조, 『철세계』(회동서관, 1908), 65-66쪽.

17) 김교봉, 「『철세계』의 과학소설적 성격」, 『과학소설이란 무엇인가』(국학자료원, 2000),
　　126-127쪽 참고.

18) 장노현, 「인종과 위생──『철세계』의 계몽의 논리에 대한 재고」, 《국제어문》 58, 2013,
　　552쪽.

는 근대 초기 조선 지식인들의 신념 속에서 과학으로 구축해 내는 세계가 이상 세계로 재현되는데, 과학에 대한 기대는 곧 과학으로 실현해 낼 수 있는 이상 세계에 대한 동경으로 이어지는 것이다. 『해저여행기담』이나 『철세계』와 같은 번안 소설은 프랑스처럼 역사적으로 민주주의를 이룩해 낸 실재하는 나라를 이상국으로 이해하거나 과학을 토대로 구축해 낸 신세계를 재현함으로써 근대에 대한 희망적 기대를 당시 조선에 유포한 것이다.

3 과학적 사회주의의 전사(前史)로서 유토피아

조선 지식인들이 과학으로 근대적 이상 국가를 실현하기를 소망하며 꿈꾸던 신세계에 대한 열망이 드러난 1900-1910년대는 유럽에서 제국주의 세력들이 전쟁에 돌입한 시기였다. 주지하듯이 제1차 세계대전은 서구 근대 문명에 대한 사람들의 인식을 바꿔놓는 계기가 되었다. 제1차 대전 종전 후 인류 보편적 열망을 반영한 이상주의가 팽배한다. 윌슨의 민족자결주의, 국제연맹의 결성, 1917년 러시아혁명과 사회주의 체제의 등장, 유럽에서 활발히 전개된 노동운동 등 세계 질서의 재편을 요구하는 분위기가 지배적이었다. 이러한 분위기는 동아시아에도 영향을 끼쳐서 일본을 중심으로 개조론이 유행하여 전후 세계 체제 재편과 관련된 발전적 사회 개조를 지향하는 역할을 하였고, 이 시기 조선 지식인들도 개조론을 민족의 문제를 해결할 수 있는 기회로 여겼다.[19]

....

19) 김형국, 「1919-1921년 한국 지식인들의 개조론에 대한 인식과 수용에 대하여」, 《충남

이와 같은 1920년대 개조론이 유행하던 사회적 분위기 속에서 조선 사회주의 문예운동의 선구적인 역할을 한 박영희가 유토피아에 대한 소개와 유토피아 담론에 대한 논의를 전개하였다. 그런데 이때는 박영희가 신경향파라고 규정한 프로 계열 문인군에 합류하며 《개벽》의 편집인으로서 역할을 하기 시작한 때[20]였다. 조선에서 사회주의 문예 이론이 맹위를 떨치기 시작하던 때와 함께 유토피아 담론이 조선 대중에게 소개되기 시작한 것이다. 이 과정에서 사회주의의 현실적인 실현을 목표로 박영희가 소개한 유토피아의 개념은 과학의 진보를 통해 실현될 수 있는 새로운 세계에 대한 과학적 접근과 그 실현이 이끌어낼 노동 해방이라는 사회적 목표를 제시하기 위한 대타적인 개념으로 자리매김한다. 또한 『유토피아』의 저자 토머스 모어도 이 시기에 처음으로 조명된다.

1516년에 토머스 모어가 쓴 저서인 『유토피아』가 조선에 처음 소개된 것은 1926년 《개벽》이다.[21] 여기에서는 16세기 영국에서 판사의 아들로 태어나 "론돈 商業家들의 변호사가 되었"던 토머스 모어가 "最良한 國家制度와 「유토피아」島에 대한 金書"라는 제목의 책을 발간한 저간의 사정을 먼저 소개한다. "現代國家는 皆 富權者의 陰謀窟이다. (……) 만약 金錢이란 것이 업서진다면 이도 다 업슬 것이다"(69)라거나 "누구

사학》 11, 1999, 121쪽 참조.

20) 허혜정, 「논쟁적 대화: H.G. 웰즈의 근대유토피아론과 조선 사회주의 문예운동」, 《비평문학》 63, 2017, 230쪽 참고.

21) 고레프, 쇠뫼 옮김, 「토마쓰 모르부터 레닌까지」, 《개벽》 66, 1926, 68-71쪽. 요약본으로 잡지에 소개된 토머스 모어의 『유토피아』의 첫 한국어 완역본은 왕학수(王學洙)의 번역으로 경지사(耕智社)에서 1959년에 출간되었다.

던지 各物을 자기 원대로 가질 수 잇는 줄 알므로 所用以上되게 물품을 가지지 안는"(71) 유토피아 사람들의 삶을 소개하여 토머스 모어가 『유토피아』에서 사적 소유를 부정하고 있음을 제시한다. 토머스 모어가 지은 "유토피아의 막대한 의의는 인류 역사상 처음으로 共産主義的 全國的 生産組織을 主唱한 것이다. 生産財料가 사회의 소유가 됨으로써 人이 人을 搾取함과 불평등과 貧富差別의 弊가 업서지는 유일의 방법을 연구"(71) 하였다고 이 글은 주장한다. 500년 전 토머스 모어가 20세기 사회주의 혁명과 사상적 동궤임을 제시함으로써 1920년대 식민지 조선에서 발생한 이상주의 개조론 중 하나로서 사회주의가 역사적으로 정당한 실천임을 명시하고 있는 것이다. 그리고 이 부분은 자연스럽게 레닌의 논의로 연결된다.

레닌은 프롤레타리아가 모든 사적 소유를 공적 소유로 전환하는 시기를 사회주의라고 불렀고, 코뮤니즘이 정착되고 모든 개인들이 자신의 능력에 따라 일하고 자신의 필요에 따라 갖는 코뮤니스트 사회의 고급 단계가 시작되면 그때는 국가의 물리력이 필요 없어진다고 주장하였다.[22] 마르크스와 엥겔스, 레닌으로 이어지는 근대 코뮤니즘 운동이 유토피아적인 것과 동떨어져 있지 않다는 것은 사적 소유의 공유화와 능력에 따른 노동과 필요에 따른 분배가 토머스 모어의 주장과 상통하기 때문일 것이다. 그리하여 "모-르는 新時代社會主義의 始祖임이 확실하다"(71)는 주장에 이어 "英國大콤뮤니쓰트의 主義를 맑쓰와 엔겔쓰가 완성한 科學的 社會主義 그대로 밧들어 가지고 나간다"(71)고 결론을 내림으로써 토머스 모어를 20세기 완성된 사회주의의 선구자로 자리매

---

22) 문강형준, 앞의 책, 102쪽 참조.

김한다. 진보적 역사관에 기반을 둔 사회주의 운동사가 활개를 치던 당시 조선의 독서 대중에게 "유토피아"라는 개념은 사회주의의 전사로서 서구의 사회개혁 운동의 일환으로 받아들여지게 되는 것이다.

사실 토머스 모어의 『유토피아』가 1926년 《개벽》에 소개되면서 알려지기 전에 '유토피아'라는 외래어는 1924년 박영희가 편집한 「重要術語辭典」에 등장한다. "《開闢》創刊 四周年 記念號 附錄"에 실렸던 이 사전은 당시 문인과 지식인들의 글 속에 등장하는 용어들을 '문학부', '사상부'로 나눠 풀이한 책이다. 여기에서 '유토피아'는 다음과 같이 정리되었다.

> "유토피아(Utopia) 「文」. 理想鄕, 空想世界等의 意味이니 英國政治家 도마스 모어(Thomas More, 1478-1535)가 一千五百十六年에 著作한 小說의 名."[23]

사회주의적 관점으로 볼 때 유토피아는 사회주의의 "시조"라고 주장한 1926년의 기록과는 다르게 박영희가 편집한 「중요술어사전」에서 나온 "유토피아"는 문학 용어이면서 한국에서 전래해 온 '이상향'의 뜻임을 명시한다. 여기에 "공상 세계"와 같은 의미가 있는 단어라는 것이 덧붙여지고, 500년 전 영국인이 쓴 소설임을 설명한다. 1924년의 「중요술어사전」이 나온 10년 후 서양의 외래어를 기록한 『신어사전(新語辭典)』에는 아래와 같이 정리하였다.

....
23) 박영희 편, 「중요술어사전」, 《개벽》 49, 1924, 25쪽.

유토피아 문학

"유-토피안(Utopian)(Utopia)

理想鄕을찻는 空想家, 英國文學者 토-마스무어가 當時社會에不滿을 가지고 自己의理想鄕을文學的으로 著述한書籍의名稱."[24]

「중요술어사전」에서는 『유토피아』를 정치가인 토머스 모어가 지은 소설의 제목으로 기록하였고, 『신어사전』에서는 "유토피안"과 "유토피아"를 한 항목에서 함께 설명하였다. '이상적인 곳을 찾아가는 현실적이지 못한 사람'으로 "유토피안"을 규정하고, "유토피아"는 토머스 모어가 당시 사회에 만족하지 못해 이상향을 기록한 문학적 서적이라고 명기한다. 유토피아를 설명하는 단어로서 "이상향", "공상"이 공통적으로 등장하는데 유토피아의 어원인 'Outopia'를 '공상(空想)'으로, 'Eutopia'를 '이상향(理想鄕)'으로 번역하였음을 알 수 있다. 외래어 사전을 통해 제시되는 새로운 어휘의 사전 등재는 전문적 지식의 대중화를 뜻하며 당대에 등재된 어휘가 보편적으로 쓰이는 것이라고 볼 수 있는데, 이를 통해 본다면 '유토피아'라는 어휘가 적어도 1924년을 전후로 하여 지식인 사회에서 광범위하게 쓰였음을 알 수 있다.

1920년대 조선의 문인과 지식인 사회에서 이상향, 공상으로 이해되고 문학 세계에서 쓰이는 용어로 사전에 규정되면서 유토피아는 당시 이성과 합리의 영역으로 대표되는 과학과 대비되는 의미를 얻는다. 특히 현실 사회주의와 공산주의의 합목적적 과학성을 설명하는 데에 유토피아가 동원되면서 유토피아는 공상적 의미의 이상 세계라는 점이 강조된다. 《개벽》 제오년 팔월호 부록으로 박영희가 역시 편한 「重要術

24) 청년조선사 편, 『신어사전』(청조사, 1934), 68-69쪽.

語辭典」 수록한 표제어 공산주의는 다음과 같은 설명을 포함하고 있다.

"共産主義에는 空想的과 理論的이 잇다. 古來學者들의 主張하든 것은 空想的이 만엇다. 그런 故로 甚한 境遇에는 到底히 實行할 수 업슴을 알면서도, 時代의 缺陷을 指摘하며, 改善하기 위해서 一種의 理想으로 共産主義를 主張한 일이 잇섯다. 푸라톤의 『共和國』 또마스. 모어의 『理想鄕 유토피아』와 가튼 것이 卽 空想的이다."(밑줄은 인용자)[25]

"말하면 그들의 理想은 共産的 基礎 우에서 共同團體를 建設하려고 하나 그 實行方法으로 强制的 手段은, 極力 排斥하는 것이다. 이와 가튼 主張을 또한 「유토피아니슴」이라고 한다. 즉 그들은 무슨 活社會의 原動力에 接觸하지 안는 까닭이고, 또한 그들은 사회의 過去와 現在에 對해서 政黨한 判斷이 업시, 다만 將來에 對해서 空漠한 理想을 가진 까닭이다. 또한 그들은, 現在의 社會는 從來부터 改造하려는 思想과 計劃이 업섯든 까닭에 이와 가티 慘狀을 일우엇다 한다. 또한 그들의 將來에 對한 理想도 徹頭徹尾, 理智的 이엿스니, 信仰또는 感情을 밧구지 안엇다. 이로 하여금, 그 理想은 「유토피아」라고 부르며 또한 그들 自身도 「유토피아」의 사람들이라고 한다."(밑줄은 인용자)[26]

위 예문들에서 공상적 공산주의의 예로 토머스 모어의 유토피아가 거론되는데, 여기에서는 실행할 수 업스나 상상할 수는 있었던 공산주의로 유토피아를 규정한다. 역사의 미래를 인식할 수 있는 것이 과학적

....
25) 박영희 편, 「중요술어사전」, 《개벽》 제5년 8월호, 1925, 12쪽.

26) 박영희 편, 앞의 글, 39-40쪽.

유토피아 문학

인 이론임을 고려한다면, 유토피아가 변증법적 유물론의 합목적성을 부각하기 위해 활용되고 있음을 알 수 있다. 특히 현실적 갈등과 힘의 투쟁을 고려하지 않고 미래에 대한 이상만을 고집하는 이상주의자로 유토피아를 인식하는 것도 특징적이다. 이 같은 관점은 유토피아의 이상태로서 현실 사회주의를 상정하게 되는 진보적 세계관의 일단을 엿볼 수 있게 하는데, 이는 사회주의가 역사와 과학의 진보를 통해 실현될 수 있는 새로운 세계임을 제시하기 위해 유토피아가 대타적으로 쓰인 것이다. 즉 현실 사회주의가 합목적적인 과학으로 실현된 이상 세계라면, 유토피아는 이러한 과학적 사회주의의 전사로서 공상되었던 공산주의의 과거 사례로 규정된 것이다.

4 과학으로 실현 가능한 유토피아의 세계

유토피아를 사전적으로 정의하고 유토피아의 어원인 토머스 모어의 작품 『유토피아』를 소개하며 유토피아의 공상적 성격을 통해 사회주의의 현실성과 과학성을 부각하는 일련의 내용은 1924-1926년 사이에 잡지 《개벽》을 통해 제시되었다. 그런데 같은 시기 《동광》에서도 지속적으로 유토피아 담론을 소개하였다. 《개벽》이 사회주의 사상과 밀접한 연관성을 지닌 유토피아의 사회 개혁적 맥락에 집중하여 논의하는 것과 다르게, 《동광》에서 제시되는 유토피아는 서구의 근대 문명을 구현한 과학과 합리에 기반한 이상적 사회를 지칭하는 의미로 한정된다. 특히 《동광》에서는 토머스 모어의 유토피아를 극복하면서 세계적으로 실현 가능한 유토피아론을 전개한 H. G. 웰스(Wells)에 대한 본격적인 소개가 이루어진다.

H. G. 웰스의 대표 저작인 『근대유토피아론』을 요약한 「근대적 이상 사회, 유토피아 談」[27]은 당시 큰 반향을 불러 있으켰는데, 여기에서 말하는 유토피아는 "따윈이 진화론을 발견한 금일의 유토피아"로 한정된다. 이것은 토머스 모어의 유토피아와는 상당한 차이가 있다. 무엇보다 "개인의 개성이라는 것에 상당한 가치를 인정하"는 유토피아이며 이때 유토피아는 모어의 유토피아처럼 폐쇄된 섬에 국한하지 않고 "전 세계를 무대로" 한다. 그러하기에 세계가 공통으로 쓸 언어의 문제도 제기하는데, "과학적이요 수학 공식적으로 정확한 언어", "근대 이상사회에서는 개성을 존중하는 관계상 인위 통일보다는 각국어의 종합적 자연어"를 통해 의사를 통할 것을 주장한다. 웰스는 근대 이상 사회에서 가장 중대한 문제는 "개인적 자유관념"이며 "사유(私有)는 반드시 금지할 것인가"라는 문제 제기에서 출발하여 "재산 공유는 개성을 몰각한 점이 많"아 "근대인이 도저히 견딜 수 없"기 때문에 "몇몇 가지의 사유를 허하지 않을 수 없"음을 강조한다. 근대적 이상 사회에서는 "화폐가 필요"하기 때문에 "금전을 악용한 사람이 죄가 있는 것이지 돈 그것은 죄가 없"다고 주장한다. 그리고 금일의 유토피아에서는 "진보된 과학으로 증진하는 사람의 물질적 생산력을 어떠게 하면 전인류의 복지를 위하여 일치조화하게 할가"가 근본 문제이고 "자유경쟁을 허하는 동시에 경쟁을 감시하여 국민을 비호할 필요"가 있다고 주장한다.

이와 같은 진화론적 세계관에 바탕을 둔 웰스의 유토피아는 화폐제

....

27) H. G. 웰스, 홍생 옮김, 「근대적 이상 사회, 유토피아 談」, 《동광》 2호, 1926, 12-13쪽, 59-62쪽.

도를 부정하고 사적 소유의 철폐를 주장하던 모어의 유토피아와 달리 개인의 자유와 국가의 역할을 강조하고 있다. "국가가 인민에게 의식을 주고 질서를 주고 건강을 줄 뿐 아니라 각 개인의 개성을 주"어야 하기 때문에 "과세"의 중요성을 부각한다. 또한 금주(禁酒)와 경쟁, 무능력자, 나태, 실업자, 호적, 남녀 문제와 같은 병폐에 대해 국가의 적극적인 역할을 주문하고 있다. 당대에 많은 과학소설과 예언적 저서로 유명했기에 과학자이자 문학자로 인식되던 웰스의 유토피아는 모어의 유토피아와 달리 실현 가능성을 강조하였다. 웰스의 유토피아상은 지역과 민족을 초월하여 세계화된 삶의 영역 안에서 개인의 개성을 존중하는 동시에 자유 경쟁을 미화하는 방식으로 제시되었다. 이 유토피아의 기획에 있어서 "과학은 사람의 노예로 기능"을 한다. 웰스는 인류가 과학을 잘 응용하여 복지를 증진해 나가는 방향을 모색하고 있던 것이다.[28]

인류의 과학 응용이 새로운 미래를 만들 것임은 「길드 소시알리슴의 유토피아, 유토피아 긔 三」[29]이라는 글에서 다루어진다. 여기에서는 제1차 세계대전 이후 새로운 산업혁명이 일어나 세상의 모든 것이 과학적이면서도 예술적인 물건들로 변해 버렸다는 역사적 가정 속에서 당시로부터 30년 후 "길드 쏘시알리슴(組合社會主義)"이 실현한 영국의 미래를 상상하고 있다. 템스강을 선회하는 "경편한 비행긔"와 날렵한 자동차가 질서 있게 운행하는 런던은 과학기술로 구축된 미래 도시의 모습

....
28) 한민주, 「인조인간의 출현과 근대SF문학의 테크노크라시」, 《한국근대문학연구》 25, 2012, 440쪽 참고.

29) 《동광》 5호, 1926, 13-18쪽.

으로 그려진다. "전쟁 후 사람들은 공동 생활의 필요 또 하느님을 섬기는 정신 (……) 전쟁에서 발휘하엿던 용긔를 돌려서 로동하는대 쓰게"되었고 이러한 "영국이 다른 나라보다 압서서 사회개조의 열심을 보이며 사회개조의 조흔 방침을 생각하여 용감하고 총명하게 개조의 걸음을 걸어" 세계에서 자랑할 만한 영국을 만든 것은 "로자협화(勞資協和)"가 이룩한 업적임을 강조한다.

이러한 내용은 노동자와 자본가의 대립이 필연이라는 사회주의적 관점보다는 개량주의와 조합주의를 통해 새로운 유토피아를 이룩할 수 있다는 인식을 보여 준다. 사회주의 경향의 잡지에 맞서서 안창호, 이광수를 주요 집필진으로 하여 민족주의 이념을 고취한 《동광》은 사적 소유의 철폐를 통해 유토피아를 실현하겠다는 사회주의적 급진론보다는 과학과 예술의 진보, 개인의 개성과 국가 역할의 중요성을 강조하는 점진적 개혁안에 바탕을 둔 근대 문명을 유토피아로 상정하는 것이다. 이처럼 《동광》에서 집중적으로 다루어진 H. G. 웰스의 유토피아론은 근대 과학기술과 더불어 등장한 유토피아 담론으로서 이전의 것과 구별된다. 비현실적인 개념으로 받아들여지던 유토피아가 실현 가능성이라는 합리적 예견들과 관련을 맺게 되기 때문이다. 근대적 의미의 유토피아는 과학적 미래 예측에 기반하여 대중의 세계관을 바꿔 놓은 것이다.[30]

....
30) 한민주, 앞의 글, 440쪽 참고.

유토피아 문학

5 과학소설의 디스토피아에 내포된 유토피아 지향

한편 근대와 전근대를 나누는 근본 요소이자 강한 나라와 약한 나라를 가르는 분야가 과학이라고 믿었던 조선인에게 과학을 통해 실현될 수 있는 유토피아에 대한 관심은 과학으로 상상하는 미래 세계를 주제로 한 과학소설과 희곡 작품으로도 확장되었다. 유토피아 담론이 《개벽》과 《동광》을 통해 소개되고 확산되던 1924-1926년 사이에 근대 유토피아론을 주장한 웰스의 과학소설 『타임머신(Time Machine)』이 번역 · 소개되었고 사회주의의 전사로서 유토피아를 소개한 박영희는 카렐 차페크(Karel Čapek)의 희곡 『로숨의 유니버설 로봇(Rossum's Universal Robots)』을 『인조노동자』라는 제목으로 번역하여 조선에 소개하였다. 이 작품들은 과학의 진보가 가져올 미래에 대한 기대뿐 아니라 과학이 가져올 암울한 미래 세계에 대한 염려를 조선인들에게 보여 주었다.

사실 과학소설에서 다루는 새로운 경험은 흥분이나 공포를 동반한 모험 여행의 형식으로 이루어지면서 독자들의 흥미를 유발하는 특징이 있다. 현실의 시공간을 떠나 새로운 세계로 진입하는 과정은 과학과 테크놀로지의 발달이 가져다준 전망에 의존하기 마련인데, 과학소설에서 인물들이 도달하는 새로운 세계는 유토피아로 묘사되기 마련이다. 그런데 현재의 세계가 아니라 인류가 동경하는 사회로 제시되는 유토피아는 다른 한편으로는 현대 사회가 안고 있는 탈인간화를 반영하고 있기도 하다. 과학과 테크놀로지의 발달이 인간 생명의 존엄성이나 인간 본질의 문제를 압박한다는 점에서 유토피아라고 여겨진 미래의 세계는 불안의 대상이 될 수 있기 때문이다. 유토피아라고 여겨진 곳은 과학에 의해 인간성이 상실되거나 인류의 종말을 가져오는 극한 상황으로 치달을 수 있음을 내포한다는 점에서 유토피아가 아니라 암울한 디스토피아일 가능성이 높다. 과학소설은 인류의 테크놀로지가 이룩한 세계를 디스토피아로 그려 냄으로써 인류에게 충격적인 경고를 주면서 앞으로 인류의 미래가 어떻게 될 것인지에 대한 새로운 인식적 물음을 던지는 기능을 하기도 하는 것이다.[31] 1920년대 조선에 소개된 웰스의『타임머신』을 번역한『팔십만년 후의 사회』나 박영희가 번역한『인조노동자』는 바로 유토피아를 꿈꾸는 미래의 과학 세계가 사실은 인류가 겪게될 인간 멸망의 암울한 디스토피아임을 암시하는 작품이다.

웰스 원작『팔십만년 후의 사회』는 고도의 테크놀로지로 발명된 "항시기"(타임머신)을 타고 80만 년 후의 미래를 여행하는 과학소설로, 과학의 진보가 곧 유토피아의 도래로 이어지는 것이 아니라 디스토피아의 미래가 될 것임을 경고한다.

　　"이 세계에는 제조자가 업고 장사하는 사람이업슬 뿐만 아니라 운반과 교통의 기관이 업다. 물론 수레가튼 것은 도모지 업다. 집은 잇스되 솟이 업고 불도 업다. 개나 고양이도 업고 소나 말도 업다. 공중으로 나는 새도 업다. 모든 동물이 다 업는 까닭에 전 세계는 완전히 인류뿐만이 살고 잇다. 그래서 그 인류는 노는 것 이외에는 아모것도 할 일이 업다. 괴로움과 걱정이 아조 업스니, 지력도 업고 완려도 업스며, 분발력도 업다. 혹은 이것이 참말로 황금세계라는 것이지도 모른다. 그런데도 또한 인류에게는 어린애도 잇고 어른도 잇스나 늙은이가 업섯다. 혹은 불로장생하

31) 이정옥,「페미니스트 유토피아로 떠난 모험 여행의 서사」,『과학소설이란 무엇인가』
　　(국학자료원, 2000), 141쪽 참고.

는 나라에 왔는지 도모지 모른다."[32]

앞서 2장에서 다룬 1900년대 번안 소설들이 보여 준 과학을 통해 생명 연장을 가능하게 하는 '장수촌'과 같은 세계와 달리, 1920년대에 소개된 웰스의 작품은 불로장생하기는 하지만 활력 없는 암울한 미래 인류의 모습을 보여 준다. 『팔십만년후의 사회』의 주인공 과학자는 발전한 미래의 기술을 관찰하고 미래의 인류에게서 다양한 과학적 지식을 전수받을 것이라는 기대감을 가지고 있었다. 그러나 "항시기"를 타고 도달한 80만 2701년 후의 미래 세계는 고도로 발달한 문명이 아니라 정반대였다. 기본적인 의사소통도 되지 않고 미래인들은 무위도식의 삶에서 벗어날 의지조차 보여 주지 않는다. 이렇게 인류가 퇴화한 것은 미래인의 삶에서 노동이 배제되었기 때문이라는 점이 부각되는데, 인간 노동력의 중요성을 이 소설은 새롭게 인식하게 한다. 노동 능력을 상실한 무력한 미래인의 모습에 절망할 수밖에 없는 주인공 과학자를 통해 미래 사회의 노동의 상실의 문제가 웰스의 『팔십만년후의 사회』에서 중요하게 다루어지는 것이다.[33]

한편 「중요술어사전」을 편집한 박영희 역시 미래 세계에 대한 관심과 열망이 있었다. 1925년 박영희는 카렐 차페크의 희곡 『로숨의 유니버설 로봇(Rossum's Universal Robots)』을 『인조노동자』라는 제목으로 번

32) 웰스, 영주(影州) 옮김, 「세계적 명작 팔십만년후의 사회, 현대인의 미래사회를 여행하는 과학적 대발견」, 《별건곤》 2호, 1926. 12., 135쪽.

33) 김종방, 「1920년대 과학소설의 국내 수용 과정 연구──〈80만년 후의 사회〉와 〈인조노동자〉의 경우」, 《현대문학의 연구》 44, 2012, 132쪽 참조.

역한다. 『인조노동자』는 인간을 노동에서 해방할 수 있다는 희망에서 상상한 인조인간의 출현을 다루고 있다.

떠민 - 모든일이란 일은 다 살어 있는 기계로 만듭니다. 따라서 모든 사람의 고민도 업서집니다. 또한 노동의 타락에서 해방을 어들 수도 잇습니다. 누구든지 자기를 완전히하게 하기 위해서만 살 수가 잇습니다.

헤레나 - 인조인도 말슴입니까?

떠민 - 물론이지요. 지금은 할 수 업는 일이지만 그러나 그때만 되면 사람이 사람을 부리는 것이나 혹은 사람이 물질에게 굴복하는 일도 업시 됩니다. 물론 처음에는 두려울 일도 잇겟지만, 그것은 엇지 할 수 업는 겟이지요. 다만 그때만 되면 누구든지 생명과 미움의 대상으로 고생하면서 땅을 어드려고는 안을터입니다. 인조인도 거지의 상태를 버서나서 자기집이서 편안히 살게도 될터이겟지요.

알끼스트 - 떠민, 떠민군! 자네는 꼭 낙원이야기를 하지 않나? 그러나 봉사하는 일은 조흔 일이며 겸손하는 것도 훌륭한 일이 안인가? 노고와 피로에는 갑시 잇슬터이지?

떠민 - 그것은 그럴는지도 모르겟네. 그러나 우리가 세계를 개조할 때에 일어버린 것을 또다시 생각해야 소용이 없네. 그때가 되면 사람은 자유로 되고 우월할 것이 될 것일세. 사람은 자기를 완성하는 것 외에는 아모 목적도 업고 아모 노고도 업고 아모 걱정도 업시 되네. 사람은 사람에게고 물질에게도 굴복하지도 안케 되네. 사람은 製産의 기계도 안이고 수단도 안인 것이 될것일세. 사람은 창조의 신이 된단 말일세.[34]

....
34) 채픽크, 박영희 옮김, 「인조노동자」, 《개벽》 56, 1925. 2., 76-77쪽.

유토피아 문학

인간의 손으로 탄생한 로봇이 인간을 무차별적으로 학살하는 내용이 담긴 『인조노동자』은 노동을 두고 벌이는 인간과 로봇의 갈등을 담고 있다. 주인공 "떠민"이 로봇을 생산하는 이유는 인간을 노동에서 해방하기 위함이었다. 사람 간의 예속이 발생하는 이유는 바로 노동에 있다고 생각하기 때문이다. 그러나 로봇의 대표인 라디우스는 로봇들을 선동하여 로섬의 유니버설로봇 사를 공격하고 인간들을 모두 살해한다. 로봇의 반란이 곳곳에서 일어나고 인간 문명이 사라지게 된다는 설정은 한편으로 노동력을 둘러싸고 벌이는 무산계급과 유산계급의 계급 갈등으로도 이해할 수 있다.[35] 인간이 될 수 없는 운명 속에서 아무런 임금을 받지 못한 채 인류를 위해 헌신적으로 봉사만 하던 로봇들이 인간들과 투쟁을 벌여 승리를 쟁취하고 자신들의 세계를 건설하려고 한다는 내용은, 로봇을 무산계급으로 인류를 유산계급으로 이해한다면, 노동자의 노동 해방을 형상화하는 사회주의적 유토피아를 그리고 있는 것이다.

웰스의 『팔십만년후의 사회』는 노동으로부터 자유로워진 황금 세계의 미래를 꿈꾸었으나 노동의 상실이 인류의 유토피아가 아니라 오히려 디스토피아일 뿐이라는 점을 암시하고 있다. 『인조노동자』도 인간을 노동으로부터 해방하기 위해 인류가 만든 인조인간이 인간에게 무한한 자유와 인간이 신과 같은 우월한 존재로 재탄생할 수 있는 유토피아를 보장하는 것이 아니라 인류 문명의 파괴를 불러오는 위협적인 존재가 될 것임을 경고한다. 또한 이 작품을 사회주의적 관점으로 이해한다면 미래 사회에서 노동만 할 뿐인 로봇을 노동자로 보고 노동 해방의

---

35) 김종방, 앞의 글, 136쪽 참고.

사회주의적 유토피아를 구현하려는 의미로도 파악할 수 있다. 당시에 번역된 웰스의 소설이나 박영희가 번역한 카렐 차페크의 작품이 그려내는 디스토피아적 비전의 원형들은 이상향을 향한 비전의 반대급부로 형성된 것으로서 유토피아의 의지가 내포된 것이라 할 것이다. 인류에게 '노동'은 삶의 기본 조건으로서 신성한 것이라는 인식에 이르게 하고 신성한 노동을 행하는 노동자의 해방이라는 유토피아의 조건이 미래를 예견하는 문학작품에서 모색되고 있었던 것이다.

6 '유토피아'의 한국적 맥락

한국에서 '유토피아'의 개념은 20세기 초반 형성되었다. 유토피아가 문헌에 등장하기 전 『해저여행기담』이나 『철세계』와 같은 근대 초기 번안 소설들에서 발견할 수 있는 '이 세상에는 없지만 좋은' 세계는 과학을 이용해 찾아낼 수 있는 곳, 과학으로 실현할 수 있는 이상적인 곳이었다. 여기에는 과학을 통해 부국강병을 이룩하려는 조선 지식인들의 근대에 대한 희망적인 기대가 담겨 있었다.

유토피아가 소개되고 그 개념이 정착하는 데에는 1920년대 일본을 통해 소개된 개조론의 유입 과정과 관련이 있었다. 새로운 사회를 건설하려는 전 세계적인 분위기 속에서 식민지 조선 사회에서도 새로운 사회에 대한 염원이 개조론의 유행 속에 반영되어 있었는데, 진보적 역사관에 기반한 사회주의 운동사가 활개를 치던 당시 조선의 독서 대중에게 '유토피아'라는 개념은 사회주의의 전사로서 서구의 사회 개혁 운동의 일환으로 받아들여지게 되었다. 현실 사회주의의 합목적적 과학성을 설명하는 데에 유토피아가 동원되면서 유토피아는 공상적 의미의 이상 세계라는 점이 강조되었다. 현실 사회주의가 합목적적인 과학으로 실현된 이상 세계라면, 유토피아는 이러한 과학적 사회주의의 전사로서 실행할 수는 없으나 공상되었던 공산주의의 과거 사례로 규정된 것이다.

한편 사회주의 사상과 밀접한 연관성을 지닌 사회 개혁적 맥락에 집중하여 유토피아를 논의한 《개벽》과 다르게, 《동광》에서는 토머스 모어의 유토피아를 극복하면서 세계적으로 실현 가능한 유토피아론을 전개한 H. G. 웰스를 본격적으로 소개한다. 《동광》은 사적 소유의 철폐를 통해 유토피아를 실현하겠다는 사회주의적 급진론보다는 과학과 예술의 진보, 개인의 개성과 국가 역할의 중요성을 강조하는 점진적 개혁안에 바탕을 둔 근대 문명을 유토피아로 상정한 것이다. 또한 같은 시기에 과학을 통해 실현될 수 있는 유토피아에 대한 관심은 과학으로 상상하는 미래 세계를 주제로 한 과학소설과 희곡 작품으로도 확장되었다. 웰스의 『팔십만년후의 사회』나 박영희가 번역한 『인조노동자』는 바로 유토피아를 꿈꾸는 미래의 과학 세계가 사실은 인류가 겪게 될 인간 멸망의 암울한 디스토피아임을 암시하는 작품이지만, 디스토피아적 비전의 원형들은 이상향을 향한 비전의 반대급부로 형성된 것으로서 유토피아의 의지가 내포된 것이라 할 것이다. 특히 이 작품들에서 주제로 제시되는 인간의 '노동'은 삶의 기본 조건으로서 신성한 것이라는 인식에 이르게 하거나 신성한 노동을 행하는 노동자의 해방을 유토피아의 조건으로 이해하려는 것에서는 당시의 사회주의적 인식이 담겨 있다고 할 것이다.

'아름다운 마을'은 내 마음속에?
—— 사토 하루오의 '유토피아' 전유를 중심으로

남상욱

1 다양한 '유토피아'들의 출현

1903년부터 4년 동안의 외국 생활을 청산하고 일본으로 돌아온 작가 나가이 가후(永井荷風)는 1909년 「신귀국자일기(新歸朝者日記)」에서 "일본인은 행복한 유토피아의 백성(民)입니다" 하고 말한 바 있다.[1] 이 말은 일반적으로 메이지유신 이후 서구를 이상향으로 삼아 '문명개화'라는 이름 아래 진행되어 온 '근대'의 패러다임을 상대화하고 그것과는 다른 '일본'의 가치를 재인식할 필요가 있음을 주장하는 것으로 해석되겠지만, 다른 한편으로는 유토피아라는 개념의 일본적 전유를 보여 준다는 점에서 문제적이다.

....
1) 永井荷風, 『西遊日誌抄 · 新歸朝者日記』(春陽堂, 1932), 62쪽.

예컨대 프레드릭 제임슨(Fredric Jameson)에 따르면 "유토피아라는 양식은 그 자체로서 철저한 차이나 타자성, 사회적 전체성의 시스템으로서의 특징에 대한 표상을 경유"하며, 나아가 "현재의 정치 시스템과는 근본적으로 다른 시스템을 상상하고, 그것을 실현하기도 하는 것"이라고 하는데, 이는 어떤 식으로든 '유토피아'라는 개념이 '지금-여기'의 외부를 상정하거나, 적어도 '지금-여기'의 외부를 지향하는 역동적인 운동과 관련되어 쓰인다는 것을 의미한다.[2] 이러한 서구적인 문맥에서 본다면 '지금-여기'의 일본이 그 자체로서 유토피아일 수 있다는 가후의 주장은 이상하지 않을까.

물론 근대화에 환멸을 느끼기 시작한 서구인들 중 일부에게는 여전히 전근대적 요소가 풍부하게 남아 있는 일본이 '지금-여기'의 외부로서 유토피아로 여겨졌을 수도 있다. 하지만 그러한 시선에 응해 전근대적 성격이 농후한 자신의 나라를 '유토피아'라고 단언하는 것이야말로 오리엔탈리즘의 내면화를 보여 주고 있을 뿐 아니라 유토피아라는 개념의 일본적 전유를 보여 준다.

사실 러일전쟁에서 승리하고 근대화를 일정 부분 성취하였다고 인식하기 시작한 시기부터 일본에서는 '현실 세계에 존재하지 않는', '가공적 이상향'이라는 함의가 강한 유토피아라는 말이 '일본', '이국'이나 '노스탤지어' 등의 말과 섞이면서 일본어 문맥 속에서 다양한 의미로 전개되었음을 확인할 수 있다. 예컨대 야나기다 구니오(柳田國男)와 함께 일본 민속학의 기원을 이루는 오리구치 노부오(折口信夫)가 1916년에 이

---

2) フレドリック・ジェイムソン, 秦邦生(譯), 『未來の考古學: 第一部 ユートピアという名の欲望』(作品社, 2011), 9쪽.

국이향(異國異鄕)에 대해 다음과 같이 개념 규정한 것은 그러한 시대적 흐름 속에서 이해할 수 있다.

여기에 우리들의 경험에 들어온 것, 또는 들어올 수 있는 것으로서 타국, 우리들의 경험을 초월해 공상적 존재로서 타향이 있다. 전자는 외국이며, 후자가 즉 이국 혹은 이향이다. 그렇다면 우리들이 지금 알고 있는 세계열강의 하나로서 생각되는 어떠한 나라도 이국이향은 아니다. 오직 어떤 한 나라나 그 일부가 공상적 색채를 갖게 될 때만 이국이향의 이름으로 부를 수 있다.[3]

여기서 오리구치는 경험의 유무를 기준으로 '타국'으로서 '외국'과 '타향'으로서 '이국'을 애써 구분하려고 하는데, 이러한 구분이 설사 유토피아라는 말은 쓰고 있지 않더라도 그것의 일본어적 개념 규정을 염두에 두고 이루어지고 있음을 알아차리기는 그리 어렵지 않다. 사실 오리구치의 말처럼 세계 열강의 어떤 특정한 나라를 굳이 '타향'이나 '이국'으로 써서는 안 될 이유가 반드시 일본어 맥락 속에 있는 것은 아니기 때문이다. 그럼에도 애써 이러한 '엄밀한' 개념적 정의를 시도하는 오리구치에게서 거꾸로 동시대 일본에서는 '타국'과 '이국'과 '유토피아' 등이 동일한 취미의 대상으로서 혼용되고 있던 상황을 엿볼 수 있다.

당시 일본에서 여전히 근대와 미의 본령이던 '서구'는 '이국취미(異國趣味)', 제국이 확대됨에 따라 시야에 들어오게 된 남쪽의 섬들은 '남방

---

3) 折口信夫, 「異鄕意識の進展」(『アララギ』, 1916년 11월), 千葉俊二(編), 『日本近代文學評論選[明治・大正篇]』(岩波文庫, 2003), 263-264쪽.

취미(南方趣味)', 근대화로 인해 괴멸 직전에 있던 에도의 문화는 '에도취미(江戶趣味)', 근대화되지 않고 남아 있는 도시의 가장자리는 '전원취미(田園趣味)', 새롭게 발견되기 시작한 중국적인 것은 '지나취미(支那趣味)' 등으로 불렸다. 이는 1910년대 일본에서는 '지금-여기'와는 다른 어떠한 시공을 각각 감각의 대상으로 본격적으로 향유하기 시작했음을 의미한다. 이러한 상황에서 오리구치는 '유토피아'라는 지극히 서구적인 개념을 굳이 외국어로 표기하지 않더라도 전근대 일본어 문맥 속에 마치 이미 존재하고 있는 듯이 서술함으로써 한편으로는 언어 활동에 있어 외래어의 무분별한 사용에 반발하고, 다른 한편으로는 근대화 속에서 상실해 가는 일본적인 것——오리구치는 그것을 '도쿠요(常世)'로 부른다——을 환기하려고 한 것이다.

한편, 이 시기에는 유토피아를 '지금-여기'에는 존재하지 않는 것으로 한정한 오리구치와는 정반대로 그것의 적극적인 현실화를 꾀하는 움직임도 있었다. 그것은 바로 무샤노코지 사네아쓰(武者小路實篤)가 '인간다운 생활'과 '자기 자신을 살릴' 것을 이념으로 삼아 1918년 미야자키현 고유군에 세운 '새로운 마을(新しき村)'로, 당시 일본에 큰 파장을 불러일으키게 된다. 이러한 무샤노코지의 활동이 '인류애'를 기반으로 한 박애를 주장한 톨스토이의 영향을 받았다는 것은 널리 알려져 있는데,[4] 그런 맥락에서 본다면 이는 러시아식으로 전유된 '유토피아'의 일본식 수용이라고 할 수 있을지도 모른다.

이렇게 1900년대 전반 일본에서는 서구의 '유토피아'이란 개념이 다

....

4) ドナルド・キーン, 德岡孝夫(譯), 『日本文學の歷史11——近代・現代篇2』(中央公論社, 1996), 321-322쪽.

양한 방식으로 전유되었음을 알 수 있는데, 이 글에서는 사토 하루오(佐藤春夫)의 「아름다운 마을」에 초점을 맞춰, 근대 일본 문학 속의 '유토피아'의 전유 방식에 대해서 검토해 보고자 한다.

『전원의 우울』(1919)과 『순정시집(殉情詩集)』(1921)의 성공으로 일약 다이쇼 시대를 대표하는 문학인의 한 사람으로 부상한 사토는 곧 아쿠타가와상 초대 심사위원이자 일본문학진흥회 이사의 한 사람으로서 동시대 일본 문단에 막강한 영향을 끼쳤다. 이러한 사토의 영향력은 대동아·태평양전쟁 때 문사부대(文士部隊)로서 전쟁의 협력하면서 더욱 강화되었는데, 전후에 들어서도 조금도 줄어들지 않았다. 1949년 부활한 아쿠타가와상 심사위원에 재발탁된 이래로 1950년 궁중에서 벌어지는 우타카이하지메(歌會始)에 참가하고, 1951년 잡지 《미타분가쿠(三田文學)》의 편집위원, 1953년 《싱(心)》 동인으로 참여하는 등 다양한 활동을 벌였고, 마침내 1960년에는 문화훈장을 수상하게 된다. 이렇듯 사토 하루오는 등단 이래로 일본 근대문학의 중심에서 벗어난 적이 없었던 것이다. 따라서 사토의 문학적 활동 속의 '유토피아'의 수용 방식에 대한 검토는 단순히 사토 개인의 문제만으로 귀결하지 않고, 일본 근대 문학과 당시 지식인들의 사유 체제라는 문제와 관련된다고 할 수 있겠다.

실제로 사토는 "외부의 평가라는 타자의 시선을 매우 의식"하여, "근대적 공간으로서의 '전원'을 문제시"하는 '전원취미'의 작품으로 『전원의 우울』을 힘들여 써 문단의 주목을 받기 시작했을 뿐 아니라,[5] 1925년부터는 아쿠타가와 류노스케나 다니자키 준이치로처럼 '지나취미'에

<hr />

5) 이지형, 「우울의 실체로서의 〈환각〉과 〈죽음〉」, 《일본어문학》 제41집, 2009, 249쪽.

빠져 "반쪽짜리 외국어 능력"으로서 중국 문학 번역에 참여하게 된다.[6] 이처럼 사토는 동시대 문학적 담론의 유행에 매우 민감한 작가였다.

이 글에서 검토하게 될 1919년에 발표된 사토 하루오의 「아름다운 마을」은 영국의 대표적인 유토피아 소설인 윌리엄 모리스(William Morris)의 『어디에도 없는 곳으로부터의 소식(News from Nowhere: Or an Epoch of Rest, Being some Chapters from a Utopian Romance)』(이하 『소식』으로 약칭함)을 작품의 주요 참조 항으로 삼고 있다는 점에서 동시기 일본의 '유토피아' 수용의 방식을 이해하는 데 있어 빠뜨릴 수 없는 중요한 작품이다. 1890년 모리스가 가입해 있던 사회주의 동맹 잡지 『코먼윌(Common Weal)』에 연재되어 이듬해 가필 후 영국에서 단행본으로 나온 이 작품은 일본의 사회주의 사상가로서 『공산당선언』을 번역한 사카이 도시히코(堺利彦)에 의해 1904년 『이상향(理想鄕)』이라는 제목으로 번역되어 화제를 불러일으켰다.[7] 이로서 사회주의와 관련성이 강하게 드러나 있는 '유토피아'라는 개념이 사회주의 관련 문헌 꾸러미로서 일본에 수용되는데, 중요한 것은 이 작품이 사회주의자만이 아니라 사토 하루오나 아쿠타가와 류노스케 같은 당시 일본의 부르주아 작가의 관심도 받게 되었다는 점이다.

예컨대 가와바타 카오리나 시마다 킨지 같은 비교문학자는 사토 하루오의 「아름다운 마을」을 "모리스적 이상을 그렸"거나 그의 영향하에 탄생한 대표적인 작품으로 손꼽고 있다. 그렇지만 정작 당시의 일본에

....

6) 윤상인, 「포섭과 지배 장치로서의 문학 번역—사토 하루오와 중국」, 《아시아문화연구》 제37집, 2015, 91-95쪽.

7) ウィリアム・モリス, 川端康雄(譯), 『ユートピアだより』(岩波文庫, 2013), 436쪽.

서 「아름다운 마을」은 전형적인 유토피아 소설로서 읽힌 것도 아니다. 에비하라에 의하면 1967년 요시다 세이치에 의해 이 작품이 "도쿄의 한 섬에 6,000평 토지를 구해 이상적인 마을을 설계하려고 하는" 소설로 해석되기 전까지는 "유토피아 건설담으로 보는 해석은 물론이며 스토리를 설명하는 과정에서 '이상(理想)의 마을'이나 '유토피아'라는 단어가 쓰인 적도 없었다"고 한다.[8]

그렇다면 과연 모리스발(發) '유토피아'는 일본의 주류 문단에 영향을 준 것은 확실한가? 혹은 만일 그렇지 않다면 모리스의 『소식』은 사토 하루오의 작품 세계에서 어떠한 식으로 수용 혹은 실종된 것일까?

이 글에서는 이러한 문제의식 속에서 사회주의적 사상과 결부된 '유토피아'가 제국 일본 속에서 어떤 방식으로 수용 혹은 상대화되었는지를 검토함으로써 1910년대 일본 문학 속의 유토피아의 가능성과 한계에 대해서 생각해 보기로 하자.

2 사토의 '아름다운 마을'은 어째서 실패할 수밖에 없었을까?

「아름다운 마을」은 부모에게서 막대한 재산을 물려받은 '혼혈아' 가와사키 신조가 화가 E, 백발의 건축 기사 T와 함께 도쿄 스미다 강의 한 섬에 아름다운 20-30평 이층집 100채로 구성된 '아름다운 마을'을 건설하려다가 '좌절'하고, 대신 T의 '아름다운 집'을 짓겠다는 소원을 E의

---

8) 海老原由香, 「佐藤春生『美しい町』論序說」(『駒澤女子大學硏究紀要』第5号, 1998), 69쪽.

화실을 짓는 것으로 소소하게나마 실현하는 이야기로 요약할 수 있다.

도쿄의 한 섬에 서구식으로 만들어진 집 100채로 구성된 마을을 짓겠다는 야심찬 기획을 중심으로 하는 이 소설이 당시 유토피아와 관련하여 활발히 논의되기보다는 이야기를 풀어 나가는 작가의 역량이라는 측면에서 논의된 것은 바로 유토피아 실행 직전의 돌연한 '좌절'이라는 사건과 직접적인 관련이 있다. 즉 유토피아의 건설을 제안한 가와사키는 막상 공사가 시작될 무렵이 되자 이 기획이 애초부터 재정적으로 불가능한 상태에서 시작되었음을 고백하고 돌연 일본을 떠나는 것이다.

유토피아 기획자의 이러한 돌발적인 고백은, 이 소설이 현실과는 다른 하나의 세계로서 구축된 유토피아를 오롯이 보여 주기보다는 오히려 그것의 실현 불가능성에 대한 완전한 알리바이를 짜는 쪽에 더욱 주력해 마침내 성공한 것은 아닌가 하는 의문을 불러일으킨다.

물론 유토피아 문학을 "유토피아적 프로그램의 실현에 전념하는 것"과 "온갖 암시적 표현이나 습관 속에서 표면화하는, 애매하지만 편재하는 유토피아 충동"으로 나누는 프레드릭 제임슨에 따른다면 「아름다운 마을」은 후자에 속한다고 할 수 있다.[9] 즉 이 작품 속에서 실업가 가와사키가 제시하는 '아름다운 마을'이라는 청사진은 "자유주의적 개혁이나 상업주의 꿈 이야기"로 출현해 "사람들을 당혹하게 만들면서 유혹"하지만 끝내는 실현되지 못한다는 의미에서 "지금 여기서의 사기(詐欺)"이자, "유토피아를 이데올로기에 부역시키는 단순한 가짜 먹이나 달콤한 유혹의 역할"을 충실하게 이행하고 있는 것이며, 바로 그런 의미에서 여전히 유토피아를 다룬 소설임이 틀림없다.

....

9) フレドリック·ジェイムソン, 앞의 책, 18-19쪽.

하지만 그렇다면 어째서 사토는 '아름다운 마을'이라는 공동체 단위의 유토피아를 실현하기를 방기하고 이를 '아름다운 집'이라는 형식으로, 그러니까 일종의 유토피아 충동으로 축소할 수밖에 없었을까? 그리고 그러한 시도의 의미는 과연 무엇일까?

이 질문에 바로 답하기 전에 먼저 이 텍스트 속에서 유토피아의 출현과 파정의 조건이 어떠한 방식으로 구축되었는지를 당시의 역사적 문맥 속에서 구체적으로 확인할 필요가 있다.

텍스트 속에서 최초의 '아름다운 마을'에 대한 기획은 미국인 아버지와 일본인 어머니 사이에 태어나 16살 때 미국으로 건너가면서 테오도르 브렌타노로 개명한 가와사키 신조에 의해서 시작된다. 그는 아버지의 사후 물려받은 남아메리카의 광산을 현금화한 막대한 유산으로 "아름다운 마을을 어딘가에 세우려고" 일본으로 돌아와 화가 E를 부른 것이다. 그런데 '아름다운 마을'을 왜 하필 일본에 세워야 하는 걸까?

이에 대해 가와사키는 다음과 같이 설명한다.

그러한 재산은 각각 금으로 바꿀 수 있었는데, 일본에서 그 금은 거대한 일을 할 수 있지만 미국에서는 모든 금이 일본의 1/600밖에 쓸 수 없다. 그 자신의 재산은 미국에서는 분명 겨우 저택 한 채를 운영하는 수준일지도 모른다. 하지만 만약 일본에서 그것을 사용할 작정이라면 백 가까이를 갖게 되는 것이다.[10]

금의 사용가치를 극대화할 수 있는 곳으로 일본을 선택했다는 그의

....
10) 佐藤春夫, 『美しき町』(岩波文庫, 1992), 28쪽.

말은 글로벌 경제 시스템이 보편화된 오늘날 관점에서 본다면 극히 자연스러운 선택으로 보일 수 있지만, 제1차 세계대전이 벌어진 1914년부터 1918년까지 이는 결코 쉬운 일은 아니었다. 연합군의 중심 국가로서 금본위제를 추진한 영국을 비롯해 당시로서는 연합군에 가담한 일본도 독일에 금이 흘러 들어갈 것을 우려해 전쟁 기간 중 국외 수출을 원천 봉쇄했기 때문이다. 금 수출을 금지한 것은 1917년 뒤늦게 연합군에 참여한 미국 또한 마찬가지였다.

하지만 이러한 상황은 미국이 1919년 해금을 시행하면서 완화되었고, 이러한 미국의 움직임에 어떻게 대응할 것인가는 당시 일본에는 중요한 문제였다. 왜냐하면 금본위 금융제도는 겉으로는 각국의 자유로운 무역 행위를 보장하는 듯이 보일지는 모르지만 "그 거대한 금의 독점을 유지하면서 자국의 대외 투자를 확보해 경제적으로 약소국들의 본위 화폐를 자국 통화에 종속시키는 수단"이 될 가능성도 있었기 때문이다.[11] 실제로 1910년대 후반에 일본에서는 1엔이 금 750mg인 데 반해 미국에서는 1달러가 거의 1500mg이었다고 한다. 제1차 세계대전 이후 금본위 금융 제도의 활성화는, 결국 부상하는 달러라는 통화에 다른 나라의 본위화폐들이 불균등하게 종속될 수밖에 없었음을 의미한다.

따라서 '아름다운 마을'이라는 '유토피아적' 기획이 미국의 자본을 가진 가와사키에 손에 의해 왜 하필 일본에서 행해져야 하는지는 바로 이러한 경제적 상황과의 관련성 속에서 이해할 필요가 있다. 즉 제1차 세계대전을 거치면서 일시적으로 무너진 금본위적 금융(외환 거래) 시스템을 재건하고자 하는 움직임 속에서 일본은 자본을 가진 서구 부르주

11) 長幸男, 『昭和恐慌: 日本ファシズム前夜』(岩波現代文庫, 2001), 39쪽.

아 계급의 좋은 투자의 대상으로 발견된 것이다. 그러한 맥락에서 본다면 「아름다운 마을」은 서구의 자본이 자유롭게 이동하게 된 세계 속에서 '유토피아적 충동'이 어떻게 구체화될 수 있는지를 문제시하는 작품으로도 볼 수 있다.

이 소설의 결말 역시 그러한 관점에서 생각할 필요가 있다. 그러니까 만약 이 이야기의 결말이 서구의 자본을 가진 가와사키의 '유토피아 충동'에 따라 일본 안에 '아름다운 마을'이 완성되는 식으로 끝났다면 어땠을까? 이 또한 비극이 아닐까? 왜냐하면 그것은 서구의 자본에 의한 도쿄의 식민지화와 다름없기 때문이다. 따라서 애초에 가와사키에게 일본에 '아름다운 마을'을 만들 수 있는 자본이 없었다고 하는 고백에는 결국 서구의 자본에 의한 '아름다운 마을'의 건설이 일본 내부의 유토피아의 실현으로 이어지지 않을 거라는 사토의 회의적인 전망이 응축해 있다고 할 수 있다.

3 모리스로부터의 '유토피아 소식'은 어디로 갔을까?

한편 유토피아적 프로그램의 파국은 '아름다운 마을'의 기획자인 가와사키가 윌리엄 모리스를 언급할 때 이미 예정되어 있다고 봐도 과언은 아니다.

내가 막연하다고 생각하고 있었던 것이 실제로 직접 보면 상당히 곤란한 것임을 깨닫고 고민하고 있을 때에 가와사키는 여러 가지 탁월한 의견이나 주의 깊은 비평을 내게 들려주었다. 그는 그대로 사람에게 측량

시켜 제도한 토지의 커다란 액자 앞에 앉아 때때로 꿈꾸는 듯한 눈빛으로 그 지도를 한없이 바라보는 적이 있었다. 게다가 또 때때로 그는 책을 읽고 있었다. 그것은 윌리엄 모리스의 『어디에도 없는 곳으로부터의 소식』이라는 책으로, 그것을 그는 상당히 좋아하는 듯이 보였다. 몇 시간이나 읽고 있었으니까.[12]

물론 이 텍스트 속에서 윌리엄 모리스와 그의 이념이 농축되어 있는 『소식』에 대한 언급은 이렇게 가볍게 스치고 지나갈 뿐이어서, 최근 연구에서 이 텍스트 속에서 윌리엄 모리스의 영향은 매우 지엽적인 수준에 머물고 있다는 의견도 있다.[13] 영국의 시인이자 도예가일 뿐 아니라 이를 통해 이른바 '협동사회주의'라는 이념을 제창한 사상가로서 현재에도 꾸준하게 주목받는 모리스와 그의 이념이 가장 응축해 있다고 평가받는 『소식』 속의 유토피아의 구체적인 실상-인간들의 생활 세계-에 대한 의식적인 배제는 「아름다운 마을」을 모리스의 영향을 받은 유토피아 소설로 무비판적으로 간주하려는 해석을 유보하도록 만들기에 충분하다.

하지만 앞서 언급한 것처럼 미국의 자본에 의한 일본 내 유토피아 건설이 최종적으로 일종의 사기 행각으로서 판명되는 결말을 고려한다면 이 작품이 모리스의 사상과 근본적으로 대립한다고 볼 수도 없을 뿐 아니라, 여전히 그의 영향력이 마지막까지 흐르고 있다고도 볼 수 있지 않을까?

....
12) 佐藤春夫, 앞의 책, 47쪽.

13) 海老原由香, 앞의 글, 70쪽.

주지하다시피 모리스의 『소식』은 미국 작가 에드워드 벨러미(Edward Bellamy)의 『뒤돌아보며: 2000년에 1887년을(*Looking Backward 2007-1887*)』(1887)에 대한 반발로 쓰였다. 벨러미가 대통령이 '산업대'의 탑이 되어 노동의 배치와 편성, 조정을 행사한다고 하는 이른바 '국가에 의해 조직화된 자본주의'를 일종의 유토피아로 상정한 데 반해, 모리스는 국가와 정치, 자본(화폐)이 소멸한 이후에도 사람들이 노동의 기쁨을 느끼면서 살아가는 이른바 '공동체 사회주의'를 유토피아의 이념으로 삼았다. 요컨대 오우치 히데아키의 지적대로 "벨러미가 기계 제도의 생산과 생활을 전제한 채 한 걸음 더 나아가 거대한 산업 클러스터의 최종적 발전을 사회주의로 전유한 점", 그럼으로써 고통스러운 노동으로부터의 해방 가능성이 엿보인다는 점에 당시의 사회주의자들이 주목했다는 점은 분명하지만, 이에 대해 모리스가 "감소시켜야 할 것은 노동의 고통이고, 노동의 기쁨은 반대로 증가시켜야 한다"고 경고했다는 점을 놓쳐서는 곤란하다.[14] 『소식』에서 노동의 예술화(미학화)가 강조되는 것도 바로 그러한 맥락에서 이해될 수 있는 것이다.

그리고 이러한 모리스의 사상은 텍스트 속의 다음과 같은 가와사키의 대사 속에서 그 흔적을 찾을 수 있다.

"만약 과학이 완전히 발달된 때에는 지금 우리에게 필요한 거대한 시스템인 전등 회사(그것은 전등만으로 한정되지는 않겠지만) 등에 의존하지 않더라도 집 한 채에 필요할 만큼의 빛 정도는 마치 사람들이 램프

....

14) 大內秀明, 『ウィリアム・モリスのマルクス主義: アーツ&クラフツ運動を支えた思想』(平凡社新書, 2012), 127쪽.

를 밝히는 데 소모하는 것과 똑같은 수고와 준비만으로 자신들의 전등을 자신들의 간이 기계로 켜는 시대가 올 게 틀림없다. 마치 모든 가정이 기계를 귀하게 여기면서 사용하듯이 그때 처음으로 온갖 기계는 무섭지도 두렵지도 않게 되고 진정으로 우리의 일상생활 속에 없어서는 안 될 사랑스러운 것이 된다. 우리 인간의 생활이 극치에 달해 합리적인 것이 되기 위해서는 우리 생활의 반인 과학도 그 자신의 방법으로 그 극치의 발달을 이뤄야 한다. 내 생각으로는 오늘날 어떤 모든 유용한 기계가 최고도로 발달했을 때에 모든 기계력은 그 어떤 것이라도 시시각각 사람의 건강을 부식시킬 수밖에 없는 대형 공장의 형태가 아니라, 예컨대 그것은 잘 길러져 손길에 익숙해진 온순한 짐승, 말이나 소가 오직 그 아름다운 능력만을 써서 사람을 돕듯이, 그렇게 사람들이 애정을 가지고 그것에 다가갈 수 있듯이 모든 필요한 기계는 다루기 쉬운 것이 되어 개개인의 즐겁고 좋아하는 수예(手藝)를 가장 기민하게 돕는 최상의 도구가 된다. 그때야말로 모든 기계공업이 예술로 고양되기 위한 필수 단계가 되기도 한다. 모든 기계 공장은 이른바 예술상의 밀리터리즘은 아닐까"[15]

기계의 미래를 "대형 공장" 같은 산업 클러스터의 일환이 아니라 가정이나 개인의 생활 공간 속의 가축과 같은 존재로 인식하고자 하는 가와사키의 말을 통해서 그가 『소식』을 읽으면서 모리스의 유토피아에 일정 부분 감화되고 있음을 확인할 수 있다. 물론 '예술'을 모든 것의 우선순위로 놓아 마을에 살게 될 사람보다는 마을의 미적 형식에 더 많은 관심을 기울이는 가와사키가, 인간의 노동을 테크놀로지의 발달에

---

15) 佐藤春夫, 앞의 책, 53-54쪽.

의해 소멸시키는 대신 노동의 즐거움을 깨닫기 위한 도구로서 간주하고자 했고 이를 위해 노동의 예술화를 강조한 모리스의 사상적 핵심을 완전히 이해했다고는 보기 힘들다. 예컨대 "모든 기계 공장은 이른바 예술상의 밀리터리즘"이라는 표현은 국가와 정치가 존재하지 않는 유토피아를 꿈꾼 모리스라면 쓰지 않을 것이다.

그렇지만 막 유산을 상속받은——실제로는 상속받을 유산이 없다고 하지만——일개 부르주아 자본가의 입에서 모리스적 유토피아의 구상이 나온다는 점은 적어도 모리스를 읽은 독자들에게는 긴장감을 불러일으키기에 충분한 것만은 사실 아닐까? 왜냐하면 이러한 모리스의 사상은 가와사키의 자본을 통한 일방향적인 '유토피아' 기획과 전면적으로 마찰할 수밖에 없기 때문이다. 그리고 그런 맥락에서 본다면 이 텍스트는 자본주인 가와사키가 모리스의 『소식』을 읽음으로써 스스로 유토피아 충동을 마침내 억누르고 부인하고 마는 소설로 볼 수도 있지 않을까? 적어도 가와사키가 모리스의 유토피아를 모방하려고 하면 할수록 일본의 현실 세계 속에서 '아름다운 마을'의 실현 가능성은 점점 더 희박해지게 되는 것만은 사실이다.

실제로 가와사키는 '아름다운 마을'의 건설 예정지를 『소식』의 템스 강 상류의 코츠월즈(Cotsworlds)를 모방해 도쿄를 관통하는 스미다 강의 한 섬으로 설정한다. 하지만 연이은 범람으로 인해 주변에 큰 피해를 일으키던 스미다 강은 실은 1910년에 150만 명의 이재민이 발생한 것을 계기로 1911년부터 대대적인 방수 공사에 들어감으로써 본래의 자연친화적인 모습을 상실하고 있었다. 그러니까 1910년대 유사 이래의 하천 개수 공사에 들어간 도쿄에서는 자연친화적인 모리스적 유토피아에 대한 적극적인 모방의 의지가 강하면 강할수록 아이러니하게도 그렇게 만들어진 '아름다운 마을'이 인공적일 수밖에 없었다. 실제로 가와사키는 다음과 같이 말하기에 이른다.

> 지금 우리들의 사회생활은 금전의 무한한 세력이라는 웃기며 기괴한 담론-그로테스크를 기반으로 해, 그것에 다시 여러 가지 종류의 그로테스크를 경쟁하며 추가하는 위태롭고 추악한 건축물이며, 게다가 **날개 없는 두 발 동물**은 그 기묘한 둥지 속에서 태연하게 살고 있다. 그 개선을 외치는 사람들조차도 그러한 일종의 그로테스크를 또 하나 추가하는 데 지나지 않는다.(강조는 원문)[16]

그가 자본가라는 사실을 상기한다면 이러한 '육체 이탈 화법'은 그에 대한 독자의 신뢰도를 떨어뜨리기에 충분하지만, 자본가임에도 모리스의 『소식』을 읽었다는 점을 고려한다면 일종의 자기 성찰적인 대사로서 볼 수도 있다. 그러니까 '금전의 무한한 세력'에 의존할 수밖에 없는 '아름다운 마을'은 결코 아름답지 않다는 것을 자본가 스스로 깨달아가는 것, 그것은 아직 도래하지 않은 유토피아를 현실 세계에 실현하고자 할 때 어쩌면 최소한의 조건이 되는 것은 아닐까? 텍스트 속의 모리스의 『소식』의 기능은 무엇보다도 바로 거기에 있다고 할 수 있다.

---

16) 佐藤春夫, 같은 책, 54쪽.

4 유토피아는 마음속에?

그렇게 자본가가 적당한 변명(실은 부친으로 물려받은 남아메리카의 광산은 값어치 없는 폐광에 불과했다는!)을 둘러대며 무대에서 퇴장할 때, 그러니까 '아름다운 마을'을 만들어 줄 것으로 자신들이 신뢰해 마지않던 거대 자본가가 한낱 사기꾼에 지나지 않음이 밝혀져 분노와 쓸쓸함 속에 노동자가 빈손으로 남겨질 때, 비로소 가장 모리스적인 유토피아의 가능성이 열리게 된다.

모리스가 노동의 말소보다는 지속의 필요성을 강조했다는 점을 고려할 때, 주목해야 할 인물이 바로 백발의 건축기사 T이다. 메이지 시대 서구의 건축을 배우기 위해서 파리로 유학을 갔다가 돌아오니 건축 유행이 바뀌어 자신의 기술을 제대로 써먹지 못하고 초로에 접어든 그는 다행히 의사 아들을 둔 덕분에 돈 걱정은 없으나, 자신의 여생에 제대로 된 집 한 채라도 세우고 싶다는 일념에 가와사키의 '아름다운 마을' 프로젝트에 합류한다. 이렇게 돈 그 자체보다는 노동이 지속되고 자신의 노동이 예술적 가치로서 실현되기를 원하는 그는 텍스트 속의 누구보다도 모리스의 유토피아 세계와 어울린다고 할 수 있다. 실제로 모리스의 『소식』은 56세가 된 초로의 남자의 시점에서 그려진다.

하지만 「아름다운 마을」 속의 초로의 신사 T는 가와사키라는 자본가를 경유하지 않고서는 일본에서 노동의 기쁨을 맛볼 수 없고, 바로 그런 이유로 가와사키의 퇴장에 의해 가장 큰 타격을 받은 인물이기도 하다. 도쿄 안에 자신의 노동으로 '아름다운 마을'을 실현하고 싶은 욕망이 강했고, 이에 완전히 동화되어 버린 아내를 실망시키고 싶지 않은 그는 가와사키가 떠난 후에도 여느 때처럼 "7시 전에 집을 나와 거의 11

시까지 거리를 돌아다니거나 보고 싶지도 않은 활동사진을 보면서 시간을 때우다가 집에 돌아'간다. 이렇게 "'아름다운 마을'의 설계를 계속하고 있는 시늉"을 하기 지친 그는 결국 아내에게 다음과 같이 말해 주길 E에게 부탁한다. "저 '아름다운 마을'의 계획은 결국 거짓말이었기 때문에 그 자신도 이제 그 때문에 어떤 쓸모도 없어지게 되었다"고.

여기서 사토는 당시의 일본에서 유토피아적 이념과 그것을 실현해 줄 자본가가 사라지게 될 때 도래할 세계가, 모리스가 예견하듯이 기쁨 속에서 노동의 예술화를 추구할 수 있는 그런 세계가 아니라, 노동에서 소외되어 왜소화하는 그런 세계일 거라고 냉정하게 진단한다. 그러니까 사토는 1919년의 일본이, 자본의 힘에 의한 유토피아는 만들어질 수 있지만 결국 미적 왜곡을 낳고 자본이 사라지면 유토피아적 가능성은 열리지만 동시에 노동의 기회 자체가 소실되어 인간이 '미'에 참여할 수 있는 기회를 상실하고 만다고 하는 아포리아적 상태 속에 있다고 진단하는 것이다.

결국 사토의 「아름다운 마을」은 문학적으로 완성도 높은 유토피아를 구축하는 소설이라기보다는, 당시 일본에서 그것의 불가능성을 아포리아적으로 보여 줌으로써 독자로 하여금 유토피아 기획에서 멀어지도록 유도하는 소설이라고 할 수 있지 않을까. 그렇다면 이러한 사토의 개입은 과연 타당할까?

이 문제를 해결하기 위해서는 동시대 일본의 정치적·사회적 현실과의 관계 속에서 사토의 정치적 위치를 잠시 살펴볼 필요가 있다. 윤상인은 사토가 일본의 일부 문학 연구자들 사이에서는 "동아시아의 패권 국가 일본의 문인으로서 지배 또는 반지배 상태에 놓인 동아시아의 문인들과 호혜적인 문화 교류를 이상적인 형태로 실천한 '가교'와 같은 존재"로 종종 인식되지만, 실제로는 1930-1940년대 "'황도(皇道) 문화권'의 주창자였으며, 일본어와 일본(황도) 정신을 중심으로 아시아의 통합과 단결을 주장"한, 제국 일본의 명실상부한 에이전시였음을 날카롭게 지적한 바 있다.[17] 이 글의 문맥에서 본다면 사토는 서구의 유토피아 사상을 동양에 소개하는 듯하지만 실은 그 구체성을 괄호 안에 넣고 유토피아를 다음과 같이 전유함으로써 제국 일본의 사상 체제에 은밀하게 기여했다고 할 수 있다.

> 나는 그 노부부의 깊은 애정과 정적으로 가득 찬 생활을 보고, 이 소란스러운 대도시의 뒤편에—그것은 니혼바시의 어느 골목이었는데—그런 생활이 있다는 것을 보고 반갑다고 생각했다. 나는 T 노인을 누구보다 행복한 사람이라고 생각했다. 설사 세속적 관점에서 봤을 때 그의 생애는 패배했다 한들, 그의 주위에는 이렇게 평화가 있고 좋은 아내와 좋은 아들, 좋은 딸들과 손자, 창에는 잘 지저귀는 한 마리의 휘파람새가 있고, 게다가 훨씬 좋은 것이 그에게는 늘 몽상해 그 행복을 좇아갈 수 있는 제목 '아름다운 마을'까지도 있었던 것이다.[18]

T 노인의 '아름다운 마을'이 이미 현실의 평화로운 일상과, 이를 관조하는 마음속에 있다는 E의 발견은 유토피아 실현의 문제를 결국 마음의 문제로서 환원하는 행위인데, 이것이야말로 유토피아의 일본식 전

---

17) 윤상인, 「포섭과 지배장치로서의 문학번역—사토 하루오와 중국」, 《아시아문화연구》 제37집, 2015, 86-87쪽.

18) 佐藤春夫, 앞의 책, 78쪽.

유의 핵심이라고 할 수 있다.

'지금-여기'에 없는 세계를 꿈꾸고 이를 실현하기 위해서 시스템을 전복하는 대신 인간의 '마음'의 평온을 통해서 세계의 모순을 상대화하는 것, 그것은 메이지유신 이후 '문명개화'의 아포리아의 직면한 나쓰메 소세키(夏目漱石)와 같은 문학자들이 그것을 해결하는 방식의 연속선상에 있다.[19] 따라서 이러한 사토의 해결 방식을 진부하다고 하면 그만이겠지만, 진부함이라는 말로 해소되지 않는 찜찜함을 불러일으키는 것 또한 사실이다.

그 이유는 이 작품이 당시 일본에 새롭게 부상하기 시작한 프롤레타리아 문학을 상대화하기 위한 알리바이로서 기능을 할 수 있었다는 점과 깊은 관련이 있다. 즉 실현 불가능성 속에서 표류하는 유토피아를 다음과 같이 마음의 문제로 환원해 해결하는 것이야말로 모리스적 유토피아를 최종적으로는 방기할 수밖에 없는 자본가 가와사키의 의도에 정확히 부응하기 때문이다.

그것은 결국 '환상의 마을'이며, 어떻게도 그 지상에는 실현될 수 없는 것임을 깨닫게 되었을 때, 나는 그것을 어떻게든 사람들의 마음속만이라도 확실하게 존재할 수 있도록 만들기 위해 예술로 그것을 실현하고자 생각하게 되었다.[20]

---

19) 예컨대 소세키의 『문』은 현실 사회에서 겪는 부조리를 정치적 활동이 아니라 절에 가서 마음을 수양하는 것으로 가까스로 봉합할 뿐이다.

20) 佐藤春夫, 앞의 책, 60쪽.

자신의 사기 행위를 합리화하는 가와사키의 말은 「아름다운 마을」의 매우 훈훈한 결말이 결국은 자본가를 위한 것임을 명확하게 보여 줌과 동시에 이후 사토의 삶의 궤적과 일본 문학 속의 유토피아 내러티브의 방향성을 예감케 한다.

'동천'에 대한 기억의 소환
── 가오싱젠『영산』의 유토피아적 의미

김경석

1 유토피아는 형언 가능한 공간인가?

　내 주변 사람들은 나에게 삶이 문학의 원천이라고, 문학은 삶에, 삶의 진리에 충실해야만 한다고 가르쳤다. 그리고 내 잘못은 바로 삶에서 멀어지고 삶의 진리에 역행하는 데에 있었다. 삶의 진리는 삶의 외적 이미지와는 다르다. 삶의 진리 다시 말해 삶의 본성은 다름 아닌 바로 있는 그대로의 것이어야만 한다. 내가 이러한 진리에서 멀어진 것은 삶을 있는 그대로 반영할 수 없는 삶의 현상들만을 보았기 때문이었다. 그 결과 나는 현실을 왜곡하는 잘못된 길로 들어서게 되었다.[1]

----
1) 高行健,『靈山』(臺北: 聯經, 2010), 13쪽.

『영산(靈山)』은 가오싱젠(高行健)[2]의 장편소설로, 이 작품은 1982년 중국에서 쓰기 시작하였으나 1989년 톈안먼사건(天安門事件) 직후 작가가 프랑스로 망명하면서 파리에서 완성하였다. 『영산』이 2000년도 노벨 문학상 수상작으로 선정되자 많은 수상 작품에서 나타나는 현상처럼 이에 대한 수많은 논의들이 쏟아져 나왔고, 많은 평론가와 연구자들은 가오싱젠의 삶과 정치적 환경 속에서 작품을 읽어 내는 평론들을 쏟아내었다.

그러나 우리는 그런 논의들에 대한 언급은 일단 배제하기로 하자. 그것들은 작품 바깥의 것이고 어쩌면 많은 경우 풍문에 지나지 않을 수도 있으니까. 작가의 삶의 역정이나 이 작품이 현실과 맺고 있는 관계에 대한 고찰도 일단 뒤로 미루자. 그러니까 우리는 이 작품을 먼저 작품 안에서만 읽어보자는 것이다.[3]

모두 81장으로 구성된 『영산(靈山)』은 작가의 자전적 자아가 투영된,

---

2) 프랑스로 망명한 중국 극작가이자 소설가이다. 1940년 장시(江西)성 간저우(贛州)에서 태어났다. 베이징 외국어 대학에서 프랑스어를 전공하였으며, 베이징에 있는 중국국제서점(中國國際書店)에서 근무하며 다량의 독서를 통해 작가적 역량을 쌓았다. 1982년 「절대신호(絕對信號)」를 발표한 이후 1983년 「버스정류장(車站)」, 1985년 「야인(野人)」, 1986년 「피안(彼岸)」, 1988년 「명성(冥城)」 등의 희곡을 발표하였다. 그의 희곡은 기존의 사회주의 리얼리즘을 극복하려는 실험적인 시도였는데, 그의 작품은 중국 당국에 의해 상연 금지되었다. 가오싱젠은 1987년 중국을 떠나 1988년 프랑스 파리에 정착하였다. 1990년 천안문사태를 비판한 「도망(逃亡)」을 발표하면서 그의 모든 작품은 중국에서 금서가 되었다. 2000년 장편소설 『영산(靈山)』으로 노벨 문학상을 수상하였다. 가오싱젠은 화가와 사진작가로도 활동하고 있다.

3) 성민엽, 「시원(始原)을 찾아가는 상상적 여행기」, 가오싱젠, 이상해 옮김, 『영혼의 산 2』(현대문학북스, 2001), 298쪽.

일인칭 '나'와 이인칭 '당신'의 여행기 형식으로 기록된 기유문학(紀遊文學)적 성격을 띠고 있다. 그렇기 때문에 『영산』을 접한 독자는 작가의 자의식이 강하게 투영된 작품이라는 것을 읽어 낸다. 작품의 제72장에서 '그'와 한 비평가의 대화를 통해 '그'는 가오싱젠 자신임을 고백하고 있다.

가오싱젠은 작품 가운데 중국의 신화와 풍습, 민요와 전설을 포괄적인 운용을 통해 인간의 기저에 내재하는 본원적인 에너지를 탐색하고, 중국이 근대성을 수용하는 과정에서 나타난 민주와 과학의 이름으로 자행된 문화대혁명과 환경 파괴 등의 폭력성을 유장한 필치로 묘사한다. 또한 작품에서 지도에는 나타나지 않는 '영혼의 산'을 찾아 떠나는 여정으로 독자를 끌어들인다. 이 여정 가운데 집단적 욕망과 모순으로 점철된 사회구조 속에서도 개인의 고통에 대한 연민과 자아실현의 의지에 대한 인간의 본원적 욕구를 일깨움으로써 인간의 실존에 대해 이야기하고자 한다.

그리고 그러한 소재들을 거대한 장편소설 속에 집약시킴으로써 민족의 자아와 자신의 자아를 찾고자 했다. 그가 다닌 곳은 유가 윤리의 온상인 황하 유역의 중원문화와는 다른 정치와 현대 문명의 중심에서 멀리 떨어진 주변화된 '변방'의 민족문화였다. 실제로 그가 찾고자 하는 것은 영산 자체라기보다 '나'와 '민족'의 정체성이다. 그래서 그에게 있어 '영산'은 공간일 수도 시간일 수도 역사일 수도 미래일 수도 있는 하나의 상징이기도 하다. '영산'은 중국 문화의 원류이자 자신의 정체성의 근원으로 해석된다.[4]

4) 박영순, 「화인 디아스포라문학지형과 네트워크──가오싱젠을 중심으로」, 《중국학논총》

『영산』의 구성 형식은 중국 고전소설의 장회체 형식을 채택하고 있다. 모두 81장으로 이루어져 있으며, '나'라는 일인칭과 '당신'이라는 이인칭, 두 가지 시점으로 줄거리를 풀어간다. 소설 속 주요 화자인 '나'는 작가로서 자신의 작품이 비판을 받게 되고 아내와 헤어지는 등 삶의 곤경에 처하고 게다가 폐암 진단까지 받게 되면서 절망의 심연으로 빠져든다. '나'는 폐암을 선고받게 되자 "내가 삶다운 삶을 산 적이 없다고, 만약 기적이 일어나 내게 또 하나의 삶이 주어진다면 분명 삶의 방식을 바꾸리라고 생각했다." 그런데 폐암 진단은 오진이었음이 밝혀지고 결국 "내게 또 하나의 삶이 주어진" 것이고, '나'는 이제 자신에게 다짐한 것처럼 "분명 삶의 방식을 바꾸리라"는 약속을 이행해야 할 이유가 생긴 것이다. 그렇다고 이 여행은 은둔을 목적으로 한 현실 도피와는 다르다.

> 단지 내가 직면한 어려움들로부터 달아나기 위해서였다면 보다 다른 방법들도 얼마든지 있었을 것이다. 끔찍스럽도록 권태로운 인간들의 세상에서 되도록 멀리 떨어져 다른 삶을 찾아보려고 했던 것일까? 나 자신이 세상으로부터 달아나려 하는데 사람들과 소통을 한들 무슨 소용이 있는가? 진짜 고민은 내가 무엇을 찾고 있는지 나 자신도 모른다는 데에 있다(『靈山』, 54쪽).

이를 통해 '나'는 근대 이성과 합리 정신의 결과물인 현대 문명의 불합리성과 여전히 예측할 수 없는 운명이라는 문제를 놓고 고뇌하고 있

제47집, 2015, 194쪽.

음을 알 수 있다. 근대 이후 '나'의 이러한 고뇌는 수학적 이성으로 해결될 수 있다고 인류는 믿었던 것이다. 그러나 작품에서 '나'가 마주하는 실존적 고뇌는 '나'로 하여금 새로운 삶의 방향을 모색하기 위한 여정에 나서는 계기가 된다. 그러나 그 여행은 지도에 표기된 물리적 공간의 여행을 의미하지 않는다. '나'는 어떤 이에게서 원시림의 '영혼의 산'이 어딘가에 존재한다는 이야기를 듣는다. 영혼의 산을 찾아가는 여행길에서 '나'는 문명과는 격리된 변경 오지(奧地)의 강족(羌族), 묘족(苗族) 등 소수민족의 원시종교와 민속에 몸을 맡겨 보기도 하고, 여전히 민간에 남아 원형에 가까운 형태를 유지하고 있는 도교와 불교 의식에 참여하기도 한다. 또한 '나'는 향촌의 신화와 전설, 구전 가요에 심취해 보기도 한다. 가오싱젠의 자전적 체험이 형상화된 작품의 서사 속에서 서구의 실험적 소설에 주목하면서도 그의 창작 기조는 민족적 색채를 견지하고 있음을 알게 된다.

그는 맹목적으로 서양의 소설 기교를 수용하는 것에 경계심을 나타낸다. 민족 언어를 사용하여 민족의 생활을 생동감 있게 표현한 작품은 그것이 어떤 외래 기교를 취한다 하더라도 민족적 색채를 띠게 마련이라고 가오싱젠은 주장한다.[5]

그는 또한 문학은 개인의 목소리에 지나지 않음을, 집단의 기억보다

....

5) 박민호, 「1980년대 초 중국의 '소설현대화'논의와 그 한계──가오싱젠의 『현대소설기교초탐(現代小說技巧初探)』과 관련 논쟁을 중심으로」, 《중국현대문학》 제80호, 2017, 145쪽.

는 개인의 기억에 주목해야 함을 강조한다. 그러므로 문학이 국가주의적 색채를 띠거나 이에 대한 찬미, 정당이나 계급의 대변자가 역할을 하는 것에 반대한다.

> 저 자신의 경험을 돌이켜보건대, 문학은 근본적으로 자기 자신의 가치를 확인하는 과정입니다. 그러므로 글을 쓰는 것만으로도 모든 것이 충분합니다. 문학은 어디까지나 자기만족을 구하는 과정에서 탄생합니다. 작품의 사회적 효용은 작품이 완성된 이후의 일이죠. 무엇보다 이 효용은 작가 자신이 바란다고 해서 얻어지는 것도 아닙니다.[6]

이와 같은 문예관은 『영산』 가운데에서 자아의 목소리를 중시하고 기술하는 서사 전략으로 나타난다. 작품 속에서 '나'의 여정은 실제 길에서만 이루어지는 것을 의미하지 않는다. 행복하던 유년기를 향해 추억 여행을 하고, '나'의 분신인 '당신'과 '그'를 통해 상상적인 여행길에 오르며 '영혼의 산'을 모색한다.

중국의 서남부 산악 지대에서 동남부 바닷가까지 횡단하는 과정에서 현대 문명이 주변으로 내몰았거나, 그 문명이 건설되는 과정에서 잊혀 가던 고대 신화, 민간신앙, 어머니와 여성, 소수민족 등과 만나게 된다. 그리고 '나'는 이러한 만남의 여정에서 '영산'에 이르는 영혼의 지도를 스스로 그려가게 되는 것이다. 이 영혼의 지도에 표기되는 것은 '나'의 의식 세계의 심연이며, '나'의 삶의 욕구가 돌출된 봉우리이며, 자아를 향해 흐르는 물길과도 같은 것이다. 결국 '나'의 내면세계가 그려가

---

6) 가오싱젠, 박주은 옮김, 『창작에 대하여』(돌베개, 2015), 30쪽.

　　　　　　　　　　　　　　　　유토피아 문학

는 지도의 목적지는 '영혼의 산'이며, 이 '영혼의 산'은 현실의 지도에는 존재하지는 않지만 인간이 끊임없이 추구해야 하는 내면의 유토피아를 의미한다. 그리고 그 유토피아가 함의하는 이상향은 제도로 실현할 수 있는 서구적 이상향이 아니며, 또한 '대동'이나 '도화원'과도 다른, 지극히 추상적인 이상향의 이미지로 나타나고 있다. 이는 '나'가 탐색하고 만나게 되는 고대 신화와 전설, 소수민족의 삶 속에서 실루엣과 같은 윤곽을 드러내며, 결국 고대 중국인의 의식의 심연에 자리한 '동천'의 기억을 소환해 내는 여정이기도 하다.

2 현세에 구현된 동천(洞天)의 이미지들

사진작가로도 활동하는 가오싱젠이 2010년 타이베이 렌징(聯經) 출판사에서 펴낸 『영산(靈山)』에는 많은 사진 작품이 수록되어 있다. 이는 작품 가운데 작가가 문자의 나열로 표현할 수 없는 이미지들을 사진으로 부연 설명하는 것임을 알 수 있다. 『영산』에는 중국 도교 명산의 사진 작품들이 곳곳에 수록되어 있다. 이는 마치 해당 페이지의 스토리를 부연 설명하는 작용을 한다. 이 사진 작품 가운데는 「道觀洞天」과 같은 도가적 이상향의 이미지를 담아내는 사진들이 다수 있다. 이를 통해 작가가 작품 속에서 갈망하는 '영혼의 산'은 추상성을 벗어버리고 상상 가능한 공간으로 치환된다.

동천(洞天)은 중국적인 유토피아이면서도 '대동(大同)'이나 '도화원(桃花源)'과는 다르다. 동천은 동진(東晉) 시기의 도가 경전(道家經典)

『道迹經』에서 유래된 신선들이 사는 선계[7]를 지칭하는, 도가적 세계관이 반영된 공간이다. 당나라 때 사마승정(司馬承禎)이 기록한 『천지궁부도(天地宮府圖)』에는 동천의 선계에 대해 구체적으로 서술되어 있다. 『천지궁부도』에 묘사되는 선계는 동천 외에도 복지(福地), 정치(靖治), 수부(水府), 신산(神山), 해도(海島) 등 도가의 세계관으로 구성된다.

동천은 동진 이후 인문지리적 공간 개념으로 확장되어 중국 전역뿐 아니라 한반도에도 전래되어 오늘날 우리의 일상에서도 접할 수 있는 익숙한 지명이 되었다. 서울 부암동 백사실 계곡의 백석동천(白石洞天)과 순화동천(巡和洞天)[8] 등이 있고, 봉산탈춤의 '불림'에서 "낙양동천이화정(洛陽洞天梨花亭)"[9]이라는 구절로 춤사위를 시작한다.

동천의 세계관이 동진 시기에 출현하였다는 것은 도화원(桃花源)의 출현과 같은 맥락에서 이해될 수 있을 것이다. 도화원이 도연명이라는 인물의 붓끝에서 묘사된 목가적인 현실 공간인 것과 비교해 볼 때 동천은 최초 발화자를 알 수 없는 매우 추상적이고 비현실적인 공간이다.

----

7) 『道迹經』: "오악과 명산은 모두 동천이 있는데, 하늘로 통하고 모든 산을 관통한다 (五岳及名山皆有洞室)."; "동천이란 산중의 동굴을 뜻하는데, 하늘로 통하고 모든 산을 관통한다(洞天意謂山中有洞室通達上天, 貫通諸山)."

8) 백사실 계곡의 백석동천은 명승 제36호로 지정되어 있다. 순화동천은 한길사 김언호 대표가 만든 다목적 복합 문화 공간이다. 순화동천(巡和洞天)은 행정 지명 순화동과 동천(洞天)의 합성어이다.

9) 낙양동천이화정(洛陽洞天梨花亭): 낙양성에 신선들이 노니는 배꽃이 피어난 정자를 의미한다. 낙양은 중국의 옛 도읍지로 낙수(洛水)의 북쪽 하남성(河南省)에 있다. 주공(周公)이 도읍지로 정한 후 동주(東周), 후한(後漢)의 왕성이었다. 이화정은 배꽃이 아름다운 정자라는 의미로 송나라 때 미인 숙향이 전란으로 부모와 헤어져 천태산(天台山) 마고선녀(麻姑仙女)와 함께 이화정에서 수를 놓으며 살게 되었다는 전설이 있다. 이화정 역시 동천과 함께 신선들이 사는 곳을 의미한다.

유토피아 문학

이러한 의미에서 동천은 유토피아적 공간인 동시에 헤테로토피아적 공간이기도 하다.

> 그러니까 장소 없는 지역들, 연대기 없는 역사들이 있다. 이런저런 도시, 행성, 대륙, 우주. 어떤 지도 위에도 어떤 하늘 속에도 그 흔적을 복구하는 일이 불가능한 이유는 아주 단순히 그것들이 어떤 공간에도 속하지 않기 때문이다. 아마도 이 도시, 이 대륙, 이 행성들은 흔히 말하듯 사람들 머릿속에서, 아니 그들 말의 틈에서, 그들 이야기의 밀도에서, 아니면 그들 꿈의 장소 없는 장소에서, 그들 가슴의 빈 곳에서 태어났으리라.[10]

중국 역사에서 가장 혼란한 시기인 위진(魏晉) 시기의 지식인들은 더이상 유가적 이상 세계를 꿈꾸지 않게 된다. 오히려 모든 '인위(人爲)'가 소거된 도가적 이상향을 염원하게 된 것이다. 이러한 시대적 배경에서 출현하게 된 '동천(洞天)'은 가오싱젠이 도달하고자 하는 '영산'의 이미지와 등치 된다.

3 동천, 자아를 찾는 여정

『영산』은 다분히 실험적인 형식과 복잡한 구성을 취하면서, 중국의 광활한 대륙만큼 거대한 공간적 스케일 속에 중국의 역사와 문화, 사회

---

10) 미셸 푸코, 이상길 옮김, 『헤테로토피아』(문학과 지성사, 2014), 11쪽.

와 개인의 문제까지 융화시키고 있다.

1940년생인 가오싱젠은 중국 현대사를 온몸으로 체험한 세대이다. 그가 작가로서 마주하는 중국은 창작에 한계가 있음을 느꼈고, 결국 정치적 반동으로 낙인찍힌 채 프랑스로 망명해야 했다.

망명 작가, 디아스포라 지식인의 작품으로서 『영산』은 기유문학(記游文學)적 색채와 민족적 색채를 띤다. 그는 중국 문학사 속에서 많은 지식인들이 상상하고 추구한 근원적인 이상향을 그려내는 작품을 쓰고자 한 것이다. 프롤레타리아혁명을 통해 유토피아를 실현하고자 한 마오쩌둥 체제를 목도하면서 가오싱젠은 현실 유토피아에 대한 근본적이고 성찰적인 고민의 시기를 맞이하게 된다. 이는 근대성(modernity)에 대한 근본적인 회의이기도 했다.

> 오랫동안 유토피아 상상은 두 개의 상반되는 반대에 직면해 왔다. 유토피아는 현실과 아무 상관 없는 '허황된 공상'으로 치부되거나 전체주의로 귀결되는 '위험한 몽상'으로 비판받아 왔다. 전자가 유토피아 상상의 현실 비판적 · 사회변혁적 기능을 무력화시키는 것이라면, 후자는 그 잠재적 폭력성을 노출시키는 것이라 할 수 있다.[11]

가오싱젠은 유토피아 담론이 현실화되는 과정에서 나타나는 허구성과 폭력성에 주목하는 한편, 모든 것이 물질적 경험과 가치로 치환되는 현대 문명을 회의적인 시선으로 바라본다.

---

11) 이명호 외, 『유토피아의 귀환』(경희대학교 출판문화원, 2017), 7쪽.

진실은 경험 속에서만 그것도 각자의 경험 속에서만 존재한다. 이 경우에도 경험은 남에게 옮겨지는 순간 이야기로 변해 버린다. 사실의 진위를 증명하는 것은 불가능하다. 그리고 그렇게 해서도 안 된다. 삶의 진리에 대해서 변증법론자들이나 왈가왈부하도록 내버려두자. 중요한 것은 삶 그 자체다.(『靈山』, 18쪽)

그렇기에 그는 오히려 창작의 시선을 신화의 시대로 돌린다. 그의 이러한 일련의 창작은 1917년 문학혁명 이후 중국 문단의 주류 작가들이 추구해 온 작업들, 중국어를 더욱 현실 모사에 충실한 근대적 언어로 만들기 위한 시도들, 또는 국민국가의 글쓰기와는 다른 양상을 나타낸다. 가오싱젠은 『영산』 가운데 중국 고대 신화에 내재하는 고전 중국어의 형식을 모색함으로써 태고부터 오늘날까지 한결같은 본원적인 생명력을 유지하고 있는 언어들에 천착하였다. 상상적이고 추상화된 이미지가 이끄는 대로 흘러가는 문장을 읽어가는 과정에서 '나'는 '그'가 되고, '그'는 '그녀'가 되어 그 경계선은 차츰 의미를 잃어간다. 동시에 욕망의 광기로 점철된 삶의 양극단을 배회하고 있는 현대인의 모습을 드러낸다.

자신에 대한 앎은 오로지 타인으로부터 왔다. 소유하느냐 소유당하느냐, 정복하느냐 정복당하느냐 하는 사실만이 그의 존재를 확인시켜 주었다. 나, 너와 직접적인 관계가 없는 제3자는 그다. 그리고 그는 점진적으로 모습을 드러냈다.(『靈山』, 345쪽)

'나' 자신과 끊임없이 대립해 온 내면의 자의식의 요구에서 출발한 주인공이 찾아가는 곳은 '영혼의 산'이며, 그곳은 중국인의 무의식 세계에 내재하는 '동천'과 맞닿아 있다. 공자의 '대동'은 교화와 제도를 통해서 추구해야 하는 유토피아이며 도연명의 '도화원'은 지금도 어디쯤인지를 추측할 수 있는 현실의 공간일 수 있다. 그러나 '동천'은 중국 어디에서도 찾을 수 없는, 상상조차도 쉽게 허락하지 않는 추상적이고 개념화된 공간이다. '동천'은 또한 『영산』에서 '나'가 찾고자 하는, 지도에는 나와 있지 않지만 중국의 신화적 자료들을 통해 확인되는 '영혼의 산'과 같은 이미지를 지니고 있는 것이다. '영산'에 당도하는 길은 험난한 여정이며 뚜렷한 위치도 확인할 수 없으며 어떠한 이정표도 없다. 이러한 의미에서 본다면 가오싱젠이 추구하는 '영산'은 유토피아이기보다는 인류의 유아기적 기억 속에 존재하는 헤테로토피아적 의미로 읽힐 수도 있을 것이다.

서로 구별되는 이 온갖 장소들 가운데 절대적으로 다른 것이 있다. 자기 이외의 모든 장소들에 맞서서, 어떤 의미로는 그것들을 지우고 중화시키고 혹은 정화시키기 위해 마련된 장소들, 그것은 일종의 反공간 contre-espaces이다. 이 반공간, 위치를 가지는 유토피아들utoies localisees. 아이들은 그것을 완벽하게 알고 있다.[12]

한편 영산으로 가는 여정 가운데 거쳐 가는 마을마다 근대성의 광기가 배태한 비극이 도사리고 있다. 루쉰(魯迅)이 「광인일기(狂人日記)」에서 지적한 바와 같이 근대 이전 중국 역사책의 페이지마다 점철된 "식

----

12) 미셸 푸코, 앞의 책, 13쪽.

　　　　　　　　　　　유토피아 문학

인"의 변형된 행태들을 목도하게 된다. 산적의 약탈과 홍위병들의 폭력, 그 과정에서 여성들이 겪는 고통은 근대 이전 중국 사회가 겪은 비극과 다를 바가 없었다. 『영산』에서 '영혼의 산'을 찾아가는 여정은 이처럼 역사와 운명에 희생된 영혼들과 동행하는 길임을 암시한다. 작품에서 묘사되는 유토피아를 현실화하고자 하는 개인의 욕망들은 좌절로 점철된 역사를 기록할 뿐이라는 작가의 염세적인 세계관으로 나타나기도 한다. 그렇지만 작가는 '유토피아의 좌절' 그 자체를 묘사하고자 한 것은 아니었다. 가오싱젠은 유토피아를 현세에 구현하고자 하는 시도가 실패로 끝났다고 해서 유토피아에 대한 상상이나 추구 자체를 부정하는 것은 아니었다. 그는 추상적 유토피아의 이미지 영산을 제시함으로써 인류는 유토피아를 놓지 말아야 하는 서사로 보고 있다. 한편으로 유토피아를 꿈꾸고 실현하는 것을 엘리트적 소수가 독점하는 위험성을 경고하고 있다.

중국 역사 속에서 등장했던 정치 사상가와 농민 봉기의 수령들은 인민들에게 유토피아의 구현을 제시했다. 유토피아를 현세에 구현하고자 했던 빈번하고 다양했던 시도는 시시포스의 신화처럼 원점으로 돌아오기를 반복하였다. 중국 역사에서 유가(儒家) 사상을 근간으로 지속되어 온 제정(帝政) 체제는 수천 년 동안 어느 한 시기에도 유토피아를 실현하지 못한 채 1911년 신해혁명으로 종식된다.[13]

....

13) 김경석, 「오지마을에 구현된 유토피아: 선총원의 '변성'」, 『유토피아의 귀환』(경희대학교 출판문화원, 2017), 162쪽.

근대성에 대한 맹목적인 추구의 과정에서 인간 소외 현상이 확장되어 가는 중국 대륙을 횡단하며 중국 문화에 내재하는 원시적 생명력에 대한 탐색, 여러 소수민족의 무속과 풍습, 민요나 전설에 대한 고찰, 문화대혁명과 환경오염에 대한 비판과 고발 등 『영산』은 다양한 소재를 다루고 있다. 그러나 그 다양한 소재들을 일관되게 관철하는 것은 인간에게 내재하는 '원시적인 생명 의지'이다. 집단화된 욕망들이 불러일으킨 모순된 사회구조 속에서 생명의 가치에 대한 끈질긴 연민이 '나'로 하여금 살고자 하는 욕구를 불러일으키고 '나'를 절망에서 건져 올린다는 것이다.

> 결국 가오싱젠의 자아 정체성은 '자유'라는 단어를 통해 스스로 '생존(창작)의 곤경을 초월할 수 있는 가능성'을 끊임없이 쟁취 · 실현하는 데 있었다. 그래서 자유는 '허가'나 '허여'의 문제가 아니라 '개인의 자각'에서 비롯한 것이며, 그것을 개인의 생존과 어떻게 연결할 것인가를 고민하는 것이라고 보았고, 이를 창작과 표현을 통해 찾고자 했다.[14]

결국 영산을 찾아가는 과정은 인간의 근원적인 자유를 회복한 순수한 자아인 '나'를 찾아가는 방편이며 이는 동천 회귀와 같은 맥락에서 읽힐 수 있을 것이다.

----

14) 박영순, 앞의 글, 199쪽.

유토피아 문학

4 현실 유토피아를 넘어서

작품 가운데 '당신'은 영산을 찾기 위한 여정에 오르는데, 사실 이는 '영혼'을 찾아 떠나는 내면의 여행을 상징한다. '나'는 문명의 일상에서 탈출하기 위해 신화와 원시림을 찾아 떠난다. 줄거리가 진행되면서 '당신'과 '나'는 서로 엇갈리듯 서술되면서, '당신'이 '나'이기도 하고 '나'가 '그'이기도 하다. 이들은 영산에 도달했을지 작가는 결론을 내리지 않는다.

> 그 사람들은 나에게는 닫혀 있는, 나로서는 도저히 뚫고 들어갈 수 없는 그들만의 세계를 가지고 있었다. 사회와 동떨어져 지내는 그들은 그들 나름대로의 존재 방식을, 자기 보호 방식을 지니고 있었다. 하지만 나는 되돌아가 사람들이 정상적인 삶이라 칭하는 것을 그럭저럭 살아내야만 했다. 나에게는 다른 출구가 없었다. 바로 거기에 나의 비극이 있었다.(『靈山』, 462쪽)

영산이라는 것은 인간의 내면에 존재하는 것일 뿐, 지형을 형성하고 있는 물리적 공간은 아닐 것이다. 영산에 도달하지 못하는 것은 물리적인 거리가 아니라 인간 스스로 자신의 내면의 영산에 이르는 길을 차단하고 있는지도 모르는 것이다. '나'와 '당신'은 정녕 영산에 이르고자 하는지, 작가는 불편한 진실을 드러내고 있다.

> 세상을 한탄하고 속세를 싫어하는 것을 청고하다고 하면 이 청고함 역시 세속적인 것으로 떨어지기 십상이다. 범상함으로 범상함을 공격하는

것은 타고나기를 범상하게 타고난 것만도 못하다.(『靈山』, 493쪽)

작품 후반부의 제81장에서는 마치 추상화와 같은 서술로 소설을 마무리한다. 물론 총 81장으로 구성된 작품의 각 장은 독립적인 형식을 취하고 있다. 특히 제81장은 앞의 장들과는 다른, 다소 연결고리를 찾을 수 없는 내용을 제시한다. 이는 마치 도관의 도인들이나 산사의 선승들의 선문답 같은 느낌을 준다.

창을 통해 나는 눈 쌓인 땅 위에 앉아 있는 아주 조그만 개구리 한 마리를 본다. 개구리는 한쪽 눈은 깜박이고 다른 쪽 눈은 둥글게 뜨고 있다. 개구리가 미동도 않고 나를 쳐다보고 있다. 나는 그것이 신이라는 것을 이해한다. 신이 개구리의 형태로 내 앞에 나타나 내가 이해했는지 못했는지 쳐다보고 있다. 그가 눈을 깜박여 나에게 말을 하고 있다. 신이 인간들에게 말을 할 때는 인간들이 자신의 목소리를 듣는 걸 원치 않는다.(『靈山』, 556쪽)

이러한 면에서 작품은 다분히 불가(佛家)적이면서 도가(道家)적인 색채를 담아낸다. 가오싱젠은 이미 작품 속에서 인칭을 통해 피아의 구분을 소거하고 있다. '나'는 '당신'으로, '당신'은 '그'로 분화하며, 일치하는 동시에 거리를 두기도 한다.

작품 속에서 가오싱젠은 어떠한 유토피아를 추구하는지 구체적으로 서술하지 않는다. 다만 제80장에서 빙하와 설산에 대한 묘사는 독자로 하여금 '영혼의 산'이란 만년설에 덮인 히말라야와 같은 오지라고 상상하게 한다. 가오싱젠이 『영산』 곳곳에 배치한 사진 작품은 대체로 산

유토피아 문학

림, 설원, 강하, 수목과 같은 자연경관이 대부분이며 그 외에 소수민족들의 일상이나 마을, 기와지붕 등이 있다. 이로 볼 때 그가 가고자 한 '영혼의 산'은 삶의 세계 저편에 존재하는 공간이 아니고 신선의 경지에 도달해야 볼 수 있는 초월적 세계도 아니었다. 소설의 결론에 해당하는 제81장에서 그는 '영산'이라는 제목의 사진 작품을 제시한다. 그 사진 작품의 실제 배경이 어디인지 알 수 없다. 또한 '영산'이라는 사진 작품의 제목에 비해 오히려 매우 평범하고 어느 곳에서나 볼 수 있는 산이다. '영혼의 산'은 '나'와 '당신', '그'와 '그녀'의 욕망이 충돌하는 현실 유토피아에 대한 성찰적 사유가 있을 때 비로소 다가갈 수 있는 동천의 이미지와 맞닿아 있다. 가오싱젠은 이것을 '영혼의 산'이라고 명명하는 것이다.

하위주체는 꿈꿀 수 있는가?
── 사파티스타의 이야기 정치와 유토피아 언어

박정원

> 과거는 구원을 기다리는
> 어떤 은밀한 목록을 안에 간직하고 있다.
> ──발터 베냐민

1 하위주체의 유토피아?

하위주체는 꿈꿀 수 있는가? 이 질문은 탈식민주의 연구자 가야트리 스피박(Gayatri Spivak)의 논쟁적 화두인 '하위주체는 말할 수 있는가?'의 연장선 위에 있다. 스피박의 이 유명한 질문은 두 가지 전제를 포함한 다. 우선 근대적 제도와 주류 질서의 밖에 존재하여 발언할 기회가 배 제되거나 박탈된 이들이 여전히 존재한다는 점이다. 이와 관련하여 신 분과 직업, 성별, 젠더, 인종으로 인해 권력 혹은 사회적 주도권을 갖지 못한 이들을 지칭하는 '서발턴(subaltern)'—우리말로는 하층민 또는 하위주체—이라는 용어를 사용한다. 다른 한편으로 스피박은 하위주체와 엘리트 사이의 관계에 주목하고, 자신의 목소리를 갖지 못한 이들을 대신하여 발언하는 지식인 엘리트의 한계를 지적하고 비판한다. 비록 선한 의도에서 출발하였다고 하더라도 하위주체를 위한 지식인의 발화행위는 '말'이라는 권력을 가진 자신들의 지위를 더욱 공고하게 한다. 그리고 하위주체는 재현의 대상이 되는 위치로 강등되는 결과를 가져온다. 그렇다면 목소리를 갖지 못한 이들이 말하는 것을 넘어 유토피아를 상상하는 것은 가능한가? 하위주체의 대안적 상상력은 어떤 방식으로 드러날 수 있는가? 그리고 이들의 유토피아적 열망을 담아 낼 새로운 문학의 형태는 과연 존재할까?

라틴아메리카의 선주민들[1]은 이 대륙의 가장 오래된 주민들이다. 그럼에도 불구하고 스페인을 비롯한 유럽의 정복과 식민화 과정에서 자신들의 언어와 문화를 빼앗기고 사회의 가장 낮은 계층으로 강등되었다. 독립 이후에도 상황은 크게 바뀌지 않아 새로운 국가의 '국민' 범주에 포함되지 못했으며, 20세기에 들어서야 이들을 국가의 구성원으로 편입시키려는 기획이 시작되었다. 그리고 선주민을 연구하는 작업이 본격적으로 진행된다. 엘리트가 중심이 된 이 프로젝트는 이들을 '인디오'로 지칭하면서 야만의 상태에서 문명 세계로 편입시키고자 한다. 그 과정에서 선주민들은 고유한 언어와 문화, 풍속과 전통을 역사적 '과

---

1) 우리에게 더 익숙한 명칭은 '원주민'일 것이다. 하지만 이 단어에는 원래부터 살고 있던 사람들이라는 본질주의적 의미를 함축하고 있어, 상대적으로 먼저 도착하여 살고 있는 사람들을 의미하는 '선주민'이라는 명칭을 사용하고자 한다. 또한, '선주민'은 최근 들어 학계에서 보다 선호하는 용어이기도 하다.

거'로 묶어 둔 채 서구적 근대화를 자신들의 유일한 미래로 받아들여야 했다. 이후 이 기획은 기존의 일방적이고 수직적인 시각에서 벗어나 선주민의 문화와 전통을 옹호하는 방식으로 진화하게 된다. 이러한 노력에도 불구하고 20세기 중반 이후까지도 선주민 서사에는 여전히 지식인 엘리트가 중심이자 주인공이었으며 선주민들은 하위주체의 자리에서 벗어나지 못했다. 교육에서 소외된 선주민들의 경우 자신들의 목소리를 스페인어로 표현할 수 없었고, 지식인 엘리트가 이들을 대신하여 선주민들에 대한 차별적인 현실을 고발하고 정치적·사회적·문화적 권리를 옹호하고 대변하였다.

하지만 1988년에 출간된 증언 서사 『내 이름은 리고베르타 멘추입니다. 그렇게 내 의식도 태어났습니다(*Me llamo Rigoberta Menchú, así me nació la conciencia*)』는 선주민이 재현의 대상에서 벗어나 스스로 재현하려는 시도를 보여 주었으며, 이런 측면에서 학계와 대중 모두에게서 커다란 관심을 받았다. 마야 선주민으로 과테말라의 오랜 내전 속에서 벌어진 선주민 탄압에 맞서 싸운 리고베르타 멘추(Rigoberta Menchú, 1959-)는 1992년 노벨 평화상을 받은 인권 운동가이다. 그녀는 이 책의 제목이 보여 주듯이 '나'라는 일인칭 화자의 시점으로 마야 선주민에 대한 국가의 폭력과 차별의 역사를 이야기한다. 그 속에서 자신의 가족과 부족이 겪은 경험을 증언하는 방식으로 선주민의 직접적 목소리를 복원한다. 이 작품은 과거 선주민 서사가 가진 한계를 넘어 그 지평을 확장했다는 평가를 받는다. 동시에 다양한 논쟁을 촉발하기도 하였는데 그중 하나가 과연 책의 저자가 누구인가에 관한 문제이다. 이 책의 초판에는 멘추의 증언을 인터뷰하고 그것을 채록하여 책으로 펴낸 베네수엘라의 인류학자 엘리사베트 부르고스(Elizabeth Burgos)가 저자로 등장하였다.

하지만 이 책이 유명세를 타면서 실제 화자인 이 선주민 여성을 저자의 범주에서 배제하고 있다는 비판에 직면하게 되었다. 그러자 비판을 수용하여 이후의 판본에서는 멘추가 부르고스와 함께 책의 공동 저자로 등장하게 된다. 이와 같이 이제는 하위주체가 발화하는 상황이 전개되면서 전통적 개념의 저자와 저작권, 근대적 문화 제도로서의 문학에 관한 근본적인 문제가 제기되었다. 다른 한편으로 멘추의 예는 여전히 지식인을 통해서 선주민의 말이 전달되는 현실을 보여준다.

1990년대에 들어서는 본격적으로 선주민들의 직접적 자기 재현 시도가 나타난다. 그리고 당시까지 선주민 서사의 주된 주제였던 억압적 현실 고발과 소외와 차별을 묘사하는 것을 넘어, 대안적 사회의 모습을 꿈꾸고 미래를 상상하는 방향으로까지 나가게 된다. 이러한 새로운 경향의 중심에는 사파티스타(Zapatista)가 있었다. 1994년 멕시코 남부 치아파스 주(州)에서 봉기를 선언한 사파티스타 민족해방군(EZLN)은 북미자유무역협정(NAFTA)에 반기를 들고 국제적 연대와 지지를 호소하여 전 세계적인 반향을 일으켰으며 우리에게도 잘 알려져 있다. 이들은 500년이 넘는 서구의 식민화와 지배로 삶과 언어, 문화적 권리가 박탈당한 선주민들로, 멕시코 사회에서 오랫동안 그 존재가 지워져 있었다. 그러다 세계화와 신자유주의로의 전환으로 생존을 위한 최소한의 조건마저 위협당하는 상황에서 멕시코 정부와 시민사회를 비롯한 세상에 자신들의 처지를 알리기에 이른다. 이들은 재래식 무기를 들고 자신들의 저항 행위를 알렸으며, 얼굴에 마스크를 쓰고 오랫동안 투명인간으로 살아온 자신들의 역사를 상징적으로 표현하였다. 그리고 멕시코 사회가 가면을 벗는 날, 자신들도 마스크를 벗을 것이라고 선언하며 차별과 배제의 역사에 저항한다. 하지만 동시에 사파티스타가 요구한 것은 자치의 보장과 공동체의 복원이었다. 그리고 이를 자신들의 내부에서 부터 실현하고자 하였다. 즉, 하위주체로서 발화하는 것을 넘어 새로운 사회를 상상하고 대안적 모델을 디자인하려는 시도를 보여 준 것이다.

　사파티스타에 관한 연구는 다양한 분야에서 상당 부분 진행되어 온 것이 사실이다. 이미 21세기 초에 더 이상 혁신적인 관점과 새로운 시각을 보여 주기는 어렵다는 이야기가 나온 바 있다. 국내에도 사파티스타에 관련한 상당수의 책이 번역·소개되었고 학계에서는 이 운동의 성격을 반세계화, 선주민 정치, 대안 사회 운동의 측면에서 규명하려는 연구가 진행되었다. 하지만 크리스틴 반덴 베르게(Kristine Vanden Berghe)가 지적하듯이 사회·정치적 분석에 비해 문학 영역에서 이들이 발표한 각종 문헌에 관한 문화적 분석은 거의 진행되지 않았으며 현재에도 상황은 크게 달라지지 않았다.[2] 실제로 소위 사파티스타의 '입'이라고 불리는 부사령관 마르코스는 연설이나 인터뷰에서 문학에 관한 상당한 조예를 보였으며, 다수의 책의 저자로 경험과 허구의 세계를 넘나들며 사파티스타 운동의 정당성을 알려왔다. 특히, 1998년에 발간되어 2001년에 한국어로 번역된 『마르코스와 안토니오 할아버지: 부사령관 마르코스가 들려주는 하늘과 땅, 사람의 이야기(Los relatos del viejo Antonio)』는 전통적인 관점에서 소설 장르에 포함될 수 있다.[3] 이 작품은 사파티스타의 대안적 세계관을 가장 구체적으로 드러내고 있다는 점에서 주목할 만하다. 또한 이를 문학이라는 형식으로 형상화한다는

....

2) Kristine Vanden Berge, *Narrativa de la rebelión zapatista: Los relatos del Subcomandante Marcos*(Iberoamericana, 2005), p. 15.

3) 이후로는 『마르코스와 안토니오 할아버지』로 약칭하여 사용하고자 한다.

점에서 예외적이다.

이 글은 유토피아 문학의 관점에서 『마르코스와 안토니오 할아버지』를 분석하면서 사파티스타 운동이 추구하는 세계의 모습과 선주민들의 이상이 재현되는 방식에 관한 탐구를 목표로 한다. 사파티스타 선주민들은 꿈꿀 수 있는가? 그렇다면 누구의 목소리로, 또 어떤 방식으로 유토피아의 형상을 담아 내는가? 이를 위해 우선 안토니오 할아버지가 마르코스와 대화하는 방식으로 구성되는 '이야기'의 의미와 효과를 분석하고자 한다. 그 과정에서 과거의 문학 전통에서 선주민을 재현하는 과정이 유발하는 딜레마를 극복하려는 마르코스의 시도에 주목한다. 또한 이 작품에서 대안 세계에 관한 이미지와 상상은 선주민의 역사적 과거에 대한 기억 행위를 통해 구체화된다. 하지만 기존 선주민 문학의 경향과 달리 과거로의 단순한 회귀가 아닌 근대 세계의 경험 속에서 유토피아적 상상력이 선주민의 이야기와 신화를 통해 재활성화된다는 점에 주목할 것이다. 마지막으로 이 과정에서 마르코스가 특히 강조하는 지점은 언어의 역동적·창조적 역할이다. 서구의 언어, 즉 서구 중심의 세계관과 인식 구조로는 담아 낼 수 없는 내용을 상상하고, 각각의 어휘에 새로운 의미를 부여함으로써 사파티스타 운동의 이상을 형상화하고 있음을 살펴볼 것이다.

2 '이야기꾼' 안토니오와 '중재자' 마르코스

『마르코스와 안토니오 할아버지』는 부사령관 마르코스와 그 일행이 사파티스타 조직의 결성을 위해 치아파스의 밀림 지대를 돌아다니던 중에 어느 마을에서 마주친 선주민 할아버지 안토니오와의 만남과 우정을 그린다. 이들의 첫 만남은 1984년으로 거슬러 올라가는데, 현재 시점에서 화자인 마르코스가 안토니오 할아버지를 회상하는 방식으로 이야기가 전개된다. 작품은 특정한 사건이 아니라 안토니오 할아버지와의 대화를 위주로 진행되고, 이런 측면에서 서사는 두 인물의 이야기에 집중된다. 한국어 번역에서 부제가 된 '부사령관 마르코스가 들려주는 하늘과 땅, 사람의 이야기'는 이 작품의 초점이 두 인물 중에서도 특히 마르코스에 맞춰진 것으로 보이도록 한다. 실제로 1994년 사파티스타 운동의 본격적 출범 이후 대중과 미디어의 관심은 마스크로 얼굴을 가리고 담배 파이프를 입에 문 이 카리스마 넘치고 신비스러운 인물에게 집중되었다. 사파티스타의 대변인 격인 그는 한국에서도 체 게바라 이후 라틴아메리카의 가장 유명한 정치 아이콘으로 부각될 정도로 국경을 초월한 유명세를 탔다. 그러나 부사령관 마르코스가 탐피코 주의 중산층 가정 출신인 라파엘 세바스티안 기엔 비센테(Rafael Sebastián Guillén Vicente)라는 사실이 알려지게 되었다. 그가 선주민이 아니라는 사실은 멕시코 사회에 상당한 논란을 가져왔다. 실제로 그는 인종적으로 멕시코 인구의 다수를 차지하는 혼혈인 메스티소였으며, 게다가 멕시코 국립자치대학(UNAM)에서 철학을 전공하고 강단에 선 교수 출신이었다.

비선주민이자 지식인인 화자의 위치로 인해 이 작품 역시 스피박이 제기한 하위주체와 재현의 딜레마에서 자유롭지 못하다. 선주민들을 대표해 말하는 마르코스의 말과 글은 이들의 진정한 목소리를 굴절시키고 왜곡할 위험성을 내포한다. 이들은 재현의 대상으로 타자화되면서 근대적 화자에게 '포섭'되는 방식을 통해 역설적이게도 자신들의 목소리가 '배제'되는 구조에서 벗어나지 못하게 된다. 그 결과 마르코스는 사파티스타의 상징적 인물로서 권위를 획득하는 반면 선주민들은 좌파 정치에 동원되는 대상에서 벗어나지 못한다는 비판을 받았다.

사실 이러한 우려는 이미 사파티스타 내부에서도 제기되었으며 이를 극복하려는 노력 역시 시도되었다. 마르코스는 현실에 엄연히 존재하는 메스티소와 선주민의 위계, 지식인과 하위주체 사이의 간격을 부정하지 않는다. 오히려 이 차이를 인정하는 바탕 위에서 위계를 넘어서고자 한다. 일례로 사파티스타 공동체에서 그는 부사령관으로 불린다. 부사령관('sub'comandante)의 직위는 권위를 보여 주기 위함이 아니라 자신보다 높은 사령관인 선주민들을 '복종하고 섬기는 사람(subordinado)'이란 의미에서 사용된다. 또한 이 공동체는 모두 마스크를 착용하는 퍼포먼스적 행위를 통해 인종적 구분과 분리를 비판하고 이를 넘어서고자 한다. 이런 노력은 상징적인 시도에 그치지 않고 공동체의 통치 방식에도 적용된다. 사파티스타가 추구하는 '명령하면서 복종하는(mandar obediciendo)' 원리는 위에서 아래로 향하는 지금까지의 일방적이고 권위적인 흐름을 거슬러 권력이 양방향으로 작동하는 민주적 상호작용의 새로운 모델을 구성하려는 노력의 일환이다.

소설 형식의 이 작품에도 이러한 실험이 구현된다. 『마르코스와 안토니오 할아버지』는 기존 선주민 서사에 나타나는 전형적 재현의 구도와는 결이 다르다. 과거에는 선주민을 주로 선량하지만 무지한 '선한 야만인' 혹은 억압과 착취에 저항하는 인물로 그려 내곤 하였다. 하지만 여기에서는 노년의 안토니오가 등장한다. 마르코스와 동료들이 치아파스의 정글로 들어와 선주민들과 교류를 시도하던 초기, 안토니오가 그에게 먼저 다가와 말을 걸고 이들의 대화가 시작된다. 마르코스는 이 만남을 다음과 같이 기억한다.

왠지 모르게 존경심을 갖게 되면서 '당신'이라고 경칭을 쓰게 된다. 나이도 정확히 모르는 그에게. 삼나무 껍질처럼 그을린 얼굴을 가진 그에게. 내 인생에서 딱 두 번밖에 만나지 않은 이 사람에게 나는 존경심을 갖고 있다. 안토니오 할아버지는 빙긋 웃으면서 덧붙인다. "자네들에 대한 얘기는 계속 들었다네. 골짜기에서는 자네들을 도적 떼라고 하더군. 우리 마을 사람들도 불안해한다네. 자네들이 움직이는 쪽으로 우리 마을 사람들이 자주 지나다니거든." "당신도 우리가 도적 떼라고 생각하십니까?" 안토니오 할아버지는 담배 연기로 커다란 소용돌이를 만들더니 쿨룩쿨룩 기침을 하고 나서, 고개를 가로저으며 부인한다. 자신감을 얻은 나는 그에게 다른 질문을 건넨다. "그럼 당신은 우리가 누구라고 생각하십니까?" "자네가 얘기해 주길 바라네."[4]

노인은 공동체의 역사와 경험을 간직한 인물이다. 안토니오 할아버지는 근대적 교육을 받지 않은 선주민 농민이지만 세계에 대한 지혜를 간직한 현자의 모습으로 그려진다. 이러한 인물 설정은 전형적인 선주민-지식인의 구도에 변화를 가져온다. 마르코스와 동료들은 원주민들에게 저항의 필요성을 일깨우고자 하지만, 지식의 전달 과정에서 지식인과 선주민 사이에 나타나는 권력의 서열 구조가 제대로 작동하지 않는다. 오히려 마르코스의 정체를 묻고 의도에 관해 심문하는 안토니오

<hr />

4) 사파티스타 부사령관 마르코스, 박정훈 옮김, 『마르코스와 안토니오 할아버지: 부사령관 마르코스가 들려주는 하늘과 땅, 사람의 이야기』(다빈치, 2001), 79-80쪽.

유토피아 문학

할아버지의 질문 속에서 고전적인 위계가 사라지고 이 둘 사이에는 새로운 관계가 형성된다. 이는 마르코스가 안토니오에게 보여 주는 존경심으로 드러나고 있다. 이후 마르코스는 하늘과 땅, 신과 사람들에 관해 말하는 할아버지의 이야기를 들으며 그에게서 선주민들의 세계에 대해 배우는 위치에 선다. 작품은 화자인 안토니오가 근대적 지식인으로서 갖는 권위를 포기하면서 엘리트와 하위주체의 일반적인 패턴에 균열이 발생하는 모습을 드러낸다. 대화가 진행되면서 안토니오 할아버지가 주도권을 갖게 되면서 둘 사이의 권력 관계가 역전되는 상황에 이르게 된다. 그 결과 마르코스는 선주민을 재현하는 전지적 작가의 위치에서 벗어나 안토니오 할아버지를 통해 배우고 그의 목소리를 전달하는 역할로 조정된다.

헤르만 헤를링하우스(Hermann Herlinghaus)는 이 작품 속에서 마르코스가 '중재자' 역할을 담당하면서 '중재(mediation)의 정치'의 가능성을 보여 준다고 평가한다. 서구를 중심으로 구축된 근대 세계는 자신들과 근본적인 차이를 지닌 선주민의 삶과 세계를 이해할 수 없다. 한편, 선주민들은 근대라는 공적 영역에서 자신들의 발화 공간을 확보하지 못하고 배제되어 왔다. 마르코스는 이 두 세계를 연결하며 선주민들의 목소리를 비선주민 세계에 전하는 전달자로서 기능하는 것이다. 이 과정에서 다른 두 언어와 두 문화를 연결하는 그의 발화 위치가 두 세계 사이의 중간, 혹은 중립을 의미하지는 않는다. 두 세계를 넘나들며 하위주체의 목소리를 복원하기 위해 그가 취하는 서사 전략은 화자인 '나'의 탈중심화라고 할 수 있다.[5] 이렇게 지식인이자 메스티소인 마르코스

5) Hermann Herlinghaus, *Renarración y descentramiento: Mapas alteranativos de la*

는 선주민의 말을 듣는 자리로 재배치되고 둘의 관계는 재배열된다. 베르게는 마르코스가 오직 원주민들의 메시지가 외부의 대중에게 알려질 수 있도록 하는 경우에만 개입한다는 점을 강조한다. 이런 측면에서 그가 외부적으로는 사파티스타의 대변인으로 알려져 있지만, 실제로 그의 중재 행위는 번역가의 역할에 가깝다고 할 수 있다. 그러나 여기에서 번역은 스페인어와 선주민 언어의 소통을 의미하기보다는, 서로 다른 세계관과 삶 사이의 소통을 시도하는 것이다.

실제로 마르코스와 안토니오 할아버지와의 대화에는 종종 서로 이해하지 못하고 겉도는 상황이 드러난다. 이에 마르코스는 선주민의 권익을 옹호하고 함께 싸우자는 자신의 언어가 서구적인 틀을 통해 사유되며 전달되고 있음을 자각한다. 이에 따라 자신의 역사적 관점과 정치적 지향을 치아파스의 선주민들에게 설득하려고 노력하는 대신 안토니오의 말에 귀를 기울이는 방향으로 선회하게 된다.

우리는 '굴복'이란 말을 표현하기 위해 원주민 언어에서 그에 해당하는 단어를 찾고 있었다. 그러나 그 단어를 찾아낼 수 없었다. 초칠 족의 언어에도, 첼탈 족의 언어에도 그 말에 적합한 단어는 없었다. (……) 우리는 적절한 찾느라 많은 시간을 보냈다. 먹장구름이 비의 친구인 양 나타나 우리들 머리 위에 드리워졌다. (……) 안토니오 할아버지는 모두가 침묵할 때까지 기다린다.[6]

....

imaginación en América Latina(Iberoamericana, 2004), p. 231.

6) 사파티스타 부사령관 마르코스. 앞의 책, 44쪽.

마르코스의 중재는 할아버지를 듣는 것에서부터 시작한다. 그리고 이제 그동안 지식인의 재현 행위에 가려 있던 선주민이 발화를 시작한다. 이렇게 각각의 주제에 관한 대화는 마르코스의 목소리로 시작하지만 점차 안토니오 할아버지의 시점으로 이동한다. 이런 맥락에서 이 소설의 화자는 한 명으로 국한되지 않는다. 근대적 사고를 통해 대안적 세상을 건설하려는 마르코스의 한계를 지적하며 선주민들의 우주관과 세계 인식을 들려주는 안토니오 할아버지 역시 화자가 될 수 있다. 1인칭 화자 마르코스와 3인칭 화자 안토니오, 이렇게 이중 화자를 통해 기존의 하위주체 재현의 방식이 아닌 선주민 주체가 목소리를 내는 효과를 만들어 낸다. 즉, 자신의 권위를 포기하는 마르코스의 자세와 행위로 인해 하위주체가 말할 수 있는 발화 공간을 확보하게 된 것이다. 한국어판에는 실리지 않았지만 이 책의 원문에는 아르만도 바르타(Armando Barta)의 작품 소개가 실려 있다. 여기에서 그는 마야 초칠족의 전설을 소개한다. 메스티소가 자신들의 책을 훔쳐 간 후에 무지한 존재가 되어버린다. 반면에 선주민들의 책을 가져간 메스티소는 이성의 인간이라는 지위를 획득하게 되었다. 바르타는 이 소설에서 나타나는 마르코스와 안토니오의 작업이 바로 선주민들이 잃어버린 책을 되돌려주는 작업이라고 소개한다.

이런 맥락에서 한국어 번역 제목인 『마르코스와 안토니오 할아버지』보다는 원제목인 『안토니오 할아버지가 들려주는 이야기』가 이 작품의 성격을 더 잘 설명해 준다고 할 수 있다. 마찬가지로 한국어 번역에서 부제를 '부사령관 마르코스가 들려주는 하늘과 땅, 사람의 이야기'로 붙인 것은 여전히 지식인 엘리트가 발화의 중심이 되는 재현의 사고에서 벗어나지 못한 것으로 보인다. 오히려 마르코스는 안토니오 할아버지가 하늘과 땅, 사람의 이야기를 하도록 중재하는 동시에, 그 이야기를 듣고 전달하는 역할을 하기 때문이다. 발터 베냐민(Valter Benjamin)은 그의 에세이 「이야기꾼: 니콜라이 레스코프의 작품에 대한 고찰」에서 이야기꾼의 가장 중요한 덕목 중 하나로 "경험을 나눌 줄 아는 능력"을 언급한다. 이 능력은 "자신이 들려준 이야기를 듣는 사람들의 경험으로 만드는" 것을 의미한다는 점에서 개인적인 자아로 남는 고립된 소설가와 구별된다.[7] 이 소설에서 안토니오 할아버지가 이야기를 들려주는 행위는 사파티스타 선주민들의 목소리를 복원하는 작업이다. 그리고 이야기를 전하고 듣는 과정에서 선주민들 내부에서, 그리고 이들을 넘어 선주민과 마르코스 사이에 경험을 나누는 공동체가 형성된다. 또한 마르코스의 중재를 통해 멕시코 시민사회에 선주민들의 세계를 알리고 공유하는 결과를 가져온다.

3 기억의 재영토화와 다중보편 세계로의 꿈

사파티스타가 전 세계적 관심을 받게 된 이유 중 하나는 앞서 언급했듯이 이들의 요구가 억압과 차별에 대한 고발과 저항에 제한되지 않기 때문이다. 마르코스의 인터뷰를 모은 『사파티스타의 꿈(El sueño zapatista)』(1997)에서도 알 수 있듯 이들의 운동은 거스를 수 없는 대세였던 신자유주의적 질서와는 다른 삶과 세계의 가능성을 제시했다는

----

7) 발터 베냐민, 최성만 옮김, 「이야기꾼: 니콜라이 레스코프의 작품에 관한 고찰」, 『발터 베냐민 선집 9: 서사, 기억, 비평의 자리』(도서출판 길, 2001), 257쪽.

데에 있다. 『마르코스와 안토니오 할아버지』 역시 사파티스타의 이상
과 지향을 담아 내고 있으며, 이는 주로 안토니오 할아버지의 이야기를
통해 형상화된다. 실제로 소설의 전반에 걸쳐 다음과 같이 꿈이라는 단
어가 자주 등장하며, 꿈꾸는 행위 역시 반복적으로 나타난다.

> 안토니오는 자신이 일하고 있는 땅이 제 것이 되는 날을 꿈꾼다. 자신
> 의 땀이 정의와 진실의 이름으로 보답받을 날을 꿈꾼다. (……) 그가 사
> 는 땅이 자유로워지고, 그의 사람이 다스리고 다스림을 받는 것이 당연
> 한 날을 꿈꾼다. 자기 자신뿐만 아니라 세상도 더불어 평화로워질 날을
> 꿈꾼다. 이 꿈들을 이루기 위해서는 싸워야 한다고 생각하며, 살기 위해
> 서는 죽어야 한다고 생각한다.[8]

안토니오는 사파티스타 선주민의 역사와 경험을 간직한 인물로, 그
가 말하는 꿈은 한 사람의 소망을 넘어선 사회적 꿈으로 읽힌다. 루스
레비타스(Ruth Levitas)는 유토피아를 '더 나은 삶에 관한 공통의 꿈'이
라는 정의를 통해 개인적 차원을 넘어서는 사회적 · 집단적 성격을 강
조한다.[9] 유토피아는 1516년 토머스 모어가 그리스어로 '좋은 장소(eu-
topos)'이자 동시에 '존재하지 않는 장소(ou-topia)'를 의미하는 합성어로
처음 사용하면서 이상적인 공동체를 지칭하는 만국 공통의 보편적 용
어가 되었다. 하지만 그의 사상이 르네상스 휴머니즘의 영향 속에서 자
신이 속한 당시 영국 사회에 대한 풍자를 담고 있다는 점에서 유토피

---

8) 사파티스타 부사령관 마르코스, 앞의 책, 32쪽.

9) Ruth Levitas, *The Concept of Utopia*(Peter Lang, 2002), p. 14.

아는 엄밀히 말해 근대와 함께 태어난 서구적 장르인 셈이다. 그러므로 근대 유럽에서 출발한 낯선 세계에 대한 항해와 탐험, 식민화 과정을 통한 새로운 사회의 실현 과정은 더 구체적으로는 서구의 유토피아 기획의 일환이었다. 실제로 모어의 소설은 대서양의 어느 곳에 있는 고립된 섬에 이상적 공동체에 대한 환상을 투사한 일종의 여행 서사로서, 역사적으로는 당시 유럽의 아메리카 대륙의 정복 및 식민화 시기와 맞물려 있었음을 고려할 필요가 있다.

이런 측면에서 탈식민 유토피아주의는 기존 유토피아 논의의 서구 중심성을 지적하며 과거 서구의 식민지였던 세계의 주변부에서 전개되어 온 유토피아 논의를 재해석한다. 빌 애슈크래프트(Bill Ashcraft)는 유토피아적 상상의 대상이자 꿈이 실현될 장소인 식민지, 혹은 식민지를 경험한 이들이 스스로 이상적 사회를 꿈꾸는 시도에서 드러나는 반식민주의적 열망을 분석해 낸다. 종속이라는 조건을 극복하고 독립과 자치를 획득하려는 이들의 바람은 해방을 성취한 이후 새로운 공동체에 대한 상상으로 연결되고는 한다는 것이다. 특히 그는 이 과정에서 기억의 역할에 주목한다. 식민의 역사가 피식민자들의 과거를 억압하고 왜곡하고 파괴했다는 점에서 잃어버린 과거에 대한 기억은 현재에 개입하는 동시에 지금과는 다른 미래를 꿈꾸는 기능을 한다는 것이다.[10]

선주민 문학 또한 과거의 삶과 전통, 세계관 속에서 대안적 가치를 발견하고 복원하려는 경향이 드러난다. 이 작품 역시 안토니오의 목소리를 통해 사파티스타 선주민의 과거를 투영하며, 기억의 서사적 효과를 적극적으로 활용하고 있다. 공동체의 연장자인 안토니오는 대대로

....

10) Bill Ashcroft, *Utopianism in Postcolonial Literatures*(Routledge. 2017), p. 81.

이어 온 선주민의 지혜를 간직한 인물로 자신들의 과거를 다음과 같이 기억한다.

세상에는 두 가지 색깔만이 서로 교대했지. 그러니 신들이 성낼 만도 했지. 한 가지 색깔은 '밤'을 다스리는 '검정'이고, 다른 하나는 '낮'을 움직이는 '하양'이었지. 세 번째는 색깔이라고 볼 수 없었어. '오후'와 '새벽'에 칠해 놓은 잿빛이었지. 낮과 밤이 너무 거칠게 건너뛰지 못하게, 하양과 검정이 너무 격하게 바뀌지 않게 칠해 놓은 것이었지. 그 신들은 비록 싸움꾼들이긴 했지만 지혜로운 이들이기도 했지. 왜 자신들이 늘 싸우는지를 알고 있었거든. 신들은 모임을 만들어 대책을 논의했지. 그 자리에서 좀더 다채로운 색깔을 만들자고 의견을 모았다네. 색깔을 볼 수 없었던 박쥐 남자들과 여자들이 좀더 유쾌하게 산책하고, 좀더 기쁘게 사랑할 수 있으려면 풍부한 색깔이 필요하다고 생각했거든.[11]

여기에서 사파티스타의 과거는 신화의 형태로 서술된다. 안토니오가 들려주는 신화는 마야인들의 성서로 알려진 『포폴 부(*Popol Vuh*)』를 이야기 형태로 풀어 낸 것이다. 세상의 신들을 소개하고 이들이 인간을 창조하는 과정의 파노라마를 보여 주는 이 작품은 서구적 관념과는 다른 우주와 인간에 대한 비전을 담고 있다. 신과 인간, 인간과 자연, 현실과 사후 세계가 연결되어 서로 왕래하는 우주관은 인간 중심적인 근대 세계가 초래한 문제들에 관한 생태적 혜안과 유토피아적 전망을 제

----

11) 사파티스타 부사령관 마르코스, 앞의 책, 18-19쪽.

시한다는 평가를 받기도 한다.[12] 과거를 기억하고 되살리려는 시도 속에서 유럽을 중심으로 하는 근대 세계와 근본적으로 다른 선주민 세계를 보여 준다는 점에서 이 작품 역시 기존 선주민 문학의 토착주의적 경향을 유지한다.[13] 안토니오 할아버지는 하늘과 땅, 사람이 형성되고 소통하는 방식을 근대적 지식과 교육 속에서 살아온 마르코스에게 설명하면서 이 둘 사이에는 근본적 차이가 있음을 설명해 준다. 이를 통해 서구 문명에 의해 완전히 정복되거나 지워지지 않은 선주민 문화의 '고유'한 진정성을 강조하는 것이다.

반면에 안토니오의 이야기는 마야 전통을 그대로 복원하지 않는다. 즉, 과거에 대한 기억이 과거로의 단순한 회귀를 의미하지는 않는다. 오히려 기억의 행위가 창조적이고 역동적이라는 것을 보여 준다. 『포폴 부』에서 인물과 사건을 가져오지만 이를 복제하지 않고, 사파티스타만의 새로운 사유로 발전시키기 위해 이를 '다시' 쓰고 있다. 앞서 인용된 구절은 세계가 창조되는 과정에서 신들이 사물에 색을 부여하는 과정을 설명한다. 화자는 개별적 색의 의미를 설명하기보다는 오히려 다채로운 색의 가치와 필요성을 한다. 이는 선주민에 대한 차별적 현실을 넘어서기 위한 것뿐 아니라, 사파티스타의 현대적 이상을 표현한 것이다. 안토니오는 이렇게 덧붙인다. "세상의 모든 사람들이 '색깔이 다채롭다는 것'과 '생각들이 다양하다는 사실'을 잊지 않고, 모든 색깔들과

----

12) 전용갑 · 황수현, 「마야의 경전 『포폴 부』에 구현된 심층생태학적 유토피아」,《비교문화연구》, 42, 2016), 63쪽.

13) 토착주의(Nativism)는 식민 지배나 억압을 당한 민족이나 집단이 자신들의 고유한 전통을 고수하고 문화를 강조하는 태도를 의미한다.

모든 생각들이 적절한 곳을 찾으면 세상이 평화롭고 살 만한 곳이 된다는 것을 잊지 않도록 말일세."[14] 이처럼 마야의 창조 신화는 안토니오 할아버지의 '다시 쓰기'를 통해 변용되며, 과거의 기억은 현재의 시점에서 현실에 대한 변화의 열망과 뒤섞이게 된다. 이로 인해 사파티스타의 유토피아는 원주민의 과거에서 영감을 가져오면서도 동시에 전형적인 토착주의에서 벗어난다.

인간의 탄생을 설명해 주는 부분도 유사하다. 『포폴 부』를 기반으로 하되 이를 변용하여 '금 인간'[15]에서 '나무 인간'으로, 결과적으로 현재의 '옥수수 인간'이 된다. 뒤이어 안토니오 할아버지는 "다양한 빛깔을 가진 다양한 종류의 옥수수들이 있다는 것을 알려주면서, 옥수수 인간들은 그렇게 아주 다양한 피부색으로 되어 있었다"고 덧붙인다.[16] 여기에서 "다양한 빛깔"은 단지 마야 선주민만을 지칭하지 않고 모든 인류를 포함하는데, 이를 통해 사파티스타는 공동체의 범위를 지구적으로 확장하고 있다. 또한 옥수수 인간은 현재 인간의 기원을 설명하기 위해 사용되는 동시에 차이를 포용하는 유토피아적 인물이라는 함의가 더해진다. 이런 맥락에서 이 작품은 선주민 운동에 나타나는 종족중심성(ethnocentrism)을 극복하고 있다는 평가를 받는다. 기존 서사가 서구의

----

14) 사파티스타 부사령관 마르코스, 앞의 책, 29쪽.

15) 원래는 신이 처음 만든 인간은 '흙의 인간'이었다. 그러나 이 작품에서 '금 인간'으로 설정한 이유는 현재의 자본주의 사회의 황금만능주의를 비판하기 위한 것으로 해석된다. 자본 혹은 돈을 상징하는 '금'으로 된 인간이 보여 주는 현실의 문제점과 한계를 빗대기 위해서다. 이렇게 이 작품은 과거의 신화를 전유하되 이를 현실적 상황에 맞추어 재해석하고 재구성하는 방식을 선택하고 있다.

16) 사파티스타 부사령관 마르코스, 같은 책, 37쪽.

식민화에서 벗어나려는 인정 투쟁을 통해 자신들의 문화와 가치를 지나치게 강조하는 모습이 존재했다면, 사파티스타의 상상력은 옥수수 인간의 신화를 통해 자신들 밖의 세계와 더불어 사는 공존의 논리를 형상화함으로써 피억압민인 원주민들이 오히려 서구 문명과 근대인들을 포용하는 태도를 보여 준다. 원래의 원주민 공동체의 울타리를 허물고 더 큰 범위의 인류 공동체를 구상하고 있다. 그리고 이 원리는 함께 걸어간다는 '동반'의 개념을 통해 구체화된다.

꿈꿀 줄 모르는 사람은 아주 외롭지. 그는 자신의 무지를 두려움 속에 감춰버리고 말지. 이야기할 수 있도록, 세상을 알 수 있도록, 또한 자기 자신을 알 수 있도록 최초의 신들은 옥수수 남녀들에게 꿈꾸는 것을 가르쳤고, 그들을 수호할 동물들을 주었다네. 그 동물들은 사람들과 생의 모든 순간을 함께 걸어갈 존재라네.[17]

근대적 지식인인 부사령관 마르코스가 서구인들이 이해할 수 있는 다문화주의(multiculturalism) 담론을 통해 메시지를 전달하고 있다면, 안토니오 할아버지는 포용으로부터 시작되는 공존과 상생의 원리를 이야기해 준다. 그러나 중심이 주변을 받아들이는 것이 아닌 배타적인 자치, 즉 자기 중심성을 해체하는 방식을 통해 타자와의 공생(共生)을 꿈꾸고 있다. 또한 안토니오 할아버지는 분리할 수 없는 동물과의 필연적 관계에 대해 언급한다. 모든 인간은 자신의 수호 동물과 평생을 함께한다는 것이다. 이렇게 이들의 세계관은 신-인간-동물이 서로 연결되어

17) 사파티스타 부사령관 마르코스, 앞의 책, 125쪽.

유토피아 문학

있으며, 수직적인 관계와 위계적 질서보다는 함께 걸어가야 하는 관계로 묘사된다. 수평적 관계는 해와 달, 별, 동물들이 안토니오의 이야기 속에서 우화의 형식으로 의인화되는 방식에서도 드러난다. 이를 통해 기존에 구획되고 분리된 인간과 동식물, 인간 공동체와 자연의 경계가 허물어진다. 생태계를 구성하는 요소들이 위계 없이 섞이는 생존의 방식과 공존의 원리를 찾아가는 모습이 소설 속에서 구현되는 것이다.

탈식민주의 연구가 월터 미뇰로(Walter Mignolo)는 사파티스타의 이러한 세계관을 '다중보편성(pluriversality)'으로 설명한다. 다문화주의가 서구를 보편 주체로 상정하고 타문화를 인정하는 단일 논리에 근거를 둔다면, 사파티스타의 서사에서는 복수의 세계가 우주를 구성한다는 사고를 기반으로 삼는다는 것이다. 따라서 하나의 보편 아래 다양한 세계로 존재하기보다는, "다양한 세계들로 구성되는 하나의 세계"를 꿈꾼다.[18] 기존의 사고로는 복수의 보편성을 상정한다는 것이 용어상 모순적으로 보일지 모르지만, 탈식민의 관점에 근거를 둔 미뇰로는 개념적 구조들의 위치 이동으로 이해될 수 있다고 설명한다. 이렇게 '다중보편성'은 복수성에 기초를 둔 보편을 상상한다는 점에서 근대 서구 중심의 보편성이 함의하는 유일한 보편 개념의 배타성과 폭력성을 넘어서려고 한다. 또한 보편성을 부정하는 상대주의적 사고가 빠지는 분열과 해체, 회의주의적 사고에서 벗어나 공존과 조화, 동반을 목표로 복수의 세계가 함께 나아가도록 한다.

....

18) 월터 미뇰로, 김영주·배윤기·하상복 옮김, 「사파티스타의 이론 혁명—그 역사적·윤리적·정치적 영향들」, 『서구 근대성의 어두운 이면: 전 지구적 미래들과 탈식민적 선택들』(현암사, 2018), 401쪽.

이렇게 사파티스타 선주민들은 자신들의 자치 공간을 확보하는 데 제한하지 않고, 세계를 자율이라는 원리로 재조직하는 유토피아적 상상력을 보여 준다. 그리고 이 자율성은 동반의 형식을 통해서 구체화된다. 과거를 기억이라는 행위로 재영토화하는 과정을 통해 선주민과 비선주민의 구분, 인간과 비인간이라는 구분을 허물고 경계를 넘어 인간 공동체와 비인간 공동체가 연결되는 방식은 기존 선주민 서사가 보여 주던 상상력의 지평을 확장한다. 이렇게 타자성을 극복하려는 사파티스타의 열망은 선주민들의 근본적인 차이를 강조하는 데에 머무르기보다는, 선주민 과거를 기반으로 비선주민 세계를 포용하는 공존의 원리를 통해 다보편적인 개방적인 세계상을 그려 내고 있다.

4 언어──새로운 유토피아 설계의 구성 요소

유토피아가 아직 도래하지 않은 가상적 사회에 대한 구상이라면, 이상적 조건에 대한 사유와 상상력이 언어로 표현된다는 점에서 유토피아는 언어로 쌓아 올린 건축물이라고도 할 수 있다. 실제로 사파티스타와 마르코스는 운동의 초기부터 언어의 중요성을 강조했다. 언어는 문화적 식민화 속에서 종속되고 왜곡된 사고에서 벗어나 새로운 유토피아를 상상하는 데 상징적 역할을 한다. 2002년 출간된 『우리의 말이 우리의 무기입니다』에서도 알 수 있듯 말을 기존의 권력 관계에 균열을 일으킬 수 있는 중요한 무기로 판단하며 이에 천착해 왔다. 이들이 봉기에 나서며 무장한 낡은 재래식 무기가 저항의 상징적 도구였다면, 이들이 쓴 선언문, 연설, 편지, 인터뷰, 이야기는 오히려 실질적으로 주요한 무기가 되면서 멕시코 시민사회와 전 세계에 커다란 반향을 일으키게 된다. 이처럼 사파티스타는 말과 무기 사이의 경계를 지우면서 언어를 통한 세계의 재해석과 변화를 추구한다.

이 작품에서도 말의 중요성이 강조되며 이에 관한 사유가 진전된다. 특히, '누가 말을 갖는가'라는 언어의 소유를 둘러싼 긴장과 갈등이 대화를 진전시키는 동력이 된다. 일례로 마르코스가 선주민 안토니오 할아버지에게 사파티스타 명칭의 유래가 된 농민 출신인 멕시코혁명의 영웅 에밀리아노 사파타(Emiliano Zapata)에 관해 설명하는 장면이 나온다.

나는 사파타의 고향 '아네네쿠일코' 이야기부터 시작해서 '아야라 계획'과 군사 활동에 대해, 그리고 농촌 마을들을 어떻게 조직했으며, 그리고 어떻게 치나메카 농장에서 음모에 의해 살해당했는지까지 말했다. 안토니오 할아버지는 내 이야기가 끝났는데도 계속 나를 바라본다. "그렇지 않다네." 이윽고 그가 말했다. 나는 화들짝 놀란 표정으로 말을 더듬으면서 겨우 되묻는다. "그렇지 않다고요?" "그렇지 않다네." 안토니오 할아버지는 거듭 주장한다. "내가 자네에게 그 사파타에 대한 진실을 얘기하겠네."[19]

사파타에 대한 기존의 역사적 설명을 거부하며 안토니오 할아버지는 자신의 방식으로 이야기를 시작한다. 그렇지만 엉뚱하게도 사파타가 아닌 마야 신화 속에 나오는 최초의 신들에 관해 설명하기 시작한다. 원래 한 몸이었던 두 신 이칼과 보탄이 길을 떠나는 긴 이야기를 끝내

----

19) 사파티스타 부사령관 마르코스, 앞의 책, 80-81쪽.

자 마르코스는 당황하여 도대체 사파타와 무슨 관련이 있냐고 되묻는다. 이에 할아버지는 다음과 같이 답한다.

> 그 사파타가 이 산악지대에 나타났지. 그는 태어난 게 아니라고 한다네. 그저 나타났다네. 사람들은 말하지. 이칼과 보탄이 여기까지 왔다고. 그들이 긴 길에서 멈추려고 여기까지 왔다고 말일세. 신실한 사람들을 놀라게 하지 않으려고 하나가 되어 나타났다고 하더군. 왜냐하면 오랜 시간 동안 함께 걸어서 이칼과 보탄은 '같은 이'가 되는 것을 배우게 되었고, 이젠 낮에도 밤에도 하나가 될 수 있었다고 하더군. 여기에 도착했을 때 그들은 하나가 되었는데, 이름을 사파타라고 지었고, 그 사파타가 여기까지 오게 되었다고 말했다네.[20]

둘의 대화는 서로 다른 이야기를 하거나 마치 선문답을 하는 것처럼 엇갈린다. 이렇게 텍스트에 조성되는 긴장감은 두 인물이 다른 언어를 사용하는 것에 기인한다. 마르코스의 경우 공식 역사와 사실을 기반으로 사파타라는 개인을 강조하고 있다. 반면, 안토니오 할아버지는 신화적 언어를 사용하면서 사파타를 개인이 아니라 마야 공동체로 파악한다. 같은 인물에 대해 각각 공식/비공식, 역사/신화, 개인/공동체의 시각에서 다른 언어를 사용한 결과로 인해 발생하는 소통의 어려움이다. 이 갈등을 드러내는 목적은 우선 서구 중심의 역사 인식과 근대적 사고체계에 대한 사파티스타의 인식론적 불복종을 보여 주기 위해서다. 모두가 당연하게 생각하는 틀을 그대로 받아들이지 않겠다는 의지의 표

---

20) 사파티스타 부사령관 마르코스, 앞의 책, 86쪽.

유토피아 문학

현인 셈이다. 다른 한편으로 이는 언어가 단순한 메시지 전달 기능을 넘어 한 사회와 집단의 세계관, 전통, 가치관, 사유의 방식을 담고 있음을 보여 준다. 즉, 사파타를 다른 방식으로 설명하는 안토니오 할아버지의 언어가 담고 있는 가치와 중요성을 드러낸다. 이와 같은 상황은 다른 대화에서도 계속된다. 마르코스가 멕시코의 독립 전쟁을 비롯한 근대 역사를 설명할 때도 마찬가지다. 할아버지는 칼, 나무, 바위 물에 관해 말하는 방식을 통해 역사를 다시 기술한다. 이는 선주민의 사유와 개념이 근대적 언어로 번역될 수 없는 근본적인 차이를 지닌다는 사실을 우회적으로 드러낸다.

이와는 반대로 안토니오는 선주민들에게는 존재하지 않는 단어를 새로 만들기도 한다. 그는 선주민의 신화를 이야기하면서 서구의 언어를 전유한다. 최초의 신들의 탄생과 함께 말이 탄생한 이야기를 전하면서 가장 처음 만들어진 세 단어가 '민주주의', '자유', '정의'라고 설명한다. 그리고 이 세 단어의 의미와 작동 원리를 소개한다.

'민주주의'는 다채로운 생각들이 적절한 합의를 보는 것을 말하네. 그것은 모두가 똑같은 생각을 하는 것이 아닐세. 다양한 생각들 모두가 공통의 합의를 찾아가면서 거기에 이르는 것. 혹은 다양한 생각들 가운데 대다수가 공통의 합의를 찾아가면서 거기에 이르는 것을 뜻하지. (……) 그렇게 공통의 합의를 통해 만들어진 '명령하는' 언어는 다수의 언어를 복종하게 한다네. 명령이 의지하는 지팡이는 다름 아니라 집단적인 언어라네. 명령이 의지하는 지팡이는 결코 고독한 의지가 아니라네.[21]

---

21) 사파티스타 부사령관 마르코스, 앞의 책, 95쪽.

사실 '민주주의'는 서구에서 유래한 개념으로 마야-키체의 문화에 유사한 전통이 있었을 가능성이 있지만, 이 말 자체가 존재한 것은 아니다. 하지만 이 단어는 안토니오 할아버지의 이야기 안에서 기존의 서구적 개념과는 다른 의미와 뉘앙스를 획득하게 된다. 먼 과거로부터 식민 시기를 경험한 원주민들이 이 단어 속에 바라는 지향과 요소를 포함하면서 그 의미가 변형된 것이다. 그 결과 '민주주의'라는 단어는 합의에 이르는 과정에서의 공동체성(性)에 더 큰 가치를 내포하는 방향으로 재구성된다. 이렇게 민주주의, 정의, 자유라는 단어의 의미가 다시 생성되고, 이 단어들을 통해서 사파티스타가 지향하는 이상적 인간, 공동체, 우주의 원리가 구현된다.

이런 맥락에서 언어는 사파티스타의 유토피아적 상상력에서 핵심적인 역할을 담당한다. 안토니오 할아버지에게 언어는 '재현'의 도구가 아니라 '창조'의 그릇으로 쓰인다. 또한 그는 언어를 (재)구성하는 작업을 꿈을 꾸는 행위와 동일시한다. 단어 속에 새로운 의미를 부여하는 방식을 통해 상상력을 활성화하고 이를 미래로 투영하는 것이다. 마르코스는 안토니오 할아버지가 말하는 모습을 빗대어 "말들이 마치 씨앗들처럼 땅에 떨어진다"[22]라고 묘사하고 있다. 이렇게 사파티스타에게 언어는 아직 도래하지 않은 시간과 공동체를 예비하는 유토피아적 잠재력을 지닌 요소로 이해될 수 있다.

그러므로 『마르코스와 안토니오 할아버지』는 언어를 유토피아의 최소 조건이자 과거에서 전해진 유산으로 바라본다. 이런 측면에서 말을 발견하고 창조하는 작업은 계속되어야 한다. "진실한 여자들과 남자들

....

22) 사파티스타 부사령관 마르코스, 같은 책, 86쪽.

　　　　　　　　　　　　유토피아 문학

은 그 유산을 결코 잊지 않기 위해 늘 그 단어들과 함께 걷고, 그들과 함께 투쟁하고, 그들과 함께 세상을 살아간다네."[23] 이렇게 다시 그리고 새로 만들어지는 말과 언어는 단어들에 대한 의미를 주도하는 서구에 도전하며 유럽을 지방화할 가능성을 내포한다. 디페시 차크라바르티(Dipesh Chakrabarty)는 유럽은 우리가 말하는 이야기 속에서 더 이상 지배적이고 중심적이며 필수불가결하지 않는 시점에 지방화된다고 지적한다.[24] 이렇게 언어의 창조를 위한 작업은 원주민들의 자기 동일감을 확립하고 문화적 자긍심을 고양하는 효과에 머무르지 않고, 서구 중심적인 세계 인식을 넘어서는 상상력의 가능성을 제공한다.

5 유토피아 문학으로서 선주민 서사

사파티스타의 문학 서사는 지금까지 이들의 정치적 담론을 보조하는 일종의 에피소드 모음집이나 부수적인 팸플릿 정도로 간주되는 경향이 있었다. 하지만 기존 시각으로 볼 때 어떤 특정한 문학 장르에 포함되기 힘든 이들의 서사는 오히려 선주민들의 삶과 세계관을 표현하는 가장 효과적인 형식이자 진정성을 보장하는 매체가 될 수 있다. 이런 관점에서 『마르코스와 안토니오 할아버지』는 사파티스타 운동이 정점을 지나고 시간이 흘러 그 성과와 한계가 본격적으로 논의되어야 할 시점에 정

---

23) 사파티스타 부사령관 마르코스, 앞의 책, 97쪽.

24) 디페시 챠크라바르티, 김택현·안준범 옮김, 『유럽을 지방화하기: 포스트식민 사상과 역사적 차이』(그린비. 2014), 46쪽.

당한 비평적 연구가 필요하다. 이 작품에서 안토니오 할아버지가 제공하는 '이야기'는 마야-키체 원주민들의 과거를 기억하기 위한 서사 형식이다. 그에게 과거를 기억하는 행위는 미래를 기획하는 것과 다르지 않다. 하지만 기억은 과거로의 단순한 회귀가 아니며, 모순적 현실에 대한 성찰과 극복에 대한 열망을 담고 있는 역동적인 기억 행위이다. 따라서 이들의 신화는 현재의 소망이 개입되어 다시 작성된 이야기로 해석될 수 있다. 이렇게 과거를 다른 방식으로 전유하며 서로 다른 시간을 혼합하고 교차함으로써 현재를 넘어서는 유토피아적 상상력을 제공한다.

지금과는 다른 상상의 공동체와 대안적 미래를 사고하는 과정에서 이 작품이 강조하는 것은 언어의 생성과 (재)구성의 능력이다. 새로운 사회의 원리를 상상하기 위해서는 기존의 현실을 반영하는 언어가 아니라 새로운 의미를 포함하는 말(들)을 창조해야 한다. 새로운 세계의 씨앗과도 같은 이 말들은 선주민 세계의 삶과 역사적 경험에서 배태된다. 그러나 근대적 언어와의 교섭 과정을 통해 새로운 말들을 생산한다는 점에서 배타적인 종족 중심주의를 벗어나며, 이들에게 자신들의 이야기를 전한다는 점에서 비선주민 세계와 소통하려는 열망을 담고 있다. 이 작품은 언어의 (재)창조와 이를 이야기 형태로 전달하는 과정을 거치면서 아래로부터의 공존과 다중 보편성이라는 이상을 형상화한다.

킴 보셴(Kim Beauchesne)과 알레산드라 산토스(Alessandra Santos)는 라틴아메리카의 다양한 유토피아적 사유 형태와 서사를 고찰하는 가운데, 선주민 서사가 21세기에 들어와도 여전히 간직하고 있거나 새롭게 발굴한 대안적 에너지와 가능성에 주목해야 함을 강조한다.[25] 『마르코

---

25) Beauchesne, Kim and Alessandra Santos, *The Utopian Impulse in Latin America*

스와 안토니오 할아버지』의 경우, 기존 선주민 서사가 직면해 온 재현의 딜레마 속에서 메스티소 출신의 지식인 화자인 마르코스는 또 다른 화자인 안토니오 할아버지에게 발화의 공간을 내어준다. 그리고 이러한 윤리적 결단을 통해 자신은 중재자의 위치가 되어 선주민과 비선주민 세계를 연결하는 역할로 조정된다. 이러한 마르코스의 서사적 실험이 하위주체의 말하기와 꿈꾸기를 완벽하게 보장하는 것인가에 대해서는 의문이 제기될 수 있을 것이다. 여전히 지식인 저자의 이름을 통해 이들의 목소리가 매개되기 때문이다. 하지만 비원주민 지식인의 자기 반영과 권위를 포기하려는 시도 속에서, 이를 통해 선주민에게 이야기의 권리를 양도한다는 점에서 선주민 서사의 진전을 가져왔다고 평가할 수 있다. 21세기에 들어서면서는 본격적으로 다양한 선주민 작가가 등장하고 이들의 직접적 발언과 창작 활동이 더욱 활발해지고 있다. 이런 측면에서 이 작품은 과거 선주민 재현에서 시작하여 선주민의 직접 재현을 통한 글쓰기와 꿈꾸기로 가는 발전 과정에서 이행기적 역할을 수행하고 있다.

....
(Palgrave Macmillan, 2011), p. 13.

3부 페미니스트 유토피아

'더불어 살아가는 세계'를 '함께' 만들기 위해:
여성들이 꿈꾸는 유토피아

'페미니스트 유토피아' 문학은 용어가 말해 주듯이 페미니즘의 목표와 유토피아 담론의 특징을 연결시켜서 고찰해야 한다. 유토피아 담론의 정치적 효과 중 하나는 당대 사회의 모순과 갈등을 극복한 이상적인 다른 세계를 보여 줌으로써 사람들이 은연중에 당연하다고 여겨온 사회의 지배적 운영원리, 논리, 가치의 문제들을 부각시키고 현실의 지배적 사회질서가 이데올로기적으로 구성된 것일 뿐 얼마든지 변화될 수 있음을 설파하는 것이다. 그러므로, 유토피아 문학을 단순히 현실에 있을 수 없는 가상의 세계를 꿈꾸는 공상 문학으로 치부하기보다는 그 의의를 당대의 역사적, 사회적 문제 상황을 문학의 힘을 빌어 풍자적으로 꼬집고 그에 대한 대안으로 바람직한 미래 사회를 향한 공동체의 의지와 실천을 키우는 영양분이 되어주는 데서 찾아야 할 것이다.

그러나 이상적으로 완벽한 세상을 재현하는 유토피아 소설이 항상

성평등한 내용을 담았던 것은 아니다. 유토피아 장르를 고안해 낸 첫 소설로 알려진 1516년작 토머스 모어의 『유토피아』는 당대 영국 사회의 악폐를 비판하며 '어디에도 없는 곳'으로서의 상상의 이상국을 그리고 있지만, 그 이상국조차도 지극히 가부장적인 사회이다. 19세기 이후 유토피아 소설들 중 전 세계적인 베스트셀러로 가장 널리 읽혔던 에드워드 벨러미의 『뒤돌아보며: 2000년에 1887년을』(1888)는 사회주의적 복지국가의 이상적인 마스터플랜으로 받아들여졌지만, 이 작품 역시 여성의 본성과 지위, 역할 등을 성차별적으로 다루고 있다. 이런 상황에서 1916년 샬럿 퍼킨스 길먼의 『허랜드(*Herland*)』가 출간되며 페미니스트 유토피아 전통의 시작을 알리게 된다.

19세기까지 지배적이었던 억압적이고 폭력적인 젠더 이데올로기에 저항하여 글쓰기를 통해 정치적인 실천을 행하던 페미니스트들은 실험적 소설들을 통해 성차별적 현실을 뒤엎는 여러 형태의 페미니스트 유토피아를 제시하였다. 그러나 남성적 특질의 실패와 여성적 특질의 우월성을 주로 그리는 페미니스트 유토피아 소설들이 여성 중심 사회로의 전환을 목표로 하는 것은 아니었다. 다만 급진적인 이상 세계를 보여 줌으로써 이데올로기적으로 구성된 젠더 편견과 관습에 따른 남성 중심주의 가부장제적 현실의 문제들을 폭로하고 그에 대한 구조적이고 구체적인 방안들을 제시하여 자신들이 추구하는 대안적 사회상을 공동체적 실천으로 이끌고자 했던 것이다.

그러나, 미국의 경우, 여성 참정권을 비롯 법률상 권리의 평등을 위해 싸우던 1세대 페미니스트들에 의해 왕성하게 발표되던 페미니스트 유토피아 소설들이 1920년 여성 참정권을 허용한 미국수정헌법 19조가 통과되면서 동력을 잃었고, 양차 세계대전과 뒤이은 대공황으로 인해 유토피아적 비전이 실패하고 그에 따른 유토피아 장르가 쇠퇴하면서 오랫동안 소강상태에 빠진다. 그러다 1960년대부터 미국뿐만 아니라 캐나다, 영국, 유럽 등에서 일어난 제2물결 페미니즘 운동과 반문화 운동의 출현에 힘입어 사회의 모든 영역에서 더 큰 성평등과 해방을 지향하던 페미니스트 작가들은 공상과학소설 영역에서 중요한 역할을 하며 보다 폭넓은 젠더 문제에 대해 훨씬 더 급진적인 새로운 인식을 유도하였다.

사회의 진보와 인류의 진화를 연결시켜 생각하던 당대의 다양한 분야의 개혁 세력들은 개인 간의 경쟁과 자기 이익 추구보다는 이타심과 공동체적 연대를 바람직한 사회 변화를 위한 윤리적 덕목으로 강조하였고, 이는 남성중심 지배 이데올로기의 일환인 '젠더' 통념과 편견에서 벗어나 '여성성'과 '모성'을 건설적이고 생산적이며 협력적인 도덕적 자질로 재정의하려던 페미니즘 운동의 목표와 맞닿아 사회 개혁가들뿐만 아니라 여성들 스스로도 사회의 진보와 진화에 있어서 여성의 역할을 숙고하게 만들었다. 2세대 페미니스트들을 비롯해 사회주의, 개혁주의 운동가들에게 이제 '여성'은 보다 진보한 미래 사회의 바람직한 가치를 체현하는 존재이기에 '여성해방'은 곧 사회변혁의 핵심 가치이자 이상 사회 실현을 위한 선결 과제가 되었던 것이다.

그리고 이제 전통적인 유토피아 소설의 한계를 넘어 젠더 혁신을 지향하는 현대의 페미니스트 유토피아 소설들은 장르 규칙을 해체하여 보다 파격적이고 급진적인 내용을 선보이고 있다. 현대의 페미니스트들은 단순히 '여성해방'만이 아니라, 지배 논리 혹은 다수의 논리에 의해 억압되거나 배제된 자들의 침묵당한 목소리들을 회복시키고 함께 연대하여 폭력적인 사회구조를 바꾸어 나가는 것으로 페미니즘 운동의 외연을 넓혀 나가고 있다. 따라서, 페미니스트 유토피아 작가들 또한 획일화된 범주에 저항하기에 더 이상 추상적인 자매애를 강조하지 않으며 그보다는 여성들 사이의 차이에 주목하고, 유토피아적 요소와 디스토피아적 요소를 병치하거나 혹은 오히려 이상향의 한계를 보다 부각시켜 남성이 배제된 유토피아가 아니라 남녀가 공생 협력하는 유토피아의 필요를 제시하기도 한다.

현대 페미니스트 유토피아 문학의 추세는 고전적 의미에서 완성된 이상향을 제시하는 유토피아 문학 전통을 따르기보다는 이상적 사회상을 성취하는 '과정' 자체에 의미를 둔다. 당대의 현실적 한계를 극복한 유토피아적 청사진을 제시하는 전통 유토피아 소설만큼이나 당대의 사회상을 반영하는 페미니스트 유토피아 소설 또한 일차적으로는 역사적 변천의 맥락에서 해석되어야 하겠지만, 궁극적으로는 사회 구성원의 의지나 실천에 따라 타락하거나 발전할 수 있는 새로운 가능성의 맥락에서 시대의 흐름에 따라 매번 새롭게 다시 고찰될 필요가 있다. 더 나은 사회를 향한 바람이 '완벽한 이상향'을 목표로 한다면, 그 '완벽함'을 누가, 어떻게, 무엇으로 규정하느냐에 따라 그 완벽함에 방해가 되는 존재들을 배제하거나 억압하는 폭력 기제로 작용할 수 있기에 '유토피아'라는 용어에 대한 재고뿐만 아니라 유토피아 문학이 추구하는 방향설정에 있어서도 끊임없는 성찰과 재조정이 필요하다. 이상적인 사회를 만들기 위한 실천 의지가 적극적으로 반영된 정치적인 실천행위로서의 페미니스트 유토피아 문학의 의미 역시 이에 맞추어 언제나 새롭게 다시 해석되어야 할 것이다.

김미정

최초의 본격 페미니스트 유토피아 소설
── 샬럿 퍼킨스 길먼의 『허랜드』

김미정

1 페미니스트 유토피아를 그리는 "여성들만의 나라" 『허랜드』

카를 만하임(Karl Mannheim)에 따르면 "현실의 문제를 넘어서고 새로운 사회질서를 위해 방향을 설정하는 모든 것이 유토피아적"이다. 그렇기에 유토피아 담론은 당대의 문제를 폭로하고 비판하여 미래의 바람직한 사회상에 대한 급진적인 상상력을 보여 줌으로써 그에 대한 공동체적인 실천을 요구한다. 유토피아 문학의 목적과 의의도 이런 맥락에서 설명되어야 할 것이다. 그러나 유토피아 담론은 사회 공동체의 대의를 위해 구성원 개개인의 다양한 욕구를 희생시키는 경향 때문에 전체주의적·제국주의적 사고의 표본으로 비판을 받기도 한다. 최초의 본격 페미니스트 유토피아 소설로 손꼽히는 샬럿 퍼킨스 길먼(Charlotte

Perkins Gilman)의 『허랜드(*Herland*)』(1916)[1]는 페미니즘적 관점에서 당대의 남성 중심적인 지배 이데올로기에 맞서는 대항 이데올로기를 제공해 준다는 점에서 그 의의가 높게 평가되나, 앞서 말한 전통적인 유토피아 담론의 한계를 공유하고 있기에 현재적인 맥락에서 그에 대해 좀 더 면밀히 논의할 필요가 있다.

길먼의 문제의식이 오늘날에도 여전히 유효하다는 점을 인정하는 비평가들조차 한편으론 작가가 수정다윈주의와 낙관주의적 진보사관에 입각해 『허랜드』를 통해 제시하는 이상향이 우생학에 경도된 인종주의를 드러낸다고 비판한다.[2] 길먼이 급진주의 페미니스트로서 여성해방운동을 주도적으로 이끌던 당대뿐 아니라 한 세기를 지난 현재에도 사람들은 새롭게 희망하는 사회상과 대안적 가치를 '여성'과 연결하게 된다. 개선이 필요하다고 보는 기성 사회를 지배하는 성이 여전히 남성이기 때문일 것이다. 가부장제 사회에서 남성적 특질로 알려진 경쟁적이고 성취 지향적 자기 이익 추구의 파괴적 결과를 막고 사회가 진보하기 위해서는 전통적으로 '여성성'과 결부되어 온 이타심과 연대 의식, 약자에 대한 연민과 공감 능력이 확대될 필요가 있다고 보는 것이다. 페미니스트 중에도 남녀의 차이를 강조하느냐 남녀의 동일성을 주장하느냐에 따라 입장 차이가 있지만, 추구하는 대안적 사회상을 공동체적 실천으로 이끌고자 하는 페미니스트 유토피아 문학의 경우에는 공통적

....

1) Charlotte Perkins Gilman, *Herland*(Independently Published, 2018) 참조. 앞으로 본문 인용은 괄호 안에 *HL*이라는 약어와 쪽수만 기입하기로 한다.

2) 김정화, 「샬럿 퍼킨스 길먼(1860-1935)의 급진주의 페미니즘: 여자만의 나라를 상상하다」, 《역사와경계》 104, 2017, 40쪽 참조.

으로 바람직한 사회 변화를 위해 필요한 가치를 '여성성(feminity)'과 관련된 윤리로 연결한다. 물론 이때의 '여성'은 기존의 남성중심 지배 이데올로기가 규정해 온 대로 젠더 편견에 따른 '여성'이 아니라, 건설적이고 생산적이며 협력적인 도덕적 자질로 재정의되는 '여성'이다. 다시 말해 페미니스트 유토피아 작가들은 글쓰기를 통해 기존의 '여성'에 대한 사회적 편견과 억압을 타파하는 것 또한 목표로 삼는다. 그러므로 용어가 말해 주듯이 '페미니스트 유토피아' 문학을 논하기 위해서는 페미니즘의 목표와 유토피아 담론의 특징을 연결하여 고찰해야 한다.

특히 유토피아 소설은 당대 사회의 모순과 갈등을 극복한 이상적인 대안 세계를 그리기 때문에 사람들이 은연중에 당연하다고 여겨 온 사회의 지배적 운영 원리, 논리, 가치의 문제들을 부각하고 당대의 지배적 사회질서가 이데올로기적으로 구성된 것일 뿐 얼마든지 변할 수 있음을 보여 줌으로써 현실의 문제들을 개선하고자 한다. 페미니즘적 인식을 기반으로 쓰인 길먼의 『허랜드』 역시 같은 목적을 공유하고 있으나, 여성만으로 이루어진 이상 사회를 제시하면서 기존의 남성 중심으로 그려지는 전통 유토피아 소설과 다른 방향을 제시한다. 이것은 기존의 남성 중심 사회가 여성 중심 사회로 전환되어야 한다고 말하기 위함이 아니라 사회 전체의 '공동선'을 성취하는 데 있어서 젠더 억압과 편견에서 벗어난 여성들이 시민 공동체의 주요한 구성원으로서 공적 활동을 통해 각자의 능력을 제대로 발휘할 때 미래 사회가 더 합리적이고 효율적으로 진보할 수 있다고 믿었기 때문이다. 물론 몇몇 비평가들이 지적하듯이 『허랜드』가 그리는 페미니스트 유토피아가 완벽하게 진화한 이상적인 사회의 시스템을 유지하기 위해 작가 자신이 문제시하는 '타자 배제적인 동일성의 논리'를 오히려 공고히 하고 인종차별주의적이고 동성애차별주의적인 헤게모니를 재생산하는 디스토피아적 요소를 포함하고 있는 것이 사실이다. 본 논문은 이론적인 맥락에서 그러한 한계들을 살펴보고, 그럼에도 불구하고 『허랜드』가 왜 현대적 맥락에서 새롭게 읽혀야 하는지를 고찰해 볼 것이다.

유토피아 문학의 현대적인 의의는 현실과 동떨어지고 더 이상 변화의 가능성이 없는 완벽한 세계를 말하기보다는, 바람직한 미래 사회를 향해 계속 진행 중인 공동체적 실천을 키우는 영양분이 되어 주는 데 있다. 그러므로 당대의 사회상을 반영하는 페미니스트 유토피아 소설도 일차적으로는 역사적 변전의 맥락에서 해석되어야 하겠지만, 궁극적으로는 사회 구성원의 의지나 실천에 따라 타락하거나 발전할 수 있는 새로운 가능성의 맥락에서 시대의 흐름에 따라 매번 새롭게 다시 고찰될 필요가 있다. 이러한 맥락에서 본 논문은 우선 길먼이 『허랜드』를 쓰던 당시 사회적·시대적 배경을 살펴봄으로써 작가가 주장한 '모성의 사회화'가 무엇이며, 왜 사회 개혁의 논리로 '모성(애)'를 강조하는지 살펴볼 것이다. 또 많은 후대 비평가들이 지적하는 한계들에도 불구하고 『허랜드』가 페미니스트 유토피아를 향한 선구적 목소리를 내고 있다면 길먼의 글쓰기가 왜 엘렌 식수(Hélène Cixous)와 뤼스 이리가레(Luce Irigaray)가 설파한 정치적 실천 행위로서 여성적 글쓰기(feminine writing)로 해석될 수 있는지, 그리고 그것이 왜 질 들뢰즈(Gilles Deleuze)의 이론에서는 기존 사회의 억압적 규범·규율 체계에 저항하여 수많은 '탈주선'을 생성하는 창조적 작업일 수 있는지 분석할 것이다. 마지막으로 『허랜드』에 내재하는 디스토피아적 요소들을 이론적인 맥락에서 살펴본 후, 그럼에도 불구하고 길먼이 추구하는 페미니스트 유토피아가 닫힌 정적 세계가 아니라 유동적으로 열린 공간, 혹은 그 '열림'을 향한 지속적인 운동을 뜻한다면 『허랜드』의 현대적 의미와 유토피아적 상상력의 의의를 짚어 볼 것이다.

2 모성의 사회화: 『허랜드』는 왜 모성을 강조하는가?

길먼은 1910년대 미국에서 참정권 운동이 승리를 목전에 두고 있을 때 참정권 이후의 목표, 즉 여성의 경제적 독립과 가사와 모성의 사회화라는 급진적인 쟁점을 제기한 여성운동가이자 사회 개혁가였다.[3] 그녀는 1909년 11월부터 1916년 12월까지 『선구자』라는 잡지에 연재한 소설 『허랜드』를 통해 자신의 첫 번째 이론서 『여성과 경제학(Women and Economics)』(1898)에서 주장한 내용을 반영하여 실험적인 대안 사회를 제시한다. 『여성과 경제학』에서 길먼이 강도 높게 비판한 남녀 사이의 성적 경제 관계(Sexuo-Economic Relations)의 문제는 결국 결혼과 모성에 관한 것이다. 길먼에 따르면 남성의 혈통을 따라 재산과 가계가 전승되는 가부장제 사회에서는 여성들이 종속적 지위로 인해 인생 최대의 목표가 되어 버린 결혼에서 좀 더 유리해지기 위한 일종의 생존 전략으로 성과 여성스러움을 과대 강조하면서 남성에게 선택되기를 기다릴 뿐 아니라, 결혼 이후엔 "걸어다니는 젖생산기"가 되어 사회의 경제에 암소처럼 이용된다.[4] 길먼이 살던 당시 사회에서 여성의 성은 경

----

3) 김정화, 앞의 글, 40-44쪽 참조.

4) Charlotte Perkins Gilman, *Women and Economics*(Boston: Small, Maynard & Co., 1898), p. 44.

제적 의존에 대한 일종의 대가로서 남성의 쾌락을 위한 것이었고, 가정 내의 출산과 양육을 위한 도구였다. 길먼이 보기에 문제는 여성성이나 모성 자체가 아니라 그것들이 제도화되는 정치적 · 경제적 · 사회적 문맥, 곧 가부장제였다. 그래서 길먼은 여성이 가정과 사회에서 노예화되는 이러한 젠더 억압을 타파하기 위해 '여성다움'과 '모성'을 재정의하고자 하였다.

특히 길먼은 아이를 낳고 양육하는 어머니 역할을 단지 사적 영역에 국한하지 않고 공적 영역의 질서를 변모시키고 재구성하는 사회적 능력으로 확대하였을 때 국가 발전의 핵심적인 원동력으로 작용할 수 있다고 보았다. 그래서 데이나 세이틀러(Dana Seitler)의 지적처럼 가부장제 헤게모니로부터 여성들을 해방하기 위한 페미니즘 운동에 우생학 규율을 결합하여 모성을 재정의했다.[5] 이를 반영하여 길먼은 『허랜드』에서 처녀생식을 통해 가부장제 사회의 성 역할에서 벗어난 여성들이 여자들만의 나라에서 각 분야의 전문가들로서 다음 세대를 위한 사회 진보에 열렬히 기여할 뿐 아니라 모성의 완전한 사회화를 이루어 충분히 풍요롭고 행복한 삶을 살아가는 모습을 그렸다. 처녀생식은 길먼이 일관되게 주장한 모성의 사회화를 가장 극적인 방식으로 실천할 수 있는 상상이었다.[6] 모성이 삶의 목표이자 종교로 숭앙되는 허랜드에서 특이한 점은 기존의 가부장제 사회에서 여성들의 자아실현과 자율적인 삶을 불가능하게 만드는 희생적 모성이 이곳의 여성들에게는 강요되

----

5) Dana Seitler, "Unnatural Selection: Mothers, Eugenic Feminism, and Charlotte Gilman's Regeneration Narratives", *American Quarterly* 55, 2003, p. 64.

6) 김정화, 앞의 글, 68쪽 참조.

지 않는다는 것이다. 아이들의 양육은 최고로 훈련된 전문 교사가 공동으로 담당하고, 각각의 어머니들은 본인이 선택한 분야에서 마음껏 자아실현을 하고 일에 몰두할 수 있다. 사실 길먼뿐 아니라 일라이자 버트 갬블(Eliza B. Gamble)이나 알렉산드라 콜론타이(Alexandra Mikhailovna Kollantai) 같은 다른 사회주의 페미니스트들도 모성과 일의 양립이 가능한 사회변혁을 추구했다. 즉 사회 조건의 변화를 통해 '의무로서 모성'을 '권리로서 모성'으로 변화시키려던 것이기 때문에 모성에 대한 이들의 견해가 보수적 젠더 규범을 강화한다고 말할 수는 없다.[7]

당시 1세대 페미니스트들을 비롯한 사회 개혁가들이 여성의 역할에 주목하게 된 데는 진화론의 대중화와 우생학의 등장, 1873년 대불황으로 인한 자본주의의 위기 등 "세기 전환기의 사회 상황과 시대정신의 변화가 그 배경이었다."[8] 자유방임주의의 시장 원리의 실패와 진화론의 발전은 개인 간의 경쟁과 자기 이익 추구보다는 공동체적 협동과 이타심을 강조하게 만들었다. 자유방임 시장경제 원리에서는 호전적이고 경쟁적인 이기심이 유리했고 이러한 특질은 남성적인 것으로 여겨졌기에 19세기 중반까지 남녀의 성 역할은 공사 분리에 따른 것이었다. 그런데 기존 사회질서의 위기로 인해 사적 영역에 유폐되어 온 모성을 비롯한 여성적 특질들이 이제 "가정의 울타리를 넘어서 악덕과 부패, 사회 문제로 혼란스러운 공적 세계를 정화할 힘의 원천"으로 호명되었고, 이에 따라 공화주의적 모성 관념이 강화되면서 이기적이고 폭력적인

---

7) 오현미, 「여성과 사회 진보: 사회주의 페미니스트 갬블의 진화된 차이 및 여성 우월성 담론에 대한 연구」, 《페미니즘 연구》 18.1, 2018, 425쪽 참조.

8) 오현미, 같은 글, 391쪽 참조.

남성성을 대신해 아이를 낳고 기르는 과정에서 진화한 여성의 이타심, 협동, 연대, 공감 등의 능력이 인류 진화의 동력으로서 강조되었다.[9] 오늘날의 일부 페미니스트들은 당시 사회 개혁가들이 대안 사회를 위해 추구한 가치가 남녀의 차이를 강조하는 프레임 안에서 생물학에 근거를 두어 여성성을 단일한 정체성으로 정의함으로써 여성 내부의 다양한 차이를 삭제할 위험이 있으며, 여성성 자체를 불변의 속성으로 가정하여 변화를 가로막는다는 점에서 빅토리아 시대의 본질주의적 여성론을 수용한 생물학적 본질주의라고 비판하기도 한다.[10] 하지만 세기 전환기 페미니스트들에게 진화론은 서구의 철학과 신학에 근거를 두고 젠더 규범에 대항하는 변화와 진보, 진화의 사상이었으며, 진화론에 근거를 두고 차이를 주장하는 것은 원리상 여성성에 대해 변화와 변이에 열려 있는 사고를 의미했다.[11] 이러한 맥락에서 보자면 『허랜드』의 배경 설정은 순수한 상상력의 결과물이라기보다 당시 시대적·사상적 요구에 의한 담론의 반영물인 것이다.

소설에서 허랜드 또한 전쟁과 살육의 폭력적 기원을 가지고 있었지만, 남자들이 모두 죽고 여자들만의 나라로 재건된 이후 이성애가 사라진 사회에서는 위계적 남녀의 권력관계가 없으며 처녀생식을 기반으로 한 모성이 비폭력의 유토피아를 가능하게 하는 절대적 사회 가치이자 사회질서이다. "모두 어머니거나 어머니가 될 여자들만 있는 이 나라"(HL 130)에서 "무한한 자매애"(HL 134)가 포함된 모성은 여성의 의무

----

9) 오현미, 앞의 글, 396, 409, 417쪽 참조.

10) 오현미, 같은 글, 423쪽 참조.

11) 오현미, 같은 글, 423-424쪽 참조.

유토피아 문학

나 제약이 아니라, 사회 구성원들의 정신적·도덕적·시민적 최고 가치로서 누구나 기꺼이 떠맡고 싶어 하는 보살핌과 돌봄의 권리이며 능력이다. 또한 아이의 양육과 교육을 나라 전체의 공동의 책무로 시스템화하면서 길먼이 주장한 '모성의 사회화'가 실현되어 모든 여성들은 자유롭게 공사 영역 구분 없이 자아실현과 직업적 성취를 추구할 수 있을 뿐 아니라 경제적 독립도 가능해져서 사회는 더 나은 형태로 발전할 여력과 가능성을 얻게 되었다. 폭력이 사라진 허랜드에도 '어머니'들의 권력은 존재하지만, 어디까지나 연대하고 협동하여 사회와 자연과 아이들을 보살피기 위한 권력이다. 당대의 관습적인 여성성에 따르면 허랜드의 여성들은 전혀 여성적이지도 않고 이해할 수 없는 존재인 듯하지만, 자기 이익에 기반을 둔 낭비적이고 탐욕적인 방법을 취하기보다는 다음 세대를 보살피고 교육하기 위해 "진정한 모성"을 증명해 보인다는 점에서 길먼이 『여성과 경제학』에서 주장한 "본질적으로 훨씬 더 여성적인" 사람들이라고 말할 수 있다.[12] 미국 사회의 가부장적 지배 이데올로기의 대변자로서 승부욕과 정복욕이 강한 테리가 자부심을 느껴온 자신의 남자다움이 '여성들만의 나라'에서는 전혀 먹히지 않아서 결국 부부 강간을 시도했다가 추방되는 것은 상징적인 팔루스(phallus)뿐 아니라 생물학적인 남성 성기가 여성에 대한 남성의 지배를 당연시할 만한 근거가 될 수 없음을 보여 준다. 길먼이 그리는 허랜드에서는 에코페미니즘적인 요소도 많은데, 이는 여성들이 가정이라는 울타리에서 해방되면 남성보다 훨씬 더 인간 세상을 조화롭고 평화롭게 운영하는 데 적합하다고 말하려는 것이다.

---

12) Charlotte Perkins Gilman, *Women and Economics*, p. 160.

허랜드의 여성들은 어떤 의미에서 인간과 동물의 경계선, 남성과 여성의 경계선 사이에서 이분법적인 이데올로기를 넘어서는 경계적 존재들이라고 볼 수 있다. 처녀생식을 통해 "모두 한 어머니에서 태어난 한 가족"(*HL* 114), 자매애로 뭉친 한 가족인 공동체이므로 여인국인 허랜드에는 전쟁도 계급도 없으며 모든 이들이 "투쟁이나 경쟁이 아닌 단결 속에서 함께 성장한다"(*HL* 119). 허랜드에서 모성애는 "동물적인 열정, 극히 개인적인 본능"이 아니라 "종교"이며 더 나아가 무한한 협동 정신을 가능케 하는 "나라와 민족과 인간에 대한 사랑"이다(*HL* 134). 즉, 길먼은 '모성(애)'를 자신이 설정한 페미니스트 유토피아의 가장 중심적 자질로 보았으며, 소설 『허랜드』를 통해 그것은 타고난 본성이 아니라 평화롭고 조화로운 공동체적 삶을 위해 습득하고 훈련해야 하는 한 사회의 중요한 가치이자 원리라고 주장하고 있는 것이다.

3 들뢰즈적 맥락에서 탈주선을 긋는 여성적 글쓰기

길먼은 여성 개개인이 본연의 생물학적 특성을 한계나 억압으로 여기지 않고 더 나은 미래를 위해 현재의 공동체를 변화시키는 주역으로서 각 분야에서 주체적으로 자아를 실현할 때 여성뿐 아니라 남성도 해방되며 고도의 사회 진보가 가능해진다고 여겼다. 그리고 허랜드는 길먼이 본인의 삶을 통해 추구·증명하고 싶어 한 이상적 사회였다. 19세기까지는 가부장제의 완고한 관습 아래 버지니아 울프가 정의한 '집안의 천사'라는 이미지에서 벗어나는 여성들은 혐오와 처벌의 대상이 되었다. 이에 저항하는 페미니즘 운동은 여성이 인간이 되기 위한 투쟁이

자 정치학이었다. 각각의 다른 터전과 조건에서 출발하더라도 억압적이고 폭력적인 젠더 이데올로기를 깨뜨려 나가고 사회 진보를 위한 공동 의식을 형성하기 위해서는 여성 간의 유대가 절실했고, 그래서 길먼같은 페미니스트들에게 글쓰기는 지극히 정치적인 실천 행위였다.

페미니스트가 강조한 여성 간의 유대를 모성적 개념으로 확장하고, 정치적 실천 행위로서 여성적 글쓰기를 강조한 인물은 프랑스의 페미니스트 엘렌 식수이다. 사실 식수는 길먼 사후에 활동한 비평가이지만, 오늘날의 관점에서 비평가들이 비판하는 『허랜드』를 더 긍정적이고 생산적인 텍스트로 다시 읽기 위해서는 '여성적 글쓰기'의 맥락에서 읽는 것이 유의미하다고 본다. 식수는 여성적 글쓰기의 선언문으로 간주되는 「메두사의 웃음(The Laugh of the Medusa)」(1975)에서 "여성 안에는 항상 타자를 생산하는 힘, 특히 다른 여성을 생산하는 힘이 있다"고 강조하면서 여성의 출산과 모성성을 글의 창작과 연관한다.[13] 식수는 타자를 규정하고 억압하며 배제하는 남성적(masculine) 원리에 반해 타자에 대한 배려와 보살핌, 희생과 공존이 가능한 여성적(feminine) 원리가 "항상 선한 어머니의 젖"에 비유되기에 이를 반영하여 "하얀 잉크"로 쓰는 여성적 글쓰기는 타자의 존재를 포용하고 사랑하는 모성적 사고의 실천이 되어야 한다고 주장했다. 또한 지배 이데올로기 아래서 침묵당해온 '타자'들은 다른 '타자'들과 함께 더불어 글을 씀으로써 해방적이고 전복적인 사고의 기반이 되는 변화를 일으켜야 한다고 강조했다.[14] 그

13) Hélène Cixous, "The Laugh of the Medusa", Eds. Chung Chung Ho and Lee So Young, *Feminism and Women's Literature*(Seoul: Hanshin Publishing Co.), 1994, p. 562.

14) Hélène Cixous, "The Laugh of the Medusa," p. 553.

러므로 식수가 말한 여성적 글쓰기는 단순히 생물학적 여성들에 의한 글쓰기만을 뜻하는 것이 아니라, '나'와 '타자' 사이의 경계와 우열을 나누는 이분법적인 이데올로기에 저항하여 새로운 관계를 사유하고 정립하기 위한 실천 행위로서의 글쓰기 모두를 지칭한다고 볼 수 있다.

식수는 글쓰기가 "내 안에 있는 타자의 통로이며 입구이자 출구이고 타자의 거주지"이기에 말과는 달리 글쓰기에는 항상 타자의 존재 가능성이 열려 있으며, 글쓰기가 갖는 변모의 힘은 바로 여기서 나온다고 주장한다.[15] 다른 프랑스 페미니스트 뤼스 이리가레는 어떤 것으로도 고정되는 것을 거부하는 '과정의 글쓰기'로서 '여성적 글쓰기'를 정의하며, 여성의 말은 단 하나의 기관에서 시작하는 것도 아니고 한 규칙에 의해 단선적으로 전개되는 것도 아니며, 여성은 자신의 몸속에 있는 수많은 타자들 중 하나에서 말을 시작하였다가 그것을 끝맺지 않고 자신 속에 있는 또 다른 타자에게 이동하여 다시 시작하므로 여성의 언어는 결코 고정되지 않는다고 주장한다.[16] 이들이 보기에 '여성적 글쓰기'를 통해 일어나는 목소리는 언제나 바깥을 향하는 목소리이며, 타자를 향해 타자에게로 열려 있고 자아 바깥의 타인(들)이 듣고 응답해야만 비로소 살아나는 공존과 상생을 위한 목소리이다. 그러므로 식수나 이리가레가 주장하는 '여성적 글쓰기'는 어디에 묶이거나 조직화되는 것을 거부하여 흘러넘치는 속성을 지니며, 이러한 '여성적 글쓰기'를 통

----

15) Catherine Clement & Hélène Cixous, *La jeune née*(Paris: Union Generale d'Editions, 1975), p. 156. 이봉지, 「엘렌 식수와 뤼스 이리가레에 있어서의 여성성과 여성적 글쓰기」,《프랑스 문화 연구》6, 2001, 51쪽에서 재인용.

16) 이봉지, 같은 글, 55쪽 참조.

유토피아 문학

해 새로 태어난 여자(들)은 또 다른 타자들을 다른 방식의 삶에 이르도록 한다.

그런데 필자가 보기에 식수와 이리가레가 주장하는 '여성적 글쓰기'의 (저자뿐 아니라 독자까지 포함하는) 주체는 들뢰즈적 맥락에서 끊임없이 변화하여 '되어가는(becoming)' 주체, 혹은 탈주선을 긋는 '유목적 주체'로 해석할 수 있다. 유목적 사유와 존재 방식은 주체성에 대한 헤게모니적이고 배타적인 관점들에 대항하는 정치적 저항의 한 형태이다.[17] 들뢰즈가 '홈패인 공간'으로 부르는 제도권의 가치 체계와 삶의 방식에 순응하고 안주하여 변화를 거부하는 이들이 '정주적 주체'라면, '유목적 주체'는 규격화 · 획일화하는 사회적 틀에서 벗어나 새로운 '나'를, 새로운 '관계들'을 만들기 위해 끊임없이 탈주하는 주체이다. 여기서 '탈주' 혹은 '탈주선 긋기'란 세상에서 도망치는 것이 아니라 오히려 세상을 변화시키는 창조적인 '생성' 능력이다. 탈주선을 그리는 유목적 주체는 규범적이고 정형적인 논리를 따르기보다 다른 삶, 다른 존재 방식을 추구하며, 지금의 '나'를 규정하는 울타리 바깥을 향해 탈영토화를 욕망하고 수행한다.

또한 들뢰즈적 맥락에서도 글쓰기는 다수자에 저항하여 탈주선을 그리는 '소수자-되기'의 행위이다. 여기서 말하는 '다수자'와 '소수자'는 실제 그 수의 많고 적음을 뜻하는 것이 아니라, 남성-어른-백인-이성애-인간 등 지배 권력이 설정한 규범적 기준에 포함되는 이들을 '다수자'로 보고, '소수자'는 그러한 다수자의 모델을 거부하고 폭압적이고

---

17) Rosi Braidotti, *Nomadic Subjects: Embodiment and Sexual Difference in Contemporary Feminist Theory*(New York: Columbia UP, 1994), p. 60.

규범적인 기준에서 탈주하는 자를 말한다. 들뢰즈가 진정한 문학이라고 부르는 소수문학(minor literature)에서 글쓰기를 수행하는 작가들은 독자들을 한편으로 만들어 무수한 탈주선을 생성하는 '소수자-되기'를 목표로 한다. 그런데 들뢰즈적 맥락에서 여성들이 남성중심 지배 질서가 강요하는 기준에서 탈주하여 유목적 주체가 되고자 하는 것은 "존재론적 욕망, 존재하려는 욕망"이다.[18] 그러므로 남성을 보편적 인간으로 삼아 남성의 기준에 따라 여성을 타자로 규정하는 기존의 남성 중심 지배 이데올로기에 저항하여 사회를 변화시키려는 페미니스트들의 정치적 실천 행위로서의 글쓰기는 들뢰즈의 개념에서 유목적 주체의 탈주선 긋기로도 해석될 수 있는 것이다.

소설에서 허랜드에 방문한 세 남성은 당대 미국의 남성 중심주의 사회에 존재하는 세 가지 남성 시선(male gazes)을 대변한다. 화자인 밴(Van)은 선입견이나 편견에서 가장 자유로운 인물로 나름 객관적인 시선을 유지하는 관찰자이다. 그는 여성들만의 유토피아인 허랜드를 깊이 알아갈수록 가부장제 사회가 규정하는 여성다움이 그저 남성의 환상과 욕망의 투사일 뿐이라는 사실과 더불어 허랜드와 비교하여 본인이 속한 미국 사회의 다양한 모순과 문제들을 깨닫기 때문에 잠재적인 새로운 유형의 남성이며, 속편인 『우리나라에서 그녀와 더불어(*With Her in Ourland*)』(1916)에서 가장 긍정적으로 변화하는 남성 인물로 그려진다. 테리(Terry)는 여성이 남성에게 종속되는 것이 자연스럽다고 믿는

---

18) Rosi Braidotti, "Toward a New Nomadism: Feminist Deleuzian Tracks; or, Metaphysics and Metabolism," (eds.) Constantin V. Boundas & Dorothea Olkowski, *Gilles Deleuze and the Theater of Philosophy*(New York: Routledge, 1994) p. 160.

가부장제의 옹호자이자 광신적 애국주의자로 전형적인 포식자이다. 제 프(Jeff)는 기사도 정신을 갖춘 신사처럼 보이지만 표면적으로는 여성을 낭만적으로 이상화하면서 실제로는 여성이 남성에게 의존하고 보호받아야 할 존재로 믿으며, 여성다움에 대한 남성 환상을 고수한다는 점에서 테리와는 다른 방식으로 남성 중심적인 사고에 갇혀 있는 인물이다.

길먼은 가부장제 사회의 이성애적 규범에서 비롯한 여성 억압을 타파하고 문화적 지성에 대한 기존 정의에 도전하기 위해 『허랜드』를 통해 무성애적인 유토피아를 그린다. 또 여성들이 관습적으로 여성에게 강요되는 젠더 역할에서 벗어나 새로운 존재 방식, 관계 방식, 자아실현 방식을 추구하도록 다윈의 진화 이론을 젠더 관계에 대입하여 대안적 사회상을 제시한다. 허랜드에서는 여성들이 남성들에게 경제적으로 의존하지 않기 때문에 가부장제에서 살아남기 위한 생존 전략으로 '여성스러움'이라는 가면을 쓸 필요가 없다. 그럼에도 세 남자 주인공들은 자신들의 아내들이 미국 사회의 여성들처럼 남성의 필요와 입맛에 맞춰 '여성스러워'지기를 바란다. 이는 임시 방문객에 불과한 남성 인물들이 오로지 본인들이 보고 싶은 것만 선택적으로 보고 자기 본위로 해석하는 한계를 드러내는 것이다. 그런데 외부인으로서 허랜드를 경험하고 독자들에게 소개하는 이 남성들의 견해가 사실은 길먼이 글쓰기를 통해 제시하고 싶은 사회 참여적이고 사회 기여적인 바람직한 여성성에 대한 당대의 '가정된 독자'들의 시선과 반응에 가깝기 때문에, 이 남성 인물들이 보이는 한계는 남성의 입을 통해 남성들의 가부장적 사고의 허점을 자연스럽게 폭로하게 만든다는 점에서 효과적인 서사 전략일 수 있다.

길먼은 남성다움이나 여성다움에 대한 당대의 고정관념은 자연스러운 본래적인 것이 아니라 사회적으로 미리 조건지어지고 구성된 인위적 허구일 뿐이라고 생각했기에, 그러한 사회적 고정관념에서 자유로운 여성들만의 나라가 얼마나 유토피아적일 수 있는지를 그린 것이다. 다시 말해 길먼은 여성다움이 더 이상 무력하게 남성에 의존하거나 보상 없이 집안일에만 봉사하기 위해 본인의 자아실현 욕망을 포기하고 희생하는 비독립적이고 비주체적인 수동성으로 정의되는 것을 거부하기 위해, 심지어 모성조차도 남성 지배 시스템을 위한 수단으로 강조되는 기존 사회의 거짓된 도덕률에 저항하기 위해 실천적 행위의 일환으로『허랜드』를 쓴 것이다. 그래서 가부장제적 고정관념을 고수하는 테리가 허랜드의 여성들은 인간이 아니고 자연스럽지도 않다고 말하는 것은 당대 미국 사회의 시선을 반영한 것일 뿐, 다른 남성 인물인 밴과 제프조차 테리의 편협한 견해를 줄곧 비판하고 있기에 독자들 또한 그러한 편협한 사고에 동조하기보다는 비판하는 입장을 취하도록 요구받는다고 할 수 있다. 들뢰즈는 삶을 약화시키고 삶의 가치를 떨어뜨리는 모든 권력에서 탈주하여 끊임없는 '되기(becoming)'의 과정 속에서 소수 의식을 구성하고 구현함으로써 계속적으로 탈주선을 그리는 해방문학을 '소수 문학'이라고 정의하였다. 그러므로 길먼이 소수 문학의 맥락에서『허랜드』를 통해 탈주선을 긋는 여성적 글쓰기를 수행하고 있다면 그 의미는 고정된 것이 아니라 유동적인 것이며, 텍스트에 내재한 모순과 한계에도 불구하고 늘 현재적인 맥락에서 새롭게 읽힐 필요가 있는 것이다.

유토피아 문학

4 『허랜드』의 디스토피아적 요소

길먼이 활동하던 세기 전환기엔 찰스 다윈(Charles Darwin)의 진화론과 허버트 스펜서(Herbert Spencer)의 진보론이 미국 사회 곳곳에 영향을 끼치고 있었고, 과학을 통해 인간을 개량할 수 있다는 우생학(Eugenics) 이론에 대한 세인들의 관심이 증폭하고 있었다. 그런데 우생학은 이론에 그치지 않았다. 실제로 미국에서 1907년부터 1948년까지 법원의 판결에 따라 대상자가 결정되어 매달 100여 명이 불임 시술을 받았는데, 그 인원은 총 50,193명에 달했다.[19] 국가 차원에서 시행된 불임 시술 강제의 목적은 사회인으로 부적격한 사람들의 유전자가 유전되지 않도록 하는 것이어서, 미국 법원은 범죄자, 정신 질환자, 뇌전증 환자, 기형자, 알코올중독자, 당뇨병 환자, 일부 시각장애자와 청각장애자, 지적 장애자들에게 불임 시술 판결을 내렸다(이동환). 그런데 우월한 인종으로 인간을 개량하기 위해 열등한 유전자로 판단된 이들을 이렇게 탄압하고 배제하는 사회가 유토피아일 수 있을까? 또 그러한 선택에서 살아남은 이들만이 존재하는 세상이 과연 유토피아일 수 있을까? 나치의 홀로코스트를 떠올리게 하는 이러한 사건에 대한 질문을 길먼의 『허랜드』에도 적용할 수 있다.

허랜드에서는 오래전 인구 과밀 현상으로 인해 소극적 우생학을 도입하였고 거기에는 처절한 희생이 필요했다(*HL* 135). 규칙은 다음과 같다. "우리 모두의 아이들을 위해 개인만의 행복은 통제되고 희생되어

---

19) 이동환, 「우생학, 유전자 결정론 그리고 디스토피아」, 《채널 예스》, 2014. 03. 11. http://ch.yes24.com/Article/View/24582(검색일 2020. 9. 16.)

야 한다"(HL 139)는 전제 아래 나쁜 자질이 있는 처녀들은 아이를 낳는 것을 허락 받지 못하거나 낳더라도 양육을 다른 여성에게 맡겨야만 한다. 그래야 그들의 나쁜 자질이 다음 세대에게 전달되지 않고 제거된다. 다시 말해 "열등한 사람들을 교육과 우생학을 통해 계몽하거나 멸종시키는"(HL 159) 전략을 통해 아이들은 최고로 우수한 여자들에 의해 체계적으로 양육·교육되어 우수한 사회 구성원으로 자라고, "처벌 대신 예방책과 치료"(HL 216)라는 명목으로 이러한 원칙을 엄수함으로써 허랜드에서는 지난 육백 년 동안 범죄자가 한 명도 나오지 않을 정도로 우월한 인류가 사는 유토피아가 된 것이다. 그런데 얼핏 유토피아로 보이는 허랜드는 사실 푸코 식으로 말해 전형적인 생명정치가 실현되는 곳이며, 예방과 치료라는 명목으로 정상과 비정상을 구분하여 개인의 자유와 욕망을 국가를 위해 포기하도록 통제하는 것은 푸코가『감시와 처벌』에서 얘기한 '규율 사회'이자 레비나스가 비판한 '전체주의'의 모습이다.

버니스 하우스먼(Bernice L. Hausman)은 미국 사회의 비극이 이종잡혼에서 비롯하였다고 믿는 길먼의 인종주의적 관점이『허랜드』를 통해 드러난다고 비판하며,[20] 린 에번스(Lynne Evans)는 순수 인종, 순수 혈통을 따지는 허랜드인들의 정책이 사회다원주의에 대한 길먼의 관심을 반영한 것이지만 사실 이것은 미국인들의 '백색 신화,' 즉 백색 헤게모니의 인종주의를 보여 주는 것이라고 주장한다.[21] 제니퍼 후다(Jennifer

---

20) Bernice L Hausman, "Sex before Gender: Charlotte Perkins Gilman and the Evolutionary Paradigm of Utopia", *Feminist Studies* 24, Fall, 1998, pp. 503-504.

21) Lynne Evans, ""You See, Children Were the the Raison D'etre": The Reproductive

232   유토피아 문학

Hudak)은 사회를 개조해서 완벽한 이상향으로 진보하기 위해 다음 세대를 더 낫게 만들어야 하므로 허랜드인들은 사회 구성원 재생산과 모성에 초점을 둘 수밖에 없고, 그것이 사회 개혁을 바라는 길먼의 입장이기도 했다고 주장한다.[22] 하지만 에번스는 길먼이 재생산적 미래주의(reproductive futurism)에 경도되어 『허랜드』를 통해 작가 본인이 전복하기를 원하는 백인 남성 중심의 가부장제적 예속(subjugation)을 오히려 공고히 하고, 인종차별주의적이고 동성애차별주의적인 헤게모니를 재생산한다고 비판한다.[23] 젠더 이슈를 재고한다지만 사실 큰 시각에서 봤을 때 가족과 사회를 구성하는 기존 사회의 구조적 본성은 그대로 유지하려는 입장을 취하기 때문에 길먼이 『허랜드』에서 제시하는 유토피아가 여성 중심의 사회라기보다는 아이 숭배의 사회이며, 사회의 모든 목적과 중심을 오로지 아이에게만 두는 것은 결국 이성애를 규범으로 하는 동성애차별주의를 강조하는 부작용을 낳는다는 것이다.[24] 에번스에 따르면 아이는 이성애 규범에 대한 집착을 나타내는 일종의 페티시이며, 우월한 유전자의 후세대 생산과 양육이 허랜드에서 최고의 목적이자 가치라면 그것은 '같음'의 논리, 즉 '동일성'을 추구하는 남성중심 지배 이데올로기와 다르지 않다.[25] 이런 맥락에서라면, 허랜드는 가부

....

Futurism of Charlotte Perkins Gilman's Herland", *Canadian Review of American Studies* 44.2, Summer, 2014, p. 314.

22) Jennifer Hudak, "The Social Inventor: Charlotte Perkins Gilman and the (Re) Production of Perfection", *Women's Studies* 32, June 2003, p. 475.

23) Lynne Evans, *Ibid.*, p. 302 참조.

24) Lynne Evans, *Ibid.*, p. 304 참조.

25) Lynne Evans, *Ibid.*, p. 305 참조.

장제적 기획을 전복시키는 대안 사회이기보다는 그것을 똑같이 되비추는 거울상에 불과할지 모른다.

사실 허랜드에서는 사려 깊은 다정함과 우정이 여성들 사이의 관계를 특징지으며 남녀 사이의 성적 욕망을 대신하지만, 길먼이 말하는 허랜드인들의 '무성욕'이라는 것은 '남성을 향한 이성애적 욕망이 없음'으로만 국한되기에 그 외의 다른 LGBT 성적 소수자들 사이의 성관계는 고려 대상에서 제외한다는 문제가 있다. 더구나 '허랜드'라는 이름이 길먼의 이상주의적 비전을 반영한다 해도, 여성들만의 나라에서 결혼이 자신들의 문화가 아닌데도 외부인인 남성들을 남편으로 맞아 "위대한 새 희망"인 세 쌍의 부부를 이루는 이유 역시 "새로운 모성애의 태동"과 "(남성들과) 함께 아이를 낳고 기르는" 새로운 형태의 가족 시스템을 시도하기 위해서이다(*HL* 265-66). 요약하자면 아이 생산과 이성애 중심주의를 타파하지 못하는 길먼의 상상력이 오히려 허랜드를 이상향에서 멀어지도록 하는 모순을 낳는 것이다. 또한 가부장제 사회의 폐악으로 지목되는 '예속'은 허랜드에도 존재한다. 허랜드에서는 소녀들 중 누가 아이를 낳고 누가 기를 수 있는지 선별되어 관리된다. 그런데 그것을 결정하는 기준은 무엇이고 그 규율 권력의 주체는 누구인가? 푸코 식으로 말해 허랜드가 '감시와 처벌'까지는 아니더라도 이상적으로 통제와 규율이 작동하는 사회라면 화자 밴의 말처럼 "(허랜드는) 세심한 보살핌을 받는 듯 완벽하게 가꾸어져 있지만, 나라 전체가 자연스러운 숲이라기보다는 인위적으로 손질되고 정비된 거대한 농장이나 공원처럼 보이는" 것이며(*HL* 27), 올더스 헉슬리의 『멋진 신세계』가 디스토피아 소설이듯이 『허랜드』 역시 어찌 보면 디스토피아적인 소설로 읽힐 수 있는 것이다.

유토피아 문학

소설의 도입부에서 세 남자 주인공들은 미지의 세계를 찾아내고 탐험하여 정복하고자 하는 욕망을 갖고 허랜드에 방문한다. 이러한 설정이 19세기 유토피아 문학 전통이 '탐험적인 지도 그리기(exploratory mapping)'에 비유되는 사실을 반영한 것이라 해도, 이미 그것은 기존의 서구 백인 남성 중심의 지배·통제·억압 체제에 저항하고자 하는 길먼 자신의 입장에 반하는 요소이다. 예를 들어 브리짓 아널드(Bridgitte Arnold)는 유토피아 문학이 현재 세상의 사회적 지형을 면밀히 조사하여 지도 그리듯이 보여 주고 상상을 통한 바람직한 이상향을 반드시 탐험하여 재현해야 하기에 이는 지도 제작(cartography)에 비유될 수 있다고 주장한다.[26] 그런데 이러한 입장이 기존의 제국주의적 폭력의 메커니즘과 무엇이 다른가? '미개척지, 미지의 세계'인 허랜드는 남성 캐릭터의 입장과 시선을 반영하는 것일 뿐, 사실 허랜드는 발견의 대상이 아니며 외부의 시선과 상관없이 그들 자체로 이미 존재하는 이유와 가치가 충분하다. 아널드는 허랜드에서 좌충우돌하며 각각 다른 입장과 태도를 보이는 세 남성 인물이 작가 길먼이 제시하는 급진적인 페미니즘 제안을 쉽게 받아들이지 못할 당대 독자들의 한계를 미리 보여 주기 위해 의도적으로 설정된 서사 전략이라고 해석한다.[27] 특히 가장 포식자다운 면모를 보이는 테리가 허랜드인들에게 제압되어 옴짝달싹못하는 것은 식민지에 대한 정복자의 입장을 역전하여 보여 줌으로써 제국

....

26) Bridgitte Arnold, ""It Began This Way": The Synonymy of Cartography and Writing as Utopian Cognitive Mapping in Herland", *Utopian Studies* 17.2, 2006, p. 300.

27) Bridgitte Arnold, *Ibid.*, p. 304 참조.

주의·식민주의를 풍자하는 것이라고 주장한다.[28]

소설의 마지막에서 남성중심적인 사고방식을 끝내 버리지 못해 '부부 강간'이라는 범죄를 저지르고 결국 추방되는 테리는 "조국에 돌아가자마자 탐험대를 꾸려서 '이 어머니들의 나라'를 침략하겠다"고 호언장담하다가 그렇다면 영원히 허랜드에 유폐하겠다는 허랜드인들의 대답에 어쩔 수 없이 입장을 철회한다(HL 277). 많은 이들이 지적하듯이 길먼은 분명히 남성들을 여성해방을 위한 핵심 요소로 본다. 그래서 『허랜드』에서 충분히 보여 주지 못한 '남녀가 함께하는 사회 개혁'을 위한 작가 자신의 제안들을 속편 『우리나라에서 그녀와 더불어』에서 좀 더 구체적으로 그린다. 다시 말해 당장에는 분명히 한계를 보이는 남성 인물들이 결국에는 사회발전과 인류 진보를 위해 여성들과 합심하여 서로 협동해 나갈 파트너일 수밖에 없다고 보는 것이다. 그런데 『허랜드』만을 놓고 볼 때 이 남성 탐험가들은 해방가일 수 있겠는가? 역사 속에서 정복자·탐험가·제국주의자들이 과연 식민지의 해방가였는가? 아널드는 『허랜드』가 탐험에 관한 이야기가 아니라 오히려 남성 인물들의 인식론적 지도와 그러한 지도들의 한계를 비판하는 소설이라고 주장한다.[29] 그리고 이 한계를 지닌 남성들이 기존의 입장과 관점에서 벗어나 길먼이 꿈꾸는 진정한 여성성과 그것을 기반으로 한 이상향을 전달해 줄 믿을 만한 이야기꾼이 되어 준다면 그들의 본국이자 작가 길먼의 모국인 미국에서 더 나은 사회를 만들기 위해 여성들과 협력하는 동

....

28) Bridgitte Arnold, Ibid., p. 306 참조.

29) Bridgitte Arnold, Ibid., p. 313 참조.

반자가 될 수 있다고 본다.[30]

이렇듯 현대적인 시각에서 보았을 때 명백히 한계로 보이는 요소들조차도 긍정적인 맥락에서 다시 읽으려는 시도가 꾸준히 있다는 것은 『허랜드』의 의의를 어쩌면 역설적으로 반증하는 셈이다. 독자의 입장에 따라 텍스트의 의미가 달라질 수 있다면, 비록 쓰일 당시의 사회 배경과 맥락이 반영된 것이라 하더라도 텍스트에 내재하는 한계를 분명하게 인정하면서 텍스트의 현재적 의미를 읽어 내는 데 집중할 필요가 있겠다. 앞서 주장했듯이 길먼의 『허랜드』를 식수나 이리가레가 정의한 '여성적 글쓰기'의 차원에서 해석할 수 있다면 소설을 통해 길먼이 제시한 이상향에 대한 제안은 하나의 선언일 뿐이며, 그 의미를 실천적 힘으로 바꾸어 '행위'의 과정으로 만들어 나가는 일은 독자들 각각의 몫이기 때문이다.

5 『허랜드』의 현대적 의미와 유토피아적 상상력의 의의

현대 페미니스트 유토피아 문학의 추세는 고전적 의미에서 완성된 이상향을 제시하는 유토피아 문학 전통을 따르기보다는 이상적 사회상을 성취하는 '과정' 자체에 의미를 둔다. 현실 사회의 부조리와 문제를 극복하고 더 나은 사회를 만들고자 하는 사람들의 바람은 다양한 부침을 겪으며 인류의 역사를 추동해 온 힘이기도 하다. 그러나 더 나은 사회를 향한 바람이 '완벽한 이상향'을 목표로 한다면 그 '완벽함'을 누가,

----

30) Bridgitte Arnold, *Ibid.*, p. 312 참조.

어떻게, 무엇으로 규정하느냐에 따라 그 완벽함에 방해가 되는 존재들을 배제하거나 억압하는 폭력 기제로 작용할 수 있기에 '유토피아'라는 용어에 대한 재고뿐 아니라 유토피아 문학이 추구하는 방향 설정에 있어서도 끊임없는 성찰과 재조정이 필요하다. 역사나 인류의 '발전'이라는 명목 아래 각각 나름의 사정과 이유가 있는 다양하고 복잡한 존재들 중 특정 존재의 목소리들을 생략하거나, 지배 논리의 잣대에 따라 '정상'에 포함되지 못한 이들을 획일적으로 범주화하여 '예외'로 치부하는 것은 명백한 폭력이다. 페미니즘은 지배 논리나 다수의 논리에 의해 억압되거나 배제된 자들의 침묵당한 목소리들을 회복하고 함께 연대하여 폭력적인 사회구조를 바꾸어 나가는 것을 지향한다는 점을 고려할 때, 페미니스트 유토피아는 더 이상 변화가 불가능한 완벽한 닫힌 세계가 아니라 수없이 다양한 목소리들과 존재 방식들이 서로 부딪히고 갈등하는 불안정성을 감수하고서라도 함께 공존하며 끊임없이 유동적으로 변화하는 열린 세계여야 할 것이다. 그리고 김정화도 지적하듯이 애초에 페미니즘의 역사는 각기 다른 방향의 문제와 대안을 제시하며 서로 긴장하고 갈등하는 급진성과 첨예함 속에서 수많은 역설과 모순을 통해 그것을 뚫고 나가면서 풍부하게 성장했다.[31] 따라서 이상적인 사회를 만들기 위한 실천 의지가 적극적으로 반영된 정치적인 실천 행위로서 페미니스트 유토피아 문학의 의미 역시 이에 맞추어 언제나 새롭게 다시 해석되어야 할 것이다.

얼핏 보기에 길먼의 『허랜드』는 호메로스의 『오디세이아』 식의 남성 탐험가들의 귀향 서사 모티프를 차용한 듯하다. 남편 오디세우스가 돌

------

31) 김정화, 앞의 글, 69쪽 참조.

유토피아 문학

아올 때까지 20년이 넘는 세월 동안 낮에는 수의를 짜고 밤에는 다시 풀며 기다림의 시간을 지혜롭게 연장하여 남편이 없는 이타카를 지켜낸 페넬로페의 삶보다는 트로이 전쟁에서 최고의 지도자이자 전쟁의 영웅으로 과업을 이루고 귀향하던 중 에게해의 파란만장한 도전에 맞서 갖가지 괴물들의 유혹과 위협까지 물리치고 결국 집에 돌아와 남편과 왕의 지위를 되찾는 위대한 모험가인 오디세우스의 성장과 승리만 대대로 칭송되는 남성 영웅 서사의 원형 말이다. 하지만 소설의 마지막에 허랜드의 방문자인 남성들이 그들의 본국인 미국 사회로 돌아가는 것으로 설정한 이유는 작가인 길먼이 남성을 완전히 배제한 사회를 이상향으로 그리기 위해서가 아니라 당대의 사회구조를 바꾸는 개혁에 남성들이 함께 협력할 수 있는 가능성을 열어두기 위해서라고 해석된다. 다시 말해 길먼이 초점을 두고 싶은 사회는 여성들만의 유토피아인 허랜드가 아니라 남녀가 함께 만들어 나갈 새로운 미국 사회였던 것이다. 또한 톰 모일런(Tom Moylan)은 남성 인물들이 허랜드에서 추방되는 것으로 소설을 끝냄으로써 길먼이 산업자본주의의 사회에서 젠더화된 공간의 문제를 다시 이슈화하면서 남녀 성차에 따라 공적 영역과 사적 영역을 나누어 분리시키는 경제 영역에 대한 헤게모니에 저항하며, 유토피아에 대한 열망 자체만큼이나 기존의 위계질서와 남성 지배 질서에 속박되지 않는 해방적인 존재 방식을 제시하려 했다고 주장한다.[32]

앞서 논의했듯이 길먼의 『허랜드』를 '여성적 글쓰기'의 맥락에서 해석하자면 이 소설은 당연히 언제나 새로운 읽기를 요구한다. 여성적 글

---

32) Tom Moylan, "Introduction: The Critical Utopia", *Demand the Impossible: Science Fiction and the Utopian Imagination*(London: Methuen, 1986), p. 12 참조.

쓰기에서 저자와 독자의 관계는 상호 보완적이다. 식수는 글쓰기를 '사랑의 체계'에 비유하면서 작가가 쓴 글에 생명을 주는 독자의 역할을 강조한다. 또한 '여성적 글쓰기'를 수행하는 저자와 마찬가지로 '여성적 읽기'를 수행하는 독자들 역시 텍스트의 수많은 의미에 열려 있어야 한다고 주장한다. 한편 이리가레는 마치 아이가 새로운 사물을 처음 보는 순간처럼 두 주체가 서로의 모습을 그렇게 기쁘고 경이롭게 바라볼 때 진정한 사랑의 윤리가 탄생한다고 했다. 이 새로운 발견이 주는 신선하고도 순수한 경이로움에 기반한 둘의 만남은 결코 타자를 대상화하지 않으며, 주종 관계나 우열 관계로 위장되지 않으며, 둘 사이의 차이가 대립이나 권력 관계로 나아가지 않는다.[33] 식수와 이리가레가 주장하는 여성적 글쓰기가 이러한 '사랑의 윤리'를 따른다면 저자의 의도를 어떻게 읽어 내느냐는 독자가 실천해야 할 (특히 식수가 강조하는 타자를 품고 보살피는 모성애의 맥락에서) '사랑'의 문제이다.

'하얀 잉크'로 쓰는 모성적 사고의 실천으로서 여성적 글쓰기는 의미를 주고, 해석하고, 분류하는 인식론적 지배 욕구에서 비켜서서 의미 너머로 가려는 욕구에서 수행되는 것이다.[34] 그렇다면 그에 응답하는 '진행 중인 주체'로서 독자들이 수행하는 '여성적 읽기' 역시 텍스트를 통해 어떠한 고정된 의미를 찾는 일이 아니라 텍스트를 매개 삼아 다른 목소리들과 더불어 '타자'를 향하는 움직임 가운데 문지방을 넘어 '어느

33) Luce Irigaray, "Sexual Difference", *French Feminist Thought: A Reader*, ed. Toril Moi(Oxford: Basil Blackwell, 1987), p. 127.

34) 정을미, 「Helene Cixous의 "여성적 글쓰기(l'Ecriture feminine)"」, 《한국프랑스학논집》 29, 2000, 257쪽 참조.

다른 곳(somewhere else)'으로 끊임없이 이동하는 일, 그리고 그 힘을 일으키는 작업이어야 한다. "변화의 가능성을 향한 전복적인 사상의 디딤돌"로서 길먼의 유토피아적 상상력이 여전히 매번 새롭게 사회적 · 문화적 구조의 변모를 추동하기 위해서는, 다시 말해 그녀의 여성적 글쓰기가 "천 개의 혀를 가지고, 또 다른 혀로 하여금 말하게 하는 힘"을 가지고 "분할과 계급과 수사학과 명령과 약호를 분쇄하는 거침없는 언어를 만들고 담론의 극한을 넘어 꿰뚫고 넘쳐 흐르는" 지속적인 이론적 실천일 뿐 아니라 정치적 실천이 되기 위해서는 각각의 독자들이 주어진 텍스트를 완결된 작품이 아니라 새로운 읽기와 새롭게 다시-쓰기를 위한 '행위'의 과정으로 만들고 그 주체로서 기능해야만 할 것이다.[35] 독자들이 그러한 '응답과 의무(response-ability)'에 충실할 때, 길먼의 『허랜드』는 이 시대에 맞는 현재적 의미를 갖게 될 것이다.

<hr />

35) Catherine Clement & Hélène Cixous, p. 162, 175 참조. 이봉지, 51-54쪽에서 재인용.

페미니스트 연대와 유토피아의 접경
—— 마지 피어시의 『시간의 경계에 선 여자』

김지은

1 여성 작가의 페미니스트 유토피아:
다락방에 숨겨둔 전복적 상상력

유토피아 연구의 주요 학자 중 한 명인 라이먼 타워 사전트(Lyman Tower Sargent)는 토머스 모어의 『유토피아』 이후 1985년까지 영미권에서 출판된 유토피아 문학의 서지화 작업을 진행하였는데, 그 편수가 무려 약 3,200편에 다다른다.[1] 사전트의 작업이 유토피아 문학의 계보학

....
1) 사전트는 모어의 『유토피아』가 출판된 1516년부터 1975년까지 영미권에서 출판된 약 1,900편의 유토피아 소설을 목록화한 『영미 유토피아 문학 1516-1975(*British and American Utopian Literature, 1516-1975: An Annotated Bibliography*)』를 1979년에 출판하였고, 이를 수정·보완한 제2판 『영미 유토피아 문학 1516-1985(*British and American Utopian Literature, 1516-1985: An Annotated, Chronological Bibliography*)』를 1988년에 출

을 시도한다는 점에서 매우 중대하고 중요한 작업이라는 점은 분명하지만, 그의 정리를 따라가다 보면 한 가지 의문이 떠오르게 된다. 16세기 초에 탄생하여 약 5세기에 이르는 긴 역사를 자랑하고 3,000편을 훌쩍 넘는 방대한 작품 수를 선보이는 영미 유토피아 문학사에서 여성 작가의 페미니스트 유토피아 문학은 왜 20세기에 이르러서야 첫선[2]을 보인 것인가? 또한 여성 작가의 작품이 남성 작가의 작품에 비해 월등히 적은 편수로 존재하는 것은 어떤 이유에서 기인하는 것인가?

페미니스트 유토피아 문학의 한발 늦은 등장과 좁은 입지를 필력 있는 여성 작가의 부재나 여성 작가의 작품을 향유하는 여성 독자층의 부재의 탓으로 돌리는 '순진한' 비평가는 분명 없을 것이다. 그보다는 샬럿 퍼킨스 길먼(Charlotte Perkins Gilman)이 『누런 벽지(*The Yellow Wall Paper*)』에서 개탄하고 버지니아 울프(Virginia Woolf)가 『자기만의 방(*A Room of One's Own*)』에서 탄식한 것처럼, 여성의 글쓰기를 방해하는 사회적 제약을 논의하는 것이 더 적절한 접근법이기 때문이다. 여성 작가들은 가부장제의 감시를 피해 현실 변화를 가기(可期)하는 자신의 상상력을 잠시 다락방과 일기장에 깊숙이 숨겨두었을 뿐이다. 그리고 여

판하였다. 제2판은 약 3,200편의 이르는 유토피아 문학 작품을 정리하고 있다. 이후 사전트는 방대한 양의 유토피아 문학 작품과 이론서를 단행본 한 권으로 정리하는 데에는 물리적으로 한계가 있다고 판단하여 2016년부터는 온라인 홈페이지를 통해 그 목록을 지속적으로 업데이트하고 있으며, 이에 따라 제목도 『영미권의 유토피아 문학 1516-현재(*Utopian Literature in English: An Annotated Bibliography From 1516 to the Present*)』로 변경하였다.

2) 페미니스트 유토피아 문학(사)에 대해서는 비평가들에 따라 다양한 의견과 관점이 존재하지만, 1916년에 출간된 샬럿 퍼킨스 길먼의 『허랜드(*Herland*)』를 최초의 본격적 페미니스트 유토피아 소설로 보는 견해가 가장 널리 통용된다.

성 작가들의 전복적 상상력은 20세기 프랑스와 미국을 중심으로 전개된 페미니즘 운동과 공명하면서 더 강한 파장을 지닌 물결로 퍼져 나갔다. 따라서 20세기 중후반 유토피아 문학사에 길먼을 시작으로 마지 피어시(Marge Piercy), 조애나 러스(Joanna Russ), 어슐러 르귄(Ursula K. Le Guin), 앤절라 카터(Angela Carter), 마거릿 애트우드(Margaret Atwood), 도리스 레싱(Doris Lessing)과 같이 문학성과 대중성을 모두 사로잡은 대형 여성 작가가 대거 등장한 점은 단지 우연만으로 치부될 수 없다.[3] 이는 가부장제 아래에서 억압된 여성 작가의 상상력이 그 억압을 뚫고 폭발적으로 분출한 것으로 볼 수 있다. 여성 작가의 전복적 상상력은 억압되었기에 돌아올 수밖에 없었고, 오랜 시간 억눌렸기에 더욱 응축되어 급진적 형태를 띠게 되었다.

여성 작가가 펼치는 페미니스트 유토피아 문학은 남성 작가의 작품이 지금껏 문제 삼지 않거나 정면에서 다루지 않음으로써 (무)의식적으로 회피하고자 한 젠더와 성차의 문제를 작품의 중심부에 놓는다. 여성 작가들은 남성 중심주의에 의해 당연한 것이나 부차적인 것으로 간주되어 온 섹스와 젠더, 임신과 출산, 양육과 가사 노동을 둘러싼 모든 전제에 의문을 던지고 유토피아적 상상의 최전선에서 이 모든 것을 논쟁적인 방식으로 검토한다.

이 글은 마지 피어시[4]가 『시간의 경계에 선 여자(*Woman on the Edge of*

....

3) 낸 보우먼 알빈스키(Nan Bowman Albinski)에 따르면 1920년대부터 1980년대까지 영국과 미국에서 출판된 페미니스트 유토피아 작품은 260편을 넘는다. Nan Bowman Albinski, *Women's Utopias in British and American Fiction*(London and New York, Taylor & Francis Group, 1988; 2019), p. 2.

4) 1936년 3월 미국 디트로이트의 가난한 유대계 노동자의 딸로 태어난 마지 피어시

Time)』(1976)[5]에 등장하는 두 여성 주인공 코니 라모스(Connie Ramos)와 루시엔테(Luciente)가 맺는 관계를 방문자와 안내자의 구도로 분석하고, 이들의 접속을 가능하게 하는 시간관을 여성주의적 관점에서 독해해 보고자 한다. 이를 통해 피어시가 작품에서 실험하는 페미니스트 유토피아상이 기존의 지배 이데올로기에 균열을 만듦으로써 여성 억압의 현실을 변화시키는 대안적 가치이자 저항적 실천, 연대의 가능성으로 제시되고 있음을 살펴보고자 한다. 이때 피어시가 그리는 페미니스트 유토피아는 완벽하고 완전한 모습으로 이미 도래한 것이 아니라 현실의 무한한 잠재성 속에 '도래할 유토피아(utopia to come)'로 존재하기 때문에, 이 유토피아를 '사회적 꿈'으로 부상시키는 것은 작품 속 여성 캐릭터와 여성 독자의 몫으로 남아 있다. 이하의 장에서 여주인공 코니 라모스의 유토피아 여정에 동반하여 마지 피어시가 전하는 유토피아적 상상의 의의를 짚어 보겠다.

는 여성 해방과 사회 변혁을 위해 활동해 온 작가이자 운동가이다. 그녀는 민주 사회를 위한 학생 연합(SDS)에 참여하고, 북미라틴아메리카학회(NACLA)를 공동 설립했으며, 여성 연구기관(WIFP)의 일원으로 활동해 왔다. 사이버펑크(Cyberpunk) 장르의 시초로 여겨지는 『시간의 경계에 선 여자』의 출판 이후, 다양한 작품을 집필해 왔고 작품 속에 사회적 문제의식을 담아 냈다.

5) Marge Piercy, *Woman on the Edge of Time*(New York: Ballantine Books, 1976; 2016); 마지 피어시, 변용란 옮김, 『시간의 경계에 선 여자 1, 2』(민음사, 2010). 앞으로 작품 인용은 국문 번역서를 기준으로 인용하되 괄호 안에 권수와 쪽수로 기입한다.

2 방문자와 안내자의 '소크라테스적 대화'

'더 나은 곳'이지만 동시에 '존재하지 않는(nowhere)' 곳으로서 유토피아는 문학작품 속에서 주로 현실 사회와는 시공간적으로 단절된 섬이나 외부와 관계가 끊긴 고립된 공간으로 재현되는 경우가 많다. 이러한 유토피아의 단절적이고 고립적인 특성은 유토피아 문학에 투영된 작가의 유토피아관이 기존 사회의 모든 문제들을 외면한 채 낙원(paradise)의 이상향을 무비판적으로 지향하거나 수동적으로 관망한다는 점을 의미하지는 않는다. 오히려 기존 사회에서 한 걸음 떨어져서 거리를 둠으로써 기존 사회가 품고 있는 정치적·경제적·문화적 문제 전반을 전략적으로 응시하고 재검토하기 위함이라고 볼 수 있다. 노스럽 프라이(Northrop Frye)는 유토피아 문학에서 일인칭시점의 화자인 방문자가 유토피아 사회에 대한 질문을 던지거나 이견을 제시하고 그 사회의 내부자가 그 질문에 답하는 서사 전개 방식이 방문자와 안내자 간의 소크라테스적 대화를 구성한다고 분석한다.[6] 즉 전략적으로 안내 관광의 형태를 취하는 유토피아 문학은 현실 사회와는 다른 이상 사회의 특징을 단순히 백과사전식으로 나열하는 관광 안내나 개인적 경험을 담은 여행기가 아니라, 방문자와 안내자의 대화가 상호작용하며 변증법적으로 유토피아 사회(상)을 검토하는 과정이라 할 수 있다. 그렇기 때문에 작품 속에서 유토피아를 방문하는 자가 누구이며, 이 외부의 방문자에게 유토피아의 내부를 안내하는 자가 누구인지, 또한 방문자와 안내자로서 이들은 어떤 관계를 맺게 되는지 파악하는 것은 작품을 읽어 내는

---

6) Northrop Frye, "Varieties of Literary Utopias", *Deadalus* 94.2, 1965, p. 324.

데 매우 중요한 분석틀이 된다.

그런데 주지하다시피 20세기 초 여성 작가들의 페미니스트 유토피아가 문단에 등장하기 전까지 전통적 유토피아 문학으로 분류되는 대다수 작품들은 외부의 남성 방문자와 유토피아 사회 내부의 남성 안내자가 펼치는 '친절한 안내 구도'를 고수해 왔다. 남성 작가의 유토피아 문학 작품에서 여성은 남성 안내자의 지시에 따라 남성 방문자를 보조하는 수동적이고 평면적인 존재로 등장하며, 이에 따라 남성 방문자의 눈에 비친 여성들은 유토피아적 사회변혁을 이끄는 주체라기보다는 남성이 주도하는 변혁에 만족하고 순응하는 존재로 재현된다. 토머스 모어의 『유토피아』에서 항해 중 난파를 당해 유토피아를 방문하게 된 라파엘 히슬로디(Raphael Hythloday)는 영국으로 돌아와서 자신이 목격한 유토피아 사회의 가정과 교육, 종교와 문화, 정치와 경제관을 두 친구에게 장황하게 설명하지만, 히슬로디의 설명에는 왜 유토피아 사회에서 여성은 여전히 아버지의 발밑에서 회개하고 남성과는 다른 노동을 수행해야 하는지에 대한 고뇌가 부재한다. 미국 작가인 에드워드 벨러미(Edward Bellamy)의 『뒤돌아보며: 2000년에 1887년을』도 기존 사회에 비판적인 남성 방문자 줄리언 웨스트(Julian West)를 여러 방면에서 학식이 뛰어난 리트 박사(Dr. Leete)가 안내하는 구조를 취한다. 1887년의 보스턴에서 살던 웨스트가 약 1세기 뒤인 2000년의 보스턴을 이해할 수 있는 것은 리트 박사의 안내 덕분이라 할 수 있다. 이때 리트 박사의 부인과 딸 이디스(Edith)는 지친 웨스트를 극진히 보살피는 가부장적 돌봄의 역할을 수행한다. 이디스는 웨스트와 연인 관계로 발전하면서 유토피아 사회 내부를 그에게 소개하기도 하지만 이는 가벼운 관광 안내자의 역할에 불과할 뿐이며, 이디스는 웨스트와 사회 변혁을 주제로 첨예한 논쟁을 벌이지는 않는 보수적 태도를 취하는데, 웨스트는 이러한 '여성적이고 평화적인' 이디스의 품성에 감탄하고 매력을 느낀다. 영국의 사회주의자이자 작가인 윌리엄 모리스(William Morris)의『유토피아에서 온 소식』도 모어와 벨러미가 취한 남성 방문자-남성 안내자라는 단선적 구조를 답습한다. 19세기 영국에서 숙면에 든 윌리엄 게스트(William Guest)는 어느 날 생태친화적 사회주의를 이룩한 22세기의 런던에서 눈을 뜨게 된다. 게스트는 갑작스러운 시간 이동에 당황하지만 그를 발견한 딕 해먼드(Dick Hammond)를 통해 노동의 고통에서 해방된 미래의 유토피아 사회 곳곳을 방문하게 된다. 게스트에게 22세기 런던은 완전하고 아름다운 모습으로 비치는데, 이러한 평화로운 환경에 매료된 게스트가 여성 캐릭터 엘런(Ellen)을 '정원 속 요정'으로 비유하는 것은 입체적으로 존재할 수 있는 여성의 정체성을 자연을 바라보는 남성 중심적 울타리에 가두는 것과 다름없다. 이는 곧 서구 문명이 견지해 온 이분법적 사고, 다시 말해 자연과 문화, 여성과 남성, 수동과 능동, 밤과 낮, 감성과 이성, 대상과 주체 간의 위계질서적 구도가 미래 유토피아 사회에도 잔존함을 징후적으로 보여 주는 부분이다.

남성 작가의 유토피아 문학에서 남성 방문자와 남성 안내자가 주고받는 대화는 미래 유토피아 사회의 특징을 나열하고 목록화하려는 것으로, 이를 노스럽 프라이가 주장하는 '소크라테스적 대화'로 보기에는 한계가 있다. 필시 프라이가 이성으로 무장한 근대의 합리적 주체 간의 공 주고받기 식의 대화를 소크라테스적 대화로 상정하지는 않았을 것이다. 소크라테스적 대화는 기존의 사유 체제가 놓치고 있던 문제, 그러나 이미 기존 체제 내부에 깊숙이 존재하던 문제와 문제 해결의 실마리를 그 내부에서 이끌어 내는 산파술적 대화이다. 따라서 유토피아의 서사 구조가 현재를 살아가는 방문자와 미래의 안내자가 주고받는 산파식의 소크라테스적 대화로 구성된다면, 이는 현재에 가능성과 잠재성으로 존재하는 유토피아적 희망과 상상, 그 기획을 추적해 나가는 지난한 과정이라 할 수 있다. 이때 미래의 유토피아는 현재에 의해 완전히 잠식되지 않은 미결정성의 열린 형태로 존재하기 때문에 현재의 적극적인 개입과 능동적 실천이 필요하다.

3 여성 방문자 코니와 여성 안내자 루시엔테

유토피아에 내포된 가능성과 불가능성이 현실과 단절된 미래에 전적으로 달린 것이 아니라 미래를 향한 현실 투쟁의 소산 속에서 길항한다고 본다면, 마지 피어시의 『시간의 경계에 선 여자』에 등장하는 코니와 루시엔테는 소크라테스적 대화를 치열한 방식으로 구현하고 있다고 볼 수 있다. 코니는 남미 출신의 사람들이 모여 사는 뉴욕 할렘 지역인 엘바리오(El Barrio)에서 궁핍한 삶을 겨우 영위해 가는 37세 멕시코계 미국인 여성으로, 그녀의 삶과 신체는 가부장적 폭력으로 얼룩져 있다. 코니의 유년 시절은 폭력적인 아버지와 오빠 루이스(Lewis)의 폭력으로 불우하였고 두 번의 결혼 생활과 한 번의 동거는 모두 죽음으로 귀결한 기구한 역경의 삶이었다. 코니는 20세에 마틴을 첫 번째 남편으로 맞이하지만 같은 해에 첫아이를 낙태하고 어머니까지 돌아가시면서 "피로 얼룩진 해"(1권 68)를 맞게 된다. 코니는 두 번째 남편인 에디 라모스(Eddie Ramos)와 딸 앤젤리나(Angelina)를 낳았지만, 에디의 바람과 폭력으로 단란한 가정의 행복은 그리 오래가지 못하였다. 에디가 코니의 곁을 떠나려 할 때, 코니의 뱃속에는 이미 3개월이 된 아들이 있었음에도 에디는 자신을 더 이상 찾지 말라며 코니를 폭행하였고, 그 폭행으로 하혈하게 된 코니는 병원으로 실려 가서 자궁을 적출당하게 된다. 자궁 적출이 반드시 필요하지는 않았지만 당시 레지던트가 실습을 희망했기 때문에 코니의 의사와는 상관없이 의학이라는 이름 아래 그녀의 신체를 개복하였고 실험하였다. 상처 입은 코니가 마음을 추스르도록 도와준 사람은 흑인 클로드(Claude)이다. 맹인인 클로드는 소매치기를 하며 부족한 생활비를 충당하였는데, 어느 날 경찰에게 잡혀 교도소에 수감된다. 돈이 필요한 클로드는 교도소에서 임상실험에 참여하면 돈을 준다는 유혹에 넘어가지만, 그 실험의 끝은 결국 간염으로 인한 사망이었다. 코니는 연이은 트라우마적 사건 속에서 우울증에 빠지게 되고 마침내 자신의 의지와는 무관하게 실수로 딸 앤젤리나를 밀쳐서 폭행하게 된다. 앤젤리나는 그녀가 살아가는 유일한 이유였지만 아동복지국이 파견한 사회복지사와 생활지도사는 코니에게서 "학대당하고 방치된 아이"(1권 35) 앤젤리나의 분리를 명하였고 이에 따라 앤젤리나는 새로운 입양 가정의 품으로, 코니는 벨뷰 병원과 록오버 주립병원에 수용된다. 코니의 기억 속에서 병원은 "처벌과 슬픔의 공간"이자 "느리든 빠르든 자아가 살해당하는 공간"(1권 43)으로 코니의 상처를 치유하기보다는 더 심한 가해를 가하는 억압의 공간이었다. 얼마간 시간이 흐른 후 코니는 겨우 자신의 집으로 돌아오게 되지만, 자신을 찾아온 루이스의 큰딸이자 자신의 조카인 돌리(Dolly)와 돌리를 쫓아온 헤랄도(Geraldo) 사이의 다툼에 얽히면서 다시 자유를 박탈당하게 된다. 한때 마약 거래 혐의로 감옥살이를 했다가 현재는 매춘부 넷을 거느리며 포주 생활을 하는 헤랄도는 자신의 아이를 임신했다는 돌리의 말을 의심하며 낙태를 강요하고 그녀를 폭행하는데, 코니는 돌리를 지키는 과정에서 헤랄도에게 폭력을 행사하게 되고 그 결과 다시 정신병원에 감금된다. 『시간의 경계에 선 여자』는 정신병원에 다시 수감되어 약물치료와 전기충격요법, 뇌 수술을 강제당하는 코니가 루시엔테를 통해 미래의 유토피아적 사회를 경험하게 되면서 겪는 인식과 각성, 투쟁의 과정을 담아 낸다.

토머스 모어와 에드워드 벨러미, 윌리엄 모리슨의 작품에서 유토피아 사회를 방문하는 남성 방문자는 현실 사회에서 기득권을 가진 인물로 그려진다. 라파엘 히슬로디와 줄리언 웨스트, 윌리엄 게스트는 모두 고등교육을 받은 학식 있는 학자이거나 사회 지도층으로, 이들은 기존 사회에서 획득한 '이성'과 '과학'으로 새로운 유토피아 사회를 관찰하고 분해함으로써 그 사회를 이해하고자 한다. 신대륙을 발견하고 탐험하며 정복하고자 한 근대적 남성 주체와 닮은 유토피아 문학 속 남성 방문자의 전형은 길먼의 『허랜드』에서도 찾아볼 수 있다. 길먼은 여성들이 이룩한 페미니스트 유토피아를 방문하는 세 남성 인물을 등장시킴으로써 여성을 가부장적 영역 안에서 제한적으로 이해하고자 한 남성 중심주의의 편협한 시각을 폭로한다.[7] 이러한 남성 방문자 인물들과는 달리 피어시의 상상 속에서 탄생한 코니 라모스는 현실 사회에서 중

---

7) 『허랜드』를 방문하는 남성은 총 세 명으로, 각각의 인물은 여성에 대한 남성의 전형을 상징적으로 반영한다. 마초적 인물인 테리 O. 니컬슨은 여성에 대한 성적·정서적 억압을 남성적 권위의 발현으로 이해하며, 제프 마그레이브는 여성을 수동적이기에 보호해야 하는 대상으로 이해한다. 니컬슨과 마그레이브에 비해 세 번째 남성 인물인 밴다이크 제닝스는 중도적 입장을 취하는 듯 보이지만 기존의 남성 중심주의 사고관에서 크게 벗어나지 못하는 한계를 보인다.

심부로 진입할 수 없는 비(非)주류이자 타자이다. 그녀는 유색인종 여성이자 대학 교육을 마치지 못한 비교양인이며 가부장적 사회가 강조하는 어머니의 역할을 제대로 수행하지 못한 실패자이고 전과 2범의 범죄자이다. 그녀는 인종적으로, 젠더적으로, 계급적으로, 법적으로 소외된 존재이다.

실패자로 낙인찍힌 코니 라모스를 편견 없이 있는 그대로 받아들이는 자는 2137년의 미래 사회 메타포이셋(Mattapoisett)에서 온 식물 유전학자 루시엔테이다. 스페인어로 '빛'을 의미하는 루시엔테의 이름이 암시하는 것처럼, 루시엔테는 현실이라는 어둠의 터널을 홀로 걷고 있는 코니에게 안내자가 되어 메타포이셋 곳곳을 소개하고 코니와 새로운 사람들의 관계 맺음을 돕는다. 낯선 존재를 경계하며 자신을 전과자라고 밝히는 코니에게 루시엔테는 "당신은 적잖은 아픔과 상처와 억눌린 분노를 지녔지만 천성이 착하고 타인에게 마음을 활짝 열고 있는 존재"(1권 86)이자 "비범한 사람"(1권 60)이라고 말한다. 루시엔테는 자신을 발신인으로 소개하고, 코니가 자신이 그토록 찾아 헤매던 "신경 체제와 정신이 열려 있어 비범한 범주까지 받아들이는"(1권 60) 수신인이라고 설명한다. 코니는 루시엔테의 중성적 외형으로 처음에는 루시엔테를 남성으로 착각하지만 루시엔테가 여성임을 알게 되면서, 여성 방문자 코니와 여성 안내자 루시엔테의 관계는 새로운 국면으로 접어들게 된다.

남성 작가의 전통적 유토피아 문학 작품 속 남성 방문자-남성 안내자 구도와 비교하여, 피어시의 『시간의 경계에 선 여자』에서 여성 방문자-여성 안내자 구도가 차별성을 갖는 지점은 다음과 같다. 첫째, 외부인 남성의 유토피아 방문은 항해 중의 난파와 같은 우발적 사건이나 꿈을 매개로 한 우연적 계기로 일어나지만, 코니와 루시엔테의 만남은 필연적으로 그려진다. 루시엔테는 코니의 정신에 접속하기 위해 석 달 동안 연결을 시도한 끝에 마침내 접속에 성공하기 때문이다. 그런데 이때 접속은 일방향적이고 강제적으로 이뤄지지 않고 루시엔테의 발신을 코니가 수신할 때에만 이뤄진다는 점에서 상호적 연결이라 할 수 있다. 또한 접속은 코니의 루시엔테에 대한 접속(코니가 메타포이셋으로 접속하는 것)만이 아니라 루시엔테의 코니에 대한 접속(루시엔테가 코니의 현재세계로 접속하는 것) 양자가 진행될 수 있다는 점에서 두 사람과 두 사회에 모두 열린 접속이다. 코니와 루시엔테의 만남이 필연적이라는 점은 유토피아적 상상과 기획을 추진하는 데에는 우연만이 아니라 투쟁과 실천이 함께 동반되어야 한다는 작가의 유토피아관이 투영된 설정이기도 하다.

둘째, 전통적 유토피아 문학의 계보에서 외부 남성의 유토피아 방문은 주로 일회성의 닫힌 사건으로 종결되는 반면, 코니의 루시엔테에 대한 접속과 메타포이셋 방문은 횟수와 시간에 제약받지 않는 무한한 접속이다. 1975년의 뉴욕에 거주하는 코니가 2137년의 메타포이셋에 무한히 접속한다는 점은 코니가 일원론적 시간관을 따르지 않음을 보여준다. 서구 철학의 전통에서 시간은 크게 두 가지로 구분되어 사유되었는데, 하나는 크로노스(Chronos)의 시간이고 다른 하나는 카이로스(Kairos)의 시간이다. 전자의 시간은 과거-현재-미래의 방향으로 연속적으로 흘러가는 객관적이고도 정량화될 수 있는 시간을 가리킨다. 이에 따라 시간의 직선적 표상인 크로노스의 시간은 야만에서 진보로, 자연에서 문화로 이행하는 인류 보편의 역사(universal history)를 상정하는 역사주의적 시간관이자 남성적 시간으로 인식되어 왔다. 반면 카이로스의 시간은 리듬과 순환을 반복하는 영원성의 시간 속에서 찰나로 지나가는 순간을 포착하여 의미를 생성하는 주관적 시간을 가리킨다.

그런데 코니가 루시엔테를 통해 미래의 메타포이셋을 반복해서 방문할 수 있고 루시엔테가 코니의 현재를 여러 번 방문할 수 있다는 설정은 분명 과거-현재-미래의 선형적 시간관을 전제하는 크로노스의 시간으로도, 영원성의 시간인 카이로스의 시간으로도 설명되기 어렵다. 코니와 루시엔테의 정신 접속과, 그들의 정신을 매개로 하여 동시적으로 공존하는 1975년(코니의 현재이자 루시엔테의 과거)과 2137년(코니의 미래이자 루시엔테의 현재)을 둘러싼 작품 속 시간관은 질 들뢰즈(Gilles Deleuze)가 『의미의 논리』[8]에서 논구한 세 번째 시간인 '아이온의 시간(time of Aion)'과 닮았다. 들뢰즈에게 아이온의 시간은 "역설(paradoxe)의 형식을 취하는 새로운 시간"이고 "현재를 나타내기보다는, 오히려 현재를 비켜 가면서, 현재에서 과거와 미래의 두 방향으로 무한하게 분해되고 있는 듯이 전개되는 양상"을 보인다.[9] 아이온의 시간에 대한 여성주의적 독법을 시도하는 연효숙은 들뢰즈적 "아이온의 시간은 현재에서 과거와 미래의 두 방향으로 분해되기 때문에, 어떤 현재의 현실적인 시간이기보다는 절대적인 동시성, 절대적인 공존의 형식으로 나타나고 있는 잠재성의 형식을 지닌."[10] 그리하여 "새로운 창조가 가능해지는 '미친 생성'의 시간"[11]이라고 설명한다. 이러한 아이온의 순수 생성의 의

....

8) 질 들뢰즈, 이정우 옮김, 『의미의 논리』(한길사, 1999).

9) 연효숙, 「여성의 시간과 아이온의 시간」, 《한국여성철학》 23, 2015, 105쪽.

10) 연효숙, 같은 글, 107쪽.

11) 연효숙, 같은 글, 108쪽.

유토피아 문학

미의 평면에서 일어나는 것이 바로 '사건'이다.[12] 그런데 이 사건이 의미를 가질 수 있는 것은 사건 자체만으로는 불충분하다. 아이온의 시간은 "다른 사건들 사이의 관계를 통해서, 특정한 사건-계열에 삽입됨으로써 의미"를 갖기 때문에, 그 시간은 "바로 잠재적 사건들, 이념적 사건들——말하자면 사건-이데아들의 총체(열린 총체)——로 구성된 차원"이 된다.[13] 이때 아이온의 시간과 크로노스의 시간은 상호 배타적이라기보다는 "우리가 살고 있는 삶의 두 차원, 즉 표면과 이면으로 이해"[14]될 수 있다. 다시 말해 우리의 삶은 크로노스의 시간에 너무나 익숙해져 있지만, 그 이면에는 언제나 잠재성의 형식으로 존재하는 아이온의 시간이 존재한다. 따라서 크로노스의 시간 속에 묻힌 아이온의 시간을 어떻게 발견하고 그 의미를 발현시킬 수 있는지가 새로운 핵심으로 부상한다.

코니와 루시엔테의 상호 접속은 바로 이 아이온의 시간관에 입각해 있다. 크로노스의 시간 속에서 1975년의 코니와 2137년의 루시엔테가 동시에 공존하는 것은 불가능하지만, 아이온의 시간 속에서 코니와 루시엔테와 이들의 세계는 잠재성의 형식으로 공존할 수 있다. 코니의 현재는 루시엔테에게는 과거이고 루시엔테의 현재는 코니의 미래이지만, 코니의 세계로 접속한 루시엔테는 코니의 현재를 자신의 현재로 경험하고 마찬가지로 루시엔테의 세계로 접속한 코니는 루시엔테의 현재를 자신의 현재로 경험한다. 이처럼 작품 속에서 코니와 루시엔테의 과

---

12) 연효숙, 앞의 글, 106쪽.

13) 이정우, 「아이온의 시간에서 시간의 직접적 이미지들로: 들뢰즈의 시간론과 이미지론」,《철학연구》120, 2018, 152-153쪽.

14) 연효숙, 같은 글, 110쪽.

거와 현재, 미래는 혼재한다. 코니(의 세계)와 루시엔테(의 세계)가 절대적인 동시성을 가지면서 잠재성의 형식으로 공존할 수 있는 것은 이들이 열린 감각과 정신을 통해 상호 접속이라는 사건을 가능하게 하기 때문이다. 코니와 루시엔테는 이성이나 과학, 도구를 매개로 하지 않고 감각과 영혼을 통해 서로 접속하고 교감하며 나아가 상호 이해를 시도한다는 점에서 전통적 유토피아 문학 속 남성 방문자와 남성 안내자가 맺는 관계와 구분된다.[15]

여성 방문자 코니와 여성 안내자 루시엔테의 구도의 세 번째 특징은 현재와 미래에 대한 적극적 개입과 실천을 요구한다는 점이다. 모어와 벨러미, 모리슨의 작품을 포함하여 많은 유토피아 문학 작품은 사회 변혁과 투쟁 과정을 면밀하게 그려 내기보다는 그에 대한 개괄적이고 두루뭉술한 서술을 제공한다. 이때 남성 안내자는 사회 변혁을 통해 이미 성취되고 완성된 유토피아 사회상을 남성 방문객에게 주제별로나 장

---

15) 감각과 영혼을 통한 코니와 루시엔테의 접속 과정은 루스 이리가레(Luce Irigaray)가 감각적 초월(sensible transcendence) 또는 수평적 초월(horizontal transcendence)로 명명한 관계 맺기와 맞닿는다. 이리가레는 신체를 지닌 체화된 존재(embodied being)인 인간은 감각을 통해 세계를 경험하고 인식하는데, 이 감각은 신체적으로, 영적으로 심화되어 초월되는 과정을 거쳐야 된다고 주장한다. 즉 이리가레는 추상적 이념이나 이성을 통한 초월을 부정하고 감각을 통한 초월을 긍정한다. 이때 후자는 존재들 사이의 환원하지 않는 차이와 간극, 괴리를 전제한다는 점에서 상호 주체성의 윤리로 나아간다. 이리가레의 감각적 초월은 서로 다른 신체가 있는 두 성을 전제한다는 점에서 여성 코니와 여성 루시엔테의 관계에 그대로 적용하기는 어려우나, 코니와 루시엔테의 감각적 접속 과정과 양상은 일면 공유지를 갖는다. 이리가레의 감각적 초월에 대해서는 루스 이리가레·마이클 마더, 이명호·김지은 옮김, 『식물의 사유: 식물 존재에 관한 두 철학자의 대화』(알렙, 2020), 93-98쪽; 루스 이리가레, 정소영 옮김, 『사랑의 길』(동문선, 2002), 81-97쪽 참조.

유토피아 문학

소별로 소개하는 역할을 수행하기 때문에 남성 방문객에게 유토피아 실현을 위한 별도의 개입이나 실천이 강력히 요청되지는 않는다. 이와는 대조적으로 마지 피어시의 『시간의 경계에 선 여자』에서 코니는 현실 변화를 위해 적극적으로 저항하고 실천할 것을 강력하게 요구받는다. 이는 미래의 메타포이셋이 완전하고 안전한 형태로 구현된 이상 사회가 아니기 때문이다. 메타포이셋은 그것의 평행 우주로 존재하는 또 다른 디스토피아적 세계와 전쟁 중에 있으며, 메타포이셋 사람들은 이 전쟁의 위험으로부터 자신들을 보호해야 하기 때문에 늘 촉각을 곤두세우고 있다. 루시엔테가 코니에게 접속하고자 끊임없이 시도한 이유, 즉 루시엔테와 코니의 만남이 필연적인 이유는 메타포이셋과 디스토피아의 전쟁에서 코니의 도움이 필요하기 때문이다. 루시엔테의 정인 (sweet friends)이자 코니에게 많은 친절을 베푼 잭래빗(Jackrabbit)이 전쟁의 최전선에서 숨을 거두고 코니는 잭래빗의 죽음을 애도하는 밤샘 행사에 참여하게 된다. 미래 사회 메타포이셋에서 잭래빗의 죽음은 코니가 머무는 정신 병동에서 뇌 실험을 당한 뒤 자살한 스킵(Skip)을 떠올리게 하는데, 코니는 많은 고민을 거쳐 마침내 자신만의 전쟁을 치르겠다고 결심하게 된다. 코니의 전쟁 선포는 코니 스스로 선택한 것이기도 하지만, 메타포이셋 사람들의 격려와 제안과 조언이 코니의 결심에 지대한 영향을 끼쳤음은 분명하다. 루시엔테는 코니에게 "당신이 사는 시간대가 중요해요. 또 다른 우주가 공존하거든요. 확률은 서로 충돌하고 어떤 가능성은 영원히 빛을 잃어요"(1권 282)라고 말하며 메타포이셋의 불완전성을 설명하였고, 클로드를 떠올리게 하는 비(Bee)는 "존재하기 위해서, 존재 속에 계속 남기 위해서 우리는 싸워야 하고 장차 다가올 미래를 얻어야 합니다. 우리가 당신과 접속한 이유도 그 때문이에요"(2권 16)라고 말하며 코니에게 실천의 필요성을 강조하였으며, 소저너(Sojourner)는 "힘 있는 자들은 혁명을 이루지 못하죠"(2권 17)라고 말하며 자신을 믿지 못하는 코니에게 용기를 북돋아 준다. 『시간의 경계에 선 여자』에서 메타포이셋은 이미 도래한 유토피아가 아니라 '도래할 유토피아'로 존재하기 때문에 코니는 단순히 방문자로서 메타포이셋을 '관광'하는 것이 아니라 적극적 실천자와 능동적 주체로서 메타포이셋에 참여하기를 요청받는다. 앞서 살펴본 것처럼 코니와 루시엔테의 상호 접속과 그 접속으로 공존하는 두 세계가 아이온의 시간 속에서 설명될 수 있다면, 코니의 적극적 개입과 실천은 그 시간 속에서 새로운 창조를 만들어 내는 또 하나 주요 사건이라 할 수 있다.

상기에서 살펴본바 여성 방문자 코니와 여성 안내자 루시엔테의 관계는 필연적이며 무한한 접속이 가능하고 동시에 능동적인 참여와 투쟁적 실천을 요구하는 특징을 보인다. 다음의 절에서는 코니와 루시엔테의 관계적 특징이 코니의 메타포이셋 방문 경험과 그것의 평행 우주로 존재하는 디스토피아 세계의 방문 경험에 어떤 영향을 끼치고 있는지 살펴보겠다.

4 코니의 경험과 각성:
짝패로 등장하는 유토피아/디스토피아

"언젠가는 총체적 복구가 이루어질 거예요. 바다는 균형을 이룰 테고, 모든 강은 깨끗하게 흐르고, 습지와 숲은 무성해지고요. …… 우리가 알수 있는 건 우리가 진심을 다해 상상할 수 있는 정도에 불과해요. *결국*

우리가 보는 것은 우리 자신한테서 나오는 가능성이에요."[16]

『시간의 경계에 선 여자』는 사실주의 소설의 특징에 유토피아적 상상력이 겹쳐진 작품이다. 1975년을 살아가는 코니의 불우한 삶은 사실주의 소설에서처럼 매우 자세하고 섬세하게 재현되는데 여기에 시공간의 이동이라는 비현실적 경험이 더해지면서 코니는 현재와 미래, 현실과 비현실의 경계를 횡단하게 된다. 앞서 살펴보았듯이 현실 세계에서 코니는 무자비한 폭력에 노출되어 있다. 코니가 수감된 정신병원은 의학 발전과 비정상 국민 개조라는 미명 아래 입원 환자들에게 무분별한 약물 복용과 전기충격 치료, 뇌엽 절제술을 자행한다. 이 과정에서 환자의 의사나 인권은 무시되고 이들은 철저히 실험 대상으로만 취급된다. 헤랄도와의 다툼으로 다시 정신병원에 수감되었을 때 코니는 온몸이 몇 시간 동안이고 침대에 결박되어 있었고 그 때문에 화장실에 가는 것이 불가능하였다. 용변을 더 이상 참을 수 없던 코니는 침대 위에서 소변을 보게 되는데, 병원에 있는 간호사와 의사는 소변과 피로 더러워진 코니를 힐끔 쳐다볼 뿐 그녀를 계속해서 방치한다. 이후 코니의 입원이 확정된 후에야 병원 관리자들이 그녀를 샤워장으로 이동시키는데, 이때 코니를 보살펴야 하는 환자가 아니라 이곳저곳으로 끌고 다니는 짐짝 취급을 한다. 같은 맥락으로 뇌에 전기자극을 주는 기계를 삽입하기 위해서는 삭발이 필요하지만, 삭발에 대한 사전 안내와 동의 절차는 자연스럽게 무시된다. 코니가 할 수 있는 것이라곤 돌리가 가져온

---

16) 마지 피어시, 2권 233쪽. 루시엔테가 코니에게 하는 말이며, 기울기 강조는 필자의 것이다.

가발을 머리에 써 보는 것뿐이다. 게다가 정신병원은 코니가 자신의 신체로 자유롭게 행동할 권리를 박탈한다. 코니를 비롯한 입원 환자들은 정신병원이 정한 일과표에 맞춰 행동하여야 하며 이를 어기는 행동은 전면 금지된다. 일과표에 적혀 있지 않은 행동들, 예컨대 병실 복도를 산책하거나 다른 환자들과 대화하기 위해서는 허락을 구해야 한다. 심지어 화장실에서 쓸 휴지 두 칸을 얻기 위해서는 구구절절한 설명을 덧붙이기까지 해야 한다. 그리고 이렇게 어렵게 얻은 허락은 일종의 '혜택'으로 여겨진다. 코니가 자신을 실험을 위해 "우리에 갇힌 5000마리 침팬지"(2권 250)에 비유하며 자조적으로 한탄하는 장면과, 정신병원에서 첫 번째로 뇌 수술 받은 스킵이 자신이 마치 "큰 얼음덩어리가"(2권 163)가 된 것 같다고 고백하는 장면은 정신병원이 환자의 신체뿐 아니라 그들의 감각과 감정, 정신마저 유린하고 있음을 상징적으로 보여 준다. 그 속에서 환자들은 "뇌 바비큐"와 "전기충격 좀비"(1권 124)가 되어 간다. 코니가 겪어 내야 하는 현실 세계는 디스토피아적 세계이다.

코니가 정신병원에서 약물치료와 전기치료로 정신이 아득해질 때 루시엔테와 코니의 접속은 더 잦아진다. 루시엔테를 통해 처음으로 메타포이셋에 방문한 코니는 그곳이 미래, 특히 유토피아적 미래 사회라고는 인지하지 못한다. 수탉이 우는 소리에 눈을 뜬 코니에게 펼쳐진 관경은 낮은 건물과 돌담, 채소가 빽빽이 심긴 밭, 오두막과 풍차, 나무와 덤불숲이 우거진 작은 마을이었고, 이런 자연친화적 관경은 오히려 과거의 농촌 사회로 퇴행한 듯한 분위기를 자아냈기 때문이다. 코니에게 메타포이셋의 첫인상은 발전한 미래라기보다는 불법 입국자들이 한데 모여 살던 티오 마누엘의 집에 가까웠다. 작품 속에서 히스패닉 출신의 가난한 코니가 텍사스에서 잠시 머물기도 했던 티오 마누엘의 집은 일

유토피아 문학

종의 피난처로, 국가로부터 법적 보호를 받지 못하는 불법 입국자들의 열악한 생활 환경을 암시하는 메타포이기도 하다. 따라서 코니가 메타포이셋을 보고 티오 마누엘을 상기한 것은 메타포이셋에 대한 코니의 첫인상 안에 낯섦과 두려움, 그리고 약간의 거부감이 공존함을 암시한다.

메타포이셋의 환경에 익숙하지 않은 코니에게 루시엔테는 안내자가 되어 마을 곳곳을 소개하고 설명한다. 루시엔테의 설명에 따르면 2137년의 메타포이셋은 국가나 정권이 아니라 약 600명으로 구성된 마을 단위로 의사를 결정하는 자치활동을 하며, 소규모 자급자족적 농업을 통해 마을 단위의 자체 부양이 가능한 사회이다. 메타포이셋의 사람들은 생태 친화적인 태도로 자연과 공생한다. 아이들은 유치원과 학교의 콘크리트 벽 안에서 책상에 앉아 교과서로 지식을 습득하는 것이 아니라 정원에 자라는 명아주, 덩굴손, 완두콩 꽃, 덩굴장미를 관찰하며 자연 속에서 살아 있는 지식을 얻는다. 성인이 되면 누구나 원하는 직업을 선택할 수 있지만 동시에 모두 농사꾼이 되어 마을의 논과 밭에서 일용할 양식을 기르고 수확한다. 메타포이셋 사람들이 기념하는 '공동체 축하의 날'이 수화로 인간과 소통한 최초의 침팬지 워슈의 이름을 딴 '워슈의 날'이라는 점은 동물과 식물, 자연에 대한 메타포이셋인들의 공생적(共生的) 태도를 보여 준다.

메타포이셋에서 물과 공기, 새와 나무 등은 활용 가능한 자원이 아닌 삶의 동반자로 인식되는 생명 존재이기 때문에, 모든 의사결정에는 동물 대변인과 식물 대변인이 함께 참여하여 의견을 모은다. 이와 같이 메타포이셋의 자급적 삶과 생태윤리적 태도는 개발과 발전, 잉여가치 증식을 강조함으로써 모든 것을 자본의 논리로 귀결시키던 1975년의 뉴욕의 삶과는 매우 대조적이다. 코니는 "갈색 피부로 태어나는 것이 죄악인 것처럼 가난하게 태어나는 것 역시 죄악"(1권 92)인 뉴욕에서 빈곤의 문제에 허덕이지만, 메타포이셋에는 더 이상 빈부 격차의 문제가 존재하지 않는다.

메타포이셋은 코니의 현실 세계에서 그녀를 비주류이자 타자로 규정한 계급적 · 젠더적 · 인종적 차별이 모두 사라진 유토피아적 사회이다. 코니는 마을 단위의 자급자족과 자체 부양이 경제적 차별 문제를 해소한다는 점에는 수긍하면서도, 메타포이셋인들을 젠더적 · 인종적 차별에서 벗어나게 한 인공 잉태 기술에는 강한 거부감과 혐오감을 보인다. 루시엔테와 비는 코니에게 인공 잉태 기술이 젠더화된 성 노동 분업의 문제를 해소하였으며, 유색인종의 유전자가 인구 전체에 고루 섞이게 함으로써 인종차별 문제를 해결하였다고 설명하지만 코니에게 인공잉태 기계는 "대형 수족관"(1권 158)으로, 그곳에서 태어난 아이는 "통조림 아기"이자 "냉혹한 유리병에서 태어난 미래의 괴물"(1권 165)처럼 보인다. 인공 잉태에 대한 코니의 거부감은 남성이 여성처럼 수유할 수 있음을 알게 되었을 때 혐오를 넘어 분노로 분출된다. 코니는 45세 남자 바바로사(Barbarossa)가 배고픈 아기에게 젖을 물리는 장면을 보고 여성의 특혜가 남성에게 수탈되었다고 분노한다.

화가 났다. 그렇다. 어떻게 감히 남자가 그 기쁨을 공유한단 말인가. 이곳 여자들은 자기들이 승리를 거두었다고 생각하겠지만, 그들은 여성의 마지막 피난처를 남자들에게 내준 꼴이었다. 이곳에선 여자로서 특별한 점이 무엇일까? 이곳 여자들은 모든 것을 포기한 채 예로부터 전해 내려오는 권력의 마지막 유산, 피와 젖으로 봉인된 소중한 권리를 남자

유토피아 문학

들이 훔쳐 가도록 내버려 두었다(1권 211–212).

코니에게 모유 수유는 어머니와 자식의 내밀한 소통을 가능하게 하는 교감적 행위이다. 코니는 앤젤리나에게 젖을 먹일 때마다 젖몸살로 고생하였지만, 자신의 품에 안겨 젖을 먹는 아이의 모습은 그 어느 순간보다 감동적인 순간이었다. 코니에게 젖먹이는 순간에 형성되는 어머니와 아이 간의 친밀감은 가부장제의 폭력도, 아동복지국의 분리 명령도 빼앗아 갈 수 없는 어머니의 권리이자 그 마지막 유산이다. 그렇기에 코니는 여성만이 누릴 수 있었던 이 특별한 기쁨, 피와 젖으로 봉인된 이 소중한 권리를 감히 남성이 공유한다는 점을 쉬이 용인할 수 없었다.

이처럼 초반에 코니는 인공 잉태 기계에 강한 거부감과 혐오감을 보이고 남성의 모유 수유에 기겁을 표하지만, 메타포이셋인들과 더욱 깊이 교류하면서 그들의 공동 어머니(comothers) 제도를 더욱 깊이 이해하게 되고 마침내 그 제도에 동조하게 된다. 인공 잉태 기계에서 태어난 아이들은 세 사람을 공동 어머니로 두게 되는데, 공동 어머니 역할은 성별에 제한을 받지 않기 때문에 남성인 바바로사와 비도 루시엔테처럼 공동 어머니가 될 수 있다. 이때 공동 어머니는 자신이 돌보는 아이의 양육을 담당하지만, 아이의 이름을 짓거나 아이의 진로를 결정하지는 않는다. 공동 어머니의 역할은 아이가 명명식[17]을 하기 전까지 건

---

17) 메타포이셋에서 명명식은 공동체 일원으로 인정받기 위해 반드시 거쳐야 하는 일종의 통과의례이다. 아이는 야생 구역에서 일주일간 혼자서 자급자족하여 생활해야 하는데, 이 명명식을 통과하면 공동체의 공식 일원으로 인정받는다.

강하고 올바르게 성장하여 공동체의 일원이 될 수 있도록 돕는 것으로, 젖먹이기 또한 공동 어머니가 수행해야 하는 일이다. 앞 장에서 살펴보았듯이 코니와 루시엔테의 접속은 일회성으로 끝나는 것이 아니라 반복적으로 수행되기 때문에 메타포이셋에 대한 코니의 인식은 코니의 경험에 따라 계속해서 변화한다. 코니는 자신의 딸 앤젤리나를 연상시키는 한 소녀를 보고 드디어 메타포이셋의 인공 잉태 기술과 공동 어머니 제도가 기존의 지배 이데올로기에 대한 대안이 될 수 있음을 인정하고 적극적으로 지지하게 된다.

150년 뒤 미래로 영원히 숨어버린 앤젤리나를 온 마음을 다해 인정했다. 처음으로 코니의 마음이 루시엔테와 비, 막달레나를 받아들였다. 그래요. 당신들이라면 내 아이를 가져도 좋아요. 내 아이를 데리고 있어도 좋아요. …… 거기서[메타포이셋]라면 아이는 잘 먹고 좋은 집에서 지내고 좋은 가르침을 받고 튼튼해져서, 나보다 훨씬 더 훌륭하고 강하고 똑똑하게 자라겠죠. 인정할게요. …… 그 아이를 기꺼이 루시엔테에게 줄 테니 어머니 노릇을 해줘요. 그럼 그애는 절대로 나처럼 망가지지 않을 거예요. 나에겐 낯선 사람이 되겠지만, 늘 즐겁고 강한 사람이 되어 두려움에 떨지 않을 거예요. 자기 갈색 피부를 사랑하게 될 테고, 자신이 지닌 힘과 훌륭한 일솜씨 때문에 사랑받겠죠. 그 애는 남자처럼 힘차게 걸어 다니면서 절대로 몸을 파는 일 없이 여자답게 아기들에게 젖을 먹일 테고, 꽃밭처럼 알록달록한 그 어린이집 같은 사랑 속에서 살 거예요. 땅에 무지개 끝자락이 단단히 걸린 곳에 사는 사람들이여, 당신들에게 그 아이를 줄게요!(1권 222-223).

또한 코니는 발육장의 배아들에게 소저너와 잭래빗과 함께 공동 어머니가 되는 꿈을 꾸기도 하는데, 이 꿈은 메타포이셋이 지향하는 육아관과 공동체관에 대한 코니의 판단이 인정을 넘어 동참 의사로 변해 감을 상징적으로 보여 준다. 코니는 꿈속에서 "출생의 순간을 지켜보고 있었다."(2권 104)

메타포이셋에 대한 코니의 인식 변화는 평행 우주인 디스토피아적 미래 사회가 공존한다는 점을 알게 되면서 일어나는 각성의 효과이기도 하다. 코니는 메타포이셋이 완전하고 안전한 미래상이 아니라 외부의 적에게서 끊임없이 위협받는 불완전한 미래상임을 깨닫게 된다. 전체 20장으로 구성된 『시간의 경계에 선 여자』에서 디스토피아 미래 사회에 할애되는 장은 15장 한 장에 불과하고 코니의 디스토피아 미래 사회 방문 역시 단 한 번으로 종결되지만 그 파상력(破像力)은 가히 압도적이다. 15장에서 코니는 루시엔테와 접속하던 중 우연히 메타포이셋의 디스토피아적 평행 세계에 사는 길디나 547-921-45-822-KBJ(Gildina 547-921-45-822-KBJ)와 만나게 된다. 길디나라는 이름 뒤에 붙은 긴 숫자와 알파벳이 무엇인지 정확히 설명되지는 않지만, 그녀가 섹스 계약으로 생계를 이어나가는 중간 계층이라는 점을 고려한다면, 이는 그녀에게 부과된 신분 인식 번호의 일종이라는 점을 충분히 유추할 수 있다. 길디나가 사는 곳은 미래의 뉴욕으로, 20세기 뉴욕의 문제가 더욱 극단으로 전개되고 있는 디스토피아적 사회이다. 극심한 환경 파괴로 하늘은 잿빛으로 변하였고 빈곤과 폭력은 일상화되었으며 섹스 계약과 포르노의 만연으로 여성 인권은 더욱 취약해졌다. 또한 몸속에 내장된 칩으로 감시는 훨씬 체계화되었으며, 최음제와 흥분제, 수면제와 각성제 등이 들어 있는 자동 알약 인출기가 가정마다 보급되어 약물 오남용의 문제는 더욱 심각해졌다. 이곳은 철저한 계급사회로 상층 계층은 황폐화된 지구를 떠나 우주 정거장에서 거주한다. 상층 계층의 평균 수명은 사이보그와 장기이식을 통해 무려 200세에 이르는 반면, 하층 계층은 지구에서 적절한 의료 혜택도 받지 못하며 살아가기 때문에 평균 수명 40세를 넘기기 어렵다. 하층 계층이 '장기 은행'으로 불린다는 점은 극단으로 치달은 빈부 격차와 생명윤리의 문제를 암시한다.

15장에서 코니가 길디나를 만난 직후 이어진 16장에서 돌리가 코니를 면회 오는 장면이 바로 배치된 것은 길디나와 돌리의 겹쳐 읽기를 가능하게 하는 서사적 장치이다. 길디나와 돌리는 그들이 사는 디스토피아적 사회에 별다른 문제를 제기하거나 불만을 품지 않고 순응하는 인물이다. 과도하게 부풀어 오른 가슴과 엉덩이를 자랑스러워하는 길디나의 모습은, 약물에 의한 가벼운 착란 증세 속에서도 자신이 살을 빼고 음모를 염색하여 남자들에게 인기가 많아졌다고 반복해서 자랑하는 돌리의 모습과 꽤나 닮았다. 미래의 디스토피아적 사회는 현실에서 코니가 겪는 다층적 차별과 코니의 주변 인물을 억압하는 문제가 더 심화된 방식으로 벌어지는 곳이다. 코니의 현재에는 메타포이셋의 유토피아적 미래와 그것의 평행 세계인 디스토피아적 미래로 나아갈 가능성이 모두 열려 있다. 『시간의 경계에 선 여자』는 현재에 의해 아직 결정되거나 식민화되지 않은, 그리하여 열린 형태로 존재하는 유토피아적 비전을 담지하고 있다.

그렇기 때문에 메타포이셋의 평행 우주인 디스토피아 사회를 직접 방문한 경험은 코니에게 목격의 경험으로 끝나는 것이 아니라 각성의 계기로 작용한다. 김홍중은 상상력과 달리 파상력(破像力)은 꿈이 무너지고 부서진 순간, 즉 각성의 순간에 발휘된다고 분석한다. 꿈이 무

유토피아 문학

너져 내리는 파상적 순간은 붕괴와 파괴 자체에 의미가 있는 것이 아니라 그 붕괴에서 현재와는 질적으로 다른 세계와 현실이 열리는 충격을 경험함에 있고, 이때 충격은 새로운 인식 가능성의 확장을 가능하게 한다.[18] 김홍중에 따르면 파상력은 꿈에서 깨어남 내지 각성의 체험에 원형을 두고 있기 때문에 능동적으로 무엇을 행하는 행위력보다는 수동적인 감수력(感受力)에 가깝고, 이에 따라서 파상력의 주체는 행위자(agent)가 아니라 그 경험을 겪어 내는 자(patient)가 된다.[19] 코니가 단 한 번 짧은 디스토피아 사회 방문에도 각성할 수 있었던 것은 그녀가 감수력이 섬세한 수신인이기 때문이다.

그러나 코니는 루시엔테와 길다나와 접속하여 자신이 경험한 유토피아적 상상력과 디스토피아적 파상력을 수신하는 데에서 그치지 않는다. 15장은 현재보다 더 디스토피아적인 미래를 보여 주지만, 이 장이 "다른 세계가 존재할 수 있다는 말은 옳았다. 그것은 루시엔테의 전쟁이었고, 코니는 그 안에 발을 들여놓았다"(2권 188)라는 문장으로 마무리되는 것은 이후 능동적 행위자로 거듭나는 코니를 예견한다. 해체 이후에야 비로소 새로운 구성이 가능한 것처럼, 수동적인 감수력을 보인 수신자 코니는 이제 자신을 억압하는 이데올로기에 적극적으로 대항하는 주체로 거듭난다. 짝패로 존재하는 유토피아/디스토피아 사회를 모두 경험한 코니가 각성 끝에 선택한 저항적 실천을 따라가 보자.

---

18) 김홍중, 『사회학적 파상력』(문학동네, 2016). 9-10쪽.

19) 김홍중, 같은 책, 11쪽.

5 코니의 전쟁: 저항적 실천과 연대의 가능성

코니는 루시엔테의 전쟁이 메타포이셋이 평행 세계와 벌이는 전쟁이라면, 자신은 자신만의 전투를 하겠다고 다짐한다. 코니가 선택한 전쟁은 그녀의 신체와 감각과 감정, 정신을 제멋대로 유린하는 정신병원의 전문가들에게 향한다. 정신병원은 사회가 정한 정상(성)의 기준에 맞지 않은 자들을 정상으로 만들기 위해 수단과 방법을 가리지 않는데, 특히 레딩 박사를 비롯한 일군의 전문가들은 코니와 스킵, 시빌, 티나의 감정을 인위적으로 조절하고 정신을 개조하고자 전기 치료와 뇌 수술까지 자행한다. 어느 날 코니가 약에 취해 잠이 들려고 할 때 뇌 수술 직후 자신의 집에서 부엌칼로 자살한 스킵이 환영으로 나타나 자살을 권유하지만, 코니는 "나에겐 나만의 방식이 있어"(2권 254)라고 말하며 자신만의 전쟁을 천천히 준비한다. 코니는 추수감사절만큼은 가족과 함께 보내고 싶다고 오빠 루이스에게 거듭 간청하여 겨우 며칠간의 외박을 얻어 내고, 루이스의 집에 머물며 온갖 허드렛일을 자청한다. 이때 코니의 진짜 목적은 독극물을 손에 넣는 것이었고, 그녀는 루이스가 운영하는 온실의 보관 창고에서 파라티온이라는 치명적 농약을 손에 넣는다. 파라티온을 정신병원에 몰래 반입한 코니는 갓 추출한 커피에 농약을 타서 의사 여섯을 독살하는 데 성공한다. 이것이 코니가 선택한 전쟁 방식이다.

폭력에서 벗어나기 위해 살인을 저지르는 코니의 행동을 윤리적으로 재단하는 것은 간단하지 않다. 하지만 독살 직후 코니가 "그들을 살해했어. 그건 그들이 폭력 성향을 갖고 있기 때문이야. 돈과 권력은 그들의 것이었고, 정신을 흐리게 하고 마음을 무디게 하는 독약도 그들의

유토피아 문학

것이었어"(2권 310)라고 되뇌는 독백은 정신병원에 갇혀 편도핵 제거술을 앞둔 코니에게 독살이야말로 그녀가 고안해 낼 수 있는 최선의 방법이었음을 암시한다. 또한 코니는 자신이 한 행동의 의미를 분명히 밝힌다.

> 스킵을 위해, 앨리스를 위해, 티나를 위해, 크림 선장과 오르빌을 위해, 클로드를 위해, 내 최고의 희망으로부터 태어날 당신들을 위해서, 나는 내가 벌인 전쟁을 당신들에게 바칠게요. 나는 최소한 한 번은 싸웠고 승리를 거두었어요(2권 311).

코니에게 독살은 자기 자신을 위한 행동이라기보다는 지배 이데올로기에 의해 핍박받는 과거와 현재, 미래의 이들을 구해 내기 위한 적극적 개입이자 저항적 실천의 한 형태이다.

따라서 가부장제와 관료주의의 폭력에 대한 반사적 폭력으로 독살을 행한 코니의 실천은 정당성을 기준으로 논의하기보다는, 유토피아와 이루는 관계 속에서 논구해야 한다. 『시간의 경계에 선 여자』에서 미래는 이미 도래한 것이 아니라 도래할 유토피아로 존재하기 때문에 변화의 가능성은 언제나 열려 있다. 이때 코니는 현재의 부조리에 적극적으로 분노하고 행동함으로써 여성 억압의 현실을 변화시키고 대안적 가치를 좇는 희망의 담지자이다. 마지 피어시의 작품 속에서 유토피아적 상상과 세계는 뛰어난 한 사람이 추진하는 정치적 기획에 의해 개방되지 않는다. 그 세계는 코니와 루시엔테, 시빌, 스킵과 같은 이들이 각자 자신의 위치에서 자신의 방식으로 전쟁에 뛰어들 때 비로소 개방된다. 유토피아를 향한 개인의 상상과 실천은 미약할 수 있으나 연대 속에서 공유되고 연결된다. 코니의 저항적 실천은 바로 이 연대의 가능성을 담고 있다는 점에서 의의가 있다.

6 페미니스트 유토피아를 꿈꾸며

이 글은 마지 피어시의 『시간의 경계에 선 여자』에서 미래의 유토피아/디스토피아를 방문하는 코니 라모스의 여정을 따라가면서, 페미니스트 유토피아적 상상이 여성 억압의 현실을 변화시키는 대안적 가치이자 저항적 실천, 연대의 가능성에 공명하고 있음을 살펴보았다. 이때 유토피아는 이미 완성된 사회가 아니라 구성되어 가는 미래로 그려지기 때문에, 유토피아를 여행하는 방문자 코니는 방관적이거나 수동적인 자세를 취할 수 없다. 자신의 위치에서 적극적으로 투쟁하는 여성적 주체로 거듭날 것을 요구받는다. 따라서 방문자 코니와 그녀를 안내하는 루시엔테가 맺는 관계는 페미니스트 유토피아(상)을 창조적으로 상상하고 실험하고 또 비판적으로 검토하는 산파술적 대화에 입각해 있다고 보는 것이 적절하겠다.

작품을 통해 페미니스트 유토피아를 상상하는 여성 작가는 '다른' 질문을 허용하지 않는 사회에서 '다른' 질문을 던지고, 현재와는 질적으로 다른 미래를 꿈꾸는 '살아 있는' 여성 캐릭터를 등장시킨다. 여성 작가와 여성 캐릭터는 기존의 지배 이데올로기에 의해 경직된, 그리하여 변화의 가능성마저 소멸되어 버린 듯한 굳은 사고에 균열을 가한다. 이 균열을 발견하고, 이로부터 출발하여 여성 작가와 여성 캐릭터가 던지는 도발적 질문에 반응하는 일은 이제 여성 독자의 몫으로 남아 있다.

피어시의 『시간의 경계에 선 여자』가 전 세계 여성 해방운동이 가장 치열하게 전개된 1970년대에 출간되었고, "미국 여성운동의 경전"[20]으로 불리며 막대한 영향력을 발휘했다는 점은 페미니스트 유토피아적 상상력이 문학과 현실을 잇는 힘이라는 점을 상기한다. 페미니스트 유토피아 작품을 매개로 하여, 여성 작가와 여성 캐릭터 그리고 여성 독자는 서로에게 안내자가 되어 서로가 서로에게 보내는 시그널에 응답하여야 한다. 여성 작가, 여성 캐릭터, 여성 독자의 친밀한 연대 속에서 더 다양한 페미니스트 유토피아가 문학과 현실에서 상상되고 실험되길 바라며 또 기대해 본다.

----

20) Donawerth, Lane. L. and Carol A. Kolmerten. "Introduction", *Utopian and Science Fiction by Women: Worlds of Difference*, p. 11; 최하영, 「"피와 젖으로 봉인된, 오래된 권력의 마지막 조각": 『성의 변증법』과 『시간의 경계에 선 여자』에 나타난 인공생식」, 《현대영미소설》25(2), 2018, 222쪽에서 재인용.

욕망이라는 유토피아
—— 마거릿 애트우드의 『시녀 이야기』

전소영

1 비판적 유토피아, 비판적 디스토피아

　현실에 대한 대안 사회에 대한 논의의 수단으로서 유토피아 문학의 역사는 문학의 역사 자체만큼 오래되었다. 플라톤(Platon)의 『공화국(*Republic*)』으로부터 시작하며 유토피아는 이상적이거나 완벽한 장소나 상태, 다시 말해 정치적으로나 사회적으로 완벽한 시스템을 갖춘 것으로 정의할 수 있다. 토머스 모어(Thomas More)가 『유토피아(*Utopia*)』(1516)에서 '유토피아'라는 용어를 처음 사용했을 때, 그것은 인류의 지적인 성취가 극에 달한 르네상스 시대, 현실에는 없지만 더 나은 미래를 만들기 위해 이성을 사용할 수 있다는 믿음이 있던 시대였다. 문학에서 유토피아는 작가가 이제까지 존재한 것으로 알려진 것보다 더 나은 삶의 방식, 즉 현재의 시스템이 사라지고 인류가 새로 시작할 수 있는 시스템을 제안하기 위한 장소나 시대로 재현되어 왔다. 이러한 작품을 쓰는 소위 유토피아 작가들은 장-자크 루소(Jean Jacques Rousseau), 카를 마르크스(Karl Heinrich Marx), 프리드리히 엥겔스(Friedrich Engels)와 같은 정치 · 철학 분야의 사상가들에게서 영향을 받았고, 빅토리아 시대 동안 발달한 과학 로맨스(scientific romance) 장르가 20세기 사이언스 픽션(science fiction)의 전조라고 할 수 있다. 19세기 후반 20세기에 걸쳐서는 좀 더 풍자적인 형태의 유토피아 문학의 변형이라 할 수 있는 반-유토피아(anti-utopia) 혹은 디스토피아 소설들이 유행하였으며, 그것은 19세기의 어려웠던 경제적인 환경, 즉 산업화와 흉포한 자본주의에 대한 직접적인 반응이라고 할 수 있다. 이후에 점점 더 유토피아 문학과 과학소설(science fiction) 간의 구별은 모호해지고, 과학소설은 유토피아나 디스토피아적인 요소들이 혼재하는 장소가 되었다. 유토피아 소설에 나타난 완벽한 사회는 종종 공산주의적이거나 사회주의적인 성격을 띠고 디스토피아 사회는 파시스트적인 성향이 두드러지지만, 결국 유토피아/디스토피아 소설에서 완벽한 축복의 상태를 욕망하는 개인은 국가의 일차적 목표를 방해할 수 없는 존재로서 통제 사회의 희생양으로 드러나는 공통점이 있다. 따라서 유토피아 문학은 사회 개혁이라는 급진적인 의제에서 출발하였지만 보수적인 허구의 세계에 대한 재현으로 끝나게 되는 역설을 보여 준다.

에른스트 블로흐(Ernst Bloch)는 『희망의 원리(*Das Prinzip Hoffnung*)』 (1937-1948)에서 유토피아적인 본능은 근본적인 인간의 특성이며 탈식민주의 텍스트의 구성에 대해 생각할 수 있는 전략적인 장소가 된다고 제안한 바 있다. 냉전 시대 이후 활발한 르네상스 시대를 지나 온 유토피아 이론은 현재보다 더 나은 세계에 대한 이론이며 사회적인 변화에 대한 희망이다. 따라서 유토피아는 현실의 장소라기보다는 희망 그 자체이고 더 좋은 세계에 대한 욕망을 그 본질로 한다. 우리가 상상하는 모든 것이 성취될 순 없지만, 상상하지 않은 것이 이루어질 수는 없다. 다시 말해 욕망은 현재와는 다른 세계, 현재에 대한 변형을 상상하게 하는 원동력이 된다. 그러나 그것이 상상의 것이라고 하더라도 유토피아가 위험한 이유는 경계와 통제, 제한과 지시가 필요한 완벽한 장소이기 때문이다. 그러한 장소를 유지하기 위해서는 질서와 법이 필요하고, 결국 모든 현실화된 유토피아는 디스토피아로 변형될 가능성을 포함하고 있는 것이다. 토머스 모어의 『유토피아』에 이어 대니얼 디포(Daniel Defoe)의 『로빈슨 크루소(Robinson Crusoe)』(1719)는 영문학 정전에서의 제국주의적 유토피아니즘을 잘 보여 주고, 제국주의 국가들은 재영토화를 위해 식민주의 유토피아를 문명화와 번영을 위한 자기 정당화의 수단으로 삼았다. 따라서 제국주의 유토피아와 탈식민주의 다시 쓰기 사이에는 긴밀한 관계가 있으며, 20세기 중반에는 냉전 시대의 시작과 함께 많은 유토피아 이론들이 생겨났다.

블로흐에 따르면 문학의 존재 이유는 '다른' 세계를 상상하는 것이기에 본질적으로 유토피아적이다. 그것이 어떤 장소이든 유토피아는 그것과는 다른 장소를 지시하는 현실에 없는 장소이기에 근본적으로 '타자성(otherness)'과 관련되어 있고, 문학적 장르로서 유토피아는 사회·정치적 제도, 규범, 개인적 관계가 저자의 공동체보다 더 완벽한 원칙에 따라 조직되는 특정한 인간 공동체를 서술한 것이다.[1] 전통적인 유

---

1) Darko Suvin, *Metamorphoses of Science Fiction: On the Poetics and History of a Literary Genre*(New Haven: Yale UP, 1979), p. 49.

토피아 장르가 완벽한 미래에 대한 청사진을 제공한 것과는 달리 20세기에 와서 정치적 유토피아가 공산주의적 획일주의와 전체주의로 드러남으로써 그와 같은 유토피아의 한계에 대한 반동으로 나타난 것이 '비판적 유토피아(Critical Utopia)'이다. 라이먼 타워 사전트(Lyman Tower Sargent)는 그것은 현실에 존재하지 않는 사회로서 현 사회보다 더 낫지만 해결할 수 없는 어려운 문제를 가지고 있기에 저자가 독자로 하여금 유토피아 장르에 대한 비판적인 시각을 갖도록 하는 것으로 정의한다.[2] 톰 모일런(Tom Moylan)은 유토피아가 반유토피아로 퇴화하는 경향을 극복할 수 있는 대안적 모델을 제시한 것이 비판적 유토피아이며, 그것은 현실보다는 더 낫지만 정착되지 않았거나 모호한 사회이기에 추가적인 개선의 가능성이 있는 유토피아라 본다. 그리고 이러한 텍스트는 유토피아적인 충동과 형태를 보존하면서 유토피아적 전통에 출몰하는 반유토피아적인 거부와 유토피아적인 타협을 모두 지양하는 것으로 분석한다.[3] 전통적 유토피아에서 전제했던 합리성, 이성, 경직성을 극복한 이 새로운 유토피아는 탈현대라는 새로운 사회문화적 맥락 속에서 재조명되었으며, 변화와 다양성이 핵심적인 의미로 부상한다. 이들은 통일되고 표준적인 정체성에서 벗어나 변형되고 해방된 형식의 유토피아를 제시하며 형식적으로는 좀 더 복합적이고 불연속적이라는 특징을 가진다. 비판적 유토피아는 미래와 관련된 것이라기보다는 현재와 거

....

2) Lyman Tower Sargent, "Three Faces of Utopianism Revisited", *Utopian Studies* 5. 1, 1994, p. 9.

3) Tom Moylan, *Scraps of the Untainted Sky: Science Fiction, Utopia, Dystopia* (Boulder, CO: Westview, 2000), p. 83.

기서 벗어나는 탈출구를 그리는 것이기에 비전과 비판이 얽혀 있다. 그 것은 사회적 삶의 변형을 가져올 수 있는 가능성에 대한 비전이고, 모든 유토피아적 비전의 특성은 유토피아를 필요하게 만든 현재의 상태에 대한 비판이기 때문이다. 지그문트 바우만(Zygmunt Bauman)이 말한 대로 가치 있는 유토피아니즘은 지배적 문화에 중요한 반론을 제기해야 한다.[4]

21세기의 소설에서 유토피아의 공간적·시간적 구성은 글로벌화의 영향으로 서로 융합되었으며, 전례 없는 기술적인 진보는 오히려 미래에 대한 불안감과 불확실성으로 드러났다. 최근 몇몇 반유토피아(anti-utopian) 작가들은 유토피아가 사라질 위기에 놓였다고 선언한다. 미래에 대한 긍정적인 이미지를 제시할 능력을 상실한 작가들은 디스토피아 소설을 쓰는 경향이 많아졌고 유토피아적 사고는 형식적인 변화를 겪었다. 모일런은 유토피아니즘에서 절망으로 선회하는 여러 작가들이 디스토피아적 전략을 변화하는 폐쇄적인 사회적 현실과 타협하는 전략으로 선택한 것이 "비판적 디스토피아"라고 말한다.[5] 유토피아는 이제 도달해야 하는 완벽하고 이상적인 목표가 아니라 과정이고, 사회에서 일상의 삶에 통합된다. 그것은 과거의 유토피아적 비전을 완전히 버리지는 않고 여전히 현재에 대한 비판적인 관점을 유지한다. 즉 끊임없이 질문하고 효과적인 변화를 달성하려는 욕망은 여전히 살아 있으며

---

4) Zygmunt Bauman, *Socialism: The Active Utopia*(New York: Homes and Meier, 1976), p. 47.

5) Tom Moylan, *Ibid.*, p. 186. 라파엘라 바콜리니(Raffaella Baccolini)는 자신의 저서에서 "비판적 디스토피아"를 "유토피아적인 핵심(utopian core)을 유지하고 있지만 전통을 해체하고 대안을 재건하도록 하는 텍스트"(183)로 정의한다.

유토피아 문학

이때 유토피아는 인간으로 하여금 인간성을 재구성하도록 하며 해방의 길로 이끄는 기능을 수행한다.

'여기'와는 다른 세계를 꿈꾸는 유토피아를 향한 인간의 근원적인 욕망이 21세기의 글로벌화와 함께 공간적 경계가 사라짐으로써 그것에 대한 반감과 비판마저 잊게 하는 상황에서 프레드릭 제임슨(Fredric Jameson)은 자신의 저서 『미래의 고고학(*Archeologies of the Future*)』(2005)에서 '반반유토피아(anti-anti-utopia)'적 입장을 밝힌 바 있다. 그는 모든 텍스트는 이데올로기적이면서 동시에 유토피아적이라고 주장하며 유토피아의 내용보다는 형식의 기능적 측면에 가치를 둔다. 그는 또한 유토피아를 과학소설로 보고 유토피아와 그것의 정치적 관련성을 탐색하며 유토피아주의가 완전무결하지 않지만 반유토피아주의는 더더욱 수용 불가능함을 밝힌다. 불가능한 것과 실현할 수 없는 것을 상상함으로써 대안 없는 현실에 대한 보편적이고 이데올로기적인 확신을 제공하기 때문이다.[6] 따라서 "미래의 고고학"이라는 의미는 유토피아는 존재하지 않을 미래에서 온 메시지이지만 결코 허구적이라고 할 수 없다는 것이다. 제임슨에게 이상적 장소인 유토피아에 대한 반대는 디스토피아가 아니라 반유토피아이기에 디스토피아에 대한 혐오를 발견할 수 있다. 그는 조지 오웰(George Orwell)의 『1984』를 모일런이 제안하는 "비판적 디스토피아(critical dystopia)" 소설과는 차이가 있는 반유토피아주의(anti-utopianism) 소설로 분석한다.[7] 비판적 디스토피아는 인간의 사

....

6) Fredric Jameson, *Archeologies of the Future: The Desire Called Utopia and Other Science Fiction*(London: Verso, 2005), p. 232.

7) Fredric Jameson, *Ibid.*, pp. 198-220.

회적 가능성들에 대한 긍정적인 개념의 측면이 있는 유토피아의 부정
적인 사촌이라 할 수 있지만, 오웰의 『1984』에는 작가가 경험한 스탈린
주의, 권력에 대한 탐욕스러운 인간 본성에 대한 부정적 비전뿐 아니라
정체성의 정치학과 인종주의가 나타난다고 설명한다.

　　그러나 앤드루 밀너(Andrew Milner)는 제임슨의 이러한 해석은 작품
의 디스토피아적 각성(dystopian awakening)을 부르주아의 집단적인 반응
으로 간주한다고 평가하고, 그것은 오히려 오웰이 반대하는 것들이라
고 주장한다.[8] 오웰은 반스탈린주의 좌파를 지지했고 그것이 『1984』의
정치적 배경이 되었으며, 이미 1950년 세상을 떠난 그의 작품을 제임슨
이 주장하는 부류의 고전적인 냉전 시대 디스토피아로 분류하는 것은
시대착오적이기 때문이다. 오히려 『1984』를 "과거의 상실과 기억의 불
확실성에 대한 애가적 인식으로 분석한 것"이 정확한 지적이라 할 수
있다.[9] 오웰은 인간의 본성에 대한 비관주의보다는 노동계급의 힘을 믿
었고, 마르크스주의통일노동자당(POUM)을 위해 스페인에서 직접 전
쟁에 참여하였다. 그의 스탈린주의에 대한 반대는 부르주아의 입장도,
국가에 대한 노동자들의 반감도 아니며, 미래는 노동자들의 힘에 달려
있다는 믿음과 맞닿아 있다. 또한 『1984』의 주인공 윈스턴이 과거의 상
실에 대한 두려움 못지않게 미래의 상실에 대한 두려움도 느끼는 것은
인간의 근원적인 유토피아적 충동의 표현이라 할 수 있다.

　　따라서 오웰의 『1984』는 유토피아의 불가능성을 말하는 반유토피아

8) Andrew Milner, "Archaeologies of the Future: Jameson's Utopia or Orwell's
　　Dystopia?", *Historical Materialism* 17, 2009, p. 110.

9) Andrew Milner, *Ibid.*, p. 200.

소설이 아니라 '부정적 유토피아(negative utopia)'[10]의 다른 형태인 '비판적 디스토피아'로 분류할 수 있다. '비판적 디스토피아'는 말 그대로 디스토피아 세계를 재현하여 현실에 대한 비판과 함께 경고를 목적으로 하기에 근본적으로는 유토피아를 소망한다. 오웰은 『1984』를 통해 권력을 향한 끊임없는 욕망과 같이 인간의 부정적인 본성보다는 현재 상황이 아무리 힘든 디스토피아라 하더라도 노동계급이 비판적 사고로 행동한다면 희망이 있다는 것을 주장하려 하였다. 그리고 그 비판적 사고를 가능하게 하는 것은 저항을 위한 '글쓰기'와 통제 불가능한 '몸'이라고 할 수 있다. 『1984』에서 윈스턴의 일기 쓰기와 줄리아와의 육체적 관계는 오세아니아의 디스토피아적 전체주의에 반항하기 위한 마지막 수단이었고, 그것은 마거릿 애트우드(Margaret Atwood)의 1986년 소설 『시녀 이야기(*The Handmaid's Tale*)』에서도 동일한 주제로 다루어진다. 작품에서 패러디를 사용하는 등 남성 중심의 전통적 글쓰기에 저항하는 애트우드는 『시녀 이야기』에서 여자 주인공 오프레드(Offred)의 서사를 통해 종교적 전체주의 사회인 길리어드(Gilead)에서 여성의 글쓰기와 성적 욕망이 어떻게 저항적인 요소로 작용하는지를 보여 준다. 여성에게는 글쓰기 자체가 금지된 미래의 디스토피아 사회에서 자신의 정체성을 찾으려 하는 오프레드의 이야기는 윈스턴이라는 남성이 주인공인 오웰의 『1984』의 후속편이라고 해도 과언이 아니다. 퇴행적인 신정정치 사회에서 후세를 생산하는 도구로서만 존재하는 여성의 몸을 가

....

10) 에리히 프롬(Erich Fromm)은 『1984』의 후기에서 자먀틴의 『우리들』, 헉슬리의 『멋진 신세계』와 함께 오웰의 『1984』를 16세기와 17세기에 쓰인 전통적인 "긍정적 유토피아(positive utopia)"에 대립되는 "부정적 유토피아" 작품으로 분류한다.

진 오프레드[11]에게 자신의 존재를 보존하기 위한 저항의 행위는 서사의 행위 그 자체이고 자신의 몸이 욕망하는 금지된 관계이다. 억압적인 사회를 상상하는 디스토피아 소설에서 불법적인 성욕이 도덕적 인식을 불러일으키고 윤리적 주체를 인식시킨다. 소설의 마지막 부분에 역사적 주해(historical note)를 첨부하고 닫힌 결말이 아니라 열린 결말의 형식을 취함으로써 애트우드의 『시녀 이야기』는 형식적인 면에서 오웰의 『1984』를 패러디했다고 할 수 있다. 이 작품은 전통적 디스토피아 소설과는 차이를 두는 비판적 디스토피아 소설로 분류할 수 있으며, 작품에 나타난 주인공의 서사와 몸의 섹슈얼리티는 『1984』에서와 마찬가지로 전체주의 국가에서도 완전히 통제될 수 없는 잠재적 힘으로 작용한다.

2 디스토피아에서의 여성의 언어와 몸

애트우드는 오웰 소설의 여주인공 줄리아의 입장에서 디스토피아 소설을 써보려 했지만 『시녀 이야기』가 페미니스트 디스토피아 소설은 아니라고 밝힌 바 있다. 그러나 이전의 남성 작가 위주의 디스토피아 문학에서 여성의 몸과 성은 차별적으로 다루어졌으며 애트우드는 이러한 남성 위주의 시각을 비판하고자 했다. 『시녀 이야기』의 주인공 오프레드에게 종이와 펜마저 허용되지 않는 현실에서 그녀의 이야기는 과

----

11) 주인공의 이름 오프레드(Offred)는 본명이 아니며 길리어드에서 새롭게 주어진 이름이다. '프레드(Fred)의 것'이라는 의미인 이름이 상징하는 것처럼 그녀는 그녀 자체로 존재하는 것이 아니라 남자인 사령관의 소유물인 것이다. 따라서 오프레드는 한 명만 존재하는 것이 아니고 그녀의 자살한 전임자와 후임자 모두 같은 이름을 가진다.

거에 대한 파편적인 기억과 현실의 이야기가 아무런 경계 없이 교차하여 독백처럼 서술된다. 현재 시제를 사용하지만 사실 그녀의 이야기는 알 수 없는 정치적 사건이 발생한 이후 그녀의 기억을 토대로 재구성된 것이고, 소설의 마지막에는 그녀가 살았던 길리어드에 대한 역사를 연구하는 교수들의 해석이 첨부된다. 『1984』의 마지막 부분에 '신어의 원칙(The Principles of Newspeak)'이 첨부되어 있는 것과 마찬가지로 오프레드의 이야기는 그녀가 남긴 녹음 테이프에 대한 학회에 참석한 후세의 역사학자의 이야기가 메타 픽션의 형식으로 추가된다. 주인공 오프레드가 자신의 스토리텔링에 대해 자의식적인 동시에 소설의 마지막에 첨부된 역사적 주해 또한 그녀의 서사에 대한 해석의 과정을 보여 준다. 따라서 '시녀 이야기'라는 애트우드 소설의 제목은 이 역사학자들이 연구하는 과거의 어떤 시녀에 대한 이야기이기 때문에 붙여진 이름이다. 『1984』의 오세아니아와 『시녀 이야기』의 길리어드라는 디스토피아 사회의 언어에 대한 통제는 윈스턴의 '글쓰기'와 오프레드의 '말하기'를 통해 위반된다. 그리고 남성의 글쓰기는 여성의 말하기로 대체된다. 작품의 주인공들은 억압적이고 비인간적인 디스토피아 사회에서 자신들의 정체성을 확인하고 회복하기 위해 과거의 기억뿐 아니라 자신들의 감정과 욕망을 표현하고 그것을 기록하여 후세에 전달할 수 있는 통로로서 금지된 언어를 불법적으로나마 사용하기를 원했다. 오세아니아에서는 인간의 사고를 통제하기 위해 구어(Oldspeak) 대신 신어(Newspeak)를 사용하도록 하고 길리어드에서는 문자라는 것이 그림으로 대체되는 극단적인 상황임에도 불구하고 윈스턴과 오프레드는 자신만의 비밀스러운 방식으로 서사에 대한 욕망을 실현한다.

그리고 애트우드는 한 발 더 나아가 작품의 마지막에 학자들의 '역사적 주해'를 첨부하여 오프레드의 내러티브가 결국 후대 남성 학자들의 편집과 해석 과정에서 많은 부분 삭제되고 훼손되었을 가능성을 알려줌으로써 텍스트 자체에서 생략된 여성의 이야기라는 잉여를 보여 준다.

이것은 내 머릿속에서 다시 짜맞추어 재현한 이야기이다. 전부 다 재구성한 이야기이다. (……) 내가 이곳을 빠져나가면 이 일을 어떤 형식으로든, 구전으로라도 기록해 놓으면, 그때는 또다시 머릿속에서 재구성한 이야기가 되어버릴 터이다. 그래서 또 한발 진실에서 물러서게 될 것이다. 어떤 것을 있는 그대로 정확하게 말한다는 건 불가능하다. 말이란 결코 정확할 수 없으며 언제나 뭘 빠뜨리기 때문이다. 현실에는 너무 많은 단편들이 있고, 관점들이 있고, 반목들이 있으며, 뉘앙스가 있다.[12]

오프레드는 자신의 서사조차도 실제로 사건이 발생하고 난 이후에 자신에 의해 재구성되었다고 말하며 자신이 믿을 수 없는 화자임을 밝히는데, 그것은 결국 마지막의 첨부된 역사적 주해도 믿을 수 없다는 것을 암시한다. 그녀의 서사뿐 아니라 첨부된 역사적 주해 또한 역사적 기록에서 데이터를 선택하여 배열하였고 특정한 관점에 맞추어져 있다. 그러나 애트우드는 남성 중심의 글쓰기에 대한 풍자로 글쓰기를 오프레드의 말하기로 대체하였다. 남자 교수에게 길리어드에 대한 오프레드의 이야기는 연구 대상이지만, 그녀의 생략과 재구성을 통한 스토리텔링의 방식은 끊임없이 미끄러져 미래의 남성 학자들의 연구 결과로서 고정되기를 거부한다. 오프레드는 청중이 존재하지 않는 상황에

---

12) Margaret Atwood, *The Handmaid's Tale*(London: Vintage, 1996), p. 144.

서 그녀의 이야기를 듣고 있는 타자를 상상함으로써 자율적인 자아로 나아간다. 여성을 오로지 아이를 생산하기 위한 도구로 취급하며 그 생산능력을 국가가 통제하는 길리어드 공화국에서는 성경 역시 위조되고 변형된다.

애트우드가 『시녀 이야기』의 제사로 창세기 30장 1절부터 3절까지를 인용한 것은 히브리 가부장제에서 불임인 라헬(Rachel) 대신 하녀가 아들을 잉태하는 것을 신권 전체주의 국가인 길리어드 공화국이 이용하는 것을 비판하기 위한 것이다. 사실 길리어드는 「예레미아서」에 등장하는 유토피아이다. 그러나 애트우드의 비판은 단순히 상상의 공간인 길리어드에만 향하는 것이 아니다. 그것은 작품을 발표할 당시 1980년대 미국의 보수 우경화 경향과 여성운동에 대한 비판적 여론, 종교계의 극단적인 근본주의자들에 대한 우려와 함께 그와 같은 경향이 극대화되었을 때 일어날 수 있는 디스토피아 사회를 경고하고 있는 것이다. 그리고 길리어드의 생화학 무기 유실, 원전 폭발, 독성 화학물질의 남용 등으로 인한 극단적인 환경오염에 따른 불임의 문제는 실제 21세기 현대 사회에 현실화되었다. 따라서 『시녀 이야기』의 길리어드는 단순히 상상의 공간인 미래의 디스토피아인 것만은 아니다. 소설의 공간적 배경인 미국에서 트럼프 정권의 영향을 받은 백인 남성 우월주의 정치가 지속된다면 머지않은 미래에 길리어드와 같은 사회가 될 수도 있다는 경각심을 불러일으킨다. 『시녀 이야기』에서는 그것이 정치적 문제이든 코로나19와 같이 바이러스나 전염병으로 인한 문제이든 아포칼립스 소설에서처럼 알 수 없는 중대한 사건이 이미 발생하였고 이후의 삶들은 과거와 완전히 달라졌다. '천사(the Angles)'로 명명되는 군인들이 경비를 서고, '눈(the Eyes)'은 『1984』의 빅 브러더처럼 모든 곳에서 시민들을 감시한다. 또한 '수호자(the Guardian)'들은 아이로니컬하게도 수호가 아닌 정기적인 순찰을 담당하고 있으며 여성들은 과거의 자신들의 이름조차 박탈당한 채 착용하는 옷 색깔로 사회적으로 부과된 역할에 따라 구분된다. 길리어드는 한마디로 남성 중심 사회이자 계급 중심주의 사회이다. 이러한 곳에서 여성들은 자신들의 권리를 얻으려는 투쟁을 위해 연합하기보다는 서로 다른 계급의 여성들을 감시하고 시기하거나 혐오하기까지 한다.

대리모의 역할을 하는 핸드메이드들은 아내의 푸른 드레스와 하녀의 초록색 옷과 구별되어 중세 시대 수녀의 복장과 같은 하얀 두건과 붉은 드레스를 입어야만 한다. 핸드메이드들은 환경오염으로 쓰레기 지역이 된 콜로니(the Colony)에서 굶주린 채로 온갖 육체노동을 해야 하는 비여성(the Unwomen)보다는 나은 처지이지만 아기를 생산하는 도구 이상도 이하도 아니다. 자본주의 사회에서 기본적인 인간의 상호작용조차 모두 경제적인 거래를 기준으로 평가되며, 여성들은 사회가 부과한 몇 안 되는 역할에 따라 분류된다. 따라서 오프레드가 대리모로서 공적으로 가지게 되는 사령관과의 성적인 관계는 부인이 동참하는 가운데 의식처럼 치러지는 업무일 뿐이다. 또한 길리어드의 기독교 기업은 인간의 생명을 존중하기는커녕 경제적인 이익으로만 계산하여 정상적이지 못한 상태로 태어난 아기들을 아무 가치 없는 "찌꺼기"로 취급한다. 반대로 권력을 가진 사령관들에게는 하녀나 자신의 부인들을 임신시켜 저조한 출산율을 높이기만 한다면 어떤 수단을 쓰든 허용된다. 길리어드는 마치 현대 사회가 퇴행하여 다시 중세 사회로 돌아가 있는 듯하다. 특히 여성에게 남성과 평등한 권리를 인정하게 된 20세기 후반의 역사를 부정하며 우생학에 따라 가장 성공적이고 강인한 남성이 '최상'

의 가정을 이룰 수 있도록 가장 생산적인 여성을 선택한다.[13]

아기를 생산하지 못하면 비여성으로 전락할 수 있는 불안하고 절박한 삶 속에서 주인공 오프레드를 버티게 하는 것은 과거의 남편과 아이, 페미니스트 운동가였던 어머니에 대한 기억이다. 그리고 그녀가 풀어야 할 수수께끼는 자신이 머물고 있던 방에 자신이 오기 전에 머물렀던 이름을 알 수 없는[14] 핸드메이드가 남긴 문자이다. 읽기와 쓰기, 심지어 같은 핸드메이드들 사이에서도 정해진 말 외의 사적인 말하기가 모두 금지된 길리어드에서 자살한 전임자가 남긴 메시지는 '그놈들에게 절대 짓밟히지 말라(Nolite te bastardes cardorundorum)'는 뜻의 과거 남학생들 사이에 쓰던 농담이었다. 오프레드는 아이를 잉태하기 위한 목적으로만 아내와 함께 사령관을 만나야 하는 것이 규칙이지만 사령관은 어느 날 자신의 방으로 몰래 오프레드를 부른다. 지금은 금지된 과거의 유물들로 가득 찬 그 방에서 오프레드는 그 메시지가 무슨 뜻인지 사령관에게 묻는다. 그리고 평상시 금지되었던 펜을 사령관이 오프레드에게 허락했을 때 그녀는 펜을 가지고 있는 남성들의 권력에 시기심을 느낀다.

---

13) 애트우드는 『시녀 이야기』 이후의 아포칼립스 소설 매드아담(Maddaddam) 시리즈에서도 현대 과학기술과 자본주의의 잘못된 결탁에 따라 이러한 우생학이 환경을 오염시키고 인간과 동물의 고유의 정체성을 파괴하게 되는 위험한 결과들을 풍자한다.

14) 주인공의 '오프레드(Offred)라는 현재의 이름은 '프레드(Fred)라는 사령관의 소유물'이라는 의미이므로 전임자도 오프레드로 불렸을 것으로 추측해 볼 수 있다. 전임 시녀는 자신이 자살한 후에도 똑같은 이름의 후임자가 사령관의 집에 배치될 것을 예상하고 그 후임자에게 자신의 메시지를 남기려고 한 것이다.

내 손가락 사이에 쥐어진 펜은 육감적이고 생명체처럼 살아 움직인다. 펜의 권력이, 펜이 내포한 글의 권력이 생생하게 느껴진다. 펜은 질투를 불러일으켜. 리디아 '아주머니'는 또 다른 센터의 구호를 인용하며 그런 물건을 가까이하지 못하도록 우리에게 경고했다. 그들의 말은 옳다. 펜은 질시의 마음이다. 펜을 들고만 있어도 시기심이 샘솟는다. 나는 펜을 가진 사령관을 질시한다. 펜 또한 내가 훔치고 싶은 물건이다.[15]

여성들에게 금지된 글과 펜은 남성에게는 권력이고 여성에게는 금지된 욕망을 불러일으켜 은밀하게 전임자에게서 전달된다. 따라서 사령관이 갑자기 오프레드에게 제안한 단어 게임은 단순히 과거의 아이들이 하던 말놀이를 넘어서 그녀가 사령관과의 형식적인 성관계에서 느끼지 못했던 성적 욕망까지도 자극한다. 길리어드에서 완전히 사라지도록 통제하고 억압하지만 여성들의 글과 성에 대한 욕망은 사라져 가는 자신들의 정체성과 인간성을 보존하고 전체주의 체제를 전복할 수 있는 가능성으로 존재한다. 오프레드는 사실 사령관의 정부나 마찬가지인 자신의 처지를 인정하지만, 사령관과의 단어 게임을 통해 텅 빈 존재가 아닌 자신의 존재와 실체를 확인할 수 있는 기회를 가질 수 있는 것이 다행이라고 생각한다.

멍청하게도 나는 과거의 나보다 행복하다. (……) 나는 사령관 혹은 그와 비슷한 어떤 것을 사랑하지 않지만 그는 나의 관심을 끌며 공간을 차지하고, 그림자 이상이다. 그리고 나는 그를 좋아한다. 그에게 나는 더

----

15) Margaret Atwood, *Ibid.*, p. 196.

유토피아 문학

이상 단순히 이용 가능한 몸이 아니다. 그에게 나는 단지 짐이 없는 배, 포도주가 빈 성배, 좀 조잡하지만 빵이 없는 오븐이 아니다. 그에게 나는 단순히 빈 존재가 아니다.[16]

사실 사령관에게도 오프레드와의 단어 게임은 금지된 행동이지만 그에게도 이러한 위법적인 만남과 그녀에 대한 욕망이 억압적인 길리어드에서 버텨 내기 위한 탈출구이기에 위험한 게임을 계속해 왔다. 그들에게 단어 게임은 단순한 남녀의 육체적 관계를 넘어서 친밀감을 제공하는 정신적 쾌감의 자극제로서 기능한다. 육체적 관계는 개인적 감정과는 상관이 없는 아기를 생산하기 위한 의식으로 이미 제도화되었고, 성적 에너지는 단어 게임으로 전이된다. 오프레드는 일상에서 경험하는 사소한 느낌이나 촉감 등 모든 감각에서 소외되어 온 길리어드의 생활에서 감정과 느낌에 굶주려 있었다. 이성적인 계산과 청교도적인 규율만이 존재하는 전체주의 사회에서 그것은 단순한 육체적 결합이 아니라 여성에게 금지된 사회적 상호작용을 위한 기회였다. 그들의 불법적인 보드게임은 그동안 억압되었던 창조력과 상상력을 되돌려 주었고, 결국 전복적이고 이단적 사고를 가능하게 하는 정치적 힘으로 작용한다. 단어 게임은 여성에게 금지된 언어를 다시 사용하게 하는 기회가 되며, 권력자인 사령관이 먼저 단어 게임을 제안한 이유는 권력을 가지고 있는 그마저도 일방적인 관계가 아니라 인간의 본능인 친밀한 상호 관계를 그리워했기 때문이다.

심지어 단어 게임을 하는 동안 사령관이 오프레드를 아래에서 위로

16) Margaret Atwood, *Ibid.*, p. 172.

올려다보는 장면에서는 권력마저 사령관에게서 오프레드로 옮겨진 듯하다.[17] 오프레드는 실제로 믿기 힘들지만 자신이 그에게 힘을 발휘하고 있다고 생각한다. 사령관은 오프레드의 의견에 관심이 있다고 말하며 그녀는 충분히 똑똑하니 의견(opinion)을 가져야 한다고 말하고,[18] 그들은 사회적·정치적 문제들에 대해 논쟁한다. 그와의 관계가 그녀의 잠자고 있던 의식을 자극하여 그녀의 전임자와 마찬가지로 후임자에게, 미래의 세대를 위해 기록을 남겨야겠다는 생각을 불러일으킨다. 결국 두 사람의 비밀 만남이 오프레드의 사회적 책임에 대한 생각의 불씨가 되었고, 그와의 대화에서 사회와 정부, 비밀 사교 장소 이세벨(Jezebel)과 관련된 이야기를 구성할 필요한 정보를 얻는다. 그녀가 사령관과 점점 더 가까워지면 가까워질수록 그에 대해 힘을 가지는 듯하다. 사실 몇몇 비평가들은 오프레드가 적극적인 행동을 하지 못한다며 그녀의 수동성을 공격하지만, 결국 그녀는 가장 전복인 인물로 드러난다. 처음부터 그녀는 길리어드를 탈출하려고 생각하였으며, 그러한 생각을 행동으로 실행할 기회가 없을 뿐이지 한 인간으로서 끊임없이 자신의 사회적으로 금지된 본능적인 욕망과 느낌, 감정을 잃지 않으려고 애쓴다.

혹은 나는 리타를 도와 내 손을 살과 같은 부드럽고 저항적인 따뜻함 속으로 쑤셔 넣으며 빵을 만들곤 했다. 나는 옷이나 나무가 아닌 것을 만지고 싶다는 느낌에 굶주려 있다. 나는 간절히 접촉의 행위를 실행하고

---

17) Margaret Atwood, *Ibid.*, p. 221.

18) Margaret Atwood, *Ibid.*, pp. 220-222.

유토피아 문학

싶다.[19]

오프레드보다 훨씬 더 전복적이고 적극적인 행동가인 과거의 친구 모이라(Moira)는 결국 탈출을 시도하다 이세벨이라는 지하 매음굴의 매춘부로 전락한다. 사령관과 비밀리에 동행한 클럽에서 오프레드는 사라졌다 다시 만나게 된 모이라가 대담한 일을 저지르기를 기대하지만 그 후로 다시는 그녀를 볼 수 없었다. 길리아드에서 모이라의 공격적인 시도들은 권력자들의 눈에 금방 띄게 되고 쉽게 무너질 수밖에 없었다. 오프레드는 모이라처럼 용감하지 못하지만 그녀가 상상하는 서사의 가능성들, 즉 서로 다른 이야기들을 동시에 말하는 방식을 취함으로써 그녀는 남성 담론의 고정된 대상인 길리어드의 핸드메이드로 머물지 않는다.

그녀의 이야기는 시간 순서대로 나열된 것이 아니라 과거의 기억과 현재의 사건들이 뒤죽박죽 섞인 것이다. 오프레드는 소설에서 느닷없이 자신의 이야기는 스스로 꾸며낸 이야기라고 하고, 어떻게 됐는지 잘 모르겠으며 자신이 원하는 것은 기억의 재구성이라고 말한다.[20] 그럼에도 불구하고 자신이 하는 이야기에는 진실이라고 주장한다. 캐런 스타인(Karen F. Stein)은 오프레드가 언어의 사용으로 자신을 주체로 구성하고 독자에게 자신이 보이도록 만든다고 말한다.[21] 그녀는 길리어드에

<hr>

19) Margaret Atwood, *Ibid.*, p. 21. '실행하다(commit)'라는 단어를 사용한다.

20) Margaret Atwood, *Ibid.*, p. 275.

21) Stein, Karen F, "Margaret Atwood's *The Handmaid's Tale:* Scheherazade in Dystopia." *University of Toronto Quarterly* 61(1991): 269-279.

서 금지된 반항적인 의사소통의 행위를 통해 자아와 타자, 자신의 이야기를 듣는 청중을 창조하고 있다. 오프레드의 어머니가 포르노 잡지를 금지하기 위해 불에 태운 일은 여성 고유의 문화를 만들기 위한 급진적 페미니스트의 행동이었지만, 그러한 페미니즘적 시도들은 아이로니컬하게도 성적 통제와 서적 태우기 같은 당시의 정치적 우파들이 여성들의 역할을 가정으로만 제한하기 위한 검열과 억압에 맞닿아 있다. 언트 리디아(Aunt Lydia)가 다음 세대를 위해 여성들은 공동의 목표를 위해 단합해야 하고 각자는 자기의 정해진 업무를 수행해야 한다고 말하지만, 이것 역시 대부분 여성들의 역할을 제한하여 사적인 가정에 가두게 되는 결과를 초래한다. 여성들의 역할이 철저하게 분업화되고 계급화된 길리어드의 시스템은 여성들끼리 결합하기보다는 오히려 여성들을 사회에서 소외시키고 불안감에 휩싸이게 하여 그들끼리 경쟁하게 만든다. 따라서 길리어드에서는 서로 다른 성(gender) 사이의 반목보다는 서로 다른 계급 사이의 긴장이 심하게 드러난다.

오프레드는 결국 국가기밀법 위반이라는 죄명으로 체포되는데, 그것이 그녀를 탈출시키기 위한 지하조직 메이데이(May Day)의 계략 때문인지 아니면 그녀가 그동안 위반한 행동들이 수호자들에게 발각되었기 때문인지는 확인하지 못한 채 그녀의 서사는 끝이 난다. 사령관이 아닌 남자와의 관계에서 아이를 생산하도록 하기 위해 사령관의 부인 세리나 조이(Serena Joy)가 제공한 운전사 닉(Nick)과의 만남에서 오프레드는 진정한 로맨스에 대한 욕망을 느낀다. 권력을 가진 사령관과의 관계보다 그와의 관계를 통해 오프레드는 더욱 더 힘을 얻게 된다. 그를 소개해 준 것은 세리나지만 그와의 관계에서 오프레드는 희생자가 아니라 정치적 저항까지 할 수 있는 자신의 몸의 주체, 욕망의 주체가 된다. 오프레드의 전임자의 자살을 생각하며 한때는 자살 충동을 느끼기도 하지만, 그것 또한 여성의 몸을 통제하는 현실에서는 그녀가 자신의 몸에 대한 자율성을 지키기 위한 방법이다. 닉이 어떤 생각을 가지고 오프레드의 탈출 계획에 참여하게 되는지는 알 수 없으며, 그가 오프레드에 대해 어떻게 생각하는지도 알 수 없다. 오프레드는 그와의 관계에서도 중첩된 스토리텔링을 통해 그녀가 상상하는 로맨스와 현실은 다르다는 것을 보여 주지만, 길리어드에서는 사령관이 아닌 남성과 오프레드의 관계 자체가 사랑이라는 감정을 통해 자신의 존재를 확인하고자 하는 욕망인 동시에 일종의 체제 위반적인 저항의 방식이다. 『1984』에서 윈스턴과 줄리아의 금지된 육체적인 관계가 체제 위반적인 행위인 것처럼 닉과 오프레드의 관계 역시 길리아드의 결함을 드러내는 전복적인 일탈 행위와도 같다.

3 저항의 장소로서의 몸

나오미 제이컵스(Naomi Jacobs)는 전체주의 통제 사회에서 몸은 사회적 제약으로 오염된 정신과는 반대로 그 순수성을 유지하며 억압에 대항하는 행동의 원동력이 될 수 있다고 주장한다.[22] 디스토피아 소설에서 성적인 에너지와 유토피아적 에너지가 융합하여 주인공들의 해방적인 몸은 단순히 성적인 것이 아니라 긍정적인 의미에서 가장 동물적

....

22) Naomi Jabobs, "Dissent, Assent and the Body in *Nineteen Eighty-Four*", *Utopian Studies* 18. 1, 2007, p. 4.

이고 자연스러운 자아(self)의 양상으로 나타난다. 디스토피아적 체계에 대한 순종은 정신의 이데올로기적 작용에 의해 발생하지만, 생각하지 않는 몸은 저항을 시작할 수 있는 정복할 수 없는 영역으로 남아 있다. 즉 몸은 권력을 행사할 수 있는 장소인 동시에 저항의 장소이다. 『1984』의 윈스턴과 오세아니아의 시민들은 빅 브러더의 감시 아래 육체적 불편함을 체험한다. 몸과 그것의 감각, 정신적인 감정 또한 잔인하게 억압받으며 나쁜 냄새, 나쁜 음식, 열악한 환경들로 인해 인간의 몸은 비하되고 신체적 상태는 저하된다. 파시스트적인 사회 체계의 강력한 힘과는 대조적으로 그 지배를 받는 몸들은 특징 없는 개체로 변형된다. 윈스턴 역시 마르고 아프며 실제보다 나이 들어 보인다. 자기 생각을 표현할 수 없을 뿐 아니라 타자와 소통할 수 없으며, 개인의 행복이나 기쁨과 같은 감정조차 국가와 사회의 목표를 위해 억압하거나 희생해야 한다. 그러나 금지된 일기를 써야겠다는 윈스턴의 체제 반항적인 충동은 억압할 수 없는 몸에서부터 나오는 것이며, 그와 같은 본능은 이성에 반하여 행동하도록 하는 몸의 나약함이자 힘이다. 몸으로 인한 저항의 두 번째 형태는 윈스턴 개인이 아니라 타자와의 결합, 즉 줄리아와의 애정 관계와 관련된 것이다. 윈스턴에게 단순한 동물적인 본능, 원시적인 감정과 그것이 일으키는 줄리아와의 친밀한 관계는 혁명적인 잠재성이 있으며 체제가 간섭할 수 없는 영역을 만들어 준다. 마찬가지로 자신의 몸, 성적 욕망, 인간의 원초적인 동물적 본능에 대한 줄리아의 찬양 또한 문명의 모든 정신적 통제를 거부하는 강력한 정치적 반란이다. 그러나 『1984』와 『시녀 이야기』에서 등장인물들에게 금지된 성관계가 소설의 해피엔딩을 약속하지는 못한다.

　『1984』의 마지막에서 윈스턴은 처형당하고 『시녀 이야기』에서 오프레드는 결국 비밀경찰에게 체포된다. 닉이 오프레드를 고발했을 가능성도 배제할 수 없지만 그를 신뢰할 수 있는 한 가지 실마리는 그가 오프레드의 본명을 부르며 '그들', 즉 비밀경찰들을 따라가라고 말한다는 점이다. 과거를 그리워하는 오프레드는 자신의 과거를 기억하는 유일한 존재인 닉을 믿어 보는 것 말고는 아무런 현실적인 선택지가 없다. 그러나 토머스 호런(Thomas Horan)은 두 소설의 결말에는 차이가 있다고 말한다. 윈스턴은 고문에 굴복하여 그 사회의 원칙을 선택하지만 오프레드는 다른 사람들 사이에서 동정적 연합(sympathetic affiliation)을 찾는다고 분석한다.[23] 윈스턴은 오브라이언(O'Brien)의 주장대로 2 더하기 2는 때로는 3이 되고 때로는 5가 될 수 있다고 인정하지만, 오프레드는 사령관의 주장을 거꾸로 해석해 같은 성이라 하더라도 모든 사람이 같은 것이 아니며 개인으로서 고유의 가치가 있다고 말한다.

사령관이 말하는 것은 사실이다. 하나에 하나, 또 하나와 하나를 더하면 4가 아니다. 각각은 고유하며, 그것들을 같이 합칠 수 있는 방법은 없다. 그것들은 서로 교환될 수 없다. 그들은 서로 대체할 수 없다. 루크 대신 닉, 혹은 닉 대신 루크.[24]

그러나 오웰의 소설에 마지막에 첨부된 '신어의 원칙'이 과거 시제로 쓰여 오세아니아와 함께 빅 브러더의 시대는 끝났다는 것을 암시하

23) Thomas Horan, *Desire and Empathy in twentieth-century dystopian fiction*(Cham: Palgrave Macmillan, 2018), pp. 196-197.

24) Margaret Atwood, *Ibid.*, pp. 201-202.

고 윈스턴이 금지된 일기를 써 후대에 오세아니아의 삶을 알리고자 하는 것처럼, 오프레드는 자신이 경험한 현실에 대해 남성들의 전유물인 글쓰기가 아니라 과거와 현재를 오가는 파편적인 말하기를 통해 남성들의 억압적인 글쓰기를 전복한다. 그들은 과거를 인식하고 있으며 어떤 방식이든 그들의 기록을 통해 미래의 세대와 소통하고 자신의 존재를 확인하기를 원한다. 디스토피아적 현실에서 과거의 일상에 대한 기억은 대안적인 유토피아가 되며, 그들의 기록은 그와 같은 이질적 자율 주체가 행할 수 있는 최대한의 반란이었다.

따라서 『시녀 이야기』의 마지막 장 뒤에 첨부된 '역사적 주해'에 등장한 피엑소토(Pieixoto) 교수나 학회의 남성들에게 오프레드의 개인적인 구술 서사는 완벽히 이해하거나 통제하기 불가능한 것이며, 역사라는 방대한 서사의 일부분에 종속시킨다. 애트우드는 독자에게 머나먼 미래 2195년의 학회가 여전히 남성 중심적이며 오프레드의 이야기보다 사령관에게 더 관심이 있다는 것을 보여 준다. 애트우드는 오프레드의 서사와 몸이 이러한 억압적인 남성 중심의 사회체제에서 어떻게 계속해서 빠져나가는지 그녀의 이야기를 통해 보여 준다. 그리고 길리어드라는 디스토피아로부터의 해방은 그리 쉽게 이루어질 수 없으며 이러한 체제 전복적이고 저항적인 개인의 몸과 서사가 반복되고 중첩되어야 가능하다는 것을 암시한다. 종교적 전체주의 사회에서 개인은 억압과 통제의 대상이고 개인적 자율성과 인간성이 철저히 배제되지만 결코 완전한 통제는 불가능하며, 지배 담론을 붕괴시킬 수 있는 가능성이 개인의 저항 의식에서 나온다.

길리어드가 지배자들이 주장하는 자연의 법칙에 따라 남성 중심의 더 좋은 세상을 만들려고 하지만 실패하며, 인간의 근원적인 욕망과 감정을 무시한 채 일부를 위한 더 좋은 세상을 만드는 것이 불가능하다는 것을 증명한다. 닉에 대한 신념, 즉 인간 사이의 진정한 관계만이 희망적 미래를 가능하게 하며 과거에 대한 기억은 단순히 역사가 아니다. 그것은 개인의 제거할 수 없는 특이성, 즉 정체성과 관련이 있기에 오프레드의 과거에 대한 향수는 잃어버린 자신의 존재와 정체성을 회복하는 데 중요한 요소이다. 『1984』의 오세아니아와 마찬가지로 억압적이고 지배적인 '더 나은' 사회체제를 유지하기 위해 개인의 근원적인 인간성의 희생을 강요했지만 인간의 본성과 근원적인 감정인 사랑에 대한 욕망은 결코 완전히 억압할 수 없다. 디스토피아적 현실에서도 끊임없이 자신의 과거를 그리워하고 진정한 타인과의 관계를 욕망하는 것은 바로 인간의 결코 억압할 수 없는 유토피아적 충동 때문이다. 결국 디스토피아 소설은 비극적 결말을 통해서도 절망 가운데 희미하게 드러나는 유토피아적 상태의 가능성을 보여 준다. 독자들로 하여금 파멸의 순간을 상기시켜 다가올 미래에 그와 같은 악몽을 피하고 끝까지 잃지 말아야 할 것이 무엇인지를 상기시킨다.

4부 포스트아포칼립스 유토피아

파국 이후의 유토피아를 꿈꿀 수 있는가?

'포스트아포칼립스'라는 말은 영어의 'post-apocalypse'를 우리말로 음역한 것이다. 'apocalypse'는 그리스어로 '없애다', '제거하다'라는 의미의 'apo'와 '감추다', '가리다'란 의미의 'calypse'가 결합한 것으로, '감춘 것을 들추어내다', 즉 '천기누설', '계시'란 의미가 있다. 'apocalypse'는 또한 '멸망', '파괴', '세상의 종말'이라는 'eschatology'의 의미로도 널리 쓰인다. 여기에 'post-'가 결합하여 생성된 포스트아포칼립스는 세상의 종말 이후라는 뜻이 된다.

아포칼립스 서사가 현재의 문명이 총체적으로 멸망해 가는 '과정'을 그리는 이야기라면, 포스트아포칼립스는 아포칼립스가 완료된 '이후', 즉 종말 이후 출현할 세상에 대한 지적 탐구를 담은 이야기를 말한다. 고전적 아포칼립스 서사 중에는 기존 삼라만상이 모두 파괴되고 새로운 예루살렘, 새로운 세상의 도래를 예언하는 「요한계시록」이 대표적인 종교적 · 신학적 차원의 종말 신화이다. 이밖에도 세속적 차원의 종말 신화로는 『가윈 경과 녹색 기사(*Sir Gawain and the Green Knight*)』와 같은 북유럽 초목 신화가 있다.

현대적 의미의 포스트아포칼립스 서사는 20세기 아포칼립스라 할 제2차 세계대전(홀로코스트와 히로시마 원폭 투하)의 대량 학살로 생겨난 트라우마에 대한 문학적 대응에서 시작되었다고 할 수 있다. 전 지구적 재난의 발생과 문명의 중단, 살아남은 인간들의 이야기를 그린 1950년대 영미권에 등장한 일련의 선구적 소설들이 그 효시라고 할 수 있다. 이 시기의 소설들은 원자폭탄의 투하로 깨닫게 된 방사능의 파괴력으로 어쩌면 문명과 인류가 사라지는 미래가 올지도 모른다는 집단적 불안감을 다룬다. 이후 전쟁의 상처들을 극복해 나가면서 전 세계적인 경제 부흥과 풍요로 희망찼던 1980–1990년대에는 파국 이후를 상상하는 포스트아포칼립스 서사가 쇠퇴할 수밖에 없었으나 2000년대 들어 되살아난다.

전 세계를 경악하게 한 2001년의 9 · 11 테러, 사스(SARS) 등의 바이러스로 인한 전 지구적 전염병의 창궐, 기후변화로 인한 재앙 수준의 재난들뿐 아니라 신자유주의 경제가 가져온 불평등의 심화와 빈곤층의 확대 등이 포스트아포칼립스 서사의 재부흥을 일으킨 배경이라고 할 수 있다. 이런 절망적인 현실 앞에서 포스트아포칼립스가 투시하는 세상의 종말은 오염된 옛 세계의 모든 체계를 죄다 씻겨 없앨 대홍수만이 완전히 새롭고 더 나은 세상을 창조할 수 있다는 노아의 홍수 신화가 테크놀로지 문명 시대로 소환된 것이다. 이처럼 세상의 종말과 이후의 상상을 담는 포스트아포칼립스 서사가 더 나은 세상을 꿈꾸는 문학적 상상인 유토피아 문학과 함께 사유될 지점은 어디일까?

그 답은 포스트아포칼립스 장르가 품고 있는 정치적 질문에 있다. 포스트아포칼립스 서사는 인류가 신봉해 온 복수의 가치들이 종말 이후에도 유효할 수 있는가를 극단적인 방식으로 질문하는 장르다. 당장 눈앞의 생존이 불가능한 상황에서 민주주의나 자본주의의 기본 원리는 아무런 역할도 하지 못한다. 인간의 이성적 활동이 오랜 세월 쌓아 올려 탄생시킨 제도와 체제가 무너지고 황폐화된 자연 앞에 벌거벗은 절체절명의 순간들 앞에서 인간은 이전의 인간과 동일할 수 있는가를 묻는 것은 거의 모든 포스트아포칼립스 서사의 공통적인 질문이다. 다소 오락적으로 소비될 수 있는 소재와 형식은 어쩌면 가장 첨예하고 근본적인 방식으로 현존 사회질서에 대한 총체적 비판을 가하고 있는 것일 수 있다. 아포칼립스적 혹은 포스트아포칼립스적 사유가 겨냥하는 것은 종말론적 상상을 통해 부패한 구체제를 완전히 일소하고 '완전히 새롭고 완벽한 세상'이 구현되도록 '모든 것을 정화해 내는 대변혁'이다.

또한 재난이 야기하는 파국은 문명의 종말을 암시함과 동시에 체제 이후를 급진적으로 사유할 가능성을 열어놓는다. 현존 세계 체제의 파괴와 소멸을 암시하는 포스트아포칼립스 문학에는 문명의 종말을 우울하게 바라보는 묵시록적 절망만이 있는 것이 아니라, 종말 이후의 삶에 대한 유토피아적 열망이 길항하고 있다. 물론 종말 '이후'의 세계에 대한 유토피아적 희망을 전면에 드러내는 경우는 많지 않다. 그러나 새로운 시작을 암시하는 흔적들이 완전히 삭제되지도 않는다. 자본주의가 제공하는 대체 유토피아들(소비와 쾌락)과는 다른 금욕과 절제, 인간의 기억과 인간 사이의 관계 회복, 과학기술로도 폐기할 수 없는 자연성의 회복 등은 종말 이후의 세계를 살아갈 인간에게 남겨진 자원들이다.

가령 코맥 매카시(Cormac McCarthy)의 『더 로드(*The Road*)』(2006)의 경

우도 인류의 절멸이 현실화한 재앙 이후의 사회를 다루지만, 유토피아의 씨앗을 완전히 회수하지는 않는다. 문명의 재구성을 암시하는 불의 운반 임무를 완수하는 부자, 아들의 생존을 위해 죽음으로 헌신하는 아버지, 다른 생존자들과 만나 여행을 계속하고 삶의 재생을 함의하는 강물 속 송어를 바라보는 아들의 모습으로 작품을 끝냄으로써 사랑과 부활의 가능성을 열어 놓는다. 핵 재앙 이후 사회에서 사랑으로 연대하는 인간들의 모습은 자연-검약-원시 공동체의 모델이 종말 이후의 세계에서 인간이 추구해야 할 유토피아적 덕목임을 암시한다.

이처럼 포스트아포칼립스 서사는 파국 이후를 미리 경험하게 하면서 현존 사회질서에 대한 성찰을 이끌어 내고 파국을 막기 위한 대안을 상상하게 한다. 포스트아포칼립스의 상상은 현실에 대한 유토피아적 개혁을 가능하게 하는 시간 여행과도 같다.

김상욱

종말론 시대 유토피아 사유의 가능성
—— 코맥 매카시의 『로드』

이명호

우리는 약속의 방주이고 우리의 진정한 본성은 분노도 기만도 논리도
기교도 슬픔도 아닌 소망이라고, 나는 믿는다.

—코맥 매카시, 『고래와 인간』

1 상상력과 파상력: 유토피아와 아포칼립스의 길항

꿈의 붕괴를 우리 시대의 증상으로 읽어 내는 담론을 만나는 일은 더
이상 낯설거나 새롭지 않다. 더 나은 세계를 꿈꾸는 인간의 능력이 세
계 자체를 변화시켜 온 시대가 근대라면, 한때의 꿈은 무너지고 새로운
꿈을 꿀 수 있는 능력은 쇠퇴해 가는 시대가 '포스트'라는 접두어로 다
양하게 호명되는 우리 시대다. 중세에서 근대로 넘어오는 역사적 전환
기에 토머스 모어(Thomas More)는 유토피아라는 신조어를 만들어 내고

유토피아 서사라는 새로운 장르를 창조함으로써 현실에 존재하지 않는 세계의 형상을 그려 보였다. 현실에는 없지만(ou-topia) 현존 사회보다 더 좋은 세계(eu-topia)를 향한 꿈과 희망은 현실을 변화시키는 강력한 힘으로 작용해 왔다. 19세기 중후반과 20세기 초 서구 사회에서 유토피아 담론과 문학은 사회적 모순을 해결하려는 여러 실천들과 연계하여 화려하게 꽃피웠다. 20세기 들어 과학기술이 전체주의와 부정적으로 결합하는 양상을 지켜보면서 유토피아적 상상력은 쇠락의 길을 걷게 된다. 더 나은 세계를 향한 집합적 꿈을 현실 속에 실현하고자 했던 사회주의의 현실적 왜곡과 몰락은 정치 유토피아 기획의 실패를 보여 주었다. "1968혁명을 정점으로 현존 질서를 변화시켜 보려 했던 혁명적 열기는 잠시 유토피아 담론의 짧은 부흥기를 만들어 냈지만, 1989년 동구권 사회주의의 몰락에 이어 1991년 소비에트 체제가 붕괴하고 신자유주의적 자본주의의 세계화가 진행되면서 유토피아 담론은 거의 사라진 듯 보인다. 세계화는 시공간적 '경계'의 개념 자체를 시야에서 사라지게 만듦으로써 '지금과는 급진적으로 다른 세계'에 대한 상상력을 고갈시키기에 이른다. 세계화의 전 지구적 확산과 함께 자본주의의 바깥은 사라졌다. 모두가, 그리고 모든 곳이 자본주의로 평정된 세상에서 '다른 인간'과 '다른 세계'를 꿈꾸기는 어렵다."[1] 캐나다의 저널리스트 나오미 클라인(Naomi Klein)이 '쇼크 독트린(Shock Doctrine)'이라는 새로운 개념을 통해 조명하듯이, 영미의 무규제 신자유주의를 주축으로 하는 세계 경제체제는 재난이라는 쇼크를 통해 되레 이윤을 추구하는 재

---

1 이명호, 「유토피아 상상의 귀환과 재구성을 위하여」, 『유토피아의 귀환: 폐허의 시대, 희망의 흔적을 찾아서』(경희대학교 출판문화원, 2017), 5-6쪽.

유토피아 문학

난 자본주의를 발전시키고 있다. 체제의 종말을 암시하는 재난이 체제의 존속과 확장에 기여하는 역설적 상황에 직면해 있는 것이다. 이런 시대에 유토피아를 말한다는 것은 부질없는 짓이거나 허위의식으로 밖에 보이지 않는다.

꿈의 추구가 '잔인한 낙관주의'를 유포한다는 비난에 시달리는 반면, 꿈의 붕괴가 각성의 계기를 마련해 준다는 주장은 점점 더 많은 사람들의 마음을 사로잡고 있다. 사람들은 이제 더 이상 꿈에 현혹당하지 않으며, 꿈-자본이라는 공유재의 가치를 높이 평가하지도 않는다. 상상력이 삶 속에서 새로운 것을 시작할 수 있게 해주는 구성적 능력이기를 멈춘 세계에서 기존의 꿈을 깨뜨리는 것, 혹은 기존의 꿈이 붕괴한 잔해를 응시하고 그 폐허를 견디는 것이 당분간 인류가 생존을 도모할 수 있는 방책이자 삶의 기예로 받아들여지고 있다. 최근 국내 사회학자 김홍중은 발터 베냐민(Walter Benjamin)의 논의를 원용하여 "기왕의 가치와 열망의 체계들이 충격적으로 와해되는 체험"을 '파상력(破像力)'이라 부르며, 이를 우리 시대의 지배적 에피스테메이자 윤리적 자세로 읽어 내고 있다.[2] 상상력(想像力)이 "없는 것을 있는 것으로 구성해 내고 차이 속에서 동일성을 간파하는 도식화의 능력"이라면, 파상력은 "구성이 아니라 파괴의 방향으로, 질서가 아니라 카오스의 방향으로 활동한다. 상상력의 최대치가 꿈이라면 파상력은 그 꿈에서 깨어나는 순간 발휘된다."[3] 그에 따르면 탈근대로 명명되는 20세기 후반 이후의 세계는 "근대의 건축물이 깨져 변형되는 구조적 파상의 시대다. 파상의 시대는

---

2 김홍중, 『사회학적 파상력』(문학동네, 2016), 9쪽.

3 김홍중, 같은 책, 10쪽.

문명사적 변동기이며 대안이 명확하게 드러나지 않은 상황에서 과거의 꿈들이 자신의 한계를 드러내며 문제화되는 시기이다."[4] 근대를 구축했던 유토피아적 꿈에서 깨어나 그 파괴의 실상을 응시하는 일은 힘겹고 고통스럽다. 주체는 몽환의 세계를 구성했던 이미지들이 부서져 내리는 충격을 견뎌야 한다. 하지만 김홍중은 베냐민의 관점을 쫓아 이 충격이 정신의 마비를 일으키는 것이 아니라 각성의 계기를 가져오고, 파괴의 잔해에서 아직 우리가 인지하지 못하는 미래의 꿈을 태동시킨다고 본다. 그는 몽상의 모멘트와 파상의 모멘트를 동시에 포착해야 한다고 말하지만 그의 논의의 무게중심이 압도적으로 파상 쪽으로 기울어져 있음은 분명하다.

김홍중이 파상이라 부른 체험과 태도는 세계의 종말을 그린 아포칼립스 문학이나 종말 이후의 세계를 그린 포스트아포칼립스 문학의 문제의식과 공명한다. 디스토피아 문학의 극단적 형태이자 그 하위 장르로서 아포칼립스 문학은 미래를 미지의 가능성을 담고 있는 기대의 시간이 아니라 인간과 세계 자체가 사라지는 종말의 상태로 상상한다.[5]

---

4 김홍중, 앞의 책, 10쪽.

5) 제임스 버거(James Berger)에 의하면 아포칼립스는 대개 다음 세 가지 의미를 가진다. 아포칼립스는 1) 상상된 실제 세상의 종말을 말하는 것으로서 「요한계시록」, 중세 천년왕국 운동, 오늘날의 아마겟돈이 여기에 해당한다. 2) 상상된 종말을 닮거나 그것과 흡사한 재앙적 사건을 가리키는 것으로서 이 사건들은 특정 정치체제의 종말이거나 한 시대의 종말을 대리 표상하는 것으로 이해된다. 3) 일종의 설명적 기능으로서 어떤 것의 드러남(unveiling) 혹은 계시(revelation)를 가리킨다. 종말론적 사건은 종말의 순간 종말에 이르게 된 것의 본질을 드러내는 역할을 한다. 버거의 표현을 빌리면 이세 가지 의미에서 "아포칼립스는 끝이거나 끝을 닮거나 끝을 설명한다."(5) 그러나 아포칼립스 텍스트는 "세계의 끝을 선언하고 묘사하지만 텍스트 자체가 끝나거나 텍스트에 묘사된 세계가 끝나는 것은 아니며, 세계 자체가 끝나는 것도 아니다. 거의 모든 아포칼립스 재현에서 끝 이후에는 뭔가가 남는다."(5-6) 이런 점에서 아포칼립스 글

아포칼립스 문학은 '미래의 트라우마'를 그린다. 다른 식으로 표현하자면 트라우마(trauma)는 "아포칼립스를 가리키는 정신분석학적 용어"이다.[6] 그것은 세계와 존재의 절멸에 이르는 '종말론적 사건'의 형태를 취한다. 이 점에서 아포칼립스 문학은 트라우마 문학과 많은 특성을 공유한다. 아포칼립스 문학은 종말과 파국이라는 트라우마적 사건을 배경으로 전개되지만 사건 자체는 재현하지 않는다. 아니 재현이 불가능하다. 트라우마적 사건의 가장 뚜렷한 특징은 우리의 이해를 넘어서기 때문에 인간의 언어로는 재현할 수 없을 뿐 아니라 서사적 회로 속으로 통합해 들일 수도 없다는 점이다. 재현할 수 없는 사건을 재현하고 서사적 전개가 불가능한 사건을 서사화하려는 실험이 그 형식적 특성이고, 파국 이후 주체가 경험하는 의식의 붕괴와 시간성의 교란이 그 내용적 특성이라는 점에서 아포칼립스 문학은 미래로 옮겨진 트라우마 문학이라 할 수 있다. 그런데 이런 아포칼립스 문학이 포스트아포칼립스 문학으로 초점이 옮겨 가게 된 배경에는 결정적 사건은 이미 일어났고 남은 것은 그 사후 효과라는 인식이 자리 잡고 있다. 이제 종말의 느낌은 종말 이후의 비전으로 옮겨 간다. 종말 이후에는 아무것도 남지 않는 것이 아니라 늘 무엇이 남는다. 포스트아포칼립스 서사는 '사라진 것들'과 '남은 것들'을 가려내고, '남은 것들'이 어떤 의미를 지니며 어떻게 변형되는가를 탐색한다. 이런 점에서 포스트아포칼립스 서사를 추동하는 것은 잔존(remnants)의 상상력이다.

....

쓰기의 진정한 대상은 포스트아포칼립스라 할 수 있다. James Berger, *After the End: Representations of the Post-Apocalypse*(Minneapolis: Minnesota UP, 1999).

6 James Berger, *Ibid.*, p. 20.

포스트아포칼립스 문학이 다루는 미래의 트라우마는 특정 사회의 특정 개인이나 특정 집단에게 일어난 사건이 아니라 인류의 생사와 문명의 운명이 걸린 범역사적·범인류적 사건이다. 이른바 세계의 '끝(end)'을 모티브로 하는 많은 소설과 영화에서 나타나듯, 포스트아포칼립스 장르는 종말이라는 트라우마적 사건을 화려한 스펙터클로 만듦으로써 고통과 재앙을 쾌락의 대상으로 소비하고 재앙을 초래한 사건 이전의 세계로 회귀하는 경향을 보이는 측면이 없지 않다. 이 경우 종말은 재앙을 초래하는 현존 질서의 모순에 대한 성찰로 이어지기보다는 안전한 거리에서 즐길 수 있는 오락으로 전환된다. 그러나 이런 관습적 소비를 넘어 포스트아포칼립스 담론과 서사를 추동하는 문제의식은 종말로 이어질 수밖에 없는 세계의 '위기'를 드러내고 파괴적 '결과'를 응시하면서 그 '여파'를 견디는 것이다. 종말은 세계의 절대적 '끝'이면서 은폐된 '진실'이 드러나는 '계시'의 순간이기도 하다.[7]

종말이라는 사건이 드러내는 진실 속에 시작의 가능성이 내포되어 있다. 창조가 파괴 위에서 생성된다면 파괴의 잔해는 새로운 시작과 희망의 가능성을 담고 있다. 잔해 속에 들어 있는 희망의 씨앗을 유토피

---

7) 종말론 혹은 묵시록으로 번역되는 '아포칼립스'는 기독교 전통과 깊은 관련이 있다. 기독교 서사에서 세계의 종말은 타락한 인간세계를 징계하고 신의 계시가 드러나는 순간이다. 종말은 최종적이며 절대적 '끝'으로서 선과 악, 진실과 거짓이 갈라지고 신의 말씀이 실현되는 순간이다. 이것이 「요한계시록」에서 전형적으로 찾을 수 있는 전통적 종말론이다. 이와 달리 탈근대 종말론은 종말적 사건에서 계시의 가능성을 지우고 진리 없는 재앙을 그린다. 탈근대 종말론은 재앙에서 드러나는 진리를 또 하나의 허구이자 원본 없는 모사품(摹寫品)으로 그림으로써 진리성과 비판성을 제거한다. 탈근대 종말론이 종종 정치적 허무주의나 정적주의(quietism)로 비판받는 이유가 여기에 있다.

유토피아 문학

아라 부르는 것은 우리 시대의 문화적 어법에 어긋나는 것 같아 보인다. 그러나 우리는 몰락의 잔해에서 구원의 흔적을 발견하고 이를 미래적 가능성으로 전환하는 작업을 유토피아적 상상력이라 부르는 것을 주저하지 말아야 한다. 『미국의 유토피아(*An American Utopia*)』에서 프레드릭 제임슨(Fredric Jameson)이 주장하듯이 "유토피아적 사유는 먼저 디스토피아에 대한 급진적 치유를, 다시 말해 디스토피아에 대한 급진적 처방과 치료를 담아야 한다. 그런 다음에야 불가능한 몽상을 지어낼 수 있다."[8] 현대 담론을 지배하는 디스토피아적 상상력의 압도적 위세에 맞서 다른 미래를 열어 보이려면 먼저 '유토피아 포비아(phobia)'를 극복해야 하고 유토피아에 대한 저항을 치료해야 한다. 우리는 우리가 두려워하는 것을 수용해야만 그것을 진정으로 넘어설 수 있다. 지금과 다른 미래에 대한 공포는 현존 질서에 적응하는 것 외의 다른 선택지를 원천적으로 봉쇄한다. 유토피아적 상상력은 절망의 현실에서 도망치기 위한 거짓 환상이나 상처 난 인간 내면을 어루만지는 위로가 아니다. 주어진 현실이 전부가 아니라는 것을 인지하고 변화를 모색하기 위해서는 현존 사회와 급진적으로 다른 차이를 상상할 수 있어야 한다. 유토피아적 상상력은 현존 질서 안에 '자리가 없는' 공간을 만들어 내려는 변혁의 몸짓이자 그것을 추구하는 역동적 지향성이다. 혁명적 실천이란 미래를 식민화하지 않고 내딛는 한 걸음이다.

반(反)유토피아주의의 압도적 위세 아래 놓인 서구 지식계에서 고집스럽게 유토피아 담론을 움켜쥐고 있는 제임슨에 따르면 "현실과는 질

....

8 Fredric Jameson, "An American Utopia", *An American Utopia: Dual Power and the Universal Army,* ed. Slavoj Zizek.(London & New York: Verso, 2016), p. 54.

적으로 다른, 그러나 아직 도래하지 않은 미래에 대한 상상은 주어진 현실이 전부가 아니라는 인식을 개방함으로써 현실을 재사유하고 재배치할 수 있게 해준다."[9] 『미래의 고고학(*Archaeologies of the Future*)』에서 제임슨이 힘주어 강조하는 바처럼, 유토피아의 기능은 미래의 청사진을 제시하는 것이 아니라 현재의 이데올로기적 폐쇄성을 드러내고 교란함으로써 미래를 열어 놓는 데 있다. 유토피아의 본질적 기능은 그 '부정성(negativity)'에 있다.[10] 제임슨과 비슷한 문제의식에서 루스 레비타스(Ruth Levitas) 역시 유토피아를 나중에 도달하게 될 어떤 고정된 목표가 아니라 현실의 변화를 추동하기 위해 우리가 스스로 설정하는 규제적 이념이자 "방법(method)"으로 재정의한다.[11] 불가능한 것을 상상하고 요구하는 것, 그렇게 함으로써 현실을 부정하고 교란하는 것이 유토피아 실천이 지향하는 바이다. 슬라보이 지제크(Slavoj Žižek)가 주장하듯이 "유토피아를 특징짓는 것은 문자 그대로 자리가 없는 공간의 건설이다. 즉 기존의 매개 변항들—기존 사회에서 무엇이 가능한 것으로 나

....

9 이명호, 「유토피아 상상의 귀환과 재구성을 위하여」, 『유토피아의 귀환: 폐허의 시대, 희망의 흔적을 찾아서』(경희대학교 출판문화원, 2017), 7쪽.

10 Fredric Jameson, *Archeologies of the Future*(London & New York: Verso, 2007), p. 228.

11) 유토피아 담론의 현대적 변형을 고민해 온 루스 레비타스는 유토피아 개념을 이상 사회의 청사진에서 "더 나은 존재 양식과 삶의 방식을 향한 욕망의 표현"(8)으로 재규정한다. 레비타스에게 유토피아는 '목표'가 아니라 '방법'이다. 그는 완벽한 사회의 구체적 프로그램이 아니라 더 나은 존재와 삶의 양식을 추구하기 위한 '방법적 가설(methodological hypothesis)'이자 '발견적 안내(heuristic guidance)'로 유토피아를 재규정함으로써 그간 유토피아 담론이 종종 빠져 들었던 전체주의의 위험에서 벗어나 더 좋은 미래를 향한 욕망과 지향성을 견지하고자 한다. Ruth Levita, *The Concept of Utopia*(Bern: Peter Lang, 2011), pp. 8-9.

유토피아 문학

타나는가를 규정하는 매개 변항들—바깥에 있는 사회적 공간의 건설이다. 유토피아적인 것은 가능한 것의 좌표를 바꾸는 제스처이다."[12] 우리가 제임슨과 레비타스와 지제크의 수정된 제안을 좇아 유토피아 사유와 실천을 현존 세계 안에 "자리가 없는 공간"을 만들어 내려는 혁명의 몸짓이자 기존 질서의 변화를 추동하기 위한 '방법'으로서의 '부정성'으로 재해석한다면, 파국의 잔해는 미래의 가능성을 담고 있는 유토피아의 씨앗으로 읽힐 수 있다. 물론 이 씨앗으로부터 다른 세계를 개방하기 위해서는 예기치 않은 사건의 발생과 주체의 행위가 필요하다.

코맥 매카시의 『로드』는 종말의 상상력과 유토피아의 상상력이 길항하는 소설이다. 물론 매카시의 『로드』를 지배하는 압도적 분위기는 아포칼립스이다. 신은 죽었고, 세계는 파괴되었으며, 사람들은 인간 이하의 동물적 상태로 떨어졌다. 확실히 작품의 세팅을 구성하는 세계는 어떤 희망의 흔적도 발견하기 어두운 잿빛 죽음의 세계이다. 남은 것은 살아남기 위한 생존의 투쟁이다. 그러나 작품은 약육강식의 생존을 넘어 다른 가능성, 작품에서 '선(goodness)'이라고 불리는 윤리적 가능성을 열어 놓고 있다. 『로드』의 표지에는 "생존의 이야기와 선의 기적"이라는 홍보 문구가 실려 있다. 『로드』를 2006년 미국 최고의 소설로 극찬한 《샌프란시스코 크로니클》의 서평에서 가져온 이 문구는 작품의 이중성을 요약하고 있다. 형식과 내용 양 층위에서 작품은 조화를 이루기 힘든 두 세계관을 병치하고 있다. 형식적 층위에서 작품은 종말 이후의 세상을 충격적일 정도로 사실적으로 그리는 몰개성적인(impersonal) 문

---

12 슬라보예 지젝, 박대진 · 박제철 · 이성민 옮김, 『이라크: 빌려온 항아리』(도서출판 b, 2004), 159쪽.

체를 사용하면서도, 작중 두 주인공을 그릴 때는 중세 도덕극을 연상시킬 만큼 의인화된(personified) 문제를 쓴다. 내용적 층위에서 작품은 종말 이후의 세계에서 동물화된 인간의 존재 양태를 묘사하는 한편으로, 생존의 한가운데서 기적적으로 솟아나는 인간다움과 선의 가능성을 그린다. 생존의 논리와 선의 기적을 연결할 필연적 고리는 없다. 굶주림에 시달리는 사람들은 다른 인간을 먹어치우는 식인의 경지에 이를 정도로 인간적 도덕을 내팽개친다. 그러나 비록 취약하긴 하지만 작품에서 도덕적 차원은 신비롭게도 남아 있다. 작품에서 "상상할 수 없는 미래로부터 뒤를 돌아보는"(231) 존재로 명명되는 소년은 고요히 "선의 기적"을 행한다. 『로드』는 비인간성의 한가운데서 인간이 되는 길을 선택하고 인간과 세계의 질적 변화를 추구함으로써 미래를 열어 놓는다. 작품의 중심을 이루는 아버지와 아들은 각기 종말 이전과 이후, 과거와 미래를 대표하면서 시간적 계기를 작품 속으로 가져온다. 종말 이후 인류의 운명을 대표하는 존재로서 아버지와 아들은 서로 운명적으로 연결되어 있지만 중대한 지점에서 결정적으로 갈라선다. 그들은 인간과 세계를 바라보는 방식, 윤리적 감각과 실천, 시간을 대하는 태도 등에서 중대한 차이를 보인다. 이런 점에서 『로드』는 포스트아포칼립스 장르의 규약을 차용하고 있으면서도 그것을 넘어 유토피아 문학과 접속한다.

『로드』가 문제적인 것은 종말 이후의 폐허에 집착하는 전형적인 포스트아포칼립스 문학과 달리 희망의 가능성을 놓치지 않는다는 점이다. 작품을 짙게 물들이는 종교적 색채는 여기서 비롯된다. 일종의 '도덕 우화'이자 '세속적 성경'으로서 『로드』는 현대 문화를 사로잡고 있는 자기반성적 신경증(self-reflexive neurosis), 절망 그 자체에 강박적으로 몰입함으로써 스스로 소진하는 악순환에서 벗어나 희망과 미래를 말한다. 작품은 파괴의 실상과 함께 파괴 이후 생성 중인 세계를 그린다. 이 작품을 둘러싼 비평적 논란도 이 두 이질적 상상력의 공존을 어떻게 평가할 것인가에서 비롯된다.[13] 이 글은 『로드』를 사로잡는 생존과 도덕,

....

13) 『로드』가 종말 이후 세상을 어떻게 그리고 있는가는 작품이 출판되었을 때부터 비평적 논란거리였다. 이를테면 애슐리 쿤사(Ashley Kunsa)는 『로드』가 종말 이후의 절망적 현실을 그리면서도 작품의 중심을 이루고 있는 부자 관계를 통해 새로이 생성되는 세계의 비전을 함축하고 있다고 본다. 반면, 앤드루 호베렉(Andrew Hoeberek)은 쿤사의 해석에 반대하면서 작품을 물들이는 것은 "소진의 정서(affect of exhaustion)"라고 보고 그 미학적 특성을 작품의 문체에서 찾는다. 쿤사 역시 작품의 문체에서 예기치 않은 낙관적 비전의 씨앗을 발견한다. 그가 주목한 것은 헤밍웨이식 미니멀리즘적 문체이다. 쿤사는 『로드』의 특징적 문체인 짧은 문장과 파편화된 구절들이 잡다한 군더더기를 벗겨내고 세계의 근원으로 돌아가 원점에서 다시 시작할 수 있는 가능성을 표현하는 형식이라 읽어 낸다. 반면 호베렉은 『로드』에는 헤밍웨이식 문체뿐 아니라 포크너적 문체도 사용되고 있으며 양자의 창조적 조합에서 뛰어난 미학적 효과가 발휘되고 있다고 본다. 오늘날에는 더 이상 사용하지 않는 고어(古語)들과 낯선 단어들을 길게 이어나가는 포크너의 바로크적 문체는 최소한의 언어로 폐허의 세계를 건조하게 묘사하는 미니멀리즘적 문체와 결합하여 사라진 과거와 효용성을 잃어버린 사물들이 불러일으키는 소진의 정서를 표현한다는 것이 호베렉의 해석이다. 『로드』의 문체가 각기 '생성의 가능성을 내포한 잠재성'과 '영원히 회복할 수 없는 소진의 정서'를 표현한다고 보는 두 입장은 작품 전체에 대한 해석에서도 갈린다. 쿤사가 작품의 중심인물인 아버지와 아들의 관계에서—특히 아들에게서—희망의 가능성을 발견한다면, 호베렉은 작품이 이런 휴머니즘적 해석을 거부한다고 주장한다. 그는 작품의 배경 자체가 인간의 생존에 무심한 세계의 절대적 파괴성을 드러낸다고 본다. 셸리 L. 램보(Shelly L. Rambo) 역시 쿤사의 해석에 반대하면서 『로드』를 구원 서사가 아니라 증언 서사로 읽어 낸다. 램보는 『로드』에 그려진 세계가 기독교 신학에서 말하는 "지옥으로의 하강"에 해당한다고 주장한다. 예수가 십자가에 못 박히고 난 후 거쳐 가는 "지옥으로의 하강"처럼, 『로드』는 독자를 "새 생명의 약속 없는 죽음의 사후 효과 속에 남겨둔다"고 한다.(113, 원문 강조) 작품은 죽은 자들이 머무르는 종말 이후의 지옥 세계를 증언한다. 쿤사와 호베렉, 램보의 대조적인 작품 해석은 조금씩 다른 변형을 거치면서 반복된다. 본 논문도 넓은 시각에서 보면 쿤사의 입장을 계승하면서 이를 유토피아 문학의 방향으로 발전시키고 있다고 할 수 있다. 쿤사, 호베렉, 램보 글에

파괴와 구원의 길항을 아포칼립스적 상상력과 유토피아적 상상력의 대결과 결합이라는 관점에서 접근함으로써 현대 문화의 지평에서 사라진 듯 보이는 유토피아 상상의 출현 양상을 살펴보고자 한다. 이런 관점은 희망과 구원을 값싼 감상성이나 휴머니즘으로의 퇴행으로 읽어 내는 주도적 비평 흐름에 맞서 유토피아 상상력을 복원하는 의미를 지닌다. 종말 이후의 동물화된 세계에 대한 사실주의적 서술과 아버지의 멜랑콜리적 시선, 부자가 나누는 베케트적 대화와 이를 통해 드러나는 아들의 윤리적 차이, 소설 말미에 덧붙여진 자연 묘사는 작품에서 아포칼립스적 상상과 유토피아적 상상이 표현되는 특징적 양태이다. 아래에서는 이런 특징들이 아포칼립스 문학과 유토피아 문학으로서 갖는 의미, 그리고 양자의 조합이 일으키는 독특한 효과를 분석함으로써 현대 미국 문학에서 『로드』의 특별한 위치를 조명해 볼 것이다.

2 인간 동물이 거주하는 무세계성과 멜랑콜리적 시선

매카시의 『로드』는 밝혀지지 않은 이유로 문명이 몰락한 이후 점점 추워지는 날씨를 피해 남쪽으로 이동하는 아버지와 아들의 이야기다.

대해서는 다음 글을 참조할 것. Ashley Kunsa, "Maps of the World in its Becoming: Post-Apocalyptic Naming in cormac McCarthy's The Road", *Journal of Modern Literature* 33.1(Fall 2009); Andrew Hoberek, "Cormac McCarthy and the Aesthetics of Exhaustion", *American Literary History* 23.3(2011); Shelley Rambo, "Beyond Redemption?: Reading Cormac McCarthy's The Road after the End of the World", *Studies in the Literary Imagination* 41.2(2008).

작품 전체를 지배하는 불과 재의 이미지, 춥고 건조한 겨울이라는 배경을 고려해 볼 때 대재앙의 원인은 핵폭발일 것이라는 추측이 가능하지만, 작가는 그 원인을 특정하지 않는다. "시계들은 '1:17'에서 멈추었다. 크고 긴 가위 같은 빛에 이어 일련의 낮은 진동"(62)이라는 진술을 보면 재앙적 사건은 순식간에 일어났을 것으로 짐작된다.[14] 하지만 소설은 발생 원인이나 발생 상황에 대해서는 함구한다. 많은 포스트아포칼립스 문학에서 나타나듯, 소설이 초점을 맞추는 것은 재앙적 사건 그 자체가 아니라 이후이다. 재앙적 사건은 일종의 부재 원인(absent cause)으로서 추상적 형태로 예측하거나 사후적 소급을 통해 간접적으로 접근할 수 있을 뿐 직접적 재현은 불가능하다.

『로드』는 잠에서 깨어나 잠든 아이를 바라보는 아버지의 묘사로 시작한다. 재앙이라는 사건은 이미 발생했고 그들은 먹을 것과 따뜻한 피난처를 찾아 길을 떠난다. 작품의 제목이기도 한 '길'과 남쪽으로 떠나는 '여정'은 서사를 추동하는 모티브이다. 전통적으로 '로드 서사(road narrative)'는 '추구 서사(quest narrative)'와 만난다. 존 버니언(John Bunyan)의 『천로역정(The Pilgrim Process)』이 전형적으로 보여 주듯, 여행은 구원을 찾아 떠나는 영적 여정이고 여행이 끝나는 순간 추구의 목적은 성취된다. 그러나 『로드』에서 일어나는 것은 사뭇 다르다. 작품에서 아버지와 아들은 황폐화된 현실을 벗어나기 위해 남쪽 바다를 향해 떠나지만 그들이 도착한 바다는 떠나온 내륙과 별반 다를 바 없다. 바다는 내륙과 마찬가지로 잿빛이며 춥고 황량하다. 그들이 해변에서 발견한 것은 "죽음의 등사습곡"이자 "의미 없는, 아무런 의미 없는" "하나의

---

14) 이하 작품 인용은 국역본 『로드』, 정영목 옮김(문학동네, 2008)에서 한다.

거대한 소금무덤"이었다.(252) 해안이 의미하는 내륙의 끝은 바다 건너 다른 세상을 향해 떠나는 출발지가 아니라 이동의 불가능성을 상기시 킬 뿐이다. 부자가 해안에서 발견한 스페인 선박은 더 이상 운항할 수 없는 난파선이다. 로빈슨 크루소처럼 아버지는 난파선까지 헤엄쳐 가 서 필요한 음식과 장비를 구해 오지만, 크루소와 달리 아버지는 배에서 여행의 목적을 성취시켜 줄 어떤 의미 있는 물건도 찾지 못한다. 그는 난파 원인을 알기 위해 배의 기록 일지를 찾지만 실패한다. 어렵게 찾 은 항해 도구인 육분의 역시 현실에서는 쓸모가 없다. 난파 이전 세계를 환기시키는 육분의는 그에게 미학적 아름다움을 불러일으키지만 현실적 효용성은 사라진 물건일 뿐이다.

'상실감'과 '생존'은 성경적 인유인 불로 인한 재난 이후 회색 잿더미 의 세계에서 살아남은 사람들이 직면한 정신적 상태이고 현실적 과제 이다. 물론 이 두 문제를 가장 격심하게 겪고 있는 사람은 남자이다. 재 앙 이후에 태어난 아들은 이전의 세계를 알지 못하지만 남자는 재앙 이 전과 이후를 모두 살고 있기 때문에 그 격차를 극심하게 느끼지 않을 수 없을 뿐 아니라, 양자를 끊임없이 연결하여 생각하지 않을 수 없다. 포스트아포칼립스 문학으로서 작품의 서술 의식이 많은 경우 남자의 시선과 겹치는 것도 이 때문이다. 남자는 "인간의 사랑, 새의 노래, 태 양으로 이루어진 부드럽고 채색된 세계에서 벗어나 검고 얼어붙을 듯 한 광야에서 깨어나곤 했다."(308) 재앙 이후 그가 만난 세계는 인간의 사랑과 자연의 소리가 살아 있던 따뜻한 유채색의 이전 세계와는 현격 한 대조를 이룬다. 그는 '사라진 것'과 '남은 것'을 가려내고 '사라진 것' 이 불러일으키는 박탈감을 견뎌야 한다. 사라진 것이 불러일으키는 상 실감이 그를 우울증적 심리 상태로 몰아넣는다면, 재앙 이후 직면한 끔

유토피아 문학

찍한 현실은 그를 생존의 투쟁으로 내몬다. 세상의 빛은 사라졌고 남은 것은 어떻게 살아남을 것인가이다. 상실을 애도할 수 없는 우울증적 심리 상태와 살아남기 위한 냉혹한 생존 투쟁은 남자의 마음과 행동에서 종종 충돌을 일으키고, 작품의 화자는 남자의 시선에 동조하는 경우도 있지만 일정한 거리를 유지하면서 그 충돌을 드러낸다.

검게 타버린 집에 들어갔다 나온 후 남자는 세상의 파괴에서 절대적 진실을 발견한다.

> 그는 회색빛 속으로 걸어 나가 우뚝 서서 순간적으로 세상의 절대적 진실을 보았다. 유언 없는 지구의 차갑고 무자비한 회전. 사정없는 어둠. 눈먼 개들처럼 달려가는 태양. 모든 것을 빨아들이며 소멸시키는 시커먼 우주. 그리고 쫓겨 다니며 몸을 숨긴 여우처럼 어딘가에서 떨고 있는 두 짐승. 빌려온 시간과 빌려온 세계 그리고 그것을 애달파하는 빌려온 눈〔目〕.(149)

신은 사라졌고 남은 것은 의미 없는 세상이라는 것이 재앙 이후 그가 발견한 진리이다. 이 진리는 절대적이다. 여기에선 태양도 눈이 멀었고 우주도 블랙홀처럼 모든 것을 빨아들인다. 인간은 짐승처럼 쫓겨 다니며 공포에 떨고 있다. 여기에선 시간도 세계도 "빌려온" 것이고, 그것을 애달프게 바라보는 인간의 눈도 "빌려온" 것일 뿐 본래적 의미를 상실했다. 아들과 함께 남쪽으로 떠나는 여정에서 남자가 만나는 세상은 자본주의의 생산뿐 아니라 자연 자체의 재생산 기능도 정지된 죽음의 땅이다. 이 세상은 "황폐하고, 고요하고, 신조차 없는"(8) "불에 탄" 재의 땅이며, "태양을 볼 수 없기에 낮은 회색이, 밤은 시계를 알 수 없는 어둠이" 지배한다. 아버지와 소년을 비롯한 살아남은 사람들은 문명 이전의 약육강식의 세계로 다시 던져져 먹을 것을 찾아 헤매고, 다른 사람들을 습격하여 그들이 가진 것을 빼앗고, 살아남기 위해서라면 식인(食人)도 불사한다. 인간을 비롯한 모든 물품이 소비품으로 전락하고 생존을 위한 활동만이 극대화된 이곳은 인간이 동물적 삶으로 전락한 세상, 아니 인간이 그의 '세계성'을 박탈당한 '무세계성(worldlessness)'의 세상이다. 마르틴 하이데거(Martin Heidegger)의 주장처럼 동물은 자신의 충동이나 욕구에 인도되지 않는 세계 그 자체와 관계할 수 없다. 동물은 환경에 갇혀 있어 존재의 확장이나 수축이 일어나지 않는다. 동물에게는 세계가 없다. '세계 내 존재(being in the world)'로서 인간만이 진정으로 세계와 관계할 수 있다. 그러나 재앙 이후 남자와 소년이 걸어가는 길에는 '세계'가 사라졌다. "열렬하게 신을 말하던 사람들이 이 길에는 이제 없다. 그들은 사라졌고 나는 남았다. 그들은 사라지면서 세계도 가져갔다. 질문: 현재의 없음은 과거의 없었음과 어떻게 다른가?"[15](39-40) 마지막 질문에 대한 남자의 대답은 예측 가능하다. 현재 그가 직면하는 무세계성은 과거의 그것과는 절대적으로 다른 것이다.

이 '세계 없음' 혹은 '무세계성'을 상징하는 존재는 소설 초반 남자의 꿈속에 등장하는 거대한 생물이다.

마침내 그들은 돌로 이루어진 큰 방에 이르렀다. 그곳에는 오래된 검

---

15) 인용문의 마지막 문장은 국역본 번역을 수정했다. 원문은 "Query: how does the never to be differ from what never was?"(32)이다. 국역본은 이 부분을 이렇게 번역하고 있다. "지금까지 한 번도 없었던 일이라고 해서 앞으로도 절대 일어나지 않을 것이라고 말할 수 있을까?"

은 호수가 자리잡고 있었다. 호수 건너편에서 어떤 생물이 둑 모양의 돌로 둘러싸인 웅덩이에서 물이 뚝뚝 듣는 입을 들어 올리더니 아무것도 볼 수 없는 거미알 같은 희끄무레한 눈으로 빛 쪽을 물끄러미 바라보았다. 벌거벗은 채 웅크린 생물은 창백하고 투명했다. 설화석고 같은 뼈가 뒤쪽 바위에 그림자로 비쳤다. 내장과 고동치는 심장도. 흐릿한 유리 종 안에 팔딱이는 뇌도. 생물은 고개를 좌우로 흔들며 낮은 신음을 토하더니 비틀비틀 몸을 돌려 소리 없이 어둠 속으로 성큼성큼 뛰어갔다.(8)

남자와 아들이 길 위에서 만나는 사람들도 이 짐승의 존재 양태와 크게 다르지 않다. 남자와 소년을 포함하여 소설에 등장하는 모든 사람들은 이름이 없다. 그들은 개별성을 상실한 익명의 존재들이다. 작품 속 재앙을 초래한 사건에서 살아남았지만 그들을 적극적 의미에서 생존자(survivor)라 부를 수도 없다. 자살한 남자의 아내가 말했듯이, 그들은 생존자가 아니라 공포영화에 나오는 좀비들이다. 그들은 생물학적으로는 살아 있으나 상징적으로는 이미 죽은 존재이다. 살아남기 위해 서로가 서로에게 늑대인 존재들, 근대 생명정치의 황야 속으로 던져진 인간-동물이 이들의 존재 양태이다. 그들은 '호모사피엔스'에서 '호모호미니루푸스(homo homini lupus)'로 퇴행한 존재들이다. 이 인간-동물의 몸과 마음을 지배하는 정동은 공포와 적대감이다. 남자와 소년이 길 위에서 만나는 사람들은 서로의 눈앞에서 아이들을 잡아먹을 수 있는 공포와 적대감의 원천이다. 살아남기 위해 남자는 모든 사람들을 '좋은 사람'과 '나쁜 사람'으로 구분하고 나쁜 사람들에게서 아들을 지키기 위해 살인도 불사한다. 남자는 불에 탄 사람을 만났을 때 도와주자는 아들의 간절한 요청을 거부한다. 길에서 만난 악당이 소년을 인질로 잡자 그와

격투를 벌여 그가 가진 것을 모두 빼앗고 보복의 기회를 남기지 않기 위해 죽여 버린다.

동물-인간의 단계로 전락한 남자에게 유일한 삶의 목적은 아들을 지키는 것이다. 소설의 초반부터 소년에 대한 남자의 사랑은 종교적인 언어로 표현된다. 아버지는 "저 아이가 신의 말씀이 아니라면 신은 한번도 말한 적이 없을 거야"라고 말하며 소년이 자신의 생존의 이유임을 확실히 한다. 그에게 아들은 자신과 죽음 사이의 모든 것이자, 신이 사라진 세계에서 신성의 빛을 발하는 존재이다. 그의 임무는 '성배(chalice)'를 운반하는 기사이다. 악당을 죽이고 난 후 남자는 아들에게 말한다. "내 일은 널 지키는 거야. 하느님이 나한테 시킨 일이야. 너한테 손대는 사람이 있으면 누구든 죽일 거야."(90) 아버지와 달리 소년은 종말 이후에 세상에 태어나 구세계의 몰락이라는 원죄에 대해 면죄부를 부여받고 새로운 세상을 열어 가게 될 존재이다. 그는 미래의 표상이다. 빛과 불은 아들을 가리키는 알레고리이다. 소년은 그리스신화 속 프로메테우스처럼 인류의 문명을 창조할 '불의 운반자'일 뿐 아니라 스스로 빛을 발하는 '신성한 존재'이다. 죽음을 눈앞에 둔 아버지는 살아서 불을 계속 운반해야 한다는 자신의 당부에 불이 어디 있는지 모르겠다고 되묻는 아들에게 말한다. "불은 네 안에 있어. 항상 거기에 있었어. 내 눈에는 보여."(279)

아들을 신성의 알레고리로 바라보는 아버지의 시선은 의미가 사라진 세상에 강제로 의미를 부여하는 멜랑콜리아의 태도를 닮았다. 그는 세계의 빛이 사라졌고 사물들의 이름도 사라졌음을 알고 있다.

뭔가 할 말을 생각해 보려 했지만 마땅히 떠오르는 말이 없었다. 전에도 이런 느낌이 든 적이 있었다. 마비 상태나 무지근한 절망마저 넘어선 어떤 느낌, 세상이 날 것 그대로의 핵심으로, 앙상한 문법적 뼈대로 쪼그라드는 느낌, 망각으로 빠져든 사물들을 천천히 뒤따르는 그 사물들의 이름, 색깔들, 새들의 이름. 먹을 것들. 마침내 진실이라고 믿었던 것들의 이름마저. 미처 생각하지 못했을 만큼 덧없었다. 이미 사라진 것들이 얼마나 많을까? 지시 대상을, 따라서 그 실체를 잃어버린 신성한 관용구들. 모든 것이 열을 보존하려고 애쓰는 어떤 것처럼 스러져가고 있었다. 시간이 지나면 깜박하고 영원히 꺼져버리는 어떤 것처럼.(102-103)

이 인용문을 통해 알 수 있듯이 아버지의 세계를 지배하는 상실감은 지나간 세계의 사물들에 대한 그리움에서 기인할 뿐 아니라 그 사물들의 이름 역시 사라지고 있다는 절망에서 비롯된다. 사물들의 이름을 기억하지 못한다는 것은 단순히 말을 잃어버리는 것이 아니라 진실이라고 믿었던 것의 이름을 잃는 것이며 "신성한 관용구"에서 그 신성성을 빼앗기는 것이다. 그가 애도하는 것은 단순히 사물의 상실이 아니라 말이 드러내는 의미의 상실이며, "신성한 관용구" 속에 담긴 진실의 상실이다.

이 전면적 상실에 직면하여 그는 폐허의 세상에 신성을 부여하려는 의지를 보인다. 그가 아들에게서 천상의 빛을 발견하고 불의 운반자라는 알레고리에 매달리는 것은 그것을 신비화하는 것이라기보다 의미가 사라진 세상에 의미를 강제적으로 부여하려는 의지를 포기하지 않았기 때문이다. 그에게 아들은 비록 허구일지라도 결코 포기할 수 없는 신성의 빛이고, 그 빛이 꺼지지 않게 보존하여 다음 세대로 이어지게 하는 것이 자신에게 부여된 임무이다. 비록 스스로는 상실감에 시달리고 생존을 위해 살인도 불사하는 도덕적 타락에 떨어지지만 그는 그 임무에 충실했다. 그는 '성배'를 운반하는 '기사'이기 때문이다.

> 앉아 있는 소년의 몸이 흔들거렸다. 남자는 소년이 불로 쓰러지지 않
> 는지 지켜보았다. 남자는 발로 모래에 구멍을 몇 개 팠다. 소년이 잘 때
> 엉덩이와 어깨가 들어갈 곳이었다. 남자는 앉아서 소년을 안고 불 앞에
> 서 머리를 털어 말려주었다. 이 모든 일들이 마치 옛날의 도유의식 같았
> 다. 그렇게 하라. 형식들을 불러와라. 달리 아무것도 남아 있지 않은 곳
> 에서 허공으로부터 의식들을 만들고 그 위로 숨을 불어넣어라.(86-87,
> 번역은 부분 수정)

아들은 성배로, 자신은 그것을 운반하는 기사로 비유하는 남자의 언
어 사용에 종교적 상징의 흔적이 남아 있는 것은 사실이다. 그러나 그
가 구사하는 상징이 말과 의미, 기표와 기의의 일치에 기초를 둔 것은
아니다. 그의 상징적 언어는 아들을 보호하기 위해 치르는 신성한 도유
의식을 닮았지만, 그는 이 의식이 허공에서 만들어진 것임을 잘 알고
있다. 의미의 부재를 알고 있음에도 의미를 부여하려는 의지를 포기하
지 않는 자가 사용하는 상징은 이미 알레고리화된 상징이다. '무'에서
만들어진 형식에 숨결을 불어넣을 때 그 형식은 빈 껍질이 아니라 의미
를 담게 된다. 이런 알레고리적 의미를 공유함으로써 남자와 아들은 삶
을 지속하고 여행을 계속할 힘을 얻는다.

유토피아 문학

3 "괜찮아요"—공생의 세계를 만드는 언어 행위와 도래할 공동체

매카시가 그리는 종말 이후의 세상에서 동물-인간에서 인간으로 존재론적 전환을 고요히 실천하는 인물이 소년이다. 소년은 아버지가 규정하는 좋은 사람과 나쁜 사람의 의미망을 따르면서도 양자가 단순 대립 구도로 규정될 수 없음을 배워간다. 끊임없이 좋은 사람과 나쁜 사람을 구별 짓는 아버지와 달리 아들은 길에서 만나는 사람들이 선이나 악으로 단순 분류될 수 없음을 깨닫는다. 길에서 만나는 사람들은 나쁜 사람도 있지만 도움이 필요한 취약한 사람도 있고, 사람을 잡아먹지 않겠다는 인간적 약속을 지키며 자신을 보호해 주는 좋은 아버지가 살인을 저지르는 나쁜 사람이 될 수도 있음을 그는 안다. 자신의 생명과 안전을 지켜 주는 아버지의 생존 투쟁 자체가 나쁜 행위에 기댄 것일 수 있다는 사실을 알게 되는 것이다. 그는 고정된 의미의 결정성을 벗어나 의미를 생성해 낼 수 있다.

"괜찮아요(okay)"는 소설 전반을 통해 소년이 가장 많이 사용하는 말 중 하나이다. 사실 소설의 적지 않은 분량은 아버지와 소년이 나누는 대화로 채워져 있는데, 이 대화에서 소년은 괜찮다는 말을 반복한다. 이들의 대화는 의사소통을 위한 경우도 있지만 무의미한 말의 주고받기인 경우도 적지 않다. 사뮈엘 베케트(Samuel Beckett)의 연극 속 대화처럼 아버지와 아들은 끊임없이 말을 주고받는다. 이들의 말은 문장으로 완결되지 못하고 파편화된 단어의 나열이나 단음절어의 반복으로 이루어지는 경우가 많다. 사용하는 단어의 수도 극히 적을 뿐 아니라 어휘의 수준도 아주 낮다. 종말 이후의 세상에서 언어는 지시 대상에서 떨어져 나오고 진리를 잃어버렸다. 말이 의미를 잃어버린 세상에서 말은 스스로 궁핍화를 지향함으로써 최소 의미를 만들어 낸다. 최소 언어를 통한 의미의 보존과 생성은 아버지와 소년의 대화를 일종의 '제의(ritual)'이자 '주문(incantation)'으로 만든다. 종교적 제의에서 사용되는 부름(call)과 응답(response)처럼 이들은 최소한의 말을 주고받으며 신이 사라진 땅에서 언어적 제의에 참여한다. 이 제의적 언어 행위는 뜻 없는 말의 교환처럼 보이기도 하지만 삶과 죽음 같은 화급한 실존적 문제를 다루기도 한다.

> 우린 죽나요?
> 언젠가는 죽지. 지금은 아니지만.
> 계속 남쪽으로 가나요?
> 응.
> 따뜻한 곳으로요?
> 응.
> 괜찮아요.
> 뭘?
> 아무것도 아니에요. 그냥 괜찮아요.
> 자라.
> 알았어요.
> 불 끌게. 괜찮니?
> 네. 괜찮아요.(15)

아버지는 아들의 질문에 대답하고 아들은 아버지의 대답을 수용함으로써 죽음의 공포를 물리치고 따뜻한 남쪽 바다를 향한 믿음을 유지한

유토피아 문학

다. "지금까지 해본 가장 용감한 일이 뭐예요?"라고 묻는 아들의 질문에 "오늘 아침 잠자리에서 일어난 거"(307)라고 대답하는 아버지와 그 대답을 다시 듣는 아들에게 의미 없어 보이는 언어적 제의는 죽음의 유혹을 견디고 삶을 선택할 수 있게 해주는 힘이다.

아들과 아버지가 참여하는 언어적 제의에서 소년이 빈번하게 사용하는 '괜찮아요'는 아버지의 말을 수동적으로 받아들이는 것처럼 보이지만 늘 그런 것은 아니다. '괜찮아요'는 분명 수용의 언어이다. 그것은 종말 이후 회복할 수 없는 세상을 주어진 사실로 인정하고 받아들인다. 소년이 아버지의 말에 응대하는 형태로 발화하는 "괜찮아요"는 살아남기 위해 아버지의 지시를 따르는 기호이다. 그러나 상황을 수용하는 이 지극히 단순한 말은 그 뒤에 놓인 묵직한 침묵과 함께 세상을 변화시키는 힘을 만들어 내기도 한다. 이를테면 엘라이라는 노인을 떠나보낸 뒤 부자는 이런 대화를 주고받는다.

이른 오후에 그들은 길에 방수포를 펴고 앉아 차가운 점심을 먹었다. 남자가 소년을 지켜보았다. 나하고 말할 거니?

네.

하지만 기분이 좋아 보이지 않는구나.

괜찮아요.

먹을 게 떨어지면 그 일을 생각할 시간도 많아질 거다.

소년은 대답하지 않았다. 그들은 식사를 했다. 그는 길을 돌아보았다. 잠시 후 그가 말했다. 알아요, 하지만 아빠가 기억하는 것처럼 기억하지는 않을 거예요.

그렇겠지.

아빠가 틀렸다고 말하진 않았어요.

말은 안 해도 그렇게 생각할 수 있다는 거네.

괜찮아요.

그래. 남자가 말했다. 길에는 좋은 일이 별로 없어. 이런 시절에는.

할아버지는 놀리면 안 돼요.

알았다.

돌아가실 거예요.

알아.

갈까요?

그래. 남자가 말했다. 가자.(199)

소년은 곧 죽을지 모르는 노인을 버려두고 떠나온 아버지에게 "괜찮아요"라고 말하지만, 이 말이 그가 아버지의 뜻을 따른다는 의미는 아니다. "괜찮아요"라는 소년의 말은 아버지의 결정에 동의하지 못하는 그의 흔들리는 마음을 표현하고 있다. 위 대화에서 소년은 '괜찮다는' 말을 두 번 사용하는데, 두 번째에서는 긍정이 아니라 부정의 함의를 띤다. 그는 아버지의 결정이 잘못되었다고 말하지 않고 '괜찮다'고 말한다. 하지만 아버지는 괜찮다는 아들의 말이 자신의 말에 수긍하는 것이 아님을 느끼고 있다. 할아버지를 놀리면 안 된다는 이어지는 아들의 말에 아버지는 자신의 생각을 바꾼다. '알았다'는 아버지의 말(영어로는 'Okay')은 소년의 말이 그의 내면에 들어와 감응을 불러일으켰음을 보여 준다. 눈에 띄지 않게 소년의 말은 아버지의 마음을 흔들어 변화를 일으킨다. 사실 작품의 서술 화자가 취하는 자유간접화법은 많은 경우 아버지의 시선과 어법을 취하고 있어 독자들이 소년의 내면으로 들

       유토피아 문학

어가기란 쉽지 않다. 소년은 극히 짧은 토막 난 언어를 통해 자신의 심경을 드러내지만 그는 자신의 세계를 표현할 고유한 언어 능력이 있다. 마크 스티븐(Mark Steven)은 바디우와 아감벤의 논의를 빌어 소년이 말하는 "괜찮아요"를 회복할 수 없이 무너진 종말 이후의 세상에서 새롭게 세계를 구축하는 언어로 읽어 낸다. 그에 따르면 소년의 '괜찮아요'는 부서진 언어 위로 "성스러운 빛"을 발하면서 회복할 수 없는 것들을 불러들이고 세계의 공백에서 사건의 진리를 만들어 낸다.[16]

맥락에 따라 극히 다양한 의미들을 발생시키는 이 한 단어는 소진되지 않은 의미론적 잠재성을 지니고 있다. 그것은 코카콜라와 자동차 없는 세상을 수용하는 것이기도 하고, 실존적 불안이나 무조건적 연민을 표현하는 것이기도 하며, 길 위를 떠도는 사람들과 버려진 옛 집들을 가리키기도 하며, 해변 너머 다른 세계의 가능성을 지시하기도 한다. 소설 전편에 걸쳐 수없이 반복되는 이 한마디 말은 수많은 것들을 묶어 내면서 다양한 의미를 표현하고 있다. 허먼 멜빌(Herman Melville)의 단편소설 속 주인공 바틀비가 말하는 "안 하는 것이 좋겠습니다(I would prefer not to)"라는 어구가 체제 안팎의 특정 위치에서 체제를 부정하는 것이 아니라 체제의 공백(nothingness) 지점으로 물러나 세계 전체를 부정하는 언어라면, 소년의 '괜찮아요'는 존재론적 공백에서 주체적 진리를 생성해 냄으로써 새로운 세계를 구축하는 언어이다. 앞서 인용한 대화에서 소년의 '괜찮아요'는 죽어가는 노인을 향해 연민을 표현함으로써 아버지의 생존주의적 논리에서 벗어나 공생의 세계를 만들어 낼 단

---

16 Mark Steven, "The Late World of Cormac McCarthy", *Styles of Extinction: Cormac McCarthy's The Road*(New York & London: Continnum, 2011), p. 80.

초를 마련한다. 이 단초는 그가 아버지와 다른 선택을 내리고 아직 존재하지 않는 미지의 공동체를 만들 힘으로 작용한다.

종말 이후의 세상에 남겨진 존재들은 부서지기 쉬운 허약한 존재들이다. 그들은 손발이 잘린 도둑이기도 하고 굶주린 거지이기도 하고 부모를 잃은 고아이기도 하고 비틀거리는 노인이기도 하다. 이 허약한 존재들에게 손을 내밀어 수평적 공생의 세계를 만들어 내는 것, 이것이 종말 이후의 세계에 남은 자들이 인간-동물에서 인간이 되는 길이다. 회색 빛 재가 흩날리는 부식된 땅에서 '말하는 동물'로서 인간이 벌거벗은 생명정치를 넘어 인간임을 스스로 증명하는 행위이다.

해안 도시의 외곽에 도착해서 차를 끓여 마시는 장면에서 아버지와 아들의 관계는 변모한다. 우여곡절을 겪으면서 자신만의 세계를 만들어간 소년은 아버지의 보호를 받아야 하는 아이가 아니라 죽음을 목전에 둔 허약한 아버지를 보살피는 존재가 된다. 보호자와 피보호자가 역전된 이 관계를 바라보며 아버지는 아들이 미래로부터 빛을 발하는 메시아 같다고 느낀다. "남자는 눈물이 그렁해진 눈을 들어 소년이 거기 길에 서서 어떤 상상할 수 없는 미래로부터 자신을 돌아보는 모습을 지켜보곤 했다. 그 광야에서 빛을 발하는 소년."(309) 급기야 소년의 주위로 광채가 휩싸이는 듯하고 곧 그는 신과 같은 존재로 격상한다. 아버지는 자기 없는 험난한 세상을 살아갈 아들에게 마지막 진심을 전한다. 그는 죽은 후라도 늘 아들과 함께 할 것이라고 약속하며 아들에게 끊임없이 이야기를 나누라는 당부를 남긴다.

아버지가 죽고 난 후 아들이 새로운 동행자들을 만나면서 이 예언은 실현되는 듯하다. 아들이 만나는 동행자들은 아버지와 다른 대안, 다른 공동체의 가능성을 암시한다. 아버지와 아들은 두 남자로 이루어진 부자 관계이지만, 아들이 새로 만나는 동행에는 남자뿐 아니라 성인 여자와 두 아이가 있다. 여기서 여자의 존재는 특히 중요하다. 여자는 아들이 잃어버린 어머니 역할을 해줄 대체 어머니로 기능할 뿐 아니라 무엇보다 단절되지 않을 지속 가능성을 담지한다. 소설은 아버지-아들의 가족적 지평 너머에 새로운 공동체의 지평, 미래로 이어질 열린 가능성을 열어 놓는다. 수평적 공생의 세계를 만들어 가는 소년의 언어 행위와 함께 작품에서 유토피아 상상이 가장 뚜렷하게 표현되는 대목이 여기이다. 아들이 만나는 새로운 공동체는 소설에서 그려지는 좋은 사람의 특성을 지니고 있다. 그 부부는 종교를 간직하고 있으며, 사람을 잡아먹지 않겠다는 서약을 하며, 소년의 아버지의 시신에 담요를 덮어 주겠다는 약속을 지킨다. 소년의 눈에서 보면 그들은 또 다른 불의 운반자들이자 도래하는 공동체이다. 새로운 일행이 된 여자는 소년에게 가끔 신에 관해 이야기한다. 여자는 소년에게 신의 숨이 그의 숨이고 그 숨은 세대적으로 전수된다는 것을 일러 준다. 길에서 만난 이 새로운 공동체와 함께 소년은 아버지와 이야기를 나누며 아버지를 잊지 않는다. 아버지가 그에게 알려 주었듯이 이야기는 "진짜일 필요가 없다. 이야기니까."(302) 그것은 "꿈 같은 것"(303)이다. 이 꿈 같은 이야기가 반드시 행복한 것일 필요도 없다. 그러나 이야기는 잃어버린 세계를 기억하는 수단이면서 우리가 희망하는 세계를 상상함으로써 삶을 견딜 수 있게 해주는 장치이다. 종말 이후의 세상에서 현재로 고착되지 않는 미래적 가능성과 현실과 다른 꿈같은 이야기는 『로드』를 포스트아포칼립스 문학을 넘어 유토피아 문학과 접속하게 해주는 강력한 증거이다.

4 자연의 텍스트에 새겨진 생성의 흔적

『로드』는 물을 뚝뚝 흘리며 어둠 속으로 사라지는 거대한 짐승으로 시작해서 냇물 속에서 힘차게 헤엄치는 송어로 끝난다.

한때 산의 냇물에 송어가 있었다. 송어가 호박빛 물속에 서있는 것도 볼 수 있었다. 지느러미의 하얀 가장자리가 흐르는 물에 부드럽게 잔물결을 일으켰다. 손에 잡으면 이끼 냄새가 났다. 근육질에 윤기가 흘렀고 비트는 힘이 엄청났다. 등에는 벌레 먹은 자국 같은 문양이 있었다. 생성되어가는 세계의 지도였다. 지도와 미로. 되돌릴 수 없는 것, 다시는 바로잡을 수 없는 것을 그린 지도. 송어가 사는 깊은 골짜기에는 모든 것이 인간보다 오래되었으며, 그들은 콧노래로 신비를 흥얼거렸다.(323)

화자가 송어의 등에서 읽어 낸 "생성되어 가는 세계의 지도"는 "되돌릴 수 없는 것", "바로잡을 수 없는 것"을 기록하고 있다. 그것은 인간이 접근할 수 없는 세계이다. 자연의 텍스트에 새겨진 이 지도는 역사의 재앙 이후에도 계속될 생명의 질서이다. 아버지와 아들이 남쪽으로 여행할 때 활용하는 인간이 만든 지도와 달리, 이 자연의 지도는 인간보다 더 오래되었으며, 인간보다 더 오래 살아남을 세계의 그림을 담고 있다. 미지의 신비로 열려 있기에 그것은 "미로"이기도 하다. 매카시는 소로와 휘트먼에서 헤밍웨이와 포크너로 이어지는 미국 문학의 오랜 자연주의 전통에서 종말 이후 새로이 생성되어 가는 세계의 흔적을 발견한다. 매카시는 생성 중인 생명의 힘을 그린 일종의 '자연시(nature poem)'를 에필로그로 덧붙임으로써 아직 실현되지 않는 미지의 가능성

유토피아 문학

을 인간의 영역 밖에 남겨둔다. 인간의 미래는 자연의 생성적 힘에 비추어 측정된다. 생명 질서의 일부로서 인간은 인간의 삶에는 무심한 자연이라는 더 큰 생명 질서 안에서 이해되어야 한다. 『희망의 원리(*The Principle of Hope*)』에서 에른스트 블로흐(Ernst Bloch)는 우리 시대 유토피아 충동은 자연을 자연화하는 것에서 찾을 수 있다고 말한 적이 있다. 인간세계를 인간화하는 것은 자연을 자연화하는 것, 자연을 그 본래의 위치로 돌려놓는 것과 무관하지 않다. 미지의 가능성으로서 자연은 인간이 이해할 수 없는 '신비'를 담고 있다. 유토피아 충동은 그 근원적 차원에서 자연의 신비와 만난다. 작가가 소설의 본문에서 자연의 유채색과 새의 소리가 사라진 세상을 그렸으면서도 에필로그에서 송어의 등에 그려진 문양과 콧노래와 비트는 힘을 덧붙인 것은 인간의 영역 너머에서 살아 꿈틀거리는 자연의 생성적 힘을 남겨 두어야 할 필요성을 느꼈기 때문일 것이다.

5 가까스로 희망을

『로드』는 포스트아포칼립스 문학의 특성을 취하면서도 그것으로 수렴되지 않는 유토피아 문학의 특성을 포함하고 있다. 작품에서 '생존'과 '선'은 화해하기 힘든 두 문학을 대표하는 특성이다. 작품은 종말 이후 세상의 모습을 사실주의적 시선으로 그리면서도 그 한가운데서 기적적으로 솟아나는 선과 공동체의 도래 가능성을 배제하지 않는다. 아버지는 종말 이후 동물화된 세계에서 아들의 목숨을 지키는 것이 자신의 존재 이유라고 생각하면서 폐허 이전과 이후를 매개한다. 두 세

계에 걸쳐 있는 존재로서 아버지는 종말론적 사건이 가져온 트라우마
적 진실을 대면하고 이전 세계에 대한 기억을 보존하고 있다. 그 기억
은 인간적 삶과 세계의 상실, 언어의 상실, 그것을 뒷받침하는 신성한
진실의 상실과 깊이 연동되어 있다. 의미가 사라진 세계에서 강제로 의
미를 부여하려는 멜랑콜리적 자세가 아버지의 세계관을 이루고 있다
면, 그의 생각은 많은 부분 작품의 서술 화자의 의식을 대리하는 것이
면서 독자의 시각을 반영하는 것이기도 하다. 사실 독자들이 작품을 읽
을 때 가장 많은 정보를 얻을 뿐 아니라 가장 깊이 공감하는 인물은 아
버지이다. 특히 사라진 세계의 아름다움과 그것을 표현하는 미학적 세
계를 향한 그의 아쉬움과 그리움은 독자들에게 짙은 울림을 안겨준다.
이 원조 모더니스트에게 예술은 상실의 세계를 견디는 강력한 방어막
이자 사라진 시대의 증언물이다. 절멸 동물의 화석처럼 문장의 지층에
서 튀어나오는 낯선 고어들의 조합과 독특한 리듬은 "절멸의 문체(style
of extinction)"를 만들어 낸다.[17] 이 절멸의 문체는 대개 아버지의 언어이
다. 그러나 작품은 아버지의 문체에 기대면서도 그것에 한정되지 않는
다. 작품의 많은 부분을 차지하는 아버지와 아들의 대화는 아버지의 서
술 안으로 포섭되지 않는 다른 가능성을 열어 놓는다. 특히 "괜찮아요"
라는 한 단어, 아버지와 아들이 함께 사용하기도 하지만 압도적으로 아
들의 말을 특징짓는 이 단어는 그 단순함 속에 풍부한 의미의 잠재성을
지닌다. 소년이 말하는 "괜찮아요"는 종말 이후 '무'로 화한 세계의 실

---

17 Mark Steven and Julian Murphet, "Introduction: the Charred Ruins of a Library",
    Styles of Extinction: Cormac McCarthy's The Road(New York & London: Continnum,
    2011), p. 6.

재를 긍정하면서 그 '무'가 사건의 진리를 향해 열리게 만듦으로써 새로운 세계를 개방한다. 극소화된 언어를 통해 새로운 의미를 생성해 내는 소년의 언어는 소설이 시도하는 문체 실험의 한 특징을 이루고 있다. 소년의 '괜찮아요'는 말에 그치지 않고 동물화된 생존의 현실에 굴복하지 않고 인간다움을 지키며 공동체를 만드는 윤리적 힘으로 작용한다. 작품에서 소년이 신성의 알레고리로 쓰이는 것은 그의 말과 행동에 내재하는 잠재성이 너무도 낯선 것이기 때문이다. 소년의 말은 절멸의 문체를 생성의 문체로 전환하는 언어적 예증이고, 그의 행동은 포스트아포칼립스 문학을 유토피아 문학과 접속하는 윤리적 힘이다. 매카시가 세속적 성경의 형태를 빌어 소년의 언어와 행동을 표현한 것은 인간중심적 감상주의에 떨어진 것이 아니라 현대 문학을 사로잡고 있는 유토피아에 대한 저항을 뚫고 나가기 위한 의도인 것으로 보인다. 매카시는 종교적 언어와 도덕적 우화의 형태를 통해 작품 안에 유토피아의 가능성을 남겨 둔다. 이 가능성은 작품 말미에 에필로그 형태로 덧붙여진 자연시를 통해 인간을 넘어서는 생명의 질서와 접속한다. 『로드』는 동물화된 세계에서 인간이 되는 길을 열어 보이는 동시에 인간을 더 큰 생명 세계 안에 배치함으로써 인간을 상대화한다. 그러나 매카시는 자연의 자연화와 인간의 인간화를 대립시키지 않고 양자의 공존에서 미래의 생성 가능성을 읽어 낸다. 이 생성의 가능성이 절망과 절멸에 강박적으로 사로잡혀 있는 현대 미국 문학에서 매카시가 길어 낸 문학적 성취이다. 그가 찾아낸 희망이 한때 유토피아 문학에 나타난 미래의 청사진이 아니라 가까스로 살려낸 미광(微光)에 가깝다는 말을 굳이 덧붙일 필요는 없을 것이다. 우리 시대 유토피아 상상력은 그렇게 존재한다.

유토피아와 타자들의 운명 공동체

권지은

1 들어가며

"비판적 디스토피아, 유토피아적 염세주의"[1]라는 한 비평가의 표현이 단적으로 보여 주듯, 옥타비아 버틀러(Octavia E. Butler)의 작품 세계는 일반적인 의미의 유토피아와는 상당히 거리가 먼 세계관에 기초한다. 작가의 대표작들로 꼽히는 『씨뿌리는 이의 우화(*Parable of the Sower*)』(1993)의 대재앙 이후 세계나 『킨드레드(*Kindred*)』(1979)의 노예제로의 시간 여행, 『야생종(*Wild Seed*)』(1980)의 배경인 미국의 우생학과 『피의 아이(*Bloodchild*)』(1987) 속 외계 행성에서 대리모의 역할을 수행하는 인

1) Jim Miller, "Post-Apocalyptic Hoping: Octavia Butler's Dystopian/Utopian Vision," *Science-Fiction Studies* 25.2, 1998, p. 336.

간의 이야기까지, 버틀러의 작품들은 사회적 약자의 위치에 처한 개인이나 집단이 더 강력한 집단이나 사회와 조우하며 발생하는 상황을 다양하게 그려 내지만, 대개의 경우 그 결과는 공존이 아니라 약자의 억압이나 착취로 귀결된다. 이처럼 철저히 디스토피아적인 세계관 속에서 희망의 담론은 더 나은 세계를 향한 주인공의 의지나 욕망을 통해서만 표출되고 유토피아는 '아직 오지 않은 미래'라는 가능태로만 제시되는 상황에서, 많은 비평가들은 버틀러의 유토피아를 구체적인 결과물이 아니라 변화를 향한 과정의 한 형태로 평가해 왔다. 그의 소설들은 "다양한 잠재력을 지닌 과정 속의 미래"를 반영하는 "과정 모델로서의 유토피아"이자 "변화의 개념에 기초한 유토피아적 욕망"의 발현으로 규정된다.[2]

버틀러의 작품 대부분이 아직 도래하지 않은 유토피아를 반복적으로 변주하는 것과는 대조적으로 마지막 장편소설인 『어린 새(*Fledgling*)』(2005)[3]는 유토피아를 다루는 방식과 관점에 있어 여타 작품들과 뚜렷이 구분되는 지점에 있다. 기존 작품들이 부정적 유토피아(negative Utopia)의 구조, 즉 유토피아의 부재가 유토피아적 욕망을 간접적으로 환기하는 구조를 따른다면, 『어린 새』는 버틀러의 작품 전체를 통틀어 가장 구체적이고도 직접적인 방식의 유토피아적 이상을 제시한다. 『어

---

2) 전자 인용은 Erin McKenna, *The Task of Utopia*, Rowman and Littlefield, 2001, p. 3; 후자 인용은 Patricia Melzer, "'All That You Touch Change': Utopian Desire and the Concept of Change in Octavia Butler's Parable of the Sower and Parable of the Talents," *Femspec* 3.2, 1998, p. 31.

3) 한국에서는 주인공의 이름을 따서 『쇼리』라는 제목으로 2020년 7월에 번역본이 출판되었다.(옥타비아 버틀러, 박설영 옮김, 『쇼리』, 프시케의숲, 2020)

린 새』에 나타난 유토피아적 상상력의 핵심에는 '윤리적 공동체'의 실현 가능성이 자리한다. 성, 인종, 국적처럼 타고난 선험적 특질들이 보통의 공동체적 기준으로 작동하는 것과 달리, 작품 속 뱀파이어족과 인간 간의 운명 공동체는 의무와 책임감, 애도를 통한 소속감의 형성 등의 이른바 개인의 윤리적인 선택 행위를 통해 후천적으로 결정된다. 공동체의 형성 조건이 선험적 정체성에서 개인의 의지와 선택이 창출하는 유대 관계의 가능성으로 변화함에 따라 『어린 새』가 그려 내는 혼종의 공동체는 상당히 유동적인 경계를 가진다. 뱀파이어와 인간의 공생은 하나로 동질화된 정체성 대신 서로가 가진 이질성과 차이의 확보에 기반을 두며, 차이가 상징하는 타자의 이종성(異種性)은 일반적인 공동체가 자칫 빠지기 쉬운 집단적 동질성과 배타성을 근본적으로 불가능한 것으로 만든다.

윤리적 공동체를 통한 이상적 공생의 가능성 외에도 『어린 새』에서 버틀러가 새롭게 시도하는 또 다른 유토피아적 상상력은 공동체와 개인주의 사이의 상호 공존에서 찾아볼 수 있다. 앞서 언급했듯 그의 작품들은 충분한 역량을 지닌 한 개인(주로 젊은 유색인종 여성)이 사회 구조와 대면하는 과정에서 발생하는 긴장과 갈등의 구조를 주축으로 하는 경우가 적지 않다. 개인주의적 주체와 사회 공동체를 상호 대립의 관계로 설정하고 평화로운 공존의 가능성을 아직 오지 않은 미래에 대한 희망으로 남겨 두는 대신, 『어린 새』는 개인과 공동체를 긴밀히 연결된 운명 공동체로 그려냄으로써 둘 사이의 연결 고리를 가시화하려 시도한다. 작품 초반부에서 과거의 기억을 잃고 모든 사회관계와 단절된 채 '순수한 원점의 상태'로 재탄생하는 주인공 쇼리(Shori)는 아메리칸 아담(American Adam)이라는 미국의 원형적 개인과 흡사하며, 자신의 몸이 기억하는 진실을 기반으로 정체성을 선택하고 스스로 역사를 새롭게 쓰는 과정은 그를 자기 완성적 주체로 만든다. 그러나 중요한 점은 이러한 개인주의적 주체의 완성이 그 자체로 독자적이라기보다는 오히려 공동체적 가치의 실현 여부에 상당 부분 의존한다는 사실이다. 독보적으로 강력한 힘을 가졌음에도 불구하고 쇼리의 생존과 성장은 소위 '열등한' 존재인 인간과의 공생에 전적으로 달려 있으며, 쇼리의 지식 체계와 그에 따른 주체성의 형성은 궁극적으로 주체 바깥의 세계에 의해 결정된다는 점에서 전적으로 외존적인 특징을 보인다. 이처럼 주체 자체보다 그것이 타자와 맺는 관계성에 더 주목함으로써 버틀러는 개인주의와 공동체의 결합이라는 유토피아적 상상력을 드러낸다. 이는 구체적으로 성애에 기반한 연인들의 결합이기도 하고 자매애와 유사한 종류의 사랑이기도 하며, 때로는 타자의 죽음을 애도함으로써 발생하는 동일화의 감정이거나 윤리와 의무에서 비롯한 공동체적 결합의 형태로 제시된다.

잘 알려져 있듯, 개인주의와 공동체 간의 갈등 구도는 미국 문학의 전통에서 상당히 유서 깊은 정치적 담론으로 자리매김해 왔다. 미국 르네상스(American Renaissance) 시대 이래로 미국 문학에서는 미국적 개인주의의 실현과 공동체적 가치의 추구를 서로 배타적인 대립항으로 이해하는 관점이 보편적 위치를 획득했다. 개인주의적 주체의 형성은 많은 경우 사회와의 물리적·상징적 거리 두기를 통해 구체화되며, 따라서 작품이 제시하는 사회 비판의 정박점은 공동체 내부보다는 사회 바깥의 개인이라는 외부에 위치하는 경향을 드러낸다. 이러한 역사적 맥락에서 볼 때, 『어린 새』가 보여 주는 개인과 공동체 간의 유토피아적 공존은 단순히 버틀러 개인의 주제 의식의 변화를 넘어 미국의 문학적 전통을 다시 쓰려는 작가의 시도로도 이해할 수 있다. 미국적 개인주의에 대한 강력한 요구와 공동체적 가치를 회복할 필요성이 미국 문학 전통의 정치적 담론을 추동해 온 두 핵심적 축이라면, 『어린 새』에서 이두 축은 끊임없이 서로 교차하고 영향을 끼치며 때로는 일시적으로 대립하지만 결국에는 공존의 가능성을 향해 나아간다. 이를 바탕으로 본글은 공동체와의 대립을 기반으로 발전한 미국적 개인주의의 역사적맥락을 살펴보는 것에서 출발한다. 유럽과 달리 미국적 개인주의가 어떻게 공동체로부터의 자유를 중시하는 과정에서 자유의 주체를 백인남성에 한정하였는가를 이론적으로 살펴본 후, 이를 통해 『어린 새』가추구하는 '미국적 개인주의의 성적·인종적 확장'과 그에 따른 공동체와의 긍정적인 관계 맺기가 함의하는 정치적 의의를 구체적으로 살펴볼 것이다.

2 개인주의를 대체하는 공동체적 관계의 모색

"사회는 구성원들의 인간다움을 방해하는 음모를 꾸민다"[4]라는 랠프월도 에머슨(Ralph Waldo Emerson)의 유명한 테제가 대변하듯, 개인과사회 공동체 간의 대립 구도는 미국 자유민주주의적 개인주의의 가장기본적인 축을 구성한다. 사회를 획일화된 순응의 기제로 상정하고 이에 대한 저항의 방편으로 주체의 자립을 강조하는 미국 개인주의의 형

---

4) Ralph Waldo Emerson, "Self-Reliance," in *Essays and Lectures*, ed. Joel Ponte, *Library of America*, 1983, p. 261.

유토피아 문학

태는 건국 초기부터 이미 뚜렷한 국가적 이념으로 자리잡았다. 아이자이어 벌린(Isaiah Berlin)에 따르면, 미국의 자유민주주의적 개인주의는 루소 식의 긍정적 자유보다는 로크 식의 부정적 자유에 가까운 방식으로 형성, 발전되어 왔다. 전자가 사회적 가치와 이익을 향한 구성원들의 의무와 책임감을 강조함으로써 공동체를 "향한 자유(freedom to)"로 이루어진다면, 후자는 개인의 타고난 권리를 우선시함으로써 공동체를 "벗어나는 자유(freedom from)"를 의미한다.[5] 이처럼 타인의 속박으로부터의 자유가 가장 본질적인 의미의 자유라는 관점을 바탕으로, 미국적 개인주의는 사회의 억압으로부터 자유로운 개인을 바람직한 이상적 모델로 제시하는 동시에 이러한 독립적 개인이 궁극적으로 미국 사회 전체를 건강하게 정화할 수 있는 동력임을 주장한다.

부정적 자유에 기반한 형태의 개인주의가 미국 사회의 보편적 믿음 체계로 자리 잡음에 따라, 이에 대한 비판 역시 꾸준히 제기되어 왔다. 외연상으로 반(反)공동체적인 개인주의가 실제로는 미국의 공동체적 이념을 재생산해 왔다는 관점(베르코비치)부터 자유민주주의적 개인주의가 국가 초기의 공화주의와 공동체 의식을 함몰시킨 과정(샌델), 혹은 긍정적 자유를 에머슨의 개인주의 이론 속으로 포섭하려 했으나 실패한 시대적 배경(파텔)에 이르기까지, 미국 개인주의에 대한 비판은 그 내적 구조의 모순에 대한 분석이나 역사적 접근 방식을 통해 다양하게 수행되어 왔다. 그중에서도 특히 흥미로운 비판은 소수자의 입장에서 바라본 개인주의의 한계를 들 수 있다. 벨 훅스(Bell Hooks)나 올랜도 패터슨(Orlando Patterson), 코넬 웨스트(Cornel West)와 같은 일련의 흑

---

5) Isaiah Berlin, *Four Essays on Liberty* (Oxford UP, 1979), p. 219.

인 지식인들은 미국의 자유민주주의적 개인주의가 소수자와의 차이 혹은 소수자의 배제 행위를 통해 형성되고 유지되어 온 이념임을 주장한다. 패터슨에 따르면 개인주의의 핵심인 부정적 자유는 노예제 등장 이후에야 비로소 개념화된 사고 체계로, "노예제 이전 사회에서는 규제로부터의 자유를 이상적으로 여기지 않았다."[6] 노예제라는 예속 상태가 부정적 자유에 대한 논의를 촉발함에 따라, 흑인 노예는 부정적 자유를 추구하는 개인주의가 피해야 할 대표적 상징물이자 주체의 형태로 자리 잡았다. "노예들은 [시스템으로부터 벗어날 수 있는] 자유를 언급하는 것이 중요하다는 사실을 보여 준 최초의 사람들이었다."[7] 이러한 관점에서 볼 때, 자유민주주의적 개인주의에 내포된 부정적 자유는 이중적 층위에서 작동한다고 볼 수 있다. 한편으로 부정적 자유의 부정(not)이 어느 사회에도 속박되지 '않는' 상태를 의미한다면, 다른 한편으로 이 자유는 흑인이나 혹은 자유를 제한받는 사회 주변인들이 '아닌' 주체를 의미한다.

미국 개인주의가 사회로부터의 자유와 타자로부터의 자유를 동시에 추구해 왔다는 점을 감안할 때, 미국 소수문학에 구현된 개인과 공동체의 관계가 백인 주류문학의 그것과 차이가 있음은 논리적으로 타당해 보인다. 이 문제를 가장 잘 보여 주는 작가로는 토니 모리슨(Toni Morrison)을 꼽을 수 있다. 패터슨과 비슷한 맥락에서 모리슨은 미국 개인주의와 인종차별 사이의 역사적 친연성에 주목한다. 그에 따르면, 미국 개인주의의 근간을 이루는 계몽주의적 주체성은 그 자체로 긍정적

....

6) Orlando Patterson, *Slavery and Social Death*(Harvard UP, 1982), p. 340.

7) Orlando Patterson, *Ibid.*, p. 340.

유토피아 문학

가치이지만, 동시에 흑인에게 덧씌워진 '동물성'과의 대조 혹은 그것의 부정을 통해 비교 우위적으로 발전된 가치이기도 하다. "흑인의 거침과 야만성은 …… (개인주의라는) 미국의 핵심 정체성이 발전함에 있어 중요한 무대이자 장을 제공했"으며, 그 결과 이성과 자립성에 기반한 자유민주주의적 개인주의는 단순히 "과학적 이성의 시대뿐 아니라 그것과 동시에 탄생한 쌍둥이인 과학적 인종차별의 시대"의 산물이다.[8] 역사적으로 개인주의와 백인 남성 주체 간의 암묵적 결합이 존재해 왔으며 따라서 개인주의적 주체로 자신을 규정하는 행위 안에 이미 인종적 혹은 성적 특권이 수반될 수밖에 없다는 사실은 모리슨을 비롯한 대부분의 소수 문학 작가들이 개인주의 대신 어느 정도는 공동체적 가치에 기댈 수밖에 없는 이유를 설명해 준다. 본질주의적 정체성으로의 환원이라는 비판에도 불구하고, 이들이 그려내는 가족이나 여성 간의 유대, 다양한 문화 공동체의 형성은 "미국의 개인주의 서사가 변방으로 밀어낸 공동체의 문제를 (개인주의 서사의) 대안 서사로 창조"하려는 정치적 선택으로 평가받는다.[9]

미국 개인주의가 가지는 한계를 직시하고 이를 타자까지 포함하는 유토피아적인 개념으로 재구성하려는 노력은 『어린 새』를 추동하는 원동력으로 작동한다. 작품에 나타난 유토피아적 시도는 한편으로 개인

---

8) 전자 인용은 Toni Morrison, *Playing in the Dark: Whiteness and the Literary Imagination*(Harvard UP, 1992), p. 44; 후자 인용은 같은 작가의 "The Site of Memory" in *Inventing the Truth: The Art and Craft of Memoir*(Oxford UP, 2000), p. 69.

9) Cyrus R. K. Patell, *Negative Liberties: Morrison, Pynchon, and the Problem of Liberal Ideology*(Duke UP, 2001), p. xx.

주의의 주체를 확장하는 방식과 다른 한편으로 개인주의 바깥의 대안을 모색하는 방식의 두 가지 서로 다른 전략을 통해 구체화된다. 우선 전자의 경우는 쇼리에게 부여된 인종성과 젠더에서 그 흔적을 찾을 수 있다. 작품에서 개인주의를 대변하는 대표적인 주체가 흑인이자 여성이라는 점은 역사적으로 백인 남성 주체에 한정되어 온 개인주의의 영역을 타자로까지 넓히려는 작가의 의도를 단적으로 보여 준다. 타자성을 포섭함으로써 기존의 미국적 개인주의의 배타성을 완화하려는 노력이 『어린 새』의 전반부를 추동하는 힘이라면, 후반부의 주된 초점은 개인주의라는 국가의 주류 담론을 넘어서는 유토피아적 상상력에 맞춰져 있다. 여타의 소수 문학들과 마찬가지로 다양한 형태의 공동체적 질서를 제시하고 그 가능성을 타진함으로써, 버틀러는 개인주의의 부정적 자유가 함의하는 개인과 사회의 대립 구도를 극복하려 시도한다. 이 과정에서 『어린 새』가 궁극적으로 제시하는 개인주의는 부정적 자유를 기반으로 한 미국적 개인주의보다는 개인의 완성이 곧 공동체 전체의 이익과 직결되는 긍정적 자유에 가까운 개인주의의 형태를 띤다. 아래 본문의 나머지 부분에서는 개인주의의 확장과 공동체의 가능성 모색이라는 두 전략이 어떻게 작품에서 구체적으로 구현되는지를 작품 분석을 통해 차례로 살펴볼 것이다.

먼저 『어린 새』에 나타난 개인주의 주체의 형성을 살펴보자. 작품의 첫 장면은 기억상실증에 걸린 쇼리의 모습으로 시작된다. 작품에서 이나(Ina)라 불리는 뱀파이어들은 인간 DNA와의 인위적 교배로 태어난 쇼리의 존재를 두고 갈등을 일으키며, 이 과정에서 쇼리는 적의 공격을 받고 동굴에서 깨어난다. "나는 어둠 속에서 깨어났다. 배가 고팠고 고통스러웠다. 배고픔과 고통 외에 내 세계에는 아무것도 없었다. 다른 누구도, 다른 시간도, 다른 감정도"(1)라는 작품의 첫 문장에서 알 수 있듯, 쇼리는 인간관계도 없고 과거의 시간과도 단절되었으며 즉물적 감각 외의 다른 감정도 없는 일차원적인 상태에서 출발한다. 원점의 상태로 다시 태어난 쇼리의 상황은 다양한 이미지를 통해 반복적으로 암시된다. 마치 출산 과정과도 유사하게 그는 나체로 동굴 바깥으로 빠져나오고(4), 세례와 정화의 전형적 상징물인 비를 맞으며(3), 곧 연인이 되는 라이트(Wright)에게서는 "새 삶으로 다시 태어났다"는 뜻의 "르네 (Renee)"라는 이름을 부여받는다.(13)[10]

쇼리의 재탄생이 묘사되는 방식은 「창세기」의 아담에 대한 묘사와 상당히 유사하다. 아담과 마찬가지로 쇼리는 동굴을 나선 후 벌거벗은 자신의 몸에 수치를 느낀다. "나는 몸을 가려야 했다. 내가 나체 상태라는 사실은 완전히 정상적으로 느껴졌다. 내가 그걸 인지하기 전까지는." 사물과 언어를 연결하는 행위 역시 아담과의 유사성을 드러내는 또 다른 예이다. "내가 누워 있는 곳은 침대임이 틀림없다"(1)든가 "덜 밝은 시간은 밤으로 불린다"(3) 혹은 사냥감을 생각하던 중 "갑자기 나는 사슴을 생각해 냈다. 그 단어는 내 사고 안으로 들어왔고, 그러자 곧바로 사슴이 무언지 깨달았다. 그것은 큰 동물이었다"(5)라는 예들이 보여 주듯, 쇼리는 마치 막 태어난 아담처럼 사물에 각각의 이름을 부여하고 언어를 획득한다.

그러나 아담으로서의 쇼리의 이미지가 가지는 중요성은 단순히 종교적 측면을 넘어 아메리칸 아담이라는 미국 특유의 원형적 주체성을 환

---

10) 여기서부터 본문에 표기된 괄호 안의 인용은 모두 Octavia Butler, *Fledgling*(Grand Central Publishing, 2005)에서 인용된 부분이다.

기한다는 점에 있다.[11] 아메리칸 아담이 함의하는 기존 사회질서로부터의 해방과 자기 결정권, 이를 통한 자신만의 역사 쓰기는 작품 초반부의 쇼리에게서도 발견되는 특징들이다. 쇼리의 기억상실은 그를 과거의 혈연관계나 사회적 규약에 얽매이지 않는 자립적인 존재로 만들며, 과거로부터의 단절(혹은 작품의 표현처럼 "재탄생")을 기반으로 그는 자기의 판단에 오롯이 의존해 자기를 규정하고 세계를 인식한다. 개인주의적 주체로서의 쇼리의 성장은 한편으로 자기 의지의 발현을 통해 이루어진다. 처음 비를 맞으며 "비를 좋아하기로 결정했다"(3)든가 "여기를 떠나야 할 때라고 결정하는"(4) 부분, 아버지의 인간 공생자(symbiont)인 브룩(Brook)을 처음 만났을 때 "내 안의 어떤 것이 그녀를 받아들였다. 내가 마음에 든다고 결정한 사람의 냄새가 났기 때문에"(71; 모두 필자의 강조)라고 생각하는 장면들은 쇼리가 자신의 내적 욕망을 이해하고 외부 세계를 판단함에 있어 의지에 따른 자기결정 행위를 절대적인 기준으로 삼고 있음을 보여 준다.

의지 외에도 쇼리의 자기 결정성(self-reliance)은 타고난 몸의 가치에

---

11) 아메리칸 아담은 성경의 아담과 미국적 개인주의가 결합한 특수한 형태의 주체로, 유럽이라는 과거에 의해 더럽혀지지 않은 순수의 상태로 신세계의 역사를 새로 쓰는 신화적인 미국인을 상징한다. 이 개념을 최초로 이론화한 루이스(R.W.B. Lewis)에 따르면, 아메리칸 아담은 "역사로부터 자유롭고 조상과도 기꺼이 이별하며 가족이나 인종적 유산에 오염되지 않은 개인이자 자기 의지와 자립을 기반으로 우뚝 선 인간"이다. 과거와의 자발적 단절을 통해 얻어진 독립성은 개인의 정체성을 규정하고 세상에 질서를 부여하는 능력으로 이어진다. 아메리칸 아담은 "일종의 창조자이자 최고의 시인으로, 자신과 주변 세계를 정의내리고 언어를 창조한다." 사물의 이름을 호명함으로써 그것을 규정하는 성경 속 아담과 마찬가지로, 아메리칸 아담은 미국의 역사를 새로 쓰는 "창조자"의 역할을 부여받는다. 위의 인용 출처는 R. W. B. Lewis, *American Adam: Innocence, Tragedy, and Tradition in the Nineteenth Century*(Chicago UP, 1959), p. 5-6.

대한 그의 믿음에서도 잘 드러난다. 부모의 공동체가 어떤 이유로 공격받아 전소했는지를 추적하는 과정에서 쇼리는 인터넷의 신문 기사들이 가지는 공적 권위를 자신의 몸이 기억하는 사적 권위보다 열등한 것으로 취급한다. "내 기억은 비록 사라졌을지라도 내 몸은 해야 할 일을 정확히 기억했다. 나는 이 공동체에 살았거나 방문 중이었음이 틀림없다. …… 신문 기사들은 왜 그 사실을 부인하는가?"(34) 같은 맥락에서 그는 자신을 도울 수 있는 고든(Gordon) 가족을 찾기 위해 브룩에게 자신의 몸이 하는 이야기를 믿으라고 조언한다.

> "기억나지 않을까 봐 아직도 걱정되니?" 나는 물었다.
>
> 그는 고개를 끄덕였다. "당연히."
>
> "기억하게 될 거야"라고 나는 말했다. "예전에 본 것을 다시 보면 알아볼 수 있을 거야. 여기 와 본 적이 있잖아. 오며가며 이 길도 봤고. 이제 너는 세 번째로 이 길을 볼 테니, 우리를 옳은 길로 인도할 거야. 창문 밖을 봐. 지도는 신경 쓰지 말고."(141)

앞의 신문 기사 장면과 마찬가지로 진정한 지식은 지도가 상징하는 객관적 지표가 아니라 브룩의 몸 자체에 새겨져 있는 주관적 기억에 더 가까운 것으로 묘사된다. 이처럼 진실이 이미 개인의 내부에 있다는 믿음은 에머슨적 개인주의의 전형적인 자기 결정성을 상기시킨다. 본능이나 직관적 판단에 바탕을 둔 개인성에 최고의 권위를 부여해 신성의 수준까지 끌어올린 에머슨과 비슷하게 쇼리가 반복적으로 언급하는 몸의 감각에 대한 믿음은 그 어떤 것보다 그를 진실에 가깝게 인도하는 통로로 기능한다.

흥미로운 점은 아메리칸 아담으로서 쇼리가 보여 주는 개인주의적 역량이 가장 분명히 발현되는 지점이 미국 개인주의의 역사에서 의도적으로 배제되어 온 흑인성과 여성성이라는 사실이다. 이나와 인간 흑인 여성 간의 인위적 교배를 시행한 가장 큰 이유는 바로 후자의 검은 피부가 뱀파이어의 가장 큰 약점인 햇볕을 견디게 만들어 낮에도 활동할 수 있게 하기 때문이며, 이 "멜라닌이라는 해결책"(147)은 다른 어떤 이나도 가질 수 없는 힘과 능력을 쇼리에게 부여한다. 여성성 역시 쇼리를 독보적으로 강력한 개체로 만드는 또 다른 요소로 그려진다. 이나 종족은 본질적으로 모계중심사회로, 여자 이나는 흡혈 행위를 통해 인간과 남자 이나를 모두 종속시키는 능력을 가진다. "이나 남자들은 우리 인간 공생자들처럼 이나 여자들의 독에 중독돼. 이게 짝짓기의 의미이지. 남자들이 일단 중독되면 다른 여자들과는 아이를 가질 수 없고 자신의 여자들만을 원하게 돼"(109). 그중에서도 쇼리는 특히 강한 여자 이나로 그려진다. 그의 독은 남자 이나는 물론 여자 이나까지 복속시킬 수 있으며, 아이(그것도 검은 피부의)를 낳을 수 있는 생식력은 고든 가족을 비롯한 남자 이나들에게 쇼리의 가치를 각인하는 가장 확실한 방법으로 묘사된다.

쇼리가 가진 개인주의적 능력과 힘이 흑인성과 여성성에서 비롯된다는 사실은 『어린 새』가 제시하려는 개인주의가 어떠한 종류의 것인지를 짐작게 한다. 작품이 그려 내는 개인주의는 기존의 미국 개인주의 전통을 두 가지 방식으로 변용한 개인주의라 할 수 있다. 일차적으로 쇼리로 대변되는 흑인 여성과 아메리칸 아담의 결합은 흑인과 여성을 '개인'이라는 추상적 범주 속으로 포섭함으로써 개인주의적 주체의 영역을 한 단계 넓히는 효과가 있다. 개인주의를 확장함으로써 백인 남성이 전유해 온 개인으로서의 보편성을 해체하려는 노력 외에도,『어린 새』는 개인주의 안에 존재하는 인종적·성적 위계질서를 거꾸로 전복하려 시도한다. 아메리칸 아담이라는 미국의 가장 원형적인 신화를 흑인 여성에게 부여한다는 점, 이 '흑인 여성 아메리칸 아담'의 권위는 다름 아닌 흑인성과 여성성에서 나온다는 점, 이 흑인 여성을 작품 속 수많은 백인 이나 중 "유일하게 미국에서 태어난 존재"(212)이자 미국의 '진정한' 상속자로 설정했다는 점은『어린 새』에서 성적·인종적 특수성이 단순히 개인주의의 변방으로 편입되는 것을 넘어 개인주의의 정중앙에 있음을 보여 주는 예들이다.

그러나『어린 새』의 정치적 의의는 확장과 전복을 통해 개인주의를 차용하려는 노력에만 국한되지는 않는다. 오히려 작품이 보여 주는 비판 의식의 핵심은 쇼리의 개인주의를 공동체적 이익과 직결하려는 작가의 노력에 있다고 할 수 있다. 쇼리의 개인적 역량의 최종 목적이 궁극적으로 공동체의 안녕과 보존이라는 사실은 작품 곳곳에서 암시된다. 햇볕을 견디고 남들보다 빠른 그의 능력은 라이트와 고든 가족을 지키며, 강한 독은 그의 공생자인 브룩과 실리아(Celia)를 죽음으로부터 구하거나 시어도라(Theodora)를 살해한 이나를 제압하고, 의지와 독립성의 발현은 그 자체가 목적이라기보다는 공생자들에게 안전한 가족의 울타리를 선사하기 위한 도구로 사용된다. 실제로『어린 새』는 쇼리의 개인적 성장에서 출발해 공동체의 완성으로 끝나는 작품이라 해도 과언이 아니다. 작품의 핵심 서사는 쇼리의 정체성 회복에서 출발해 그가 선택한 가족 공동체의 실현으로 차츰 그 중심이 이동하며, 이에 발맞춰 쇼리가 필히 깨우쳐야 할 지식 역시 "내가 누구인지, 내가 무엇인지 알아야 하는"(57) 것에서 "내가 올바른 방식으로 내 가족을 형성하고 있는

지를 배워야 하는"(129) 것으로 변화한다.

『어린 새』가 그려내는 개인주의의 종착점이 개인의 자기 완결이 아니라 공동체적 가치의 추구라는 사실은 작품의 첫 장과 마지막 장의 비교를 통해 가장 극명하게 드러난다. 구조와 내용 면에서 있어 두 장은 거의 동일한 패턴을 보인다. 두 장에서 모두 쇼리는 적의 총을 맞고 어둠 속에서 벌거벗은 채 고통스럽게 깨어나며, 자기 보호라는 본능만이 남은 상태에서 인간을 "고깃덩어리"로 착각하고 잡아먹으려 한다. 그러나 인간을 먹고 힘을 되찾는 첫 장과 달리 이미 사회적 관계망 속으로 들어온 마지막 장의 쇼리는 상대에 대한 의무감과 신뢰를 발휘해 본능을 억제한다. 개인성의 회복에서 공동체적 관계의 유지로 우선순위가 변하는 상황은 쇼리의 마지막 독백에서 더욱 분명해진다.

> 중요한 것은 시어도라의 복수가 이루어졌고 나의 다른 공생자들이 안전하다는 사실이었다. 엄마들과 자매들, 아버지와 형제들은 어쩔 것인가? 내 기억은 어쩔 것인가? 이들은 모두 사라졌다. 예전의 나도 사라졌다. 아무도 되살릴 수는 없다, 심지어 나 자신조차도. 내가 할 수 있는 일은 이나와 내 가족에 대해 배우는 것뿐이었다. 회복될 수 있는 것들만을 회복하면서.(309-310, 강조는 필자)

이러한 맥락에서 볼 때 『어린 새』의 첫 장과 마지막 장은 쇼리가 겪는 두 번의 상징적 탄생을 각각 대변한다고 할 수 있다. 첫 장에서 쇼리가 개인주의에 바탕을 둔 아메리칸 아담으로 재탄생했다면, 마지막 장에서 그는 선배 아담들과 달리 사회관계 안에서 비로소 유의미해지는 주체로 다시 태어나게 된다. 『어린 새』가 그려 내는 '공동체의 일원인

아메리칸 아담'은 긍정적 자유에 기반한 개인주의와 상당히 유사한 형태의 개인주의를 보여 준다. 앞서 이론 부분에서 언급했듯이 긍정적 개인주의는 부정적 개인주의가 강조하는 개인성의 극대화를 지양하고 사회를 향한 개인의 의무를 강조함으로써 개인주의와 공동체 의식을 결부한다. 『어린 새』 역시 비슷한 맥락에서 개인주의와 공동체의 공존 가능성을 모색한다. 쇼리의 모든 개인주의적 역량이 공동체의 번영에 있어 필수 불가결한 요소임을 보여 줌으로써 『어린 새』는 미국적 개인주의가 강조하는 자기 실현과 독립성, 자기 완성이 반드시 사회 공동체와 대립하지 않고 오히려 후자의 이익을 위해 봉사할 수 있는 관계임을 역설한다.

개인주의를 공동체의 일부로 포섭함으로써 사회와 개인의 연결 고리를 재확립하려는 노력 외에도 『어린 새』는 이상적 공동체의 가능태를 다방면으로 탐색한다. 작품이 그려 내는 공동체의 가장 큰 특징은 구성원들 간의 이질성이나 차이가 동일화 과정을 거치지 않은 채 서로 공존한다는 사실이다. 흡혈을 통해 인간-뱀파이어의 경계가 교란되는 뱀파이어 장르의 전형적인 공식과 달리 『어린 새』에서 인간과 이나는 흡혈 행위에도 불구하고 본래의 정체성을 그대로 유지한다. 모리스 블랑쇼(Maurice Blanchot)는 공동체를 구성함에 있어 가장 큰 위험 요소가 모든 구성원들이 공통된 정체성을 가지고 있다는 환상임을 지적한다. 그에 따르면 공동체를 향한 열망은 흔히 그 안의 "절대적 내재성," 즉 내부의 공통된 특징을 바탕으로 타자/바깥의 개입을 배제하는 자기 완결성으로 변질하는 경우가 많으며 "바로 거기에 겉으로 보아 온전할 뿐 가장 병적인 전체주의의 기원이 있다."[12] 블랑쇼는 이러한 절대적 내재성이

---

12) 모리스 블랑쇼, 박준상 옮김, 『밝힐 수 없는 공동체』(문학과 지성사, 2005), 13쪽.

전체주의뿐 아니라 그것의 대립항인 개인주의에도 해당하는 작동 방식이라 주장한다. 전체주의와 개인주의는 각각 집단과 개인을 이해함에 있어 자기 동일성을 기본 원리로 내세우며, 따라서 개체와 개체의 접촉을 통해 공동체가 형성되는 순간 집단적 자기 동일성에 기반해 두 개체의 경계가 사라지거나(전체주의) 개인적 자기 동일성에 기반해 두 개체의 경계가 재확인된다(개인주의).

『어린 새』가 그려 내는 공동체는 블랑쇼의 문제 제기에 대한 일종의 해답을 제공하는 듯 보인다. 집단적 동일화나 개인의 완결성이라는 두 극단을 통해 공동체를 상상하는 전통적인 방식 대신 작품은 이질성의 유지와 윤리의 문제, 타자를 향해 열려 있는 외존적 자아를 전면에 내세운다. 앞 문단에서 언급한 대로 쇼리와 그의 인간 공생자들은 각자의 이종적(異種的) 특징을 유지한 채 가족 공동체를 형성한다. 이러한 이종성은 쇼리의 가족 공동체를 타자에 대한 배제가 근본적으로 불가능한 것으로 만든다. 종의 차이로 인해 쇼리와 공생자들은 각각 동종 파트너와 따로 짝짓기를 하고 가족 공동체 외의 혈연관계를 맺게 되며, 그 결과 쇼리의 공동체는 외부의 유입에 따른 경계선의 확장에 있어 상당히 유동적일 수밖에 없다. 쇼리를 독점하기를 원하는 라이트에게 쇼리는 끊임없이 새로이 형성되고 변화하는 것이 공동체적 관계 맺기의 본질임을 지적한다. "너와 나는 공생적 관계이고, 그게 내가 원하는 관계인 건 맞아. 그러나 아까 어린 이나 아이들을 너도 봤잖아. 나는 언젠가 짝을 구할 거고, 너도 그럴 거야. 원한다면 너만의 가족을 따로 이룰 수도 있어."(84)

이처럼 집단적 동질성과 배타성이 공동체 구성의 절대적 조건이 될 수 없는 상황에서 『어린 새』는 윤리적 선택을 공동체 성립의 새로운 근간으로 제시한다. "그게 옳은 일인 것처럼 느껴졌다. 혼자 돌아다니는 대신 다른 이들과 어울려 사는 것이 내가 원할 만한 일인 것처럼 느껴졌다"(5)는 쇼리의 독백처럼, 공동체의 일원으로 존재한다는 것은 "내가 원하는" 개인적 욕망인 동시에 "옳은 일"이라는 윤리적 선택이기도 하다. 윤리와 책임감을 통한 공동체적 관계의 성립은 쇼리가 가족을 형성하는 데 있어 중요한 기제로 작동한다. 이나가 죽으면 그에게 속한 인간들이 따라 죽게 되는 작품의 설정상 쇼리의 아버지와 남동생에게 속한 브룩과 실리아는 이들이 살해당한 후 곧 죽게 될 운명에 처한다. 이에 쇼리는 의무감으로 피를 빨아 이들을 자신의 공생자로 만든다. "그러고 싶진 않지만 피를 빨 것이다. 그들에게서는 아버지와 남동생의 냄새가 난다. 거의 이나와 다름없는 그들의 냄새는 그들을 본능적으로 꺼리게 만들기 충분하다. 그러나 억지로라도 그들의 피를 빨 것이다. …… 내가 하지 않으면, 그들은 죽는다."(104) 브룩과 실리아를 자신의 "새 가족"(105)으로 편입하려는 쇼리의 선택은 생명에 대한 도덕적 판단인 동시에, 아버지와 남동생의 죽음에 대한 쇼리 나름의 책임감에서 비롯한다. "나는 아버지의 가족으로부터 너희 둘을 물려받았어. 〔그러니〕 너희들은 내 가족이야."(124)

쇼리의 가족이 대변하는 '윤리성에 기반한 가족의 형성'은 이나 종족이 상징하는 혈연의 순수함과 정확한 대척점에 서 있다. 이나 공동체는 단순히 종족 번식을 통한 혈연관계의 유지를 넘어 말 그대로 서로 피를 공유함으로써 완성되는 공동체로 그려진다. "네〔쇼리〕가 육체적으로 성숙하면 네 짝들의 피를 먹게 될 거고 그들 역시 네 피를 먹게 될 거야. 이게 우리가 하나가 되는 방식이지."(195) 피로 대변되는 자기 동일성이 공동체 성립의 기본 요건이라는 이나의 믿음은 외부에 대한 배척과 우월감으로 이어진다. 까만 피부를 가진 인간 혼혈인 쇼리는 이나 우월주의자들에 의해 "빌어먹을 잡종 새끼"(173)나 "까만 잡종 암캐"(300), "영리한 개"(238)로 불리며, 그가 상징하는 혼종성과 인종적 차이는 오염에 대한 공포와 경멸을 야기한다. "[이나 족의 여신]을 더럽히는 것들을 치워버리자. 그것들을 치워버리고 다시는 접촉하지도 유혹당하지도 말고 그것들에 오염되지도 말자. 우리의 힘은 이나의 독특함과 하나됨에서 나옴을 기억하자."[13](233) 이처럼 본연적 순수에 집착하는 이나 공동체가 핏줄이라는 선천적 정체성에 의존하는 것과는 반대로, 쇼리의 공동체는 공동체의 형성 요건을 개인의 판단과 감정에 따른 선택이라는 다분히 후천적인 요소와 결부한다. 브룩과 실리아가 대변하는 윤리의 문제 외에도, 라이트와는 이성애적 사랑으로 묶이고 조엘(Joel)과는 서로의 이익을 위한 일종의 계약 관계를 맺으며, 시어도라와는 자매애 혹은 모성애에 가까운 관계를 추구한다.

동질성을 벗어난 공동체를 상상하려는 노력이 한편으로 이질성의 유

....

13) 피의 순수성에 대한 이나 족의 집착이 미국 역사에서 수없이 반복되어 온 백인성의 순수함과 혼종의 두려움을 고스란히 반영하는 문학적 은유임은 너무도 자명해 보인다. 혼종의 문제와 미국의 실제 역사 간의 유비 관계는 작품 속에서 반복적으로 암시된다. 본문에서 인용된 쇼리에 대한 경멸적인 용어들이나 "오염" "유혹"과 같은 단어들은 실제로 흑인과 관련해 19세기 이래로 수없이 사용되어 온 표현들로 현실의 인종 문제를 고스란히 반영한다. 한 걸음 더 나아가, 작가는 이나의 혈연적 순수와 미국 백인의 인종적 순수 사이의 유비 관계를 직접적으로 언급하기도 한다. 쇼리의 혼종성이 이나의 순수성을 오염시킨다고 믿는 뱀파이어인 캐서린 달만(Katharine Dahlman)은 쇼리의 시아버지가 될 프레스턴(Preston)에게 다음과 같이 말한다. "네 아들들이 저 인간[쇼리]과 짝짓기를 원하다니. 아들들이 저 여자로부터 흑인 인간 아이들을 얻기를 원하다니. 여기 미국에서는 심지어 대부분의 인간들마저 흑인들을 경멸해. 내가 미국에 처음 왔을 때, 그들은 노예로 물건 취급 받았었지."(272)

유토피아 문학

지와 개인적 선택의 강조로 구체화한다면, 다른 한편으로 이는 타자의 중요성으로 이어진다. 생존을 위해 뱀파이어는 인간의 피가 반드시 필요한 장르적 특징에 착안해 버틀러는 인간과 이나의 관계를 서로 의존하는 "상호 공생(mutual symbiosis)"(123)의 관계로 설정한다. 상호 공생의 의미는 다음과 같이 설명된다.

> 우리[이나]는 공생자들이 생각하는 것보다 훨씬 더 그들이 필요해. 그들의 피뿐 아니라 물리적 접촉과 감정적 위로가 필요하지. 파트너의 관계야. 공생자 없이 살아남는 이나는 본 적이 없어. 닥치는 대로 사냥해 살아남을 순 있어. 그러나 실은 그건 단기간만 가능하지. 곧 아프게 돼. 우리는 공생자들과 함께 얽혀 가족을 만들거나 아니면 죽음뿐이야. 우리 몸에 그들의 몸이 필요하거든.(270)

상호공생을 기반으로 한 인간과 이나의 관계는 자아의 생존을 위해 타자의 존재가 절대적으로 필요하다는 대전제에 기초를 둔다. 독보적인 힘과 개인주의적 능력에도 불구하고 쇼리라는 자아는 인간이라는 타자에게 전적으로 의존하지 않고서는 생존이 아예 불가능하며, 인간 역시 쇼리의 보호를 받고 그를 통해 젊음을 누릴 수 있게 된다. 타자에 대한 외존성이 자아의 핵심이라는 사실은 결국 자아가 본질적으로 결핍된 존재일 수밖에 없음을 의미한다. 개인주의의 이념적 전제와는 반대로 자아는 자기 완결이나 자기 의존으로 완성되는 존재가 아니며, 오직 타자에게 의존하고 그를 향해 열려 있을 때에만 자신의 결핍을 채울 수 있다.

이러한 맥락에서 볼 때 『어린 새』가 제시하는 이상적인 공동체는 구성원들이 각각의 이질성을 유지한 채 서로 운명 공동체의 일원으로 인식하는 관계라 할 수 있다. 다시 말해 공동체 속의 개개인은 동일성이라는 획일화된 지표 없이도 서로 전적으로 의존하거나 공통의 감정과 경험을 공유함으로써 공동체적 관계를 완성하게 된다. 장뤼크 낭시(Jean-Luc Nancy)에 따르면 구성원들 간의 동질화 없이 공동체 의식이 발현될 수 있는 대표적인 순간은 타인의 죽음에서 발생한다.

> 죽음은 공동체와 분리될 수 없는데, 왜냐하면 공동체가 스스로를 드러내는 것은 죽음을 통해서이기 때문이다. 그 역도 마찬가지이다. 공동체가 죽음을 통해서 드러나고 죽음이 공동체를 통해서 드러난다는 것. (……) 더불어-있음 또는 함께-있음이 죽음을 통해서 드러난다는 모티프가, 공동체가 그 구성원들의 죽음을 거치면서——즉, 그들이 어떤 집단적 실체 속으로 서로 융합되어 상승하는 것을 거쳐서가 아니라, 그들이 내재성을 상실하는 것(내재성의 불가능성)을 거쳐서 구체화된다는 모티프가 (……) 사유의 공간 안으로 들어온다.[14]

이 인용문에 따르면 공동체 의식은 집단의 이념적 목표로 "융합되어 상승"하지도 않고 그렇다고 "내재성"이라는 개체 간의 본질적인 공통점으로 회귀하지도 않는다. 즉, 타인은 내게 있어 끝까지 타인으로 존재할 뿐이다. 그러나 타인의 죽음은 나와 상관없는 일이 아니라 오히려 나와 타인의 공동체적 관계를 발생시키는 사건이기도 하다. 그의 죽음은 나의 유한성을 깨닫게 만들어 나의 자기 완결성을 해체하며, 타인의

---

14) 장-뤼크 낭시, 박준상 옮김, 『무위의 공동체』(인간사랑, 2010), 44-45쪽.

유토피아 문학

죽음을 애도함으로써 나는 그와 나를 '우리'로 묶는 공동체적인 경험 속으로 편입된다.

타인의 죽음에 대한 애도를 공동체적 관계 맺기의 핵심으로 이해하는 관점은 『어린 새』에서도 보인다. 이는 쇼리와 그의 혈육 이나들 간의 관계를 통해 가장 구체적으로 드러난다. 기억상실에 걸린 쇼리는 끝까지 어머니들과 아버지, 동생들과의 추억을 기억해 내지 못하며, 그 결과 이 혈육들은 그에게 영원한 타자로 남게 된다. "마치 그들이 모두 낯선 이들과도 같다. 그들을 애도할 정도로 기억이 나지 않는다는 사실은 끔찍하다. 그들, 그러니까 내 가족들이 죽었다는 사실이 싫지만 내 입장에서는 그들은 아예 처음부터 존재하지 않았던 것이나 마찬가지이다."(242) 가족이 "아예 처음부터 존재하지 않았[던]" "낯선 이들"로 여겨지는 상황에서 쇼리가 이들에게 느끼는 공동체적 감정은 혈연에 의한 동일시가 아니라 이들의 죽음에 대한 애도를 통해 비로소 구체화된다. 아버지의 가족이 실크에 의해 전멸한 후 폐허로 변한 장소를 찾은 쇼리는 죽은 이들을 하나하나 찾아 그 죽음을 애도한다.

한 이나가 죽은 장소. 거기 가만히 서서 냄새로 그를 식별하려 했지만 할 수 없었다. 잘못된 냄새, 내가 만나지 못한 남성의 냄새였고, 타서 재와 뼈로 변해 완전히 죽어버린 사람이었다. 나는 그를 알지 못했다. 내 동생들 중 한 명이었을 테지만 만나보지 못한 동생이었다. 나는 그 장소를 오랫동안 응시했고, 이나 족은 죽은 이를 어떻게 대우하는지 궁금해졌다. 어떤 의식을 치르는 걸까? (……) 누가 죽은 또 다른 장소를 찾았다. 이번에는 여성 공생자였다. 내가 모르는 사람이었다.(99)

프라모드 나야르(Pramod Nayar)에 따르면 아버지의 공동체를 향한 쇼리의 애도는 그를 이나 공동체 속으로 재포섭하는 효과를 야기한다. "쇼리가 죽은 가족을 애도할 때 그는 잃어버린 이나 족 전체를 애도한다. [따라서] 쇼리의 애도 행위는 기억을 통해 그를 이나 시민(citizen)으로 격상한다."[15] 한편으로 쇼리의 애도 행위는 분명 일종의 공동체 의식을 회복하는 통로로 기능한다. 그러나 다른 한편으로 이 공동체 의식은 일반적인 의미의 공동체로의 회귀나 기존 정체성의 회복과는 본질적으로 다른 종류의 의식이라 할 수 있다. 앞서 언급했듯 쇼리에게 가족은 끝까지 타자로 남으며, 심지어 이들을 애도하는 순간에도 이들의 타자성은 반복적으로 암시된다. 인용문이 보여 주듯 자신의 혈육은 "만나지 못" 했거나 "알지 못한" 타자이므로 쇼리의 애도 행위는 나야르의 지적처럼 "이나 시민으로 격상"하거나 타자성을 극복하고 "잃어버린 이나족 전체"의 동질성을 회복한다기보다는 오히려 타자의 죽음에 바치는 경외감에 더 가깝다고 할 수 있다.

쇼리의 애도 행위가 자기 동일성에 기반한 공통된 정체성으로 승화하지 않는다는 관점은 이나족의 장례 의식에 대한 쇼리의 독백을 통해 다시 한 번 강조된다. 앞 인용문에 나타나듯 쇼리는 이나족의 의식을 따라 죽은 이들을 적절한 방식으로 애도하려 하지만 결국 그 방법을 찾지 못한다. 그러나 쇼리의 애도 대상이 타자라는 점을 감안할 때, 쇼리의 실패는 그의 한계를 드러낸다기보다는 오히려 논리적으로 당연한 수순이라 할 수 있다. 모든 사회적 의식이 그러하듯 장례 의식 역시 특

---

15) Pramod K. Nayar, "A New Biological Citizenship: Posthumanism in Octavia Butler's *Fledgling*", *Modern Fiction Studies* 58.4, 2012, p. 804.

정 집단이 공통적으로 공유하는 문화적 약속의 행위라면, 이나와의 완벽한 봉합이 불가능한 쇼리는 이나의 의식을 재현하는 대신 자신만의 방식을 찾아 애도할 수밖에 없다. 이러한 맥락에서 볼 때 쇼리의 애도 행위는 낭시가 지적한 공동체적 경험과 상당히 유사한 측면을 드러낸다. 그가 가족의 죽음을 통해 재확인하는 공동체적 관계는 타자의 현전이 본질적 내재성으로의 승화에 대한 욕망을 대체하는 종류이며, 그 타자의 죽음을 애도함으로써 쇼리는 반드시 이나로 자신을 규정하지 않고서도 이나들과 운명 공동체적 관계를 형성할 수 있게 된다.

3 나가며

지금까지 살펴본 대로 『어린 새』가 가지는 정치적 의의는 개인과 공동체 간의 관계를 기존의 문법과는 다른 방식으로 제시하려는 노력에서 찾을 수 있다. 사회 공동체를 개인의 자립성을 방해하는 순응 기제로 상정하고 사회에서 독립함을 개인적 완성의 기준으로 제시하는 방식이 미국의 국가 이상을 추동해 온 핵심 이념이라면, 『어린 새』는 개인과 공동체의 화합 가능성이라는 다분히 유토피아적인 가능성을 타진함으로써 이 국가적 이념의 맹점을 보완하려 시도한다. 개인과 사회의 연결 고리를 상상함에 있어 미국적 개인주의를 넘어서려는 작가의 노력은 크게 두 가지 방식을 통해 진행된다. 주인공을 흑인 여성 아메리칸 아담으로 설정함으로써 개인주의가 암묵적으로 배척해 온 인종적·성적 타자성을 개인주의 속으로 재포섭하는 동시에, 개인의 역량과 공동체의 이익이 하나로 융합하는 상태를 제시함으로써 미국적 개인주의의 틀만으로는 상상이 불가능한 종류의 공동체적 형태를 상상하려 시도한다.

　『어린 새』가 제시하는 유토피아적 공동체의 형태가 한편으로는 미국적 개인주의를 대체할 수 있는 새로운 종류의 사회적 질서를 상징한다면, 다른 한편으로 이는 일반적인 의미의 공동체와는 분명 결이 다르다. 작품이 그려 내는 공동체는 이종성이 혼재하되 결코 '합(synthesis)'으로 승화하지 않는 장소이자 그 경계선이 끊임없이 유동적인 종류에 가깝다. 이처럼 정체성의 동일화에 내포된 폭력성을 거부하고 타자성을 유지하는 공동체의 모습은 낭시나 블랑쇼로 대변되는 포스트모던적인 유토피아 공동체와 많은 면에서 유사하다. 비록 SF/뱀파이어 장르라는 비현실적 구조와 전제를 빌려와 서술이 완성되며 따라서 현실의 공동체에 대입하기에는 다소 한계가 있지만, 그럼에도 『어린 새』가 그려 내는 타자의 공동체는 전체주의적 동일화나 개인주의적 세계관을 넘어설 수 있는 새로운 종류의 유토피아적 공동체를 문학적 서사를 통해 구체적으로 상상해 본다는 점에서 의의를 찾을 수 있다.

유토피아 문학

떠나는 자의 윤리
— 김초엽의 『우리가 빛의 속도로 갈 수 없다면』

김영임

> 결코 찾아낼 수도 없고 도달할 수도 없지만 상상하는 것만으로도 작은
> 위안을 주는 아름다운 세계. (……) 모든 사람의 마음속에 영원히 머무
> 를 것이라고 사람들은 믿었다.
>
> ——김초엽, 「공생가설」 중에서

1 SF, 한국문학의 키워드가 되다

근래 한국문학의 장 안에서 SF가 눈에 띄게 약진하고 있다. 출간과
판매 분야 모두에서 SF의 실적은 상당하다. 교보문고에 따르면 2019년
에 출간된 SF는 2005년의 30권보다 세 배가 넘는 105권에 달할 뿐만 아
니라, 판매 신장률 역시 최대치를 기록했다. 그간 SF를 거의 비평의 대

상으로 삼지 않던 문예지들도 SF에 관한 기획을 연이어 마련하는 등 변화의 움직임은 여러 곳에서 포착되고 있다. 그 배경으로는 문학 장의 주변부에서 꾸준하게 SF 창작에 매진해 온 한국 작가들의 층위가 두꺼워진 것뿐 아니라 영미권의 SF가 팬진(fanzine)의 팽창과 함께 성장해 온 것과 마찬가지로 한국 SF에 대한 지지와 비평을 함께 감당해 온 SF 장르 팬들의 에너지도 상당한 역할을 했다고 볼 수 있다. 또한 최근 몇 년간 한국문학의 주요 화두가 되었던 퀴어, 페미니즘적 주제들이 SF적 상상력과 결합하면서 시너지 효과를 내게 된 내용적 측면은 "사실주의 문학 양식 안에서는 재현해 낼 수 없지만 그럼에도 사실인 어떤 것을 포착해 내는 세계를 구축하면서 은유를 문자화하는 힘을 가진 장르"[1]가 SF라는 것을 독자들에게 각인시키는 결과를 가져왔다.

한국 SF의 도약 안에는 앞서 언급한 것처럼 많은 작가들의 오랜 창작 기간이 자리하고 있는데, 그중 김초엽 작가의 첫 소설집이 가지는 비중은 적지 않다. 2019년 6월에 발간된 『우리가 빛의 속도로 갈 수 없다면』[2]은 2020년 집계 10만 부가 넘는 판매 부수를 기록하고 있다. 이런 수량적 접근이 작품의 미학적 성취를 보장하기에는 충분치 않더라도, 한국문학의 SF 붐을 피부로 느끼게 해주기에는 부족함이 없어 보인다. 과학도인 김초엽은 2017년 「관내분실」과 「우리가 빛의 속도로 갈 수 없다면」으로 제2회 한국과학문학상 중단편 대상과 가작을 동시에 수상하며 등단하였고, 제43회 오늘의 작가상을 수상하기도 하는 등 대중과 문

---

1) 셰릴 빈트, 정소연 옮김, 『에스에프 에스프리(SF를 읽을 때 우리가 생각할 것들)』(아르테, 2019), 11쪽.

2) 김초엽, 『우리가 빛의 속도로 갈 수 없다면』(허블, 2019).

유토피아 문학

단으로부터 고른 관심을 받고 있다.

SF 백과사전의 편집자들이 앞으로도 SF에 관한 확립된 정의를 갖기 어렵다고 이야기할 정도로[3] SF에 관해서 다수가 합의할 만한 단일한 정의를 서술하기란 쉽지 않다. 그래서인지 김초엽의 SF에 대해서도 다양한 맥락의 평가들이 있었다. 하지만 SF의 개방성을 고려하더라도 김초엽에 대한 평가의 상당 부분이 그의 SF적 특성을 후경(後景)으로 삼는다는 느낌을 지울 수 없다. 김초엽 소설의 과학기술이 "작품의 소재가 아니라 어디까지나 배경에 머무"르고 있으며 "김초엽의 소설이 본격적으로 다루고자 하는 것은 과학기술이 아니라 '관계'"[4]라는 해석은 한국문학의 장 안에서 SF라는 장르를 성장시키기 어려운 관점이다. 이보다는 박인성 평론가의 해석처럼 김초엽의 소설은 "SF의 관습과 도상, 문법에 충실하면서도 동시대적 현실과의 연결성을 통해서 능동적인 해석을 유도하는" "좋은 SF"[5]라는 것에 의미가 있다.

그의 과학적 장치들을 소거한 채로 단순히 비혼모 출신의 여성이 지구를 대표하는 우주비행사가 된다거나(「나의 우주 영웅에 관하여」), 또는 임신이라는 일생의 사건을 통해 딸이 어머니를 이해하게 되는 여성서사(「관내분실」)에 집중하는 독해는 쳇바퀴 돌듯, 그간 익숙했던 리얼리즘적 해석틀 안으로 환원되고 만다.

SF 미학의 기초를 마련했다고 평가받는 다코 수빈(Darko Suvin)은 SF

---

3) John Clute and Peter Nicholls, *The Encyclopedia of Science Fiction*(London: Orbit Books, 1993), p. 314.

4) 박다솜, 「과학으로도 사랑은 만들 수 없어」, 《크릿터 2》(민음사, 2020), 96쪽.

5) 박인성, 「기지와의 조우 : 모두가 이미 알고 있는 SF를 위한 첨언」, 《자음과 모음》 42, 2019년 가을, 72쪽.

의 중요 요소로 인지적 소외(cognitive estrangement)를 강조한다. 이는 인지와 소외, 즉 독자에게 친숙한 세계인 인지와 이야기 속 다른 세계인 소외가 변증법적으로 상호작용하게 되면서, 텍스트의 세계와 현실 세계 사이의 차이에 대한 비판적 성찰을 이끌어 낸다. 이런 과정은 노붐(novum), 즉 텍스트의 세계에 도입된 새로움에 의해 발생한다. 그렇다면 젠더와 인종의 비율을 맞추기 위해 선발된 '여성 우주인'에 집중하기보다는 '사이보그 그라인딩'을 통해 여성의 신체적 한계를 극복하려는 테크노페미니즘적 독해[6]와 같은 접근방식이 SF의 본질에 육박하는 읽기의 예시가 될 수 있을 것이다.

다른 전제, 즉 '노붐'에 기초한 새로운 세계를 상상하며, 이때까지 불가피한 것처럼 여겨 왔던 기존 세계의 관습을 돌아보게 만들 수 있는 SF의 기능은 그 자체로 사회 비평의 역할을 수행한다. "SF는 과학과 기술상의 발견이 인간의 사회생활과 철학적 개념에 어떤 영향을 미치는지 고심하는 문화적인 양식이라고 할 수 있다."[7] 그런 맥락에서 SF가 현실의 모순을 극복하고 다른 세상을 꿈꾸는 유토피아적 상상과 연결되는 것은 어쩌면 당연한 것인지도 모른다. 유토피아를 SF의 하위 장르라고 했던 수빈의 말처럼, SF와 유토피아는 밀접하게 이어져 있다. 하지만 많은 SF가 그려 보이는 불완전한 세상은 뚜렷한 청사진을 제시하려던 기존의 유토피아 정전들이 만들어 낸 영토와는 다르다.[8] SF와 결합

----

6) 김미현, 「포스트휴먼으로서의 여성과 테크노페미니즘─윤이형과 김초엽 소설을 중심으로」,《여성문학연구》49, 2020, 13쪽.

7) 셰릴 빈트, 앞의 책, 10쪽.

8) 이러한 차이를 톰 모이란은 '비판적 유토피아(critical utopia)'라는 용어로 설명한다. 그는 1970년대 미국 SF 소설들이 그려 낸 미래 세계가 현실 세계와 형성하는 관계에

유토피아 문학

한 유토피아적 글쓰기는 전통적 유토피아의 비전들을 비판하면서 동시에 변화를 만들어 내는 대안을 사유하는 '비판적 유토피아' 또는 디스토피아가 극복될 수 있으며 유토피아로 바뀔 수 있다는 희망을 놓지 않는 '비판적 디스토피아'로 진화해 오고 있다.

하지만 모든 SF 소설이 유토피아 문학은 아니다. 우리는 김초엽의 SF가 그려내고 있는 새로운 세상을 (비판적) 유토피아 또는 비판적 디스토피아라고 부를 수 있을까? 이 질문은 그동안 주목받지 못했던 한국의 SF가 한국문학의 장 안에서 새로운 방식으로 사회 비평의 역할을 담당할 수 있는가를 묻는 것과 다르지 않다.

2 순례자들의 선택

동료 SF 작가인 배명훈은 『우리가 빛의 속도로 갈 수 없다면』에 실린 거의 모든 작품을 포용할 수 있는 주제로 유토피아를 꼽는다. "김초엽 작가의 주인공들은 …… 완벽한 세계에 살고 있을 때에도 계속해서 어딘가 다른 곳을 추구하고 새로운 세계를 목말라한다." 또한 그는 김초엽의 SF가 "'유토피아를 떠나는 사람들'이라는 측면에서 어슐러 르귄(Ursula Le Guin)의 단편 「오멜라스를 떠나는 사람들」, 혹은 표도르 도스토옙스키(Fyodor Dostoevsky)의 단편 「우스운 사람의 꿈」과도 비견할 수

주목하면서, 이러한 특징들을 기존의 유토피아와 다른 '비판적 유토피아'로 명명하였다.(Simon Spiegel, "Review: Demand the Impossible: Science Fiction and the Utopian Imagination", *SFRA Review* 311 winter, 2015, p. 33.)

있는 수작"으로 평가하는 그는 김초엽 작가의 유토피아에 대한 관점이 매우 독창적이라는 점을 강조한다.[9]

프레드릭 제임슨의 말처럼 "좌파에게는 '유토피아주의자'가 사회주의나 공산주의를 나타내는 완곡한 표현이 된 반면, 우파에겐 '전체주의' 혹은 사실상 스탈린주의와 동의어가 되었다." 좌파와 우파 모두에게 유토피아적인 것은 "체계를 근본적으로 변화시키려는 정치"[10]로 명명될 수 있지만, 그 동의어들의 실패처럼 오늘날 유토피아라는 단어는 왠지 시대에 뒤떨어진 농담 같다. 하지만 유토피아적 사유는 환경에 맞춰 변화하고 적응해 왔다. 또한 역사적으로 현실을 바꿀 대안이 존재하지 않은 시대는 없었다. 오늘날 어떤 급진적 정치 프로그램도 유토피아적 상상력 없이는 가능하지 않다는 것 역시 사실이고 보면 유토피아를 꿈꾸는 문학적 상상력은 결코 낡은 것이라고 할 수 없다. 김초엽의 유토피아적 관점은 이 중 어디쯤 위치하는 것일까?

『우리가 빛의 속도로 갈 수 없다면』에 실린 작품 중에서 특히 「순례자들은 왜 돌아오지 않는가」의 구성은 위에서 언급된 거장들의 두 작품을 연상시키는 부분들이 많다. '시초지'라고 불리는 지구의 해방을 위해 유토피아인 '마을'을 떠났던 김초엽의 '올리브'와 '데이지'의 서사 안에는 정신박약아의 비참한 희생을 담보로 형성된 유토피아를 견디지 못하고 그곳을 떠나는 르귄의 오멜라스 사람들의 윤리가 읽힌다. 또는 두 사람이 마을 대신 지구를 향해 떠나기로 결심하는 과정은 「우스운 사람의 꿈」에서 유토피아의 주민들이 고통과 슬픔을 택하면서 진리를

---

9) 배명훈, 「SF의 울창한 숲으로 떠나는 여름여행」, 《시사인》, 2019.08.08.

10) 프레드릭 제임슨, 「유토피아의 정치학」, 《뉴레프트리뷰2》(길, 2010), 353쪽.

깨닫게 되는 것과도 유사한 경로를 따른다.

그런데 르귄의 오멜라스나 도스도옙스키의 꿈속 유토피아가 모습을 드러내지 않는 절대자에 의해 만들어진 공간이라면 김초엽의 공간은 유토피아를 실험하는 인간의 설계로 탄생했다는 점에 뚜렷한 차이가 있다. 유토피아적 공간인 '마을'을 만든 릴리 다우나는 2035년 이민자의 딸로 태어나 촉망받는 과학도로 성장한 여성이다. MIT에서 박사과정을 밟던 그녀는 어느 날 모든 일을 그만두고 사라지는데, 이후 인간배아를 완벽하게 디자인해 내는 불법 바이오 해커 '디엔'으로 돌아온다. 간편한 유전자 편집 기술이 보급되어 있는 소설 속 세상에는 "누구나 집에 실험실을 차리고 유전자 조작 생물체를 만들어 낼 수 있었다." 하지만 인간배아 디자인의 경우는 거의 실패를 거듭하고 있는 상황에서 디엔은 "발생과 후성유전적 변형"을 완벽하게 통제하면서 "아름답고 유능하고 질병이 없고 수명이 긴" 신생아들을 생산해 의뢰자들의 현관 앞으로 배달한다. 이렇게 설계된 아이들은 한 세대를 이룰 만큼 많아지게 되고 "신인류"로 불리게 되는데, 이 개조인들은 대지진이라는 재앙도 견뎌낸 동부의 도시를 거점으로 삼는다. 반면 신인류로 태어나지 못한 비개조인들은 서부로 밀려나면서 세상은 개조인과 비개조인으로 양분된 악몽의 세계로 변모한다.

릴리가 촉망받는 과학도에서 인간을 개조하는 바이오 해커로 선회한 것은 얼굴에 흉측한 얼룩을 남긴 자신의 유전병 때문이었다. 가난했던 부모는 "유전병 사전 진단"을 전혀 받지 않았고, 릴리는 자신이 태어나기로 결정된 그 순간에 자신의 모든 문제가 발생했다고 여겼으며 "스스로를 괴물과 같은 존재"라고 생각했다. 릴리는 "태어나는 아이에게 아름다움을, 아무런 병도 갖지 않고 오직 뛰어난 특성들로만 구성된 삶을 선물하는 것"이 "그녀가 할 수 있는 선행"이며 그러한 세대로 구성되는 새로운 세상을 꿈꾸었다.

하지만 유토피아를 자극하는 원리들과 힘 자체에 디스토피아를 만들어 내는 비극적 잠재력이 있다는 "유토피아적 역설(Utopian Paradox)"을 고려하지 못한다면 세상은 언제든지 디스토피아로 변할 수 있다.[11] 디엔은 연구 결과들을 온라인으로 공개했고 해커들의 '유전블록'은 레고 블록처럼 공유되었다. 디엔의 이러한 행동들은 정부나 자본에 의해 좌우되는 생명 정치를 조롱하는 방식이다. 실제 미국의 경우 2011년 도입된 산전 유전자 검사를 통해[12] 많은 부모들이 산전 검사를 하고 있으며, 태아의 염색체 이상이 발견되면 부모들은 고통스러운 선택의 기로에 서게 된다. 안타깝게도 다운증후군 양성 판정의 경우 산모의 3분의 2가 낙태를 결정한다고 한다. 이런 고통스러운 선택을 직면해야 하는 가능성 때문에 산전 검사를 꺼리는 부모들도 많지만, 애초부터 여러 배아 중 가장 우수한 개체를 선택하는 '시험관 아기'의 경우는 상황이 다르다. '착상전 유전자 검사'는 성장 전 단계의 배아세포에서 작은 샘플을 채취해 DNA를 분석한다. 의료진이 설정한 기준에 부합되지 못하는 배아세포가 어떤 식으로 처리될 것인지는 굳이 글로 옮기지 않아도 분명하다. 막대한 비용이 발생하는 산전 염색체 검사나 시험관 시술이라는 유전병과의 싸움에서 부유한 가정이 주도권을 쥐게 되는 것은 당연하

....

11) 이경란, 「70년대 미국 여성작가 SF 유토피아 전망의 모호성과 개방성: 어슐러 르 귄의 『빼앗긴 자들』과 마지 피어시의 『시간의 경계에 선 여자』」,《영미연구》제49집, 2020, 5쪽.

12) 로라 허쳐, 정나영 옮김, 「유전적으로 변형된 부자들」,《르몽드 디플로마티크》, 2020.01.31.

다. 어쩌면 상당한 세월이 흐른 뒤 특정한 유전병은 가난한 부모의 상징으로 남을지도 모른다는 말은 결코 근거 없는 비관에서 나온 문장이 아닐 것이다.

　모든 이가 개인 주차장에서 유전자 조작 실험을 하는 것이 가능한 세상에서 유전자 지도가 인터넷을 통해 공유되는 방식을 통해 디엔은 자신처럼 자본의 수혜를 얻지 못한 아이가 유전적 결함을 지닌 채로 태어나지 않기를 꿈꾸었을 것이다. 하지만 현실은 언제나 예기치 못한 우연을 포함하게 마련이다. 디엔의 의도대로 구현되지 않은 세상 안에서 여전히 생명은 자본의 원리 안에서 조작되고, 비개조인은 개조인을 위한 바닥을 지탱하는 비참한 삶을 이어 나가면서 이전의 세상보다 훨씬 더 고립된 채로 살아가게 된다. 이러한 결과에 대해 디엔의 반성은 드러나지 않는다. 디엔의 고민은 자신과 동일한 흠결(?)을 지닌 복제 배아의 제거를 결정하는 순간에 생겨난다.

　릴리의 두 번째 유토피아 실험은 아이를 갖고 싶다는 자신의 욕망을 실현하는 과정에서 발생한다. 그녀는 가장 좋은 특성들을 유전자에 새겨 넣은 자신의 클론 배아를 인공 자궁에 이식한다. 모든 유전학적 노이즈를 섬세하게 통제한 설계지만, 디자인이 예정대로 되었는지를 확인하는 과정에서 릴리는 자신의 클론 배아가 그녀와 똑같은 유전병을 가진 것을 알게 된다. 결함이 있는 배아는 폐기하면 그만이었으나 그녀는 결국 폐기를 선택하지 않는다. 릴리는 "자신의 삶을 증오했지만 자신의 존재를 증오하지는 못했다"는 사실을 깨닫게 된다. 자신과 같은 유전병을 가진 배아의 폐기는 곧 릴리 자신의 존재를 부인하는 것과 같은 일이었다. 대신 그녀는 "얼굴에 흉측한 얼룩을 가지고 태어나도, 질병이 있어도, 팔 하나가 없어도 불행하지 않은 세계"를 창조하기로 자신의 방향을 수정한다. "아름답고 지성을 가진 신인류가 아니라, 서로를 밟고 그 위에 서지 않는 신인류를 만들고 싶었을 것이다." 서로의 존재를 배제하지 않는 세상을 가능하게 할 '새로운 유전자'를 연구한 릴리는 그런 아이들로만 구성된 '마을'을 탄생시킨다.

올리브는 유전병을 지녔던, 폐기되지 않았던 릴리의 배아였다. 릴리의 흔적을 찾아 지구로 오게 된 올리브는 이 모든 과정을 알게 된 후 '마을'로 돌아오지만 결국 지구로 다시 떠나게 된다. 지구에서 만난 '델피'라는 연인 때문이기도 했지만 올리브는 마을에서 그동안 외면해 왔던 시초지의 비극을 자신의 손으로 개선시키고자, 어머니 디엔(릴리)이 자신을 위하여 창조한 유토피아를 버리고 갈등과 고통의 공간인 지구로 돌아간다.

릴리의 실험은 장애로 여겨질 수 있는 유전적 결함, 그 결함을 지닌 존재에 삶의 가능성을 부여할 수 있는가에 관한 문제와 그것을 둘러싼 자본의 문제를 다루고 있다. 그녀의 유토피아 실험들은 결국 절반의 성공도 거두지 못한 듯 보인다. 작품 안의 세상은 '마을'이라는 '에우토피아(eutopia)적 영토', 즉 더 나은 영토와 함께 '시초지'라는 디스토피아를 함께 품고 있는 비판적 디스토피아이다. 대부분의 비판적 디스토피아[13]에서 그려지는 에우토피아가 더 나은 세상임에도 불구하고 언제나 불완전한 모습으로 그려지는 것처럼 '마을'의 행복은 '시초지'의 불행을 근원으로 삼았다는 출생의 오류를 품고 있다. '마을'의 주민들이 고통

----

13) Lyman Tower Sargent, "Utopian Literature in English: An Annotated Bibliography From 1516 to the Present", *Utopian Studies* Vol. 31, No. 2, SPECIAL ISSUE: FESTSCHRIFT IN HONOR OF LYMAN (2020), pp. 453-455 (4 pages).

유토피아 문학

이나 슬픔과 같은 부정적 감정으로부터 벗어날 수 있는 것은 '시초지'의 비극을 자신들과 무관한 것으로 여길 때만 가능하다. 성년이 되기 위한 '순례 의식'을 치르면서 시초지를 경험한 아이들은 그곳의 고통과 슬픔을 뒤로 하고 '마을'이라는 유토피아 공간으로 귀환한다. 반대로 올리브를 비롯한 '돌아오지 않는 순례자'들은 항상 상상의 개념으로만 남아 있던 갈등과 고통, 불행을 지구에서 생생하게 체험하면서 그곳 사람들의 불행이 자신들의 행복을 만든 근원이었다는 것을 자각한다. 순례자들은 「우스운 사람의 꿈」에서 유토피아의 주민들이 고통과 슬픔을 경험하게 되면서 진리를 깨닫는 것처럼 시초지의 고통을 함께 맞서는 시간 안에서 '사랑'이라는 감정을 알게 된다. 많은 비판적 디스토피아 서사의 인물들이 에우토피아의 결핍을 인식하게 되면서 그 영토를 떠나는 열린 결말을 품게 되는 것처럼 돌아오지 않는 순례자들은 "그곳에서 괴로울" 것을 알고 있지만 동시에 "그보다 많이 행복할" 것을 의심치 않으면서 사랑하는 이들과 함께 '분리주의'에 저항하면서 지구에 남게 된다.

SF는 "세계를 과학적으로 바라보면서 가능하게 된 것과, 과학이 그 모델에서 무시하는 것이 무엇인지를 질문하고 그 두 가지를 전부 탐구하는 하나의 방식"[14]이다. 디엔의 첫 번째 유토피아 실험은 과학과 자본이 결합하여 인간을 설계할 수 있는 현실을 비판적으로 그려 보였다면 두 번째 실험은 타자의 고통과 무관하게 만들어진 '섬'과 같은 유토피아는 항상 불완전할 수밖에 없다는 것을 그려 냄과 동시에 더 나은 미래를 위해 함께 저항하는 또 다른 신인류를 탄생시켰다.

---

14) 셰릴 빈트, 앞의 책, 40쪽.

3 풍경의 언어

김초엽의 작품들이 주로 페미니즘적 입장에서 다루어지면서 「스펙트럼」은 평자들의 관심을 비교적 덜 받은 작품 중의 하나라고 볼 수 있다. 이 작품은 외계생명체를 탐사하기 위한 임무 수행 중 조난을 당한 한 여성 생물학자가 외계 지성체가 존재하는 행성에 불시착하면서 겪게 되는 일들을 다루고 있다. 행성은 지구 밖에 존재하는(지금-여기가 아닌) 외계 공간이라는 설정 외에는 다른 유토피아 서사들이 갖추고 있는 특성들을 담고 있지 않다. 외계 지성체들은 자신들의 천적에 의해 죽임을 당하기도 하고 적의 침략 때문에 자신들의 터전을 옮기기도 하는, 어쩌면 지구의 인간들과 크게 다를 바 없는 삶을 살아가는 존재다. 그렇다면 이 작품을 유토피아적 관점에서 읽을 수 있을까?

잘 알려진 바와 같이 유토피아는 토머스 모어가 『유토피아』라는 자신의 저서 안에서 완전한 이상사회를 묘사하기 위해 사용한 용어이다. 그는 '존재하지 않는 곳'을 의미하는 그리스어 'ou-topos'에 착안하여 유토피아라는 용어를 만들어 냈는데, 이 용어는 좋은 곳을 의미하는 'eu-topos'와 유사하다. 그래서 유토피아는 보통 '존재하지 않는 이상사회'를 의미하게 된다. 여기서 토머스 모어의 글이 당시 영국 사회에 대한 고발과 풍자적 성격을 담고 있는 것을 생각해 볼 때 '좋은'의 의미를 더 확장해서 해석해야 한다. 이상향을 그리는 서사가 필히 현실이 가지고 있는 결핍에서 출발한다고 본다면, 역으로 익숙한 체제나 방식, 즉 현실을 돌아보는 계기를 제공하는 어떤 것은 궁극적으로 '좋은'의 내용을 구성할 수 있지 않을까? 「스펙트럼」의 새로운 세계는 축자적 의미의 '좋은' 공간은 아니어도, 보편적인 인식의 지평에 파문을 일으킬 충

유토피아 문학

분한 조건들을 갖추고 있다. 이 공간의 특수한 지점은 바로 상징언어와 소통의 형식에 관한 문제와 더불어 타자에 대한 이해의 방식에 있다.

「스펙트럼」에서 말하는 우주 탐사의 명분은 실제 현실에 비해 지나치게 낭만적이다. 작품 안에서 우주 탐사를 통해 사람들이 답을 얻고자 하는 질문은 "정말로 우리는 혼자인가? 이 넓은 우주에 정말 우리뿐인가?"라는 것이다. 현실은 어떨까? 미항공우주국(NASA)의 홈페이지에는 "미지의 세계를 탐험하고, 신세계를 발견하며 인간의 과학과 기술 한계의 경계를 더욱더 앞으로 밀고 나가는 것"으로 설명될 수 있는 인류의 욕구가 우주 탐사의 기저라고 기술되어 있다. 인류의 우주 탐험은 우주 안의 지구를 둘러싼 기본적인 질문들과 태양계의 역사를 설명해 내는 것을 목표로 한다. 현실의 우주 탐험은 철저하게 인간과 인간을 둘러싼 환경에 초점이 맞춰져 있다. 그런데 "미지의 세계를 탐험하고, 신세계를 발견하며 인간의 과학과 기술 한계의 경계를 더욱더 앞으로 밀고 나가는 것"은 뚜렷한 기시감을 일으킨다. 자국의 경계 너머에 있을 유토피아를 꿈꾸던 19세기 서구 열강들의 욕망과 지금의 그것 사이에서 크게 달라진 것은 없는 듯하다.

여기에 비하면 「스펙트럼」에 등장하는 미래의 질문은 얼마나 동화 같은가? 하지만 역사 안에서 계몽주의와 이성주의에 반하는 힘을 가진 단어가 '낭만'이고 보면, 소설의 초반에 등장하는 저 질문은 의도치 않게 현실의 우주 탐험에 내재되어 있는 계몽주의를 잠시 잊게 하면서 인간과 우주 사이에 놓인 지렛대의 중심을 옮겨 놓는다. 동시에 이 질문은 다른 존재와의 '조우'라는 사건에서 소통과 이해가 어떻게 발생할 수 있는지를 말하고 싶은 작가의 문제의식을 함축하고 있기도 하다.

지구의 황무지를 옮겨 놓은 곳과 같은 행성에 불시착한 후 기진맥진

한 '희진'은 우연히 만나게 된 외계인의 무리에게 도움을 청한다. 무리 중 일부가 그녀를 공격하지만 '루이'라고 불리는 외계인이 그녀를 구하게 되고, 희진은 루이의 공간에서 같이 지내게 된다. 이들은 거대한 동굴 거주지에 살고 있으며 공동체를 이루고 있다. 그들은 "도구의 사용, 상징언어의 존재, 사회적 상호작용……분명한 지성의 증거"를 가지고 있으며 "인간보다 훨씬 키가 컸지만 인간의 먼 친척 같은 신체"를 가지고 있는 외계 지성체였다.

원하든 원치 않든 희진은 이미 인류 최초의 조우자였다. 인간이 우주에 홀로 있는 것이냐는 물음에 대해 지금은 오직 희진만이 그 답을 가지고 있었다. 혼자가 아니었다. 우주 어딘가에서 그림을 그리고 상징언어로 대화를 나누는 지성 생명체들이 무리를 이루고 살아가고 있던 것이다. 희진은 그들에 대해 알아낼 의무가 자신에게 있다고 생각했다.

(……)

희진은 학자였다. 알아내고 분석하는 것이 본래의 업이었다. 그러나 지금 어떤 도구도 없는 이곳에서 희진은 너무나 무력했다. 만약 일이 제대로 풀렸다면 희진은 탐사선의 수많은 장비들을 이용할 수 있을 것이다. 소수언어 분석프로그램은 가청주파수를 넘어서는 음파들로 반복되는 패턴을 읽고 무리인들의 언어를 분석해 줄 것이다.(……) 하지만 지금 희진에게 있는 것은 희진의 신체와 감각뿐이었다.

이 행성을 두려워하면서도 희진은 학자로서 가지는 호기심을 잃지 않는다. 어쩌면 이 행성의 생명체들과 인간이 공통 조상을 지닐 수 있다는 사실에 가슴 벅찬 희진은 탈출 셔틀을 찾아 지구로 돌아갈 방법

유토피아 문학

을 찾기 위해 애를 쓴다. 이 부분에서 희진의 귀환 계획은 학자의 지식과 정보를 지구로 가져가는 것을 최우선의 목표로 삼는다. 탈출 셔틀을 찾기 위해 노력하면서 동시에 희진은 행성과 무리인들의 사회를 이해할 수 있는 방법을 고민한다. 오랜 시간 "볼 수도 들을 수도 없는 것, 관념적인 것, 감각의 바깥에 있는 것들"을 다루어 온 "원래 희진의 세계는 현미경 속에, 정량화된 데이터 속에, 그래프와 숫자 속에 있었다." 하지만 희진에게 남은 것은 "희진의 신체와 감각"뿐이었다. 이처럼 희진에게 도구의 사용이 허락되지 않는 환경은 결과적으로 희진이 무리인들을 이해하기 위한 새로운 방법을 자각하는 계기를 마련한다.

언어를 포함한 의사소통이라는 주제는 SF에서 중요하게 다뤄지는 내용이다. 가깝게는 테드 창(Ted Chiang)의 「네 인생의 이야기」에 등장하는 외계인 '헵타포드'의 '목적론적 문법'을 들 수 있다. 헵타포드와 인류 사이의 소통 방법을 연구하는 주인공은 '페르마의 원리'에 반응하는 그들의 방식을 통해 힌트를 얻게 된다. 빛이 수면에서 다른 각도로 나아가는 현상을 공기와 물의 굴절률 차이 때문에 빛의 방향이 바뀌었다고 설명하는 태도는 물질세계를 인과적으로 설명하는 방식이다. 이에 반해 빛의 경로가 목적지에 도달하는 최소한의 시간을 의미한다는 인식은 목적론적 해석이다. "우리는 사건들을 순서대로 경험하고, 원인과 결과로 그것들 사이의 관계를 지각한다. 헵타포드는 모든 사건을 한꺼번에 경험하고, 그 근원에 깔린 하나의 목적을 지각한다. 최소화, 최대화라는 목적을."(213) 주인공은 헵타포드의 세계관이 인류의 것과 다른 이유가 동일한 물질 우주를 해석하는 방식의 상이함 때문이라는 것을 이해하고 헵타포드의 문자 체계(헵타포드 B)에 가깝게 접근하게 된다. 초반에 등장하는 언어분석 프로그램이 외계인의 언어에 접근할 수 있는 다리를 놓은 것은 부인할 수 없다. 하지만 테드 창의 주인공이 외계 언어 체계의 근원적 원리에 접근할 수 있었던 것은 프로그램의 도움이 아니라 그들이 세계를 지각하는 방식을 이해한 이후부터다.

희진의 경우도 동일하다고 할 수 있다. "지구의 도구들 없이 행성 자체를 감각으로만 받아들이는 일에 천천히 익숙해져" 가는 희진과 그런 희진을 관심 있게 관찰하던 루이는 몇 가지 공통적인 신체언어를 공유하게 되면서 "미안해, 고마워, 안녕"과 같은 말들을 나눌 수 있게 된다. 그 과정 안에서 희진은 "무리인들이 수의 개념을 이해하고 이진법을 쓸 수 있"을 뿐만 아니라 "무리인들이 낮의 하늘과 밤의 하늘을 관측하고 이 행성 바깥의 세계에 대한 가설을 세운다"는 것을 알아냈다. 그래도 여전히 답을 알 수 없는 질문들은 남았다. 그중에서도 그들이 세계를 지각하는 방식은 어떤 것인가.

희진을 돌보는 루이는 사냥과 채집을 나서는 다른 무리인들과는 달리 대부분의 시간 동안 잎종이 위에 그림을 그린다. 희진은 그것이 일종의 예술과 감정을 표현하는 행위라고 생각했지만, 그림은 무리인들이 '의미'를 기록하는 방법이었다. 루이의 그림 뭉치들을 들여다볼 기회를 가진 희진은 그림들이 형태가 아닌 색상의 차이를 의미 단위로 하는 상징이라는 것을 알게 된다.

"그럼 루이, 네게는."

희진은 루이의 눈에 비친 노을의 붉은 빛을 보았다.

"저 풍경이 말을 걸어오는 것처럼 보이겠네."

희진은 결코 루이가 보는 방식으로 그 풍경을 볼 수 없을 것이다. 하지만 루이가 보는 세계를 약간이나마 상상할 수 있었고, 기쁨을 느꼈다.

유토피아 문학

인용문들은 이 작품에서 가장 아름다운 장면으로 꼽을 수 있는 부분이다. 네 번째 루이가 이전의 루이들이 남긴 그림들을 통해 희진에 대한 정보를 수집한 뒤 처음으로 희진과 대면하는 순간에 희진이 건넨 말들이다. "루이는 팔을 뻗어 희진을 가볍게 붙잡았"고 희진은 "눈앞의 루이에게서 익숙한 얼굴을 본 것 같았다." "루이는 희진을 보고 있었"고 "희진의 뒤로 펼쳐진 노을을 보고 있었다." 색채의 차이가 의미의 분절로 해석되는 루이에게 하늘을 붉게 물들인 구름 안에서 굴절되고 있는 빛의 입자들은 얼마나 많은 말들을 속삭이고 있을 것인가?

빛을 굴절시키는 세상의 물체들은 루이의 눈에 스펙트럼처럼 펼쳐지면서 의미화될 것이다. 의미화를 발생시키는 요소들은 물체, 빛 그리고 루이의 신체를 매개로 하는 감각들이다. 그것들은 희진의 사고를 지배해왔던 '보이지 않는 것' 또는 '관념적인' 감각의 바깥에 있는 것'들과는 상반된 성질들이다. 루이들이 세상의 의미를 해석하고 소통하는 것에서 제일 우선되는 것은 신체의 열린 감각들을 통해 대상을 수용하는 것이다.

그들이 색채를 통해 세상을 지각하고 해석하는 방식은 무리인들이 분절적이면서도 연속적으로 자신들의 존재를 지속시켜 나가는 방식과도 닿아 있다. 그들 중 일부는 가족과 유사한 관계를 유지하는 것으로 보아 일종의 유성생식을 하는 것으로 희진은 추측하지만 소설 속에 무리인들의 생식에 관한 정확한 내용은 나와 있지는 않다. 다만 희진을 돌봐 주는 복수의 루이들을 통해 무리인들이 어떤 방식으로 연속성을 만들어 내는지를 들여다볼 수 있다. 희진은 행성에 머무르는 동안 총 네 명의 루이를 만나게 된다. 무리인의 수명은 3~5년이 고작이라 첫 번째 루이는 희진을 만난 뒤 얼마 후 죽게 된다. 무리인들은 장례 의식을 통해 죽은 개체의 영혼과 자의식을 어린 개체가 넘겨받는다고 믿는다. 그들은 영혼이 이전 개체에서 다음 개체로 이어지면서 두 개체가 동일 해진다고 여기는 것이다. 새로운 루이들은 이전 존재의 기록을 읽는 과 정을 통해 그들의 일생에 관한 사실들을 파악하고 그들의 감정과 생각 을 고스란히 자신의 것으로 받아들이면서 삶을 이어나간다. "루이들은 단지 그렇게 하기로 했다." 무리인들이 다른 개체와 자신과의 연속성을 수용하는 과정 안에는 이성주의를 바탕으로 한 인과적 사고에서 나오 는 어떤 질문이나 설명도 없지만, 그렇다고 "어떤 초자연적인 힘도 작 용하지 않는다." "그 과정에는 어떤 대단한 결단의 과정이 없다. 그들은 당연한 듯이 '루이'가 된다."

무리인들이 신체의 감각들을 통해 아무런 여과 없이 대상을 수용하 는 방식으로 세상의 의미를 해석하는 것처럼, 다른 루이들은 어긋난 자 아를 가진 분절적인 존재이지만, 다름을 수용하고 같은 루이들이 되기 로 결정하면서 연속성을 이어나간다. 그들이 희진을 무리 속에 받아들 인 것 역시 동일한 맥락이 아니었을까? 희진이 이해한 루이들의 세계 관이 맞는 것이라면, 낯선 이방인이 왜, 어떻게, 이곳에 왔는지에 대한 맥락적 정보에 상관없이 한 지치고 작은 존재의 색채가 굴절시킨 무력 함과 유약함으로 희진이라는 존재를 이해하고 자신들의 무리 안으로 받아들였을 것이다. "그렇다면 희진도 그들을 같은 영혼으로 받아들일 수 있을 것이다." "인간의 감각으로는 온전히 느낄 수도 이해할 수도 없 는 완전한 타자'가 루이들이지만, 루이들이 희진을 받아들인 것처럼 희 진 역시 "루이의 연속성을, 분절되지 않은 루이의 존재를" 이해하고 싶 었다. 김초엽의 문법대로라면 다른 존재와의 소통은 우리에게 익숙한 도구를 내려놓고, 그 존재가 우리와 다른 방식으로 세계를 지각하고 해석할 가능성을 인정할 때 이루어진다. 그리고 소통의 목적은 지식과 정보의 교환이 아니라 "처음으로 잘 자라는 인사"를 건넸을 때 "고작 그 정도의 말을 건네는 것만으로도 누군가를 더 소중하게 여기게 된다는 사실"을 깨닫는 데 있다. 이것은 인류와 외계인이나 인간과 비인간 사이뿐만 아니라 우리들 사이에도 유효한 문법이지 않은가.

4 SF, 미래가 아닌 현재의 글쓰기

실제 한국 SF의 역사는 100년이 넘는다.[15] 구한말 일본 유학생들의 소식지를 통해 조선에 소개된 SF는 과학이라는 개념을 통해 부국강병을 이루고 탈아입구(脫亞立歐)하기 위한 욕망을 담고 있었다. 그러나 일제 강점기라는 어두운 터널을 거쳐오는 동안 검열의 장벽 때문에 현실 비판적인 SF보다는 대중적인 작품들이 주로 소개되면서, SF는 상업적이고 통속적이라는 인식에 갇히게 되고 오랜 세월 한국문학의 주류 담론에 속하지 못하게 된다. 1970년대에 들어서면서는 과학진흥정책으로 SF가 주목을 받는 계기가 되지만, 그 내용은 여전히 과학 지식을 전달하는 교육적인 성격의 작품들이 주를 이루게 된다. 또한 1980년대에 들어서도 민주화를 비롯한 거대 담론이 한국사회를 지배하면서 리얼리즘 문학이 대세를 이루게 되고, SF가 지닌 환상성과 리얼리즘이 상치되는 위치 때문에 SF는 한국의 문화예술 분야에서 그 가치를 인정받기 힘들었다.

---

15) 한국 SF 역사에 관한 내용은 이지용, 『한국 SF 장르의 형성』(커뮤니케이션북스, 2016)을 참조하였다.

이런 척박한 환경 속에서도 오랜 세월 창작 활동을 이어온 한국 SF 작가들의 노력과 팬들의 지지에 힘입어 한국의 SF는 괄목할 만한 성장을 이루어 왔다. 또한 최근의 사회적 이슈들이 SF와 연결되면서 젠더와 SF를 결합한 작품들과 비평들이 강세를 이루고 있다. 이런 현상은 SF가 현실에 대한 비평적 서사가 될 가능성을 충분히 보여 주는 변화이다. 또한 SF 안에서 젠더의 문제는 앞으로도 지속적으로 다루어질 필요가 있는 의미 있는 주제라고 할 수 있다. 김초엽의 첫 소설집에 대해서도 이러한 분위기 아래 많은 유의미한 평가가 이루어졌다. 다만 우려되는 것은 페미니즘적 관점에 집중하면서, 김초엽의 SF를 읽을 수 있는 다른 접근들이 축소되는 것은 아닌가 하는 점이다. 김초엽의 SF는 현실에 대한 알레고리로만 소비되기에는 아쉬운 지점들이 많이 있다. 이는 김초엽의 경우에만 국한되는 것이 아니라 다른 SF 역시 마찬가지라고 할 수 있다. 좋은 SF는 다른 현실을 상상하는 강력한 도구로서 기능할 수 있는 장르다. SF의 낯섦은 우리를 미지의 장소로 데려가 현실을 보는 다른 눈을 제공하면서, 비판으로써의 서사를 만들 수 있는 잠재력을 가지고 있다.

김초엽의 SF는 정치·사회적 변혁을 꿈꾸는 SF 유토피아라고 하기는 힘들지만, 자신만의 방식으로 새로운 세계 안에서 존재론적인 질문을 던지고 있다. 그의 과학은 더 나은 세상을 위한 근본적 질문을 생성시키는 출발점으로 기능하면서, 그의 SF가 비판적 유토피아로 해석될 수 있는 단서를 제공한다. 지금 여기가 SF의 환상이 리얼리즘적으로 읽힐만한 세상이 아니라고 자신 있게 말할 수 있을까? 어쩌면 SF적 상상력을 빼고 한국문학을 이야기하기 힘든 시간이 도래할 것 같다는, 아니 벌써 도래했다는 믿음으로 글을 마친다.

핵 재앙과 아일랜드의 포스트아포칼립스

── 아일리시 니 이브네의 『브레이에서 발견된 집』

김상욱

1 서론

1998년 4월 10일, 당시 영국 총리 토니 블레어(Tony Blair)와 아일랜드 총리 버티 어헌(Bertie Ahern)은 일명 '성스러운 금요일 합의(Good Friday Agreement)'라 불리는 벨파스트 협정(Belfast Agreement)에 서명했다. 이 협정으로 1960년대부터 40여 년간 이어진 영국계 아일랜드인들과 아일랜드 민족주의자들 간 유혈충돌, 북아일랜드 분쟁(The Troubles)은 정치적 종지부를 찍게 되었다. 아일리쉬 니 이브네(Éilís Ní Dhuibhne)의 『브레이에서 발견된 집(The Bray House)』은 벨파스트 협정 조인 8년 전인 1990년 출간되었다. 1990년은 아일랜드공화국군(IRA) 소속 대원들이 감행한 런던증권거래소 폭탄 공격 등으로 북아일랜드 분쟁이 끝 모를 유혈 테러전으로 치닫던 때이다. 이러한 시대적 상황은 아일랜드 민족의 절멸과 그 이후라는 이 소설의 포스트아포칼립스 주제가 역사적 · 정치적 · 시의적 측면에서 북아일랜드 분쟁과 맞닿아 있음을 짐작게

하게 해준다. 『브레이에서 발견된 집』은 2000년대 어느 미래 시점에 발생하게 될 아일랜드와 영국의 동시 멸망을 상상하고 있다. 이 소설에서 두 국가의 동시 소멸은 벨파스트에 있는 밸리럼퍼드(Ballylumford) 원자력발전소(실제 벨파스트에는 없는)에서 시작된 양국 내 원자력발전소 연쇄 폭발 사고에 의한 핵 재앙의 결과로 그려진다. 이렇듯 이 소설이 벨파스트를 역사적 격변의 무대로 놓고 있다는 것도 당대 북아일랜드 분쟁이 니 이브네식 디스토피아적 상상의 한 축으로 작동한다는 것을 보여 준다. 영국과 아일랜드의 동시다발적 원전 사고에서 살아남은 영국 총리가 밸리럼퍼드 핵 재앙을 아일랜드공화국군 소행으로 단정하려는 것 또한 니 이브네가 북아일랜드에서 벌어지는 영국과 아일랜드 간 민족 분쟁이라는 당대 현실을 문학적 차원에서 복기하고 있음을 보여 주는 징표라고 할 수 있다.

이러한 측면에서 보자면 아일랜드 종말 이후라는 니 이브네의 포스트아포칼립스적 과학소설은 아일랜드에 대한 영국 식민주의의 역사 헤게모니와 서발턴(subaltern) 아일랜드인들에 대한 알레고리로 읽힐 수 있다. 제시카 랭어(Jessica Langer)가 밝혔듯이 탈식민주의 과학소설이 쟁점화하는 것은 제3세계 식민지화 과정의 한 양태로서 과학 이데올로기이다. 부언하자면 탈식민주의 과학소설이 보여 주는 것은 토착 문화 기억의 중요한 매체인 '전설'이나 '민담'과 같은 원주민 이야기들이 '서구 과학'과 서구 과학이 추구하는 발전 담론(discourse of progress)에 의해 침탈당하는 방식이다.[1] 잭 페널(Jack Fennell)이 『아일랜드 과학소설(Irish

1) Jessica Langer, *Postcolonialism and Science Fiction*(New York: Palgrave MacMillan, 2011), p. 129.

Science Fiction)』에서 지적했듯이, 아일랜드처럼 식민지를 경험한 국가에서 서구의 과학주의는 곧 토착 문화의 '근대화' 과정과 맞물려 있으며, 이러한 근대화 과정 자체가 곧 '식민화'이다.[2] 니 이브네의 소설 『브레이에서 발견된 집』은 서구 과학주의가 지향하는 발전 담론의 허상과 역설을 핵 테크놀로지가 가져온 파국적 핵 재앙에 의한 영국과 아일랜드의 동시 종말이라는 형태로 상상하고 있다. 특히 다코 수빈(Darko Suvin)이 과학소설 시학의 요체라 일컬은 상상된 이국적 공간의 '인지적 낯섦(cognitive estrangement)'의 효과가 근대성의 해체라는 니 이브네식 포스트-아포칼립스로 구현되는 양상에 주목할 필요가 있다. 『브레이에서 발견된 집』에서 아일랜드 종말 이후 핵 없는 미래 사회 혹은 대안 사회는 스웨덴으로 상상된다. 영국이(혹은 아일랜드가) 이국화(exoticism)된 공간으로도 볼 수 있는 미래 사회 스웨덴은 영국의 반-아일랜드 인종주의와 영국의 아일랜드 식민주의를 되비추는 거울이다. 이를테면 스웨덴은 아일랜드-영국의 관계가 외재화(externalization) 혹은 객관화되는 이국적 공간이라고 할 수 있다. 이를 통해 니 이브네는 근대성의 시간인 단선적·비가역적 시간을 주관적·주체적 시간인 죽음에 대한 피식민지인들의 트라우마적 회상과 역사적 기억이라는 가역적 시간에 의해 해체한다. 니 이브네의 포스트-아포칼립스가 그리고 있는 21세기 핵 재앙에 의한 아일랜드의 멸절은 19세기 중반 '아일랜드 대기근(Great Famine)'이 초래한 아일랜드인들의 대량 아사가 알레고리적으로 환치된 것이다. 『브레이에서 발견된 집』에서 스웨덴 고고학자인 로빈 라겔로프(Robin Lagerlof)가 표상하는 영국의 근대성과 식민주의는 지구상에서

----

2) Jack Fennell, *Irish Science Fiction*(Liverpool: Liverpool UP, 2014), p. 3.

사라진 아일랜드에 대한 그녀의 꿈(무의식) 속 노스탤지어와 아일랜드 몰살에 대한 스웨덴인들의 집단 죄의식에 의해 분절된다.

2 포스트아포칼립스와 탈식민 사유

『브레이에서 발견된 집』이 차용하고 있는 포스트아포칼립스적 글쓰기는 제임스 버거(James Berger)가 말한 "현존 사회질서"에 대한 "총체적 비판"[3]이라는 정치적 의미를 의도하고 있다. 버거에 따르면 아포칼립스적 혹은 포스트아포칼립스적 사유가 겨냥하는 것은 종말론적 상상을 통해 부패한 구체제를 완전히 일소하고 "완전히 새로운, 완벽한 세상"[4]이 구현되도록 "모든 것을 정화해 내는 대변혁"이다. 『브레이에서 발견된 집』이 상상하는, 버거의 말을 빌리자면, "최종 종결"[5]은 핵 테크놀로지 문명의 종말이다. 이 소설에서는 과학기술 문명(핵 발전)을 좇던 반자연 문명국 영국-아일랜드와 문명의 폐해를 깨닫고 일찌감치 자연 친화적 에너지 생산 모델(재생에너지)을 국가 발전의 근간으로 삼은 친자연 문명국 스웨덴이라는 두 문명국이 대조된다. 『브레이에서 발견된 집』에서 스웨덴은 "온실〔가스의〕 위험"[6] 때문에 대거 핵발전소를 건설한

----

3) James Berger, *After the End: Representations of Post-Apocalypse*(Minneapolis: U of Minnesota P, 1999), p. 7.

4) James Berger, *Ibid.*, p. 7.

5) James Berger, *Ibid.*, p. 5.

6) Éilís Ní Dhuibhne, *The Bray House*(Dublin: Attic, 1990; 2003), p. 22.

영국을 포함한 여타 유럽 국가들과 달리 "이백 년 전의 상태"[7]로 되돌아가 핵 재앙을 피한 자연 친화적인 국가로 묘사되고 있다. 니 이브네는 핵 참사를 면한 스웨덴 사람들의 기이한 운명에 빗대어 과학기술을 신봉하고 자연을 파괴하여 인간 자신의 죽음을 재촉하는 것이 자연스러운 일이 되어버린 과학기술 문명인의 아이러니를 지적한다.

> 우린〔스웨덴 사람들〕 핵겨울과 죽음에 직면했다. 그것이 결국 우리가 수없이 들어온 바이며 원하는 바였다. 우리는 우리의 운명을 받아들여야 했다. 살아남는다는 것. 그렇다면 또한 우리는 묻지 않을 수 없었다. "왜?"
>
> 우리가 살아남았다는 것에 뭔가 기이한 면이 있지 아니한가? 그들은 스웨덴인들의 자연과의 교분을 중세 마녀들이 만끽했던 것과도 같은 어떤 부도덕한 계약의 일종으로 보기 시작했다. 그들은 자연과의 그러한 결탁이 부자연스러운 것은 아닌가 하는 인식을 갖게 되었다. 그들에게 자연스러운 것은 종국에는 필연적으로 파괴를 불러오는 여타 자발적인 방식의 행동이었다. 자연스러운 행위는, 인간을 자연의 체현으로 보면서, 자연과 인류애를 포함한 온갖 자연스러운 것을 진절머리 나게 하는 것이다. 그것이 역사가 시작되었을 때부터 세계열강들이 자행하던 일이다.[8]

니 이브네식 아일랜드 포스트아포칼립스 글쓰기는 핵 테크놀로지에

7) Éilís Ní Dhuibhne, *Ibid.*, p. 22.

8) Éilís Ní Dhuibhne, *Ibid.*, p. 24.

의한 국가의 재앙적 종말이라는 과학소설의 장르적 형식을 빌려 아일 랜드 민족의 멸절이 가진 식민주의의 역사적 함의를 환기하는 것이다. 니 이브네가 '낯섦'의 이국적 공간으로 상정한, 방사능 낙진으로 뒤덮 인 거대한 무덤 21세기 아일랜드는 탈역사화된 상상의 공간이자 동시 에 역사를 투사하는 공간이다. 수빈은 과학소설의 이러한 이국적 공간 을 "문학적 영역과 비문학적인 영역, 허구적 영역과 경험적 영역, 형식 적 영역과 이데올로기적 영역" 간 간극을 메우는 "조정과 중개의 범주"[9] 라 불렀다. 수빈은 개연적 비현실이 낯설게 경험되는 이 공간을 저자와 내포된 독자가 현실이라고 판단하는 기준으로부터 분기된 공간, 즉 비 역사적 영역이라 보았지만, 니 이브네의 포스트-아포칼립스에서는 당 대의 '북아일랜드 분쟁'이 미래 사회 상상의 저류를 형성한다. 아일랜 드 민족주의자들을 모두 폭력적 테러분자들로 규정짓는 영국의 아일랜 드인들에 대한 인종적 고정관념을 니 이브네는 자신의 일인칭 주인공 로빈이라는 여성의 입을 빌려 다음과 같이 서술한다.

사고가 난 발전소는 앤트림주 아일랜드매기, 밸리럼퍼드에 있었다. 그 발전소는 일찍이 전력을 생산하는 발전소 가운데 하나였다. 이러한 종류 의 사고가 늘 그렇듯이 사고가 왜 일어났는지는 알려진 바가 없다. 사고 초기에 쏟아진 언론 보도는 어떻게 해서든 이 사태를 외부 세력에 의한 고의 사고로 몰고 가려는 것이었다. 밸리럼퍼드 사건에 대한 영국 정부

---

9) Darko Subvin, "Science Fiction and the Novum," *Defined By a Hollow: Essays on Utopia, Science Fiction and Political Epistemology*, (eds). Darko Subvin(Oxford: Peter Lang, 2010), p. 68.

유토피아 문학

의 논평은 그것이 어떤 형태든지 간에 아일랜드 공화군이 참사의 배후에 있다는 것―실제로 그럴지도 모르겠지만―을 강조하고 싶어 한다는 것을 드러냈다. 그렇지만 나에게는 아일랜드 공화군이 희생양으로 선택된 것이 틀림없는 것처럼 보였다.[10]

그러므로『브레이에서 발견된 집』은 포스트-아포칼립스 주제를 다루는 과학소설 장르에 아일랜드의 식민주의적 역사가 알레고리로 집약된 소설이라 할 수 있다. 지구상에서 완전히 없어지고 만 21세기 아일랜드를 상상하는 것은 "역사적 인과관계의 중지"[11]를 통해 완전히 다른 맥락에서 역사를 경험하려는 시도이다.

3 남성성과 과학주의

『브레이에서 발견된 집』의 1인칭 주인공 로빈은 니 이브네 자신의 자전적 요소가 투영된 인물이다. 이 소설에서 로빈은 고고학 박사이자, 인류학자, 특히 아일랜드 민속학을 연구하는 연구자로 설정되어 있다. 니 이브네가 스웨덴 코펜하겐대학교에서 수학(1978-1979)하고 아일랜드국립대학교에서 민속학 박사학위를 받았다는 것을 고려하면 작가의 전기적 측면에서 로빈은 니 이브네와 조응한다고 할 수 있다. 로빈이 아일랜드 남자인 마이클 마덴(Michael Madden)과 결혼했다면, 니 이브

10) Éilís Ní Dhuibhne, *Ibid.*, p. 62.

11) Jack Fennell, *Irish Science Fiction*(Liverpool: Liverpool UP, 2014), p. 19.

네는 스웨덴 민속학자 보 알름크비스트(Bo Almqvist)와 결혼했다.『브레이에서 발견된 집』에서 마이클은 벨파스트 태생 아일랜드 가톨릭 민족주의자 집안 출신으로 '북아일랜드 분쟁'을 피해 아일랜드 남서쪽 해안마을 던퀸(Dunquin)에 정착한 것으로 되어 있다. 니 이브네 자신이 허구적으로 재구성된 등장인물 로빈은 자기 과시욕과 지배욕이 강한 남성화된 여성으로 등장한다. 로빈은 고고학자로서 자신의 입신양명을위해 학문 권력의 핵심에 진입하려는 야욕을 가진 인물이다. 그녀는 자신의 남편 마이클의 패로 제도(Faroe Islands) 지역 고래잡이 풍속과 관련된 미발표 논문을 자신의 저술로 무단 도용하고, 핵 재앙에서 살아남은유일한 아일랜드인 매기 번(Maggie Byrne)의 증언을 수기한 동료 칼 라르손(Karl Larsson)의 비망록을 탈취하기 위해 그를 살해하기까지 하며,방사능 낙진으로 뒤덮인 브레이의 어느 가옥의 발굴과 관련하여 동료들에게 자신의 지시대로 움직일 것을 요구하는 인물이다. 로빈에게 브레이는 마이클을 떠올리게 하는 곳이다. 브레이는 어린 시절 마이클이그곳 유원지에서 범퍼카를 타고 공중그네, 유령열차를 타던 곳이며, 생전에 마이클이 로빈을 이곳에 데려간 적이 있다. 핵 재앙이 닥쳤을 때목숨을 잃은 마이클에 대한 로빈의 죄의식은 오로지 출세만을 위해 살았던 자신의 이기적 모습에 대한 자책이다."〔마이클이 내게 한 것과 같은내조를 받는다면〕 이 세상에 출세 못할 자가 누구던가. (……) 〔마이클에게〕 그렇게 하면 안 되었는데. 그것이 지금 내가 느끼는 죄의식이고, 그것이 마이클의 죽음을 내 탓으로 여기는 이유이다."[12]

　로빈은 스웨덴 사회에서 매우 이질적인 존재이다. 로빈은 자기를 "남

---

12) Éilís Ní Dhuibhne, *Ibid.*, p. 79.

성과 여성을 불문하고 대부분의 스웨덴 사람들과 달리 가정에 대한 의무감이나 책임감이 전혀 없는"[13] 여성으로 여기고 있다. 또한 대부분의 스웨덴인들이 자신들만 살아남았다는 것에 대한 죄의식에 시달리지만, 로빈은 이를 유치하다고 생각한다.

> 그것은 사실이었다. 단언컨대 난 밸리럼퍼드 참사 결과로서 일어난 어떤 것에도 죄책감을 느끼지 못했다. 그리하여 속죄할 필요성도 없었다. 그러나 죄책감이란 것에 대해 너무나 많이 들었다. 내 동료와 친구들이 장황하게 그 죄책감이란 것에 대해 얘기하는 것을 들었다. 그것을 다룬 많은 신문지상의 특집 기사를 읽었고 수많은 텔레비전 대담을 시청했기 때문에 정확히 칼이 무엇을 말하는지 알았다. 너무나 잘 알았다. 왜냐하면 그것이 나에게는 약간은 꼴사나울 정도로 유치해 보였기 때문이다.[14]

비평가 캐럴 모리스(Carol Morris)는 로빈을 반-페미니즘적 인물로 표상하고 있다. 로빈이 죽음의 경쟁에 합류하지 못하고 살아남아 죄책감이라는 집단 정신질환을 앓는 스웨덴인들을 "사내답지 못한"[15] 자들이라 인식하는 점을 들어 모리스는 로빈을 남성주의의 파멸적 이성주의를 대표하는 자로 분별한다. "로빈은 권력의 속성을 가진 지식을 탐

---

13) Éilís Ní Dhuibhne, *Ibid.*, p. 79.

14) Éilís Ní Dhuibhne, *Ibid.*, p. 20.

15) Éilís Ní Dhuibhne, *Ibid.*, p. 25.

하고 자신의 세계관만을 관철하려는 인물이다."[16] 모리스의 말을 빌리자면 로빈에게 스웨덴은 "남성주의적 자기 관철이라는 끝없는 권력 게임을 수행할 수 없는"[17] "나약한 여성"으로 비친다. 모리스의 지적처럼, 『브레이에서 발견된 집』은 남성주의적 여성화자 로빈을 통해 인류의 과학기술 문명 '발전'에 대한 환상을 남성주의의 문명 파괴적인 이성 중심주의에 의해 아이러니로 만들고 있다.

4 근대성과 종말론, 그리고 아일랜드 핵재앙

헤더 힉스(Heather J. Hicks)는 그의 저술 『21세기 포스트아포칼립스 소설(The Post-Apocalyptic Novel in the Twenty-First Century)』에서 21세기 세계 종말적 재난 서사 구조를 이해하기 위한 첩경이 로빈슨 크루소가 표상하는 근대성(modernity)에 대한 이해임을 천명했다. 힉스에 따르면 외로운 여행자이자 모험가 크루소가 배가 난파하여 살게 된, 때때로 식인종 미개인들이 출몰하는 섬은 포스트아포칼립스 소설이 그리는 "야만적"[18] 미개지의 원형이다. 그의 말을 부언하자면 『로빈슨 크루소』가 그리는 폭력과 무질서, 혼란으로 가득 찬 반문명적 황야는 치명적 바이러스의 창궐이나 핵폭탄 폭발 등과 같은 인류 몰살의 대재앙에 의해 완전

---

16) Carol Morris, "*The Bray House*: An Irish Critical Utopia. Éilís Ní Dhuibhne"(*Études irlandaises* 21, 1996), p. 134.

17) Carol Morris, *Ibid.*, p. 134.

18) Heather Hicks, *The Post-Apocalyptic Novel in the Twenty-First Century: Modernity Beyond Salvage*(Palgrave-MacMillan, 2016).

유토피아 문학

히 파괴되고 난 후의 포스트아포칼립스 세계에 대한 투시이다. 또한 힉스는 크루소가 난파한 배에서 꺼내 오는 식량과 총포류를 그가 떠나온 문명 세계의 잔존물, 즉 근대성의 잔해로 보고 있다. 그리하여 힉스가 보기에 18세기 『로빈슨 크루소』의 출현은 신학적 종말론을 대체한 근대성 종말론이라는 탈신학적 아포칼립스 서사를 예고했다. 힉스가 21세기 포스트아포칼립스 서사의 화두로 삼은 '근대성'은 전통 기독교 아포칼립스의 테마인 인류-'죄'/신-'심판'이란 구도를 대체한 '과학기술 문명'의 폐해와 그것에 따른 세계 종말이라는 신-아포칼립스 테마의 핵심 개념어이다.

니 이브네의 포스트-아포칼립스에서 『로빈슨 크루소』는 폐허가 되어버린 유령의 섬 아일랜드로 향하는 로빈의 발굴 탐사 여정과 데자뷔를 형성한다. 로빈이 자신의 항해에 동반하는 소설책 두 권은 토마스 만(Thomas Mann)의 『마의 산(Der Zauberberg)』과 『로빈슨 크루소』이다. 로빈은 탐사 중 맞닥뜨린 갑작스러운 폭풍우를 피해 탐사 팀과 함께 브레이 갑(Bray Head) 부근에 정박한 자신의 탐사선 '세인트패트릭 호로 대피한다. 이때 로빈은 자신이 조우한 갑작스러운 폭풍우가 『로빈슨 크루소』에서 대니얼 디포(Daniel Defoe)가 묘사한 폭풍우이길 바란다.

『로빈슨 크루소』에서 첫 폭풍우는 크루소가 헐(Hull)에서 멀지 않은 곳에 있을 때 일어났다. 크루소가 마주한 폭풍우는 정확히 우리 앞에 있는 폭풍우와 같은 것처럼 보였다. 크루소의 폭풍우가 24시간, 그쯤이 경과한 후 잦아들었다는 사실을 알고 매우 기뻤다. 추측건대, 헐과 브레이는 지리상 형태가 서로 비슷하진 않을까. 이러한 우연의 일치를 생각해 볼 때 우리에게 닥친 폭풍우도 예견하건대 24시간이나 그쯤 후에 끝나는

것으로 크루소의 폭풍우와 동일한 것이길 바랐다.[19]

이어서 로빈은 죽음과 불모의 섬 아일랜드와 대비된 섬으로 크루소가 발견한 "과일과 생명력, 미스터리로 가득한"[20] 섬을 상상한다. 크루소가 이 섬을 18세기 자본주의–부르주아 근대성에 의해 종교적 · 언어적 · 문화적으로 식민지화하였다면 로빈은 21세기 고고학이라는 과학적 근대성에 의해 아일랜드를 발굴하고 아일랜드를 자신의 시각으로 의미화하는 과학적 · 언어적 식민주의자가 된다.

〔우리가 발굴한〕 브레이의 어느 한 집에서만 발견된 유물들을 증거물로 사용한다면 어떤 사실을 알 수 있을까? 문건들, 즉 3주치에 해당하는 몇몇 신문들을 철해놓은 것에서 오려낸 각종 기사의 복사본이 우리에게 말해주는 것은 아일랜드가 빈곤한 나라, 폭력이 난무하는 나라, 무지한 나라라는 것이다. 이러한 사실을 뒷받침하는 가장 명명백백한 예는 벨파스트와 더블린에서 동물과 주민에게 자행되었던 폭력에 관한 다수의 보도 기사이다.[21]

콘스탄자 델 리오(Constanza del Río)가 지적했듯이, 아일랜드를 '빈곤과 폭력, 무지'의 나라로 규정하는 로빈의 아일랜드에 대한 고고학적 보고서는 유럽의 여행 서사에서 흔히 나타나는 피식민지국에 대한 유

....

19) Éilís Ní Dhuibhne, *Ibid.*, p. 100.

20) Éilís Ní Dhuibhne, *Ibid.*, p. 100.

21) Éilís Ní Dhuibhne, *Ibid.*, p. 167.

유토피아 문학

럽 여행가들의 유럽 중심주의적 해석의 전례를 따르고 있다.[22] 로빈이 브레이의 어느 가옥에서 발굴한 것은 밸리럼퍼드 사고 직전까지 그 가옥에 살았던 매큐(MacHugh) 가족의 유물과 유품이었다.[23] 이것을 분석한 보고서에서 로빈은 매큐 가족의 구성원 간 소외와 별리로 점철된 견원지간을 내부의 쟁투에 휩싸인 "아일랜드의 축소판"[24]으로 환원한다. 로빈의 아일랜드에 대한 고고학적 방법론은 푸코가 『지식의 고고학』에서 역사 연구 방법론으로 제시한 고고학적 방법론과 대척점에 있다. 푸코가 경고한 것은 철학사, 사상사, 문학사, 과학사 등에서 흔히 사용하는 세기별 혹은 시대별 연구와 같은 연대기별 연구가 이질적이고 분절적이며 불연속적인 현상들에 대해 연속성과 통일성을 부여하는 것의 위험성이다. 왜냐하면 이질적 현상들에 대한 이러한 등질화는 원래는 없던 단일한 본질을 인위적으로 만들어 낸 과정이기 때문이다. 푸코는 목적론적 총체성 창의와 같은 역사 연구 방법론의 대안으로서 역사

---

22) Constanza Del Río, "Excavating Ireland's Contemporary Heritage in Éilís Ní Dhuibhne's The Bray House", *Études irlandaises* 4, 2009, p. 4.

23) 매큐 가족이 살았던 브레이 집은 건물이 완공된 연도를 보여 주는 "1887"이라는 글자가 현관문 바로 위 석판에 새겨진 빅토리아 건축 양식의 가옥이다. 발굴된 유물과 유품에 대한 로빈의 목록은 다음과 같다. (1)아일랜드 화가들이 그린 유화 3점, 수채화 5점, 판화 6점. (2) 각종 가구와 옷가지. (3)일기장과 달력, 각종 일정을 적은 게시판. (4) 변호사인 머피 매큐(Murphy MacHugh)의 각종 변호사 활동을 보여 주는 개인 수첩, 그가 받은 각종 편지. (5) 머피의 딸 피오나(Fiona MacHugh)에게 온 편지. (6) 드문 드문 모아 놓은 브레이 지역신문 『아이리쉬 이글(*The Irish Eagle*)』. 발굴된 각종 문건을 분석하여 로빈은 핵 재앙 직전 머피와 그의 아내 엘리너(Elinor) 사이의 부부 간 불화, 머피의 모친 애니와 그녀의 며느리 엘리너 사이의 고부 간 갈등, 머피와 애니 사이의 모자 간 애착 관계를 추론하여 기록한다.

24) Éilís Ní Dhuibhne, *Ibid.*, p. 167.

의 제 현상 간 불연속성과 간극을 찾아내는 고고학적 연구를 제창했다. 『브레이에서 발견된 집』에서 로빈이 수행하는 아일랜드에 대한 고고학적 연구는 푸코가 "하나의 정신 혹은 하나의 집단적 사고 형태"[25]로 균질화하는 과정이라 일컬은 창의된 전체성을 위한 개별성 지우기 과정이다.

21세기 포스트아포칼립스 스웨덴은 핵 과학이라는 '근대성'의 세계 종말적 유탄을 피한 유토피아 사회이다. 하지만 다른 한편으로 스웨덴은 근대성이 여전히 투발되어 있는 사회로 근대성의 문제는 소외된 가족 관계에서 유발된 고립무원 상태에 빠진 개인들의 모습으로 나타난다. 로빈은 19세 되던 해 웁살라대학교에 입학한 이후로 한 번도 고향 룰레오(Lulea)에 돌아가지 않았다. 이러한 까닭으로 로빈이 암으로 사망한 자신의 모친 에밀리의 임종을 보지 못한 것은 두말할 나위도 없다. 로빈이 기억하는 에밀리는 "누구에게도 자신을 헌신하려 하지 않았던"(44) "너무나 차가운" 여성이자 어머니였다. 로빈은 성냥 제조업체 홍보부에서 일하며 벌이가 좋았던 모친 덕택에 세계 각지를 여행하는 호사스러운 유년기와 청소년기를 보냈지만 정작 어머니에게 "전혀 고마움을 느끼지 못한다."[26] 자본주의 부르주아적 삶의 근간인 소비의 즐거움을 만끽하고 살았던 로빈이지만 정작 그녀는 유리된 가족 관계의 근원에 물질만능주의가 있다는 것을 깨닫지 못한다. 로빈이 마이클과의 결혼 생활에서 보여 준 자기 중심주의는 그녀가 모친 에밀리의 정서

25) Michel Foucault, *The Archaeology of Knowledge*, Ttrans. A. M. Sheridan Smith(New York: Random House, 1972), p. 4.

26) Éilís Ní Dhuibhne, *Ibid.*, p. 48.

적 이기주의를 물려받은 것이라 할 수 있다. 반면 보모의 손에 아들을 맡기고 브레이 발굴 탐사에 나선 로빈의 동료 카린의 아들에 대한 애착이나, 또 다른 탐사대원 제니가 카린의 아들에 대한 근심과 염려를 가족애의 바람직한 모습으로 표상하는 것은 가족애를 냉소와 조소의 대상으로 삼는 로빈의 자기 중심주의와 대비된다. 유년시절 부모-자식 간 원만한 정서적 유대가 청장년기 건강한 사회적 관계의 첩경이라는 점에서 카린과 제니의 가족애 중시는 분절된 가족관계를 극복한 포용적 가족관계, 나아가 포용적 사회공동체를 지향한다고 할 수 있다. 제니는 카린의 모성애에 대한 로빈의 비웃음을 일축하며 가족애를 인간 소외의 대안으로 제시한다.

> 그래, 로빈, 잘난 체하는 것 알아. 하지만 어린 시절이 행복했나를 생각해 봐? 칼의 어린 시절은 행복했나? 나는? 그래 난 즐거운 어린 시절을 보냈어. 왜냐하면 농가에서 살았으니까. 모두가 같이 있었어, 항상. 엄마, 아빠, 두 분 모두 일을 하셨지만, 두 분 모두 대부분 나와 함께 있었어. 그리고 여기저기 할 일이 있었고, 소외라는 건 없었지.[27]

그러므로 니 이브네가 그린 포스트아포칼립스 스웨덴 사회는 자본주의 물질만능주의와 소비주의의 여파로 여전히 인간 소외와 같은 근대성의 문제들이 남아 있지만 이를 극복하려는 대안적 담론도 동시에 제시한다. 힉스가 21세기 포스트아포칼립스 소설 개관에서 논구했듯이, 포스트아포칼립스적 상상의 핵심 논거인 '근대성'의 문제는 대규모 재

----

27) Éilís Ní Dhuibhne, *Ibid.*, p. 93.

앙이 초래한 근대 체제 붕괴라는 '탈근대성'을 모색하는 것의 문제라기보다는 새로운 근대성, 대안적 근대성 찾기의 형태로 개진된다. 농촌 사회의 자애적 가족 관계에 대한 제니의 변에서 보듯이 니 이브네의 포스트-아포칼립스도 "소외와 절망"이라는 "근대화의 부정적 측면"[28]을 뛰어넘어 가족(사회) 구성원 간 연대와 결속을 구상하는 시나리오라고 할 수 있다.

로빈의 『마의 산』 읽기 실패의 근저에는 그녀가 내면화한 근대성이 있다. 로빈이 항해 기간 중 소지한 두 소설책 중 『로빈슨 크루소』는 그녀에게 있어 자신의 브레이 탐사를 의미화하는 근대성의 에피스테메(episteme)를 명료하게 표현한 텍스트이다. 반면 토마스 만의 『마의 산』은 그녀에게 불명확한 의미 관계의 연쇄로 이루어진 해독이 불가능한 텍스트이다. 로빈이 『마의 산』을 읽어 내지 못하는 것은 근대성의 에피스테메와 다른 차원에서 존재하는 가능태로서의 새로운 에피스테메를 그녀가 상상하지 못하기 때문이다. 다시 말해 로빈에게 『마의 산』은 자신이 내면화한 근대성의 에피스테메로 수렴되지 않는 사유적·사상적·이데올로기적 '단절'이나 '불연속'의 텍스트이다. 로빈은 『마의 산』의 주인공 한스 카스토르프(Hans Castorp)가 "병에 걸린 20세기 사회"[29]를 표상하는 알레고리일 것으로 추정하지만 이 알레고리가 함축한 근대성 너머의 에피스테메를 읽어 내지 못한다.

『브레이에서 발견된 집』과 마찬가지로 『마의 산』은 여행 서사의 형식을 띠고 있다. 로빈의 여행지가 핵 테크놀로지라는 근대성의 유산이 파

---

28) Heather Hicks, *Ibid.*, p. 16.

29) Éilís Ní Dhuibhne, *Ibid.*, p. 17.

괴시킨 공간이었다면 한스 카스토르프의 여행지는 근대성 너머의 세계를 보여 주는 결핵 요양원이다. 『마의 산』에서 조선소 엔지니어를 꿈꾸는 독일 함부르크 태생 한스 카스토르프가 7년간 머무는 베르크호프 국제요양원(Berghof Waldsanatorium)은 스위스 다보스(Davos) 지역 알프스산맥 해발 1,600미터에 있는 베르크호텔 요양원 샤찰프(Berghotel Sanatorium Schatzalp)라는 1920년대 실제 결핵 요양원을 모델로 삼고 있다. 외부 세계로부터 고립된 채 병에 걸린 자들이 기거하는 알프스 고지는 제1차 세계대전이라는 근대화의 파국적 양상을 경험하는 평지(flatland)와 구분된다. 이 병든 자들이 모여 사는 고지는 뢴트겐 사진, 체온계 등 의과학 테크놀로지와 과학적 이성주의가 표방하는 근대화의 과정에 침윤된 공간이자 객관적 시간성의 특징이라고 할 수 있는, 컬리네스쿠(Matei Călinescu)의 말을 빌리자면, "단선적·비가역적" "역사적 시간"[30]이 주관적 시간으로 시현되는 공간이다.

한스 카스토르프가 결핵 환자인 사촌 요하임 침센(Joachim Ziemssen)을 문병한 베르크호프 국제요양원은 병이 치유되기를 기다리거나 죽음을 기다리는 환자들의 단조로운 삶이 일상인 곳이다. 그곳에서 한스 카스토르프가 경험하는 시간의 멈춤 현상을 서술자는 다음과 같이 기술하고 있다.

이 위에서 발이 묶여버린 주인공 한스 카스토르프의 경우와 마찬가지로, 우리에게도 시간이 길어지기도 하고 짧아지기도 하며, 우리의 시간 체험에 있어서 시간이 늘어나기도 하고 줄어들기도 하는 것은 당연한 이

30) Matei Călinescu, *Five Faces of Modernity*(Durham: Duke UP, 1987), p. 13.

치이며 이야기의 법칙에도 맞는 것이다. (……) 매일이 같은 나날의 되
풀이이기는 하지만, 매일이 똑같은 나날이라고 한다면 '되풀이'라는 것
은 사실 옳다고 할 수 없다. 단조롭다든지 언제나 계속되고 있는 현재,
또는 영원이라고 불러야 한다.[31]

　이러한 주관적 시간은 아편에 중독된 자가 짧은 순간 경험하는 시간
의 무한 확장[32]이며, "최면술 사용"에 의한 초시간적 · 초감각적 세계에
서 경험된다. 시계라는 계측 장치의 지배를 받지 않는 이러한 주관적
시간은 "'부서진 시계의 태엽처럼 뭔가 빠져 버린' 상태에서 갖가지 상
념"을 "눈부실 정도의 속도로 엉겨버리게"[33] 한다.
　시간의 흐름이 멈춘 "부서진 시계"는 컬리네스쿠가 "자기 자신의 전
개 과정에서 창발되는 사적 시간"[34]이라 부르는 것이다. 컬리네스쿠는
"사적 시간(private time)"을 "시장에서 사고파는 상품〔시계〕"으로 체현된
근대성의 시간, 요컨대 "자본주의 문명이 만들어 낸 객관화된, 사회적
으로 계측이 가능한 시간"(5)과는 양립할 수 없는 것이며 대척적인 것
으로 보았다. 컬리네스쿠의 "사적 시간"은 앙리 베르그송(Henri Bergson)
적으로 말하자면 "주체가 느끼는 시간의 지속(subjective durée)"이자 "상
상력이 투발되는 시간의 지속(imaginative durée)"[35]이다. 내면의 시간 흐

31) 토마스 만, 곽복록 옮김, 『마의 산』(서울: 동서문화사, 1978; 2007), 240쪽.
32) 토마스 만, 같은 책, 687쪽.
33) 토마스 만, 같은 책, 687쪽.
34) Matei Călinescu, *Ibid.*, p. 5.
35) Matei Călinescu, *Ibid.*, p. 5.

유토피아 문학

름과 대항 관계에 있는 현실적 시간으로서 "객관화된 시간"은 "근대성"이 투사된 정치적·사회적·경제적 가치 체계의 기조를 형성하는 "단선적, 비가역적" 형태로 시현된다. "서구 문명사의 한 단계"[36]로서 "근대성"은 "과학 발전의 산물이자, 테크놀로지 발전의 산물, 산업혁명의 산물, 자본주의가 전방위적으로 몰고 온 경제적·사회적 변화의 산물"[37]이다. 그러므로 근대성이 함의하는 계측 가능한 시간은 삶을 계량화하는 화폐, "이성숭배(cult of reason)",[38] "실용주의", "출세" 형태로 부르주아 문화의 근간을 형성한다.

자본주의 부르주아 '근대성'에 의해 속물화된 로빈이 불가해한 알레고리로 마주한 한스 카스토르프는 21세기로 상상된 아일랜드의 핵 재앙 종말이 19세기 아일랜드 대기근의 식민주의 민족말살적 상황으로 반추되는 '가역적' 시간을 표징한다. 제니와 칼은 약소국 아일랜드의 멸절을 보고만 있었던 스웨덴의 이기적 무관심에 죄책감을 느끼지만 로빈은 아일랜드의 종말을 역사적 연원이 있는 그들 탓으로 돌린다.

> "사실 아일랜드 사람들은 이 일[핵 재앙]이 있기 훨씬 전부터도 어떤 형태로든지 스스로를 파괴하는 일에 앞장서 왔어."
>
> "북아일랜드니 뭣인지 하는 것 말이지?"
>
> "아니, 오염인지 뭔지 하는 것 말이야. 아일랜드인들은 [자기네들의] 강을 아주 못쓰게 만들어놨어. 사람을 중히 여기지도 않았고. 바로 몇 년

36) Matei Călinescu, Ibid., p. 41.

37) Matei Călinescu, Ibid., p. 41.

38) Matei Călinescu, Ibid., p. 41.

전까지만 하더라도 비인간적이라고 할 수 있는 것들이 일어나도록 내버려 뒀고. 아주 적극적으로 자국민들을 미국이나 독일로 내보냈지. 19세기 중반 국민의 절반을 줄이는 걸 해냈을 때 그들이 했던 것과 정확히 똑같이 말이야."[39]

합리주의자 로빈의 고고학적 해석은 21세기 핵 재앙에 의한 아일랜드 종말의 역사적 연원을 19세기 중반 '아일랜드 대기근'에서 찾고 이 양자의 역사적 인과관계를 아일랜드인들의 자기 파괴성이란 인위적으로 창의된 언어로 환원하는 것이다. 로빈이 아일랜드의 역사를 '자기 파괴적'이라는 가치 편향적 언어로 개념화하는 것은 역사의 모든 주변부 담론을 억압하고 논자의 관점에 부합하는 역사적 사실만을 의미화하는 본질론의 과정이다. 로빈의 아일랜드 종말론은 "단선적·비가역적" 역사적 시간을 자기 파괴성의 과정이라는 합목적적 인과관계 연쇄 구조 논리와 합일시키는 것이다.

아일랜드인들을 자기 파괴적이라고 규정하는 로빈의 고고학적 본질론은 150만 아일랜드인들이 아사한 것으로 알려진 19세기 중반 '아일랜드 대기근'에 대한 당대 영국 식민주의자들의 반-아일랜드 인종주의를 환기시킨다. 예컨대 '아일랜드 대기근'이 한창이던 때인 1848년 8월 22일자 《더 타임스(The Times)》는 아일랜드인들을 자기 파멸을 자행하는 민족으로 기술하고 있다.

이러한 풍조[40]는 (아일랜드에) 개탄스러우리만치 만연되어 있어서 아

39) Éilís Ní Dhuibhne, *Ibid.*, p. 90.
40) 이 신문 기사는 청년아일랜드당(Young Irelanders) 소속 아일랜드 민족주의자 존 미

일랜드에 대한 희망을 접게 만든다 해도 과언이 아니다. 이러한 전국적 범죄가 없어질 때까지 아일랜드 밭의 절반은 여전히 노는 땅으로, 습지는 여전히 물이 고인 채로, 천연자원은 여전히 개발이 안 된 채로, 아일랜드 국민은 여전히 삶과 죽음을 넘나드는 상태로 남아 있을 것임이 틀림없다. 아일랜드에서 전국적으로 자행되는 범죄를 몰아내는 일은 인간이 할 수 있는 영역을 벗어난다. 지금도 하나님의 천벌이 마련되고 있다. 우리가 시대의 징후를 제대로 읽는다면 말이다. 이러한 천벌로 인해 아일랜드인들은 현세에서조차도 하나님은 폭력과 범죄에 대해 합당한 벌을 내리고 있다는 것을 알게 될 것이다. 지금까지 수차례 경고가 있었지만 아무 소용이 없었다. 참으로 애석하고 끔찍한 광경은, 아일랜드인들이 지금 하고 있는 것처럼, 어떤 민족이 그들의 나라가 지난 3년 동안 두 번이나 겪은 재앙〔감자 작황 부진으로 인한 아일랜드인들의 대량 아사〕과 같은 또 다른 재앙에 처해있음을 보는 일이다. 아일랜드인들은 앞으로 닥쳐올 재난에 대비하고 있지도 않을뿐더러 그러한 재난이 가능한 한 악화된 형태로 닥쳐오길 마치 바라고 있는 것처럼 행동하고 있다.[41]

《더 타임스》의 이러한 반-아일랜드 인종주의적 종말론은 니 이브네가 상상한 21세기 아일랜드 멸망의 서브텍스트(sub-text)라고 할 수 있다. 이 점에서 니 이브네의 포스트-아포칼립스는 '북아일랜드 분쟁'이

....
첼(John Mitchell)이 반역죄로 유죄판결을 받자 이 평결에 관여한 배심원들과 법 집행관들에 대한 아일랜드인들의 테러 위협이 가해진 직후 게재되었다. "이러한 풍조"는 아일랜드인들의 폭력적, 무법적, 무정부주의적 풍조를 의미한다.

41) *The Times*, 22 August 1848. Welsh Newspapers Online, 24 Oct 2017. http://newspapers.library.wales/view/3089292/3089294/14/high-street%20girl.

란 당대의 문제를 아일랜드 대기근의 역사적 악몽과 조응시키는 것이라 할 수 있다. 아일랜드에 대한 영국의 정책적 대량 학살[42]인 아일랜드 대기근에 대한 이러한 역사적 투시는 반-인종주의, 반-식민주의 서발턴(subaltern) 판타지의 투영이라고도 할 수 있다. 니 이브네의 텍스트에서 아일랜드의 전멸이 영국이 북아일랜드 벨파스트에 정책적으로 건설한 핵발전소의 폭발로 시작되었다는 점은 작가의 상상력이 아일랜드에 대한 영국 식민주의 역사의 연원을 환기하고 있다는 증좌이다.

핵 참사에서 살아남은 자로서 제니가 아일랜드인들의 절멸을 막지 못한 것에 대해 죄의식을 느끼는 것[43]은 개인의 기억과 회상을 통해 비논리적 · 비인과관계적 무의식, 잠재의식의 층위로 격발되는 역사적 트라우마이다. 아일랜드인들의 몰살에 대한 역사적 트라우마는 한스 카스토르프가 사적으로 경험하는 정지된 시간처럼 로빈의 꿈속에서도 비시간적, 비장소적, 비역사적 양태로 나타난다. 로빈이 꿈에서 본 "바다 위에 떠 있는 세 섬들"[44]은 애런 제도(Aran Islands)를 구성하는 세 섬으로 추정된다. 꿈속에서 로빈은 이제까지 그녀가 본 초록색 들판 가

....

42) 아일랜드인들의 대량 아사에 대한 영국 정부의 미온적 대응을 의도된 인종 말살 정책의 일환이라고 보는 입장이 아일랜드 역사학자들의 대체적 견해이다. 이것의 근거는 1845-1850년 대기근 당시 영국 정부가 대량 아사자 발생 지역 구빈원 등을 통해 구호 자금으로 지원한 700만 파운드가 1830년대 서인도 제도 노예해방에 쏟아부은 2000만 파운드 비하면 3분의 1밖에 안 된다는 것이다. Francis Costello, "The Deer Island graves, Boston: the Irish Famine and Irish-American Tradition", *Meaning of the Famine, The Irish World Wide: History, Heritage, Identity*, Vol. 6, ed. Patrick O' Sullivan(London: Leicester UP, 1997), p. 114 참조.

43) Éilís Ní Dhuibhne, *Ibid.*, p. 91.

44) Éilís Ní Dhuibhne, *Ibid.*, p. 18.

운데 "가장 눈부신 초록색 빛을 띤 들판"을 본다. 이 들판에 핀 꽃들에는 각각 꽃 이름이 인쇄된 라벨이 꽂혀 있으나 로빈은 처음 보는 언어이다. 로빈에게 익숙한 듯 낯선 이 언어는 아마도 핵 재앙의 유일한 생존자 매기가 발견된 돌무덤 형태의 핵 대피소 내부 석재에 새겨진 아일랜드 고대 문자인 "오검(Ogham)" 문자인 듯하다.[45] 눈부신 초록색 또한 아일랜드를 상징하는 색깔임을 고려할 때 그녀가 꾼 꿈은 영국 식민주의에 의해 근대화되기 전, 즉 핵 재앙 전 아일랜드에 대한 노스텔지어라고 할 수 있다. 니 이브네의 소설에서 이 노스텔지어는 끊임없이 영국의 아일랜드에 대한 죄의식을 환기하고 있다. 식민주의자들에게 그들의 역사적 죄의식을 환기하는 것은 로빈이 같은 꿈속에서 "검은 머리에 얼굴이 창백한 어떤 여자"에게 쫓기는 것으로도 나타난다. 로빈에게 이 여자는 현실에서는 만날 수 없는 "분장한 갈색 미모"[46]를 가진 여성으로도 보인다. 꿈속에서 로빈이 강박적으로 피하고자 하는 이 여자는 돌무덤 모양의 핵 대피소에서 발견된 망자나 다름없는, "새털처럼 가벼운"[47] 매기의 비육체적 이미지와 중첩된다. "〔살아 있다고는 믿을 수 없을 정도로〕 그녀〔매기〕에게는 도무지 어떤 무게도 없었다."[48] 핵 재앙의 전조를 감지하고 핵 대피소를 만들었던 매기의 남편 에디는 21세기의 노아이다. 핵발전소 사고 가능성에 대해 "신경과민적"[49] 불안 증세를 가진

45) Éilís Ní Dhuibhne, *Ibid.*, p. 241.

46) Éilís Ní Dhuibhne, *Ibid.*, p. 18.

47) Éilís Ní Dhuibhne, *Ibid.*, p. 217.

48) Éilís Ní Dhuibhne, *Ibid.*, p. 217.

49) Éilís Ní Dhuibhne, *Ibid.*, p. 244.

에디는 핵 재앙에 의한 세상의 종말을 예견하고, 21세기 노아의 방주라할 수 있는 지하 핵 대피소를 만들었지만, 정작 그는 생환하지 못한다. 왜냐하면 그는 핵폭발 후 30일이 지나면 방사능 낙진 피해가 소멸된다는 핵폭발 국민행동요령 책자의 설명만 믿고 "무덤"[50]에 비견되는 핵 대피소에서 바깥세상으로 나왔기 때문이다.

매기가 핵 재앙을 견뎌낸 핵 대피소의 무덤 형상은 서발턴 아일랜드인들의 죽음(침묵)에 대한 알레고리이다. 이 죽음은 니 이브네가 아일랜드 포스트-아포칼립스로 상상한 "낙진에 완전히 파묻힌"[51] 거대한 무덤 아일랜드이자 죽은 아일랜드인들의 침묵을 표상한다. 또한 『브레이에서 발견된 집』에서 이 무덤의 형상은 생환한 매기에 대한 스웨덴 언론의 무관심, 즉 살아 있으되 죽은 자나 마찬가지인 서발턴의 강요당한 침묵과도 통한다. 이 죽음(침묵)은 1848년 8월 22일 자《더 타임스》의 아일랜드 아포칼립스론, 즉 '감자 대기근'을 무법주의적인 아일랜드인들에 대한 신의 철퇴로 규정하는 활자 권력이 말살한 목소리이다. 이 무덤의 형상은 또한 로빈이 "빈곤", "폭력", "무지"로 균질화한 아일랜드 역사에서 주변부에 남아 있는 침묵이라는 아직 언설화되지 않은 목소리에 대한 알레고리이기도 하다. 니 이브네가 "철두철미한 논리 분석"[52]이라는 이른바 로빈의 "논리실증주의"적 고고학을 자신의 포스트아포칼립스 픽션의 테제로 삼은 것은 서발턴 아일랜드인들의 강요된 침묵 너머, 영국 식민주의자들이 자신들이 믿고 싶은 아일랜드를 진짜 아일

---

50) Éilís Ní Dhuibhne, Ibid., p. 247.

51) Éilís Ní Dhuibhne, *Ibid.*, p. 118.

52) Éilís Ní Dhuibhne, *Ibid.*, p. 248.

랜드라고 호도하는 과정을 빗대기 위함이다. "내가 써 내려갈 이야기는 〔브레이의 집 거주자들이었던〕 매큐 가족의 진실이다. 비록 매큐 가족 중한 명이 생환하여 내 이야기와 다른 이야기를 한다 할지라도 나는 내가쓴 이야기를 믿을 것이다. 그가 잘못 알고 있을 것이다."[53]

이 "무덤(죽음)"의 알레고리는, 발터 베냐민의 말을 빌리자면, "즉각적으로 경험된 현실(체험)(Erlebnis)" 너머의 진정한 현실(진실)을 수사학적으로 의미화하는 깨달음의 경험(Erfahrung)이다.[54] 베냐민에게는 알레고리야말로 어떤 사물의 자연 상태적 속성에서 그것의 초월적 의미를 발견하는 "깨달음의 경험"의 과정이다. 베냐민이 말하기를, 수사학적 측면에서 알레고리는 어떤 사물의 내재적 성질(immanence) 너머 그것의 초월적 성질(transcendence)을 의미화하는 과정이기 때문에 인과성에 의한 논리 연쇄 관계가 분절되는, 의미의 "도약(leap)"을 전제로 한다.

알레고리는 그것에 가장 고유한 모든 것들을 내려놓는다. 비밀스러운 특권화된 지식, 사물(死物)계에 존재하는 독단적 법칙, 끝없이 계속될 것 같은 희망 없는 세상 같은 것 말이다. 〔큰 폭의 호(arc)로 연결된 알레고리적 사유의 두 지점에서〕 알레고리가 반대쪽으로 방향을 틂과 동시에 이러한 모든 것이 사라진다. 알레고리적 사유가 반대쪽으로 방향을 틀면

53) Éilís Ní Dhuibhne, *Ibid.*, p. 248.

54) 영어로 공히 'experience'로밖에 번역될 수 없는 베냐민의 "Erlebnis"는 개인적 경험, 즉 "몸소 체험한 것(something lived or witnessed)"이고, "Erfahrung"은 한 개인에게서 다른 개인으로 전해 내려오는 공유된 경험, 즉 "개인적 경험들이 소통된 형태," 다른 말로 "경험에서 나온 깨달음(지혜)"이다. David Ferris, *The Cambridge Introduction to Walter Benjamin* (Cambridge: Cambridge UP, 2008), p. 111 참조.

서 알레고리의 유입은 실재에 대한 마지막 환등상을 제거하고 실재 그 자체를 속세의 사물에서 경박한 방식으로 재발견하는 것이 아니라 신의 안목으로 진지하게 재발견한다. 그리고 이것이 멜랑콜리가 개입된다는 것이 무엇인지를 아주 본질적으로 보여 주는 것이다. 알레고리적 의중은 유골에 대한 묵상에 충실하게 머물지 않고 사물(死物)계에 대한 미련을 버리고 부활에 대한 생각으로 도약해서 나아간다.[55]

수사학적으로 말하자면 알레고리에서 이러한 "도약"은 "사태 전과 사태 후 사이를 잇는 인과성의 완전한 부재"[56]이다. 니 이브네의 포스트 아포칼립스 수사학에서 "무덤"의 알레고리가 의미화하는 총체적 죽음은 죽음 너머의 새로운 삶, 즉 존재론적 (도약)부활이다. 또한 이 죽음은 영국 식민 지배 논리의 역사적 연쇄성이 종결되고, 카원의 말을 빌리자면, "역사에서 나와 역사의 종말"[57]로 향하는 것을 의미하며, "〔인과관계를 따지는〕진술"에서 나와 "〔비인과관계적〕우화"[58]로 들어가는 길이다. 아일랜드인들의 부활은 살아남은 자들의 기억 속에서, 꿈속에서, 잠재의식 속에서 식민지인들의 아일랜드인들에 대한 죄의식으로 반복해서 나타난다. "무덤"은 아일랜드인들의 집단적 기억 속에 영원한 현재로 남아 있는 역사적 이미지가 된다. 이 "무덤"의 이미지는 저자인 니

55) Walter Benjamin, *The Origin of German Tragic Drama*, Ttrans. John Osborne(London: Suhrkamp Verlag, 1997), pp. 232-233.

56) Bainard Cowan, "Walter Benjamin's Theory of Allegory", *New German Critique* 22, 1981, p. 121.

57) Bainard Cowan, *Ibid.*, p. 119.

58) Bainard Cowan, *Ibid.*, p. 119.

이브네의 현재(1990년대 북아일랜드 분쟁)에 출몰하고, 19세기 중엽 아일랜드 대기근에 의한 대량 죽음의 역사적 기억을 현재로 소환한다.

5 결론

클레어 커티스(Claire P. Curtis)는 포스트-아포칼립스 소설에서 세상의 종말을 꿈꾼다는 것은 모든 것을 "새로 시작하는" 것의 가능성을 탐색하는 것으로, 새로운 공동체 건설에 대한 유토피아적 "희망"[59]을 내포한다고 말했다. 그러나 니 이브네의 소설 『브레이에서 발견된 집』을 읽는 독자라면 누구나 이 소설에서 새로운 공동체 건설에 대한 희망이 보이지 않는다는 것을 안다. 왜냐하면 니 이브네가 독자에게 보여 주는 것은 이미 사멸해 버린 아일랜드이기 때문이다. 니 이브네가 로빈 주변 스웨덴인들을 모두 죽은 자들에 대한 정신분열적 죄책감에 괴로워하도록 그린 것은 아마도 아일랜드의 식민주의 역사에 대한 그녀 자신의 비애감인지도 모른다. 이 비애감에서 오는 멜랑콜리는 베냐민이 알레고리 수사학의 원천이라 본 것이다. 베냐민은 독일 바로크 비애극(Trauerspiel)의 정수를 모든 것이 죽음으로 끝나 버리는 비극적 인물의 숙명 그 자체가 아니라 죽음에 대한 생각이 소환하는 정신적 현상으로서의 "꿈"이나 "유령", "종말에 대한 공포"[60]와 같은 감정 역학에서 찾았

---

59) Claire P Curtis, *Postapocalyptic Fiction and the Social Contract: We'll Not Go Home Again*(New York: Rowman & Littlefield, 2010), p. 2.

60) Walter Benjamin, p. 134.

다. 니 이브네가 근대성의 시간에 대항해서 알레고리로 소환한 로빈의 "꿈"과 "유령"의 섬이 되어 버린 아일랜드의 "무덤"의 이미지는 모두 역사적 시간에서 비(무)역사적 시간을 투사하는 베냐민적 '깨달음의 경험'이다. 니 이브네의 애도(mourning)야말로 아일랜드인들의 죽음에 대한 식민주의적 연원을 21세기 아일랜드 종말이라는 아포칼립스적 광경으로 치환하는 것이라 할 수 있다.

유토피아의 잔해 속에서 유토피아 찾기
─ 드미트리 글루코프스키의 『메트로 2033』 읽기

안지영

1 들어가며: '메트로 2033 우주'

언론인 출신 소설가 드미트리 글루코프스키(Dmitri Glukhovsky)가 19세 때 자신의 블로그에 올린 중편소설을 바탕으로 2005년에 출간한 소설 『메트로 2033(*Metro 2033*)』이 국내에서 누리는 인기가 사뭇 놀랍다. 2010년, 주로 판타지 장르 소설을 출판하는 제우미디어에서 출간된 『메트로 2033』은 5년 만에 2판 44쇄가 발행되었고, 국내의 각종 포털 사이트에는 '메트로 2033용 모스크바 지하철 노선도'를 비롯한 소소한 작품 소개 글들이 빼곡하다.

러시아에서는 대략 2007년경부터 시작된 『메트로 2033』의 엄청난 인기에 힘입어 작가는 2009년 후속작 『메트로 2034』를 출간하는 동시에 '메트로 2033 우주(Vselennaya Metro 2033)'라는 흥미로운 프로젝트를 시작했다. 프로젝트의 골자는 판타지 장르에 관심이 있는 작가라면 누구나 '포스트아포칼립스의 상황에서 지하철을 중심으로 살아남은 사람들'이라는 『메트로 2033』의 기본 설정에서 시작하여 자신의 『메트로○○○○』을 창작할 수 있고 '메트로 2033 우주' 프로젝트 팀의 심의를 거쳐 작품을 출판할 수 있다는 것이었다. 결국 해외 작가들까지 참여하는 글로벌 프로젝트가 된 '메트로 2033 우주'의 일환으로 지금까지 70여 권의 소설이 출판되었고, 이 우주는 지금도 팽창 중이다. 이미 20여 국가에서 출판된 『메트로 2033』, 『메트로 2034』만이 아니라 '메트로 2033 우주'의 일부를 이루는 신진 작가들의 작품도 국내에서 번역·출간되고 있다.

메트로 2033의 우주를 이루는 것은 비단 문학 장르만이 아니다. 2010년에 우크라이나의 게임 회사 4A 게임스(4A Games)는 1인칭 슈팅게임 「METRO 2033」을 출시했고, 이 게임이 거둔 국제적 성공으로 인해 『메트로 2033』은 매우 빠른 속도로 글로벌 콘텐츠 시장에 진입했다. 2013년 글루코프스키는 이 게임의 두 번째 버전 「METRO: LAST NIGHT」의 플롯 집필을 맡았고, 이를 바탕으로 2015년에는 소설 『메트로 2035』를 출간하였다.

현재 『메트로 2033』과 이를 둘러싼 다양한 대중문화를 소비하는 주요 계층이라 할 청년층에게 이 작품은 소설 작품이라기보다는 그들에게 친숙한 인터넷-게임-'메트로 2033 우주'라는 사이버 왕국 등 다양한 매체 간 상호작용의 중심에 자리한 어떤 현상으로 받아들여지는 듯하다. 게임을 먼저 접하고 소설을 읽는 이들도 있고, '메트로 2033 우주' 프로젝트에 속한 다른 작품을 읽은 뒤 『메트로 2033』을 읽은 이들도 있다. 어떤 것도 '메트로 2033'이라는 우주를 조우하는 한 방법이다. 그 공간에서는 영화를 본 후에 원작을 찾아 읽는 것과는 다른 방식의 독서, 어

유토피아 문학

쩌면 소비가 자연스럽게 이루어진다.

사실상 『메트로 2033』과 게임 서사, 사이버스페이스 간의 태생적 친연성은 이 소설의 탄생 과정과도 밀접하게 연관되어 있다. 글루코프스키는 19세 때 쓴 소설 『메트로』의 출판을 위해 수많은 출판사들에 원고를 보냈으나 거절당했고, 결국 출판을 포기하고 프랑스에서 직업인으로 살아가고 있었다. 그런 그의 작품의 가능성을 알아보고 먼저 연락을 취해 『메트로 2033』이라는 소설이 탄생할 수 있도록 독려하고 작품을 게임화할 아이디어를 낸 것은 4A 게임스의 안드레이 프로호로프였다. 이들의 만남이 『메트로 2033』이 단시간 안에 파급력 있는 문화 콘텐츠로 성장할 수 있었던 가장 큰 동인의 하나가 되었다는 점에 대해서는 이론의 여지가 없을 것이다.

사회주의 유토피아의 메카였던 모스크바, 그 사회주의 왕국이 품은 유토피아적 꿈의 완벽한 실현으로 칭송받던 모스크바의 화려한 지하철의 잔해 위에서 시작되는 『메트로 2033』은 그 크로노토프(chronotope)만으로 러시아 문학의 강력한 유토피아 전통을 소환해 내며 사회주의라는 거대한 유토피아적 꿈에 질문을 제기할 뿐 아니라, 또 다른 유토피아적 꿈을 대중에게 강변하는 푸틴 정부 정책에 대한 비판적 암시까지 담아 낸다. 작가는 이미 작품의 1장에서 핵전쟁 이후 1년 반 넘게 지속된 메트로의 두 세력, 경제 공동체인 '한자동맹'과 '사회주의연합' 간의 전쟁을 그리며 사회주의-자본주의로 이어진 러시아의 역사가 사실상 인간 문제에 대한 본질적 해결책이 되지 못했음을 강조한다.

분명 새로운 매체를 태생적 기반으로 삼고 대중문화의 첨병으로 그 범위를 확산하고 있는 『메트로 2033』은 다가올 새로운 세상, 예기치 못한 파국 속에서 인간 존재의 의미는 무엇인지, 출구 없는 재난 속에서 구원은 가능한지 묻는 포스트 아포칼립스 문학의 전통적인 질문을 던지고 또 이에 지극히 대중문학·문화적인 방식으로 답한다. 동시에 소비에트의 과거와 포스트소비에트의 현재까지를 매우 응축적으로 끌어안은 작품의 크로노토프, 2033년의 메트로를 통해 모스크바 아포칼립스 문학의 흥미로운 한 변주를 보여 주고 있다.

전형적인 대중소설·대중문화 콘텐츠로서『메트로 2033』이 가지는 흥미로운 생산성과 명백한 한계를 염두에 둔 채, 이 글에서 우리는『메트로 2033』속에 드러나는 유토피아/디스토피아적 비전의 흔적들을 조망해 보고자 한다. 이를 위해 먼저 작품의 크로노토프를 이루는 모스크바, 나아가 모스크바 지하철이 품고 있는 역사적·문화사적 함의를 살피고, 이어 '유토피아의 잔해 위에서 유토피아를 찾아' 가는 작품의 주제 의식을 주인공의 여정을 중심으로 조명해 보고자 한다.

2 메트로 1935: 소비에트 유토피아의 도상학

주지하다시피 모스크바는 한 세기 안에 유토피아의 건설과 붕괴를 모두 경험한 도시이다. 1917년 혁명 이후 진행되어 온 모스크바의 도시 건설 자체가 사회주의 유토피아를 가시적으로 재건하겠다는 가열한 의지 속에서 이루어졌고, 각종 유토피아 수사(修辭)의 조명을 받은 모스크바는 종종 지상의 유토피아, 사회주의의 이상향으로 불렸다. 스탈린 권력이 정점을 향해 치닫던 1930년대에 수많은 선동적 논설들은 모스크바가 "거의 마법처럼, 동화처럼" 톰마소 캄파넬라(Tommaso Campanella)의 "태양의 도시", 사회주의의 "메카"가 되었음을 앞다투어

선포했다.[1]

1991년 소련이 해체되었을 때 그런 모스크바의 거리에서는 스탈린의 '일국 사회주의(Socialism in one country)'에 빗댄 '일국 종말(Apocalypse in one country)', 나아가 '한 도시의 종말(Apocalypse in one city)'이라는 자조적 농담이 성행했다. 평생을 바쳐 살아온 삶의 기반이 하루아침에 무너지고, 영원을 향해 세워졌던 온갖 기념비들이 철거당하고, 나아가야 할 바를 가늠조차 할 수 없는 혼란 앞에 선 이들의 종말적 세계감은 1990년대에 다양한 형태의 아포칼립스 문학, 그중에서도 모스크바 아포칼립스 문학을 낳았다. 2000년대에 들어서며 푸틴의 모스크바는 불사조처럼 다시 살아났지만, 충격적인 재난과 환멸이 남긴 트라우마를 경험한 세대에게 모스크바 아포칼립스는 여전히 매우 강렬하고 실제적인 이미저리(imagery)의 하나로 남아 있다.

『메트로 2033』은 이러한 모스크바 아포칼립스 문학, 모스크바 디스토피아 문학의 계보를 잇는 작품이다. 작품의 간략한 줄거리는 다음과 같다. 2013년경에 일어난 핵전쟁 이후 모스크바는 방사능 오염으로 생존이 불가능한 폐허가 되었고, 원래 방공호의 기능을 겸하도록 지어진 지하철역으로 피신한 사람들만이 살아남았다. 이들은 제각각 역으로 흩어져 나름의 법과 제도를 가지고 격리된 도시국가 같은 공동체를 이루며 살아가고 있다. 한쪽 끝에서 다른 쪽 끝까지 넉넉잡아 두 시간이면 도달할 수 있는 지하철 운행에 관한 이야기는 과거의 전설일 뿐, 역 플랫폼과 선로 위에 빼곡하게 천막을 친 채 살아가며 어떻게든 전기와 물, 식량, 무기를 얻고자 고군분투하는 이들의 삶은 하루하루가 생

---

1) Н. Бухарин, "Город солнца," *Известия 14 Июль*, 1935, p. 4.

존을 위한 투쟁과 다름없다. 이익이 될 거라는 계산이 서면 동맹을 맺지만 내일은 가장 무서운 적이 될 수 있는 주변 역들과의 관계뿐 아니라, 방사능 오염의 결과로 추정되는 돌연변이 괴물들의 출현도 이들의 생존에 실질적인 위협이 된다. 플랫폼 안쪽에 자리한 터널은 공포의 장소로, 각각의 역은 터널 안 300미터쯤 되는 지점에 초소를 세워 자기 역을 통과하는 이들을 통제하고 괴물의 침입에 대비한다. 각각의 역은 해당 역이 처한 지정학적 위치, 지도자의 이데올로기에 따라 서로 다른 신념과 생활 방식을 고집한다. 방사형으로 생긴 모스크바 지하철의 구조상 교통의 요지라 할 링 라인에 속한 역들은 '한자동맹'이라 불리며 막강한 경제적 우위와 권력을 점하고 있고, 핵전쟁 직후 메트로 전체를 사회주의화하려던 시도가 실패하자 붉은 라인으로 후퇴한 사회주의자들은 (스탈린의 '일국 사회주의'를 원용하여) '일노선 사회주의'를 외치며 붉은 라인에 연대해 있고, 메트로에서 슬라브인이 아닌 유색인종을 몰아낼 것을 외치는 파시스트들 역시 두세 개 주요 역을 장악하고 있으며, 광신적 종교 집단, 지하철 아래 더 깊은 곳에 자리한 지옥을 탐하는 사교 집단들도 개별적인 역을 차지하고 있다. 중심에 가까울수록 권력과 사회적 파급력이 큰 역들이, 변방으로 갈수록 생존을 위한 자구책을 찾으며 그날그날을 살아가는 군소역-국가들이 있다.

작품은 링 라인 바깥의 작은 변방 역 베데엔하(VDNKh)에 사는 아르티옴이라는 청년이 이 역에 수시로 출몰하여 사람들을 공포에 빠트리고 메트로 전체를 위협하는 검은 존재의 실체를 알아보려고 중앙에서 온 헌터라는 '스토커'(지상에 올라가 필요한 물자를 조달하는 자)에게서 메트로 중앙에 있는 '폴리스'에 베데엔하의 상황을 알리라는 임무를 받는 것에서 시작된다.

유토피아 문학

그렇게 시작된 그의 여정은 미래로 나아가는 한 걸음인 동시에 과거로 들어서는 여정, 사회주의 유토피아의 무너진 잔해와 그 유적들을 지나는 과정이다. 흥미로운 것은 다섯 살 이후 메트로에서 살아온 아르티옴의 눈이 사회주의의 거대한 도상학을 이해할 능력이 전혀 없다는 점이다. 먹고살기에만 바쁜 많은 역들에 비해 문화와 과거의 글을 소중히 여기는 베데엔하 역에서 자라며 도서관에 비치된 책들과 의붓아버지가 구해다 준 마르케스, 카프카, 보르헤스, 러시아 고전 작가들의 책을 닥치는 대로 읽었지만, 러시아사와 세계사에 관한 그의 지식은 상인들이 닥치는 대로 전해준 책과 어른들의 회한 어린 추억담에 기반을 두었기에 우스꽝스러울 정도로 파편적이다. 그는 키타이고로트 역 바닥에 뒹구는 볼셰비키 혁명가 빅토르 파블로비치 노긴(Viktor Pavlovich Nogin)의 두상을 보고 언젠가 읽은 성경 이야기 속 세례요한을 떠올렸다가, 다시 이 정도의 크기라면 다윗과 골리앗 이야기의 두 사람 중 한 사람일 것이라는 황당한 상상을 한다. 모스크바 메트로에 심어 둔 사회주의의 화려한 수사들이 아르티옴의 머릿속에서는 전혀 상관없는 연상들을 불러 일으키며 작품 전반에 아이러니를 더한다.

아르티옴의 우주라 할 모스크바 메트로는 사회주의 유토피아 도시 건설 이상의 결정체였다. 주지하다시피 1917년 혁명 직후부터 소비에트의 모든 지도자들은 모스크바를 사회주의 유토피아가 실현되는 꿈의 땅, 영원한 가치를 현현하는 일종의 쇼케이스 도시로 만들고자 했다. 기념비 선전물(monumental propaganda)을 통해 도시를 지나는 대중이 일상 속에서 혁명을 생생하게 지각할 수 있기를 원한 레닌에게서 시작된 이 꿈은 스탈린 집권 시기인 1930년대에 가장 전투적으로 구현된다. 불멸의 유토피아라는 이 도시 도상학의 하이라이트가 된 것은 완벽한 미라가 된 레닌의 시신을 보관한 영묘였다. '불멸위원회'는 레닌 사후 4년 간 영묘 디자인의 공모를 받았고, 결국 1930년 1차 5개년계획 기념비 사업의 일환으로 사회주의의 성지로 불리는 레닌 묘의 문을 열었다.

　"사회주의의 승리"라 불리던 메트로는 레닌 영묘 개장 5년 후에 개통 되었다. 이들은 메트로를 (지상에 완벽하게 건설될 수 없었던) 사회주의 국가 대중이 품은 유토피아적 꿈을 완벽하게 실현하는 공간으로 건설 하고자 했고, 이를 통해 모스크바 메트로 자체를 서구에 대한 이데올로 기적 대립 항으로 내세웠다. 1863년에 처음 개통된 런던의 지하철이 상 당히 오랫동안 '어두운 지하 세계', '위협적이고 비밀스러운 세계'로 받 아들여진 것과 달리, 모스크바의 시민들에게 메트로는 "입장하기 위해 단지 약간의 코페이카를 지불하는 것을 제외하고는 디즈니 테마파크와 비교할 수 있는 매혹적인 장소였고, 복합적인 환영이 그들의 일상생활 에 습관적으로 개입"하는 장소였다. "여름에는 시원하고 겨울에는 따뜻 하며 공습에 대비하여 도시 인구 전부를 수용할 수 있도록 충분히 깊게 파내려 간 모스크바 지하철 시스템은 노동자 계급을 위한 웅대한 건축 물"이었다. 대중을 위한 화려한 실내장식과 그 속에 심어 둔 각종 혁명 의 기호들은 가장 구체적인 일상 속에서 그들이 사는 사회주의 낙원이 얼마나 대단한 곳인지를 웅변해 주었다. "혁명적 용기의 신념을 새긴 혁명광장 역, 농사짓는 풍경을 얕은 부조로 그려내 평화를 상징하는 프 로스펙트 미라 역, 하늘과 구름, 항공기와 비행하는 인간을 그린 천장 모자이크로 장식된 마야콥스키 역, 사회주의국가 영웅들의 모습을 모 자이크로 아로새긴 콤소몰스카야 역 등 각각의 역"은 테마를 가지고 건 축되었고, 모스크바 시민들이 가장 많이 이용하는 대중교통 수단으로 자리매김하며 "항상 대중과 함께, 대중을 통과하여, 대중과 부딪히며" 어

딘가로 향해 갈 수 있었던 지하 낙원의 환영을 끊임없이 제공해 주었다.[2]

아르티옴의 여정은 바로 이 사회주의의 유토피아가 무너진 잔해 위에서 시작된다. 그는 지난 세기에 세워진 유토피아 도상학의 미로를 지나며 본인은 전혀 자각하지 못한 채로 그 유토피아의 허상을 폭로하고 또 다른 유토피아의 가능성을 찾아간다.

3 유토피아의 잔해 속에서 유토피아 찾기

첫 번째 여정: 베데엔하 → 폴리스, '인간이 인간답게 살 수 있는 땅'으로

앞서도 언급했듯이 아르티옴은 스토커 헌터의 명으로 폴리스로 향하는 대모험을 감행한다. 베데엔하 역에 출몰한 검은 존재가 메트로 전체에 위협이 될 수 있다는 것을 감지하고 그것과 맞서 싸우려는 헌터는 검은 존재의 근거지를 찾아 베데엔하 위쪽 식물원으로 올라가며 아르티옴에게 폴리스로 가서 베데엔하 역의 상황을 알리고 도움을 받으라는 임무를 맡긴다.

이에 앞서 헌터와 그의 친구인 아르티옴의 의붓아버지 수호이는 과연 인간이 메트로에서 생존을 위하여 끝없이 싸워야 하는지 논쟁을 벌인다. 헌터만큼이나 용감한 투사이자 인류 문화를 보존하여 지상으로 돌아가고자 하는 꿈을 지키고자 애썼던 수호이는 예고 없이 나타나 사

---

2) 수잔 벅 모스, 윤일성 · 김주영 옮김, 『꿈의 세계와 파국: 대중유토피아의 소멸』(경성대학교출판부, 2008), 251-252쪽.

람들을 죽음으로 이끌고 공포에 빠뜨리지만 도저히 그 실체조차 파악할 수 없는 검은 존재의 힘 앞에서 인류가 세상의 주인이던 시절이 끝났음을 예감한다. 그는 새로운 존재 앞에 선 인류의 상황을 '공룡'에 빗대며("호모사피엔스여, 너는 만물의 영장이 아니다. 너는 공룡이다. 이제 더욱 완전한 새 피조물에게 자리를 내어줄 때이다"[3]) 인류는 "웰즈의 『타임머신』에 나오는 몰록스처럼 창백해지고 왜소해질 것"(49)이라는 비관론을 피력한다. 하지만 스스로 "메트로에 퍼져 있는 악을 제거하는 마크로파제(면역세포)"(53)라 믿는 헌터는 수호이의 나약함을 비난하고, 아르티옴을 불러내 폴리스로 가라는 임무를 맡기고 떠난다.

그리하여 베데엔하 외의 다른 곳으로 거의 나가 본 적 없는 24세 청년 아르티옴은 자기도 모르는 사이 헌터의 명령을 사명으로 여기고 길을 떠난다. 그는 폴리스에 이르기까지 수많은 역들을 게임 스테이지를 통과하듯 하나씩 헤치며 나아간다. 각각의 역에는 새로운 어려움과 새로운 적, 새로운 고난, 우연한 조력자들이 기다리고 있고, 많은 경우 조력자들은 적절한 때에 도움을 베풀고 사라진다. 한 단계를 넘어서면 다음 단계에 조금 더 강도 높은 적이 등장하고 그를 무찌르기 위해 조금 더 강력한 무기나 조력자가 필요한 전형적인 게임 스토리 같은 진행 속에서 아르티옴의 인간성을 시험하기라도 하듯 다양한 선택의 순간들이 다가오고, 수많은 내적 고민 끝에 거의 언제나 약자와 정의의 편에 서다 죽을 고비를 맞이하는 그는 조력자들의 도움으로 위기에서 벗어난다.

----

3) 드미트리 글루코프스키, 김하락 옮김, 『메트로 2033: 인류의 마지막 피난처』(제우미디어, 2010), 51쪽. 이하 작품을 인용한 경우 괄호 안에 숫자로 페이지를 표시하였다.

유토피아 문학

유토피아의 잔해 속에서 유토피아를 찾아 폴리스로 향하는 이 여정을 통해 베데엔하 역이 세상의 전부였던 청년 아르티옴은 두 가지 사실을 깨닫게 된다. 먼저 그는 '허구'와 '상상'의 텍스트이던 메트로의 실체를 알게 된다. '세상의 끝'이라 불리는 베데엔하 역의 사람들, 또 그가 만난 메트로의 거의 모든 사람들은 끝없이 '이야기'를 갈구한다. 그들은 다른 역의 삶, 그곳에 살고 있는 사람들, 저 먼 역의 터널 어딘가에 출몰한다는 정체를 알 수 없는 초자연적인 존재들에 대한 이야기를 듣고 전하면서 불안한 실존을 견디고 어딘가에 있을 더 나은 세상을 꿈꾼다. 각각 고립된 역을 중심으로 살아가는 이들 중 그 누구도 메트로의 실체를 알 수 없지만, 사람들은 무엇에 홀린 듯 메트로에 대한 '이야기'를 계속해서 전하고 듣는다.

> 아르티옴은 피를 얼어붙게 하는 그 이야기를 이미 들어서 알고 있었다. 떠돌이 장사꾼들이 그 이야기를 해주었던 것이다. 그런데도 또 듣고 싶어졌다. 어린애를 유괴해 가는 흡혈귀 이야기나 머리 없는 돌연변이체 같은 무시무시한 이야기를 듣고 싶어 안달하는 아이처럼.(9)

그런 이야기 속에서 살아가며 "그저 목숨이나 부지하는 것, 버섯을 잘게 썰어서 말리는 것, 기저귀를 가는 것, 500미터 지점 너머로 나아가지 않는"(65) 삶에 염증을 느끼고 모험을 꿈꾸던 아르티옴의 여정은 그가 '상상'하던 세상의 실상을 마주하는 시간이 된다. 시계를 소중히 여기고 절대 시간의 중요성을 확신하는 베데엔하에서 자라난 아르티옴이 여행 초기에 도달한 하렙스카야 역에 아예 시계가 없다는 사실, 밤만 있는 메트로에서 시간은 실제로 아무 의미가 없을지도 모른다는 사실은 아르티옴에게 큰 충격을 준다. 폴리스에 가까이 다가가며 그는 자기가 안다고 믿었던 메트로가 메트로의 전부가 아니고, 자기가 믿는 인간 존재의 목적과 의미가 전혀 다른 것이 될 수도 있다는 사실을 점차 깨달아 간다.

그리고 그렇게 환멸과 희망 사이를 오가며 도착한 폴리스에서 그가 가장 숭고한 것, 어떤 경우에도 힘써 소중하게 지켜야 할 것이라고 믿어 왔던 과거 인류의 문화와 책의 가치에 대한 그의 믿음과 사랑도 철저하게 무너진다. 폴리스라는 말을 들으면 경외감에 입을 다물던 아르티옴이 처음으로 '폴리스'라는 단어의 뜻을 물었을 때 의붓아버지는 그곳을 "사람이 사람답게 살 수 있는 이 세상 최후의 장소"(92)라고 불렀다. 그는 아들에게 폴리스는 메트로에 딱 하나뿐인 곳으로, 이 험한 세상에서 사라져 가고 있고 다른 곳에서는 찾을 수 없는 옛 지식이 보존되어 있는 유일한 곳이며, 목숨을 걸고 스토커를 보내 '책'을 가져오는 유일한 역이라고 설명해 준다.

하지만 메트로를 떠도는 수많은 '이야기'의 하이라이트인 폴리스의 실상은 그가 의붓아버지나 길에서 만난 미하일 포르피예비치에게 들었던 것(206-207)과는 전혀 달랐다. 인간이 인간답게 살 수 있는 유일한 곳이라던 폴리스는 카스트 제도에 의해 유지되고 있었다. 지식 수호자인 사제 계급과 폴리스 방어를 맡은 전사 계급이 각각 브라만과 크샤트리아로 나뉘어 권력을 잡고 있었고, 그 아래는 상인과 노예 계층이 각각 바이샤와 수드라의 역할을 담당하고 있었다. 그곳은 분명 셰익스피어가 공연되는 곳이자 눈이 부실 만큼 환하게 전깃불을 밝힐 수 있는 화려하고 놀라운 지하철역이지만, 지식수호자 계급과 전사 계급 간의 반목과 모함이 끊이지 않는 배반과 음모의 장소이기도 했다. 아르티

유토피아 문학

옴이 만난 지식 수호자 다닐라의 집에는 베데엔하 역에 있는 모든 책을 다 합친 것보다 더 많은 책이 있었지만, 그가 들었던 이야기와 달리 이들은 레닌도서관에서 유래한 사서의 계승자도 아니었고 책의 가치를 믿지도 않았다. 오히려 그들은 레닌도서관에 있는 4000만 권 책은 한낱 위장에 불과하며, 그 모든 책 속에 인류의 과거와 현재와 미래의 모든 것이 담긴 비밀의 책 한 권이 꽂혀 있다고 믿으며, 그 한 권을 찾아줄 전설 속의 누군가를 기다리고 있다. 또 그들은 목숨을 걸고 이곳까지 와서 아르티옴이 전한 검은 존재의 위협에 대해서도 냉담했다. 도시의 꿈, 폴리스, 책으로 상징되는 과거의 문화는 더 이상 '진리'를 담지하지 못한 허상이었으며, '폴리스'라는 유토피아 역시 거짓 기호에 불과했음이 밝혀진다.

오히려 아르티옴의 다음 여정에 열쇠를 제공해 준 것은 폴리스가 있는 보로비츠카야 직전 역인 폴랸카 역에서 만난 두 남자였다. 텅 빈 역의 플랫폼에서 추위를 달래려 "책을 태워" 불을 피우고 있는 그들은 왜 책을 태우는지 묻는 아르티옴의 질문에 심드렁하게 답한다. "다 읽은 거야 …… 책 속엔 진리가 없어."(303) 대신 이들은 수없는 사람들의 희생과 죽음과 고생을 통해 이곳까지 오게 된 자신의 여정이 도대체 무슨 의미가 있는 것일까 고민하던 아르티옴에게 이 여정의 새로운 측면을 열어 보여 준다. 그들과의 대화 속에서 아르티옴은 자기의 여정 속에 거짓말처럼 등장했던 시련과 조력자들의 존재를 기억하며, 자신의 인생에 '플롯'이 있고, 그렇다면 이 모든 여정에는 목적이 있으며, 이 플롯을 주관하는 어떤 존재가 있을 것이라는 생각에 새 힘을 얻는다.

…… 왜 이 짓을 하고 있는지도 모르고 있는 모험과 목적지에 도달하

려는 부질없는 시도가 이제 복잡하게 짜이고 지나치게 번거롭지만, 깊은 숙고를 거친 구조물로 여겨졌다. …… 그의 인생사가 인간의 의지와 이성을 지배하는 조화로운 플롯을 형성했기 때문에 동지들이 불을 보고 도와주러 왔고 적들은 눈이 멀어졌던 것이다. 보이지 않는 손처럼 현실을 조종하며 불변의 확률법칙을 형성한 것은 플롯이었다. …… 이제 이 세상에는 섭리니 플롯이니 정의니 법칙이니 하는 것은 없다고 고백하던 용기는 쓸데없는 것이 되어버렸다. 사실 플롯이 뚜렷이 보인다는 생각은 너무 매력적이었다.(306-308)

그리고 이러한 깨달음은 아르티옴을 평생 꿈꾸던 지상 여행으로 이끈다. 헌터의 제안을 받아들였을 때처럼 자기도 모르는 사이에 폴리스 지식 수호자들의 비밀스러운 제안을 받아들인 아르티옴은 회의가 들 때마다 자기 인생의 플롯을 기억하며 대도서관에서 시작하여 오스탄키노 타워에서 끝나는 두 번째 여정을 시작한다.

두 번째 여정: 레닌도서관 → 크렘린 → 오스탄키노 타워, '일곱 번째 하늘'로

"러시아의 옛이야기에 나오는 것처럼 어디로 가는지도 모르고 가서 무엇인지도 모르는 것을 가지고 와야 그 대가로 무엇인지도 모르는 해결책을 듣게 될"(340) 것을 믿으며 아르티옴은 헌터가 찾아가라고 한 스토커 멜니크, 친구가 된 지식 수호자 다닐라와 함께 레닌도서관에 오른다. 하지만 지식 수호자들의 기대와 달리 아르티옴은 그 한 권의 비서를 찾지 못하고, 다닐라는 괴물이 된 도서관 사서들의 습격으로 목숨을 잃는다. 다닐라는 죽기 직전에 지식 수호자들이 약속한 정보가 적힌

유토피아 문학

쪽지를 건네는데, 그 쪽지에는 그간 메트로에서 회자되던 제2 메트로 입구와 그 안에 남아 있는 핵미사일에 관한 정보가 적혀 있다(지식 전달 자들은 그 핵미사일을 다시 꺼내어 검은 존재들을 공격할 것을 제안한 것이다). 결국 아르티옴은 "문명의 장엄한 묘지"(381)와도 같은 지상을 지나 멜니크의 팀에 합류하여 제2 메트로의 입구를 찾아내고, 그 중앙에 자리한 크렘린 역을 간신히 벗어나 베데엔하 역 근처에 있는 오스탄키노 탑에 올라가 무선으로 검은 존재들의 근거지를 알려주고, 검은 존재들은 멜니크가 발사한 핵미사일로 소멸된다.

『메트로 2033』의 대미를 장식하게 되는 아르티옴의 두 번째 여정은 작품의 두 가지 주제적 축과 긴밀하게 연결되어 있다. 첫 번째 축은 소비에트 권력, 나아가 러시아에 새로운 길을 제시하는 푸틴 권력을 포함한 모든 권력이라는 '허상'의 무서운 힘과 그 허상이 만들어 내는 거짓 유토피아에 대한 경고이다. 작가는 여러 인터뷰를 통해 소비에트 붕괴야말로 러시아가 경험한 진짜 아포칼립스였으며, 개인적으로는 핵으로 야기될 수 있는 재난의 위협이나 기술 발전의 위험성을 알릴 의도가 조금도 없었음을 밝힌 바 있다. 오히려 그에게 포스트아포칼립스라는 설정은 일차적으로 "현재의 상황을 조명하기에 적합한 도구"였다.[4]

변방 역에서 출발한 아르티옴이 방사형 메트로의 정중앙에 있는 폴리스로 다가갈수록 소비에트의 권력, 나아가 모든 권력의 일반 상징이라 할 크렘린의 별의 위협이 점차 실체화된다. 아르티옴은 지상에 발을 내딛는 순간부터 크렘린의 별을 조심하라는 경고를 들었지만, 잠시 한

----

4) 이에 관하여는 Griffiths, M. "Moscow after the Apocalypse", *Slavic Review* 72, No. 3, 2013, p. 498을 참조.

눈을 팔다가 크렘린에 홀려 간신히 죽을 고비를 넘긴다. 그리고 그 크렘린의 마력은 그들이 발견한 제2 메트로 안에서 그 실제적인 위용을 드러낸다.

흥미로운 것은 메트로 2033의 모든 비밀을 품고 있는 제2 메트로라는 설정이 1990년대 러시아 인텔리겐치아 사이에서 매우 성했던 소문에 근거를 둔다는 점이다. 페레스트로이카 시기를 풍미했던 소문처럼 아르티옴과 멜니크가 마야콥스카야 역에서 발견한 메트로 2의 입구에는 소브민(Sovet Ministrov), 즉 소련각료회의라는 글자가 선명했다. 더 거대한 힘이 존재하기를, 많은 이들이 말하던 "보이지 않는 관찰자"가 메트로의 가시적 세계 바깥에 있기를 꿈꾸던 아르티옴에게 소비에트가 누리던 영화의 폐허라 할 제2 메트로의 입구는 또 한 번 절망감을 안겨준다.

보이지 않는 관찰자들은 그의 눈앞에서 죽었다. 위협적이고 현명하고 불가사의한 존재에서 그저 옛 신화를 상징하는 터널의 습기와 공기에 부식된 단순한 조각상으로 바뀌었다. 또 아르티옴이 여행 중에 들은 그 밖의 온갖 미신도 비누거품처럼 터져버렸다. …… 아르티옴은 뺨에 무언가 차가운 것을 느꼈다. 터널의 공기가 흘러내리는 눈물을 쓰다듬고 있었다.(492)

하지만 소비에트의 영욕을 상징하는 지점들을 지나며 소비에트 유토피아의 잔해 앞에서 존재할 수 있는 새로운 세계의 문이 닫혔다고 느끼는 아르티옴의 절망과 달리 지난 시절 세워진 유토피아의 가장 기저에는 크렘린의 별로 상징되는 권력과 그 권력이 주는 허상의 힘이 숨겨져

유토피아 문학

있었다. 아이들을 유괴하여 기르고 성인의 인육을 먹으며 큰 벌레를 숭배하는 사교 집단과 사투를 벌이며 천신만고 끝에 제2 메트로로 들어간 그들을 기다리는 것은 소비에트 권력이 남긴 앙상한 잔해만이 아니라 핵폭발이 모든 것을 휩쓸고 간 후에도 여전히 강력한 힘을 행사하는 크렘린의 별, 권력과 그 권력이 약속하는 놀라운 천국의 힘이었다. 역명도 적혀 있지 않은 역의 웅장함에 압도된 채로 갑자기 작동하기 시작한 에스컬레이터 입구로 다가갔을 때 아르티옴은 그곳에서 크렘린의 실체를 마주하게 된다.

그 순간 아르티옴은 크렘린의 비밀이 드러났다고 생각했다. 누리끼리하고 더러운 무엇, 기름이 묻고 끈적끈적한 그 무엇이 발판 틈 사이로 새어나오고 있었다. 그것은 발판 틈으로 찰싹찰싹 소리를 내며 흘러나와서 에스컬레이터를 따라 올라갔다가 내려갔다. …… 수십 미터 밑 어딘가에서 더럽고 기름 묻은 무언가가 바닥에 퍼지고 거품을 내면서 부풀고 흘러내리면서 그 기분 나쁜 이상한 소리를 내고 있었다. 아치는 거대한 괴물의 입처럼 보였고 계단의 둥근 천장은 목구멍처럼 보였고, 발판은 자다가 낯선 사람 때문에 화들짝 깨어난 고대의 무시무시한 신의 탐욕스러운 혀처럼 보였다. 어떤 손이 아르티옴의 의식을 부드럽게 만지는 것 같았다. 아르티옴의 머리는 방금 지나온 터널처럼 갑자기 텅 비어버렸다. 아르티옴은 딱 한 가지만 원했다. 발판을 밟고 모든 질문을 해결하여 마음의 평화를 얻을 곳으로 천천히 내려가는 것이었다. 아르티옴은 크렘린의 별이 또 눈앞에서 반짝이고 있는 것 같은 생각이 들었다.(507)

이들은 이 더럽고 끈적이는 것의 민낯을 보고도 크렘린의 별이 지니는 놀라운 힘에 속수무책으로 끌려들어가 동료 몇 명과 꼬마 올레크를 제물로 바치고서야 그곳을 벗어난다. 결국 모든 것이 무너진 포스트아포칼립스의 시대에도 사라지지 않고 남아 여전한 힘을 과시하는(소설의 설정에 따르면 지상의 크렘린의 붉은 별 역시 무너지지 않고 남아 있다) 권력과 그것의 허상에 대한 경고는 글루코프스키가 언급한 대로 여전히 건재한 크렘린의 별, 푸틴 권력에 대한 비판과도 맞닿아 있다.

그렇게 간신히 크렘린을 벗어난 아르티옴은 멜니크의 명대로 소비에트의 영욕을 상징하는 베데엔하 역 근처의 오스탄키노 탑, 그중에서도 현대 러시아의 건재함을 상징하는 카페 '일곱 번째 하늘'(주지하다시피 이는 '천국의 천국'을 뜻한다)에 올라가 검은 존재들의 위치를 멜니크에게 송신하고, 땅 위에서 다시 한 번 핵미사일이 터지기를 기다리게 된다. 그리고 바로 그 순간 반전을 내포한 작품의 또 다른 주제 의식이 드러난다.

"누군가 등 뒤의 핸들을 돌리고 있는 것 같다"(568)고 느끼며 한 계단 한 계단 오스탄키노 탑 위로 올라간 아르티옴은 멜니크가 핵미사일을 쏘아 올린 그 찰나에 이르러서야 이 모든 플롯 안으로 자기 인생을 불러들인 것이 다름 아닌 '검은 존재'였음을 깨닫게 된다. 그 찰나의 순간에 그는 이미 여러 차례 자신을 '인간'과 '신인류' 사이의 통역관으로 세우고자 한 검은 존재의 부름을 들었음을, 그러나 진리의 상대성에 대한 깨달음에도 불구하고 끝까지 포기할 수 없었던 인간 중심의 사고로 인해 그들의 부름과 새로운 진리로의 초대를 거절하고 결국은 돌이킬 수 없는 파국을 초래했음을 깨닫게 된다.

아르티옴은 머리를 들어 동공도 흰자위도 없는 거대한 검은 눈을 보았

유토피아 문학

다. 누군가 말하는 것이 들렸다. "너는 선택되었다." …… 아르티옴은 검은 존재의 눈 속에 들어가서 세계를 괴물의 눈으로 보기 시작했다. …… 아르티옴은 검은 존재의 눈으로 인간을 보았다. 고집 세고 더러운 존재, …… 항복하러 온 전령한테서 백기를 빼앗아 찢어버리고 말뚝으로 목구멍을 꿰질러 버리는 존재. 서로 접촉하지 못하고 이해하지 못한다는 절망감이 커지는 것을 느꼈다. …… 그들은 절망한 채 두 세계 사이에서 다리 역할을 해줄 통역사, 행동의 의미와 욕구를 두 세계에 전달해 줄 통역사를 줄곧 찾았다. 통역사는 두려워할 것 없다고 인간에게 말해주고 인간과 대화하게끔 검은 존재를 도와주어야 했다. [⋯] 아르티옴은 발사를 저지해야 한다고 생각하면서 벌떡 일어섰다. 그러나 모든 것이 이미 끝났다는 것을 알고 도로 주저앉았다. …… 아르티옴의 의식은 절대적 어둠이 지배하고 있는 메트로의 황폐한 터널과 같았다. 아르티옴은 인생을 밝혀주고 길을 찾게 해줄 빛이 이제는 나타나지 않으리라는 것을 절감했다.(572-575)

아르티옴은 그 마지막 순간에 어린 시절 친구들과 스토커 흉내를 내며 몰래 지상에 올라갔다 괴물을 만나 혼비백산하여 도망치며 식물원으로 이어지는 메트로의 문을 열어 둔 채로 돌아온 일을 기억했고, 바로 그 때문에 그들이 아르티옴을 선택했다는 사실도 깨달았다.(572) 그런 자신이 그들이 여러 차례 내민 화해의 손을 잡지 못했고, 새로운 진리로 나아갈 문을 닫았으며, 지상 위에 다시 한 번 핵 재앙을 불러온 것을 깨닫고, 이제 더 이상 세상에 구원의 가능성은 없을 것이라는 절망 속에 보호복을 벗어 던지고 핵이 폭발한 지상을 향해 내려가는 것으로 소설은 끝이 난다. 근래 들어 많은 포스트아포칼립스 계열의 작품들이 보여 주는 바와 같이 『메트로 2033』도 이제까지 실험되어 온 그 어떤 제도나 문화, 인류가 축적해 온 그 어떤 것으로도 다가올 새로운 세상의 문제를 해결할 수 없으며, 어쩌면 그 세상에서는 인간의 인간됨까지 뛰어넘어야 하는 전혀 새로운 틀과 인식, 접근이 필요할지 모른다는, 비극적이지만 열린 결말을 제시하고 있는 것이다.

4 맺음말

소설 『메트로 2033』이 지닌 가장 큰 강점의 하나는 어찌 보면 전형적인 게임 스토리처럼 느껴지는 작품 전개에 놀랄 만한 현실감을 더하는 모스크바 메트로의 치밀한 묘사이다. 글루코프스키는 처음 이 작품을 블로그에 게재하며 개별 지하철역의 아주 작은 디테일까지 실수가 없도록 역의 구조나 벽의 그림, 통로 연결의 세부 사항 등에 관하여 오랫동안 온라인으로 피드백을 받았다. 그리고 그러한 노력 끝에 일견 전형적인 SF 소설처럼 보이는 작품의 의미장 안으로 러시아 역사와 문화의 수많은 층위들이 틈입해 들어오게 되었을 뿐 아니라, 2017년에도 러시아인들이 가장 많이 이용하는 가장 일상적이고 평범한 교통수단인 지하철이 흥미로운 판타지의 든든한 기반이 되었다. 소설을 읽고 게임을 즐기는 마니아들이 『메트로 2033』의 스토리 라인에 따라 지하철역을 투어하며 느끼는 쾌감은 가장 일상적인 것과 가장 환상적인 것이 만날 때 생기는 에너지에 근거를 둘 것이다. 그런 의미에서 이 작품이 지닌 문화 콘텐츠적 가능성은 글로벌한 것인 동시에 매우 글로컬한 것이기도 하다.

유토피아 문학

글의 서두에서 밝힌 바대로 이 작품에는 분명 대중문화로서 지니는 명백한 한계 또한 존재한다. 블라디미르 마카닌(Vladimir Makanin), 타티야나 톨스타야, 빅토르 펠레빈 등 러시아 현대 문학의 대가들이 남긴 모스크바 아포칼립스 문학과 비교해 볼 때 이 작품에서는 '모스크바 아포칼립스'라는 중층적 현상이 매우 대중문학적인 방식으로 단순하게 제기되고 봉합된다. 또 2033년의 모스크바 메트로라는 매우 특수한 크로노토프에도 불구하고 작품 전개의 많은 부분이 지금 놀랄 정도로 호황을 누리고 있는 포스트아포칼립스 장르의 영화나 소설에서 보거나 읽은 것 같은 기시감을 주는 것도 사실이다. 그러나 그러한 한계에도 불구하고 글루코프스키가 청년 작가의 놀라운 상상력으로 매우 흥미로운 모스크바 아포칼립스 문학의 한 변주를 창조해 냈다는 점에는 이론의 여지가 없을 것이다.

길 위의 디스토피아
— 정지돈의『작은 겁쟁이 겁쟁이 새로운 파티』

김영임

1 디스토피아적 상상: "긴 탄식" 대 "산초 판사"

유토피아는 합리적인 기획 아래 최상의 현실을 이루어 내고자 하는 인간 사회의 욕망을 담고 있는 단어이다. 휴머니즘과 연결된 유토피아의 개념적 정의 안에서 문학 장르로서 유토피아는 '인간의 재발견'으로 특징지어지는 르네상스 시대에 활기를 맞게 된다. 이후 이상 사회의 현실 실현 가능성은 과학의 발달과 정치적·경제적 평등주의에 힘입어 더욱 커지는 듯하였으나, 유토피아의 가장 명시적이고 급진적인 형식이라고 할 수 있는 마르크스주의의 정치적 실험은 그다지 성공적이지 않았다. 또한 '거짓' 유토피아라고 할 수 있는 나치의 파시스트적 유토피아는 '국민사회주의'를 가장한 채 퇴행적이고 반동적인 정치를 도모했다고 할 수 있다. 이러한 배경 아래 유토피아적 사유나 비전은 점차

유토피아 문학

힘 · 폭력 · 전체주의를 상기시키기에 이르렀다.[1] 대신 "디스토피아 소설의 황금시대(A Golden Age for Dystopian fiction)"[2]라는 말이 쉽게 수긍이 갈 정도로 디스토피아 관련 장르들이 전 세계적으로 인기를 끌면서, 문학을 포함한 예술 장르들은 유토피아를 떠나 파국의 형상을 상상하는 디스토피아[3] 또는 아포칼립스[4]를 자신들의 텍스트 안으로 옮겨놓았다.

한국문학의 경우 '세상의 종말', 즉 '파국'에 대한 상상력을 품고 있는 작품들이 많다고 하기는 어렵다. 특히 SF 소설의 경우는 문학계에서 청소년문학이나 장르문학 등의 하위 장르로 분류되면서 그다지 비평적 관심의 대상이 되지 못하였다. 또한 아포칼립스에 관한 상상이 근본적으로 유대교 · 크리스트교 · 이슬람교의 전통에서 중시되는 묵시문학(默示文學)과 관련된 것이라는 점 역시 서양과 종교적 배경이 다른 한국문학 내에서 관련 작품들이 활성화되지 못하는 현실을 부분적으로 설명해 줄 수 있다.

이러한 배경 아래 한국문학의 '소재의 빈곤성'을 극복하고 '다양성'을 이루어 내기 위해서라도 한국문학이 미래에 대한 지향을 이루어 내야

----

1) 임철규, 『왜 유토피아인가?』(한길사, 2009), 24-31쪽 참조.

2) Jill Lepore, "A Golden Age for Dystopian Fiction", *The New Yorker*, June 5, 2017.

3) 사전트(Sargent)의 정의를 빌리면 디스토피아는 "동시대 독자로 하여금 그들이 살고 있는 현 사회보다 현저하게 더 나쁘다고 여기게끔 작가가 의도한 시공간 안에 매우 상세하게 기술된, 존재하지 않는 사회"를 말한다.(Lyman Tower Sargent, "Three Faces of Utopianism Revisited," *Utopian Studies* 5. 1, 1994, p. 9.)

4) 아포칼립스적 상상이 기독교의 초기 단계들에 중요한 기여를 했다는 것은 부인할 수 없다. 또한 '아포칼립스적'이라는 단어는 광신적인 천년왕국을 향한 기대와 대중적으로 결합해 있는 것도 사실이다.(John J. Collins, *The Apocalyptic Imagination : An Introduction to Jewish Apocalyptic Literature*(Wm. B. Eerdmans Publishing Co., 2016), p. 12 참조.)

한다는 일각의 지적이 있지만, 이러한 동기가 '행복한 미래에 대한 상상'이 아닌 '파국과 연결되는 상상', 즉 디스토피아 서사의 필요성을 역설하기에는 부족해 보인다.

문강형준은 2010년 한 계간지에 기고한 글에서 "디스토피아의 감성을 과연 모두가 공유하고 있는가"라는 질문을 디스토피아적 상상의 당위성과 연결하고 있다. '디스토피아는 유토피아의 그늘'인 것처럼, 어떤 이들에게는 세상이 벌써 와 있는 디스토피아인 반면에 다른 이들에게는 모든 것이 가능한 유토피아인 아이러니한 현실을 지적한 것이다. 그는 '자본의 유토피아 시대'에서 소외된 사람들이 겪는 지독한 '좌절의 경험'에서 디스토피아적 감성이 출발하고 있음에 주목하면서 파국에 대한 상상이 "모순적인 현재에 개입하는 입구"[5]가 될 수 있다고 하였다. 그 상상과 예감은 현실에 대한 절망과 좌절의 현시를 넘어서서 어떤 식으로 '현재에 개입하는 입구'가 될 수 있을까?

파티마 비에이라(Fatima Vieira)는 유토피아 연구자들에게 "왜 디스토피아가 중요한가(Why Dystopia matters)?"[6]라는 주제로 기고문을 청탁했다. 원고들은 디스토피아의 정의와 역사, 디스토피아와 유토피아의 친연성 등을 나름의 방식대로 다루면서 주제에 접근하고 있는데, 어떤 경우에도 유토피아와 디스토피아의 상관관계를 다루고 있다. "모든 유토피아는 디스토피아를 품고 있다"(리베로), "디스토피아는 유토피아의

---

5) 문강형준, 「늑대의 시간의 도래: 파국의 지형학을 위한 서설」, 『파국의 지형학』(자음과모음, 2011), 13-22쪽 참조.

6) Fatima Vieira, *Dystopia(n) Matters On the Page, on Screen, on Stage*(Cambridge Scholars Publishing, 2013).

부정이라기보다는 역설적이게도 그것의 본질이다"(클레이스), "디스토피아는 유토피아의 그늘"(쿠마르), "디스토피아는 유토피아의 또 다른 자아다(alter ego)"(데이비스)와 같은 개별적 명제들은 디스토피아적 상상이 유토피아적 욕망과 밀접하게 관련되어 있음을 보여 준다.

그중에서 크리샨 쿠마르(Krishan Kumar)[7]는 디스토피아의 계보를 밝히면서 디스토피아의 출현을 유토피아와의 인과관계로 설명하였다. 디스토피아의 초기 형태가 토머스 모어와 프랜시스 베이컨(Francis Bacon)의 이성주의와 과학의 유토피아에 대한 풍자로 나타났다는 것이다. 그후 디스토피아 담론은 20세기에 더욱 확대되었는데, 그것의 표적은 바로 거대 서사, 모더니티의 거대 담론, 이성과 진화, 과학과 사회주의, 진보적 이상과 미래에 대한 믿음과 같은 것들이었다. 그는 또한 디스토피아가 내포하는 미래의 그림은 실제로 '각 시대의 가장 뚜렷하고 새로운 특징들'을 상상의 공간 내에서 구체적으로 그려 내고 있음을 강조하였다.

로런스 데이비스(Laurence Davis)[8]의 경우는 디스토피아가 유토피아의 또 다른 자아이며, 둘은 창조적으로 변형을 거듭하는 공생의 관계 안에 묶여 있다고 보았다. 그의 특별한 예시에서 디스토피아는 '유토피아라는 돈키호테'에 대한 '산초 판사'이다. 끊임없이 존재하는 현실을 초월하려는 돈키호테의 동력에 제동을 걸어 그것에 좀 더 현실감각을 요구하며 역사와 개인적인 전기의 토양 속에 묻혀 있는 뿌리를 감각하

7) Krishan Kumar, "Utopia's Shadow", *Dystopia(n) Matters On the Page, on Screen, on Stage*(Cambridge Scholars Publishing, 2013), p. 19.

8) Laurence Davis, "Dystopia, Utopia and Sancho Panza", *Dystopia(n) Matters On the Page, on Screen, on Stage*(Cambridge Scholars Publishing, 2013), pp. 23-26.

게 하는 역할을 디스토피아가 한다는 것이다. 그렇기 때문에 디스토피아는 '현존하는 사회에 대한 풍자'와 '초월적이거나 지배적인 유토피아적 열망에 대한 패러디적 전환'을 결합한다.

그렇다면 디스토피아는 라이먼 타워 사전트(Lyman Tower Sargent)가 이름 지은 "긴 탄식(jeremiad)"[9]이라는 수동적 위치에서 탈구(脫臼)해 있다. 디스토피아적 상상이 현재 사회의 가장 뚜렷하면서도 새롭게 생겨난 특징들을 미래 사회라는 공간의 형식을 빌려 현현시킨다면 그 상상의 공간은 유토피아적 상상이 내포하고 있는 불가능성의 민낯을 우회적으로 보여 준다. 디스토피아는 유토피아의 부정이 아니라 그것의 수정과 보완을 목적할 수 있다. 디스토피아는 '선지자의 긴 탄식'보다는 현실을 초월하려는 돈키호테의 유토피아적 상상을 땅으로 끌어내리는 데이비스의 '산초 판사'라는 비유가 더 적절해 보인다.

21세기 한반도를 둘러싼 국내 정치, 경제, 사회, 환경, 분단 현실까지 어느 하나 지금-여기서 유토피아의 꿈을 가능케 하는 것이 없는 상황에서 디스토피아적 상상의 출현은 한국문학의 장 안에 점점 증가할 것이다. 하지만 디스토피아 서사의 의미는 단순히 소설의 배경으로 작동

----

9) "긴 탄식"은 성서의 위대한 선지자인 예레미야(jeremiad)와 동일어이다. 예레미야에게 주어진 사명은 유대인들이 잘못된 태도를 고치지 않으면 세상이 파멸하고 말리라는 예언을 전하는 것이었다. 사전트는 많은 디스토피아 서사를 "흐느끼는 선지자" 예레미야가 상징하는 의미, "긴 탄식"과 동일하다고 주장한다. 그는 일종의 설교 형식인 "jeremiad"가 인간의 타락, 신을 향한 신뢰의 상실에 대해 인간들을 비난하고 인간의 실수들을 자세히 묘사하는 식의 방식이 디스토피아의 서사와 동일하다는 것이다. 다만 디스토피아에는 종교적인 요소가 없으며 그 방식이 함축적일 뿐이다.(Lyman Tower Sargent, ""Do Dystopia Matter?"", *Dystopia(n) Matters On the Page, on Screen, on Stage*(Cambridge Scholars Publishing, 2013), p. 12.)

하는 것에 있지 않다. 디스토피아 서사의 비판은 "거대 서사, 모더니티의 거대담론, 이성과 진화, 과학과 사회주의, 진보적 이상과 미래에 대한 믿음"을 대상으로 한다. 그래서 디스토피아가 내포하는 음울한 미래의 그림은 실제로 우리 시대의 풍자와 기존의 유토피아적 열망에 대한 패러디적 전환을 품고 있어야 한다. 안타깝게도 한국문학 장 안의 많은 소설들은 디스토피아나 아포칼립스에 대한 상상을 소설의 배경을 위한 도구로 소비하면서도 작품 안에는 기존의 정형적인 메시지들을 반복적으로 생산하고 있다.

2017년 7월에 발표된 정지돈의 첫 번째 장편(경장편)소설 『작은 겹쟁이 겹쟁이 새로운 파티』[10]는 2063년 총기 소지가 허용된 통일된 한반도라는 디스토피아적 상상을 소설의 배경으로 작동시키면서 동시에 현시대에 대한 풍자적 메시지를 전달하고 있다. 돈키호테의 여행을 연상시키는 정지돈의 디스토피아적 서사가 제대로 작동한다면 그것은 '지금-여기'가 갈망하는 유토피아적 욕망의 이면을 동시에 보여 줄 것이다. 그렇다면 젊은 작가들의 디스토피아적 서사는 '헬조선에서 파생된 좌절의 서사'가 아닌, 그것의 상상이 갖는 능동성을 통해 고단한 현실을 맞서 보려는, 비판적이면서 동시에 생산적인 서사로 읽힐 수 있지 않을까?

2 메타 서사의 거부: "그냥 글", '수행'으로서 쓰기

정지돈은 2013년 『문학과 사회』 신인문학상으로 등단한 이후 2015년

---

10) 정지돈, 『작은 겹쟁이 겹쟁이 새로운 파티』(스위밍꿀, 2017). 이하 쪽수만 표시한다.

문학동네의 젊은작가상 대상, 2016년 문학과지성사가 주관하는 문지문학상을 받은, 이른바 문단의 관심을 받고 있는 젊은 작가다. 하지만 그가 불러일으킨 논쟁의 폭은 작품 목록을 훨씬 초과한다는 한 기자의 말처럼, 정지돈의 작품들은 '문학이 무엇인가'라는 논쟁의 중심에 서서 찬사와 혹평의 극단에 놓였다. 예술사, 세계문학 등에 대한 방대한 지식을 허구와 경계 없이 섞어 '도서관 소설', '지식조합형 소설'이라는 평을 받으며 '한국문학의 미래'로도 불렀다가, '이것도 소설이냐'는 비판도 함께 감당해 왔다.

비판의 목소리는 상당 부분 그의 소설 쓰기 방식에서 기인한다고 볼 수 있다. "해체된 서사와 인과가 아닌 직관을 따른 플롯, 실존 인물의 삶과 실존 인물의 글이 방대하게 인용된 텍스트는 이른바 '소설적인 무언가'를 기대하는 사람들의 심리를 보기 좋게 배반한다"[11]는 해석은 정지돈의 작품을 일목요연하게 정리하고 있다. 그의 첫 소설집인 『내가 싸우듯이』(2016)[12]의 경우는 '20세기 예술가들에게 바치는 헌사로도 읽'힐 만큼 많은 실존 인물들을 소설의 소재로 사용하고 있다. 책에 등장하는 사데크 헤다야트(1901-1951), 레이날도 아레나스(1943-1990), 이구(李玖)(1931-2005), 고든 마타 클라크(1943-1978) 등은 모두 실제 인물들이다. 이번 소설에서도 이러한 방식이 보인다. 소설의 출발점이라고도 할 수 있는 무하마드 깐수라는 인물, 난민 수용소로 사용되는 류경호텔, 지하운동 조직의 아지트인 카페 ADAR 모두 실재하는 인물, 장소, 단체이다. 하지만 실제 인물이나 소재를 가져오더라도 정지돈 소설

....

11) 이주현, 「나는 후장사실주의자다!」, 《씨네21》, 2015.12.15.

12) 정지돈, 『내가 싸우듯이』(문학과지성사, 2016).

유토피아 문학

의 서사는 이 인물들에 관한 개인적 역사를 재현해 내는 것을 목적으로 하지 않는다. 이 실존 인물들은 작가가 창조해 낸 다른 등장인물들과 엮이면서 또 다른 소설적 인물로 탄생한다.

정지돈은 이러한 이유로 자신을 '창작자'가 아닌 '연주자'라고 말한다. 그는 『내가 싸우듯이』을 쓰면서 영향을 받은 것들의 목록을 13페이지가 넘는 참고문헌과 첨부한 별지에 빼곡히 기록하면서, 지금 시대에 순수한 창작이라는 것이 불가능하다는 것을 나름의 방식으로 증명한다. 작가의 이러한 자세는 메타 서사의 총체성을 소서사로 극복[13]하는 것조차도 넘어서려는 듯하다. 근대의 거대 서사에 대해 비판적이었던 장프랑수아 리오타르(Jean-François Lyotard)는 그것의 극복을 위한 언어 놀이가 '진리'가 아니라 '수행성'을 추구한다고 하였다. "소서사(little narrative)는 다른 서사들을 강제로 통합하려고 하지 않는다. 왜냐하면 언어 놀이들의 '합의'는 언어 놀이의 다양성, 이질성에 폭력을 가하기 때문이다. 즉 합의(consensus)보다는 불일치(dissension)가 더 가치 있게 나타난다. 언어 놀이의 목표는 단지 수행성이기 때문이다." 정지돈의 글쓰기 방식 역시 서사의 완결성을 허락하지 않으며 사건과 사건 사이의 인과성을 드러내지 않는다. 이번 소설에서는 이전의 단편들과는 달리 서사가 발견된다는 평도 있지만, 전체 소설을 구성하는 작은 사건들의 관계 안에서 뚜렷한 인과성을 발견하기는 어렵다. 등장인물들이 여행 중에 겪게 되는 체포, 구금, 탈출, 마지막 총격 사건과 에필로그는 우리에게 익숙한 인과적 소설의 서사를 무시한다. 근대 이후 '총체적

---

13) 고명복, 「포스트모더니즘의 이론적 쟁점—료따르의 탈현대」, 『사상사개설』(사회문화연구소, 1996), 443-451쪽 참조.

글쓰기가 지향하는 유토피아적 상상'을 믿지 않는 작가는 사건과 사건 사이를 최소한의 고리로 연결하고 있을 뿐이다.

여러 디스토피아 소설에서 언어는 유토피아적 열망과 연결되는 경우가 많다. 『1984』의 윈스턴의 "글쓰기"와 『시녀이야기』의 오프레드의 "말하기"가 그런 예라고 할 수 있다. 이들의 글쓰기와 말하기가 "억압적이고 비인간적인 디스토피아 사회에서 자신들의 정체성을 확인하고 회복하기 위해 과거의 기억뿐만 아니라 자신들의 감정과 욕망을 표현할 수 있는 통로"[14]라면 이것은 충분히 '디스토피아 안에서의 유토피아적 열망의 표식'이라고 읽을 수 있다.

이에 반해 『작은 겁쟁이 겁쟁이 새로운 파티』의 주인공 '짐'의 글쓰기는 기억이나 정체성의 확인과는 상관없는, 단순하면서도 생략할 수 없는 '수행'이다. 이 소설의 주인공 격인 '짐'은 버스 운전사이면서 또한 글을 쓰는 사람이다.

짐은 취미가 없었다. 글을 쓰고 주말에 강의를 들었지만 취미라고 생각하지 않았다. 이건 내가 해야 할 일이야. 왜 글을 쓰는 일이 해야 할 일이 되었는지 알 수 없었다. 글을 잘 쓰길 원하는 사람들은 꽤 있었다. 사람들은 다양한 이유로 글쓰기를 배웠다. 소설이나 시나리오를 쓰기 위해, 취업이나 자기 PR, 돈벌이를 위해. 짐은 그렇지 않았다. 그는 그냥 글을 쓰길 원했다. 그런데 그냥 글이라는 게 존재할 수 있나. 짐은 생각했다. 그냥, 이라는 게 있을 수 있나. 아무것도 표현하지 않고 의미하지 않는 글.(23)

....
14) 전소영, 「디스토피아 소설에 나타난 유토피아적 충동」, 《동서 비교문학저널》 Vol.- No. 40, 한국동서비교문학학회, 2017, 229쪽.

'그냥 글'이라고 해서 짐이 글 쓰는 행위를 가볍게 여기는 것은 결코 아니다. 낮에는 버스 운전을 하는 짐은 밤에 글을 쓴다. "글을 쓰느라 밤을 새우고 버스를 몰 때면 잠들지 않기 위해"(14) '스티뮬런트'라는 약을 끊임없이 복용하면서 글을 쓰는 짐에게, 글 쓰는 행위는 가벼운 취미라고 생각할 수 없다. "내가 해야 하는 일"이라고 강제성을 부여할 만큼 글쓰기는 짐의 일상이며 존재적 의미이다.

　그런 점에서 글쓰기를 통해 자신의 존재를 확인하기는 윈스턴도 짐도 마찬가지인 셈이다. 다만 윈스턴이 몰래 쓰는 일기가 빅 브라더의 억압에서도 개별적이면서 독립적인 주체로서 존재를 증명하는 기록이길 원했다면 짐은 자신이 쓰는 글이 "아무 의미도 기능도 없는 글"(23)이기를 원한다. '그냥'이라는 것이 있는가에 대해 회의적이면서 글이 누구의 존재를 증명하고 신념을 전달하는 수단으로 기능하는 것을 거부한다. 짐은 그런 글을 믿지 않는다. 글의 의미가 '자신의 존재를 증명'하는 것으로 기능하기보다는 단지 계속 쓰는 '행위' 자체를 통해 짐은 자신의 특별함을 보장할 수 있다. 이것은 디스토피아에서 유토피아를 꿈꾸는 행위로서의 쓰기가 아니다. 이것은 근대적 글쓰기가 가지는 유토피아적 가능성을 비웃고 있다. 하지만 동시에 글을 쓰는 행위에 잠재하는 '어떤 것'을 향한 믿음을 간직하고 있다. 작품의 후반부에 만난 소년이 짐에게 "소설이 뭐예요?"라고 물을 때 "굳이 말하면 말할 수 있을 것 같지만" 말문이 막힌 것처럼, 글쓰기는 유토피아적 상상의 '내용'을 구성하는 것이 아니라, 아무 의미도 기능도 없는 '쓰는 행위'를 통해 '초월적 상상이 가지는 한계와 모순'을 보여 주는 '수행'에서 그 역할을 찾을 수 있다. 이것은 앞서 언급한 리오타르의 언어 놀이가 "진리가 아닌 수행성을 추구하며, 반리(反理)와 배증(背證)에 의존"하는 것과 동일하다. 기존의 디스토피아 고전 안의 글쓰기가 '진리'와 연결된 열망이라면 짐의 글쓰기는 단지 '수행'으로서 자신의 존재를 끝없이 확인하는 행위이다. 짐은 다른 디스토피아 고전의 주인공들이 절망적인 세상을 견디기 위해 언어 안에서 유토피아를 꿈꾸는 것에 동의하지 않으면서도, 그 자신은 여전히 글을 통해 앞으로 나아가고 있다. 글쓰기의 내용 안에 디스토피아를 극복하려는 유토피아적 열망을 담는 것이 아니라, 그저 쓰는 행위를 통해 디스토피아를 견디는 짐의 글쓰기는 기의가 아닌 기표로써만 작동하는 비판적 디스토피아(critical dystopia)의 기호이다.

3 유토피아적 상상의 전유: '무하마드 깐수'와 '류경호텔'

이 소설의 시대적 배경은 2063년이다.

해수면이 상승하고 미국과 중국이 무너진 후 세계 각국에서 난민이 흘러들었다. 연쇄적으로 국경이 무너졌고 출처를 알 수 없는 무기를 든 사람들이 모습을 드러냈다. 살아남으려면 스스로를 지켜야 해. 사람들은 총을 들었고 그때부터 누가 누구를, 왜 쏘게 되는지 알 수 없는 일이 벌어졌다.(11)

총기가 허용된 통일된 한반도는 "수도와 중앙정부가 제 기능을 하는 나라"지만 "지방은 무정부 상태"다. 서울로 이주민들과 난민들이 몰리면서 정부는 "자가 주택이 없는 비서울 출신 가정"을 지방으로 강제 이주시킬 계획을 가지고 있다. 지방 출신인 '짐'은 "거기 가면 죽은 목숨이나 다름없다"라며 고민을 하고 있는 차에 옛 친구인 '안드레아'가 찾아와서 자신과 자신의 일행을 위해 운전을 부탁한다. 수도권을 벗어난 지역으로 운전을 해 간다는 것이 위험하기는 하지만, 서울에서 집을 살 만한 목돈을 줄 수 있다는 뿌리치기 힘든 조건 때문에 짐은 안드레아와의 여행을 준비한다. 그런데 이 두 사람이 목적지인 만주 지방의 엔지까지 데리고 가야 하는 인물이 있다. 그가 바로 '무하마드 깐수'다.

> 그는 안드레아가 일하는 한국문명교류연구소의 소장이었다. 한국문명교류연구소는 2008년에 설립된 연구소로 그때 무하마드의 나이 일흔넷이었다. 지금은 백이십구 세다.(24)

무하마드 깐수는 실제로 1996년 교수 간첩 사건으로 대한민국을 떠들썩하게 만든 실존 인물인 정수일이 맞다. 소설에서 그는 129세의 필담으로만 의사소통이 가능한, 거의 식물인간 수준의 노인으로 등장한다. 실제 깐수는 간첩 혐의로 투옥된 감옥 안에서 아랍어 원전으로 된 '이븐 바투타'의 기행문을 번역했는데, 소설 속에서도 투옥된 당시 교도관에게 "역사의 발달 과정과 문명 교류의 중요성에 대해 장황하게 설명"하는 것을 낙으로 시간을 보내는 인물로 묘사된다.

짐과 깐수 일행은 국경을 건너는 도중 테러리스트들을 지원한다는 혐의로 체포되어 이주국에 수감되는데, 이주국 직원은 깐수를 "거대담론 비슷한 어떤 것에 완전히 빠져 있는" "늙어버린 미라"라고 생각한다. 이러한 무하마드의 삶 중 어느 것에도 짐은 감정이입이 되지 않는다. "학문에 대한 열의, 민족에 대한 애정, 가족에 대한 사랑, 미래에 대한 확신, 과거에 대한 그리움. 짐은 어느 하나 이해할 수 없었다."(27)

2063년이라는 미래 사회에서 무하마드라는 인물은 유토피아적 상상을 온몸에 새기고 있는 미라 같은 존재다. 무하마드가 평생을 걸고 이루고자 했던 모든 것들은 얼핏 보기에는 이데올로기에 휘둘린 결과들이라고 해석될 수도 있지만, 그의 파란만장한 인생에서 행해진 여러 선택이 결과적으론 "기존의 '존재 구조'를 파괴하는 방향"으로 작용했다고 볼 때 그는 유토피아적 인간이 맞다.[15] 미래의 그 역시 자신의 육체도 운신하지 못하는 존재지만 여전히 총기 소지로 무법천지가 되고 있는 사회를 변화시키기 위해 '노 모어 건스' 운동을 지휘하는 배후 역할을 담당하고 있다. 그러나 늙은 그를 대신해서 세상을 변화시켜 줄 젊은 세대는 그에게 전적으로 동의하기 힘들다.

> 　나는 비극을 겪은 적이 없어. 보리는 생각했다. 비극을 소비하는 상상을 한 적도 있었다. 운석이나 핵폭탄, 지진이 덮쳐 폐허가 된 도시에 반려동물과 함께 살아남은 인류 최후의 생존자. 그러나 나는 그냥 재능 없는 노동자고 새로운 걸 꿈꾸기엔 너무 피곤해. 보리는 쉬는 시간의 대부분을 청소하는 데 썼고 가끔 누워서 핸드폰을 했다. 갈 수 없는 여행지를 검색하여 자신과 여행지 사이의 물리적 거리를 체험했다.(137)

　　실제로 간수가 국경을 넘는 것을 돕게 되는 이주국 직원인 '보리' 역시 그를 돕는 것에 어떠한 큰 사명이나 비장한 각오 따위는 없다. 유토

---

15) 만하임은 이데올로기와 유토피아가 실제로 많은 부분에서 유사성을 보이는데, 이데올로기가 기존의 질서와 체제를 유지하기 위한 욕망이라면 유토피아는 그것들을 파괴하는 방향으로 작용하는 것에서 차이를 보인다고 하였다. 카를 만하임, 임석진 옮김, 『이데올로기와 유토피아』(김영사, 2012), 404쪽 참조.

피아적 상상은 단지 늙은 육체에 깃든 꿈과도 같은 것이다. 젊은 세대들에게는 파국의 세상마저 소비되는 낭만적 이미지에 지나지 않으며 '노 모어 건스' 조직에 입단하는 것에 어떤 사명감도 없다. 보리는 다음과 같이 독백한다. "내 삶에는 아무런 의미가 없어."

두 번째 유토피아적 상상의 기호는 평양과 류경호텔이다. 평양은 철저한 도시계획하에 사회주의 국가의 유토피아적 상상을 실현한 장소다. 평양의 건축물 중 실제 류경호텔은 3,000개 객실과 7개 회전 레스토랑이 있는 세상에서 제일 큰 호텔이며 가장 높은 건물로 계획된 건축물이었다. 하지만 이것은 수십 년 동안 미완성인 채로 남아 있는데, 그 이유로 건축물을 완공하기 위해 필요한 고급 콘크리트를 충당하기엔 역부족이었던 재정 문제가 컸다. 북한 정부는 류경호텔의 완공을 위해 해외 자본을 구하려 했지만, 결국에는 애초의 계획과는 달리 미완성된 더 검소한 오성(五星) 호텔에 그칠 수밖에 없었다.

2063년 짐의 눈에 들어온 평양의 모습은 암울한 회색빛이며, 류경호텔은 이주국 사무실이자 난민 수용소, 불법 이주자와 테러리스트의 유치장으로 사용된다.

해가 지기 시작했고 평양은 미래에서 과거로 워프하는 도시처럼 보였다. 그러니까 과거에 만들어진 미래의 도시. 그러나 미래는 오지 않았고 지금 우리가 있는 곳은 어디지. 짐은 생각했다. (……) 정부는 평양을 보존할 것인가 새롭게 꾸밀 것인가 논의했고 논의가 끝나기 전에 일이 벌어졌다. 먼지가 대륙을 덮었고 도시는 어둠과 빛 사이에 버려졌다. 그것은 과거도 미래도 현재도 아니었다. 사람들은 시간의 줄이 끊긴 역사학자가 되어 먼지로 가득한 도시의 옥상에 조명등을 설치했고 쉴 곳을 찾

아 거리를 헤맸다.(62-63)

류경호텔은 세계 최대 규모의 호텔을 목적으로 1989년에 착공되었지만 자금 부족으로 완공되지 못한 채 칠십 년 동안 평양 시내를 지켰다. 삼천 사백여 개의 방이 있었지만 인테리어를 할 돈이 없었고 묵을 손님도 없었다. 호텔 내부는 개미굴처럼 복잡하고 음산했으며 맨틀과 지층 사이에 낀 거대한 동공, 출구 없는 미로이자 종유석이 가득한 해저의 동굴이었다. 그러니까 인류가 낳은 최대의 유산이야, 라고 동료 직원은 말했지만 보리는 인류 최대의 멍청한 짓이라고 생각했다. 당국은 류경호텔을 이주국 사무실이자 난민 수용소, 불법 이주자 및 테러리스트의 유치장으로 사용했다.(69)

정지돈 작가는 인터뷰에서 북한이 "체제를 만들어 가는 과정에서 건축이나 언어를 사용하는 방식, 도시 형태 같은 것들이 흥미로웠"으며 "간첩이나 군인을 등장시키지 않고, 북한을 전혀 다른 방식으로 쓰"는 것의 가능성을 시도했다고 말했다. "공간은 자본주의의 모순을 내재화"[16]하기도 하지만, 평양의 거리는 자본의 흐름에 의해 과잉과 결핍의 지도로 형성되는 서울의 거리와는 다르다. 서울이 자본의 이데올로기를 반영한 공간이라면 평양은 사회주의적 유토피아의 열망이 구획된 거리와 구조물로 변형된 공간이다.

소설 속의 평양은 폐허에 가깝다. 공간은 그 안에 더 이상 원래 자신

....

16) 앤리 메리필드, 「앙리 르페브르: 공간에 관한 사회주의자」, 마이크 크랭 · 나이절 스리프트 엮음, 최병두 옮김, 『공간적 사유』(에코리브르, 2013), 297쪽.

유토피아 문학

에게 투영되었던 유토피아적 열망도, 또는 통일 후 스며들었을 남한의 이데올로기에 의해 물신화된 모습도 아니다. 시간이 멈춰 버린 먼지 속의 공간이다. 그 안에 자리 잡은 류경호텔 역시 사회주의적 유토피아도, 자본주의의 모순이 지배하는 공간도 아니다. 류경호텔을 지배하는 질서는 우리에게 새로운 얼굴이다. 류경호텔의 공간을 점령하는 위계는 난민들, 테러리스트들과 그들을 관리하는 집단들이 만든 질서에 의해 지배받는다.

원래 류경호텔이 목적으로 한 것은 앙리 르페브르(Henry Lefebvre))가 말한 '공간의 재현'[17]이었을 것이다. 이러한 공간은 기호, 은어, 암호화, 객관화된 재현들로 구성된다. 이것은 '고안된(conceived) 공간'이며, 이데올로기, 권력, 지식과 같은 것들이 이 재현에 체현된다. 르페브르는 이렇게 고안된 공간과 별도로 '체험된 공간', 즉 일상적 경험의 공간을 '재현적 공간'으로 불렀다. 대부분의 사회에서는 '재현적 공간'보다는 '고안된 공간'에 의미 부여를 하며, '고안된 공간'은 '재현적 공간'을 억압하게 된다. 이 둘의 변증법적 작용으로 르페브르의 '삼원적 결정'의 하나인 '공간적 실천'이 이루어진다. 하지만 미완성된 류경호텔은 사회주의 유토피아를 위한 '공간의 재현'을 제대로 구현하지 못하게 되고, 소설 공간 안에서 난민들의 수용으로 인해 갑자기 예상치 못한 '재현적 공간'으로서 기능하게 된다. 그리고 그곳을 지배하는 질서는 전혀 경험해 보지 못한 새로운 풍경을 만들어 낸다.

난간에 기대 담배를 피우고 있는 여자가 보였다. 그녀는 허공에 담뱃

---

17) 앤리 메리필드, 앞의 책, 299쪽.

재를 털었다. 난간은 사람들이 올려놓은 이불보와 빨랫감, 화분 등으로 빼곡했다. 복도를 따라 늘어선 문과 벽은 각양각색의 타일과 벽지, PVC로 마감되어 있었고, 외국의 언어로 된 메시지나 일러스트로 어지럽게 장식되어 있었다.

복도를 따라 내려가자 웅성거림이 명확히 들렸다. 활짝 열린 문 안으로 생활환경이 그대로 보였다. 어떤 여자는 방안에 재봉틀을 놓고 원피스를 수선했고 남자는 할머니의 머리를 잘라주고 있었으며 일군의 사람들이 모여 TV에서 나오는 축구 중계를 보고 있었다. 짐은 어리둥절한 표정으로 주위를 둘러봤다. 아무도 짐을 신경 쓰지 않았다. 난민층은 수용소가 아니라 캠핑장이었다.(75-76)

난민들에 의해 점유되면서 류경호텔은 미완의 '공간의 재현'에서 일상의 '재현적 공간'으로 전유된다. 표면적으로는 억압과 무질서가 공존하지만 그 안에서 그들은 사랑하고 생활하고 창조한다. 난민들은 사회주의의 우월성을 체화한 건물, 류경호텔을 탈신비화하면서 그 안에 새로운 생활의 질서를 만들어 낸다. 호텔의 바깥 세상을 지배하는 질서 체제를 벗어난 공간이라는 의미에서 류경호텔은 디스토피아 안에 존재하는 헤테로토피아(heterotopia)[18]적 공간이기도 하다. 이곳의 이주국은

----

18) 푸코는 세상의 온갖 장소들과 절대적으로 다른 장소들이 있으며, 이것들은 자기 이외의 모든 장소들에 맞서서, 어떤 의미로는 그것들을 지우고 중화하고 혹은 정화하는 역할을 한다고 한다. 그는 이러한 장소들을 반공간(contre-espaces), 위치를 가지는 유토피아, 즉 헤테로토피아라고 명명한다. 푸코의 헤테로토피아는 자기만의 반공간, 자리 매겨진 유토피아, 모든 장소 바깥의 실제 장소들로, 정원, 묘지, 감호소, 사창가, 감옥, 휴양촌과 같은 형태로 나타나는데, 이 개념은 '여기보다 더 나은 장소의 유토피아'

난민들이 거주하는 공간에 어떤 물리적 규제도 가하지 못한다. "이주국 직원들은 난민층에 얼씬도 하지 않았다. 배식 엘리베이터로 치킨버거와 콜라를 내려보냈고 극소량의 생필품을 전달할 뿐이었다. 난민층 사람들은 자급자족하는 법을 배웠고 류경호텔에 둥지를 틀었다. 심지어 난민 지위가 받아들여져도 나가지 않았다."(78) 호텔 안 난민들의 공간은 그곳만의 질서로 유지된다. 사람들은 무법천지이며 먼지로 가득한 아포칼립스적 이미지의 바깥 세상 대신, 부분적 자유를 포기한 호텔 내의 공간을 택한다. 이것은 '축제'를 통해 '재현적 공간'이 '공간의 재현'의 신비화를 풀고 일상을 '탈소외'화하기를 바란 르페브르의 공간적 실천과 닿아 있다. 그런 점에서 소설 안에 나타난 류경호텔에 대한 상상은 디스토피아의 암울한 현실보다는 바로 유토피아의 탈신비화와 그 안에 디스토피아적 상상이 가지는 생산성에 관한 이야기이다.

4 비어 있는 유토피아: 계속되는 길

소설의 결말은 이주국 직원들이 호텔에서 탈출한 일행들을 숨겨준 ADRA를 습격하면서 벌어진 총격전으로 마무리된다. 가까스로 탈출한 무하마드는 옌지에서 새롭게 출발할 수 있다는 희망을 가지고 흥남항으로 간다. "(무하마드의) 새로운 천년왕국, 짐은 그런 말을 믿지 않았고 나도 그런 말을 믿지 않는다. 그러나 떠나는 건 나쁘지 않다.

보다는 좀 더 넓은 공간의 위상학 개념으로 볼 수 있다. 미셸 푸코, 『헤테로토피아』(문학과지성사, 2014), 12-16쪽 참조.

짐은 알겠다고 했다. 달리 뭐라고 하겠는가"라는 결말은 이 소설이 세상에, 문학에 대해 말하려고 하는 시선을 드러낸다. 이것은 무하마드를 끝까지 포기하지 않는 짐의 친구, 안드레아의 모습과 동일하다. 바벨탑과 같은 류경호텔을 탈출하는 과정에서 안드레아는 움직이지도 못하는 무하마드를 운반하면서 죽을 것 같은 고통을 느낀다. 실제로 무하마드의 '소용(所用)'은 소설의 어느 곳에서도 구체적으로 언급된 바 없다. 오히려 그에 대한 서술 안에는 그가 상징하는 과거에서부터 미래를 향한 상상에까지 조소 서린 문장들만이 눈에 띈다. 하지만 소설의 여러 등장인물들은 끝까지 그를 포기하지 않으면서 다시 길을 떠난다.

평양으로 가는 도중 짐과 안드레아는 동이 터오는 지평선을 바라보는 순간을 맞이한다.

동이 터오자 먼지구름이 지평선을 가로지르며 움직이는 모습이 보였다. 짐은 헤드라이트를 끄고 푸른빛이 점령하는 하늘을 보았다. 해가 뜨고 있었고 먼지로 가득한 대기를 뚫고 내려온 햇살이 산등성이의 숲을 비추었다. (……) 모든 것이 사라진 그물 모양의 지도 위로 곡선형 도로가 끝없이 이어졌다. 짐은 이 도로와 순간들을 기억할 것이다. 그는 자신의 옆을 스쳐 간 모든 자연물과 인공적인 구조물, 사람과 동물, 형태와 시간, 바람, 빛, 하늘, 나무와 흙먼지 그리고 생각들이 어디서 오고 어디로 가는지, 무엇이 이것들을 만들고 파괴하고 외면하는지 생각했고 생각의 아득함과 무력함을 느끼며 더 이상 아무것도 바랄 게 없다고 생각했다. (……) 안드레아는 두 손으로 얼굴을 만지며 자신의 안에 뭔가 보편적이고 이상적인 것이 있는지 느끼려 했다. 처음 보는 풍경이 그의 눈앞에 있었고 그러나 이것은 너무나 어둡고 칙칙한 곳에 내려앉은 한 줄기

유토피아 문학

빛일 뿐이다. 곧 먼지가 이곳을 덮을 것이고 우리가 지나온 도로를 잠식할 것이다. 안드레아는 측정할 수 없는 슬픔을 느꼈지만 동시에 몸 안에서 뛰는 심장의 이상적인 박동을 느끼며 은진에게 편지를 썼다. 사랑하는 은진.(117-118)

먼지 덮인 암흑 속에서 "푸른빛이 점령한 하늘"이 보여 주는 도로는 짐이 "더 이상 아무것도 바랄 게 없다고 생각"하게 만드는 유토피아적 이미지다. 하지만 그 안에는 모든 것이 사라져 버렸다. "견고한 모든 것은 대기 속으로 녹아(All that is solid melts into air)" 버리는 것이 지난 세기 많은 사람들이 열망했던, 실패한 유토피아라면 짐과 안드레아는 그것의 흔적을 이 장면에서 목격한다. 이것이 '뭔가 보편적이고 이상적인 것'일까 생각해 보지만 그것은 한 줄기 빛에 지나지 않는다. 그래도 그 빛은 심장을 뛰게 하고 사랑하는 사람을 그립게 만든다. '푸른빛이 점령한 하늘이 보여 주는 도로'는 찰나에 지나지 않지만 '힘들지만, 가능할 수 있는 더 나은 세계, 에우토피아'를 상상하게 한다. 이렇게 '비어있는 유토피아'의 이미지는 구체화된 유토피아적 상상이 가져올 수 있는 폭력과 억압을 제거하고 있다. 내용 대신 상상의 행위는 유효하다. "진정한 이상주의자만이 진정한 허무주의자가 될 수 있다"는 정지돈 작가의 말은 '진정한 허무주의자만이 진정한 이상주의자가 될 수 있다'로 읽을 수는 없을까?

『작은 겁쟁이 겁쟁이 새로운 파티』가 담고 있는 풍자적 메시지는 '언어'를 둘러싼 근대적 열망에 대한 비판과 '거대담론'에 대한 비판으로 나누어 읽힐 수 있다. 많은 디스토피아 고전들이 디스토피아적 현실을 견뎌 내기 위한 방법으로 언어를 선택하였지만, 이 소설의 방식은 이들과는 차이를 두고 있다. 주인공 짐의 글쓰기는 내용을 통해 '진리'를 추구하는 방식이 아니라 글 쓰는 행위, 즉 '수행'을 통해 자신의 존재를 느끼게 만든다. 이러한 방식은 '글쓰기', '말하기'가 지난 세기 동안 누려 온 위치를 비판적으로 바라보지만, 그것들의 역할을 전면적으로 부정하지는 않는다. 이러한 태도는 '거대 담론'에 대해서도 동일하게 나타난다. 무하마드 깐수에 대한 서사와 류경호텔의 역사에 대한 문장들은 이데올로기의 허무함에 대한 비판을 드러냄과 동시에 그것들을 향한 연민을 지니고 있다. 앞서 언급한 것처럼 유토피아의 또 다른 자아인 디스토피아는 초월적이거나 지배적인 유토피아적 열망에 대한 패러디적 전환을 결합하면서, 둘은 창조적으로 변형을 거듭하는 공생의 관계 안에 묶여 있다. 이런 관점에서 유토피아적 상상의 중요한 요소인 이데올로기와 그것의 도구인 언어를 자기만의 방식으로 전유하고 비워내는 『작은 겁쟁이 겁쟁이 새로운 파티』는 유토피아적 상상에 대한 비판적 디스토피아 서사라고 할 수 있겠다.

디스토피아는 유토피아의 뿌리를 현실이라는 땅으로 끌어당겨 묻는 산초다. 돈키호테의 열망을 비웃은 산초가 어쩌면 돈키호테보다도 더 '현실적인' 이상주의자이지 않을까? 디스토피아는 단순히 유토피아의 반대편 상상이 아니며, 유토피아의 한계를 암시하고 현실적 문제를 자각하게 하는 힘이 내재하는 문학적 서사가 될 수 있다. 그렇다면 앞으로 한국문학의 다양성을 가지고 올 잠재적인 디스토피아 소설은 유토피아 서사의 또 다른 자아로 적극적으로 읽어야만 하는 당위성이 있다.

참고문헌

1부 1장 몫 없는 자들을 위한 공유사회의 꿈

국내 출간 도서

에드워드 W. 사이드, 주은우 옮김, 『프로이트와 비유럽인』, 창비, 2005.

토머스 모어, 주경철 옮김, 『유토피아』, 을유문화사, 2007.

외국 논문 및 저서

Claeys, Gregory, (ed.) *The Cambridge Companion to Utopian Literature*, New York, 2010.

Goodwin, Michael, "Lord of Flies in Zuccotti Park", *The New York Post*, NYP Holdings, 20 Oct. 2011. Web. 4 Feb. 2012.

Greenblatt, Stephen, *Renaissance Self-Fashioning*, Chicago: University of Chicago Press, 1980.

Hogan, Sarah, "What More Means Now: Utopia, Occupy, and the Commons", *Upstart*, 2013. 9.

Jacoby, Russell, *Picture Imperfect: Utopian Thought for an Anti-Utopian Age,* New York: Columbia UP, 2005.

Jameson, Fredric, "Of Islands and Trenches: Neutralization and the Production of Utopian Discourse", *Diacritics* 7.2, 1977.

_____, *The Political Unconscious,* Ithaca: Cornell UP, 1981.

_____, "The Politics of Utopia", *New Left Review* 25, Jan/Feb, 2004.

_____, *Archaeologies of the Future: The Desire Called Utopia and Other Science Fictions,* London and New York: Verso, 2005.

Kendrick, Christopher, "More's Utopia and Uneven Development", *Boundary* 2 13.2, 1985.

Knapp, Jeffrey, *An Empire Nowhere: England, America, and Literature from Utopia to The Tempest,* Berkeley: University of California Press, 1992

Marin, Louis, "Frontiers of Utopia: Past and Present", *Critical Inquiry* 19.3, Spring 1993.

_____, *Utopics: Spatial Play,* trans. Robert A. Vollrath, Atlantic Highlands: Humanities, 1984.

Marcuse, Herbert, "The End of Utopia", *Five Lectures,* Beacon Press, 1970.

More, Thomas, *Utopia,* trans. & ed. Robert M. Adams, New York& London: W. W. Norton Company, 1992.

Moylan, Tom, *Demand the Impossible: Science Fiction and the Utopian Imagination,* New York: Methuen, 1986.

_____, *Scraps of Untainted Sky: Science Fiction, Utopia, and Dystopia,* Boulder: Westview, 2000.

Sage, Carolyn, "Organizing Thought 11: Join Us, the Bottom-lining Idealists!!", *Labonneviveuse*(Wordpress.com weblog), 28 Nov. 2011. Web. 7 2012.

Survin, Darko, "Defining the Literary Genre of Utopia: Some Historical Semantics, Some Genealogy, a Proposal and a Plea", *Studies in the Literary Imagination* 6. 2.

Fall 1973.

Wallace Henley, "Occupy Wall Street, Idealism, and Original Sin", *The Christian Post*, The Christian Post, Inc., 8 Nov. 2011. Web. 5 Feb. 2012.

Wegner, E. Philip, *Imaginary Communities: Utopia, the Nation, and the Spacial Histories of Modernity*, Berkeley: University of California Press, 2002.

Whittington, Mark, "Occupy Wall Street Shows Why Utopias Always Fail", *Yahoo News*, 22 Oct. 2011. Web. 4 Feb. 2012.

1부 2장 노동과 예술, 휴식이 어우러진 삶

국내 출간 도서

미셸 푸코, 이상길 옮김, 『헤테로토피아』, 문학과지성사, 2014.

박홍규, 『윌리엄 모리스 평전』, 개마고원, 2007.

에드워드 톰슨, 엄용희 옮김, 『윌리엄 모리스 2: 낭만주의자에서 혁명가로』, 한길사, 2012.

윌리엄 모리스, 박홍규 옮김, 『에코토피아 뉴스』, 필맥, 2008.

외국 논문 및 저서

Abensour, Miguel, "William Morris: The Politics of Romance", *Revolutionary Romanticism*, (ed. & trans.) Max Blechman, San Francisco: City Lights Books, 1999.

Beaumont, Matthew, "News from Nowhere and the Here and Now: Reification and the Representation of the Present in Utopian Fiction", *Victorian Studies* 47.1, 2004.

Brantlinger, Patrick, "News from Nowhere: Morris's Socialist Anti-Novel", *Victorian Studies* 19.1, 1975.

Ferns, Chris, *Narrating Utopia: Ideology, Gender, Form in Utopian Literature*, Liverpool: Liverpool UP, 1999.

Holzman, Michael, "Anarchism and Utopia: William Morris's News from Nowhere", *ELH* 51.3, 1984.

Morris, William, *News from Nowhere or an Epoch of Rest*, (ed. & intro.) David Leopold, Oxford: Oxford UP, 2003.

Nancy, Jean-Luc, "In Place of Utopia", *Existential Utopia: New Perspectives on Utopian Thought*, (ed.) Patricia Vieira and Michael Marder, New York: Continuum, 2012.

Plotz, John, "Nowhere and Everywhere: The End of Portability in William Morris's Romances", *ELH* 74, 2007.

인터넷 자료

Morris, William, "Art and Industry in the Fourteenth Century," The William Morris Internet Archive: Works, https://www.marxists.org/archive/morris/works/1887/artandindustry.htm.

_____, "Looking Backward", The William Morris Internet Archive: Works, https://www.marxists.org/archive/morris/works/1889/commonweal/06-bellamy.htm.

_____, "The Lesser Arts of Life," The William Morris Internet Archive: Works, https://www.marxists.org/archive/morris/works/1882/life1.htm.

_____, "The Socialist Ideal: Art," The William Morris Internet Archive: Works, https://www.marxists.org/archive/morris/works/1891/ideal.htm

_____, "Useful Work versus Useless Toil," The William Morris Internet Archive: Works, www.marxists.org/archive/morris/works/1884/useful.htm.

1부 3장 유토피아적 열망과 새로운 삶의 창출

국내 출간 도서

카를 마르크스, 김수행 옮김, 『자본론』 3(하), 비봉출판사, 2004.

외국 논문 및 저서

Bogdanov, Alexander, *Red Star: The First Bolshevik Utopia,* (ed.) Loren R. Graham and Richard Stites, (trans.) Charles Rougle, Bloomington: Indiana University, 1984.

_____, "Socially Organised Society: Socialist Society" in *A Short Course of Economic Science*, revised edition, (trans.) J. Fineberg, London: Communist Party of Great Britain, 1925.

Cleaver, Harry, *Rupturing the Dialectic: The Struggle against Work, Money, and Financialization*, Chiago and Edinburgh: AK Press, 2017.

Deleuze, Gilles, "Literature and Life," *Essays Critical and Clinical*, (trans.) Daniel W. Smith and Michael A. Greco, Minneapolis: University of Minnesota Press, 1997.

Deleuze, Gilles and Guattari, Félix, *A Thousand Plateaus: Capitalism and Schizophrenia*, (trans.) Brian Massumi, Minneapolis: University of Minnesota Press, 1987.

Foucault, Michel, *Government of Self and Others*, (trans.) Graham Burchell, Basingstoke: Plagrave Macmillan, 2010.

Kant, Immanuel, "An Answer to the Question: What is Enlightenment?", in *Kant's Political Writings*, (ed.) Hans Reiss, Cambridge: Cambridge University Press, 1970.

Lenin, V. I., "On Cooperation", in *The Lenin Anthology*, (ed.) Robert C. Tucker, New York · London: W.W. Norton & Company, 1975.

_____, "The Party Organization and Party Literature", in *The Lenin Anthology*.

Marx, Karl, *Grundrisse: Foundations of Critique of Political Economy*(Rough Draught), (trans.) Martin Nicolaus, Harmondsworth: Penguin Books, 1993.

_____, *Karl Marx Friedrich Engels Band 40*, Berlin : Dietz Verlag, 1985.

Nietzsche, Friedrich, "David Strauss, the Confessor and the Writer", in *Untimely Meditations*, (ed.) Daniel Breazeale, (trans.) R. J. Hollingdale, Cambridge: CUP, 1997.

Sochor, Zenovia A., *Revolution and Culture: The Bogdanov-Lenin Controversy*, Ithaca: Cornell University Press, 1988.

Wark, McKenzie, *Molecular Red: Theory for the Anthropocene*, London: Verso, 2015.

인터넷 자료

Bogdanov, Alexander, "Socialism in the Present Day": https://libcom. org/library/ socialism-present-day-alexander-bogdanov.

Bookchin, Murray, "Utopia, not futurism: Why doing the impossible is the most rational thing we can do": http://unevenearth.org/2019/10/bookchin_doing_ the_impossible/.

2부 4장 한국에서 정착된 '유토피아' 개념의 형성 과정

국내 논문 및 저서

김교봉, 「『철세계』의 과학소설적 성격」, 『과학소설이란 무엇인가』, 국학자료원, 2000.

김종방, 「1920년대 과학소설의 국내 수용 과정 연구──〈80만년 후의 사회〉와 〈인조 노동자〉의 경우」, 《현대문학의 연구》 44, 2012.

김종욱, 「쥘베른 소설의 한국 수용과정 연구」, 《한국문학논총》 49집, 2008,

김지영, 『매혹의 근대, 일상의 모험』, 돌베개, 2016,

김창식, 「서양 과학소설의 국내 수용 과정에 대하여」, 『과학소설이란 무엇인가』, 국학자료원, 2000,

김형국, 「1919-1921년 한국 지식인들의 개조론에 대한 인식과 수용에 대하여」, 《충남사학》 11, 1999,

나인호, 『개념사란 무엇인가』, 역사비평사, 2011.

문강형준, 『파국의 지형학』, 자음과모음, 2011,

박근갑 외, 『개념사의 지평과 전망』, 소화, 2015.

이경구 외, 『개념의 번역과 창조』, 돌베개, 2012.

이상혁, 「근대 한국(조선)의 서양 외래어 유입과 그 역사적 맥락」, 《언어와 정보사회》 23, 2014,

이정옥, 「페미니스트 유토피아로 떠난 모험 여행의 서사」, 『과학소설이란 무엇인가』, 국학자료원, 2000,

이종은 외, 「한국문학에 나타난 유토피아 의식 연구」, 《동아시아문화연구》 28, 1996.

작자 미상, 「우리 운동은 왜 진전되지 않는가」, 《한청》 제3호, 1935,

장노현, 「인종과 위생──〈철세계〉의 계몽의 논리에 대한 재고」, 《국제어문》 58, 2013.

한민주, 「인조인간의 출현과 근대SF문학의 테크노크라시」, 《한국근대문학연구》 25, 2012.

허혜정, 「논쟁적 대화: H. G. 웰즈의 근대유토피아론과 조선 사회주의 문예운동」, 《비평문학》 63, 2017.

2부 5장 '아름다운 마을'은 내 마음속에?

국내 논문

윤상인, 「포섭과 지배장치로서의 문학번역사토 하루오와 중국」, 《아시아문화연구》 제37집, 2015, 84-108쪽.

이지형, 「우울의 실체로서의 〈환각〉과 〈죽음〉」, 《일본어문학》 제41집, 2009, 243-263쪽.

외국 논문 및 저서

海老原由香, 「佐藤春生『美しき町』論序說」, 『駒澤女子大學硏究紀要』 第5号, 1998, 67-76쪽.

大內秀明, 『ウィリアム・モリスのマルクス主義: アーツ&クラフツ運動を支えた思想』, 平凡社新書, 2012, 126-127쪽.

折口信夫, 「異鄕意識の進展」, 千葉俊二(編), 『日本近代文學評論選[明治・大正篇]』, 岩波文庫, 2003, 263-264쪽.

ドナルド・キーン, 德岡孝夫(譯), 『日本文學の歷史11 近代・現代篇2』, 中央公論社, 1996, 321-322쪽.

佐藤春夫, 『美しき町』, 岩波文庫, 1992, 17-80쪽.

フレドリック・ジェイムソン, 秦邦生(譯), 『未來の考古學: 第一部 ユートピアという名の欲望』, 作品社, 2011, 8-19쪽.

長幸男, 『昭和恐慌: 日本ファシズム前夜』, 岩波現代文庫, 2001, 39-40쪽.

永井荷風, 『西遊日誌抄・新歸朝者日記』, 春陽堂, 1932, 62쪽.

ウィリアム・モリス, 川端康雄(譯), 『ユーピアだより』, 岩波文庫, 2013, 435-436쪽.

2부 6장 '동천'에 대한 기억의 소환

국내 논문

가오싱젠, 이상해 옮김, 『영혼의 산(靈山) 1-2』, 현대문학북스, 2001(1999).

가오싱젠, 박주은 옮김, 『창작에 대하여(論創作)』, 돌베개, 2015(2008).

김경석, 「'大同'과 '桃花源'이후 유토피아는 어떻게 재현되는가——格非의 '人面桃花'에 대한 一考」, 《비교문화연구》 제42집, 2016, 7-22쪽.

유토피아 문학

미셸 푸코, 이상길 옮김, 『헤테로토피아』, 문학과지성사, 2014(1984).

박민호, 「1980년대 초 중국의 '소설현대화'논의와 그 한계——가오싱젠의 『현대소설
    기교초탐(現代小說技巧初探)』과 관련 논쟁을 중심으로」, 《중국현대문학》 제80
    호, 2017, 133-154쪽.

박영순, 「화인 디아스포라문학지형과 네트워크——가오싱젠을 중심으로」, 《중국학논
    총》 제47집, 2015, 169-205쪽.

이명호 외, 『유토피아의 귀환』, 경희대학교 출판문화원, 2017.

외국 도서

高行健, 『靈山』, 臺北: 聯經, 2010.

2부 7장 하위주체는 꿈꿀 수 있는가?

국내 논문 및 저서

고혜선 편역, 『마야인의 성서, 포폴 부』, 여름언덕, 2005.

디페시 챠크라바르티, 김택현·안준범 옮김, 『유럽을 지방화하기: 포스트식민 사상
    과 역사적 차이』, 그린비, 2014.

미할리스 멘티니스, 서창현 옮김, 『사빠띠스따의 진화』, 갈무리, 2009.

발터 베냐민, 최성만 옮김, 「이야기꾼: 니콜라이 레스코프의 작품에 관한 고찰」, 『발
    터 베냐민 선집 9: 서사, 기억, 비평의 자리』, 도서출판 길, 2012.

사파티스타 부사령관 마르코스, 박정훈 옮김, 『마르코스와 안토니오 할아버지: 부사
    령관 마르코스가 들려주는 하늘과 땅, 사람의 이야기』, 다빈치, 2001.

월터 미뇰로, 김영주·배윤기·하상복 옮김, 「사파티스타의 이론 혁명——그 역사적
    ·윤리적·정치적 영향들」, 『서구 근대성의 어두운 이면: 전 지구적 미래들과
    탈식민적 선택들』, 현암사, 2018.

전용갑, 황수현, 「마야의 경전 『포폴 부』에 구현된 심층생태학적 유토피아」, 《비교문

화연구》42, 2016, 47-68쪽.

후아나 폰세 데 레온 엮음, 윤길순 옮김, 『우리의 말이 우리의 무기입니다』, 해냄,
2002.

외국 논문 및 저서

Ashcroft, Bill, *Utopianism in Postcolonial Literatures*, Londdon and New York:
Routledge, 2017.

Beauchesne, Kam and Alessandra Santos, *The Utopian Impulse in Latin America*,
New York: Palgrave Macmillan, 2011.

Brugos, Elizabeth, Me llamo Rigoberta Menchú y así me nació la conciencia,
México: Siglo Veintiuno Editores, 1985.

Herlinghaus, Hermann, *Renarración y descentramiento: Mapas alteranativos de la
imaginación en América Latina*, Madrid: Iberoamericana, 2004.

Kumar, Krishan, *Utopianism*, Minneapolis: University of Minnesota Press, 1991.

Levitas, Ruth, *The Concept of Utopia*, Oxford: Peter Lang, 2011.

Spivak, Gayatri Chakravorty, "Can the Subaltern Speak?", *Marxism and the
Interpretation of Culture*, (ed.) L. Grossberg and C. Nelson, Urbana: University
of Illinois Press, 1988.

Subcomandante Marcos, *Relatos del viejo Antonio*, San Cristóbal de las Casas:
CIACH, 1998.

_____ and Yvon Le Bot, *El sueño Zapatista*, Barcelona: Plaza & Janés, 1997.

Vanden Berge, Kristine, *Narrativa de la Rebelión Zapatista: Los Relatos del
Subcomandante Marcos*, Madrida: Iberoamericana, 2005.

신문기사 및 인터넷 자료

박보희, 「한번은 무조건 다친다──목숨걸고 달리는 배달 청소년들」, 《머니투데이》,
2018. 12. 7.

국내 논문

김정화, 「샬럿 퍼킨스 길먼(1860-1935)의 급진주의 페미니즘: 여자만의 나라를 상상하다」, 《역사와경계》 104, 2017, 39-75쪽.

오현미, 「여성과 사회 진보: 사회주의 페미니스트 갬블의 진화된 차이 및 여성 우월성 담론에 대한 연구」, 《페미니즘 연구》 18.1, 2018, 377-431쪽.

이동환, 「우생학, 유전자 결정론 그리고 디스토피아」, 《채널 예스》, 2014. 03. 11. http://ch.yes24.com/Article/View/24582(검색일: 2020. 9. 16)

이봉지, 「엘렌 식수와 뤼스 이리가레에 있어서의 여성성과 여성적 글쓰기」, 《프랑스 문화 연구》 6(2001): 45-58쪽.

정을미, 「Hélène Cixous의 "여성적 글쓰기(l'Ecriture feminine)"」, 《한국프랑스학논집》 29(2000): 241-261쪽.

외국 논문 및 저서

Arnold, Bridgitte, "It Began This Way": The Synonymy of Cartography and Writing as Utopian Cognitive Mapping in Herland", *Utopian Studies* 17. 2(2006): 299-316.

Braidotti, Rosi(1994a), *Nomadic Subjects: Embodiment and Sexual Difference in Contemporary Feminist Theory*, New York: Columbia UP, 1994.

_____(1994b), "Toward a New Nomadism: Feminist Deleuzian Tracks; or, Metaphysics and Metabolism", eds. Constantin V. Boundas & Dorothea Olkowski. *Gilles Deleuze and the Theater of Philosophy*, New York: Routledge, 1994, 159-186.

Cixous, Hélène, "The Laugh of the Medusa", Eds. Chung Chung Ho and Lee So Young, *Feminism and Women's Literature*, Seoul: Hanshin Publishing Co., 1994, 554-577.

Clement, Catherine & Hélène Cixous, *La jeune née*, Paris: Union Generale d'Editions, 1975.

Evans, Lynne, ""You See, Children Were the Raison D'être": The Reproductive Futurism of Charlotte Perkins Gilman's Herland", *Canadian Review of American Studies* 44.2(Summer 2014): 302-319.

Gilman, Charlotte Perkins, *Women and Economics: A Study of the Economic Relation between Men and Women as a Factor in Social Evolution*, Boston: Small, Maynard & Co., 1898.

_____, *Herland*, Independently Published, 2018.

Hausman, Bernice L., "Sex before Gender: Charlotte Perkins Gilman and the Evolutionary Paradigm of Utopia", *Feminist Studies* 24(Fall 1998): 488-509.

Hudak, Jennifer, "The Social Inventor: Charlotte Perkins Gilman and the (Re) Production of Perfection", *Women's Studies* 32(June 2003): 455-477.

Irigaray, Luce, "Sexual Difference", ed. Toril Moi, *French Feminist Thought: A Reader*, Oxford: Basil Blackwell, 1987, 118-130.

Moylan, Tom, "Introduction: The Critical Utopia", *Demand the Impossible: Science Fiction and the Utopian Imagination*, London: Methuen, 1986, 1-12.

Seitler, Dana, "Unnatural Selection: Mothers, Eugenic Feminism, and Charlotte Gilman's Regeneration Narratives", *American Quarterly* 55(2003): 61-88.

3부 9장 페미니스트 연대와 유토피아의 접경

국내 논문 및 저서

김홍중, 『사회학적 파상력』, 문학동네, 2016.

루스 이리가레, 정소영 옮김, 『사랑의 길』, 동문선, 2002.

루스 이리가레 · 마이클 마더, 이명호 · 김지은 옮김, 『식물의 사유: 식물 존재에 관한 두 철학자의 대화』, 알렙, 2020.

송은주, 「녹색 유토피아: 페미니스트 유토피아 소설 『허랜드』와 『시간의 경계에 선 여자』의 생태주의적 비전과 과학기술」, 《영어영문학연구》 58(2), 2016.

연효숙, 「여성의 시간과 아이온의 시간」, 《한국여성철학》 23, 2015.

이경란, 「70년대 미국 여성작가 SF 유토피아 전망의 모호성과 개방성: 어슐라 르 귄의 『빼앗긴 자들』과 마지 피어시의 『시간의 경계에 선 여자』」, 《영미연구》 49, 2020.

이정우, 「아이온의 시간에서 시간의 직접적 이미지들로: 들뢰즈의 시간론과 이미지론」, 《철학연구》 120, 2018.

이명호 외, 『유토피아의 귀환: 폐허의 시대, 희망의 흔적을 찾아서』, 경희대학교 출판문화원, 2017.

질 들뢰즈, 이정우 옮김, 『의미의 논리』, 한길사, 1999.

최하영, 「"피와 젖으로 봉인된 오래된 권력의 마지막 조각": 『성의 변증법』과 『시간의 경계에 선 여자』에 나타난 인공생식」, 《현대영미소설》 25(2), 2018.

외국 논문 및 저서

Albinski, Nan Bowman, *Women's Utopias in British and American Fiction*, Taylor & Francis Group, 2019(2nd version).

Beaumont, Matthew, *Utopia, Ltd.: Ideologies of Social Dreaming in England 1870-1900*, Brill, 2009.

Bellamy, Edaward, *Looking Backward 2000-1887*, Oxford UP, 2007.

Donawerth, Jane L. and Carol A. Kolemerten. "Introduction", *Utopian and Science Fiction by Women: Worlds of Difference*, Syracuse UP, 1994.

Frye, Northrop(1995), "Varieties of Literary Utopias", *Deadalus* 94(2), 323-347.

More, Thomas, *Utopia*, (tr. and ed.). Robert M. Adams, W. W. Norton Company, 1992.

Morris, William, *News from Nowhere or an Epoch of Rest*, Oxford UP, 2003.

Moylan, Tom and Raffaella Baccolini(ed.), *Utopia Method Vision: The Use Value of Social Dreaming*, Peter Lang, 2007.

Piercy, Marge, *Woman on the Edge of Time, Ballantine Books*, 2016.(마지 피어시, 변용란 옮김, 『시간의 경계에 선 여자 1, 2』, 민음사, 2010.)

Sargent, Lyman Tower, *British and American Utopian Literature, 1516-1975: An Annotated Bibliography*, G. K. Hall, 1979.

_____, *British and American Utopian Literature, 1516-1985: An Annotated, Chronological Bibliography*, Garland Publishing, 1988.

_____, *Utopian Literature in English: An Annotated Bibliography from 1516 to the Present*, Open Publishing(https://openpublishing.psu.edu/utopia/) (Access 2020.12.01.)

_____, "The Three Faces of Utopianism Revisited", *Utopian Studies* 5(2), 1994.

3부 10장 욕망이라는 유토피아

국내 출간 도서

에른스트 블로흐, 박성호 옮김, 『희망의 원리』, 솔, 1997.

외국 논문 및 저서

Atwood, Margaret, *The Handmaid's Tale*, London: Vintage, 1996.

Baccolini, Raffaella, and Tom Moylan, eds. *Dark Horizons: Science Fiction and the Dystopian Imagination*, New York: Routledge, 2003.

Bauman, Zygmunt, *Socialism: The Active Utopia*, New York: Homes and Meier, 1976.

Horan, Thomas, *Desire and Empathy in twentieth-century dystopian fiction*, Cham: Palgrave Macmillan, 2018, p.196-197.

Jameson, Fredric, *Archaeologies of the Future: The Desire called Utopia and Other Science Fictions*, London: Verso, 2005.

Jabobs, Naomi, "Dissent, Assent and the Body in Nineteen Eighty-Four", *Utopian Studies* 18. 1, 2007: 3-20.

Stein, Karen F., "Margaret Atwood's The Handmaid's Tale: Scheherazade in Dystopia", *University of Toronto Quarterly* 61, 1991: 269-79.

4부 11장 종말론 시대 유토피아 사유의 가능성

국내 논문 및 저서

강의혁, 「『로드』의 형식주의 실험: 장르소설과 미학주의의 변증법적 지양」, 《미국소설》 24.2 (2017), 5-42쪽.

권지은, 「더 로드와 9/11, 그리고 20세기 명백한 운명의 종언」, 《미국소설》 24.3 (2017): 5-28쪽.

김홍중, 『사회학적 파상력』, 문학동네, 2016.

나오미 클라인, 김소희 옮김, 『쇼크 독트린: 자본주의 재앙의 도래』, 살림 Biz, 2008.

슬라보예 지젝, 박대진·박제철·이성민 옮김, 『이라크: 빌려온 항아리』, 도서출판b, 2004.

이명호, 「공감의 한계와 부정적 감정: 허먼 멜빌의 「필경사 바틀비」」, 『감정의 지도 그리기: 근대/후기 근대의 문학과 감정 읽기』, 소명출판, 2015, 213-244쪽.

_____, 「유토피아 상상의 귀환과 재구성을 위하여」, 『유토피아의 귀환: 폐허의 시대, 희망의 흔적을 찾아서』, 경희대학교 출판문화원, 2017, 5-13쪽.

코맥 매카시, 정영목 옮김, 『로드』, 문학동네, 2008.

외국 논문 및 저서

Berger, James, *After the End: Representations of Post-Apocalypse*, Minneapolis:

Minnesota UP, 1999.

Brandt, Kenneth K., "A World Thoroughly Unmade: McCarthy's Conclusion to The Road", *The Explicator* 70.1(2012): 63-66.

Cooper, Lydia, "Cormac McCarthy's The Road as Apocalyptic Grail Narrative", *Studies in the Novel* 43.2(Summer 2011): 218-236.

German Monica, and Aris Mousoutzanis, ed. *Apocalyptic Discourse in Contemporary Culture*, New York: Routledge, 2014.

Hellyer, Grace, "Spring Has lost Its Scent: Allegory, Ruination, and Suicidal Melancholia in The Road", *Styles of Extinction: Cormac McCarthy's The Road*, New York & London: Continnum, 2011:45-62.

Hoberek, Andrew, "Cormac McCarthy and the Aesthetics of Exhaustion", *American Literary History* 23. 3(2011): 483-499.

Jameson, Frederic, *Archaeologies of the Future*, London & New York: Verso, 2007.

_____, "An American Utopia", *An American Utopia: Dual Power and the Universal Army*, ed. Slavoj Zizek, London & New York: Verso, 2016.

Kunsa, Ashley, "Maps of the World in its Becoming: Post-Apocalyptic Naming in Cormac McCarthy's The Road", *Journal of Modern Literature* 33.1(Fall 2009): 57-74.

Levitas, Ruth, *The Concept of Utopia*, Bern: Peter Lang, 2011.

McCarthy, Cormac, *The Road*, New York: Vintage, 2006.

Pizzinio, Christoper, "Utopia At Last: McCarthy's The Road as Science Fiction", *Extrapolation* 51.3(2010): 358-375.

Rambo, Shelley L., "Beyond Redemption? Reading Cormac McCarthy's The Road after the End of the World", *Studies in the Literary Imagination* 41.2(2008): 99-120.

Ryan Matthew, "Hope is Critical: Cormac McCarthy's The Road", *Arena* 31(2008): 151-162.

Skrimshire, Stefan, "There Is No God and We Are His Prophets: Deconstructing Redemption in Cormac McCarthy's The Road", *Journal for Cultural Research* 15.1(2011): 1-14.

Softing, Inger-Anne, "Between Dystopia and Utopia: The Post-Apocalyptic Discourse of Cormac McCarthy's The Road", *English Studies* 94.6(2013): 704-713.

Steven, Mark, "The Late World of Cormac McCarthy", *Styles of Extinction: Cormac McCarthy's The Road*, New York & London: Continnum, 2011: 63-88.

Steven, Mark and Julian Murphet, "Introduction: the Charred Ruins of a Library" *Styles of Extinction: Cormac McCarthy's The Road*, New York & London: Continnum, 2011: 1-8.

4부 12장 유토피아와 타자들의 운명 공동체

국내 출간 도서

장-뤼크 낭시, 박준상 옮김, 『무위의 공동체』, 인간사랑, 2010.

모리스 블랑쇼, 박준상 옮김, 『밝힐 수 없는 공동체』, 문학과지성사, 2005.

외국 논문 및 저서

Bercovitch, Sacvan, *The Rites of Assent: Transformations in the Symbolic Construction of America*, New York and London: Routledge, 1993.

Berlin, Isaiah, *Four Essays on Liberty*, Oxford: Oxford UP, 1979.

Butler, Octavia E., *Bloodchild and Other Stories*, New York: Severn Stories Press, 1987.

_____, *Fledgling*, New York: Grand Central Publishing, 2005.

_____, *Kindred*, Boston: Beacon Press, 1979.

_____, *Parable of the Sower*, New York: Grand Central Publishing, 1993.

_____, *Wild Seed*, New York: Warner Books, 1980.

Emerson, Ralph Waldo, "Self-Reliance," In *Essays and Lectures*, ed. by Joel Ponte, 257-282, New York: Library of America, 1983.

Lewis, R. W. B., *American Adam: Innocence, Tragedy, and Tradition in the Nineteenth Century*, Chicago and London: Chicago UP, 1959.

McKenna, Erin, *The Task of Utopia: A Pragmatist and Feminist Perspective*, New York: Rowman and Littlefield, 2001.

Melzer, Patricia, "'All That You Touch You Change': Utopian Desire and the Concept of Change in Octavia Butler's Parable of the Sower and Parable of the Talents," *Femspec* 3.2(1998): 31-52.

Miller, Jim, "Post-Apocalyptic Hoping: Octavia Buter's Dystopian/Utopian Vision," *Scicence-Fiction Studies* 25.2(1998): 336-360.

Morrison, Toni, *Playing in the Dark: Whiteness and the Literary Imagination*, Cambridge: Harvard UP, 1992.

_____, "The Site of Memory," In *Inventing the Truth: The Art and Craft of Memoir*, ed. by William Zinsser, 101-124, Boston: Houghton Mifflin, 1987.

Nayar, Pramod K., "A New Biological Citizenship: Posthumanism in Octavia Butler's Fledgling," *Modern Fiction Studies* 58.4 (Winter, 2012): 796-817.

Patell, Cyrus R. K., *Negative Liberties: Morrison, Pynchon, and the Problem of Liberal Ideology*, Durham and London: Duke UP, 2001.

Patterson, Orlando, *Slavery and Social Death,* Cambridge: Harvard UP, 1982.

Sandel, Michael, *Liberalism and the Limits of Justice*, Cambridge: Cambridge UP, 1982.

국내 논문 및 저서

김미현, 「포스트휴먼으로서의 여성과 테크노페미니즘——윤이형과 김초엽 소설을 중심으로」, 《여성문학연구》 49, 2020.

김초엽, 『우리가 빛의 속도로 갈 수 없다면』, 허블, 2019.

로라 허쳐, 정나영 옮김, 「유전적으로 변형된 부자들」, 《르몽드 디플로마티크》, 2020.

박다솜, 「과학으로도 사랑은 만들 수 없어」, 『크릿터 2』, 민음사, 2020.

박인성, 「기지와의 조우 : 모두가 이미 알고 있는 SF를 위한 첨언」, 《자음과 모음》 42, 2019.

배명훈, "SF의 울창한 숲으로 떠나는 여름여행", 《시사인》, 2019.08.08.

셰릴 빈트, 정소연 옮김, 『에스에프 에스프리(SF를 읽을 때 우리가 생각할 것들)』, 아르테, 2019.

이경란, 「70년대 미국 여성작가 SF 유토피아 전망의 모호성과 개방성: 어슐러 르 귄의 『빼앗긴 자들』과 마지 피어시의 『시간의 경계에 선 여자』」, 《영미연구》 제49집, 2020.

이지용, 『한국 SF 장르의 형성』, 커뮤니케이션북스, 2016.

프레드릭 제임슨, 「유토피아의 정치학」, 《뉴레프트리뷰 2》, 길, 2010.

외국 논문 및 저서

Clute, John and Nicholls. Peter, *The Encyclopedia of Science Fiction*, London: Orbit Books, 1993.

Sargent, Lyman Tower, "Utopian Literature in English: An Annotated Bibliography From 1516 to the Present", *Utopian Studies* Vol. 31, No. 2, SPECIAL ISSUE: FESTSCHRIFT IN HONOR OF LYMAN, 2020.

Spiegel, Simon, "Review: Demand the Impossible: Science Fiction and the Utopian Imagination", *SFRA Review* 311 winter, 2015.

국내 출간 도서

토마스 만, 곽복록 옮김, 『마의 산』, 동서문화사, 1978; 2007.

외국 논문 및 저서

Benjamin, Walter, *The Origin of German Tragic Drama*, trans. John Osborne, London: Suhrkamp Verlag, 1997.

Berger, James, *After the End: Representations of Post-Apocalypse*, Minneapolis: University of Minnesota Press, 1999.

Călinescu, Matei, *Five Faces of Modernity*, Durham: Duke UP, 1987.

Costello, Francis, "The Deer Island graves, Boston: the Irish Famine and Irish-American Tradition", *Meaning of the Famine, The Irish World Wide: History, Heritage, Identity,* Vol. 6. ed. Patrick O'Sullivan, London: Leicester UP, 1997, 112-125.

Cowan, Bainard, "Walter Benjamin's Theory of Allegory", New German Critique 22(1981): 109-122.

Curtis, Claire P., *Postapocalyptic Fiction and the Social Contract: We'll Not Go Home Again*, New York: Rowman & Littlefield, 2010.

Del Río, Constanza, "Excavating Ireland's Contemporary Heritage in Éilís Ní Dhuibhne's The Bray House", *Éstudios Irlandaises* 4 (2009): 1-8.

Fennell, Jack, *Irish Science Fiction*, Liverpool: Liverpool UP, 2014.

Ferris, David, *The Cambridge Introduction to Walter Benjamin*, Cambridge: Cambridge UP, 2008.

Foucault, Michel, *The Archaeology of Knowledge*, trans. A. M. Sheridan Smith, New York: Random House, 1972.

Hand, Derek, "Being Ordinary: Ireland from Elsewhere: A Reading of Éilís Ní

유토피아 문학

Dhuibhne's The Bray House", *Irish University Review* 30(2000): 103-116.

Hicks, Heather J., *The Post-Apocalyptic Novel in the Twenty-First Century: Modernity Beyond Salvage*, New York: Palgrave-MacMillan, 2016.

Langer, Jessica, *Postcolonialism and Science Fiction*, New York: Palgrave MacMillan, 2011.

Morris, Carol, "The Bray House: An Irish Critical Utopia. éilís Ní Dhuibhne", *Éstudios irlandaises* 21(1996): 127-140.

Ní Dhuibhne, éilís, *The Bray House*, Dublin: Attic, 1990; 2003.

Suvin, Darko, "Science Fiction and the Novum", Defined By a *Hollow: Essays on Utopia, Science Fiction and Political Epistemology*, ed. Darko Suvin, Oxford: Peter Lang, 2010, 67-92.

The Times, 22 August 1848. Welsh Newspaers Online, 24 Oct. 2017 〈http://newspapers.library.wales/view/3089292/3089294/14/high-street%20girl〉.

4부 15장 유토피아의 잔해 속에서 유토피아 찾기

국내 출간 도서

수잔 벅 모스, 윤일성 · 김주영 옮김, 『꿈의 세계와 파국: 대중유토피아의 소멸』, 경성대학교출판부, 2008.

드미트리 글루코프스키, 김하락 옮김, 『메트로 2033: 인류의 마지막 피난처』, 제우미디어, 2010.

외국 논문 및 저서

Griffiths, M. "Moscow after the Apocalypse," *Slavic Review* 72, No. 3, 2013.

Н. Бухарин, "Город солнца," *Известия 14 Июль*, 1935.

4부 16장 길 위의 디스토피아

국내 논문 및 저서

고명복, 「포스트모더니즘의 이론적 쟁점-료따르의 탈현대」, 『사상사개설』, 사회문화연구소, 1996.

문강형준, 「늑대의 시간의 도래: 파국의 지형학을 위한 서설」, 『파국의 지형학』, 자음과모음, 2011.

앤디 메리필드, 「앙리 르페브르: 공간에 관한 사회주의자」, 마이클 크랭 · 나이절 스리프트 엮음, 최병두 옮김, 『공간적 사유』, 에코리브르, 2013.

임철규, 『왜 유토피아인가?』, 한길사, 1976.

전소영, 「디스토피아 소설에 나타난 유토피아적 충동」, 《동서 비교문학저널》 Vol.-No. 40, 2017, 223-246.

정지돈, 『내가 싸우듯이』, 문학과지성사, 2016.

정지돈, 『작은 겁쟁이 겁쟁이 새로운 파티』, 스위밍꿀, 2017.

칼 만하임, 임석진 옮김, 『이데올로기와 유토피아』, 김영사, 2012.

미셸 푸코, 이상길 옮김, 『헤테로토피아』, 문학과지성사, 2014.

외국 논문 및 저서

Davis, Laurence. "Dystopia, Utopia and Sancho Panza", *Dystopia(n) Matters On the Page, on Screen, on Stage*, Cambridge Scholars Publishing, 2013.

Fatima Vieira, *Dystopia(n) Matters On the Page, on Screen, on Stage*, Cambridge Scholars Publishing, 2013.

Jill Lepore, "A Golden Age for Dystopian Fiction", *The New Yorker*, June 5, 2017.

John J. Collins, *The Apocalyptic Imagination : An Introduction to Jewish Apocalyptic Literature*, Wm. B. Eerdmans Publishing Co., 2016.

Krishan Kumar, "Utopia's Shadow", *Dystopia(n) Matters On the Page, on Screen, on Stage*, Cambridge Scholars Publishing, 2013.

Lyman Tower Sargent, "Three Faces of Utopianism Revisited", *Utopian Studies* 5. 1, 1994.

_____, "Do Dystopia Matter?", *Dystopia(n) Matters On the Page, on Screen, on Stage*, Cambridge Scholars Publishing, 2013.

신문기사

이주현, 「나는 후장사실주의자다!」, 《씨네21》, 2015. 12. 15.

필자 소개 (글 게재순)

이명호

경희대학교 영어영문학과를 졸업하고 뉴욕주립대학교(버팔로)에서 「아메리카와 애도의 과제: 윌리엄 포크너와 토니 모리슨의 애도작업」으로 박사학위를 받았다. 귀국 후 《여성과 사회》 편집장, 《안과밖》 편집위원을 역임했고, 현재 경희대학교 글로벌커뮤니케이션학부 영미문화전공 교수로 재직하면서 글로벌인문학술원 원장, 감정문화연구소장을 맡고 있다.

저서로는 『누가 안티고네를 두려워하는가: 성차의 문화』가 있고, 공저로 『여성의 몸: 시각 · 쟁점 · 역사』, 『페미니즘: 차이와 사이』, 『유토피아의 귀환』, 『감정의 지도그리기: 근대/후기 근대의 문학과 감정 읽기』 등이 있으며, 공역서로는 『소설의 정치사』와 『식물의 사유』가 있다.

오봉희

경희대학교 영문학과를 졸업하고 뉴욕주립대학교(올바니)에서 초기 영국소설에 나타난 집 상실감과 이방인성을 젠더 및 장르 문제와 결부시켜 연구한 논문(제목: "Homelessness and Stranger-ness as Critical Potentialities in Early British Novels")으로 박사학위를 받았다. 현재 경남대학교 영어학과에서 부교수로 재직하고 있다. 관심 연구 주제는 이방인, 환대, 애도, 감정의 문화정치학, 유토피아/디스토피아 등이다. 대표 논문으로는 「전염병의 비극: 디포의 『전염병 연대기』에 나타난 불안과 공포 및 적대/환대」(2016), 「애도와 정의의 뫼비우스 띠: 셸리의 『프랑켄슈타인』」(2017), 「유토피아적 상상력과

젠더: 모어의『유토피아』와 카벤디쉬의『빛나는 세계』를 중심으로」(2020) 등이 있다. 역서로는『소설의 정치사』(공역)가 있으며, 저서로는『감정의 지도 그리기』(공저)가 있다.

정남영

서울대 영문과를 졸업하고 같은 대학원에서 디킨즈 소설 연구로 박사학위를 받았다. 경원대 교수를 역임했다. 현재 문학, 철학, 삶을 가로지르며 '커머니즘 (commonism)'의 증진에 힘쓰고 있다.

저서로는『리얼리즘과 그 너머』,『민중이 사라진 시대의 문학』(공저) 등이 있고, 역서로『마그나카르타 선언』,『다중』(공역),『공통체』(공역),『D. H. 로런스의 현대문명관』(공역) 등이 있다.

김종수

고려대학교 국어국문학과를 졸업하고 같은 대학원에서「1930년대 장편소설의 서술 관점 연구」로 박사학위를 받았다. 현재 경희대학교 한국어학과 교수로 재직 중이다. 관심 분야는 한국 대중문화와 세대 연구이다.

저서로는『한국 현대소설의 경계』,『대중서사장르의 모든 것1: 멜로드라마』(공저),『한국 근대문학과 신문』(공저) 등이 있다.

남상욱

경희대학교 일문과를 졸업하고 도쿄대학 총합문화연구과에서 미시마 유키오를 통해 본 전후 일본의 미국화를 추적한 논문으로 박사학위를 받았다. 성균관대학교 비교문화연구소, 서울대학교 일본연구소를 거쳐 현재 인천대학교 일어일문학과 교수로 재직 중이다.

저서로는『탈 전후 일본의 사상과 감성』(공저),『전후의 탈각과 민주주의의 탈주』(공저) 등이, 역서로『헌등사』(다와다 요코),『미시마 유키오의 문화방위론』 등이 있다.

김경석

경희대학교 중어중문학과를 졸업하고 중국 북경사범대학에서 중국현대문학 전공으로 석사와 박사학위를 받았다. 중국문학사에서 1920, 1930년대 북경시민사회를 가장 생동감 있게 묘사한 작가로 평가받는 라오서(老舍)의 문학 연구를 시작으로 중국의 다양한 문화 현상과 그 내면의 인문적 보편성을 탐구하는 일에 관심을 가지고 있다.

저서로『중국현대문학사』,『중국현당대문학작품선』, 공저로『중화미각』,『유토피아의 귀환』,『동아시아 근대 한국인론의 지형』등이 있다.

박정원

경희대학교 비교문화연구소 소장으로 서울대학교 서어서문학과를 졸업하고 미국 피츠버그 대학에서 라틴아메리카 문화 연구로 박사학위를 받았다. 노던 콜로라도 대학에서 교수를 역임하였으며, 현재 경희대학교 스페인어학과에 재직하고 있다. 주요 연구는 미국-멕시코 국경, 인류세 시대의 라틴아메리카, 라틴아메리카 영화를 포함한다.

대표 논문으로는 「서발턴, '인민'의 재구성, 그리고 라틴아메리카 포스트신자유주의」(2017)가 있으며, 저서로는『공동체 없는 공동체』(2020, 공저) 등이 있다.

김미정

경희대학교 영어영문학과를 졸업 후, 같은 대학원에서 석사학위를 받고(논문: 「정신분석으로 읽는『워더링 하이츠』」), 뉴욕주립대학교(SUNY at Albany)에서 미국 소설과 영화를 정신분석 및 비평 이론으로 분석하여 박사학위를 받았다(논문: "Delta Woman with Faulkner and Hitchcock"(윌리엄 포크너와 알프레드 히치콕의 작품세계에서 나타나는 여성적 열림과 흘러넘침을 라캉의 정신분석과 데리다의 해체론으로 읽기)). 현재 경상국립대학교 영어영문학부에 재직 중이다.

저서로『기억 · 서사 · 정체성』(공저),『글로벌 시대의 기억과 서사』(공저) 등이 있으며, 정신분석 및 비평 이론으로 현대 미국 소설 및 영화를 연구하여 가르치고 있다. 관심 분야는 정신분석, 비평 이론, 현대 영미 소설 및 영화, 윤리학, 페미니즘, 그리고 비교문학이다.

김지은

경희대학교 글로벌커뮤니케이션학부 영미문화전공을 졸업하고 같은 대학원에서 아일랜드 현대문학으로 석사학위 취득 후 박사과정을 수료했다. 관심 연구 분야는 젠더/페미니즘, 현대문학, 문화비평이다.

루스 이리가레·마이클 마더의 『식물의 사유』(2020)를 공역했고, 대표 논문으로는 「SF 공포영화 속 여성괴물의 모성 이데올로기: 인간-외계인 혼종의 계보에서 분석한 〈기생수〉」(2020)와 「『빌러비드』의 중층적 폭력양상 연구: 사유의 원리를 중심으로」(2015)가 있다.

전소영

경희대학교 영문학과를 졸업하고 같은 대학 영문학과에서 박사학위를 받았다(논문: 「동물이라는 타자──J. M. 쿳시의 공감적 상상력에 대한 연구」). 현재 경희대학교 감정문화연구소의 학술연구교수로 재직 중이다. 관심 연구 분야는 동물, 감정, 유토피아, 디스토피아, 아포칼립스 문학이다.

대표 논문으로는 「쿳시와 카프카 소설에 나타난 동물 타자」, 「디스토피아와 유토피아 사이──코맥 매카시의 『더 로드』와 존 쿳시의 『예수의 어린시절』 비교연구」, 「아체베의 『모든 것이 무너져 내리다』에 나타난 "원시적 열정"」, 「디스토피아 소설에 나타난 유토피아적 충동: 조지 오웰의 『1984』와 마가렛 애트우드의 『대리모 시녀이야기』」 등이 있다.

권지은

고려대학교 영어영문학과를 졸업하고 The State University of New York at Buffalo 비교문학과에서 미국 현대소설에 나타난 음모론의 정치성을 주제로 박사학위를 받았다. 현재 한국외국어대학교 영미문학문화학과에 재직 중으로 미국 소설 및 미국 대중문화를 가르치고 있다.

대표 논문으로는 「애도를 통한 무위의 공동체의 가능성 엿보기──『엄청나게 시끄럽고 믿을 수 없게 가까운』을 중심으로」(2020), "White Male Crisis and Its Discontents: Revisiting Ellis's American Psycho"(2019), 「이상적 공동체를 향하여──옥타비아 버틀러의 『어린 새』」(2018), 「『더 로드』와 9/11, 그리고 20세기 명백한 운명의 종언」(2018) 등이 있다.

김영임

경희대학교 국제한국언어문화학과 대학원에서 박사과정을 수료했다. 2016년 《문학과사회》가 주관하는 신인문학상(평론)을 수상하면서 등단한 이후 여러 잡지에 문학평론을 쓰고 있다. 현재 《시로여는세상》의 편집위원을 맡고 있으며, 경희대학교 후마니타스칼리지 강사로 재직 중이다. 관심 연구 분야는 한국 여성 시론, 동물인문학/포스트휴머니즘 문학이다.

대표 논문으로는 「욕망의 성찰과 윤리적 주체되기—신경숙의 『풍금이 있던 자리』를 중심으로」(2014), 「김승옥 소설의 '개인'에 담긴 남성성/들」(2016) 등이 있으며, 저서로는 『유토피아의 귀환』(2017, 공저), 『나는 반려동물과 산다』(2020, 공저), 『2019년 제20회 젊은평론가상 수상작품집』(2020, 공저)이 있다.

김상욱

경희대학교 영어영문학과를 졸업하고 뉴욕주립대학교(스토니브룩)에서 석사학위, 노던일리노이대학교에서 박사학위를 받았다. 현재 경희대학교 외국어대학 글로벌커뮤니케이션학부 영미어문 전공 교수로 재직하고 있다. 영국과 아일랜드 문학을 연구하고 있으며 제임스 조이스와 아일랜드 관련 다수의 연구논문을 집필해 왔다.

안지영

연세대학교 노어노문학과와 서울대학교 노어노문학과 대학원을 졸업하고 러시아 학술원 러시아문학연구소에서 러시아모더니즘 드라마 연구로 박사학위를 받았다. 현재 경희대학교 러시아어학과 교수로 재직하며, 러시아 연극, 소비에트, 포스트 소비에트의 다양한 문화현상에 관심을 가지고 연구를 진행하고 있다.

저서로는 『동시대 연출가론: 서구편 1,2』(공저), 『유토피아의 귀환』(공저) 등이 있다.

논문 출처

이명호의 글은 《비교문화연구》 제45호에 실린 「몫 없는 자들을 위한 공유사회의 꿈: 토머스 모어의 『유토피아』」를 토대로 작성되었다.

오봉희의 글은 《새한영어영문학》 제59권 3호에 실린 「유토피아에서 온 소식: 모리스의 유토피아관과 문학관」을 일부 수정한 것이다.

정남영의 글은 《안과밖》 46호에 실린 「유토피아적 열망과 새로운 삶의 창출―보그다노프의 『붉은 별』과 『엔지니어 메니』」를 토대로 작성되었다.

김종수의 글은 《비교문화연구》 제52호에 실린 「유토피아의 한국적 개념 형성에 대한 탐색적 고찰」을 토대로 작성되었다.

남상욱의 글은 《일본학보》 제112호에 실린 「유토피아소설로서 『아름다운 마을(美しき町)』의 가능성과 한계―사토 하루오의 '유토피아' 전유를 중심으로」를 토대로 작성되었다.

김경석의 글은 《인문과학연구》 제37집에 실린 「洞天에 대한 기억의 소환―가오싱젠 『영산』의 유토피아적 의미」를 토대로 작성되었다.

박정원의 글은 《스페인어문학》 제12권 1호에 실린 「하위주체는 꿈꿀 수 있는가?: 사파티스타의 '이야기' 정치학과 유토피아」를 토대로 작성되었다.

김미정의 글은 《비평과 이론》 제25권 3호에 실린 「샬롯 퍼킨스 길먼의 『허랜드』가 그리는 페미니스트 유토피아」를 토대로 작성되었다.

김지은의 글은 《인문과학논총》 제40권 1호에 실린 「『시간의 경계에 선 여자』에 대한 여성주의적 독법: 유토피아 문학에서의 방문자-안내자의 관계를 중심으로」를 토대로 작성되었다.

전소영의 글은 《동서비교문학저널》 제40호에 실린 「디스토피아 소설에 나타난 유토피아적 충동: 조지 오웰의 『1984』와 마거릿 애트우드의 『대리모 시녀 이야기』」를 토대로 작성되었다.

이명호의 글은 《비평과 이론》 24권 3호에 실린 「종말론 시대 유토피아 사유의 가능성: 코맥 매카시의 『로드』」를 토대로 작성되었다.

권지은의 글은 《미국소설》 제25호 1권에 실린 「이상적 공동체를 향하여——옥타비아 버틀러의 『어린 새』」를 토대로 작성되었다.

김상욱의 글은 《현대영미소설》 제24권 3호에 실린 「『브레이에서 발견된 집』——아일랜드의 포스트-아포칼립스」를 토대로 작성되었다.

안지영의 글은 《세계문학비교연구》 제61집(2017년 겨울호)에 실린 논문 「유토피아의 잔해 속에서 유토피아 찾기——드미트리 글루호프스키의 『메트로 2033』 읽기」를 토대로 작성되었다.

김영임의 글은 《한국언어문화》 제67집에 실린 「유토피아적 상상에 대한 비판적 디스토피아 서사 읽기——정지돈의 『작은 겁쟁이 겁쟁이 새로운 파티』를 중심으로」를 토대로 작성되었다.

유토피아 문학

1판 1쇄 발행 2021년 5월 1일

엮음 | 경희대학교 비교문화연구소
지음 | 이명호, 박정원, 김영임 외 11인
디자인 | 그린
펴낸이 | 조영남
펴낸곳 | 알렙

출판등록 | 2009년 11월 19일 제313-2010-132호
주소 | 경기도 고양시 일산서구 중앙로 1455 대우시티프라자715호

전자우편 | alephbook@naver.com
전화 | 031-913-2018, 팩스 | 02-913-2019

ISBN 979-11-89333-32-4 93800

* 이 저서는 2018년 대한민국 교육부와 한국연구재단의 지원을 받아 수행된 연구임(NRF-2018S1A5B8068919).

* 책값은 뒤표지에 있습니다. 잘못된 책은 바꾸어 드립니다.